1Q84

1Q84 BOOK3
by Haruki Murakami

이 도서의 국립중앙도서관 출판시도서목록(CIP)은
e-CIP 홈페이지(http://www.nl.go.kr/cip.php)에서 이용하실 수 있습니다.
(CIP제어번호: CIP2010002601)

1Q84

ichi-kew-hachi-yon

BOOK 3

10月－12月

무라카미 하루키 장편소설

양윤옥 옮김

문학동네

BOOK 3 10月-12月

차례

제*1*장 우시카와

Q

의식의 저 먼 가장자리를 걷어차는 것

"담배는 삼가주시겠습니까, 우시카와 씨?" 키 작은 남자가 말했다.

우시카와는 책상 너머 상대의 얼굴을 잠깐 바라보고는 자신의 손가락 사이에 끼워진 세븐스타로 눈길을 돌렸다. 담배에 불은 붙어 있지 않았다.

"죄송합니다만." 남자는 어디까지나 형식적으로 한마디 덧붙였다.

우시카와는, 내가 왜 이런 걸 손에 들고 있나 하는 당황스러운 표정을 지었다.

"아, 미안해요. 담배는 안 되지. 물론 불은 안 붙일 겁니다. 나도 모르게 손이 가버린다니까."

남자는 턱을 1센티미터쯤 끄덕였지만 시선은 털끝만큼도 흔들리지 않았다. 그 초점은 변함없이 우시카와의 눈에 고정되어 있었다. 우시카와는 담배를 다시 갑에 넣어 서랍 속으로 치워버렸다.

머리를 포니테일로 묶은 키 큰 남자는 입구에 서서 문틀에 닿을락 말락 슬쩍 몸을 기대고, 마치 벽에 묻은 얼룩이라도 쳐다보듯이 우시카와를 보고 있었다. 아무튼 기분 나쁜 자들이라고 우시카와는 생각했다. 이 두 사람을 만나 이야기하는 건 이번이 세 번째지만, 번번이 마음이 편치 않다.

그리 넓지 않은 우시카와의 사무실에는 책상이 하나 놓여 있고, 키 작은 스킨헤드 남자는 우시카와의 맞은편에 앉아 있었다. 말하는 건 전적으로 이 사람이 맡았다. 포니테일은 처음부터 끝까지 침묵을 지켰다. 신사 입구에 모셔놓은 동물 석상처럼 꿈쩍도 않고 오로지 우시카와의 얼굴만 바라보고 있다.

"삼 주째입니다." 스킨헤드가 말했다.

우시카와는 탁상 달력을 들고 거기에 적힌 메모를 확인한 다음 고개를 끄덕였다. "그렇군요. 지난번에 만나고 오늘로 딱 삼 주가 지났네요."

"그동안 나는 당신에게서 한 번도 보고를 받지 못했습니다. 전에도 몇 번 말씀드렸지만, 지금 일각을 다투는 상황이에요. 시간 여유가 없습니다, 우시카와 씨."

"그거야 나도 알지요." 우시카와는 담배 대신 금빛 라이터를 손끝으로 만지작거리며 말했다. "어물어물하고 있을 시간이 없다, 그건 충분히 잘 알고 있습니다."

스킨헤드는 우시카와의 다음 말을 기다렸다.

우시카와는 말을 이었다. "단지 말이죠, 나로서는 얘기를 찔끔찔끔 내놓고 싶지 않은 겁니다. 이거 슬쩍 저거 슬쩍 흘리는 건 별로 좋아하질 않아요. 어느 정도 전체적인 윤곽이 잡히고, 이런저런 사실들이 연결되고, 그 진위가 확인되는 선까지 가고 싶은 거지요. 섣부른 소릴 내놓았다가는 공연히 고생만 할 수도 있어요. 나 좋은 대로 하는 소리 같지만, 그게 내 나름의 방식입니다, 온다 씨."

온다라고 불린 스킨헤드는 싸늘한 눈빛으로 우시카와를 보고 있었다. 이 사람이 자신에 대해 그다지 좋은 인상을 갖고 있지 않다는 걸 우시카와는 알고 있었다. 하지만 그런 건 별로 신경 쓰이지 않았다. 그가 기억하는 한, 태어나서 이날 이때까지 어느 누구도 자신에 대해 좋은 인상을 가져준 적이 없었다. 그에게는 말하자면 그게 일반적인 상태였다. 부모에게도 형제에게도 사랑받지 못했고, 선생님에게도 친구들에게도 사랑받지 못했다. 아내와 자식들도 자신을 좋아해주지 않았다. 만일 혹시라도 누군가 자신을 좋아한다면 그건 다소 신경이 쓰일지도 모른다. 하지만 그 반대의 경우라면 아무렇지도 않다.

"우시카와 씨, 우리도 할 수만 있다면 당신의 방식을 존중해드리고 싶습니다. 그리고 실제로 존중해드렸습니다. 지금까지는 말이죠. 하지만 이번 일은 얘기가 다릅니다. 모든 사실이 다 드러날 때까지 기다릴 여유가 유감스럽게도 지금 우리에게는 없어요."

"그래도 말이죠, 온다 씨, 그쪽에서도 여태 아무것도 안 하고 느긋하게 내 연락만 기다린 건 아닐 텐데요." 우시카와는 말했다. "내 쪽의 활동과 병행해서 그쪽은 그쪽대로 여기저기 손을 썼겠지요. 그렇지 않습니까?"

온다는 거기에는 대답하지 않았다. 입은 수평으로 다문 채. 표정도 흔들림이 없다. 하지만 자신의 지적이 틀리지 않았다는 것을 우시카와는 느낌으로 알았다. 그들은 조직을 풀가동해서 지난 삼 주 동안 아마도 우시카와와는 다른 루트로 한 여자의 행방을 추적했을 것이다. 하지만 이렇다 할 성과를 거두지 못했다. 그래서 이 기분 나쁜 이인조가 또 여기까지 찾아온 것이다.

"뱀이 다니는 길은 뱀이 안다, 라는 말이 있지요." 우시카와는 양손을 펼치며 마치 재미있는 비밀이라도 털어놓듯이 말했다. "내가 바로 그 뱀이에요. 보시는 바와 같이 생김새는 영 시원찮지만, 코 하나는 아주 좋습니다. 희미한 냄새 하나로 저 깊은 속까지 슬슬 더듬어갈 수 있거든요. 하지만요, 애초 태생부터 뱀이고 보니 내 방식대로, 내 페이스대로가 아니면 일을 못 해요.

시간이 중요하다는 건 잘 알지만, 조금만 더 기다려주시죠. 그쪽에서 참아주시지 않으면 자칫 모든 일이 엉망이 되는 수가 있어요."

우시카와의 손안에서 돌고 있는 라이터를 온다는 참을성 있게 바라보았다. 그러고는 얼굴을 들었다.

"지금까지 파악한 것을 일부분이라도 말해주시겠습니까? 우시카와 씨의 입장도 잘 알지만, 나도 뭔가 구체적인 성과를 조금이라도 들고 가지 않으면 윗선에서 이해해주지를 않아요. 우리도 입장이 난처합니다. 게다가 우시카와 씨, 지금 당신이 처한 입장도 결코 마음 편치는 않을 겁니다."

이자들도 궁지에 몰린 거라고 우시카와는 생각했다. 둘 다 격투기에 뛰어난 실력자라는 평가를 받아 리더의 보디가드로 발탁되었다. 그런데 그런 두 사람의 코앞에서 리더가 살해되고 말았다. 아니, 살해되었다는 직접적인 증거는 없다. 교단 내의 몇몇 의사들이 사체를 검안했지만, 외상이라고 할 만한 건 어디에서도 발견하지 못했다. 다만 교단 내 의료시설에는 간단한 기기밖에 없다. 게다가 시간 여유도 없었다. 전문의가 철저히 부검을 했다면 혹시 뭔가 발견했을지도 모른다. 하지만 그건 이미 때늦은 얘기다. 사체는 벌써 교단 내에서 비밀리에 처리해버렸다.

어쨌든 리더를 제대로 경호하지 못했으니 이 두 사람의 입장이 묘하게 되었다. 현재 그들에게는 사라진 여자의 행방을 추적하는 역할이 주어졌다. 무슨 수를 써서라도 여자를 찾아내라는 명령이다. 하지만 아직 이렇다 할 단서를 잡지 못했다. 그들은 시큐리티나 보디가드 업무에 관해서는 나름대로 전문적인 기능을 갖췄지만 행방이 묘연해진 사람을 추적하는 노하우는 없다.

"알겠습니다." 우시카와는 말했다. "지금까지 밝혀낸 몇 가지를 말씀드리지요. 모두 다 말할 수는 없지만 일부분이라면 말씀드릴 수 있어요."

온다는 잠시 눈을 가늘게 떴다. 그리고 고개를 끄덕였다. "그거라도 좋습니다. 우리도 약간은 알아낸 게 있어요. 당신이 그걸 이미 알고 있을 수도 있고 아직 모를 수도 있겠죠. 어떻든 서로 알고 있는 걸 공유하도록 하지요."

우시카와는 라이터를 내려놓고 책상 위에서 양손가락을 깍지 꼈다. "아오마메라는 젊은 여자가 호텔 오쿠라의 스위트룸에 출장을 와서 리더의 근육 스트레칭을 했다. 9월 초, 도심에 거센 뇌우가 쏟아지던 날 밤의 일이었지요. 그 여자는 별실에서 한 시간쯤 스트레칭 시술을 한 뒤에 떠났고, 리더는 잠이 들어 있었다. 두 시간쯤 그 자세로 푹 자게 해드리라고 여자는 말했다. 당신들 두 사람은 그 말대로 했다. 하지만 리더는 잠든 게 아니었다. 그때는 이미 사망한 뒤였다. 외상은 전혀 눈에 띄지 않았다. 심장발작처럼 보이기도 했다. 하지만 그 직후에 여자가 사라졌다. 아파트도 미리 짐을 옮겨버렸다…… 방은 허물처럼 텅 비어 있었습니다. 스포츠클럽에도 그다음 날로 사표가 들어왔어요. 모두 다 계획적으로 착착 진행된 것이지요. 그렇다면 그건 단순한 사고가 아니라는 얘깁니다. 그 아오마메라는 여자가 의도적으로 리더를 살해했다고 생각할 수밖에 없어요."

온다는 고개를 끄덕였다. 거기까지는 이견이 없었다.

"당신들의 목적은 이번 일의 진상을 명백히 밝히는 데 있습니다. 그러기 위해서는 어떻게든 그 여자를 잡아야겠지요."

"아오마메라는 여자가 정말로 그분을 사망에 이르게 했는가. 만일 그렇다면 거기에는 어떤 이유나 경위가 있는가. 그걸 알아내야 합니다."

우시카와는 책상 위에서 깍지 낀 자신의 열 손가락을 바라보았다. 마치 낯선 물건을 관찰하듯이. 그러고는 눈을 들어 앞에 앉은 남자를 보았다.

"당신들은 이미 아오마메의 가족관계를 체크했을 겁니다. 그렇지요? 가족이 모두 '증인회'의 열성적인 멤버다. 부모는 아직도 열심히 전도활동을 하고 있다. 서른네 살 된 오빠는 오다와라의 증인회 본부에서 근무중이고 결혼해서 아이가 둘 있다. 오빠의 아내도 열성적인 '증인회' 신자다. 가족 중에서 아오마메만 '증인회'를 떠나, 그들의 말을 빌리자면 '배교'를 했고, 따라서 가족과의 인연도 끊겼다…… 벌써 이십 년 가까이 이 가족은 아오마메와 접촉한 흔적이 없습니다. 그들이 아오마메를 감싸줄 가능성은 거의 없다고 할 수 있죠. 이 여자는 열한 살 때 스스로 가족과의 인연을 끊었고, 그후로 거의 자기 혼자 힘으로 살아왔습니다. 외삼촌 집에서 한때 신세를 졌지만 고등학교 들어갈 때쯤에 사실상 독립했어요. 참 대단하죠. 의지가 강한 여자예요."

스킨헤드는 아무 말도 하지 않았다. 그건 그도 이미 파악한 정보일 것이다.

"이번 일에 '증인회' 쪽이 관여했다고는 보기 힘듭니다. '증인회'는 철저한 평화주의, 무저항주의로 알려져 있어요. 그들이 교단 차원에서 리더의 목숨을 노린다는 건 있을 수 없는 얘기입니다. 그 점에는 동의하시지요?"

온다는 고개를 끄덕였다. "이번 일은 '증인회'와는 관계가 없습니다. 그건 이미 알고 있어요. 혹시나 해서 그녀의 오빠와도 얘기를 해봤습니다. 확인 또 확인, 이라는 차원에서. 하지만 그는 아무것도 알지 못했습니다."

"확인 또 확인이라는 차원에서 손톱까지 뽑으셨군요?" 우시카와가 물었다.

온다는 그 질문을 무시했다.

"아, 물론 농담입니다. 썰렁한 농담이죠. 그렇게 심각한 얼굴은 하지 마시고요. 아무튼 그 오빠라는 사람은 아오마메의 행동에 대해서도, 행방에 대해서도 전혀 알지 못했군요." 우시카와는 말했다. "나는 날 때부터 평화주의자라서 난폭한 짓은 전혀 하지 않지만, 그런 정도는 압니다. 아오마메는 가족과도 '증인회'와도 전혀 관계가 없습니다. 하지만 그 일은 어떻게 보건 아오마메의 단독행동은 아니에요. 네, 혼자서 그런 복잡한 짓은 못하지요. 교묘하게 세팅이 이루어졌고, 그 여자는 정해진 순서에 따라 냉철하게 행동에 옮겼습니다. 자취를 감춘 방식도 정말 감쪽같아요. 사람과 돈을 넉넉히 쏟아부은 일입니다. 아오마메의 배후에 있는 사람 혹은 조직이 어떤 이유에서든 리더가 죽기를 강하게 원했다. 그러기 위해 만반의 준비를 했다. 그 점에 대해서도 우리는 의견을 함께할 수 있겠지요?"

온다는 고개를 끄덕였다. "대부분은."

"그런데 그게 어떤 조직인지 도무지 짐작할 수가 없다." 우시카와는 말했다. "그 여자의 교우관계 같은 것도 물론 조사하셨겠죠?"

온다는 말없이 고개를 끄덕였다.

"그런데 웬걸, 그 여자는 이렇다 할 교우관계 같은 것도 없었어요." 우시카와는 말했다. "친구도 없고 아무래도 연인도 없는 것 같고요. 직장에서 사람들과 어울리기는 했지만, 일단 직장을 벗어나면 누구와도 개인적으로 사귀지 않았어요. 최소한 내가 조사한 바로는, 아오마메가 누구하고 친하게 지냈다는 흔적을 전혀 찾을 수 없었어요. 젊고 건강하고 생긴 것도 나쁘지 않은 여자인데, 왜 그랬을까?"

우시카와는 그렇게 말하고 문 앞에 서 있는 포니테일 남자를 보았다. 그는 아까부터 자세도 표정도 전혀 변함이 없다. 애초에 표정이 없는 것이다. 그러니 바꿀 수도 없다. 저 사람에게도 이름이 있을까, 우시카와는 생각했다. 만일 이름이 없다 해도 별로 놀랍지 않을 것 같다.

"당신들은 아오마메의 얼굴을 직접 목격한 분들이에요." 우시카와는 물었다. "어떻게 생각하시죠? 그 여자에게 무언가 특별한 점은 없었습니까?"

온다는 가만히 고개를 저었다. "말씀하신 것처럼 나름대로 매력적인 젊은 여자입니다. 하지만 남의 이목을 끌 만한 미인은 아니에요. 매우 조용하고 침착했어요. 자신의 기술에 분명한 자신감을 갖고 있다는 인상을 받았습니다. 하지만 그것 말고는 딱히 주의를 끌 만한 점은 없었어요. 전체적인 인상이 매우 희미합니다. 얼굴의 생김새 하나하나가 잘 떠오르지 않아요. 신기할 정도로."

우시카와는 다시 한번 입구의 포니테일에게로 시선을 던졌다. 혹시 뭔가 하고 싶은 말이 있을지도 모른다. 하지만 그는 입을 열 기미조차 없었다.

우시카와는 스킨헤드를 보았다. "최근 몇 달간 아오마메의 전화 통화기록도 물론 조사했겠지요?"

온다는 고개를 저었다. "거기까지는 아직 안 했습니다."

"그건 해야죠. 꼭 해봐야 합니다." 우시카와는 웃음을 띠며 말했다. "사람들은 다양한 곳에 전화를 하고 다양한 곳에서 전화가 걸려와요. 통화기록만 조사해봐도 그 사람의 생활 패턴이 저절로 보입니다. 아오마메의 경우도 예외가 아니지요. 개인의 통화기록을 입수하는 건 간단한 일은 아니지만, 못 할 것도 없어요. 보세요, 뱀이 다니는 길은 뱀이 안다니까요."

온다는 말없이 다음 말을 기다렸다.

"그래서 아오마메의 통화기록을 살펴보니 몇 가지 사실이 드러나더군요. 여자치고는 몹시 드문 케이스지만, 아오마메는 전화 통화를 그리 좋아하지 않은 모양입니다. 통화 횟수도 적고 통화 시간도 별로 길지 않아요. 어쩌다 긴 통화도 있지만 어디까지나 예외적입니다. 대부분은 스포츠클럽과의 통화였는데, 그 여자는 반쯤은 프리랜서였기 때문에 개인적으로도 일을 꽤 했어요. 스포츠클럽 카운터를 통하지 않고 개인적으로 클라이언트와 직접 상담해서 일정을 짜는 겁니다. 그런 전화 통화가 상당히 많았어요. 내가 살펴본 바로는 그리 의심스러운 것은 없었습니다."

우시카와는 거기서 잠시 뜸을 들였다. 그리고 손에 밴 담뱃진의 색깔을 여러 각도에서 바라보며 담배에 대해 생각했다. 머릿속으로 담배에 불을 붙이고 연기를 빨아들인다. 그리고 내뿜는다.

"하지만 딱 두 가지 예외가 있었어요. 하나는 경찰서에 두 번 정도 전화를 했다는 겁니다. 112 신고전화가 아니에요. 경시청 신주쿠 경찰서 교통과였습니다. 그쪽에서도 몇 번 전화가 걸려 왔습니다. 아오마메는 자동차 운전은 하지 않았고, 보통 경찰은 고급 스포츠클럽 개인 레슨 같은 건 안 받아요. 그러니까 아마 그 부서에 개인적으로 아는 사람이 있었을 겁니다. 그게 누군지는 모르겠어요. 또 한 가지 마음에 걸리는 건, 그것과는 별도로, 어느 정체불명의 전화번호와 몇 번이나 긴 통화를 했다는 겁니다. 그쪽에서 전화가 왔었어요. 아오마메 쪽에서는 한 번도 건 적이 없고요. 이 번호는 아무리 찾아봐도 캐낼 수가 없었어요. 물론 이름이 드러나지 않도록 조치해둔 전화번호는 많지요. 하지만 그런 것도 손을 쓰면 금세 알아낼 수 있거든요. 하지만 이 번호는 아무리 알아봐도 이름이 나오지 않습니다. 단단히 자물쇠를 채워둔 거죠. 보통은 가능하지 않은 일입니다."

"그러니까 그 사람은 보통이 아니다?"

"그렇지요. 틀림없이 프로가 관여하고 있어요."

"또다른 뱀." 온다가 말했다.

우시카와는 벗어지고 비뚤어진 제 머리통을 손바닥으로 슬슬 문지르며 히쭉 웃었다. "그렇지요, 또다른 뱀. 그것도 상당히 센 놈입니다."

"최소한 그 여자의 배후에 프로가 있다는 건 점점 드러나는군요." 온다가 말했다.

"그렇죠. 아오마메의 배후에는 모종의 조직이 있어요. 그리고 그 조직은 아마추어가 짬짬이 꾸려가는 그런 게 아닙니다."

온다는 눈을 반쯤 내리깔고 그 아래로 흘끗 우시카와를 바라보았다. 그러고는 몸을 돌려 문 앞에 서 있는 포니테일과 시선을 마주했다. 포니테일은 무슨 말인지 알아들었다는 뜻으로 슬쩍 고개를 끄덕였다. 온다는 다시 우시카와 쪽으로 시선을 돌렸다.

"그래서요?" 온다가 물었다.

"그래서." 우시카와가 말했다. "이번에는 내가 질문할 차례입니다. 그쪽에서는 뭔가 짐작 가는 게 없나요? 이를테면 당신들의 리더를 말살하려 할 가능성이 있는 단체라든가 조직 같은 거요."

온다는 긴 눈썹을 하나로 모았다. 코 위에 세 줄의 주름이 잡혔다. "그런 게 있겠습니까, 우시카와 씨? 우리는 어디까지나 종교단체입니다. 마음의 평안과 정신적 가치를 추구하고 있습니다. 자연과 어울려 살며 하루하루 농사일과 수행에 힘쓰고 있어요. 대체 어느 누가 우리를 적으로 삼겠습니까? 그래봤자 무슨 이익이 있겠어요?"

우시카와는 입가에 애매한 웃음을 머금었다. "어떤 세계에나 광신적인 인간은 있는 법이지요. 광신에 빠진 사람이 언제 어떤 생각을 할지는 아무도 모르는 겁니다. 그렇잖습니까?"

온다는 그 말에 담긴 빈정거림은 무시해버리고 무표정하게 대답했다. "짐작 가는 일은 우리 쪽에서는 전혀 없습니다."

"'여명'은 어떻습니까? 그 잔당이 아직 근처를 어슬렁거리지는 않습니까?"

온다는 다시 한번, 이번에는 단호히 고개를 저었다. 있을 수 없는 일이라는 뜻이다. 그들은 '여명' 관련자들을 아예 후환이 없도록 깨끗이 짓뭉갠 것이다. 아마 흔적도 없이.

"알겠습니다. 그쪽에서는 짐작 가는 바가 없다. 하지만 실제로는 모종의 조직이 당신들 리더의 목숨을 노렸고, 거기에 성공했다. 대단히 교묘하고 솜씨 좋게. 그러고는 연기처럼 하늘로 휘익 사라져버렸다. 이건 감출 수 없는 사실이지요."

"우리는 그 배경을 밝혀내야 합니다."

"경찰과는 무관하게."

온다는 고개를 끄덕였다. "그건 어디까지나 우리 문제지, 사법상의 문제가 아닙니다."

"좋아요. 그건 당신들의 문제지, 사법상의 문제가 아니다. 얘기가 확실하군요. 아주 간단해요." 우시카와는 말했다. "그리고 또 한 가지, 미리 물어볼 게 있는데."

"그러시죠." 온다는 대답했다.

"교단 내에서 리더가 사망했다는 사실을 몇 명쯤 알고 있나요?"

"우리 둘이 알고 있습니다." 온다는 말했다. "시신을 내가는 걸 거들었던 사람이 두 명 더 있습니다. 내 아랫사람들입니다. 그리고 교단의 최고 간부 다섯 분이 알고 있습니다. 그것만 해도 아홉 명이죠. 세 명의 무녀에게는 아직 알리지 않았지만, 곧 알게 될 겁니다. 곁에서 모시던 여자들이라 그리 오래 감춰둘 수는 없어요. 그리고 우시카와 씨, 물론 당신이 알고 있죠."

"모두 합해서 열세 명."

온다는 아무 말도 하지 않았다.

우시카와는 깊은 한숨을 내쉬었다. "솔직한 의견을 말해도 괜찮을까요?"

"그러시죠." 온다는 말했다.

"이제 와서 새삼 이런 소리를 해봐야 별수 없겠지만, 리더가 사망한 그 시점에 당신들은 즉시 경찰에 연락했어야 합니다. 뭐가 어찌됐건 일단 그 죽음을 공표했어야 해요. 그런 엄청난 일은 계속 덮어둘 수 있는 게 아니죠. 열 명도 넘는 사람들이 이미 알고 있는 비밀이라니, 그건 더이상 비밀도 아니에요. 당신들은 이러다가 완전히 궁지에 몰릴 수도 있어요."

스킨헤드는 표정을 바꾸지 않았다. "그런 판단은 내가 할 일이 아닙니다. 주어진 명령에 따를 뿐이죠."

"그러면 대체 누가 판단을 내리는 거지요?"

대답은 없었다.

"리더를 대신할 인물이?"

온다는 역시 침묵을 지켰다.

"뭐, 좋아요." 우시카와는 말했다. "당신들은 아무튼 누군가

윗사람의 지시를 받고 리더의 사체를 비밀리에 처리했다. 그쪽 조직에서는 위에서 떨어진 명령은 절대적이란 얘기겠군요. 하지만 사법적 관점에서 보면 그건 명백히 사체손괴죄에 해당합니다. 상당한 중죄예요. 그건 물론 알고 있겠지요?"

온다는 고개를 끄덕였다.

우시카와는 다시 한번 깊은 한숨을 내쉬었다. "전에도 말했지만, 혹시 이 일로 경찰과 얽히는 상황이 벌어지더라도 리더의 사망에 대해서는 나는 전혀 아는 바가 없는 걸로 해주시죠. 형사범으로 문초당하고 싶지는 않군요."

온다는 말했다. "우시카와 씨는 리더의 사망에 대해서는 전혀 알지 못합니다. 그저 외부 조사원으로서 우리의 의뢰를 받아 아오마메라는 여자의 행방을 찾고 있을 뿐이지요. 법률에 위반되는 일은 전혀 하지 않았습니다."

"예, 좋아요. 나는 아무 말도 못 들었어요." 우시카와는 말했다.

"우리로서도 가능하면 리더의 살해에 대해 외부인인 당신에게 알리고 싶지 않았습니다. 하지만 아오마메의 신변을 조사해서 고go 사인을 낸 건 우시카와 씨 당신이고, 당신은 이미 이 일에 깊숙이 관련되어 있습니다. 그 여자를 수색하는 데는 당신의 도움이 필요해요. 그리고 당신은 입이 무거운 걸로 알고 있습니다."

"비밀을 지키는 건 내 업무의 기본 중의 기본이지요. 그건 걱정할 거 없어요. 그 일이 내 입을 통해 외부로 새어나가는 일은 절대로 없습니다."

"만일 그 비밀이 새어나가고, 그 정보가 당신에게서 나왔다는 게 드러나면 이래저래 불행한 일이 일어날 겁니다."

우시카와는 책상 위에 놓인 열 개의 통통한 손가락을 다시 한 번 바라보았다. 그것이 자신의 손가락이라는 사실을 우연히 발견하고 몹시 놀란 듯한 표정으로.

"이래저래 불행한 일." 우시카와는 얼굴을 들고 상대의 말을 되풀이했다.

온다는 슬쩍 실눈을 떴다. "리더의 사망은 어떻게든 감춰야 합니다. 그러기 위해서는 수단방법을 가리지 못하는 경우도 있을 겁니다."

"비밀은 지킵니다. 그 점에 대해서는 절대 안심하세요." 우시카와는 말했다. "우리는 지금까지 서로 협력해서 잘해왔어요. 나는 당신들이 대놓고 하기 어려운 일들을 뒤에서 떠맡아왔습니다. 때로는 힘겨운 일도 있었지만, 그에 대한 보수는 충분히 받았어요. 내 입에는 이중으로 단단히 지퍼를 채웠습니다. 나는 신앙심 같은 건 전혀 없지만, 돌아가신 리더께는 개인적으로 큰 신세를 진 사람입니다. 그래서 온 힘을 다해 아오마메의 행방을 찾고 있어요. 그 배경을 밝혀내려고 무진 애를 쓰는 중입니다. 그리고 꽤 괜찮은 지점을 향해 다가가는 중이에요. 그러니 조금만 더 참고 기다려줘요. 머지않아 좋은 소식을 전해드릴 테니."

온다는 의자에서 아주 조금 자세를 바꾸었다. 입구에 선 포니테일도 거기에 호응하듯이 다리의 중심을 다른 쪽으로 옮겼다.

"당신이 밝힐 수 있는 정보는 현재로서는 그 정도인가요?" 온다가 말했다.

우시카와는 잠깐 생각에 잠겼다. 그리고 말했다. "아까도 말했듯이 아오마메는 경시청 신주쿠 경찰서 교통과에 두 번 전화를 했어요. 그쪽에서도 몇 번 전화가 왔습니다. 통화한 상대의 이름까지는 아직 모르겠어요. 어쨌든 경찰서니까 대놓고 물어봤자 알려주지도 않아요. 하지만 그때 내 이 못생긴 머리통에 번뜩 떠오르는 게 있었어요. 경시청 신주쿠 경찰서 교통과라면 뭔가 기억나는 게 있는데, 하고 말이죠. 아니, 꽤 오래 궁리를 했어요. 대체 경시청 신주쿠 경찰서 교통과에 어떤 기억이 있는 걸까. 무엇이 내 비참한 기억의 가장자리에 걸려 있는 건가, 하고 말이죠. 생각해내는 데 시간이 꽤나 걸렸어요. 나이 먹는다는 거, 참 싫지요. 기억의 서랍이 빽빽해져요. 예전에는 뭐든지 금세 술술 나왔는데 말이죠. 그런데 바로 일주일 전에 그게 뭔지 드디어 생각이 났습니다."

우시카와는 거기서 문득 입을 다물고, 꾸민 티가 역력한 웃음을 지으며 스킨헤드의 얼굴을 잠시 바라보았다. 스킨헤드는 참을성 있게 그다음 말을 기다렸다.

"올 8월에 일어난 사건인데, 경시청 신주쿠 경찰서 교통과의 젊은 여경이 시부야 마루야마초 인근 러브호텔에서 누군가에게 교살당했습니다. 완전히 발가벗겨지고 관제품 수갑이 채워진 채로요. 물론 이건 꽤 큰 스캔들이 되었죠. 근데 아오마메가 신주쿠 경찰서의 누군가와 몇 차례 전화 통화를 한 게 그 사건이 터지기 전 몇 달 동안에 집중되어 있어요. 당연히 그 사건이 일어난 뒤로는 한 번도 통화가 없었습니다. 어때요, 우연의 일치라고 하기엔 너무 절묘하지요?"

온다는 잠시 묵묵히 있었다. 그리고 말했다. "그러니까 아오마메가 연락을 취했던 게 그 살해된 여경이 아니냐?"

"나카노 아유미라는 게 그 여경의 이름입니다. 나이는 스물여섯 살. 꽤 귀염성 있는 얼굴이에요. 아버지도 오빠도 경찰인 경찰 집안입니다. 성적도 꽤 우수했던 모양이에요. 경찰에서는 물론 필사적으로 수사에 나섰지만 범인은 아직 밝혀지지 않았어요. 이런 말씀을 드리는 건 실례일지 모르지만, 그 사건에 대해 혹시 뭔가 아시는 건 없을까요?"

온다는 이제 막 빙하에서 잘라온 것처럼 딱딱하고 싸늘한 눈빛으로 우시카와를 노려보았다. "무슨 말씀인지 모르겠군요." 그는 말했다. "설마 우리가 그 사건에 관여했을지도 모른다고 생각하십니까, 우시카와 씨? 우리 쪽의 누군가가 그 여경을 저속한 러브호텔로 데려가 수갑을 채우고 목을 졸라 죽인 게 아니냐고?"

우시카와는 입을 오므리며 고개를 저었다. "아니, 아니죠, 그럴 리가요. 설마, 그런 생각은 눈곱만큼도 안 했어요. 내가 물어보고 싶은 건, 뭔가 그 사건에 관해 짚이는 게 있느냐는 거죠. 그냥 그뿐입니다. 예, 뭐든 좋아요. 어떤 사소한 실마리라도 내게는 아주 귀중하니까요. 알량한 지혜를 아무리 쥐어짜봐도 시부야 러브호텔 여경 살해사건과 리더 살해사건 사이의 관련성을 나는 찾을 수가 없어요."

온다는 잠시 뭔가의 치수를 재는 듯한 눈빛으로 우시카와를 바라보았다. 그러고는 멈췄던 숨을 천천히 토해냈다. "알겠습니다. 그 정보는 위에 전달하지요." 그는 말했다. 그리고 수첩을 꺼내 메모했다. "나카노 아유미. 스물여섯 살. 신주쿠 경찰서 교통과. 아오마메와 관련이 있을지도 모른다."

"그렇죠."

"그밖에는?"

"또 한 가지, 꼭 물어볼 게 있어요. 교단 내부에서 누군가 맨 처음에 아오마메라는 이름을 꺼낸 사람이 있을 겁니다. 도쿄에 근육 스트레칭을 잘하는 스포츠 인스트럭터가 있다고 말이죠. 그래서 아까 당신도 지적했던 대로 내가 그 여자의 신변조사를 맡게 되었던 것이죠. 변명을 하자는 건 아니지만, 그야 물론 항상 하던 대로 성심껏, 철저히 조사했어요. 하지만 이상한 점이나 수상한 점은 하나도 없었어요. 구석구석까지 깨끗했죠. 그리고 당신들은 그 여자를 호텔 오쿠라의 스위트룸으로 불렀어요. 그다음은 그쪽에서도 아시는 그대롭니다. 애초에 대체 어느 누가 그 여자를 추천했던 겁니까?"

"그건 모릅니다."

"모른다고요?" 우시카와는 말했다. 그리고 도무지 이해할 수 없는 말을 들은 어린아이 같은 얼굴을 했다. "그러니까 그쪽 교단 내부에서 누군가 아오마메 얘기를 꺼내기는 했는데, 그게 누군지는 아무도 모른다, 그런 얘기입니까?"

온다는 표정을 바꾸지 않고 대답했다. "그렇습니다."

"이상한 말씀이네요." 우시카와는 그야말로 이상하다는 듯이 말했다.

온다는 입을 다물고 있었다.

"이해할 수 없는 얘기군요. 어디서 나왔는지, 언제 나왔는지도 모른 채 그 여자의 이름이 나왔고, 누가 추진했는지도 모르게 일이 저절로 굴러갔다, 그런 얘깁니까?"

"사실을 말하자면, 가장 적극적으로 그 일을 추진한 건 리더 본인이셨습니다." 온다는 신중하게 단어를 고르며 말했다. "간부들 중에는 잘 알지 못하는 사람에게 몸을 맡기는 건 위험하지 않느냐는 의견도 있었어요. 물론 우리 경호팀에서도 같은 의견이었습니다. 하지만 리더께서는 그리 신경 쓰지 않으셨어요. 오히려 그렇게 진행하라고 직접 나서서 강력히 주장하셨죠."

우시카와는 다시 한번 라이터를 집어들고 뚜껑을 열어 상태를 시험해보듯이 불을 켰다. 그리고 곧바로 뚜껑을 닫았다.

"리더께서는 매사에 퍽 조심스러운 분이었던 걸로 알고 있는데요." 그는 말했다.

"그렇습니다. 지극히 주의 깊고 조심성 많은 분이셨죠." 그다음에 깊은 침묵이 이어졌다.

"또 한 가지 물어볼 게 있어요." 우시카와는 말했다. "가와나 덴고에 대한 겁니다. 그는 야스다 교코라는 연상의 유부녀와 교제중이었어요. 일주일에 한 번, 그 여자가 그의 아파트에 찾아왔지요. 그리고 친밀한 시간을 보냈어요. 뭐, 아직 젊으니까 그런 일도 있을 수 있죠. 그런데 어느 날, 그녀의 남편이 돌연 전화를 걸어와서, 그녀가 더이상 그쪽에 가지 않을 거라고 말했습니다. 그리고 그걸로 뚝, 연락이 끊겼어요."

온다는 미간을 좁혔다. "왜 갑작스레 이야기가 그쪽으로 넘어가는지 모르겠군요. 가와나 덴고가 이번 사건과 관련이 있다는 건가요?"

"아니, 거기까지는 나도 모릅니다. 단지 그 일이 전부터 좀 마음에 걸렸어요. 아무리 그래도, 어떤 사정이 있었건 여자 쪽에서 전화 한 통쯤은 해줘야 하는 거 아닙니까. 그만큼 깊은 관계였는데 말예요. 근데 말 한마디 없이 여자가 휘익 사라졌다. 흔적도 없이. 나는 뭔가 마음에 걸리는 게 아주 싫어요. 그래서 일단 확인차 물어보는 것뿐입니다. 혹시 당신들 쪽에서는 짐작되는 게 없습니까?"

"적어도 나는 그 여자에 대해 전혀 아는 게 없습니다." 온다는 덤덤한 목소리로 말했다. "야스다 교코. 가와나 덴고와 관계가 있었다고요."

"열 살 연상이고 유부녀지요."

온다는 그 이름도 수첩에 메모했다. "그것도 일단 윗선에 전하죠."

"좋아요." 우시카와는 말했다. "그런데 후카다 에리코의 행방은 어떻게 되었죠?"

온다는 얼굴을 들고, 비뚤어진 액자를 바라보는 듯한 눈빛으로 우시카와를 보았다. "우리가 왜 후카다 에리코가 어디 있는지 알아야 합니까?"

"그녀의 행방에는 관심이 없다?"

온다는 고개를 저었다. "그녀가 어디에 갔건, 어디에 있건, 우리와는 관계없습니다. 본인의 자유지요."

"가와나 덴고에게도 더이상 관심이 없고?"

"그쪽도 우리와는 별 인연이 없는 사람입니다."

"한때는 이 두 사람에게 깊은 관심을 가졌던 것 같은데요." 우시카와는 말했다.

온다는 잠시 눈을 가늘게 떴다. 그러고는 입을 열었다. "우리의 관심은 현재로서는 아오마메라는 한 점에만 집중되어 있습니다."

"관심이 나날이 바뀐다?"

온다는 아주 조금 입술의 각도를 바꾸었다. 대답은 없었다.

"온다 씨, 당신은 후카다 에리코가 쓴 소설 「공기 번데기」를 읽어봤습니까?"

"아뇨. 교단 내에서는 교의에 관한 서적 외에는 독서가 금지되어 있어요. 소지할 수도 없습니다."

"리틀 피플이라는 말을 들어보신 적은 있습니까?"

"없습니다." 온다는 틈을 두지 않고 대답했다.

"좋아요." 우시카와는 말했다.

그걸로 대화는 끝이 났다. 온다는 천천히 의자에서 일어나 상의 옷깃을 바로잡았다. 포니테일도 벽에서 떨어져 한 걸음 앞으로 나왔다.

"우시카와 씨, 아까도 말씀드렸듯이 이번 일에서는 시간이 지극히 중요한 요소입니다." 온다는 아직 의자에 앉아 있는 우시카와를 똑바로 내려다보며 말했다. "한시라도 빨리 아오마메의 행방을 찾아야 합니다. 우리도 물론 전력을 다하고 있지만, 당신도 또다른 측면에서 활발히 움직여줘야 합니다. 아오마메를 찾지 못하면 서로 간에 난처한 일이 벌어질 수 있어요. 어쨌든 당신은 중요한 비밀을 알고 있는 사람 중 한 명이니까."

"중요한 지식에는 중요한 책임이 따른다."

"그렇습니다." 온다는 감정이 결락된 목소리로 말했다. 그러고는 몸을 돌려 뒤도 돌아보지 않고 자리를 떴다. 스킨헤드의 뒤를 따라 포니테일이 사무실을 나가며 소리도 없이 문을 닫았다.

두 사람이 가버리자 우시카와는 책상 서랍을 열고 테이프리코더의 스위치를 껐다. 기계 뚜껑을 열고 카세트테이프를 꺼내 라벨에 볼펜으로 날짜와 시간을 써넣었다. 그의 글씨는 생김새와는 달리 단정했다. 그러고는 세븐스타 담뱃갑을 서랍에서 꺼내 한 개비 뽑아 물고 라이터로 불을 붙였다. 연기를 크게 들이마시고 천장을 향해 크게 뿜어냈다. 그리고 얼굴을 천장으로 향한 채 잠시 눈을 감고 있었다. 이윽고 눈을 뜨고 벽시계에 시선을 던졌다. 시곗바늘은 두시 반을 가리키고 있었다. 정말 기분 나쁜 자들이라고 우시카와는 새삼 생각했다.

아오마메를 찾지 못하면 서로 간에 난처한 일이 벌어질 수 있다, 고 스킨헤드는 말했다.

우시카와는 야마나시 산 속에 있는 '선구' 본부를 두 차례 방문한 적이 있었다. 그때 뒤편 잡목 숲속에 설치된 특대형 소각로를 보았다. 쓰레기나 폐기물을 태우기 위한 시설이지만, 상당히 고온으로 처리하기 때문에 인간의 사체를 던져넣어도 뼛조각 하나 남지 않을 것이다. 실제로 몇 사람이나 되는 사체가 그곳에 던져진 것을 우시카와는 알고 있었다. 리더의 사체도 아마 그중 하나일 것이다. 당연한 얘기지만, 우시카와는 그런 꼴은 당하고 싶지 않다. 언젠가 어딘가에서 죽음을 맞이하게 될 테지만, 가능하면 좀더 온화한 죽음이기를 바란다.

물론 우시카와가 그들에게 알려주지 않은 사실이 몇 가지 있었다. 그는 손안의 카드를 모두 내보이는 사람이 아니다. 작은 숫자의 카드라면 슬쩍 보여줘도 된다. 하지만 큰 숫자의 카드는 철저히 덮어둔다. 그리고 어떤 일이든 보험이라는 게 필요하다. 이를테면 테이프에 녹음된 비밀 대화 같은 것. 우시카와는 그런 게임 수순에 능통하다. 그저 그런 젊은 보디가드와는 쌓아온 내공이 다르다.

아오마메가 그동안 개인 인스트럭터로서 지도해온 사람들의 이름을 우시카와는 입수했다. 약간의 고생만 감수하면, 그리고 약간의 노하우만 깨치면 웬만한 정보는 모두 손에 넣을 수 있다. 아오마메가 담당한 그 열두 명의 개인 클라이언트의 신변에 대해 우시카와는 한차례 샅샅이 알아보았다. 여자가 여덟 명, 남자가 네 명. 사회적 지위도 있고 경제적으로도 넉넉한 사람들이다. 살인 계획에 합세할 것 같은 인물은 한 명도 눈에 띄지 않았다. 다만 그중 한 사람, 칠십대의 부유한 여자가 있었고, 그녀는 가정폭력으로 집을 탈출한 여자들을 위해 세이프하우스를 제공하고 있었다. 자택의 넓은 부지 바로 옆 2층짜리 아파트에 불행한 처지의 여자들을 거두어 살게 해주었다.

그 자체는 훌륭한 일이다. 수상쩍은 점은 없다. 하지만 무언가가 우시카와의 의식의 저 먼 가장자리를 걷어차고 있었다. 그리고 뭔가가 자신의 의식의 저 먼 가장자리를 걷어찰 때, 우시카와는 항상 그 무언가가 무엇인지를 집중 탐색해왔다. 그에게는 동물적인 후각이 구비되어 있고, 무엇보다 자신의 직감을 신뢰해왔다. 그 덕분에 지금까지 몇 차례나 목숨을 부지해왔다. '폭력'이라는 것이 어쩌면 이번 일의 키워드가 될지도 모른다. 이 노부인은 폭력적인 것에 대해 강하게 의식하고 있고, 그래서 그런 피해를 입은 사람들을 적극적으로 보호하고 있다.

우시카와는 자신이 직접 세이프하우스라는 곳을 살펴보러 나갔다. 그 목조 아파트는 아자부의 높직한 일등 주택지에 서 있었다. 오래되었지만 나름대로 풍취 있는 건물이다. 문의 격자 틈새로 바라보니 현관 앞에는 아름다운 화단이 있고 잔디 정원이 넓게 펼쳐져 있다. 큼직한 떡갈나무가 정원에 그늘을 드리우고 있었다. 현관문에는 무늬가 새겨진 작은 판유리가 끼워져 있다. 요즘에는 이런 건물들이 확연히 줄어들어버렸다.

하지만 건물의 느긋한 외관과는 딴판으로 경계는 유난히 삼엄했다. 벽은 높직하고 가시철조망이 둘러쳐져 있다. 튼튼한 철문은 굳게 닫혔고, 그 안쪽에는 독일 셰퍼드가 있어서 사람이 다가가면 거칠게 짖었다. 방범용 카메라도 몇 대나 작동하고 있었다. 아파트 앞 도로는 거의 통행인이 없기 때문에 거기에 오래서 있을 수는 없었다. 한적한 주택가이고 근처에 대사관도 몇 군데 있다. 우시카와처럼 수상쩍은 풍모의 남자가 이런 곳에서 어슬렁거렸다가는 곧바로 누군가의 눈에 띄게 된다.

아무리 봐도 경비에 지나치게 공을 들였다. 아무리 폭력으로부터의 피난처라지만 이렇게까지 단단히 가드할 일이 있을 리 없다. 이 세이프하우스에 대해 최대한 자세히 알아내야 한다. 우시카와는 그렇게 생각했다. 제아무리 경비가 철저하다 해도 어떻게든 그걸 뚫어야 한다. 아니, 철저하면 할수록 그건 꼭 열어야만 한다. 그러기 위한 좋은 방책을 강구해야 한다. 알량한 지혜나마 쥐어짜서.

그리고 그는 리틀 피플에 대해 온다와 나눈 대화를 되새겼다.

"리틀 피플이라는 말을 들어보신 적은 있습니까?"

"없습니다."

대답이 지나치게 빠르다. 지금까지 한 번도 그 말을 들어본 적이 없다면, 적어도 한 박자쯤 틈을 두고 대답이 나왔을 것이다. 리틀 피플? 하고 그 울림을 머릿속에서 일단 검증해보고, 그러고 나서 대답이 나오는 게 보통사람들의 반응이다.

그자는 리틀 피플이라는 말을 들은 적이 있다. 그 의미며 실체까지 알고 있는지 어떤지는 모르겠다. 하지만 아무튼 처음 듣는 말은 아니다.

우시카와는 짧아진 담배를 끄고 잠시 생각에 잠겼고, 그것이 일단락되자 새 담배에 불을 붙였다. 한참 전부터, 폐암에 걸릴 가능성에 대해서는 더이상 걱정하지 않기로 마음을 정했다. 생각을 집중하는 데는 니코틴의 도움이 필요하다. 바로 이삼 일 뒤의 운명도 모르는 것이다. 십오 년 뒤의 건강에 대해 걱정할 필요가 있을까.

세 개비째의 세븐스타를 피우고 있을 때, 우시카와는 한 가지 작은 아이디어를 떠올렸다. 이거라면 잘될지도 모르겠군, 하고 그는 생각했다.

제2장 아오마메

Q

외톨이지만 고독하지는 않아

주위가 어두워지면 그녀는 베란다 의자에 앉아 길 건너 자그마한 어린이공원을 바라본다. 그것이 가장 중요한 일과가 되고 생활의 중심이 되었다. 날씨가 맑은 날이건 흐린 날이건 혹은 비가 내리건, 감시는 쉴새없이 계속된다. 10월 들어 주위 공기는 나날이 차가움을 더해갔다. 추운 날 밤에는 옷을 껴입고 무릎덮개를 준비하고 따뜻한 코코아를 마신다. 열시 반쯤까지 미끄럼틀을 바라보고, 그다음에는 욕실에서 천천히 몸을 녹이고 침대에 들어간다.

물론 환한 시간에 덴고가 그곳에 찾아올 가능성도 전혀 없지는 않다. 하지만 아마도 그럴 일은 없을 것이다. 그가 이 공원에 모습을 드러낸다면, 그건 날이 어두워지고 수은등이 켜지고 달이 하늘에 또렷이 떠올랐을 때일 것이다. 아오마메는 간단히 저녁식사를 마치고, 즉시 뛰쳐나갈 수 있는 옷차림으로 머리까지 가다듬고는 가든체어에 앉아 밤의 공원 미끄럼틀에 시선을 고정한다. 손맡에는 항상 자동권총과 소형 니콘 쌍안경이 있다. 행여 화장실에 가 있는 사이에 덴고가 나타날까봐 코코아 외의 음료는 거의 입에 대지 않는다.

단 하루도 쉬지 않고 아오마메는 감시를 계속했다. 책도 읽지 않고 음악도 듣지 않고 문밖의 소리에 귀를 기울이며 내내 공원을 바라보았다. 자세를 바꾸는 일조차 거의 없었다. 그저 이따금 얼굴을 들어—만일 구름 없는 밤이라면—하늘에 시선을 던지고, 여전히 두 개의 달이 나란히 떠 있는 것을 확인했다. 그리고 곧 다시 공원으로 시선을 돌렸다. 아오마메는 공원을 감시하고, 달들은 아오마메를 감시하고 있었다.

하지만 덴고는 모습을 드러내지 않았다.

밤의 공원을 찾는 사람은 그리 많지 않다. 젊은 연인들이 이따금 나타난다. 그들은 벤치에 앉아 손을 마주잡거나 한 쌍의 작은 새처럼 신경질적으로 짧은 키스를 하기도 한다. 하지만 공원은 너무 작고 조명은 너무 밝았다. 그들은 그곳에서 잠시 불안한 시간을 보내다 그만 포기하고 어딘가 다른 곳으로 옮겨간다. 공중화장실을 쓰려고 찾아왔다가 입구에 자물쇠가 채워져 있는 걸 알고 실망해서 (혹은 화가 나서) 돌아가는 사람도 있다. 술에서 깨려고 그러는지 혼자 고개를 숙이고 벤치에 가만히 앉아 있는 귀갓길의 샐러리맨도 있다. 어쩌면 곧장 집에 가고 싶지 않은 것뿐인지도 모른다. 한밤중에 개를 산책시키러 나온 고독한 노인도 있다. 개도 노인도 똑같이 과묵하고 희망을 잃은 것처럼 보인다.

하지만 거의 대부분의 시간, 한밤의 공원에는 인기척이 없다. 고양이 한 마리도 지나가지 않는다. 개성 없는 수은등 불빛이 그네와 미끄럼틀과 모래놀이터, 자물쇠가 채워진 공중화장실을 비출 뿐이다. 그런 풍경을 오랫동안 바라보고 있으면, 때로 자신이 무인 행성에 홀로 남겨진 듯한 기분이 든다. 마치 핵전쟁 이후의 세계를 담은 그 영화 같다. 제목이 뭐였더라? 그래, 〈그날이 오면〉이다.

그래도 아오마메는 의식을 집중하고 공원 감시를 계속한다. 높은 마스트에 홀로 올라가 광대한 바다의 고기 떼나 잠망경의 불길한 그림자를 찾고 있는 파수꾼 선원처럼. 그녀의 주의 깊은 한 쌍의 눈동자가 원하는 건 단 한 가지, 가와나 덴고의 모습이다.

덴고는 어딘가 다른 동네에서 살고 있고, 그날 밤 우연히 이 근처를 지나갔을 뿐인지도 모른다. 만일 그렇다면 그가 이 공원을 다시 찾을 가능성은 제로에 가깝다. 하지만 아마 그렇지는 않을 거라고 아오마메는 생각한다. 미끄럼틀 위에 앉아 있던 덴고의 옷차림이나 몸짓에는 잠깐 근처에 밤 산책이라도 나온 듯한 무심한 분위기가 엿보였다. 그 산책중에 공원에 들러 미끄럼틀에 올랐던 것이리라. 아마도 달을 보기 위해. 그렇다면 그가 사는 곳은 이곳에서 걸어서 갈 수 있는 거리에 있을 터였다.

고엔지 동네에서 달을 올려다볼 장소를 찾아내기란 그리 쉽지 않다. 대부분 평탄한 지역이고, 올라갈 만한 높은 건물도 거의 없다. 그리고 한밤의 공원 미끄럼틀은 달을 바라보기에 그리 나쁘지 않은 장소다. 조용하고 어느 누구도 방해하지 않는다. 달을 보고 싶으면 그는 분명 다시 이곳을 찾아올 것이다. 아오마메는 그렇게 추측한다. 하지만 다음 순간 이렇게도 생각한다. 아니, 일이 그리 쉽게 풀리지 않을지도 모른다. 그는 어딘가의 빌딩 옥상에서 좀더 선명하게 달을 볼 수 있는 자리를 이미 찾았는지도 모른다.

아오마메는 짧고 단호하게 고개를 젓는다. 아니, 지나치게 걱정해서는 안 돼. 덴고가 언젠가 공원에 다시 올 거라고 믿으며 여기서 가만히 기다리는 것 말고는 내게 다른 선택의 길은 없어. 나는 이곳을 떠날 수도 없고, 이 공원이 현재로서는 나와 그를 이어주는 단 하나의 접점이니까.

아오마메는 권총의 방아쇠를 당기지 않았다.

9월 초의 일이다. 그녀는 정체된 수도고속도로 3호선 긴급 대피 공간에 서서 눈부신 아침 햇살을 받으며 입에 헤클러&코흐의 검은 총구를 쑤셔넣었다. 준코 시마다 정장에 찰스 주르당 하이힐을 신고.

주위 사람들은 무슨 일이 벌어지고 있는지 짐작도 못 한 채, 차 안에 앉아 그녀의 모습을 멀거니 바라보았다. 은색 메르세데스 쿠페를 타고 있던 중년여자. 수송트럭의 높직한 운전석에서 그녀를 내려다보던 햇볕에 그을린 남자들. 그들의 눈앞에서 아오마메는 자신의 뇌를 9밀리 탄환으로 날려버릴 작정이었다. 스스로 목숨을 끊는 것 말고 1Q84년에서 사라질 방법은 없다. 그렇게 하는 대신 덴고의 목숨을 구할 수 있다. 적어도 '리더'는 그녀에게 그렇게 약속했다. 그는 그렇게 서약하고 스스로 죽음을 원했던 것이다.

자신이 죽지 않으면 안 된다는 것을 아오마메는 그다지 아쉬워하지 않았다. 모든 건 내가 1Q84년의 세계에 휘말려든 그때부터 이미 정해진 일이었을 것이다. 나는 그저 그 스토리를 따라가는 것뿐이다. 크고 작은 두 개의 달이 하늘에 떠오르고, 리틀 피플이라는 존재가 사람들의 운명을 지배하는 부조리한 세계에서 외톨이로 계속 살아가는 것이 대체 무슨 의미가 있는가.

하지만 결국 그녀는 권총의 방아쇠를 당기지 않았다. 마지막 순간에 그녀는 오른손 검지에 넣었던 힘을 풀고, 입에서 총구를 꺼냈다. 그리고 깊은 바다 밑에서 마침내 떠오른 사람처럼 크게 숨을 들이쉬고 내쉬었다. 온몸의 공기를 통째로 갈아치우듯이.

아오마메가 죽기를 중단한 것은 먼 목소리를 들었기 때문이다. 그때 그녀는 무음無音 속에 있었다. 방아쇠에 걸린 손가락에 힘을 주었을 때부터 주위의 소음은 완벽하게 사라졌다. 그녀는 수영장 밑바닥을 연상시키는 깊은 정적 속에 있었다. 그곳에서 죽음은 어두운 것도, 두려워해야 할 것도 아니었다. 태아의 양수처럼 자연스러운 것이고 자명한 것이기도 했다. 나쁘지 않아, 라고 아오마메는 생각했다. 거의 미소까지 지었다. 그리고 아오마메는 목소리를 들었다.

그 목소리는 어딘가 먼 곳에서, 어딘가 머나먼 시간에서 찾아온 것 같았다. 귀에 익은 목소리는 아니었다. 굽이굽이 구부러진 모퉁이를 돌아온 탓에 그것은 본래의 음색이나 특성을 상실했다. 남겨진 것은 의미가 떨어져나간 텅 빈 메아리에 지나지 않았다. 그래도 그 울림 속에서 아오마메는 그리운 따스함을 알아들을 수 있었다. 목소리는 아무래도 그녀의 이름을 부르는 것 같았다.

아오마메는 손가락에 넣었던 힘을 빼고 눈을 가늘게 뜨고서 귀를 기울였다. 그 목소리가 발하는 언어를 들어보려고 노력했다. 하지만 가까스로 들은 것은, 혹은 들었다고 생각한 것은 자신의 이름뿐이었다. 나머지는 빈 동굴을 빠져나가는 바람의 웅웅거림뿐이었다. 이윽고 목소리는 멀어지고, 다시금 의미를 상실하고, 무음 속으로 빨려들어갔다. 그녀를 감싸고 있던 공백이 소멸하고, 주위의 소음이 마치 뚜껑이 열린 것처럼 일제히 돌아왔다. 문득 정신을 차렸을 때, 죽을 결심은 이미 아오마메 안에서 사라지고 없었다.

나는 그 작은 공원에서 다시 한번 덴고를 만날 수 있을지도 모른다. 아오마메는 그렇게 생각했다. 죽는 건 그다음이어도 된다. 다시 한번만 그 기회에 걸어보자. 산다는 것은—죽지 않는다는 것은—덴고를 만날 수 있을지도 모른다는 가능성이기도 하다. **살고 싶다**고 그녀는 분명하게 생각했다. 기묘한 마음이었다. 그런 마음을 품은 적이 지금까지 단 한 번이라도 있었을까.

그녀는 자동권총의 격철을 되돌리고 안전장치를 걸어 숄더백에 넣었다. 그리고 자세를 바로잡고 선글라스를 쓰고 도로를 반대방향으로 걸어 자신이 타고 온 택시로 돌아갔다. 하이힐을 신고 큰 걸음으로 성큼성큼 고속도로를 걷는 그녀의 모습을 사람들은 말없이 바라보았다. 오래 걸을 필요는 없었다. 그녀를 태우고 온 택시는 극심한 정체 속에서도 느릿느릿 전진하여 마침 바로 근처까지 와 있었다.

아오마메가 운전석 창을 두드리자 기사는 창문을 내렸다.

"다시 태워줄래요?"

운전기사는 머뭇거렸다. "저어, 손님이 아까 저기서 입에 넣었던 게 권총 같던데."

"그래요."

"진짜 종이에요?"

"설마요." 아오마메는 입술을 틀며 말했다.

운전기사가 문을 열었고, 아오마메는 차에 올랐다. 숄더백을 어깨에서 내려 자리에 놓고 손수건으로 입가를 훔쳤다. 금속과 기계기름 냄새가 입에 남아 있었다.

"그래, 비상계단이 있던가요?" 운전기사가 물었다.

아오마메는 고개를 가로저었다.

"그렇겠죠. 이런 곳에 비상계단이 있다는 얘기는 들어본 적이 없거든요." 운전기사는 말했다. "그럼 애초 예정대로 이케지리 출구 쪽으로 내려가면 됩니까?"

"예, 그렇게 해주세요." 아오마메는 말했다.

운전기사는 창을 열고 손을 쳐들어 대형버스 앞에서 오른쪽 차선으로 옮겨갔다. 요금 미터기는 그녀가 내렸을 때 그대로였다.

아오마메는 좌석에 몸을 기대고 조용히 숨을 고르며, 이제는 완전히 눈에 익은 에소 광고판을 바라보았다. 호랑이가 옆얼굴을 이쪽으로 향하고 웃으면서 급유호스를 들고 있다. '타이거를 당신 차에'라고 거기에 씌어 있었다.

"타이거를 당신 차에." 아오마메는 작게 중얼거렸다.

"뭐라고 했나요?" 운전기사가 룸미러 안의 그녀를 향해 물었다.

"아무것도 아니에요. 그냥 혼잣말."

앞으로 조금만 더 이곳에서 살면서 무슨 일이 일어나는지 지켜보자. 죽는 건 그다음이라도 늦지 않아. 아마도.

자살을 단념한 그다음 날, 다마루에게서 전화가 걸려왔을 때 아오마메는 그에게 알린다. 예정은 변경되었다. 나는 여기에서 움직이지 않기로 결정했다. 이름도 바꾸지 않을 것이고 성형수술도 하지 않겠다.

다마루는 전화 너머에서 침묵한다. 그의 머릿속에서 몇 가지 이론이 소리없이 차례차례 배열되고 있었다.

"그러니까 다른 장소로 이동하지 않겠다는 말인가?"

"그래요." 아오마메는 간결하게 대답한다. "한동안 여기 머물고 싶어요."

"그곳은 장기간에 걸쳐 은신할 수 있게 설정된 곳이 아니야."

"안에 틀어박혀서 나가지 않으면, 아무도 나를 찾지 못해요."

다마루는 말한다. "그자들을 만만하게 보지 않는 게 좋아. 네 신변을 샅샅이 뒤지며 발자취를 쫓아올 거야. 위험은 너 한 사람에게만이 아니라 주위에까지 미칠 수 있어. 그렇게 되면 내 입장이 미묘해져."

"그건 죄송하게 생각해요. 하지만 앞으로 좀더 시간을 주세요."

"앞으로 좀더라는 건 꽤나 애매한 표현인데." 다마루는 말한다.

"미안하지만 그렇게밖에 말할 수 없어요."

다마루는 한참을 말없이 생각에 잠긴다. 그는 아오마메의 결심이 확고하다는 것을 목소리의 여운에서 감지한 모양이다.

그는 말한다. "나는 자신의 입장을 무엇보다 우선시하는 사람이야. 거의 그 무엇보다도. 그 점은 알고 있지?"

"알고 있다고 생각해요."

다마루는 다시 침묵한다. 그러고는 말한다.

"좋아. 나로서는 일단 오해가 없도록 확인해두고 싶었을 뿐이야. 그렇게까지 말하는 걸 보면 나름대로 이유가 있겠지."

"이유는 있어요." 아오마메는 말한다.

다마루는 수화기 너머에서 간결한 헛기침을 한다. "전에도 말했지만 우리는 빈틈없이 계획을 짜고 준비도 했어. 너를 멀리 안전한 곳으로 이동시켜서 발자취를 지우고 얼굴도 이름도 바꾼다. 완전하다고는 할 수 없겠지만, 완전에 가까울 만큼 딴사람으로 만든다. 그 점에 대해 우리는 합의를 했을 텐데?"

"물론 그건 잘 알아요. 계획 자체에 이의를 제기하는 게 아니에요. 하지만 예상도 못 한 일이 내게 일어났어요. 그리고 나는 좀더 오래 이곳에 머물 필요가 있고요."

"나 혼자서는 예스라고도 노라고도 할 수 없어." 다마루는 말한다. 그리고 목 안쪽에서 작은 신음소리를 낸다. "대답하는 데 약간 시간이 걸릴 거야."

"나는 언제든 이곳에 있을게요." 아오마메는 말한다.

"그러는 게 좋겠지." 다마루는 말한다. 그리고 전화가 끊긴다.

다음 날 아침 아홉시 전에 전화벨이 세 차례 울렸다가 끊기고 다시 울린다. 전화할 사람은 다마루 말고는 없다.

다마루는 인사도 없이 말을 꺼낸다. "네가 거기 오래 머무는 것에 대해 마담도 염려하고 있어. 그곳에는 충분한 보안시설이 없어. 어디까지나 중간지점일 뿐이지. 한시라도 빨리 안전한 곳으로 옮기자는 게 우리의 공통된 견해야. 거기까지는 이해하지?"

"이해해요."

"하지만 너는 냉정하고 주의 깊은 사람이야. 턱없는 실수 따위는 하지 않고, 마음도 쉽사리 흔들리지 않지. 우리는 기본적으로 너를 깊이 신뢰하고 있어."

"고마워요."

"네가 꼭 그 집에 앞으로 좀더 머물겠다고 주장한다면 그만한 이유가 있겠지. 어떤 이유인지는 모르겠지만, 그저 잠깐의 변덕일 리는 없어. 그래서 가능한 한 너의 요청에 응해주고 싶다고 마담은 생각하고 계셔."

아오마메는 아무 말도 하지 않고 귀를 기울인다.

다마루는 말을 계속한다. "거기에 올해 말까지는 있어도 돼. 하지만 그게 한계야."

"그럼 해가 바뀌는 대로 다른 데로 옮기라는 거군요."

"이것도 우리로서는 네 의사를 최대한 존중해준 거야."

"알겠어요." 아오마메는 말한다. "올해 말까지 이곳에 있고, 그다음은 다른 곳으로 옮기죠."

그건 그녀의 본심이 아니다. 덴고를 만날 때까지 이 집에서 한 걸음도 나갈 생각은 없다. 하지만 지금 그런 말을 꺼내면 일이 귀찮아진다. 연말까지는 아직 한참 여유가 있다. 그다음 일은 나중에 생각하는 수밖에 없다.

"좋아." 다마루는 말한다. "앞으로 일주일에 한 번씩, 그곳에 식료품과 일용품을 보급하지. 매주 화요일 오후 한시에 보급 담당자가 그곳을 찾아갈 거야. 열쇠를 갖고 있으니까 알아서 안으로 들어간다. 하지만 부엌 외에 다른 곳에는 가지 않아. 그동안 너는 안쪽 침실에 들어가 문을 잠그고 있어. 얼굴도 내밀지 마. 소리도 내지 말고. 보급 담당자가 돌아갈 때는 복도에 나가 한 차례 초인종을 울릴 거야. 그러면 침실에서 나와도 돼. 뭔가 특별히 필요한 것, 원하는 것이 있다면 지금 말해. 다음 보급품에 넣어서 보낼 테니까."

"근육을 단련하는 실내용 기구가 있으면 고맙겠는데요." 아오마메는 말한다. "도구를 사용하지 않는 체조와 스트레칭만으로는 아무래도 한계가 있어서요."

"스포츠클럽에 비치된 그런 본격적인 기구는 좀 어렵겠지만, 자리를 차지하지 않는 가정용 기구라도 괜찮다면 준비할 수 있어."

"간단한 거라도 좋아요." 아오마메는 말한다.

"사이클링 머신과 몇 가지 근육증강용 보조 기구. 그런 정도면 되겠나?"

"그거면 돼요. 만일 가능다면 소프트볼용 금속 배트도."

다마루는 몇 초 동안 침묵한다.

"배트는 용도가 다양해요." 아오마메는 말한다. "그저 가까이에 놔두기만 해도 마음이 차분해져요. 나와 함께 커온 거나 마찬가지인 물건이니까."

"알았어. 준비하지." 다마루는 말한다. "그밖에 뭔가 필요한 게 생각나면 종이에 적어서 키친 카운터에 올려놔. 다음 보급 때까지 준비할 테니까."

"고마워요. 하지만 현재로서는 부족한 건 별로 없어요."

"책이나 비디오 같은 건?"

"딱히 원하는 게 생각나지 않는군요."

"프루스트의 『잃어버린 시간을 찾아서』는 어때?" 다마루는 말한다. "만일 아직 읽지 않았다면 완독할 좋은 기회일지도."

"당신은 읽었어요?"

"아니. 나는 교도소에도 간 적이 없고, 어딘가에 오래 은신할 일도 없었어. 그런 기회라도 갖지 않는 한 『잃어버린 시간을 찾아서』를 완독하는 건 어려운 일이라고들 하더군."

"주위에 누군가 다 읽은 사람이 있었어요?"

"교도소에서 오랜 시간을 보낸 사람이 내 주위에 없는 건 아닌데, 다들 프루스트에 흥미를 가질 만한 타입이 아니었어."

아오마메는 말한다. "한번 해보죠. 책이 입수되면 다음 보급 때 함께 보내주세요."

"사실은 벌써 준비해뒀어." 다마루는 말한다.

화요일, 정확히 오후 한시에 '보급 담당'이 찾아온다. 아오마메는 지시받은 대로 안쪽 침실에 틀어박혀 안에서 문을 걸어잠그고 숨을 죽이고 있다. 현관 자물쇠가 열리는 소리가 들리고 복수의 사람이 문을 열고 들어온다. 다마루가 말하는 '보급 담당'이 어떤 사람들인지, 아오마메는 알지 못한다. 사람 수가 둘이라는 건 소음이나 기척으로 대략 짐작할 수 있었지만 목소리는 전혀 들리지 않는다. 그들은 몇 개의 짐을 안으로 나르고 말없는 가운데 그것을 정리한다. 가져온 식료품을 수돗물에 씻어 냉장고에 챙겨넣는 소리도 들린다. 누가 어떤 작업을 맡을지 미리 상의하고 온 모양이다. 뭔가 짐 포장을 풀고, 포장했던 상자며 종이를 한데 모으는 소리도 들린다. 부엌의 쓰레기도 거둬가는 모양이다. 아오마메는 아래층까지 쓰레기봉투를 들고 나갈 수 없다. 그래서 다른 누군가가 챙겨가는 수밖에 없다.

그들의 작업은 척척 진행되어 시간 낭비가 없다. 필요 이상으로 소음을 내지도 않고 발소리도 조용하다. 작업은 이십여 분 만에 끝나고, 그들은 현관 문을 열고 나간다. 바깥에서 열쇠를 채우는 소리가 들린다. 철수 신호로 초인종을 한 차례 울린다. 아오마메는 혹시나 해서 십오 분쯤 기다린다. 그러고는 침실을 나와 아무도 없는 것을 확인하고 현관 문 안쪽에서 볼트 자물쇠를 채운다.

대형 냉장고는 일주일분의 식품들로 채워져 있다. 이번에는 전자레인지에 돌려 간단히 먹을 수 있는 레토르트 식품이 아니라 보통의 싱싱한 식재료가 중심이다. 다양한 야채와 과일. 생선과 육류. 두부며 미역이며 낫토. 우유와 치즈와 오렌지 주스. 달걀 열두 개들이 한 팩. 쓸데없는 쓰레기가 나오지 않도록 모두 팩에서 꺼내 솜씨 좋게 랩으로 재포장되어 있다. 아오마메가 일상적으로 어떤 식재료를 필요로 하는지 그들은 상당히 정확하게 파악하고 있다. 그런 걸 어떻게 알았을까.

창가에는 사이클링 머신이 세팅되어 있었다. 소형이지만 고급품이다. 디스플레이에 시속이며 주행거리, 소비 칼로리가 표시된다. 일 분 동안의 바퀴 회전수와 심박수를 모니터할 수도 있다. 복근이며 배근背筋, 삼각근을 연마하기 위한 벤치형 기구도 있었다. 부속으로 딸려온 공구를 사용해 간단히 조립하고 분해할 수 있다. 아오마메는 그런 기구의 사용법을 잘 알고 있다. 최신식으로, 단순한 구조지만 얻을 수 있는 효과는 충분하다. 그 두 가지가 있으면 필요한 운동량은 확보된다.

소프트케이스에 든 금속 배트도 있었다. 아오마메는 케이스에서 배트를 꺼내 몇 번 휘둘러본다. 은빛으로 빛나는 새 배트가 소리를 내며 날카롭게 허공을 가른다. 그 그리운 묵직함은 아오마메의 마음을 다독여준다. 그 촉감은 또한 그녀에게 오쓰카 다마키와 함께 보낸 십대의 나날을 떠오르게 한다.

식탁 위에는 프루스트의 『잃어버린 시간을 찾아서』가 쌓여 있다. 새 책은 아니지만 읽었던 흔적도 없다. 모두 다섯 권. 그녀는 한 권을 손에 들고 몇 장을 넘겨본다. 그리고 몇 권의 잡지도 있다. 주간지와 월간지. 포장을 뜯지 않은 새 비디오테이프가 다섯 개. 누가 골랐는지는 모르지만 모두 그녀가 본 적이 없는 새 영화다. 아오마메는 영화관에 가는 습관이 없기 때문에 아직 보지 않은 영화라면 아주 많다.

큼직한 백화점 봉투에 새 스웨터 세 장이 들어 있다. 두툼한 것부터 얇은 것까지. 두툼한 플란넬 셔츠가 두 장, 긴소매 티셔츠가 네 장. 모두 무늬 없이 심플한 디자인이다. 사이즈도 잘 맞는다. 두툼한 양말과 타이츠도 준비되어 있다. 12월까지 이곳에 있게 되면 그런 것도 필요해진다. 준비성이 아주 뛰어나다.

그녀는 그런 의류를 침실에 가져가 서랍에 넣고 옷장 행거에 건다. 주방에 돌아가 커피를 마시고 있을 때, 전화가 걸려온다. 세 번 벨이 울리고 일단 끊겼다가 다시 벨이 울린다.

“짐은 도착했나?” 다마루가 묻는다.

“고마워요. 필요한 건 모두 있군요. 운동기구도 충분해요. 이젠 프루스트를 읽을 일만 남았어요.”

“혹시 우리가 놓친 게 있다면 사양 말고 말해줘.”

“그럴게요.” 아오마메는 말한다. “당신이 놓친 걸 찾아내기란 쉬운 일이 아니겠지만.”

다마루는 헛기침을 한다. “괜한 소리인지 모르지만 한 가지 충고를 해도 될까?”

“어떤 말씀이든.”

“아무도 만나지 않고, 아무와도 말하지 않고, 좁은 곳에 혼자 틀어박혀 있는 건 실제로 해보면 그리 쉬운 일이 아니야. 아무리 터프한 인간이라도 얼마 못 가서 신음을 흘리지. 특히 누군가에게 쫓기는 그런 경우에는.”

“나는 지금까지도 그렇게 넓은 데에서 살지 않았어요.”

“그건 일종의 강점일지도 모르지.” 다마루는 말한다. “하지만 그래도 충분히 조심하는 게 좋아. 긴장이 끊임없이 이어지면 스스로도 알지 못하는 사이에 신경이 고무줄처럼 늘어나거든. 한번 늘어나면 원래 상태로 돌아가기 어려워.”

“조심하도록 하죠.” 아오마메는 말한다.

“전에도 말했지만, 너는 주의 깊은 성격이야. 현실적이고 참을성도 있어. 자신을 과신하지도 않아. 하지만 일단 집중력이 무너지면 아무리 주의 깊은 사람이라도 반드시 한두 가지 실수를 범하게 돼. 고독은 산酸이 되어서 사람을 갉아먹어."

"나는 고독하지 않다고 생각해요." 아오마메는 말한다. 반은 다마루를 향해, 반은 자기 자신을 향해. "외톨이지만 고독하지는 않아요."

전화 너머에 잠시 침묵이 고인다. 외톨이와 고독의 차이에 대한 고찰 같은 것이 이루어지고 있을 것이다.

"어쨌든 지금보다 더 주의할게요. 충고, 고마워요." 아오마메는 말한다.

"한 가지 알아둘 게 있는데." 다마루는 말한다. "우리는 가능한 한 너를 지원할 거야. 하지만 그쪽에서 긴급한 사태가 일어났을 때, 그게 어떤 사태일지는 모르겠지만, 너 혼자 대처하지 않으면 안 될 경우도 있을 거야. 내가 아무리 서둘러 달려가도 시간상 늦어질지 몰라. 어쩌면 사정에 따라서는 그쪽으로 가는 것 자체가 불가능할 수도 있어. 이를테면 우리가 그곳에 있는 너와 관계되는 게 그리 바람직하지 않다고 판단되는 그런 경우에는."

"알고 있어요. 내가 원해서 이곳에 있는 거니까, 내 몸은 스스로 지키도록 할게요. 금속 배트, 그리고 당신이 내게 준 물건으로."

"여기는 터프한 세계야."

"희망이 있는 곳에는 반드시 시련이 있는 법이니까." 아오마메는 말한다.

다마루는 다시 잠깐 침묵한다. 그러고는 말한다. "스탈린 시대에 비밀경찰 심문관이 치르는 최종 테스트 이야기 들은 적 있나?"

"없을걸요."

"그는 네모난 방에 들어가게 돼. 그 방에는 별 특별할 것도 없는 작은 나무의자 하나가 놓여 있을 뿐이야. 그리고 상관에게서 이런 명령이 떨어져. '그 의자에게서 자백을 끌어내 조서를 꾸며라. 그때까지는 이 방에서 한 걸음도 나오지 마라'고."

"꽤 쉬르리얼리스틱한 이야기군요."

"아니, 그게 아냐. 이건 쉬르리얼리스틱한 이야기가 아니야. 꽁지 끝까지 철저히 리얼한 이야기지. 스탈린은 그런 편집광적인 시스템을 실제로 만들어서 재임중에 대략 천만 명의 인간을 죽음으로 몰아넣었어. 그 대부분이 그의 동포였지. 우리는 실제로 그런 세계에서 살고 있어. 그걸 반드시 머릿속에 새겨두는 게 좋아."

"당신은 마음이 따스해지는 이야기를 아주 많이 알고 있군요."

"그 정도는 아니야. 필요에 따라 비축해두는 것뿐이지. 나는 체계적인 교육을 받지 못했으니까 실제로 도움이 될 만한 것들을 하나하나 그 자리에서 배워두는 수밖에 없어. 희망이 있는 곳에는 반드시 시련이 있다. 네 말이 맞아. 그건 확실해. 단지 희망은 수가 적고 대부분 추상적이지만, 시련은 지긋지긋할 만큼 많고 대부분 구체적이지. 그것도 내가 내 돈 들여가며 배운 것 중 하나야."

"그래서 심문관 지망자들은 결국 나무의자에게서 어떤 자백을 받아냈죠?"

"그건 생각해볼 가치가 있는 의문이야." 다마루는 말한다. "선禪의 화두처럼 말이지."

"스탈린 선." 아오마메는 말한다.

다마루는 잠시 틈을 둔 뒤에 전화를 끊는다.

그날 오후, 사이클링 머신과 벤치형 기구를 사용해서 운동을 한다. 그것들이 주는 적당한 부담을 아오마메는 오랜만에 즐긴다. 그다음에 샤워로 땀을 씻는다. FM 방송을 들으며 간단한 요리를 한다. 저녁의 텔레비전 뉴스를 체크한다(그녀의 관심을 끄는 뉴스는 하나도 없다). 그리고 해가 떨어지자 베란다로 나가 공원을 감시한다. 얇은 무릎덮개와 쌍안경과 권총. 아름답게 빛나는 새 금속 배트.

만일 덴고가 그때까지 공원에 모습을 드러내지 않을 경우의 얘기지만, 이 수수께끼로 가득한 1Q84년이 끝을 맞이하기까지 나는 이런 단조로운 생활을 고엔지 동네 한귀퉁이에서 계속 이어가게 된다. 요리를 하고, 운동을 하고, 뉴스를 체크하고, 프루스트의 책장을 넘기며 덴고가 공원에 나타나기를 계속 기다린다. 그를 기다리는 것이 내 생활의 중심과제다. 현재로서는 그 가느다란 한 줄기 선이 나를 가까스로 살아가게 해주고 있다. 수도고속도로의 비상계단을 내려갈 때 보았던 그 거미줄과 똑같다. 지저분한 철골 구석에 초라한 둥지를 쳐놓고 그곳에서 숨죽이고 살아가는 작디작은 검은 거미. 교각 사이를 헤치고 지나가는 바람에 뒤흔들려 그 둥지는 먼지투성이에 너덜너덜해져 있었다. 그것을 목격했을 때 몹시도 가엾었다. 하지만 이제 나 자신이 그 거미와 거의 똑같은 처지에 놓여 있다.

야나체크의 〈신포니에타〉가 들어 있는 카세트테이프를 입수해야 해, 아오마메는 생각한다. 운동할 때 필요하다. 그 음악은 나를 어딘가와—특정할 수 없는 어딘가의 장소와—이어준다. 어떤 곳에 들어가는 입구 역할을 한다. 다음에 다마루에게 건넬 보급품 목록에 그것도 꼭 적어둬야지.

지금은 10월, 유예기간은 이미 삼 개월이 채 남지 않았다. 시계는 쉴새없이 시간을 새기고 있다. 그녀는 가든체어에 몸을 묻고 플라스틱 가림판 사이로 공원과 미끄럼틀을 관찰한다. 수은등 불빛이 작은 어린이공원의 풍경을 푸르스름하게 비추고 있다. 그 풍경은 아오마메에게 아무도 없는 한밤의 수족관 통로를 연상하게 한다. 눈에 보이지 않는 가상의 물고기들이 수목 사이를 소리도 없이 헤엄친다. 그들은 그 무음의 유영遊泳을 중단하지 않는다. 하늘에는 두 개의 달이 나란히 떠서 아오마메의 인증을 기다리고 있다.

덴고, 하고 아오마메는 속삭인다. 너는 지금 어디 있어?

제3장 덴고

Q

다들 짐승이 옷을 차려입고

오후가 되면 덴고는 아버지의 병실에 찾아가 침대 옆에 앉아 들고 온 책을 펼치고 소리 내어 읽었다. 다섯 페이지쯤 읽고 잠시 쉬었다가 다시 다섯 페이지쯤 읽었다. 자신이 그때그때 보는 책을 그저 소리 내어 읽는 것이다. 그건 소설이기도 하고 전기물이기도 하고 자연과학에 대한 책이기도 하다. 중요한 건 문장을 소리 내어 읽는 것이지 내용이 아니다.

아버지에게 그 목소리가 들리는지 어떤지, 덴고는 알지 못한다. 얼굴만 보자면 반응은 전혀 감지되지 않았다. 여위고 추레한 노인은 눈을 감고 그저 자고 있었다. 몸의 움직임은 없고, 숨쉬는 소리조차 들리지 않는다. 물론 숨은 쉬고 있지만, 귀를 가까이 대거나 혹은 거울을 갖다 대어 흐려지는 것으로 점검해보지 않고서는 확인할 수 없다. 링거액이 몸 안으로 들어가고, 카테터catheter가 소량의 배설물을 밖으로 실어낸다. 그가 아직 살아 있다는 것을 보여주는 건 그런 완만하고 조용한 투입과 배출뿐이다. 이따금 간호사가 전기면도기로 수염을 밀고, 끝이 둥근 작은 가위로 귀와 코 밖으로 비어져나온 하얀 털을 깎는다. 눈썹도 가지런히 다듬는다. 의식은 없어도 그것들은 계속 자란다. 그런 사람을 보고 있으면, 인간의 삶과 죽음 사이에 얼마나 큰 차이가 있는지 덴고는 점점 알 수 없어진다. 원래 차이라고 할 만한 것이 있기는 한 걸까. 우리가 그저 편의상 차이가 있다고 생각하는 것뿐인지도 모른다.

세시쯤에 의사가 와서 덴고에게 병세를 설명했다. 설명은 항상 짧고, 내용은 대략 동일했다. 병세에 진전은 없다. 노인은 그저 잠들어 있다. 생명력은 서서히 감퇴하고 있다. 말을 바꾸면 슬금슬금, 하지만 분명하게 죽음에 다가가고 있다. 의학적으로 손쓸 방법은 현재로서는 아무것도 없다. 그저 조용히 여기서 자게 해주는 수밖에 없다. 의사가 말할 수 있는 건 그런 정도뿐이다.

저녁이 가까워오면 두 명의 남자 간병인이 들어오고 아버지는 검사실로 실려가 검사를 받았다. 들어오는 간병인은 그날그날 얼굴들이 다르지만, 모두 말이 없었다. 큼직한 마스크를 쓰고 있기도 했지만, 한마디도 입을 열지 않았다. 한 사람은 외국인처럼 보였다. 자그마한 몸집에 거무스레하고 마스크 너머로 항상 덴고에게 미소를 건넨다. 눈을 보고 그가 미소를 건넨다는 걸 알았다. 덴고도 미소를 지으며 고개를 끄덕였다.

삼십 분에서 한 시간쯤 뒤에 아버지는 병실로 돌아왔다. 어떤 검사가 이루어졌는지 덴고는 알지 못한다. 아버지가 실려가고 나면 그는 식당에 내려가 따뜻한 녹차를 마시고, 십오 분쯤 시간을 때운 뒤에 병실로 돌아온다. 그 텅 빈 침대에 다시 공기 번데기가 나타나지 않을까, 그 안에 소녀시절의 아오마메가 누워 있지 않을까 하는 기대를 품고. 하지만 그런 일은 일어나지 않았다. 어슴푸레한 병실에는 병자의 냄새와 우묵하게 꺼진 빈 침대가 남겨져 있을 뿐이다.

덴고는 창가에 서서 바깥 풍경을 바라보았다. 잔디 정원 너머에는 소나무 방풍림이 시커멓게 가로놓였고, 그 안쪽에서 파도 소리가 들려왔다. 태평양의 거친 파도. 수많은 영혼이 모여들어 저마다 자신의 이야기를 속삭이는 듯한 굵직하고 컴컴한 울림이 그곳에는 있었다. 그 모임은 다시 더 많은 영혼의 참여를 원하는 것 같았다. 그들은 풀어놓아야 할 더 많은 이야기를 원하는 것이다.

덴고는 그전 10월에 두 번, 쉬는 날에 당일치기로 지쿠라 요양소를 방문했었다. 새벽 특급열차를 타고 이곳에 와서, 아버지의 침대 곁에 앉아 이따금 말을 걸었다. 하지만 응답이라고 할 만한 것은 없었다. 아버지는 반듯하게 누워 그저 깊이 잠들어 있을 뿐이었다. 거의 대부분의 시간을 덴고는 창밖의 풍경을 바라보며 지냈다. 그리고 저녁이 다가오면 그곳에서 무슨 일인가 일어나기를 기다렸다. 하지만 아무 일도 일어나지 않았다. 그저 조용히 해가 지고 병실 안이 서서히 엷은 어둠에 감싸일 뿐이었다. 그는 이윽고 포기하고 자리에서 일어나 마지막 특급열차를 타고 도쿄로 돌아갔다.

나는 좀더 확고한 자세로 아버지를 대면하지 않으면 안 되는지도 모른다, 고 덴고는 어느 순간 생각했다. 당일치기 병문안 정도로는 부족한지도 모른다. 보다 집중된 시간이 필요한지도 모른다. 특별히 구체적인 근거는 없지만, 그런 생각이 들었다.

11월 중순을 지나 그는 몰아서 휴가를 얻기로 했다. 학원에는 아버지가 위독해서 돌봐드려야 한다고 설명했다. 그것 자체는 거짓말이 아니다. 대학 때 같은 과 친구에게 대리로 강의를 해달라고 부탁했다. 그는 덴고가 가느다란 교제의 실을 그럭저럭 유지해온 몇 안 되는 친구 중 한 사람이었다. 대학을 졸업한 뒤에도 일 년에 한두 번이지만 연락을 주고받았다. 괴짜들이 많은 수학과에서도 유독 괴상한 놈으로 통하던 친구로, 머리는 그중 특히 뛰어났다. 하지만 대학을 졸업한 뒤, 취직도 하지 않고 대학원에 진학하지도 않은 채, 마음이 내키면 아는 이가 경영하는 중학생 대상 학원에서 수학을 가르치는 정도였다. 남은 시간은 잡다한 책을 읽거나 계곡 낚시를 하면서 마음 가는 대로 하루하루를 보냈다. 그가 교사로서도 유능하다는 것을 덴고는 우연히 알았다. 그는 그저 자신이 유능하다는 것에 질려버린 것뿐이다. 게다가 집안이 부유해서 굳이 직업을 가질 필요도 없었다. 이전에도 한 차례 대리 강의를 부탁한 적이 있고, 그때 학생들의 평판도 좋았다. 덴고가 전화를 걸어 사정을 설명하자 간단히 받아주었다.

그리고 함께 기거하고 있는 후카에리를 어떻게 할 것이냐는 문제도 있었다. 세상과는 한참 동떨어진 이 소녀를 오래도록 자신의 아파트에 혼자 남겨두는 게 합당한 일인지, 덴고는 판단이 서지 않았다. 게다가 그녀는 일단 남의 눈을 피해 그곳에 '잠복'하고 있는 것이다. 그래서 그는 후카에리 본인에게 물어보았다. 혼자서 빈집을 지키고 있는 게 좋은가, 아니면 일시적이라도 어딘가 다른 곳으로 옮기고 싶은가.

"당신은 어디로 가요." 후카에리는 진지한 눈빛으로 물었다.

"고양이 마을에 갈 거야." 덴고는 말했다. "아버지가 의식이 돌아오지 않아. 한참 전부터 깊이 잠들어 있어. 그리 오래 사시지 못할 거라는 말을 들었어."

공기 번데기가 어느 날 저녁 황혼 무렵에 병실 침대에 나타났다는 말은 하지 않았다. 그 속에 소녀시절의 아오마메가 잠들어 있었다는 것도. 그 공기 번데기가 세세한 부분에 이르기까지 후카에리가 소설 속에서 묘사한 그대로였다는 것도. 그리고 그것이 다시 한번 눈앞에 나타나기를 자신이 은밀히 기대하고 있다는 것도.

후카에리는 눈을 가늘게 뜨고, 입을 일자로 꾹 다물고 오랫동안 덴고의 얼굴을 똑바로 바라보았다. 그곳에 가느다란 글씨로 적혀 있는 메시지를 읽어내려는 것처럼. 그는 거의 무의식적으로 자신의 얼굴을 만져봤지만, 그곳에 뭔가가 적혀 있는 감촉은 없었다.

"그게 좋아요." 후카에리는 잠시 뒤에 그렇게 말하고 몇 차례 고개를 끄덕였다. "나는 걱정 안 해도 돼요. 여기서 집을 지키고 있을 거야." 그러고는 잠깐 생각하고서 덧붙였다. "현재로서는 위험은 없어요."

"현재로서는 위험은 없어." 덴고는 반복했다.

"나는 걱정 안 해도 돼요." 그녀는 되풀이했다.

"날마다 전화할게."

"고양이 마을에 혼자 남겨지지 않도록 해요."

"조심할게." 덴고는 말했다.

덴고는 슈퍼마켓에 나가 당분간 후카에리가 쇼핑을 하지 않아도 될 만한 분량의 식료품을 사왔다. 모두 간단히 요리할 수 있는 것이다. 그녀에게 요리할 능력도 의욕도 거의 없다는 것을 덴고는 잘 알고 있었다. 이 주일 뒤에 집에 돌아왔을 때 생선이 냉장고 안에서 흐물흐물해져 있는 그런 상황은 피하고 싶었다.

갈아입을 옷가지와 세면도구를 비닐봉투에 넣었다. 그다음은 몇 권의 책과 필기도구와 원고지. 항상 하던 대로 도쿄 역에서 특급열차를 타고, 다테야마에서 보통열차로 갈아타고, 두번째 역인 지쿠라에서 내렸다. 역 앞 관광안내센터에서 비교적 싸게 묵을 수 있는 여관을 찾았다. 비수기였기 때문에 빈방은 쉽게 구할 수 있었다. 주로 낚시를 하러 온 사람들이 머물기 위한 간이 여관이다. 좁기는 하지만 청결한 방이고, 새 다다미 냄새가 났다. 2층 창문으로는 어항漁港이 내다보였다. 아침식사가 딸린 방값은 예상했던 것보다 저렴했다.

얼마나 머물게 될지는 아직 알 수 없지만 우선 사흘분의 여관비를 미리 지불하겠다고 덴고는 말했다. 여관 안주인은 물론 군소리 없이 받아주었다. 밤에 문이 닫히는 시각은 열한시. 여자를 데려오는 건 곤란하다고 그녀는 (완곡하게) 덴고에게 설명했다. 덴고에게도 군소리가 있을 리 없었다. 방에 들어가 정리를 대충 마친 다음, 요양소에 전화를 걸었다. 전화를 받은 간호사에게 (항상 그 중년 간호사다), 오후 세시쯤에 아버지를 면회하러 가고 싶은데 괜찮겠느냐고 물었다. 괜찮다고 그녀는 대답했다.

"가와나 씨는 계속 주무시고 계세요." 그녀는 말했다.

그렇게 바닷가 '고양이 마을'에서 덴고의 하루하루가 시작되었다. 아침 일찍 일어나 바닷가를 산책하고 어항에 어선이 들고 나는 것을 바라보고, 그러고는 여관에 돌아와 아침을 먹었다. 나오는 건 날마다 판에 박은 듯이 똑같아서 말린 전갱이와 달걀부침, 네 조각으로 자른 토마토, 양념한 김, 바지락 된장국과 밥이지만, 왠지 매번 맛있었다. 아침식사 뒤에 작은 책상을 마주하고 원고를 썼다. 오랜만에 만년필을 사용하여 글을 쓰는 일은 즐거웠다. 일상생활에서 벗어나 낯선 지방에서 일하는 것도 기분전환이 되어 그리 나쁘지 않았다. 어항에서는 귀항하는 어선의 단조로운 엔진 소리가 들려왔다. 덴고는 그 소리가 좋았다.

달이 두 개 뜨는 세계에서 전개되는 이야기를 그는 썼다. 리틀 피플과 공기 번데기가 존재하는 세계다. 그 세계는 후카에리의 「공기 번데기」에서 빌려온 것이지만 이제는 완전히 그 자신의 것이 되었다. 원고지를 마주하는 동안, 그의 의식은 그 세계에서 살고 있었다. 만년필을 내려놓고 책상 앞을 떠나도 의식은 아직 그쪽에 머물러 있곤 했다. 그런 때는 육체와 의식이 분리되는 듯한 특별한 감각이 생겨서, 어디까지가 현실세계이고 어디서부터가 가상의 세계인지 제대로 판별하지 못하는 상태가 된다. 분명 '고양이 마을'에 들어선 주인공도 비슷한 기분을 맛보았을 것이다. 세계의 중심重心이 나도 모르는 사이에 다른 곳으로 이동해버린다. 그렇게 해서 주인공은 (아마도) 영원히 마을을 떠나는 열차를 탈 수 없게 된다.

열한시가 되면 청소를 하기 때문에 방에서 나가야 했다. 그는 시간이 되면 글쓰기를 멈추고 밖에 나와 천천히 역 앞까지 걸어가 찻집에서 커피를 마셨다. 가볍게 샌드위치를 먹을 때도 있지만 대개는 커피만 마셨다. 그리고 그곳에 놓인 조간신문을 손에 들고 뭔가 자신과 관계있는 기사는 없는지 꼼꼼하게 체크했다. 하지만 그런 기사는 눈에 띄지 않았다. 「공기 번데기」는 진즉에 베스트셀러 목록에서 자취를 감췄다. 1위에 오른 건 『먹고 싶은 거 먹고 싶은 만큼 먹으면서 살빼기』라는 다이어트 책이었다. 훌륭한 제목이다. 안이 완전한 백지여도 잘 팔릴지 모른다.

커피를 다 마시고 신문을 한차례 읽고 나면 덴고는 버스를 타고 요양소로 갔다. 그곳에 도착하는 건 대개 한시 반에서 두시 사이였다. 접수처의 간호사와 잠시 세상 이야기를 한다. 덴고가 마을에 머물면서 날마다 아버지의 병실을 찾아오자 간호사들이 예전보다 다정하게, 친근함을 갖고 대해주었다. 마치 방탕한 아들의 귀환을 너그럽게 맞아주는 식구들처럼.

한 젊은 간호사는 덴고의 얼굴만 보면 항상 수줍은 미소를 지었다. 그에게 적잖이 관심을 가진 것처럼 보였다. 아담한 몸집에 머리는 포니테일로 묶고 눈동자가 크고 뺨이 붉었다. 아마도 이십대 초반일 것이다. 하지만 공기 번데기 속에 잠들어 있는 소녀의 모습을 목격한 뒤로 덴고는 아오마메 말고는 다른 누구도 생각할 수 없었다. 그에게 다른 여자들은 모두 어쩌다 곁을 스쳐가는 엷은 그림자에 지나지 않았다. 그의 머릿속 한귀퉁이에는 항상 아오마메의 모습이 있었다. 이 세계 어딘가에 아오마메가 살고 있다—그런 느낌이 있었다. 그리고 아오마메도 아마 덴고를 찾고 있을 것이다. 그래서 그녀는 그날 저녁, 특별한 통로를 건너 자신을 만나러 와준 것이다. 그녀도 덴고를 잊지 않았다.

내가 목격한 것이 만일 환각이 아니었다면.

이따금 무슨 겨를엔가 연상의 걸프렌드가 떠오르곤 했다. 지금은 대체 어떻게 지내고 있을까. 그녀는 상실되어버렸다고 남편은 전화로 말했었다. 그래서 이제 더이상 당신을 만나러 갈 수 없다고. 상실되어버렸다. 그 표현은 지금도 덴고를 스산하고 불안한 마음에 빠뜨렸다. 그 말에는 의심의 여지 없이 불길한 여운이 있었다.

그래도 결국 그녀의 존재는 조금씩 먼 것이 되어갔다. 그녀와 함께 보낸 오후는 이미 그 의미가 끝나버린 과거의 일로 떠오를 뿐이다. 덴고는 그것이 마음에 걸렸다. 하지만 어느새 중력은 변하고 포인트는 이동을 마쳤다. 어떤 일이 원래 상태로 돌아가는 일은 더이상 없다.

아버지의 병실에 들어가면 덴고는 침대 곁의 의자에 앉아 짧은 인사를 했다. 그리고 전날 저녁부터 지금까지 자신이 무엇을 했는지 한차례 순서대로 설명했다. 물론 별다른 일은 없다. 버스를 타고 마을로 돌아가 식당에서 간단히 저녁식사를 하고, 맥주를 한 병 마시고, 여관에 돌아가 책을 읽는다. 열시에는 잔다. 아침에 일어나면 동네를 산책하고, 식사를 하고, 두 시간쯤 소설을 쓴다. 매일 똑같은 일의 되풀이다. 그래도 덴고는 의식이 없는 사람을 마주하고 자신의 행동을 아주 상세한 것까지 날마다 보고했다. 상대에게서는 물론 아무런 반응도 돌아오지 않는다. 벽을 마주하고 말하는 것과 똑같다. 모든 것은 습관적인 의식에 지나지 않았다. 하지만 때로는 단순한 반복이 적지 않은 의미를 가질 때도 있다.

그리고 덴고는 들고 온 책을 낭독했다. 정해진 책이 있는 게 아니다. 그때그때 자신이 보던 책, 그때그때 보고 있던 부분을 소리 내어 읽을 뿐이다. 잔디 깎는 전동기의 취급설명서가 우연히 손맡에 있었다면 그걸 읽어주었을 것이다. 덴고는 가능한 한 명료한 목소리로 상대가 알아듣기 쉽게 천천히 문장을 읽었다. 그것이 유일하게 그가 유의하는 점이었다.

바깥의 번개는 차츰차츰 강해져서 한동안은 길바닥이 파란 빛으로 훤하니 밝아지기도 했으나 천둥소리는 들리지 않았다. 천둥소리가 울리는데도 내 마음가짐이 허술해진 탓에 그걸 듣지 못하는 것인 듯도 하였다. 길바닥에 빗물이 골을 지어 흐르고 있었다. 그 위를 밟고 아직도 손님이 차례차례 가게에 들어오는 모양이다.

함께 온 친구가 자꾸 남의 얼굴만 쳐다보는지라 왜 그러나 했지만, 아까부터 말도 하지 않는다. 주위가 수런수런하고 옆자리에서도 맞은편 자리에서도 낯선 손님들이 이쪽으로 밀고 들어오는 것 같아 숨이 답답해졌다.

누군가 헛기침을 했는지, 혹은 음식이 목에 걸려 숨이 막혔는지 어째 이상한 소리가 난다 싶더니만 킁킁거리는 게 마치 개 같았다.

느닷없이 심한 번개가 내리치며 가게 안까지 파란 빛이 들이쳐 봉당 앞에 있는 사람들을 비췄다. 그러자마자 지붕이 깨지는 듯한 천둥소리가 울리는지라 깜짝 놀라 자리에서 일어섰다. 봉당 안에 가득 찬 손님들의 얼굴이 일제히 이쪽을 돌아보는 것 같은데, 그 얼굴이 개인지 여우인지 알 수 없으나 다들 짐승이 옷을 차려입었고 그중에는 기다란 혀로 입 주위를 핥아대는 놈도 있었다.

거기까지 읽고 덴고는 아버지의 얼굴을 보았다. "끝"이라고 덴고는 말했다. 작품은 거기에서 끝이 났다.

반응은 없었다.

"뭔가 느낀 점은?"

아버지는 여전히 대답하지 않았다.

때로는 그날 아침에 쓴 소설 원고를 읽어주기도 했다. 읽어준 뒤에 마음에 걸리는 부분은 볼펜으로 손을 보고 그 고친 부분을 다시 읽어주었다. 그 여운이 여전히 마음에 들지 않을 때는 다시 손을 봤다. 그리고 다시 그것도 읽어주었다.

"고쳐 썼더니 훨씬 더 좋아졌어요." 덴고는 아버지를 향해 동의를 구하듯이 말했다. 하지만 물론 아버지는 자신의 의견을 밝히지 않았다. 분명하게 좋아졌다고도, 아니, 이전 것이 더 좋다고도, 어느 쪽이건 그리 크게 달라진 게 없다고도 말하지 않았다. 움푹 꺼진 눈을 눈꺼풀로 덮고 있을 뿐이다. 셔터를 묵직하게 내려놓은 불행한 집처럼.

덴고는 이따금 의자에서 일어나 크게 기지개를 켜고 창가로 가서 바깥 풍경을 바라보았다. 구름 낀 날이 며칠이나 이어지더니 비가 내렸다. 끊임없이 내리는 오후의 비는 소나무 방풍림을 어둡고 무겁게 적셨다. 그날은 파도 소리가 전혀 들려오지 않았다. 바람도 없고 그저 빗줄기가 하늘에서 곧장 낙하하고 있을 뿐이다. 그 속을 검은 새들이 무리 지어 날아갔다. 그런 새들의 마음도 역시 어둡고 눅눅했다. 병실 안도 눅눅했다. 베개며 책이며 책상, 그곳에 있는 모든 것이 습기를 품었다. 하지만 날씨며 습기, 바람이며 파도 소리와는 관계없이 아버지는 끊임없는 혼수昏睡 속에 있었다. 마비가 자비심 깊은 옷처럼 그의 온몸을 감쌌다.

덴고는 잠시 쉬고 나서 다시 낭독에 들어갔다. 그 좁고 눅눅한 병실에서 그가 할 수 있는 건 그것 말고는 아무것도 없었다.

책을 낭독하는 데 싫증이 나면 덴고는 그저 침묵 속에 앉아 계속해서 잠을 자는 아버지의 모습을 바라보았다. 그리고 그 뇌 속에서 대체 어떤 일들이 진행되고 있을지 추측했다. 그곳에는—오래된 모루처럼 완고한 그 두개골 안쪽에는—대체 어떤 모양의 의식이 몸을 숨기고 있는 걸까. 아니면 그곳에는 이미 아무것도 남겨져 있지 않은 걸까. 아무도 돌보는 이 없는 내버려진 집처럼 가재도구는 남김없이 실려나가고, 예전에 살던 사람들은 기척도 없이 사라져버렸을까. 하지만 그렇다 해도 그 벽이나 천장에는 순간순간의 기억이나 광경이 낙인으로 새겨져 있을 것이다. 기나긴 시간을 들여 키워진 것은 그렇게 맥없이 무無 속으로 빨려들지 않는다. 아버지는 이 바닷가 요양소의 소박한 침대에 드러누워 있지만, 동시에 깊은 저 안쪽 빈집의 고요한 암흑 속에서 다른 이의 눈에는 보이지 않는 광경이며 기억에 에워싸여 있는지도 모른다.

이윽고 볼이 붉은 젊은 간호사가 와서 덴고에게 미소를 던지고는 아버지의 체온을 재고, 링거액의 남은 양을 체크하고 고인 오줌의 양을 확인했다. 볼펜으로 보드의 용지에 숫자 몇 개를 적어넣었다. 모든 것이 매뉴얼로 정해져 있는지, 몸이 자동적으로 척척 움직인다. 그런 일련의 동작을 눈으로 따라가며, 바닷가 작은 마을의 요양소에서 치료될 전망이 없는 인지증 노인들을 돌보며 살아간다는 건 어떤 기분이 드는 삶일까, 덴고는 생각했다. 그녀는 젊고 건강해 보였다. 풀 먹인 하얀 제복 밑에서 젖가슴과 허리는 콤팩트하긴 해도 필요한 만큼의 질량을 갖추고 있었다. 매끄러워 보이는 목덜미에서는 솜털이 금빛으로 빛났다. 가슴의 플라스틱 이름표에는 '아다치安達' 라고 적혀 있었다.

대체 무엇이, 이런 망각과 완만한 죽음이 지배하는 외진 곳으로 그녀를 실어왔을까. 그녀가 간호사로서 유능하고 근면하다는 것을 덴고는 알고 있었다. 아직 젊고 일솜씨도 좋다. 만일 원한다면 다른 종류의 의료 현장에도 얼마든지 갈 수 있을 것이다. 좀더 활발하고 좀더 흥미로운 곳에. 왜 굳이 이런 쓸쓸한 곳을 직장으로 선택했을까. 덴고는 그 이유나 사정을 알고 싶었다. 물어본다면 그녀는 솔직하게 대답해주리라. 그런 기미는 보였다. 하지만 되도록 그런 일에는 관여하지 않는 게 좋다고 덴고는 생각했다. 어떻든 이곳은 고양이 마을이다. 그는 언젠가 열차를 타고 원래의 세계로 돌아가지 않으면 안 된다.

정해진 작업을 마치자 간호사는 보드를 제자리에 돌려놓고 덴고를 향해 어색하게 미소를 지었다.

"특별한 변화는 없어요. 평소와 똑같아요."

"안정적인 상태로군요." 덴고는 가능한 한 밝은 목소리로 말했다. "좋게 말하자면."

그녀는 반쯤 미안해하는 미소를 짓고 고개를 살짝 갸우뚱했다. 그리고 그의 무릎 위의 책에 눈을 던졌다. "그 책을 읽어드리는 거예요?"

덴고를 고개를 끄덕였다. "들리는지 어떤지, 아무래도 미심쩍지만."

"그래도 아주 좋은 일이라고 생각해요." 간호사는 말했다.

"좋건 나쁘건 이거 말고는 할 수 있는 게 생각이 안 나서요."

"하지만 할 수 있는 일이라도 누구나 다 하는 건 아니에요."

"나와는 달리 대부분의 사람들은 살아가는 데 아주 바쁘니까요." 덴고는 말했다.

간호사는 뭔가 더 말하려다 머뭇거렸다. 하지만 결국 아무 말도 하지 않았다. 그녀는 잠이 든 아버지의 모습을 보고, 그러고는 덴고를 보았다.

"그럼 이만. 수고하세요." 그녀가 말했다.

"고마워요." 덴고가 말했다.

아다치 간호사가 나가자 덴고는 잠시 쉬었다가 다시 낭독에 들어갔다.

저녁이 되어 아버지가 바퀴 달린 침대로 검사실에 실려가자 덴고는 식당에 내려가 차를 마시고 그곳 공중전화로 후카에리에게 전화를 걸었다.

"별일 없니?" 덴고는 후카에리에게 물었다.

"아무 일도 없어요." 후카에리는 말했다. "다른 때하고 똑같아요."

"나도 별일 없어. 날마다 똑같은 짓을 하고 있어."

"하지만 시간은 앞으로 나아가고 있어요."

"그렇지." 덴고는 말했다. "시간은 날마다 하루치씩 앞으로 나아가."

그리고 나아가버린 것은 원래대로 되돌릴 수 없다.

"아까 또 까마귀가 왔어요." 후카에리가 말했다. "아주 큰 까마귀."

"그 까마귀는 저녁이면 항상 우리집 창가에 찾아와."

"날마다 똑같은 짓을 하고 있어요."

"맞아." 덴고는 말했다. "우리하고 똑같이."

"하지만 시간에 대해서는 생각하지 않아요."

"음, 까마귀는 시간에 대해서는 생각하지 않을 거야. 시간관념은 아마 인간에게만 있을 테니까."

"왜요."

"인간은 시간을 직선으로 인식해. 길고 반듯한 막대에 눈금을 새기는 것처럼. 이쪽은 앞으로 다가올 미래, 이 뒤는 과거, 그리고 지금은 이 포인트에 있다, 라는 식으로. 알겠니?"

"아마도."

"하지만 실제로는 시간은 직선이 아니야. 어떤 모양도 갖고 있지 않아. 그건 모든 의미에서 형태를 갖지 않는 것이야. 하지만 우리는 형태 없는 것을 머릿속에 떠올릴 수 없으니까 편의상 그걸 직선으로 인식하지. 그런 관념적인 치환이 가능한 건 현재로서는 인간뿐이야."

"하지만 우리가 잘못되어 있는지도."

덴고는 거기에 대해 생각해보았다. "시간을 직선으로 인식하는 것이 잘못되어 있는지도 모른다는 얘기야?"

대답은 없었다.

"물론 그럴 가능성도 있어. 우리가 잘못되었고 까마귀가 옳은지도 모르지. 시간은 전혀 직선 같은 게 아닐 수도 있어. 그건 꽈배기 도넛 같은 모양을 하고 있는지도 모르겠다." 덴고는 말했다. "하지만 인간은 아마 몇만 년 전부터 그렇게 살아왔을 거야. 즉 시간을 영원히 지속되는 일직선으로 인식하고 그런 기본 인식을 바탕으로 행동해왔어. 그리고 지금까지는 그렇게 하는 것에 딱히 불합리한 점이나 모순점을 찾아낼 수 없었어. 그러니까 경험칙으로서 그건 아마 옳을 거야."

"경험칙." 후카에리는 말했다.

"수많은 샘플을 거치게 해서 하나의 추론을 올바른 사실로 간주하는 거야."

후카에리는 잠시 아무 말도 하지 않았다. 그녀가 그것을 이해했는지 아닌지, 덴고는 알지 못했다.

"여보세요." 덴고는 상대의 존재를 확인했다.

"언제까지 거기 있어요." 후카에리가 물음표 없이 질문했다.

"언제까지 지쿠라에 있을 거냐는 거야?"

"응."

"모르겠어." 덴고는 솔직히 말했다. "나 스스로 납득이 될 때까지 이곳에 있을 거라고, 현재로서는 그렇게밖에 말할 수 없어. 납득되지 않는 일이 몇 가지 있거든. 좀더 일의 경과를 지켜보고 싶어."

후카에리는 다시 수화기 너머에서 침묵했다. 일단 그녀가 침묵하면 기척 그 자체가 소멸해버린다.

"여보세요." 덴고는 다시 말을 건넸다.

"기차를 놓치는 일이 없도록 해요." 후카에리가 말했다.

"조심할게." 덴고는 말했다. "기차를 놓치는 일이 없도록. 그쪽은 괜찮니?"

"조금 전에 한 사람이 집에 왔어요."

"어떤 사람?"

"에네치케이 사람."

"NHK 수금원?"

"수금원." 그녀는 물음표 없이 질문했다.

"그 사람하고 얘기를 했어?" 덴고는 물었다.

"무슨 얘기인지 알아듣지 못했어요."

NHK가 어떤 것인지 애초에 알지 못하는 것이다. 몇 가지 기본적인 사회 지식이 그녀에게는 갖춰져 있지 않다.

덴고는 말했다. "이야기가 길어지니까 전화로는 자세히 설명할 수 없지만, 간단히 말하면, 그건 거대한 조직이고 수많은 사람이 거기서 일하고 있어. 집집마다 돌아다니며 다달이 돈을 걷어가. 하지만 너나 나나 돈을 낼 필요는 없어. 우리는 받은 게 아무것도 없으니까. 아무튼 문을 열어주지는 않았지?"

"문은 열어주지 않았어요. 일러준 대로."

"그러면 됐어."

"하지만 도둑이라고 했어요."

"그런 건 신경 쓰지 않아도 돼." 덴고는 말했다.

"우리는 아무것도 훔치지 않았어요."

"물론이지. 너도 그렇고 나도 그렇고, 우리는 어떤 나쁜 짓도 하지 않았어."

후카에리는 다시 수화기에 대고 침묵했다.

"여보세요." 덴고는 말했다.

후카에리는 대답하지 않았다. 그녀는 이미 전화를 끊었는지도 모른다. 하지만 그런 듯한 소리도 들리지 않았다.

"여보세요." 덴고는 다시 한번, 이번에는 약간 큰 소리로 말했다.

후카에리가 작게 헛기침을 했다. "그 사람은 당신에 대해 잘 알고 있었어요."

"그 수금원이?"

"응, 에네치케이 사람이."

"그리고 너한테 도둑이라고 했다."

"나한테 도둑이라고 한 게 아니에요."

"그럼 나한테 도둑이라고 했어?"

후카에리는 대답하지 않았다.

덴고는 말했다. "아무튼 우리집에는 텔레비전도 없고 내가 NHK에서 뭘 훔친 것도 아니야."

"하지만 문을 열어주지 않는다고 화를 냈어요."

"그건 상관없어. 얼마든지 화내라고 해. 하지만 무슨 소리를 해도 문은 절대로 열어주면 안 돼."

"문은 열어주지 않는다."

그렇게 말을 마치고는 후카에리는 갑작스럽게 전화를 끊었다. 어쩌면 갑작스러운 게 아닌지도 모른다. 그녀로서는 거기서 수화기를 내려놓는 게 자연스럽고 윤리적인 행위였을지도 모른다. 하지만 덴고의 귀에 그건 갑작스럽게 전화를 끊은 것으로 들렸다. 어떻든, 후카에리가 무엇을 어떻게 생각하고 어떻게 느끼는지 추측해봐야 쓸데없다는 건 덴고도 잘 알고 있다. 경험칙으로.

덴고는 수화기를 내려놓고 아버지의 방으로 돌아왔다.

아버지는 아직 방에 돌아와 있지 않았다. 침대 시트에는 그의 우묵한 자욱이 아직 남아 있었다. 하지만 그곳에 공기 번데기의 모습은 없었다. 엷고 차가운 저녁 어스름에 물들어가는 방 안에는 방금 전까지 그곳에 존재했던 사람의 미미한 흔적이 남겨져 있을 뿐이다.

덴고는 한숨을 내쉬고 의자에 앉았다. 그리고 무릎 위에 양손을 놓고 침대 시트의 그 우묵한 곳을 오래도록 바라보았다. 그러고는 일어서서 창가로 가 바깥에 눈길을 던졌다. 방풍림 위에는 만추의 구름이 옆으로 길게 뻗어 있었다. 오랜만에 아름다운 저녁노을의 기미가 보였다.

NHK 수금원이 어째서 자신을 '잘 알고 있는지', 덴고는 알 수 없었다. NHK 수금원이 왔던 건 일 년쯤 전이다. 그때 덴고는 문 앞에서 집 안에 텔레비전이 없다는 것을 수금원에게 성실하게 설명했다. 자신은 텔레비전이라는 건 전혀 보지 않는다고. 수금원은 그 설명을 받아들이지는 않았지만, 투덜투덜 싫은 소리를 몇 마디 했을 뿐, 더이상 별다른 말 없이 돌아갔다.

오늘 찾아온 사람이 그때 그 수금원인 걸까. 분명 그 수금원도 내게 '도둑'이라고 했던 것 같다. 하지만 똑같은 수금원이 일 년

만에 다시 찾아와 자신을 '잘 알고 있다'고 한다는 건 다소 기묘한 일이다. 두 사람은 그저 문 앞에서 오 분쯤 선 채로 이야기한 사이일 뿐이다.

뭐 됐어, 라고 덴고는 생각했다. 아무튼 후카에리는 문을 열어주지 않았다. 수금원이 다시 찾아올 리는 없다. 그들은 할당량에 쫓기고 지불을 거부하는 사람들과의 불쾌한 언쟁에 지쳐 있다. 그래서 쓸데없는 수고를 줄이기 위해 귀찮은 곳은 미뤄두고 수금하기 쉬운 곳부터 수신료를 받아간다.

덴고는 다시 아버지가 남기고 간 침대의 우묵한 곳을 바라보았다. 그리고 아버지가 닳도록 신은 수많은 구두를 생각했다. 날마다 수금 루트를 답파하면서 아버지는 오랜 세월 동안 헤아릴 수 없이 많은 구두를 매장해왔다. 모두 비슷한 모양의 구두. 검고 바닥이 두툼하고 지극히 실용적인 값싼 가죽구두. 그것들은 너덜너덜 닳고 해지고, 뒤꿈치가 비뚤어질 때까지 혹사당했다. 거칠게 변형된 그런 구두를 볼 때마다 소년시절의 덴고는 가슴이 몹시 아팠다. 그가 가엾게 생각한 것은 아버지가 아니라 오히려 구두였다. 그 구두들은 이용당할 만큼 이용당하고 이제는 죽음이 임박한 가엾은 사역동물을 연상시켰다.

하지만 생각해보면 지금의 아버지는 죽어가는 사역동물 같은 게 아닐까. 닳아버린 가죽구두와 마찬가지로.

덴고는 다시 한번 창밖으로 시선을 던지고 서녘 하늘에 저녁노을이 점점 짙어지는 모습을 바라보았다. 그리고 은은하게 푸르스름한 빛을 내뿜던 공기 번데기를 생각하고, 그 안에 누워 잠든 소녀시절의 아오마메를 생각했다.

그 공기 번데기는 다시 이곳에 나타날까.

시간은 정말 직선의 형태를 갖고 있는 것일까.

"아무래도 이제 별수 없을 거 같아." 덴고는 벽을 향해 말했다. "변수가 너무 많아. 아무리 수학 신동으로 이름을 날렸어도 이건 정답을 내놓기가 어렵겠어."

물론 벽은 대답하지 않았다. 의견도 밝히지 않았다. 그들은 말없이 저녁노을 빛을 드리우고 있을 뿐이었다.

제4장 우시카와

Q

오컴의 면도날

아자부 저택의 노부인이 어떤 형태로든 '선구' 리더의 암살과 관계가 있을 것이라는 생각을 우시카와는 아무래도 선뜻 받아들일 수 없었다. 우시카와는 그 노부인의 신변을 한차례 샅샅이 조사해보았다. 이름이 알려졌고 사회적 지위가 있는 사람이기 때문에 조사에 큰 수고는 들지 않았다. 남편은 전후 실업계 거물 중 한 사람이고 정계에도 영향력을 갖고 있었다. 중점 사업은 투자와 부동산이지만 대형 소매상이나 운송관련사업 같은, 그 주변에서 전개되는 사업 분야에도 깊이 관여했다. 1950년대 중반에 남편이 사망한 뒤, 그녀가 사업을 물려받았다. 그녀는 경영수완이 뛰어나고, 특히 타고난 위기감지 능력이 있었다. 1960년대 후반, 회사 경영이 지나치게 확장되었다는 것을 감지하고 몇몇 부문의 주식을 아직 고가일 때 계획적으로 매각하고 조직을 서서히 줄여나갔다. 그리고 남겨진 부문의 체질강화에 주력했다. 덕분에 얼마 뒤에 찾아온 오일쇼크 시기도 최소한의 타격만으로 극복하고 넉넉한 자금을 비축할 수 있었다. 그녀는 타인의 위기를 자신의 호기로 바꾸는 기술을 터득하고 있었다.

요즘은 사업경영에서 손을 떼고, 느긋한 칠십대 중반을 보내고 있다. 자산도 넉넉하고 누구에게 시달릴 일도 없이 넓은 저택에서 유유자적한 생활을 누리고 있다. 부유한 집안에서 태어나 자산가와 결혼했고, 남편과 사별한 뒤에는 더욱 부유해졌다. 그런 여자가 왜 계획적인 살인을 기도한단 말인가.

하지만 우시카와는 그 노부인에 대해 좀더 강도 높은 조사를 해보기로 했다. 첫째로는 그밖에 단서라고 할 만한 것이 발견되지 않았기 때문이고, 또 하나는 그녀가 운영하는 '세이프하우스'에서 적잖이 마음에 걸리는 점이 있었기 때문이다. 가정폭력으로 고통받는 여성들을 위해 무상으로 은신처를 제공한다는 행위 자체에는 딱히 부자연스러운 점은 없다. 건전하고 유익한 사회봉사다. 그녀에게는 경제적 여력도 있고, 어려운 처지의 여성들은 자신이 받은 후의에 깊이 감사하기도 할 것이다. 하지만 그 아파트는 경계가 지나치게 삼엄했다. 철통같은 출입문과 자물쇠, 독일 셰퍼드, 몇 대씩 설치된 방범카메라. 우시카와는 거기서 뭔가 지나치다는 느낌을 받지 않을 수 없었다.

우시카와는 맨 먼저 노부인이 거주하는 토지와 가옥의 명의를 확인했다. 그것은 공개된 정보이기 때문에 관청에 직접 나가 보면 금세 알 수 있다. 토지도 가옥도 모두 그녀의 단독 개인 명의로 되어 있었다. 담보도 잡혀 있지 않다. 단순명쾌하다. 개인 자산에 해당되기 때문에 연간 고정 자산세가 상당한 금액에 달하겠지만, 매년 그 정도 금액을 지불하는 것쯤 아마 아무것도 아닐 것이다. 앞으로 치러야 할 상속세도 엄청난 액수일 테지만, 그것도 그다지 염려하는 것 같지 않다. 부자치고는 드문 일이다. 우시카와가 아는 한, 부자들만큼 세금을 지긋지긋해하는 인종도 없다.

남편이 사망한 뒤로는 혼자서 그 넓은 저택에서 살고 있다. 물론 혼자라고는 해도 고용인 몇 사람이 함께 살고 있을 터였다. 자식이 둘 있고, 큰아들이 사업을 물려받았다. 큰아들에게는 아이가 셋이 있다. 결혼한 딸은 십오 년 전에 병사했다. 그쪽에는 아이가 없다.

그 정도의 정보는 간단히 얻을 수 있었다. 하지만 거기서 한 걸음 더 들어가 그녀의 개인적인 배경을 좀더 파고들려고 하면, 돌연 단단한 벽에 부딪힌다. 거기서 나아가는 길은 모조리 막혀 있었다. 벽은 높고, 문에는 자물쇠가 몇 겹이나 채워져 있다. 우시카와가 알아낸 것은 이 노부인이 자신의 사적인 부분을 세간에 내보일 생각이 털끝만큼도 없다는 것이었다. 그리고 그 방침을 관철하기 위해 상당한 공력과 돈이 투입된 것 같았다. 그녀는 어떤 질문에도 응하지 않고, 어떤 발언도 하지 않는다. 아무리 자료들을 훑어봐도 그녀의 사진조차 찾을 수 없었다.

미나토 구의 전화번호부에는 그녀의 이름이 등재되어 있었다. 우시카와는 그 번호로 전화를 걸어보았다. 어떤 일이든 직접 정면으로 부딪혀보는 게 우시카와의 방식이다. 벨이 채 두 번도 울리기 전에 한 남자가 전화를 받았다. 우시카와는 가명을 써서 적당한 증권회사 이름을 대고 "보유하신 투자펀드 문제로 부인께 여쭤볼 게 있습니다만" 하고 운을 뗐다. 상대는 "부인께서는 전화는 받지 않으십니다. 용건은 모두 제가 전해드립니다"라고 대답했다. 기계로 합성한 것처럼 사무적인 목소리였다. 회사 규칙상 본인 외에는 내용을 말씀드릴 수 없기 때문에, 그러시다면 며칠 걸리겠지만 우편으로 서류를 보내드릴 텐데 그래도 괜찮겠느냐고 우시카와는 말했다. 그렇게 해주십사고 상대는 말했다. 그리고 전화를 끊었다.

노부인과는 통화하지 못했지만 우시카와는 딱히 실망하지 않았다. 애당초 거기까지는 기대하지 않았다. 그가 알고 싶었던 것은 프라이버시를 지키기 위해 그녀가 얼마나 신경을 쓰고 있느냐 하는 점이었다. 상당히 신경을 쓰고 있었다. 그녀는 그 저택 안에서 몇몇 사람들에 의해 겹겹이 보호를 받는 것 같았다. 그런 분위기가 전화를 받은 남자—아마도 비서일 것이다—의 말투에서도 충분히 느껴졌다. 전화번호부에는 이름이 인쇄되어 있다. 하지만 그녀와 직접 통화할 수 있는 상대는 한정되어 있고, 그밖의 사람들은 설탕통에 슬슬 기어들려는 개미처럼 답삭 집혀나온다.

우시카와는 임대물건을 찾는 척, 근처의 부동산중개소를 돌아다니며 세이프하우스로 사용되는 아파트에 대해 넌지시 사정을 물었다. 대부분의 업자는 그 주소에 그런 아파트가 존재한다는 사실조차 알지 못했다. 이 근방은 도쿄에서도 유수의 고급주택가다. 기본적으로 고가의 물건밖에 취급하지 않고, 2층짜리 목조 임대아파트 따위에는 털끝만큼도 관심을 갖지 않는다. 그들은 우시카와의 얼굴과 옷차림을 흘끔 쳐다볼 뿐, 변변히 상대도 해주지 않았다. 옴이 오른데다 비를 흠씬 맞고 꼬리까지 뜯긴 개가 문틈으로 기어들어도 그보다는 더 따스하게 대해주리라는 생각이 들 정도였다.

거의 포기하려는 참에 꽤 오래전부터 꾸려온 듯한 조그만 동네 부동산중개소가 우시카와의 눈길을 끌었다. 가게를 지키고 있던 누리끼리한 얼굴의 노인네가 "아, 그 집?" 하고 자진해서 사정을 일러주었다. 2급품 미라처럼 비쩍 말라빠진 노인네였지만 이 근방 일이라면 샅샅이 알고 있었고, 누구라도 좋으니 말벗을 해줄 상대를 원하고 있었다.

"그건 오가타 씨 부인이 소유한 건물이고, 그래, 전에는 임대 아파트였을 거야. 어째서 오가타 씨가 그런 건물을 갖고 있었는지, 자세한 건 나도 몰라. 굳이 아파트 임대사업을 해야 할 처지는 아니었으니까 말이지. 아마 고용인들의 숙소 같은 걸로 썼을 거야. 지금은 뭐라더라, 아, 가정폭력으로 고생하는 여자들을 위해, 옛날에 그런 불쌍한 여자들을 받아주던 비구니 절 같은 식으로 쓰는 모양이더라고. 어쨌거나 부동산업자한테는 밥줄이 안 되는 물건이야."

노인은 그렇게 말하고는 입을 벌리지도 않고 쇠딱따구리 같은 소리로 웃었다.

"아 예, 비구니 절이라고요." 우시카와는 그렇게 대답하고, 노인에게 세븐스타를 한 대 권했다. 그걸 받아든 노인은 우시카와가 라이터로 불을 붙여주자 그야말로 달게 피웠다. 세븐스타의 입장에서도 그렇게까지 달게 피워주면 더 바랄 게 없을 거라고, 우시카와는 생각했다.

"남편한테 두들겨맞고 얼굴이 퉁퉁 부어서 도망쳐나온 여자들을, 그래, 거기서 숨겨주는 거야. 물론 집세 같은 건 안 받겠지."

"사회봉사 같은 것이군요?" 우시카와가 물었다.

"그렇지. 아파트 한 동이 남아도니까 그걸 활용해서 딱한 사람들을 도와주려는 거지. 아무튼 엄청난 부자라서 손해니 이익이니 따질 것 없이 자기 하고 싶은 대로 하면서 살 수 있는 거지. 우리 같은 서민들하고는 달라."

"하지만 오가타 씨 부인은 어째서 그런 일을 시작했을까요. 무슨 계기 같은 게 있었답니까?"

"글쎄. 아무튼 큰 부자니까 뭐, 일종의 취미 같은 거 아니겠어."

"하지만 설령 취미라 해도 딱한 사람들을 적극적으로 돕는다는 건 좋은 일 아니겠습니까." 우시카와는 싱글거리며 말했다. "돈 많은 사람들이 모두 자진해서 그런 일을 하는 건 아니니까요."

"그야 뭐, 좋은 일이라면 분명 좋은 일이지. 나도 옛날에는 마누라를 노상 쥐어팼으니까 잘난 소리는 못 하겠지만서도." 노인은 그렇게 말하고 이 빠진 입을 크게 벌리고 웃었다. 아내를 가끔 쥐어팬 것이 자신의 인생에서 특기할 만한 기쁨이라는 듯이.

"그래서, 지금은 몇 명 정도나 거기서 살고 있을까요?" 우시카와는 물어보았다.

"매일 아침마다 산책하면서 그 앞을 지나는데, 밖에서는 아무것도 안 보여. 하지만 늘 몇 사람쯤은 있는 것 같아. 세상에는 마누라를 패는 사내들이 꽤 많은 모양이야."

"세상엔 도움이 되는 일을 하는 인간보다 도움이 안 되는 짓을 하는 인간이 훨씬 더 많으니까요."

노인은 다시 입을 크게 벌리고 웃었다. "음, 댁의 말이 맞아.

이 세상엔 좋은 짓을 하는 인간보다는 한심한 짓을 하는 인간이 수적으로 훨씬 더 많지."

노인은 아무래도 우시카와가 마음에 든 모양이었다. 우시카와는 왠지 뒤숭숭하니 불편한 기분이 들었다.

"그런데 그 오가타 씨의 부인이라는 분은 어떤 사람인가요?" 우시카와는 지나가는 말처럼 물었다.

"오가타 씨 부인이라. 음, 잘 모르겠어." 시든 나무의 정령처럼 미간을 빽빽하게 찌푸리며 노인은 대답했다. "아주 조용히 사는 양반이거든. 오랫동안 여기서 이 장사를 하고 있지만, 어쩌다 멀리서 슬쩍 보는 정도야. 외출할 때는 운전기사 딸린 차를 타고 나가고, 시장 보는 건 전부 아줌마들이 해. 비서 같은 사람이 하나 있어서 그 사람이 대부분 일을 처리하지. 아무튼 좋은 환경에서 자란데다가 큰 부자니까 우리 같은 미천한 사람들하고 직접 말을 섞거나 하지 않지." 그는 얼굴을 잔뜩 찌푸리고 그 주름살 속에서 우시카와에게 끔벅 눈짓을 했다.

'우리 같은 미천한 사람들'이라는 집단은 아무래도 이 누리끼리한 얼굴의 노인 자신과 우시카와가 중심이 되어 이루어진 모양이다.

우시카와는 물었다. "오가타 씨 부인은 언제부터 그 '가정폭력으로 고통받는 여성들을 위한 세이프하우스' 운영을 시작했을까요?"

"글쎄, 확실한 건 잘 모르겠어. 옛날 비구니 절 운운하는 소리도 남한테 들은 얘기거든. 언제쯤부터 그런 일을 하셨을까나. 어쨌거나 그 아파트에 사람들이 꽤 빈번하게 들락거리게 된 건 사 년쯤 전부터야. 한 사오 년? 그쯤이야." 노인은 찻잔을 손에 들고 식은 차를 마셨다. "그때쯤부터 대문도 새로 달고 경비가 부쩍 삼엄해졌어. 아무튼 세이프하우스라고 이름 붙일 정도니까, 그야 그렇기도 하겠지. 아무나 쑥쑥 들락거려서야 그 안의 사람들도 마음 놓고 살 수 없을 거 아냐."

그리고 노인은 문득 현실로 돌아온 것처럼 탐색하는 눈빛으로 우시카와를 바라보았다. "그래서, 댁은 적당한 돈에 빌릴 집을 찾고 있다고?"

"그렇습니다."

"그러면 다른 데로 가봐. 이쪽으로는 다들 으리으리한 저택들뿐이고, 임대물건이 있다 해도 대사관에 근무하는 외국인용의 값비싼 물건뿐이야. 옛날엔 말이지, 부자가 아닌 보통사람도 이 근처에 꽤 살았어. 우리도 그런 물건을 취급하면서 장사가 좀 됐지. 근데 요즘엔 그런 건 어디에도 없어. 안 그래도 슬슬 가게 걷어치울까 하는 참이야. 도쿄 도심 땅값은 미친 듯이 올라가지, 우리 같은 영세업자는 도저히 일을 할 수가 없게 됐어. 댁도 돈이 남아도는 게 아니라면 다른 동네를 찾아보는 게 좋아."

"그러지요." 우시카와는 말했다. "자랑은 아니지만, 남아도는 돈은 전혀 없으니까요. 다른 곳을 찾아보지요."

노인은 담배연기에 한숨을 섞어 후우 뱉어냈다. "그나저나 혹시 오가타 씨 부인이 돌아가시면 저 저택도 조만간 사라질 게야. 큰아드님은 아무튼 수완 좋은 사람이니 이런 일등지의 넓은 땅을 쓸데없이 놀려둘 리가 없어. 당장 때려부수고 초호화 맨션을 짓겠지. 여차하면 지금쯤 벌써 준비성 있게 도면을 그리고 있는지도 모르지."

"그렇게 되면 이 근처의 차분한 분위기도 크게 바뀌겠군요."

"음, 그야 확 바뀌겠지."

"아드님이란 분은 어떤 사업을 하시는데요?"

"기본적으로는 부동산업자야. 아, 한마디로 우리하고 동업. 그렇긴 한데, 하는 일은 하늘과 땅, 롤스로이스하고 딸딸이 자전거만큼 차이가 나지. 그쪽은 자본을 굴려서 거대한 물건을 자기들이 계속 만들어나가. 구조가 빈틈없이 짜여 있어서 맛있는 국물은 한 방울도 남김없이 죄다 빨아먹지. 우리한테는 떨어진 국물 한 방울도 차례가 안 돌아와. 참 세상 지독해졌어."

"아까 그 집 주위를 한 바퀴 빙 돌아봤는데, 야, 감탄했습니다. 참으로 훌륭한 저택이에요."

"음, 이 근처에서도 최고로 좋은 저택이지. 그 번듯한 버드나무가 통째로 잘려나갈 걸 생각하면 내가 아주 마음이 아파." 노인은 그렇게 말하며 그야말로 안타깝다는 듯이 고개를 저었다.

"오가타 씨 부인이 한참 더 오래 살아주셨으면 좋겠구먼."

"정말 맞는 말씀이에요." 우시카와는 동의했다.

우시카와는 '가정폭력으로 고통받는 여성들을 위한 상담실'에 연락을 해보았다. 놀랍게도 전화번호부에는 그 이름 그대로 전화번호가 있었다. 몇몇 변호사들이 중심이 되어 자원봉사로 운영하는 비영리단체였다. 노부인의 세이프하우스는 그 단체와 연대하여, 집에서 도망쳐나와 갈 곳 없는 여성들을 받아주고 있었다. 우시카와는 그의 사무실 이름으로 면담을 신청했다. 예의 '신일본학술예술진흥회' 이름으로. 자금을 지원해줄 가능성이 있다는 얘기를 슬쩍 내비쳤다. 그리고 면담 일시가 정해졌다.

우시카와는 그들에게 명함을 내밀고(덴고에게 건넸던 것과 똑같은 명함이다), 사회에 공헌하고 있는 우수한 비영리단체를 일 년에 한 곳씩 선정하여 후원금을 지급하는 것이 이 법인의 목적 중 하나라고 설명했다. 그 후보 중 하나로 '가정폭력으로 고통받는 여성들을 위한 상담실'이 선정되었다. 스폰서가 누구인지는 분명하게 밝힐 수 없으나 후원금의 사용에 대해서는 완전히 자유이며, 연말에 한 차례 간단한 보고서를 제출하는 것 외에 다른 의무는 수반되지 않는다.

상대방 젊은 변호사는 우시카와의 풍채를 한차례 관찰하고 그다지 좋은 인상은 품지 않은 듯했다. 우시카와의 생김새는 첫 대면한 상대에게 호감이나 신뢰감을 줄 법하지 않다. 하지만 그들은 운영자금이 만성적으로 부족하고, 어떤 원조라도 환영하지 않을 수 없는 처지였다. 그래서 약간은 의심의 여지가 있었지만, 우시카와의 이야기를 일단 받아들였다.

활동내용을 좀더 상세히 듣고 싶다고 우시카와는 말했다. 변호사는 '가정폭력으로 고통받는 여성들을 위한 상담실'이 설립된 경위를 설명했다. 어떻게 그들이 이 단체를 만들게 되었는가에 대해. 우시카와에게 그런 이야기는 따분할 뿐이었지만, 무척이나 흥미롭다는 얼굴을 하고서 상대의 설명에 귀를 기울였다. 적절한 지점에서 맞장구를 치고, 크게 고개를 끄덕이고, 감탄한 얼굴을 했다. 그러는 사이에 상대도 점점 우시카와에게 다가왔다. 생긴 꼴만큼 수상쩍은 인물은 아닐지도 모른다고 생각하기 시작한 것 같았다. 우시카와는 남의 말을 들어주는 훈련이라면 충분히 잘되어 있어서, 그야말로 성실하게 귀를 기울이는 그의 태도는 대개의 경우 상대의 마음을 누그러뜨렸다.

그는 기회를 잡아 '세이프하우스' 쪽으로 넌지시 화제를 돌렸다. 가정폭력을 피해 도망쳐나온 가엾은 여성들이 갈 곳을 찾지 못할 경우, 어디에 몸을 의탁하게 되느냐고 물었다. 무도한 강풍에 농락당하는 나뭇잎 같은 그녀들의 운명을 진심으로 걱정하는 표정을 얼굴에 담고.

"그런 경우에 대비해 우리는 몇 군데 세이프하우스를 마련해

두고 있습니다." 젊은 변호사는 대답했다.

"세이프하우스라고 하시는 건?"

"일시적인 피난처예요. 그리 많은 건 아니지만 그런 장소를 독지가들께서 몇 군데 제공해주셨습니다. 개중에는 아파트 한 동을 통째로 내주신 분도 있어요."

"아파트 한 동을 통째로?" 우시카와는 감탄한 듯이 말했다. "그런 분이 세상에 계시군요."

"우리 활동을 신문이나 잡지에서 다뤄주면, 어떤 형태로든 돕고 싶다는 분들이 연락을 해옵니다. 그런 분들의 도움 없이 이런 조직을 운영해가는 건 불가능하지요. 거의 사비를 털어 운영하는 형편이니까요."

"참으로 의미 있는 활동을 하고 계시는군요." 우시카와는 말했다.

변호사는 무방비한 웃음을 지었다. 자신이 옳은 일을 하고 있다고 확신하는 사람만큼 속여먹기 쉬운 상대도 없다고 우시카와는 새삼 생각했다.

"지금은 몇 명 정도의 여성들이 그 아파트에서 지내고 있나요?"

"그때그때 다르지만, 음, 그래요, 대개는 네 명에서 다섯 명 정도." 변호사는 대답했다.

"그 아파트를 제공하셨다는 독지가 말인데요." 우시카와는 물었다. "어떤 경위로 이런 운동에 참여하게 되었을까요? 뭔가 계기 같은 게 있으실 것 같은데."

변호사는 고개를 갸웃했다. "거기까지는 저도 잘 모르겠습니다. 다만 그 이전에도 개인적인 범위에서 그런 활동을 해오신 것으로 알고 있어요. 어쨌거나 저희로서는 그저 감사히 후의를 받을 뿐이지요. 그쪽에서 설명이 없으시면 이유까지 일일이 묻지는 않습니다."

"물론 그러시겠지요." 우시카와는 고개를 끄덕이며 말했다. "그럼 그 세이프하우스의 위치 같은 것에 대해서는 비밀로 하시겠군요?"

"예, 여성들이 안전하게 보호받아야 하고, 또한 많은 독지가들이 익명으로 해주시기를 원해요. 아무래도 폭력행위와 관련된 일이니까요."

그뒤에도 잠시 이야기를 이어갔지만, 상대 변호사에게서 더 이상 구체적인 정보를 얻을 수는 없었다. 우시카와가 알아낸 것은 다음과 같은 사실이었다. '가정폭력으로 고통받는 여성들을 위한 상담실'이 본격적인 활동을 시작한 것은 사 년 전이고, 얼마 후 어느 '독지가'로부터 연락이 왔다. 현재 사용하지 않는 아파트 한 동을 세이프하우스로 제공하고 싶다는 신청이었다. 그들의 활동이 신문에 소개되고, 그것을 읽은 '독지가'가 연락을 해온 것이었다. 절대로 이름을 밝히지 않는다는 게 협력의 조건이었다. 하지만 이야기의 흐름상, 그 '독지가'가 아자부의 노부인이고 '세이프하우스'가 그녀 소유의 목조 아파트라는 데는 의문의 여지가 없었다.

"제가 너무 긴 시간을 빼앗았군요." 우시카와는 그 이상주의자 체질의 젊은 변호사에게 심심한 감사인사를 건넸다. "참으로 충실하고도 유익한 활동입니다. 이 이야기를 다음 이사회에 꼭 올리도록 하겠습니다. 가까운 시일 내에 연락을 드릴 수 있을 겁니다. 하시는 일이 한층 발전하시기를 기원합니다."

우시카와가 그다음에 한 일은 노부인의 딸이 사망한 경위를 조사하는 것이었다. 그녀는 운수성運輸省의 엘리트 관료와 결혼했고, 사망 당시 아직 서른여섯 살이었다. 사인까지는 알 수 없었다. 남편은 아내가 사망한 뒤, 곧바로 운수성을 떠났다. 조사해서 알아낸 사실은 거기까지였다. 남편이 운수성에서 갑작스럽게 퇴임한 이유도 알 수 없고, 그뒤 그가 어떻게 살아가고 있는지도 불확실하다. 그의 퇴임이 아내의 죽음과 관련이 있는지 없는지도 알 수 없다. 운수성은 일반시민에게 적극적으로 내부 정보를 공개하는 친절한 관청이 아니다. 하지만 우시카와에게는 예리한 후각이 있었다. 거기엔 뭔가 부자연스러운 것이 있다. 그 남자가 아내를 잃은 슬픔으로 크게 상심한 나머지 커리어를 버리고 공직을 떠나 어딘가로 몸을 숨겨버렸다고는 도저히 생각할 수 없었다.

우시카와가 이해하는 한, 서른여섯 살에 병사하는 여성의 수는 그리 많지 않다. 물론 전혀 없는 건 아니다. 인간은 나이가 어려도, 아무리 풍족한 환경에서 태어났어도, 돌연히 병을 얻어 목숨을 잃기도 한다. 암도 있고, 뇌종양도 있고, 복막염이나 급성 폐렴도 있다. 인간의 몸이란 위태롭고 불확실한 것이다. 하지만 부유한 환경의 여성이 서른여섯 살로 귀적鬼籍에 오를 때, 그건 확률적으로 자연사보다는 사고사나 자살인 경우가 많다.

가정을 해보자, 하고 우시카와는 생각했다. 여기서는 잠시 고명하신 '오컴의 면도날'의 법칙에 따라 되도록 심플하게 가설을 쌓아나가는 게 좋다. 쓸데없는 요인은 배제하고 논리의 라인을 하나로 줄여서 상황을 바라보자.

노부인의 딸은 병사한 게 아니라 자살한 것이라고 가정하면 어떨까. 우시카와는 두 손을 맞비비며 그렇게 생각했다. 자살을 병사라고 세상에 거짓 공표하는 건 그리 어려운 일이 아니다. 특히 재력과 영향력을 가진 인물이라면. 다시 한 걸음 더 나아가, 그 딸이 가정폭력을 당하고 인생에 절망하여 스스로 목숨을 끊은 것이라고 가정해볼 수 있지 않을까. 그것도 충분히 있을 수 있는 일이다. 이른바 엘리트라 불리는 사람들 중에 결코 적지 않은 자들이—마치 사회적 비율을 자진해서 필요 이상으로 떠맡기라도 하듯이—천박하기 짝이 없는 성격이나 음습하게 왜곡

된 성향을 가졌다는 것은 일반적으로 잘 알려져 있는 사실이다.

자, 만일 그렇게 되었을 경우, 어머니인 노부인은 어떻게 할까? 이것도 운명이다, 어쩔 수 없다, 라고 생각하고 그대로 포기할까? 아니, 그럴 리 없다. 딸을 죽음으로 몰아넣은 원인이 된 자에게 상응하는 보복을 가하려 할 것이다. 노부인이 어떤 인물인지 우시카와는 이제 대충 짐작이 갔다. 담력 있는 총명한 여성이고, 명료한 비전을 지녔으며, 일단 결정한 일은 즉각 실천에 옮긴다. 그러기 위해 자신이 지닌 재력과 영향력을 아낌없이 행사한다. 사랑하는 딸을 상처입히고 망가뜨리고 결과적으로 목숨까지 앗아간 인간을 그녀가 그대로 내버려둘 리 없다.

실제로 어떤 종류의 보복이 그 남편에게 가해졌는지, 우시카와는 알 도리가 없다. 그 인물의 행적은 말 그대로 허공으로 사라졌다. 노부인이 그자의 목숨을 빼앗았다고까지는 생각되지 않는다. 신중하고 침착한 여자다. 넓은 시야도 갖고 있다. 그렇게까지 노골적인 짓은 하지 않을 것이다. 하지만 뭔가 통렬한 조치가 취해진 건 틀림이 없다. 그리고 어떤 조치를 취했건, 그녀가 자신에게 불리한 흔적을 뒤에 남겼을 거라고는 생각하기 어렵다.

하지만 딸을 빼앗긴 어머니의 분노와 절망은 그저 개인적인 복수만으로는 가라앉지 않는다. 그녀는 어느 날 신문에서 '가정폭력으로 고통받는 여성들을 위한 상담실'의 활동을 알게 되고 거기에 협력을 제안한다. 자신은 현재 거의 사용하지 않는 임대

아파트를 도내에 한 동 소유하고 있으며, 갈 곳 없는 여성들을 위해 그것을 무상으로 제공할 수 있다. 지금까지도 몇 번 그 비슷한 목적으로 그곳을 사용한 적이 있기 때문에 이 일의 대략적인 운용방식은 알고 있다. 다만 이름은 공식적으로 드러나지 않게 해주었으면 한다. 단체를 주관하는 변호사들은 물론 그 제안을 감사히 받아들인다. 공적인 단체와 연계함으로써 그녀의 복수심은 보다 광범위하고 유용하며, 보다 긍정적인 것으로 승화된다. 거기에는 분명 계기가 있고 동기가 있다.

거기까지의 추측은 일단 앞뒤가 맞아떨어지는 것으로 생각되었다. 구체적인 근거는 없다. 모든 것은 가설의 집적에 지나지 않는다. 하지만 그런 이론에 맞춰 생각해보면 일단 많은 의문이 해소된다. 우시카와는 입술을 핥으며 양손을 슥슥 맞비볐다. 하지만 그다음으로 들어가면 상황은 금세 모호해진다.

노부인은 자신이 다니던 스포츠클럽에서 아오마메라는 젊은 여성 인스트럭터를 알게 되었고, 어떤 계기가 있었는지는 모르지만 서로 마음의 밀약을 맺는다. 그리고 주도면밀한 계획을 세우고, 아오마메를 호텔 오쿠라에 파견하여 '선구'의 리더를 죽음에 이르게 한다. 살해 방법은 아직 알 수 없다. 어쩌면 아오마메는 특수한 살인기술을 갖고 있는지도 모른다. 그 결과, 리더는 충실하고도 유능한 보디가드들의 엄중한 경호를 받고 있었음에도 불구하고 목숨을 잃었다.

거기까지는 아슬아슬하게나마 가설의 실을 이어갈 수 있다. 하지만 '선구'의 리더와 '가정폭력으로 고통받는 여성들을 위한 상담실' 사이에 어떤 관련이 있느냐는 지점에 이르러 우시카와는 그만 두 손을 들고 만다. 그의 사고는 거기에서 딱 막히고, 이어온 가설의 실은 예리한 면도날에 어이없이 끊겨버린다.

교단에서 현재 우시카와에게 원하는 것은 두 가지 의문에 대한 답이었다. 하나는 '리더의 살해를 주도한 자는 누구인가', 그리고 또 하나는 '아오마메는 지금 어디에 있는가'.

아오마메에 대해 사전조사를 한 것은 우시카와였다. 그는 그 전에도 같은 종류의 조사를 몇 번이나 해왔다. 말하자면 익숙한 업무다. 그리고 우시카와는 그녀가 깨끗하다는 결론을 내렸다. 어떤 각도에서 보더라도 수상한 점은 찾을 수 없었다. 교단에도 그렇게 보고했다. 그리고 아오마메는 호텔 오쿠라의 스위트룸에 불려갔고, 근육 스트레칭을 했다. 그녀가 돌아간 뒤, 리더는 숨져 있었다. 아오마메는 그길로 자취를 감췄다. 마치 바람에 휘날려간 연기처럼. 교단은 그 일로 우시카와에 대해, 부드럽게 말해도 '상당히 강한 불쾌감'을 품고 있다. 우시카와의 사전조사가 충분하지 못했다고 생각하는 것이다.

하지만 실제로는 늘 해왔던 대로 빈틈없이 조사를 했다. 스킨헤드에게도 말했듯이 우시카와는 업무에 대해 꾀를 부리는 일이 결코 없다. 전화 통화기록을 사전에 체크하지 않은 건 분명 실수였지만, 어지간히 의심스러운 케이스가 아닌 한 통상 그렇게까지는 하지 않는다. 그리고 그가 조사해본 한에서는 아오마메에게서 수상쩍은 점은 단 하나도 눈에 띄지 않았다.

어쨌든 우시카와로서는 그들이 언제까지고 불쾌감을 품고 있게 내버려둘 수는 없었다. 보수는 두말할 나위 없이 넉넉하게 지급해주지만, 몹시 기분 나쁜 자들이다. 리더의 시신이 비밀리에 처리된 사실을 알고 있다는 것만으로도 우시카와는 이미 그들에게 위험인물로 간주되고 있다. 자신이 유용한 인재이며 살려둘 가치가 있다는 것을, 손에 잡히는 구체적인 형태로 보여주지 않으면 안 된다.

리더 살해에 아자부의 노부인이 관여했다는 구체적인 증거는 없다. 현재로서는 모든 게 가설과 추측의 영역을 벗어나지 않는다. 하지만 우람한 버드나무가 무성하게 가지를 뻗은 그 넓은 저택 안에는 뭔가 중대한 비밀이 숨어 있다. 우시카와의 후각은 그렇게 알리고 있었다. 그 진상을 그는 이제부터 파헤쳐야 한다. 간단한 작업일 리는 없다. 상대의 가드는 견고하고, 그곳에는 틀림없이 프로의 손길이 뻗쳐 있다.

야쿠자일까.

어쩌면 그럴지도 모른다. 실업계, 특히 부동산업계는 세상의 이목이 닿지 않는 곳에서 야쿠자와 거래하는 일이 많다. 험한 일은 그런 자들에게 맡긴다. 노부인이 그들의 힘을 이용하리라는 것도 반드시 틀린 추측만은 아니다. 하지만 우시카와는 거기에 대해서는 부정적이다. 노부인은 그런 인종과 관계를 맺기에는 자란 환경이 지나치게 좋다. 특히 '가정폭력으로 고통받는 여성들'을 보호하기 위해 야쿠자의 힘을 이용한다는 건 생각하기 어렵다. 아마도 그녀는 독자적인 경호체계를 마련했을 것이다. 세련된 개인 시스템을. 돈은 더 많이 들겠지만, 그녀는 돈에 부족함을 느끼는 일은 없다. 그리고 그 시스템은 필요에 따라 폭력적인 경향을 띨지도 모른다.

만일 우시카와의 가설이 옳다면 아오마메는 노부인의 도움을 받아 지금쯤 어딘가 먼 은신처에 몸을 숨기고 있을 것이다. 빈틈없이 발자취를 지우고, 새로운 아이덴티티를 부여받고, 이름도 바꾸었을 것이다. 어쩌면 겉모습까지도 달라져 있을지 모른다. 그렇다면 우시카와가 지금 하는 식의 어설픈 개인적인 조사로 그 발자취를 더듬는다는 건 불가능하다.

일단은 이 아자부의 노부인이라는 선에 매달려볼 수밖에 없을 것 같다. 거기서 뭔가 터진 틈을 찾아내고, 그 틈새로 아오마메의 발자취를 추측해나가는 수밖에. 잘될지도 모르고 잘 안 될지도 모른다. 하지만 예리한 후각과 한번 달라붙으면 결코 놓지 않는 강한 끈기가 우시카와의 재산이다. 그것 말고 대체 내게 어떤 내세울 만한 자질이 있는가. 우시카와는 스스로에게 물었다.

남에게 자랑할 만한 능력이 그것 말고 또 뭐가 있는가?

하나도 없다, 우시카와는 확신을 가지고 스스로에게 대답했다.

제5장 아오마메

Q

아무리 숨을 죽이고 있어도

한 장소에 틀어박혀 보내는 단조롭고 고독한 생활은 아오마메에게 그다지 힘든 일이 아니다. 아침 여섯시 반에 일어나 간단한 아침식사를 한다. 한 시간쯤 걸려 빨래며 다림질이며 바닥 청소를 한다. 점심 전의 한 시간 반, 다마루가 보내준 운동기구를 사용하여 효율적이고 농밀하게 몸을 움직인다. 프로 인스트럭터로서 어떤 부분의 근육에 날마다 어느 정도의 자극을 주면 좋은지 그녀는 속속들이 알고 있다. 어느 정도의 부하負荷가 유익하고 어느 정도가 지나친지도 안다.

점심은 야채샐러드와 과일 위주로 먹는다. 오후에는 대개 소파에 앉아 책을 읽고, 짧은 낮잠을 잔다. 저녁은 한 시간쯤 요리를 해서 여섯시 전에는 식사를 마친다. 해가 저물면 베란다의 가든체어에 앉아 어린이공원을 감시한다. 그리고 열시 반에는 침대에 든다. 그것의 반복이다. 하지만 그런 생활을 딱히 따분하다고 느끼는 일은 없다.

원래부터 사교적인 성격이 아니다. 장기간에 걸쳐 사람을 만나지 않아도, 대화를 하지 않아도 불편을 느끼지 않는다. 초등학생 때는 같은 반 친구들과 거의 말을 한 적이 없었다. 정확히 말하면, 꼭 필요하지 않은 한 아무도 그녀에게 말을 걸지 않았다. 아오마메는 그 교실에서 '정체를 알 수 없는' 이질분자였고, 배제되고 묵살되어야 할 존재였다. 아오마메는 그건 공정하지 않다고 생각했다. 만일 그녀 자신에게 잘못이나 문제가 있는 것이라면 배제되어도 어쩔 수 없는지 모른다. 하지만 그렇지 않았다. 무력한 어린아이가 목숨을 부지하기 위해서는 부모의 명령에 잠자코 따르는 수밖에 없는 것이다. 그래서 급식을 먹기 전에는 반드시 큰 소리로 기도를 올리고, 일요일에는 어머니를 따라 동네를 돌아다니며 전도활동을 하고, 종교상의 이유로 절이나 신사로 가는 소풍을 보이콧하고, 크리스마스 파티를 거부하고, 남이 입던 헌옷을 입히는 것에도 불평 한마디 하지 않았다. 하지만 주위 아이들은 아무도 그런 사정을 알지 못했고, 또 알려고도 하지 않았다. 그저 재수 없어할 뿐이었다. 교사들 역시 그녀의 존재를 대놓고 귀찮게 여겼다.

물론 아오마메는 부모에게 거짓말을 할 수도 있었다. 날마다 급식 전에 기도를 올린다고 말하고 올리지 않을 수도 있었다. 하지만 그런 짓은 하고 싶지 않았다. 첫째로는 신에게—실제로 신이 있건 없건—거짓말을 하고 싶지 않았기 때문이고, 또 하나는 동급생들에게 그녀 나름대로 화가 나 있었기 때문이다. 그렇게도 나를 재수 없어하고 싶다면 마음대로 실컷 재수 없어해라. 아오마메는 그렇게 생각했다. 기도를 계속하는 것은 오히려 그들에 대한 도전이었다. 공정한 건 내 쪽이다.

아침에 눈을 뜨고 학교에 가기 위해 옷을 갈아입는 게 고통이었다. 긴장 때문에 자주 설사를 하고 이따금 토하기도 했다. 열이 나기도 하고 두통이나 팔다리의 마비를 느끼는 날도 있었다. 그래도 하루도 결석하지 않았다. 하루를 결석하면 그대로 며칠이고 쉬고 싶을 터였다. 그런 일이 계속되면 두 번 다시 학교에 갈 수 없다. 그건 동급생이나 교사에게 자신이 패배했다는 것을 의미한다. 그녀가 교실에서 사라지면 다들 내심 안도할 게 틀림없었다. 아오마메는 그들이 내심 안도할 일 따위는 결코 해주고 싶지 않았다. 그래서 아무리 괴로워도 기어서라도 학교에 갔다. 그리고 이를 악물고 침묵을 견뎠다.

당시 그녀가 처했던 가혹한 상황에 비하면 아담한 맨션에 틀어박혀 아무와도 말을 나눌 수 없는 것쯤은 아무것도 아니다. 주위 아이들 모두가 신나게 떠드는 가운데 내내 침묵해야 하는 그 괴로움에 비하면, 나 혼자서 지키는 침묵은 훨씬 쉽고 자연스러운 일이다. 읽을 책도 있다. 그녀는 다마루가 보내준 프루스트를 읽기 시작했다. 하지만 하루에 이십 페이지 이상은 읽지 않도록 주의했다. 시간을 들여 그야말로 한 자 한 자 꼼꼼하게 이십 페이지를 읽는다. 거기까지 다 읽으면 다른 책을 손에 든다. 그리고 잠들기 전에는 「공기 번데기」를 반드시 몇 페이지씩 읽는다. 그것은 덴고가 쓴 글이고, 또 어떤 의미에서는 그녀가 1Q84년을 살아가기 위한 매뉴얼이기도 하니까.

음악도 들었다. 노부인은 클래식 음악 카세트테이프를 종이박스에 가득 채워 보내주었다. 말러의 교향곡, 하이든의 실내악, 바흐의 건반음악, 다양한 종류와 형식의 음악이 담겨 있었다. 그녀가 부탁한 야나체크의 〈신포니에타〉도 있었다. 하루에 한 번 〈신포니에타〉를 들으며 거기에 맞춰 격한 무음의 운동을 했다.

가을이 조용히 깊어갔다. 하루하루 변해가는 계절 속에서 자신의 몸이 조금씩 투명해져간다고 느꼈다. 되도록 무언가 생각하지 않으려고 아오마메는 노력한다. 하지만 물론 아무것도 생각하지 않을 수는 없다. 진공眞空이 있으면 무언가가 그것을 채운다. 하지만 적어도 지금의 그녀는 무언가를 미워할 필요를 느끼지 않는다. 학교 동급생들이나 교사를 미워할 일도 없다. 그녀는 더이상 힘없는 어린애가 아니고, 강제로 신앙에 떠밀리는 일도 없다. 여자를 때리고 상처입히는 남자들을 증오할 필요도 없다. 때때로 해일처럼 몸속에서 솟구치던 분노는—눈앞의 벽을 이유도 없이 내리치고 싶은 감정의 격한 흥분은—모르는 사이에 어딘가로 사라지고 없었다. 어째서인지는 모르지만, 그런 감정이 찾아오는 일은 이제 없었다. 그건 아오마메에게는 고마운 일이었다. 그녀는 이제 더이상 어느 누구도 상처입히고 싶지 않았다. 자신이 상처받고 싶지 않은 것과 마찬가지로.

잠이 오지 않는 밤에는 오쓰카 다마키와 나카노 아유미를 생각한다. 눈을 감으면 그녀들의 몸을 껴안았던 기억이 생생히 되살아난다. 두 사람은 저마다 부드럽고 윤기가 도는 따스한 몸을 가지고 있었다. 다정하고 깊이 있는 몸이다. 그곳에서는 신선한 피가 돌고 심장이 규칙적으로 자비로운 소리를 냈다. 작은 한숨소리가 들리고 쿡쿡 웃는 소리가 들렸다. 섬세한 손끝, 딱딱해진 유두, 매끈한 허벅지…… 하지만 그녀들은 이제 이 세상에 없다.

어둡고 부드러운 물처럼 소리도 없이, 기척도 없이, 슬픔이 아오마메의 가슴을 가득 채운다. 그런 때는 기억의 회로를 바꾸어 애써 덴고를 생각한다. 의식을 집중하여 방과후 교실에서 아주 잠깐 꼭 잡았던 열 살 덴고의 손의 감촉을 떠올린다. 그리고 얼마 전, 미끄럼틀 위에 있던 서른 살 덴고의 모습을 뇌리에 다시 불러낸다. 그의 굵은 두 팔이 자신을 꼭 끌어안는 모습을 상상한다.

그는 조금만 더 손을 내밀면 닿을 곳에 있었다.

그리고 이다음에는 내가 내민 손이 정말 그에게 가 닿을지도 모른다. 아오마메는 어둠 속에서 눈을 감고 그 가능성에 몸을 담는다. 그리움에 마음을 맡긴다.

하지만 만일 두 번 다시 그를 만날 수 없다면, 나는 어떻게 해야 할까. 아오마메의 마음은 파르르 떨린다. 덴고와의 현실적인 접점이 존재하지 않았을 때는 일이 훨씬 단순했다. 어른이 된 덴고를 만난다는 건 아오마메에게는 그저 꿈이고 추상적인 가정일 뿐이었다. 하지만 그의 실제 모습을 목격한 지금, 덴고의 존재는 이전과는 비교할 수 없을 만큼 절실하고 강력한 것이 되었다. 무슨 일이 있어도 그를 다시 만나고 싶다. 그리고 그의 품에 안겨 온몸 구석구석 애무를 받고 싶다. 그것이 이루어질 수 없을지 모른다는 생각만으로도 마음과 몸이 한가운데서 쩍 갈라져 두 동강이 날 것만 같다.

나는 에소의 호랑이 간판 앞에서 그대로 9밀리 총알을 입속에 박아넣었어야 했는지도 모른다. 그랬다면 살아서 이런 안타까움을 겪는 일도 없을 것이다. 하지만 어떻게도 방아쇠를 당길 수 없었다. 그녀는 목소리를 들었다. 누군가 멀리서 그녀의 이름을 불렀다. 덴고를 다시 한번 만날 수 있을지 모른다. 그 생각이 머릿속에 떠오르자 그녀는 살지 않을 수가 없었다. 설령 리더가 말한 대로 그 때문에 덴고의 몸에 위험이 닥친다 해도, 그녀는 이미 다른 길을 선택할 수 없었다. 논리적으로는 설명할 수 없는 강한 생명력의 솟구침이 그곳에 있었다. 그 결과, 나는 이렇게 덴고를 향한 거센 욕망에 몸을 사르고 있다. 끊임없는 갈증과 절망의 예감에 시달리고 있다.

이것이 계속 산다는 것의 의미다, 아오마메는 그것을 깨닫는다. 인간은 희망을 부여받고, 그것을 연료로, 목적으로 삼아 인생을 살아간다. 희망 없이 인간이 계속 살아가는 건 불가능하다. 하지만 그것은 동전 던지기와도 같다. 앞면이 나올지 뒷면이 나올지는 동전이 떨어질 때까지 알지 못한다. 그런 생각을 하면 가슴이 옥죄어온다. 온몸의 뼈라는 뼈가 모두 삐걱거리며 비명을 울릴 만큼 강하게.

그녀는 식탁에 앉아 자동권총을 손에 든다. 슬라이드를 당겨 탄환을 약실에 보내고, 엄지손가락으로 격철을 올리고 총구를 입에 넣는다. 오른손 검지에 조금만 더 힘을 주면 이 안타까움은 순식간에 소멸한다. 조금만 더 힘을 주면. 앞으로 1센티미터, 아니, 앞으로 5밀리미터만 이 손가락을 안으로 당기면 나는 근심 없는 침묵의 세계로 옮겨간다. 통증은 단 한 순간이다. 그다음에는 자비로운 무無가 찾아온다. 그녀는 눈을 감는다. 에소 간판에서 급유호스를 손에 든 호랑이가 싱긋 미소를 건넨다. 타이거를 당신 차에.

그녀는 딱딱한 총신을 입에서 빼내고 천천히 고개를 젓는다.

죽는 건 못 한다. 베란다 앞에 공원이 있고 공원에 미끄럼틀이 있고 덴고가 그곳에 돌아올지도 모른다는 희망이 있는 한, 나는 이 방아쇠를 당길 수 없다. 그 가능성이 아슬아슬한 지점에서 그녀를 붙잡는다. 그녀의 마음속에서 하나의 문이 닫히고 또다른 문이 열린 듯한 감각이 있다. 조용히, 소리도 없이. 아오마메는 권총의 슬라이드를 당겨 탄환을 약실에서 꺼내고 안전장치를 채워 테이블에 내려놓는다. 눈을 감으면 그 어둠 속에서 희미한 빛을 내뿜는 작디작은 무언가가 시시각각 사라져간다. 극히 미세한, 빛의 먼지 같은 것. 하지만 그것이 무엇인지 그녀는 알지 못한다.

소파에 앉아 『스완네 집 쪽으로』 한 페이지 한 페이지에 의식을 집중한다. 이야기의 정경을 애써 머릿속에 그리며 다른 생각이 스며들지 못하도록 한다. 밖에서는 차가운 비가 내리기 시작한다. 라디오 일기예보는 이 조용한 비가 다음 날 아침까지 계속될 것이라고 알려주고 있다. 가을비 전선이 태평양 연안에 자리잡은 채 움직이지 않는다. 시간을 잊고 고독한 상념에 빠진 사람처럼.

오늘, 덴고는 오지 않을 것이다. 하늘 구석구석까지 두툼한 구름에 뒤덮여 달은 보이지 않는다. 그래도 아오마메는 베란다로 나가 따뜻한 코코아를 마시며 공원을 감시할 것이다. 쌍안경과 자동권총을 손 가까이에 두고, 금세 뛰쳐나갈 수 있는 차림으로, 비를 맞고 있는 미끄럼틀을 언제까지고 바라볼 것이다. 그것이 그녀에게 단 하나 의미 있는 행위니까.

오후 세시에 맨션 1층 입구의 벨이 울린다. 누군가 건물 안에 들어오기를 원하고 있다. 아오마메는 물론 그것을 무시한다. 누군가 그녀를 찾아올 가능성은 없다. 차를 마시기 위해 물을 끓이려던 참이었지만, 혹시나 해서 가스 불을 끄고 상황을 살핀다. 벨은 서너 번 울리고 나서 침묵한다.

오 분쯤 뒤에 다시 벨이 울린다. 이번에는 현관문에 달린 초인종이다. 그 누군가는 이제 건물 안에 들어와 있다. 그녀의 집 현관문 앞에. 입주민의 뒤를 따라 1층 입구를 통과했는지도 모른다. 혹은 어딘가 다른 집의 벨을 눌러 적당히 둘러대고 1층 입구의 문을 열어달라고 했는지도 모른다. 아오마메는 물론 침묵을 지킨다. 누가 찾아오건 대답하지 마라, 안에서 볼트 자물쇠를 채우고 숨을 죽이고 있어라 — 그것이 다마루의 지시였다.

초인종은 열 번은 울렸을 것이다. 세일즈맨이라고 하기에는 지나치게 집요하다. 그들은 기껏 세 번밖에는 벨을 울리지 않는다. 아오마메가 침묵을 지키자 상대는 주먹으로 문을 두드리기 시작한다. 그다지 큰 소리는 아니다. 하지만 거기에는 딱딱한 초조함과 분노가 담겨 있다. "다카이 씨." 중년남자의 굵직한 목소리다. 조금 탁한 목소리. "다카이 씨, 안녕하세요. 잠깐 좀 뵐 수 있을까요?"

다카이는 1층 우편함에 붙여놓은 가짜 이름이다.

"다카이 씨, 미안하지만 잠깐만 나와보세요. 부탁합니다."

남자는 잠깐 틈을 두고 반응을 살핀다. 응답이 없다는 걸 알자 다시 문을 두드리기 시작한다. 이번에는 좀더 세게.

"다카이 씨, 안에 계시다는 거 다 압니다. 괜히 시끄럽게 할 거 없이 문 좀 열어주시지요. 당신은 거기 안에 있고 지금 이 소리를 듣고 있어요."

아오마메는 식탁 위의 자동권총을 집어들고 안전장치를 푼다. 그것을 핸드타월로 감싸고 총목을 움켜쥔다.

상대가 대체 누구인지, 무엇을 원하는지, 전혀 짐작도 가지 않는다. 하지만 이 인물은 무엇 때문인지 그녀에게 적의를 품고 있고, 기어코 이 문을 열게 하겠다고 단단히 벼르고 있다. 두말할 것도 없이 현재의 아오마메로서는 그리 환영할 만한 사태가 아니다.

이윽고 노크가 멎고 남자의 목소리가 다시 복도에 울린다.

"다카이 씨, NHK 수신료 받으러 왔어요. 그렇습니다. 여러분의 에네치케이예요. 당신이 안에 있다는 건 다 알아요. 제아무리 숨을 죽이고 있어도 다 압니다. 내가 아주 오래 이 일을 해서요, 안에 정말로 사람이 없는지, 있으면서 없는 척하는지 다 알아요. 아무리 소리를 내지 않으려 해도 인간에게는 기척이라는 게 있습니다. 인간은 숨을 쉬고, 심장이 움직이고, 위는 소화를 계속

하거든요. 다카이 씨, 당신은 지금 집 안에 있어요. 그리고 내가 포기하고 돌아가기를 기다리고 있지요? 문을 열 생각도, 대꾸할 생각도 없을 겁니다. 왜냐하면 수신료를 내기 싫어서지요."

남자는 필요 이상으로 큰 소리를 내고 있다. 그 목소리가 맨션 복도에 울려퍼진다. 남자가 의도하는 게 그것이다. 큰 소리로 이름을 부르고 조롱하여 수치심을 유발하는 것. 그리고 그것을 이웃사람들이 낱낱이 듣게 하는 것. 물론 아오마메는 계속 침묵을 지킨다. 상대할 생각은 없다. 그녀는 권총을 테이블에 내려놓는다. 하지만 안전장치는 풀어놓은 채로 둔다. 누군가 NHK 수금원을 가장하고 찾아왔을 가능성도 없지 않다. 그녀는 식당 의자에 앉은 채 현관문을 계속 노려본다.

발소리를 죽이고 문까지 다가가 구멍으로 밖을 내다보고 싶은 마음도 있다. 그 앞에 서 있는 게 어떤 사람인지 확인하고 싶다. 하지만 그녀는 의자에서 일어서지 않는다. 쓸데없는 짓은 하지 않는 게 좋다. 저러다가 포기하고 떠날 것이다.

하지만 남자는 아오마메의 집 앞에서 한바탕 연설을 하기로 작정한 모양이다.

"다카이 씨, 숨바꼭질은 이제 그만합시다. 우리도 좋아서 이러고 다니는 게 아니에요. 나도요, 이래봬도 꽤 바쁜 사람입니다. 다카이 씨, 텔레비전 보시지요? 텔레비전을 보는 사람은 누구라도 에네치케이 수신료를 반드시 내야 합니다. 그게 영 마음에 안 드실지도 모르지만, 법률로 그렇게 정해져 있어요. 수신료를 내지 않는 건 도둑질이나 마찬가지예요. 다카이 씨, 당신도 요만 일에 도둑 취급을 받고 싶지는 않지요? 이런 번듯한 신축 맨션에 사시는데 그깟 텔레비전 수신료 정도를 못 낼 리가 없죠. 안 그래요? 이런 일로 다른 사람들 앞에서 시끄럽게 해봤자 당신도 좋을 거 없잖아요?"

NHK 수금원이 아무리 큰 소리로 떠들어도, 평소 같으면 아오마메는 눈 하나 꿈쩍하지 않았을 것이다. 하지만 지금 그녀는 남의 눈을 피해 숨어 있는 처지다. 어떤 식으로든 이 집이 주위의 관심을 끄는 건 바람직한 일이 아니다. 하지만 그녀는 어떻게도 할 수 없다. 그저 숨을 죽이고 이자가 떠나기를 기다리는 것밖에.

"다카이 씨, 자꾸 똑같은 소리를 하는 것 같지만요, 나는 다 알아요. 당신이 집 안에서 가만히 귀를 기울이고 있다는 거. 그리고 이렇게 생각하겠지요. 왜 하필 내 집 앞에서만 계속 떠드는 거야. 예, 정말 왜 그럴까요, 다카이 씨. 아마 집에 있으면서 없는 척하는 걸 내가 별로 좋아하지 않기 때문일 겁니다. 있으면서 없는 척하는 건 너무 빤한 임시방편 아닙니까? 문을 열고, 에네치케이 수신료 같은 건 못 내겠다고 직접 내 얼굴 보면서 말을 하면 좋잖아요. 아주 속이 시원하실걸요. 나도 오히려 그게 속이 시원합니다. 적어도 서로 얘기라도 해볼 여지가 있잖아요. 근데 있으면서 없는 척하는 거, 그건 아니죠. 쩨쩨한 쥐새끼처럼 컴컴한 곳에 숨어 있다가 사람이 가고 나면 슬금슬금 나온다? 참 한심하게 사시네."

이 남자는 거짓말을 하고 있다, 아오마메는 생각한다. 집 안의 기척을 알다니, 그저 나오는 대로 주워섬기는 소리다. 나는 아무 소음도 내지 않고, 조용히 숨을 들이쉬고 내쉴 뿐이다. 어떤 집이건 상관없이 그저 문 앞에서 요란하게 떠들어 이웃 주민들을 위협하려는 게 이 사람의 진짜 목적이다. 내 집 앞에서 저런 일이 벌어지느니 차라리 수신료를 내고 말겠다고 사람들이 생각하게 만들려는 것이다. 이 사람은 아마 곳곳에서 똑같은 짓을 해서 나름대로 괜찮은 성과를 거두었을 것이다.

"다카이 씨, 내가 아주 불쾌하시지요? 무슨 생각을 하는지 그야말로 손에 잡힐 듯이 다 알아요. 예, 나는 분명 불쾌한 인간이지요. 그건 나도 잘 압니다. 하지만 말이죠, 다카이 씨, 좋은 인상만으로는 수금원 같은 거 못 해요. 왜 그런가 하면요, 세상에는 에네치케이 수신료는 절대로 안 내겠다고 작심한 사람들이 아주 많기 때문이에요. 그런 집에서 돈을 받아내려면 항상 좋은 얼굴만 할 수는 없어요. 나도요, '아, 그러십니까, 에네치케이 수신료 같은 건 내고 싶지 않으시다고요, 예, 잘 알겠습니다. 실례했습니다. 그럼 이만,' 하고 기분 좋게 사라지고 싶지요. 하지만 그럴 수가 없어요. 수신료를 수금하는 게 우리 일이고, 게다가 나는 개인적으로 집에 있으면서 없는 척하는 건 도저히 좋게 봐줄 수가 없어요."

남자는 거기서 입을 다물고 잠시 틈을 둔다. 그러고는 노크 소리가 연달아 열 번 울려퍼진다.

"다카이 씨, 슬슬 속이 울렁거리지 않아요? 자신이 진짜 도둑이라는 생각이 들지 않아요? 한번 잘 생각해보세요. 지금 문제가 되는 건 그리 대단한 액수도 아니에요. 이 근처 패밀리 레스토랑에서 소박한 저녁식사 한 번 하는 정도의 돈이지요. 그 돈만 줘버리면 도둑 취급 당할 일도 없어요. 잘난 척 떠드는 소리를 들을 일도 없고, 끈질기게 댁의 문을 두드리는 소리를 들을 일도 없습니다. 다카이 씨, 당신이 이 문 뒤에 숨어 있다는 거 다 알아요. 당신은 언제까지고 거기 숨어 있으면 피할 수 있다고 생각하시죠. 좋아요, 숨어 계세요. 하지만 아무리 조용히 숨을 죽이고 있어도 누군가가 반드시 당신을 찾아냅니다. 비겁한 짓은 오래가지 못해요. 생각 좀 해보세요. 당신보다 훨씬 가난한 사람들이 전국에서 다달이 성실하게 수신료를 납부하고 있습니다. 이건 공정한 일이 아니지요."

문을 열다섯 번 두드린다. 아오마메는 그 횟수를 헤아린다.

"알겠습니다, 다카이 씨. 당신도 상당히 고집이 세군요. 좋습니다. 오늘은 이만 돌아가지요. 나도 계속 당신만 상대하고 있을 수는 없어요. 하지만 또 찾아올 겁니다, 다카이 씨. 나는 한번 마음을 정하면 간단히 포기하지 않는 성격입니다. 집 안에 있으면서 없는 척하는 것도 아주 싫어해요. 또 찾아뵙지요. 그리고 다시 이 문을 두드릴 거예요. 온 세상이 이 소리를 다 들을 때까지 계속 두드릴 겁니다. 약속하지요. 당신하고 나 사이의 약속입니다. 잘 아시겠지요? 그러면 가까운 시일 내에 또 보십시다."

발소리는 들리지 않았다. 아마 고무창의 구두를 신고 있을 것이다. 아오마메는 그대로 오 분을 기다린다. 숨을 죽이고 현관문을 바라본다. 복도는 고요히 가라앉고 아무 소리도 들려오지 않는다. 그녀는 발소리를 죽이며 현관문 앞으로 다가가 과감하게 구멍으로 밖을 내다본다. 그곳에는 어느 누구의 모습도 보이지 않는다.

권총의 안전장치를 건다. 몇 차례의 심호흡으로 심장의 고동을 가라앉힌다. 가스 불을 켜고 물을 끓여 녹차를 우려 마신다. 단순한 NHK 수금원이다, 자신에게 그렇게 되뇐다. 하지만 그 사람의 목소리에는 뭔가 사악한 것, 병적인 것이 담겨 있었다. 그것이 그녀 개인을 향한 것인지, 아니면 우연히 다카이라는 이름을 부여받은 가공의 인물을 향한 것인지는 판단할 수 없다. 하지만 그 탁한 목소리와 집요한 노크는 불쾌한 감촉을 남겼다. 드러난 맨살갗에 자꾸만 찐득한 것이 달라붙는 느낌이다.

아오마메는 옷을 벗고 욕실로 들어간다. 뜨거운 물을 맞으며 비누로 꼼꼼히 몸을 씻는다. 샤워를 마치고 나와 새 옷으로 갈아입자 마음이 약간은 편안해진다. 살갗의 불쾌한 감촉도 사라진다. 그녀는 소파에 자리를 잡고 남은 차를 마신다. 책의 다음 부분을 읽으려 했지만 문장에 의식을 집중할 수 없다. 남자의 목소리가 귓가에 단편적으로 되살아난다.

"당신은 언제까지고 거기 숨어 있으면 피할 수 있다고 생각하시죠. 좋아요, 숨어 계세요. 하지만 아무리 조용히 숨을 죽이고 있어도 누군가가 반드시 당신을 찾아냅니다."

아오마메는 고개를 젓는다. 아니, 그 사람은 그저 입에서 나오는 대로 주워섬긴 것뿐이다. 다 안다고 큰 소리로 떠들어 이웃 주민들을 불쾌하게 하려는 것뿐이다. 그 사람은 나에 대해 아무것도 알지 못한다. 내가 무엇을 했는지, 왜 여기에 있는지. 하지만 그래도 아오마메의 심장의 고동은 좀체 가라앉지 않는다.

아무리 조용히 숨을 죽이고 있어도 누군가가 반드시 당신을 찾아냅니다.

그 수금원의 말은 말 이상의 의미를 품고 있는 듯 여운이 남는다. 그저 우연인지도 모른다. 하지만 그 남자는 마치 어떤 말이 내 기분을 휘저어놓을지 훤히 아는 것 같다. 아오마메는 책 읽기를 포기하고 소파 위에서 눈을 감는다.

덴고, 너는 어디 있어? 그녀는 생각한다. 입 밖에도 내어본다. *덴고, 너는 어디 있어?* 빨리 나를 찾아줘. 다른 누군가가 나를 찾기 전에.

제6장 덴고

Q
엄지의 욱신거림으로 알게 되는 것

덴고는 바닷가 작은 마을에서 규칙적인 나날을 보냈다. 일단 생활패턴이 정해지면, 되도록 흐트러짐 없이 그것을 유지하려고 노력한다. 스스로도 이유는 잘 모르겠지만, 그렇게 하는 게 무엇보다 중요한 것으로 여겨졌다. 아침에 산책을 하고, 소설을 쓰고, 요양소에 가서 혼수상태의 아버지를 위해 적당한 책을 낭독한다. 그리고 여관에 돌아와 잠을 잔다. 그런 나날이 단조로운 모내기 민요처럼 반복되었다.

따뜻한 밤이 며칠 계속되고, 그러고는 깜짝 놀랄 만큼 싸늘한 밤이 찾아왔다. 그런 계절의 변화와는 무관하게, 덴고는 그 전날의 자신의 행동을 그대로 따라가듯이 살았다. 가능한 한 무색투명한 관찰자가 되려고 했다. 숨을 죽이고 기척을 죽이고, 그때를 조용히 기다렸다. 하루와 그다음 날 하루의 차이가 나날이 희박해져갔다. 일주일이 지나고 열흘이 지났다. 하지만 공기 번데기는 모습을 보이지 않았다. 오후 늦게 아버지가 검사실로 실려간 뒤의 침대에는 가엾을 만큼 자그마한 사람의 형태가 우묵하게 남겨져 있을 뿐이었다.

그것은 그때 단 한 번뿐이었던 걸까. 덴고는 해가 질 듯 질 듯하면서도 좀처럼 지지 않는 좁은 병실 안에서 입술을 깨물며 생각했다. 두 번 다시 재현되는 일 없는 특별한 현시顯示였던 것일까. 아니면 나는 그저 환영을 본 것일까. 그 물음에 대답은 없었다. 먼 바다울음과 이따금 방풍림을 뚫고 지나가는 바람 소리가 그의 귀에 들리는 전부였다.

옳은 일을 하고 있다는 확신을 덴고는 가질 수 없었다. 도쿄에서 멀리 떨어진 이 바닷가 마을에서, 현실에서 홀로 뒤떨어진 듯한 요양소의 한 병실에서, 공연히 시간을 허비하는 것뿐인지도 모른다. 하지만 만일 그렇다 해도 덴고는 이곳을 떠날 수 없을 것 같았다. 바로 얼마 전에 이 방에서 공기 번데기를 보았고, 은은한 빛 속에 잠든 작은 아오마메의 모습을 보았다. 그 손까지 만졌다. 가령 그것이 단 한 번뿐인 일이라 해도, 아니, 가령 헛된 환영이었다 해도, 시간이 허락하는 한 오래도록 이곳에 머물면서 그때 보았던 정경을 마음의 손가락으로 언제까지나 더듬어보고 싶었다.

덴고가 도쿄에 돌아가지 않고 그 바닷가 마을에 한동안 머물기로 했다는 것을 알고 난 뒤부터 간호사들은 그에게 친근감을 품기 시작했다. 그녀들은 작업 틈틈이 잠깐 일손을 쉬고 덴고와 잡담을 나누었다. 시간이 나면 이야기를 하기 위해 일부러 병실까지 찾아오는 일도 있었다. 차나 과자를 들고 오기도 했다. 올린 머리에 볼펜을 꽂은 삼십대 중반의 오무라 간호사와 볼이 붉은 포니테일의 아다치 간호사가 교대로 덴고의 아버지를 보살펴주었다. 금속테 안경을 쓴 중년의 다무라 간호사는 주로 현관에서 접수를 담당하지만, 일손이 딸릴 때는 대신 나서서 아버지를 돌봐주었다. 그 세 사람이 아무래도 덴고에게 개인적인 흥미를 갖고 있는 듯했다.

덴고도 저물녘의 특별한 한때를 빼고는 대개 시간이 넉넉하기 때문에 그녀들을 상대로 여러 가지 이야기를 했다. 아니, 그보다 질문이 들어오면 되도록 솔직히 대답을 했다. 학원강사로 수학을 가르치고, 부업 삼아 근근이 글을 쓰고 있다는 것. 아버지가 오랫동안 NHK 수금원으로 일했다는 것. 어려서부터 유도를 했고, 고등학교 때는 현 대회 결승까지 올라갔다는 것. 하지만 아버지와의 오랜 반목에 대해서는 말하지 않았다. 어머니는 돌아가셨다는데 어쩌면 남편과 어린 아들을 버리고 다른 남자와 달아났는지도 모른다, 는 이야기도 꺼내지 않았다. 그런 것까지 말하기 시작하면 얘기가 복잡해진다. 베스트셀러 「공기 번데기」를 대필했다는 얘기도 물론 말할 수 없다. 하늘에 뜬 두 개의 달에 대해서도 입에 올리지 않았다.

그녀들도 저마다 자기 이야기를 들려주었다. 세 사람 모두 이 지역 출신으로, 고등학교를 졸업하고 전문학교에 들어가 간호사가 되었다. 요양소 일은 단조롭고 따분한데다 근무시간은 길고 불규칙하지만, 자신들이 태어나고 자란 고향땅에서 일할 수 있어서 좋다. 일반 종합병원에서 날마다 생사의 경계를 지켜보며 일하는 것보다는 스트레스가 적다. 노인들은 천천히 시간을 들여 기억을 상실하고, 상황을 이해하지 못한 채 조용히 숨을 거둔다. 피를 쏟는 일은 거의 없고 고통도 최소한으로 억제되어 있다. 한밤중에 구급차로 실려오는 환자도 없고, 주위에서 울부짖는 가족도 없다. 생활비도 적게 들기 때문에 그리 많지 않은 월급이라도 부족한 줄 모르고 살아갈 수 있다. 안경을 쓴 다무라 간호사는 오 년 전에 사고로 남편을 잃고, 요양소 근처에서 어머니와 단둘이 살고 있었다. 볼펜을 머리에 꽂은 큼직한 몸집의 오무라 간호사에게는 아직 어린 두 아들이 있고, 남편은 택시 운전기사다. 젊은 아다치 간호사는 미용사로 일하는 세 살 위의 언니와 둘이서 마을 변두리 아파트를 빌려 살고 있다.

"덴고 군은 참 착해." 오무라 간호사가 링거액의 팩을 바꿔 끼우며 말했다. "이렇게 날마다 찾아와서 의식 없는 분에게 책을 읽어주는 가족은 없거든."

그 말을 들으니 덴고는 어쩐지 거북했다. "어쩌다 휴가가 잡혀서요. 그렇게 오래 있지는 못할 거예요."

"아무리 시간이 있어도 흔쾌히 여기 찾아오는 사람은 없어." 그녀는 말했다. "이런 말 하면 어떨지 모르겠지만, 아무래도 회복될 전망이 없는 병이니까. 시간이 지나면 가족도 점점 기운이 빠지는 거야."

"뭐든 좋으니 책을 읽어달라고 아버지가 부탁했었어요. 한참 전에, 아직 의식이 약간 남아 있을 때. 게다가 여기서는 달리 할 일도 없어서."

"무슨 책을 읽고 있지?"

"여러 가지예요. 그냥 내가 읽는 책, 지금 내가 읽는 부분을 소리 내어 읽는 것뿐이에요."

"지금은 뭘 읽고 있는데?"

"이자크 디네센의 『아웃 오브 아프리카』."

간호사는 고개를 저었다. "들어본 적이 없네."

"디네센은 덴마크 여성인데, 1937년에 이 책을 썼어요. 스웨덴 귀족과 결혼해서 제1차 세계대전이 시작되기 전에 아프리카로 건너갔고, 거기서 농장을 경영하게 됐죠. 나중에 이혼하고 혼자서 그 농장을 꾸려갔어요. 그때의 경험을 쓴 책이에요."

그녀는 아버지의 체온을 재고, 기록표에 수치를 적어넣고는 볼펜을 다시 머리에 꽂았다. 그리고 앞머리를 쓸어넘겼다. "책 읽는 거, 나도 잠깐 들어봐도 될까?"

"네, 마음에 드실지는 모르겠지만." 덴고는 말했다.

"한번 읽어봐." 그녀는 스툴에 자리를 잡고 다리를 꼬고 앉았다. 골격이 반듯한, 아름다운 다리였다. 얼마간 군살이 붙기 시작하고 있었다.

덴고는 펼쳐진 부분을 천천히 읽었다. 그것은 천천히 읽지 않으면 안 되는 종류의 글이었다. 아프리카의 대지를 흐르는 시간처럼.

덥고 건조한 사 개월이 지난 뒤, 기나긴 우기에 접어드는 아프리카의 3월은 도처에 풍요로운 성장과 신록과 향기로움이 넘친다.

하지만 농장 경영자는 이 자연의 혜택에 마냥 기뻐하지는 않겠다고 마음을 다잡는다. 쏟아지는 빗줄기 소리가 행여 약해지는 건 아닐까 걱정하며 지그시 귀를 기울이는 것이다. 지금 대지가 빨아들이는 물로, 이 농장에서 살아가는 온갖 식물과 동물과 인간이 그다음에 찾아올 사 개월 동안의 건기를 버텨내야 하는 것이다.

농장 안의 길이란 길이 모두 물이 넘쳐흐르는 실개천으로 바뀌는 것은 아름다운 광경이다. 농장주는 노래하듯이 흥겨운 기분으로, 활짝 피어난 꽃들이 물방울을 뚝뚝 떨어뜨리는 커피밭으로, 진흙탕 속을 걸어간다. 그런데 한창 우기중인 어느 날 밤, 돌연 구름이 걷히고 별들이 반짝이는 게 보인다. 그러면 농장주는 집 밖으로 나와 하늘을 우러러본다. 좀더 비를 내려달라고 하늘에 매달려 쥐어짜기라도 할 듯한 모습으로. 농장주는 하늘을 향해 탄원의 외침을 부르짖는다. "더 많은 비를, 부디 넘치도록 많은 비를 내려주세요. 제 마음은 지금 당신을 향해 벌거벗고 있습니다. 제게 축복을 내려주시지 않는다면 그냥 보내드릴 수 없습니다. 원하신다면 저를 쓰러뜨려주세요. 하지만 갖고 놀다가 죽이지는 마세요. 성교 중단性交中斷은 곤란합니다. 하늘에 계신 분이시여!"

"성교 중단?" 간호사가 미간을 찌푸리며 말했다.

"뭐랄까, 꾸밈없이 직설적인 단어를 사용하는 작가라서요."

"그래도 하느님을 향해 말하기에는 지나치게 리얼한 단어 같은데?"

"정말 그렇군요." 덴고는 동의했다.

우기가 끝난 뒤, 이상하게 선선하고 흐린 날이 있다. 그런 날에는 '마루카 무바야', 즉 불길한 해의 가뭄 때가 생각난다. 그때 키쿠유 족이 젖소를 데려와 우리집 주위에서 풀을 먹였다. 소 치는 소년 하나가 피리를 갖고 있어서 이따금 뭔가 짧은 멜로디를 불었다. 그후로 같은 곡을 들을 때마다, 나는 우리의 지나간 날들의 고통과 절망 모두를 생생하게 떠올리곤 했다. 그 멜로디에는 쓰디쓴 눈물이 담겨 있었다. 하지만 동시에 그 멜로디에서 나는 뜻밖에도 활력과 신비한 다정함, 그리고 한 편의 시를 들었다. 그 고통의 시기는 정말로 그토록 고통스러운 것이었을까. 그즈음 우리에게는 젊음이 있었고, 격렬한 희망이 넘쳤다. 그 길었던 고난의 날들이야말로 우리에게 단단한 결속을 가져다준 것이다. 설령 어딘가 다른 별에 가게 된다 해도, 우리는 분명 서로를 금세 친구로 인정할 수 있을 만큼. 그리고 뻐꾸기시계, 나의 장서, 잔디밭에 있는 여위고 쇠약한 암소들, 슬퍼 보이는 키쿠유 족 노인들은 서로가 서로를 이렇게 불렀던 것이다. "너도 거기 있구나. 너 역시도 이 응공 농장의 일부로구나" 하고. 그렇게 그 고난의 시기는 우리를 축복하고, 그리고 떠나갔다.

"와, 생생한 글이네." 간호사는 말했다. "풍경이 눈앞에 떠오르는 거 같아. 이자크 디네센의 『아웃 오브 아프리카』."

"맞아요."

"목소리도 좋았어. 깊이가 있고 정감이 담겨 있어. 낭독에 소질이 있는 거 같아."

"고마워요."

간호사는 스툴에 앉은 채 잠시 눈을 감고 부드럽게 호흡했다. 마치 글의 여운에 몸을 적시듯이. 그녀의 불룩한 가슴이 하얀 제복 밑에서 호흡에 맞춰 오르락내리락하는 게 보였다. 그것을 보고 있는 사이에 덴고는 연상의 걸프렌드가 생각났다. 금요일 오후, 그녀의 옷을 벗기고 딱딱해진 유두에 손가락을 얹는 장면을 떠올렸다. 그녀가 토해내는 깊은 숨결과 그 촉촉한 성기. 커튼을 친 창문 밖에서는 은밀하게 비가 내리고 있다. 그녀의 손바닥이 덴고의 고환의 무게를 잰다. 하지만 그런 걸 떠올려도 딱히 성욕이 고조되는 건 아니다. 모든 정경과 감촉은 얇은 막이 낀 것처럼 막연하게, 멀리 떨어진 곳에 있었다.

간호사는 잠시 후에 눈을 뜨고 덴고를 보았다. 덴고가 생각하는 것 따위는 훤히 알고 있다는 듯한 눈빛이었다. 하지만 덴고를 나무라는 건 아니었다. 그녀는 가만히 웃으면서 자리에서 일어나 덴고를 내려다보았다.

"이제 그만 가야겠어." 간호사는 머리에 손을 얹어 볼펜이 그곳에 꽂혀 있는지 확인하고 빙글 몸을 돌려 방을 나갔다.

대체로 저녁 무렵에 후카에리에게 전화를 했다. 하루 종일 아무 일도 일어나지 않았다, 라고 그녀는 그때마다 말했다. 전화벨이 몇 차례 울렸지만, 일러준 대로 수화기를 들지 않았다. 그러면 됐어, 하고 덴고는 말했다. 벨은 그저 울리게 놔두면 돼.

덴고가 그녀에게 전화를 걸 때는 벨이 세 번 울린 뒤 일단 끊었다가 곧바로 다시 걸기로 했지만, 그 규칙은 좀체 지켜지지 않았다. 첫 벨소리가 울리자마자 후카에리가 수화기를 드는 일이 많았다.

"정한 대로 하지 않으면 안 돼." 덴고는 그때마다 주의를 주었다.

"누군지 아니까 괜찮아요." 후카에리는 말했다.

"전화를 건 게 나인 줄 미리 안다는 얘기?"

"다른 전화는 안 받아요."

하긴 그럴 수도 있을 거라고 덴고는 생각했다. 그 역시 고마쓰에게서 걸려오는 전화는 어쩐지 그의 전화라는 걸 안다. 전화벨이 성급하고 신경질적으로 울리는 것이다. 마치 손끝으로 책상 표면을 계속해서 툭툭툭 집요하게 두드리는 것처럼. 하지만 그건 어디까지나 어쩐지에 지나지 않는다. 확신을 갖고 수화기를 드는 건 아니다.

후카에리가 보내는 하루하루는 덴고의 그것 못지않게 단조로운 것이었다. 아파트 방에서 한 걸음도 밖에 나가지 않고 그저 혼자서 꼼짝도 않고 지낸다. 텔레비전도 없고 책도 읽지 않는다. 밥도 제대로 먹지 않는다. 그래서 현재로는 쇼핑하러 나갈 필요도 없다.

"움직이지 않으니까 별로 먹을 필요도 없어요." 후카에리는 말했다.

"날마다 혼자서 뭘 하지?"

"생각."

"어떤 생각을 하는데?"

그녀는 그 질문에는 대답하지 않았다. "까마귀가 와요."

"까마귀는 날마다 한 번씩은 와."

"한 번이 아니고 몇 번이나." 소녀는 말했다.

"똑같은 까마귀가?"

"응."

"그것 말고는 아무도 안 오지?"

"에네치케이 사람이 또 왔어요."

"지난번에 왔던 사람과 똑같은 에네치케이 사람?"

"큰 소리로 가와나 씨는 도둑이라고 했어요."

"문 앞에서 그렇게 소리를 쳤다고?"

"다른 사람들한테 다 들리게."

덴고는 거기에 대해 잠시 생각했다. "그건 신경 쓰지 않아도 돼. 너하고는 관계없는 일이고, 딱히 피해도 없으니까."

"여기 숨어 있는 거, 다 알고 있다고 했어요."

"신경 쓸 거 없어." 덴고는 말했다. "그 사람은 그런 거 알지 못해. 그냥 입에서 나오는 대로 말하고 협박하려는 것뿐이야. 에네치케이 사람은 가끔 그런 수법을 써."

아버지가 똑같은 수법을 쓰는 것을 덴고는 몇 번 목격했다. 일요일 오후, 공동주택 복도에 울려퍼지는 악의에 찬 목소리. 협박과 야유. 덴고는 손끝으로 관자놀이를 가볍게 눌렀다. 기억은 다양하고도 무거운 부속물을 거느리고 되살아난다.

침묵에서 뭔가를 감지한 듯 후카에리가 물었다. "괜찮아요."

"응, 괜찮아. 에네치케이 사람은 그냥 내버려두면 돼."

"까마귀도 그렇게 말했어요."

"그건 다행이네." 덴고는 말했다.

하늘에 두 개의 달이 뜨고, 공기 번데기가 아버지의 병실에 출현하는 것을 목격한 이래로 덴고는 어지간한 일에는 놀라지 않았다. 후카에리가 까마귀와 매일 창가에서 의견을 교환한다는 게, 뭐 안 될 일이겠는가.

"나는 여기 조금 더 있을 거야. 도쿄에는 아직 돌아갈 수 없어. 괜찮겠니?"

"있고 싶은 만큼 거기 있는 게 좋아요."

그렇게 말하더니 후카에리는 틈을 두지 않고 전화를 끊었다. 대화는 한순간에 소멸되었다. 누군가 잘 벼린 손도끼를 내리쳐 전화선을 끊어버린 것처럼.

그리고 덴고는 고마쓰의 출판사로 전화를 걸었다. 하지만 고마쓰는 부재중이었다. 오후 한시경에 회사에 슬쩍 얼굴을 비쳤는데 금세 없어져서 지금 어디 있는지도 모르겠고, 회사에 돌아올지 말지도 모른다는 얘기였다. 딱히 드문 일은 아니다. 덴고는 요양소 전화번호를 알려주고, 오후에는 대개 그곳에 있으니 연락을 바란다고 전언을 남겼다. 여관 전화번호는 알려주지 않았다. 그랬다가 한밤중에 전화를 걸어오기라도 하면 난처하다.

고마쓰와 마지막으로 이야기를 한 것은 9월도 하순에 접어들 즈음이었다. 전화로 나눈 짧은 대화였다. 그 이후로 그에게서는 전혀 연락이 없었고, 덴고도 연락한 적이 없다. 8월 말부터 삼주 남짓, 그는 어딘가로 사라졌다. "몸이 좋지 않아 잠시 쉬고 싶다"는 종잡을 수 없는 전화가 회사에 한 통 걸려오고는 그만 연락이 뚝 끊겼다. 거의 행방불명 상태였다. 덴고도 물론 그 소식이 마음에 걸리기는 했지만, 딱히 심각하게 걱정한 건 아니었다. 고마쓰는 천성적으로 변덕스러운 기질이 있고, 기본적으로 자기 형편에 따라서만 움직이는 사람이다. 그러다가 곧 아무 일도 없었다는 얼굴로 훌쩍 직장에 복귀할 거라고 생각했다.

물론 회사라는 조직 속에서 그런 자기 멋대로의 행동이 허용될 리 없다. 하지만 그의 경우에는 동료 중 누군가가 대신 나서서 일이 크게 어그러지는 건 그럭저럭 막아주었다. 결코 인덕이 있다고는 할 수 없지만, 왜 그런지 그를 위해 뒤치다꺼리를 해주는 기특한 사람이 항상 주위에 있었다. 회사 쪽에서도 웬만한 일은 보고도 못 본 척했다. 자기중심적이어서 협조성이 없고 방약무인한 성격이지만, 업무에서는 특별히 유능한 사람이고, 현재는 「공기 번데기」라는 베스트셀러를 전적으로 혼자서 담당하고 있다. 그리 간단히 자를 수는 없다.

고마쓰는 덴고의 예상대로 어느 날 예고도 없이 회사에 나타나 딱히 사정을 설명하지도 않고, 누구에게 미안하다는 말도 없이 그대로 일에 복귀했다. 아는 편집자가 볼일이 있어 전화를 걸어온 참에 덴고에게 그런 소식을 전해주었다.

"그래서 고마쓰 씨의 건강은 이제 괜찮아요?" 덴고는 그 편집자에게 물었다.

"뭐, 괜찮은가봐." 그는 말했다. "전보다 약간 말수가 줄어든 것 같긴 하지만."

"말수가 줄어요?" 덴고는 적잖이 놀라서 되물었다.

"응, 뭐랄까, 좀더 사교적이 아니게 되었다는 뜻이야."

"정말로 몸이 안 좋았던 건가요?"

"난들 아나." 편집자는 내던지듯이 말했다. "본인 입으로 그렇다는데야 믿을 수밖에 없지. 그래도 무사히 돌아와주신 덕분에 밀린 안건들이 착착 처리되고 있어. 고마쓰 씨가 없는 동안 아무튼 「공기 번데기」 건으로 이래저래 문제가 터져서 우리도 몹시 힘들었어."

"「공기 번데기」라니까 말인데, 후카에리 실종사건은 어떻게 됐어요?"

"어떻게 되긴 뭐, 그냥 그대로야. 사태는 진전을 보이지 않고 소녀 작가의 행방은 여전히 묘연하고. 관계자들 모두 어쩔 줄 모르고 있어."

"요즘 신문을 보고 있지만 최근에는 그 일과 관련된 기사는 전혀 안 보이던데요."

"미디어는 이 일에서 대충 손을 떼거나 혹은 신중하게 거리를 두고 있어. 경찰에서도 눈에 띌 만한 움직임은 보이지 않아. 자세한 건 고마쓰 씨한테 물어봐. 근데 아까도 말했지만 그 사람, 요즘 들어 말수가 좀 줄었어. 아니, 그보다 전체적으로 어쩐지 그 사람 같지 않아. 자신만만하던 게 흔적도 없이 사라지고, 내성적이 되었달까, 혼자 뭔가 생각에 잠기는 일이 많아. 어쩐지 대하기가 껄끄럽기도 하고. 이따금 주위에 사람이 있다는 것도 잊어버리는 거 같아. 마치 깊은 구멍 속에 혼자 들어가 있는 것처럼."

"내성적이라." 덴고는 말했다.

"직접 얘기해보면 알 거야."

덴고는 고맙다고 말하고 전화를 끊었다.

며칠 뒤 저녁 무렵에 덴고는 고마쓰에게 전화를 해보았다. 고마쓰는 회사에 있었다. 아는 편집자가 말했던 대로, 고마쓰의 말투는 여느 때와는 달랐다. 평소에는 막힘없이 술술 이야기가 이어지는데, 그때는 어딘지 모르게 흐리터분하고, 덴고와 이야기하면서 다른 뭔가에 대해 쉴새없이 생각을 굴리고 있는 것 같은 느낌이었다. 뭔가 고민거리가 있는지도 모른다고 덴고는 생각했다. 어쨌거나 평소의 쿨한 고마쓰답지 않았다. 고민거리가 있건 말건, 복잡한 안건을 떠안고 있건 말건, 그런 것 따위는 내색하지 않고 끝까지 자신의 스타일과 페이스를 무너뜨리지 않는 게 고마쓰인 것이다.

"몸은 이제 괜찮으세요?" 덴고는 물었다.

"몸?"

"아니, 몸이 안 좋아서 회사를 꽤 오래 쉬셨잖아요?"

"아, 그랬지." 고마쓰는 퍼뜩 생각난 듯이 말했다. 짧은 침묵이 있었다. "이제 괜찮아. 그 일에 관해서는 언젠가 머지않아 다시 얘기하지. 지금은 아직 제대로 정리해서 얘기할 수가 없어."

언젠가 머지않아, 라고 덴고는 생각했다. 고마쓰의 말투에서는 어떤 기묘한 여운이 감지되었다. 거기에는 적절한 거리감 같은 것이 누락되어 있었다. 입에 올리는 말들이 어딘지 모르게 밋밋하고 깊이가 없다.

덴고는 적당히 이야기를 마무리하고 자기 쪽에서 먼저 전화를 끊었다. 「공기 번데기」나 후카에리에 대한 얘기도 굳이 꺼내지 않았다. 이야기가 그쪽으로 흐르는 것을 피하는 듯한 분위기가 고마쓰의 말투에서 엿보였기 때문이다. 애초에 고마쓰가 뭔가를 제대로 정리해서 얘기할 수 없었던 적이 지금까지 한 번이라도 있었던가?

아무튼 그게 고마쓰와 마지막으로 나눈 대화였다. 9월 말이었다. 그러고는 벌써 두 달 남짓 흘렀다. 고마쓰는 전화로 길게 대화하기를 좋아하는 사람이다. 물론 상대를 골라서 하는 일이겠지만, 머리에 떠오른 생각을 모조리 입 밖에 내면서 생각을 정리해나가는 경향이 있다. 덴고는 그런 그를 위해, 말하자면 테니스의 벽치기 보드 같은 역할을 해왔다. 마음이 내키면 별 볼일이 없어도 노상 덴고에게 전화를 걸어왔다. 그것도 대개는 터무니없는 시각에. 그러다가 마음이 동하지 않으면 한참이나 전화를 하지 않는 때도 있다. 하지만 두 달 넘게 전혀 소식이 없는 건 드문 일이었다.

아마 누구와도 이야기하고 싶지 않은 시기인 모양이라고 덴고는 생각했다. 누구라도 그런 때가 있다. 가령 고마쓰라 해도. 덴고 역시 그와 서둘러 이야기하지 않으면 안 될 용건은 없었다. 「공기 번데기」의 판매 행진은 멈춰버려서 이제 거의 세간의 화제에 오르는 일도 없고, 행방불명된 후카에리가 어디에 있는지도 알고 있다. 만일 고마쓰 쪽에서 볼일이 있다면 전화를 걸어올 것이다. 전화가 오지 않으면 그건 볼일이 없다는 뜻이다.

하지만 이제 슬슬 연락을 해보는 게 좋겠다고 덴고는 생각했다. "그 일에 관해서는 언젠가 머지않아 다시 얘기하지"라는 고마쓰의 말이 머릿속 한귀퉁이에 계속 걸려 있었기 때문이다.

덴고는 학원 강의를 대신해주는 친구에게 전화를 걸어 상황을 물었다. 딱히 별 문제 없이 하고 있다고 친구는 말했다. 근데 아버님은 좀 어떠시냐.

"여전히 혼수상태야." 덴고는 말했다. "호흡은 하고 있고, 체온도 혈압도 낮은 수치지만, 일단 안정되어 있어. 하지만 의식은 없어. 고통도 아마 없을 거고. 꿈의 세계에 가 있는 거 같아."

"그리 나쁘지 않은 죽음의 방식일지도." 그는 딱히 감정을 담지 않은 목소리로 말했다. 그가 하고 싶은 말은 "이건 좀 실례되는 말인지 모르지만, 그래도 생각하기에 따라서는 그리 나쁘지 않은 죽음의 방식일지도 모르겠다"는 것이다. 전제 부분이 빠져 있다. 대학 수학과에 몇 년쯤 적을 두다보면, 그런 생략적인 대화에 익숙해진다. 딱히 부자연스럽다고도 생각하지 않게 된다.

"요즘에 달을 본 적 있냐?" 덴고는 문득 생각나서 물어보았다. 최근의 달에 대해 뜬금없는 질문을 받고서도 그리 이상하게 생각하지 않을 상대는 아마도 이 친구 정도일 것이다.

친구는 잠시 생각했다. "그러고 보니 요즘에 달을 본 기억이 없네. 달이 왜?"

"시간 나면 한번 볼래? 너의 감상을 듣고 싶다."

"감상? 감상이라니, 어떤 견지에서?"

"어떤 견지에서든 상관없어. 달을 보고 네가 생각한 것을 듣고 싶어."

약간의 틈이 있었다. "무엇을 생각했느냐. 그건 표현으로 정리하기가 어려울지도 모르겠다."

"아니, 표현은 신경 쓰지 않아도 돼. 중요한 건 그 단적인 특질 같은 거야."

"달을 보고 그 단적인 특질에 대해 어떻게 생각하느냐?"

"그래." 덴고는 말했다. "아무 생각도 안 든다면 그걸로도 괜찮고."

"오늘은 날이 흐려서 달이 보일 것 같지 않지만, 다음에 날씨 좋을 때 보도록 하지. 아, 혹시 잊지 않는다면 말이야."

덴고는 고맙다고 말하고 전화를 끊었다. 혹시 잊지 않는다면. 그것이 수학과 출신의 문제점의 하나다. 자신이 직접 관심이 없는 일에 대해서는 기억의 수명이 놀랄 만큼 짧다.

면회시간이 끝나고 요양소를 떠나면서 덴고는 접수처 데스크에 앉아 있는 다무라 간호사에게 인사를 했다. "수고하십니다. 안녕히 주무세요."

"덴고 군은 앞으로 며칠이나 여기 있을 거야?" 그녀가 안경 다리를 올리며 물었다. 근무는 벌써 끝났는지 간호사 제복이 아니라 주름 잡힌 포도색 스커트와 흰 블라우스에 회색 카디건 차림이었다.

덴고는 걸음을 멈추고 생각했다. "아직 정하지 않았어요. 그냥 되는대로."

"학원 일은 아직 한동안 괜찮아?"

"친구에게 대신 강의해달라고 부탁했으니까 아직은 괜찮아요."

"밥은 항상 어디서 먹어?" 간호사는 물었다.

"그냥 동네 식당에서요." 덴고는 말했다. "여관에서는 아침밥만 나오니까, 적당히 근처 식당에 나가서 정식도 먹고 덮밥도 먹고, 뭐 그렇죠."

"맛은 괜찮아?"

"특별히 맛있다고 할 정도는 아니고요. 별로 신경 쓰진 않았는데요."

"그건 안 되지." 간호사는 심각한 얼굴로 말했다. "좀더 든든하게 영양가 있는 걸 먹어야지. 덴고 군, 요즘 선 채로 잠자는 말 같은 얼굴을 하고 있어."

"선 채로 잠자는 말?" 덴고는 놀라서 되물었다.

"말은 선 채로 잠을 자는데, 본 적 있어?"

덴고는 고개를 저었다. "없는데요."

"꼭 지금의 덴고 군 같은 얼굴이야." 중년 간호사는 말했다. "화장실에 가서 거울로 자기 얼굴 좀 봐. 언뜻 보면 그런 줄 모르지만, 찬찬히 보면 자고 있어. 눈을 뜨고 있는데 아무것도 안 보고 있다니까."

"말이 눈을 뜬 채로 잠을 자요?"

간호사는 깊이 고개를 끄덕였다. "덴고 군하고 똑같이."

덴고는 일순 화장실에 가서 거울을 볼까 했지만, 그만두기로 했다. "알았어요. 좀더 영양가 있는 걸로 먹을게요."

"저기, 괜찮으면 고기 먹으러 안 갈래?"

"고기요?" 덴고는 고기를 먹는 일이 많지 않다. 싫어하는 건 아니지만 일상적으로 고기를 먹고 싶다는 생각이 거의 들지 않는다. 하지만 그녀의 말을 듣고 보니 오랜만에 고기를 먹는 것도 괜찮을 것 같다는 생각이 들었다. 아닌 게 아니라 몸이 영양분을 원하고 있는지도 모른다.

"이따 저녁때 고기 먹으러 가기로 다들 얘기가 됐거든. 덴고 군도 와."

"다들?"

"여섯시 반에 근무 끝나는 팀들. 셋이 함께 가기로 약속했어. 어때?"

다른 두 사람은 볼펜을 머리에 꽂은 아이 엄마 오무라 간호사,

그리고 자그마하고 젊은 아다치 간호사였다. 그 세 사람은 아마 직장 밖에서도 친하게 지내는 모양이다. 덴고는 그녀들과 함께 고기를 먹는 것에 대해 생각해보았다. 생활의 간소한 페이스를 되도록 흐트러뜨리고 싶지는 않지만, 마땅히 거절할 구실도 떠오르지 않았다. 이 마을에서 덴고가 시간이 남아돈다는 건 주지의 사실이다.

"방해가 되지 않는다면." 덴고는 말했다.

"방해는 무슨." 간호사는 말했다. "우린 방해될 만한 사람을 예의상 부르는 일은 없어. 그러니 사양 말고 같이 가자. 가끔은 건강한 젊은 남자가 함께해주는 것도 나쁘지 않거든."

"뭐, 건강하다는 건 확실하긴 한데." 덴고는 좀 걱정스런 목소리로 말했다.

"그래, 그게 제일이야." 간호사는 직업적인 견지에서 단언했다.

같은 직장에서 일하는 세 명의 간호사가 나란히 근무 끝이 되는 건 간단한 일이 아니다. 하지만 그녀들은 한 달에 한 번, 무리를 해서라도 어떻게든 그런 기회를 마련했다. 그리고 셋이서 시내에 나가 '영양가 있는 것'도 먹고, 술도 마시고, 가라오케 반주로 노래도 하면서 나름대로 일상을 벗어나 잉여 에너지(라고나 할 것)를 발산했다. 그녀들에게는 분명 그런 기분전환이 필요하다. 시골 마을에서의 생활은 단조롭고, 직장에서 보는 건 의사와 동료 간호사를 빼고는 모두 활기와 기억을 상실한 노인들뿐이다.

세 명의 간호사는 아무튼 잘 먹고 잘 마셨다. 덴고는 도저히 그 페이스를 따라갈 수 없었다. 그래서 그녀들이 즐겁게 놀고 있는 곁에서 얌전히 박자를 맞추고, 적당히 고기를 먹고, 너무 취하지 않도록 조심하며 생맥주를 마셨다. 고깃집을 나서자 근처 스낵바로 자리를 옮겨 위스키를 마시고, 가라오케 반주에 맞춰 노래를 했다. 세 명의 간호사는 차례차례 자신들이 잘하는 노래를 부르고, 그리고 모두 함께 율동을 곁들여 캔디스의 노래를 불렀다. 아마 평소에 연습을 하는 모양이다. 꽤 그럴듯한 수준이었다. 덴고는 노래에 자신이 없었지만, 띄엄띄엄 생각나는 이노우에 요스이의 노래를 한 곡 불렀다.

평소에는 별로 말을 하지 않던 젊은 아다치 간호사도 술이 들어가자 쾌활하고 대담해졌다. 발그레한 뺨도 술기운이 오르자 적당히 햇볕에 그을린 것처럼 건강한 빛이 되었다. 별스러울 것 없는 농담에 킥킥 웃으면서 옆자리 덴고의 어깨에 자연스럽게 몸을 기대왔다. 머리에 항상 볼펜을 꽂고 다니는 키 큰 오무라 간호사는 옅은 남색 원피스로 갈아입고 머리를 풀어내렸다. 머리를 내리자 서너 살쯤 젊어 보이고, 목소리 톤은 한층 나직해졌다. 빠릿빠릿하던 직업적인 동작은 자취를 감추고 움직임이 얼마간 나른해져서 다른 인격을 몸에 걸친 것처럼 보였다. 금속

테 안경을 쓴 다무라 간호사만 생김새도 인격도 딱히 변하지 않았다.

"오늘 밤에는 옆집에서 우리 애들을 봐주기로 했어." 오무라 간호사가 덴고에게 말했다. "남편이 야근이라서 집에 없거든. 이런 때는 왁자하니 마음껏 놀아야지. 기분전환은 아주 중요해. 그렇지, 덴고 군?"

그녀들은 어느새 덴고를 가와나 씨도 아니고, 덴고 씨도 아니고, 덴고 군이라고 불렀다. 대부분의 주위 사람들은 왠지 그를 자연스럽게 '덴고 군'이라고 부르곤 한다. 학원 아이들조차 뒤에서는 그렇게 불렀다.

"그건 그래요." 덴고는 동의했다.

"우리한테는 이런 게 필요해." 다무라 간호사는 산토리 올드에 물을 타서 마시며 말했다. "우리도 남들과 똑같이 살아 있는 인간이거든."

"제복을 벗으면 그냥 여자야." 아다치 간호사가 말했다. 그리고 뭔가 의미심장한 말을 한 것처럼 혼자 쿡쿡 웃었다.

"저기, 덴고 군." 오무라 간호사가 말했다. "이런 거 좀 물어봐도 될까?"

"뭔데요?"

"덴고 군은 사귀는 여자가 있을까?"

"응, 그런 거 묻고 싶었어." 아다치 간호사가 자이언트 콘을 큼직하고 하얀 이로 와삭와삭 깨물어 먹으며 말했다.

"간단하게 말하기는 어려운 이야기인데요." 덴고는 말했다.

"간단하게 말하기는 어려운 이야기, 그거 아주 좋지." 노련한 다무라 간호사가 말했다. "우린 시간이 아주 많거든. 그런 이야기 대환영이야. 덴고 군의 간단치 않은 이야기라는 거, 대체 어떤 걸까."

"시작, 시작." 아다치 간호사가 소리없는 손뼉을 치면서 쿡쿡 웃었다.

"별로 재미있는 이야기도 아니에요." 덴고는 말했다. "흔한 얘기고, 두서도 없고."

"그럼 결론만이라도 좋으니까 얘기해봐." 오무라 간호사가 말했다. "사귀는 사람이 있어, 없어?"

덴고는 그만 포기하고 털어놓았다. "결론부터 말하자면, 지금 사귀는 사람은 없는 거 같아요."

"흐음." 다무라 간호사가 말했다. 그리고 손가락 끝으로 유리잔의 얼음을 소리 내어 휘젓더니 그 손가락을 빨았다. "좋지 않아, 그거. 아주 좋지 않아. 덴고 군처럼 젊고 건강한 남자가 친하게 지내는 여자가 없다니, 너무 아깝잖아."

"몸에도 좋지 않아." 큰 몸집의 오무라 간호사가 말했다. "혼자 너무 오래 차곡차곡 담아두면 치매 걸려."

젊은 아다치 간호사가 다시 킥킥 웃었다. "치매 걸려" 하고 그녀는 말했다. 그리고 손가락 끝으로 자신의 관자놀이를 톡톡 쳤다.

"얼마 전까지는 사귀는 사람이 있었는데." 덴고는 변명하듯이 말했다.

"근데 얼마 전에 없어져버렸구나?" 다무라 간호사가 안경다리를 손끝으로 올리며 물었다.

덴고는 고개를 끄덕였다.

"그럼 차인 거야?" 오무라 간호사가 물었다.

"글쎄요." 덴고는 고개를 갸웃거렸다. "어쩌면 그런 건지도 모르겠어요. 분명 차였던 거겠죠."

"혹시 그 여자, 덴고 군보다 한참 연상이었던 거 아냐?" 다무라 간호사가 눈을 가늘게 뜨고 물었다.

"예, 그래요." 덴고는 말했다. 어떻게 그런 것을 알고 있을까.

"거봐, 내 말이 맞지?" 다무라 간호사가 의기양양하게 다른 두 사람을 향해 말했다. 두 사람은 고개를 연방 주억거렸다.

"내가 얘들에게 말했었어." 다무라 간호사가 덴고에게 말했다. "덴고 군은 틀림없이 연상의 여자하고 사귀고 있을 거라고. 그런 거, 여자는 냄새로 다 알아."

"킁킁." 아다치 간호사가 소리를 냈다.

"게다가 유부녀일 수도." 오무라 간호사가 나른한 목소리로 말했다. "그렇지?"

덴고는 잠깐 망설인 뒤에 고개를 끄덕였다. 이제 새삼스럽게 거짓말을 해봐야 별수 없다.

"나쁜 놈." 젊은 아다치 간호사가 손끝으로 덴고의 허벅지를 쿡쿡 찔렀다.

"몇 살이나 연상이었어?"

"열 살." 덴고는 말했다.

"호오." 다무라 간호사가 말했다.

"그렇구나, 노련한 연상의 유부녀가 우리 덴고 군을 듬뿍 사랑해줬구나." 아이 엄마인 오무라 간호사가 말했다. "아, 좋겠다. 나도 좀 분발해볼까. 고독하고 착한 덴고 군, 내가 좀 위로해줄까? 이래봬도 내 몸도 아직 괜찮은데."

그녀는 덴고의 손을 잡아 자신의 가슴에 대려고 했다. 다른 두 사람이 겨우 뜯어말렸다. 술에 취해 약간 일탈한다 해도, 환자를 간호하러 온 가족과 간호사 간의 일정한 선은 유지해야 한다, 그녀들은 그렇게 생각하고 있는 것 같았다. 어쩌면 이런 현장을 누가 목격할까봐 두려워하는지도 모른다. 어쨌든 좁은 동네인데다 그런 소문은 눈 깜짝할 사이에 퍼진다. 오무라 간호사의 남편이 이상할 만큼 질투심 강한 성격일 가능성도 있다. 덴고도 더이상 귀찮은 일에 말려드는 건 피하고 싶었다.

"그래도 덴고 군은 참 대단해." 다무라 간호사가 화제를 바꾸었다. "이렇게 먼 곳까지 와서 날마다 몇 시간씩 아버지 머리맡에서 책을 읽어주고…… 웬만해서는 하기 어려운 일이야."

젊은 아다치 간호사가 고개를 살며시 기울이며 말했다. "응, 정말 착한 거 같아. 그런 점이 존경스러워."

"우린 항상 덴고 군을 칭찬하고 있어." 다무라 간호사가 말했다.

덴고는 저도 모르게 얼굴이 붉어졌다. 그가 이 마을에 온 것은 아버지를 간호하기 위해서가 아니다. 은은하게 빛을 발하는 공기 번데기와 그 안에 잠들어 있는 아오마메의 모습을 다시 한번 보고 싶었기 때문이다. 그것이 덴고가 이 마을에 머무는 거의 유일한 이유였다. 혼수상태의 아버지를 간호하는 건 어디까지나 명목상의 이유일 뿐이다. 하지만 그런 사정을 있는 그대로 털어놓을 수는 없다. 그랬다가는 우선 공기 번데기라는 게 무엇이냐는 이야기부터 시작해야 한다.

"지금까지 아무것도 못 해줬으니까요." 덴고는 좁은 나무의자 위에서 큼직한 몸을 어색하게 움츠리며 어렵사리 말했다. 하지만 그런 그의 태도도 간호사들에게는 겸허한 몸짓으로 비칠 뿐이었다.

덴고는 이제 그만 자야겠다고 말하고 자리에서 일어나 먼저 여관에 돌아가고 싶었지만, 일어설 기회를 제대로 잡을 수가 없었다. 원래부터 강하게 뭔가를 밀어붙이는 성격이 못 된다.

"그건 그렇고." 오무라 간호사가 말했다. 그리고 한 차례 헛기침을 했다. "얘기가 다시 처음으로 돌아가지만, 어째서 그 열 살 연상의 유부녀하고는 헤어졌을까. 그럭저럭 잘 지냈다면서 왜? 남편한테 들켰다든가, 그런 거였어?"

"이유는 나도 모르겠어요." 덴고는 말했다. "어느 날 연락이 뚝 끊기고 그걸로 끝이었으니까요."

"흐음." 젊은 아다치 간호사가 말했다. "그 여자, 덴고 군에게 싫증이 났나?"

아이 엄마인 키 큰 오무라 간호사가 고개를 가로저었다. 그리고 허공에 검지를 척 치켜들고 젊은 간호사를 향해 말했다. "얘, 넌 아직 세상을 몰라. 전혀 몰라. 마흔 살의 유부녀가 이런 젊고 건강하고 맛있어 보이는 남자를 붙잡아 재미 볼 거 다 보고 '고마워요. 잘 먹었어요. 그럼, 안녕' 하는 일은 절대 있을 수 없어. 그 반대라면 모를까."

"그런가?" 아다치 간호사는 고개를 갸웃갸웃하며 말했다. "그런 거, 난 잘 모르겠네."

"그렇다니까." 아이 엄마인 오무라 간호사가 단언했다. 비석에 끌로 새긴 글씨를 몇 걸음 물러서서 확인하는 듯한 눈빛으로 덴고를 한차례 바라보고, 그러고는 혼자 고개를 끄덕였다. "너도 나중에 나이를 먹으면 알 거다."

"아, 난 벌써 한참 동안이나 못 했어." 다무라 간호사가 의자에 깊숙이 몸을 기대며 말했다. 그리고 한참 동안, 세 명의 간호사는 덴고가 알지 못하는 누군가의(아마도 동료 간호사 중 한 사람일 것이다) 성적인 편력에 대한 뒷담화에 빠져들었다. 덴고는 물을 탄 위스키 잔을 손에 들고 그런 세 사람을 바라보며 『맥베스』에 나오는 세 마녀를 떠올렸다. "아름다움은 더럽다. 더러움은 아름답다"라는 주문을 외우며 맥베스에게 사악한 야심을 불어넣는 마녀들. 물론 덴고가 세 명의 간호사를 사악한 존재라고 생각한 것은 아니다. 친절하고 솔직한 여성들이다. 열심히 일하고, 아버지도 잘 돌봐준다. 그녀들은 직장에서 과중한 노동을 떠맡고, 어업을 기간산업으로 하는 작은 마을에서 자극적이라고는 하기 어려운 생활을 하면서 한 달에 한 번 그 스트레스를 발산하고 있을 뿐이다. 하지만 제각기 세대가 다른 세 여자의 에너지가 한데 뭉치는 광경을 바로 눈앞에 마주하고 있으려니, 스코틀랜드 황야의 풍경이 절로 머릿속에 떠올랐다. 하늘은 잔뜩 흐리고, 비 섞인 차가운 바람이 히스 사이를 훑고 지나간다.

대학교 때 영어수업에서 『맥베스』를 읽었을 때, 묘하게 마음에 남는 한 구절이 있었다.

By the pricking of my thumbs,
Something wicked this way comes,
Open, locks,
Whoever knocks.

엄지의 욱신거림이 알려주는구나,
불길한 것이 이쪽으로 다가온다
노크를 하거든 그게 누구이든, 자물쇠여, 열려라

어째서 그 한 구절만 지금까지 또렷하게 기억하는 걸까. 희곡 속에서 누가 그 대사를 말했는지조차 기억나지 않는데. 하지만 그 구절은 덴고에게 고엔지 아파트의 문을 집요하게 노크하는 NHK 수금원을 떠올리게 했다. 덴고는 자신의 엄지를 바라보았다. 욱신거림은 없다. 그래도 셰익스피어가 맞춰놓은 교묘한 압운押韻에는 과연 불길한 울림이 감돌았다.

Something wicked this way comes,

후카에리가 문을 열지 말아야 할 텐데, 덴고는 생각했다.

제7장 우시카와

Q

그쪽으로 걸어가는 중이야

아자부의 노부인에 대한 정보 수집을 우시카와는 일단 포기할 수밖에 없었다. 그녀 주위에 둘러쳐진 가드가 너무도 강고해서 어느 방향에서 손을 뻗쳐도 반드시 어딘가에서 높은 벽에 부딪힌다는 것을 알았기 때문이다. 세이프하우스의 상황을 좀더 살펴보고 싶었지만 더이상 그 근처를 어슬렁거리는 건 위험했다. 감시카메라가 설치되어 있는데다 우시카와는 그러잖아도 유난히 남의 이목을 끄는 생김새다. 상대 쪽에 일단 경계인물로 지목되면 앞으로 움직이기가 힘들어진다. 우선은 버드나무 저택에서 벗어나 다른 루트를 찾아보기로 했다.

생각나는 '다른 루트'라고 하면, 아오마메의 신변을 다시 한번 샅샅이 조사해보는 정도였다. 지난번에는 거래하는 리서치

회사에 자료 수집을 의뢰하고 자신도 직접 돌아다니며 탐문했었다. 아오마메에 대한 상세한 파일을 작성하고 다양한 각도에서 검증한 끝에 위험성이 없다고 판단했다. 스포츠클럽 트레이너로서의 수완도 확실하고 평가도 높았다. 소녀시절에는 '증인회' 신자였지만, 십대가 되면서 탈퇴하고 그 교단과는 인연을 끊었다. 톱에 가까운 성적으로 체육대학을 졸업하고 스포츠드링크를 주력상품으로 하는 중견 식품회사에 취직해 소프트볼 팀의 중심 선수로 활약했다. 스포츠 팀 활동에서나 업무에서나 대단히 우수한 인재였다고 동료들은 말했다. 의욕적이고 머리 회전도 빠르다. 주위의 평판도 좋다. 하지만 말수가 적고 교제 범위가 넓은 편은 아니었다.

몇 년 전에 갑자기 소프트볼 팀을 그만두고 회사를 퇴직하여 히로오의 고급 스포츠클럽에 인스트럭터로 취직했다. 그에 따라 수입은 30퍼센트쯤 증가했다. 미혼이고 혼자 살고 있다. 애인은, 아마도 지금은 없는 것 같다. 어쨌거나 수상한 배경이나 불투명한 요소는 전혀 찾아낼 수 없었다. 우시카와는 얼굴을 찌푸리고 깊은 한숨을 내쉬며, 몇 번이나 읽어본 파일을 책상 위에 내던졌다. 나는 뭔가를 놓쳤다. 놓쳐서는 안 되는 지극히 중요한 포인트를.

우시카와는 책상 서랍에서 주소록을 꺼내 그중 한 곳의 전화번호를 돌렸다. 정보를 비합법적으로 입수할 필요가 있을 때 항상 연락하는 곳이다. 상대는 우시카와보다 좀더 어두운 세계를 서식지로 삼는 인종이다. 돈만 주면 웬만한 정보는 입수해준다. 당연한 일이지만, 상대의 가드가 강고하면 할수록 요금은 높아진다.

우시카와가 찾고 있는 정보는 두 가지였다. 하나는, 지금도 '증인회'의 열성 멤버인 아오마메의 부모에 대한 개인정보였다. '증인회'는 전국에 분포한 신자들의 정보를 중앙에서 집중관리할 거라고 우시카와는 확신했다. 전국적으로 '증인회' 신자의 수는 아주 많고, 본부와 각 지역 지부 사이의 왕래나 물류가 활발하게 이루어진다. 중앙에 축적된 정보 없이는 시스템이 원활하게 돌아갈 수 없다. '증인회' 본부는 오다와라 시 교외에 있었다. 넓은 부지에 거대한 빌딩이 서 있고, 팸플릿을 인쇄하는 자체 공장도 있고, 전국에서 찾아오는 신자들을 위한 집회장이며 숙박시설도 있다. 모든 정보는 그 본부에 모이고 엄중하게 관리되는 게 틀림없다.

또 한 가지는, 아오마메가 근무하는 스포츠클럽의 영업기록이었다. 아오마메가 그곳에서 어떤 일을 했는가, 언제 누구를 상대로 개인레슨을 했는가. 스포츠클럽의 정보는 '증인회'처럼 엄중하게 관리되지는 않을 것이다. 그렇다고 "저, 미안하지만 아오마메 씨의 근무기록을 좀 볼 수 있을까요?"라고 물어본다고 흔쾌히 보여줄 리는 없다.

우시카와는 이름과 전화번호를 부재중 녹음테이프에 남겼다. 삼십 분 후에 전화가 걸려왔다. "우시카와 씨?" 컬컬한 목소리가 말했다.

우시카와는 자신이 원하는 정보의 상세한 내용을 상대에게 전했다. 그자와 얼굴을 마주한 적은 없다. 항상 전화로 거래한다. 수집된 자료는 속달로 우송된다. 목소리는 컬컬한 편이고, 가끔 가벼운 기침이 섞인다. 목에 문제가 있는지도 모른다. 전화 너머에는 언제나 완전한 침묵이 있다. 마치 완벽하게 방음장치를 해놓은 방에서 통화하는 것 같다. 들려오는 건 상대의 목소리와 귀에 거슬리는 숨소리뿐. 그밖에는 아무것도 들리지 않는다. 그리고 귀에 잡히는 소리는 모두 조금씩 과장되어 있다. 어쩐지 기분 나쁜 놈이라고 우시카와는 항상 생각했다. 세상에는 어쩐지 기분 나쁜 놈들만 가득한 것 같다(남들이 보기엔 나도 그중 한 사람인지 모르지만). 우시카와는 그자에게 남몰래 박쥐라는 이름을 붙였다.

"두 가지 모두, 아오마메라는 이름과 관련된 정보를 수집하면 되겠군요." 박쥐는 컬컬한 목소리로 말했다. 이어서 기침 소리가 났다.

"그래요. 흔치 않은 이름이지."

"정보는 통째로 다 필요하시고요."

"아오마메라는 사람과 관계된 것이라면 어떤 것이든. 가능하다면 얼굴을 식별할 수 있는 사진도 입수했으면 하는데."

"스포츠클럽 쪽은 간단해요. 그쪽에서는 누가 정보를 훔쳐가리라고는 생각도 안 할 겁니다. 하지만 '증인회'는 좀 힘들어요. 거대한 조직이고 자금력도 엄청난데다 경비가 대단할 거예요. 종교단체는 접근하기가 가장 까다로운 상대 중 하나죠. 개인의 기밀보호라는 측면도 있고, 세금 문제도 얽혀 있으니까요."

"가능할 거 같아요?"

"뭐, 못 할 건 없겠죠. 문을 열게 할 방도는 있습니다. 그보다 어려운 건 문을 연 뒤에 다시 닫아두는 것이죠. 그게 잘못되면 꽁무니에 미사일이 따라붙을 수 있어요."

"전쟁 같군."

"전쟁 그 자체죠. 어떤 무시무시한 것이 튀어나올지 모릅니다." 상대는 컬컬한 목소리로 말했다. 그가 그 전쟁을 즐기고 있다는 게 목소리 톤으로 느껴졌다.

"그래서, 맡아줄 거요?"

가벼운 기침 소리가 났다. "해보지요. 하지만 일이 일이니만큼 비용이 제법 나오겠어요."

"대략 얼마나 들까요?"

상대는 대략적인 금액을 말했다. 우시카와는 짧게 숨을 삼키고 나서 그것을 받아들였다. 우선 개인적으로 준비할 수 있는 액수였고, 결과만 잘 나온다면 그 정도는 나중에 청구할 수도 있다.

"시간은 얼마나 걸릴까요?"

"어차피 급하시죠?"

"급하지요."

"정확하게 예측하기는 어렵지만, 아마 일주일에서 열흘은 필요할 거예요."

"그 정도면 됐어요." 우시카와는 말했다. 이런 때는 상대의 페이스에 맞춰주는 수밖에 없다.

"자료가 정리되면 이쪽에서 전화하겠습니다. 열흘 안으로는 반드시 연락을 드리죠."

"미사일이 꽁무니에 따라붙지 않는다면." 우시카와는 말했다.

"그렇죠." 박쥐는 별일 아니라는 듯이 말했다.

우시카와는 전화를 끊고 의자에 등을 젖히고 앉아 잠시 생각에 잠겼다. 박쥐가 어떻게 '뒷구멍'을 통해 정보를 수집하는지, 우시카와는 알지 못한다. 물어봤자 대답이 돌아오지 않는다는 건 알고 있다. 어쨌거나 부정한 수단이 사용되는 것만은 확실하다. 우선 내부인을 매수하는 방법을 생각할 수 있다. 여차하면 불법침입도 불사하는지 모른다. 컴퓨터가 관련된 경우에는 일이 좀더 복잡해진다.

정보를 컴퓨터로 관리하는 관청이나 회사의 수는 아직은 한정되어 있다. 비용과 시간이 너무 많이 든다. 그러나 전국 규모의 종교단체라면 그 정도 여유는 있을 것이다. 우시카와는 컴퓨터에 대해서는 거의 아는 게 없다. 그래도 정보수집에 컴퓨터가 빠뜨릴 수 없는 도구가 되어간다는 건 이해하고 있었다. 국회 도서관에 들락거리고 신문 축쇄판이니 연감 같은 걸 책상에 쌓아놓고 온종일 정보를 캐내는 시대는 이윽고 과거의 것이 될 것이다. 그리고 세계는 컴퓨터 관리자와 침입자 들의 피비린내 나는 전쟁터가 될지도 모른다. 아니, 피비린내 나는, 이라는 것과는 좀 다르다. 어떻든 전쟁이기는 하니까 물론 약간의 피는 흐를 것이다. 하지만 피냄새는 나지 않는다. 이상야릇한 세계다. 우시카와는 냄새나 아픔이 뚜렷하게 존재하는 세계가 좋다. 가령 그 냄새나 아픔이 때로는 견디기 힘들다 해도. 어쨌든 우시카와 같은 타입은 확실하게, 그리고 급속하게 시대에 뒤떨어진 유물이 되어갈 것이다.

그래도 딱히 비관적인 마음은 들지 않았다. 그는 자신에게 본능적인 감이 있다는 것을 잘 알고 있다. 특수한 후각기관으로 주위의 다양한 냄새를 잘 구분해서 맡아낼 수 있다. 피부로 느끼는 아픔을 통해 세상 풍조의 변화를 포착할 수도 있다. 그건 컴퓨터로는 할 수 없는 작업이다. 그런 능력은 수치화하거나 시스템화할 수 없는 종류의 것이기 때문이다. 엄중하게 방어되고 있는 컴퓨터에 교묘하게 액세스해서 정보를 빼내는 건 침입자의 일이다. 하지만 어떤 정보를 빼내야 할지 판단하고, 빼낸 방대한 정보에서 도움이 될 만한 것만을 골라내는 작업은 살아 있는 몸을 가진 인간이 아니고서는 할 수 없다.

나는 분명 시대에 뒤떨어진 추레한 중년남자인지도 모른다, 라고 우시카와는 생각했다. 아니, 인지도 모른다가 아니다. 의심의 여지 없이 이미 시대에 뒤떨어진 추레한 중년남자다. 하지만 내게는 다른 사람이 갖지 못한 몇 가지 특별한 자질이 있다. 천성적인 후각과 일단 매달리면 절대로 놓지 않는 끈질김. 여태껏 그 자질에 기대어 밥을 먹고 살아왔다. 그리고 그런 능력이 있는 한, 아무리 이상야릇한 세상이 되더라도 나는 반드시 어딘가에서 벌어먹고 살 수 있다.

내가 당신을 따라잡을 거야, 아오마메 씨. 당신은 제법 머리가 뛰어나지. 솜씨도 좋고 주의 깊어. 하지만 이봐, 나는 틀림없이 당신을 따라잡아. 기다리라고. 지금 당신 쪽을 향해 걸어가는 중이야. 발소리가 들리나? 아니, 안 들리겠지. 나는 거북이처럼 소리도 없이 걷거든. 한 걸음 또 한 걸음, 나는 당신에게 다가가고 있어.

하지만 거꾸로 우시카와의 등뒤에 바짝 따라붙은 것도 있었다. 시간이다. 우시카와에게 아오마메를 추적한다는 것은 동시에 시간의 추적을 뿌리치는 작업이기도 했다. 최대한 빨리 아오마메의 행방을 찾아내고 배후관계를 밝혀내서 그것을 쟁반에 담아 "자, 드시죠" 하고 교단 사람들에게 내밀지 않으면 안 된다. 주어진 시간은 한정되어 있다. 석 달쯤 지난 뒤에야 모든 것을 알아냈노라고 내밀어봤자 분명 때늦은 일이다. 지금까지 우시카와는 그들에게 쓸모있는 인간이었다. 유능하고 융통성 있고 법률지식도 갖췄고 입은 무겁다. 시스템에서 벗어나 자유롭게 행동할 수도 있다. 하지만 어차피 돈을 주고 고용한 심부름꾼에 지나지 않는다. 그들의 혈육도 동지도 아니고, 신앙심 따위는 요만큼도 없다. 교단에 위험한 존재라고 판단되면 단칼에 배제해버릴지도 모른다.

박쥐에게서 전화가 오기를 기다리는 동안, 우시카와는 도서관에 다니며 '증인회'의 역사와 현재의 활동상황에 대해 상세히 조사했다. 메모를 하고 필요한 부분은 복사했다. 그는 도서관에 가서 뭔가를 조사하는 게 고생스럽지 않다. 두뇌에 차곡차곡 지식이 축적되는 실감이 나서 좋았다. 그건 어릴 때부터 몸에 밴 습관이다.

도서관에서의 조사가 끝나자 아오마메가 살던 지유가오카의 임대아파트에 찾아가 집이 비어 있다는 것을 다시 한번 확인했다. 우편함에는 아직 아오마메의 이름표가 끼워져 있었지만 집안에 사람이 사는 기척은 없었다. 그 집의 임대를 관리하는 부동산중개소에도 가보았다. 그 아파트에 빈집이 있다는 말을 들었는데 계약할 수 있느냐고 우시카와는 물었다.

"비어 있기는 한데, 내년 2월 초까지는 입주할 수 없어요." 부동산업자는 말했다. 현재 거주자와 맺은 임대계약이 끝나는 게 내년 1월 말이고, 그때까지 집세는 그대로 다달이 입금된다고 한다.

"짐은 이미 다 나갔고 전기하고 가스, 수도도 이전수속이 끝났어요. 그래도 임대계약은 지속됩니다."

"1월 말까지 빈집의 집세만 내고 있는 셈이네요."

"그렇지요." 부동산업자는 말했다. "계약기간의 임대료는 전액 지불할 테니 집은 그대로 놔두라고 하더라고요. 물론 집세만 꼬박꼬박 낸다면야 우리는 이의가 없죠."

"묘한 이야기군요. 아무도 살지 않는데 괜한 돈을 들이다니."

"나도 은근히 걱정이 되어서 건물주 입회하에 안을 좀 들여다봤어요. 혹시 미라가 된 사체가 벽장 안에 굴러다니기라도 하면 곤란하니까요. 그런데 아무것도 없었어요. 아주 깨끗하게 청소를 했더라고요. 그냥 텅 비어 있을 뿐이에요. 무슨 사정이 있는지는 모르겠지만."

아오마메는 이미 그 집에 살지 않는다. 하지만 그들은 뭔가 이유가 있어서 아직은 명의상 아오마메가 임대하는 것으로 해두려는 것이다. 그러기 위해 넉 달 치의 임대료를 냈다. 주의 깊고 자금도 넉넉한 자들이다.

정확히 열흘 뒤, 점심때가 지나서 고지마치에 있는 우시카와의 사무실에 박쥐의 전화가 걸려왔다.

"우시카와 씨?" 컬컬한 목소리가 말했다. 배경은 항상 그렇듯이 무음無音이다.

"예, 우시카와입니다."

"지금 잠깐 이야기해도 괜찮겠습니까?"

괜찮다고 우시카와는 말했다.

"'증인회'의 가드는 정말 단단했어요. 하지만 그건 예상했던 일이죠. 아오마메와 관련된 정보를 무사히 입수할 수 있었습니다."

"꽁무니에 따라붙은 미사일은?"

"현재로서는 보이지 않는군요."

"거 다행이네요."

"우시카와 씨." 상대는 몇 번 기침을 했다. "죄송합니다만, 담배 좀 꺼주시겠습니까?"

"담배?" 우시카와는 자신의 손가락에 끼워진 세븐스타를 보았다. 연기가 조용히 천장을 향해 피어오르고 있었다. "아, 분명 담배를 피우고 있긴 하지만 이건 전화잖아요. 어떻게 그걸 알 수 있지?"

"물론 냄새가 여기까지 오진 않지요. 하지만 수화기로 그런 숨소리를 듣는 것만으로도 나는 숨쉬기가 힘들어져요. 극단적인 알레르기 체질이라서요."

"아하, 그렇군. 거기까지는 생각을 못 했네. 미안해요."

상대는 몇 번인가 기침을 했다. "아뇨, 우시카와 씨 탓이 아닙니다. 거기까지는 생각을 못 하는 게 당연하지요."

우시카와는 담배를 재떨이에 눌러 끄고, 그 위에 마시던 차를 끼얹었다. 자리에서 일어나 창문을 활짝 열기까지 했다.

"담배는 틀림없이 껐고, 창문을 열어 환기도 했어요. 하긴 바깥 공기도 그다지 깨끗하다고는 할 수 없지만."

"감사합니다."

침묵이 십 초쯤 이어졌다. 완전한 정적이 있었다.

"그래서, '증인회' 정보는 입수했단 말이죠?" 우시카와는 물었다.

"예, 그런데 분량이 상당해요. 아무튼 아오마메 일가는 오랜 세월 열성 신자였기 때문에 관련자료도 엄청 많습니다. 필요한 것과 필요하지 않은 것은 그쪽에서 판별해주셨으면 하는데요."

우시카와는 동의했다. 오히려 바라는 바였다.

"스포츠클럽 쪽은 별 문제가 없었습니다. 문을 열고 안으로 들어가 일을 마치고, 다시 나와서 문을 닫았을 뿐이죠. 하지만 시간제한 때문에 송두리째 들고 나오는 바람에 이쪽도 분량이 많아요. 어떻든 그 두 가지 자료를 한꺼번에 보내드리지요. 늘

하시던 대로 요금과 교환하는 형식입니다."

우시카와는 박쥐가 말하는 금액을 메모했다. 견적보다 20퍼센트쯤 많이 나왔다. 하지만 받아들이는 수밖에 없다.

"이번에는 우편을 이용하고 싶지 않습니다. 심부름하는 사람을 내일 이 시각에 직접 그쪽으로 보내지요. 현금을 미리 준비해주십시오. 그리고 여느 때와 마찬가지로 영수증은 드릴 수 없습니다."

알고 있다고 우시카와는 말했다.

"그리고 전에도 말씀드렸지만, 혹시나 해서 다시 말씀드리지요. 요청하신 토픽에 대해 입수할 수 있는 정보는 모두 입수했습니다. 우시카와 씨가 그 내용에 불만이 있다 해도 우리는 책임을 질 수 없습니다. 기술적으로 할 수 있는 일은 다 했기 때문입니다. 보수는 노동에 대한 것이지, 결과에 대한 것이 아닙니다. 원하시던 정보가 없다고 해서 돈을 돌려달라시면 곤란합니다. 그 점도 미리 양해해주셨으면 합니다."

알고 있다고 우시카와는 말했다.

"아오마메 씨의 사진은 어떻게 해도 입수할 수 없었습니다." 박쥐는 말했다. "모든 자료에서 매우 세심하게 사진을 떼어냈더군요."

"알았어요. 그건 됐어요." 우시카와는 말했다.

"게다가 이미 얼굴이 바뀌었을지도 모릅니다." 박쥐는 말했다.

"그럴지도." 우시카와는 말했다.

박쥐는 몇 번 기침을 했다. "자, 그럼." 그는 인사하고 전화를 끊었다.

우시카와는 수화기를 내려놓고 한숨을 내쉬며 새 담배를 입에 물었다. 라이터로 불을 붙이고 전화기를 향해 천천히 연기를 내뿜었다.

다음 날 오후, 젊은 여자가 우시카와의 사무실에 찾아왔다. 아직 스무 살도 안 되었을 것이다. 몸의 곡선이 아름답게 드러나는 짧은 흰색 원피스에, 마찬가지로 하얗고 광택이 나는 하이힐, 그리고 진주 귀고리를 달고 있었다. 작은 몸집에 비해 귓불이 꽤 큼직했다. 키는 150센티미터를 약간 넘는 정도일 것이다. 머리칼은 곧게 길고, 눈은 맑고 큼직했다. 마치 수습중인 요정처럼 보였다. 그녀는 우시카와의 얼굴을 똑바로 바라보더니, 잊을 수 없는 매우 귀중한 것을 목격한 사람처럼 환하고 친근한 미소를 지었다. 작은 입술 사이로 고른 하얀 이가 유쾌한 듯 내다본다. 물론 영업용 미소일지도 모른다. 하지만 그렇다 해도 첫 대면에서 우시카와의 얼굴을 보고 흠칫하지 않는 사람이라니, 아주 드문 일이다.

"청구하신 자료를 가져왔습니다." 여자는 어깨에 멘 천가방 안에서 두툼한 대형 서류봉투 두 개를 꺼냈다. 그리고 마치 고대의 석판을 나르는 무녀처럼 봉투를 양손으로 받쳐들고 다가와 우시카와의 책상에 내려놓았다.

우시카와는 책상 서랍에서 미리 준비해둔 봉투를 꺼내 여자에게 건넸다. 그녀는 봉투를 뜯고 일만 엔 지폐 다발을 꺼내 그곳에 선 채로 돈을 셌다. 숙달된 손놀림이었다. 가늘고 고운 손가락이 재빨리 움직인다. 다 세고는 다시 봉투에 넣어 천가방에 챙겼다. 그러고는 우시카와를 향해 아까보다 더 밝고 친근한 미소를 지었다. 뵙게 되어 더할 수 없이 기쁘다, 라는 듯이.

이 여자는 박쥐와 대체 어떤 관계일까, 우시카와는 상상해보았다. 물론 그건 우시카와와는 아무 관계도 없는 일이다. 이 아가씨는 단순한 연락 담당에 지나지 않는다. '자료'를 건네주고 보수를 받아간다. 아마도 그것이 그녀에게 주어진 유일한 역할일 것이다.

그 자그마한 여자가 나간 뒤, 우시카와는 한참이나 석연찮은 기분으로 문을 골똘히 쳐다보았다. 그녀가 등뒤로 닫고 간 문을. 사무실에는 아직 그녀의 기척이 강하게 남아 있었다. 어쩌면 그 여자는 자신의 기척을 남기는 대신 우시카와의 영혼을 일부 가져갔는지도 모른다. 그는 새로 생겨난 그 공백을 가슴속에서 느낄 수 있었다. 어째서 이런 일이 일어나는 걸까, 우시카와는 신기하게 생각했다. 그리고 그것은 대체 무엇을 의미하는 걸까.

십 분쯤 지나 우시카와는 마침내 마음을 추스르고 서류봉투를 열었다. 봉투는 접착테이프로 몇 겹이나 봉해져 있었다. 안에는 프린트물이며 복사된 자료, 오리지널 서류 등이 뒤죽박죽 채워져 있었다. 무슨 수를 썼는지는 모르지만 단기간에 용케도 이만한 양의 자료를 손에 넣었다. 매번 그렇듯이 감탄하지 않을 수 없다. 하지만 그와 동시에 우시카와는 그 서류더미를 마주하고 깊은 무력감에 휩싸였다. 이런 것을 아무리 뒤적여봤자 결국 어디에도 가 닿지 못하는 게 아닐까. 나는 큰돈을 치르고 그저 쓸데없는 폐지 더미만 손에 넣었는지도 모른다. 그것은 아무리 눈을 비비고 들여다봐도 바닥이 보이지 않을 만큼 깊은 무력감이었다. 그리고 가까스로 눈에 비치는 것은 모두, 죽음의 전조 같은 어슴푸레한 황혼에 감싸여 있다. 이것도 그 여자가 남기고 간 무언가 때문인지 모른다고 그는 생각했다. 아니면 그 여자가 가져가버린 무언가 때문인지도.

하지만 우시카와는 어떻든 기력을 회복했다. 저녁 늦게까지 시간을 들여 참을성 있게 그 자료를 읽고, 필요하다고 여겨지는 정보를 항목별로 하나하나 노트에 베껴나갔다. 작업에 의식을 집중하는 것으로 정체를 알 수 없는 무력감을 마침내 어딘가로 몰아낼 수 있었다. 그리고 사무실이 어두워지고 책상의 전등을 켤 즈음에는, 비싼 요금을 치를 만한 가치가 있었다고 우시카와는 생각했다.

우선 스포츠클럽 쪽에서 흘러나온 '자료'부터 읽었다. 아오마메는 사 년 전에 이 스포츠클럽에 취직해서 주로 근육 트레이닝과 마셜 아츠 프로그램을 담당했다. 몇 개의 클래스를 만들어 지도를 맡았다. 그녀가 트레이너로서 뛰어난 능력을 지녔고, 회원들 사이에서도 인기가 있었다는 것은 자료를 통해 충분히 파악할 수 있었다. 일반 클래스를 맡으면서 동시에 개인지도도 했다. 비용은 물론 더 많이 들지만, 정해진 시간에 스포츠클럽에 나올 수 없는 사람, 혹은 좀더 개인적인 환경을 원하는 사람에게는 알맞은 시스템이다. 아오마메에게는 그런 '개인고객'이 상당히 많았다.

아오마메가 언제 어디서 어떻게 '개인고객'을 지도했는지는 복사된 일정표로 더듬어볼 수 있었다. 스포츠클럽에서 개별적으로 그들을 지도하기도 했고, 자택으로 출장을 나가 지도하는 일도 있었다. 고객 리스트에는 유명 연예인이 있는가 하면 정치인도 있었다. 버드나무 저택의 여주인인 오가타 시즈에는 아오마메의 고객 중에서 최고령이었다.

오가타 시즈에와의 관계는 아오마메가 스포츠클럽에 취직한 조금 뒤부터 시작되어 아오마메가 자취를 감추기 직전까지 계속 이어졌다. 마침 버드나무 저택의 2층짜리 아파트가 '가정폭력으로 고통받는 여성들을 위한 상담실'을 후원하는 세이프하우스로 본격적으로 사용된 시기였다. 우연의 일치일 수도 있고 아닐 수도 있다. 어쨌든 기록에 의하면 두 사람의 관계는 시간이 갈수록 한층 밀접해진 것 같다.

아오마메와 노부인 사이에 개인적인 유대가 생겼는지도 모른다. 우시카와의 직감은 그런 기미를 감지했다. 원래는 스포츠클럽의 인스트럭터와 고객으로 시작된 관계다. 그러다가 어느 시점에 그 성격이 바뀌었다. 사무적인 기술을 날짜별로 살펴보면서 우시카와는 그 '시점'을 밝혀내려고 노력했다. 그 시기에 어떤 일이 일어났거나 밝혀졌고, 그때를 경계로 두 사람은 단순한 인스트럭터와 고객의 관계를 넘어섰다. 나이나 입장의 차이를 뛰어넘어 친밀한 개인과 개인의 관계가 되었다. 어쩌면 정신적인 밀약 같은 것까지 맺어졌는지도 모른다. 이윽고 그 밀약이 마땅한 경로를 따라, 호텔 오쿠라에서의 리더 살해에까지 이르렀다. 우시카와의 후각은 그렇게 고하고 있었다.

어떤 경로였을까. 그리고 어떤 밀약이었을까.

우시카와의 추측은 거기까지는 미치지 못한다.

하지만 아마도 거기에는 '가정폭력'이라는 요인이 얽혀 있을 것이다. 지금까지 살펴본 바로, 그것은 노부인에게 매우 중요한 개인적인 테마인 것 같다. 기록에 의하면 오가타 시즈에가 맨 처음 아오마메를 만난 것은 아오마메가 주최한 '호신술' 클래스에서였다. 일흔 살이 넘은 여성이 호신술 클래스에 참가한다는 건 아무래도 일반적인 일이라고는 할 수 없을 것이다. 폭력적인 것을 둘러싼 어떤 요인이 노부인과 아오마메를 거기서 하나로 엮어주었는지도 모른다.

혹은 아오마메 역시 가정폭력의 피해자였는지도 모른다. 그리고 리더는 가정폭력의 가해자였는지도. 그들은 그런 사실을 알고 리더에게 제재를 가하려 했는지도 모른다. 하지만 그건 모두 어디까지나 '그럴지도 모른다'는 수준의 가설일 뿐이다. 그리고 그 가설은 우시카와가 알고 있는 리더의 인물상과는 걸맞지 않은 것이었다. 물론 인간이란, 가령 그게 어떤 인간이건 마음속까지는 알 수 없는 것이고, 리더는 그러잖아도 애초부터 깊은 구석이 있는 인물이다. 어쨌든 한 종교단체를 주재한 인간이다. 총명하고 지적이기는 하지만 정체 모를 면도 있었다. 하지만 리더가 실제로 거친 가정폭력을 휘두르는 인간이었다 해도, 그것이 그들로 하여금 그토록 주도면밀하게 살인계획을 짜고, 아이덴티티를 버리고, 사회적 지위를 위험에 노출시키면서까지 실행에 옮기지 않으면 안 될 만큼 중대한 의미를 가진 것이었을까.

어떻든 리더 살해는 충동적이고 감정적으로 행해진 일이 아니다. 거기에는 흔들림 없는 의지, 한 점 흐림 없는 명확한 동기, 그리고 면밀한 시스템이 개재되어 있다. 그 시스템은 오랜 기간과 많은 자금을 쏟아부어 신중하게 마련된 것이다.

하지만 그러한 추측을 뒷받침할 만한 구체적인 증거는 단 한 가지도 없다. 우시카와가 손에 쥐고 있는 것은 어디까지나 가설을 바탕으로 한 정황증거에 지나지 않는다. 오컴의 면도날에 의해 간단히 잘려나갈 만한 것들뿐이다. 이 단계에서는 아직 '선구' 쪽에 보고할 수 없다. 다만 우시카와는 알고 있다. 그곳에는 냄새가 있고 뭔가 손에 잡히는 느낌이 있다. 모든 요소가 하나의 방향을 가리키고 있다. 노부인은 가정폭력을 요인으로 하는 어떤 이유로 아오마메에게 지시를 내려 리더를 죽음에 이르게 하고, 그다음에 그녀를 어딘가 안전한 장소로 도주하게 한 것이다. 박쥐가 수집한 자료는 그의 그런 '가설'을 모조리 간접적으로 뒷받침하고 있었다.

'증인회' 쪽의 자료를 정리하는 데는 시간이 걸렸다. 분량이 끔찍하게 많은데다 대부분의 자료는 우시카와에게 그다지 도움이 되지 않는 것이었기 때문이다. 아오마메 가족이 '증인회' 활동에 얼마나 공헌해왔는가 하는 수치상의 보고가 그 대부분을 차지하고 있었다. 그 자료들을 살펴보면 아오마메 가족은 확실히 열성적이고 헌신적인 신자였다. 그들은 인생의 대부분을 '증인회'의 선교활동에 바쳐왔다. 아오마메 부모의 현주소는 지바 현 이치카와 시로 되어 있었다. 삼십오 년 동안 이사를 두 번 했지만 모두 다 이치카와 시내의 주소지였다. 부친 아오마메 다카유키(58세)는 엔지니어링 회사에 근무하고, 모친 아오마메 게이코(56세)는 무직이다. 장남 아오마메 게이치(34세)는 이치카와 시내의 현립 고등학교를 졸업한 뒤에 도쿄 도내의 작은 인쇄회사에 취직했지만, 삼 년 뒤에 그곳을 퇴사하고 오다와라에 있는 '증인회' 본부에서 일하고 있다. 교단 팸플릿을 인쇄하는 일에 종사하여 현재는 관리직에 올랐다. 오 년 전에 증인회 신자 여성과 결혼하여 두 아이를 두었고, 오다와라 시내에 아파트를 빌려 살고 있다.

장녀인 아오마메 마사미에 대한 정보는 열한 살이 되던 시점에 끝이 나 있었다. 그녀가 그 시기에 신앙을 버렸던 것이다. 그리고 신앙을 저버린 사람에 대해 '증인회'는 모든 관심을 잃어버린 모양이다. '증인회'에서 아오마메 마사미라는 인간은 열한 살에 죽은 것이나 마찬가지다. 그뒤 아오마메 마사미가 어떤 인생을 걷고 있는지, 살았는지 죽었는지, 단 한 줄의 기술도 없었다.

이렇게 되면 부모나 오빠를 찾아가 사정을 탐문해보는 수밖에 없다, 라고 우시카와는 생각했다. 거기서 뭔가 힌트를 얻을 수 있을지도 모른다. 하지만 자료를 훑어본 바로는 그들이 우시카와의 질문에 흔쾌히 대답해줄 것 같지는 않았다. 아오마메 일가의 사람들은—물론 우시카와의 눈으로 보자면 그렇다는 것이지만—편협한 사고방식을 가지고 편협한 삶을 사는 사람들이며, 그렇게 편협하면 편협할수록 천국에 가까이 다가갈 수 있다고 믿어 의심치 않는 사람들이다. 그들에게 신앙을 버린 인간은, 설령 혈육이라 해도, 빗나간 불결한 길을 걷는 인간인 것이다. 아니, 이미 혈육이라고 생각하지 않는지도 모른다.

아오마메는 소녀시절에 가정폭력을 당했을까.

당했는지도 모르고 당하지 않았는지도 모른다. 하지만 만일 당했다고 해도, 그 부모는 그것을 가정폭력이라고 생각하지 않을 것이다. '증인회'가 아이들을 엄하게 지도한다는 것을 우시카와는 알고 있다. 거기에서는 많은 경우, 체벌이 수반되었다.

하지만 그렇다고 해서, 그런 유아기의 체험이 마음속에 깊은 상처로 남아 있다가 나중에 성장한 뒤에 누군가를 살해하는 데까지 이르게 될까. 물론 있을 수 없는 일은 아니다. 하지만 우시카와에게는 그건 상당히 극단적인 가설로 생각되었다. 사람 하나를 계획적으로 살해한다는 것은 엄청난 작업이다. 위험도 따르고 정신적인 부담도 크다. 경찰에 체포되면 무거운 형벌이 기다리고 있다. 거기에는 좀더 강한 동기가 필요할 터였다.

우시카와는 다시 한번 서류를 손에 들고 아오마메 마사미의 열한 살 때까지의 경력을 꼼꼼하게 읽었다. 그녀는 걸을 수 있게 되자마자 어머니를 따라 선교활동에 나섰다. 집집마다 돌아다니며 교단 팸플릿을 건네고, 이 세상이 피하기 어려운 종말을 향해 치닫고 있다는 것을 사람들에게 알리며 집회 참가를 권유하는 것이다. 교단에 가입하면 세상의 종말에도 살아남을 수 있다. 그 다음에는 지복의 왕국이 찾아온다. 우시카와도 그런 권유를 몇 번 받은 적이 있다. 대개는 중년여성으로, 모자나 우산을 손에 들고 있다. 대부분 안경을 썼고 현명한 물고기 같은 눈으로 상대를 지그시 쳐다본다. 아이를 데리고 다니는 경우도 많다. 우시카와는 어린 아오마메가 어머니의 뒤를 따라 집집마다 돌아다니는 광경을 상상했다.

그녀는 유치원에는 다니지 않고 근처 시립 초등학교에 입학했다. 그리고 5학년 때 '증인회'에서 탈퇴했다. 종교를 버린 이유는 밝혀져 있지 않다. '증인회'는 신앙을 버리는 이유를 일일이 기록하지 않는다. 악마의 손에 떨어진 인간은 악마의 손에 맡겨두면 되는 것이다. 그들은 낙원에 대해 이야기하고 낙원으로 통하는 길에 대해 이야기하는 것만으로도 충분히 바쁘다. 선한 자에게는 선한 자의 일이 있고, 악마에게는 악마의 일이 있다. 일종의 분업이 이루어지는 것이다.

우시카와의 머릿속에서 누군가 베니어판으로 만든 엉성한 칸막이를 두드렸다. "우시카와 씨, 우시카와 씨" 하고 부르고 있었다. 우시카와는 눈을 감고 그 부름에 귀를 기울였다. 목소리는 작지만 집요했다. 나는 무언가를 못 보고 지나쳐버린 것 같다. 그는 생각했다. 무언가 중요한 사실이 이 서류의 어딘가에 기술되어 있다. 하지만 나는 그것을 읽어내지 못하고 있다. 노크 소리는 그것을 알리고 있었다.

우시카와는 다시금 그 두툼한 서류를 훑어보았다. 눈으로 문장을 따라가는 것만이 아니라 다양한 정경을 구체적으로 머릿속에 그려보았다. 세 살의 아오마메가 어머니를 따라 선교를 하러 다닌다. 대부분의 경우, 문 앞에서 매정하게 쫓겨난다. 그녀는 초등학교에 들어간다. 선교활동은 계속 이어진다. 주말의 시간은 모조리 선교에 쓰인다. 친구들과 놀 시간도 없다. 아니, 친구 같은 건 애당초 생기지 않았는지도 모른다. '증인회'의 아이들은 학교에서 왕따를 당하거나 배척당하는 일이 많다. 우시카와는 '증인회' 관련 서적을 읽어본 적이 있어서 그것도 잘 알고 있다. 그리고 그녀는 열한 살 때, 신앙을 버린다. 신앙을 버리는 데는 상당한 결심이 필요했을 터였다. 아오마메는 태어날 때부터 신앙을 주입받았다. 그 신앙과 함께 자랐다. 그것은 온몸 속속들이 침투해 있다. 옷을 갈아입듯이 간단히 내버릴 수 있는 게 아니다. 그것은 또한 가정에서 고립된다는 뜻이기도 하다. 지극히 신앙심이 깊은 가족이다. 신앙을 저버린 딸을 그들이 순순히 받아주었을 리 없다. 신앙을 버리는 것은 가족을 버리는 것과 똑같은 일인 것이다.

열한 살 때, 아오마메에게 대체 어떤 일이 일어났을까. 무엇이 그녀에게 그같은 결단을 하게 만든 것일까.

지바 현 이치카와 시립 ○○초등학교, 라고 우시카와는 생각했다. 그 학교 이름을 실제로 소리내어 말해보기도 했다. 거기에서 뭔가가 일어났다. 거기서 틀림없이 뭔가가…… 그리고 우시카와는 짧게 숨을 삼켰다. 이 초등학교 이름을 나는 전에 어디선가 들은 적이 있다.

대체 어디서 들었을까. 우시카와는 지바 현과는 아무 인연이 없다. 태어난 건 사이타마 현 우라와 시였고, 대학에 입학하면서 도쿄에 올라온 이래로 주오린칸에서 살았던 시기를 빼고는 줄곧 도쿄 23개 구 안에서 살아왔다. 지바 현에는 거의 발을 들여본 적도 없다. 언젠가 딱 한 번, 후쓰쓰에 해수욕을 하러 갔을 뿐이다. 그런데도 왜 이치카와의 초등학교 이름이 귀에 익은 것일까.

생각해내기까지 시간이 걸렸다. 그는 삐뚜름한 머리통을 손바닥으로 슥슥 비비면서 의식을 집중했다. 깊은 진흙 속에 손을 찔러넣듯이 기억의 밑바닥을 뒤적였다. 그 이름을 들은 건 그리 오래전이 아니다. 바로 최근의 일이다. 지바 현…… 이치카와 시…… 초등학교. 그리고 마침내 그의 손은 가느다란 로프의 끝을 붙잡을 수 있었다.

가와나 덴고다, 우시카와는 생각했다. 그래, 그 가와나 덴고가 이치카와 출신이었다. 그도 분명 이치카와 시내의 공립 초등학교에 다녔을 터이다.

우시카와는 사무실 서류꽂이에서 가와나 덴고에 관한 파일을 꺼냈다. 몇 달 전, '선구'의 의뢰를 받아 수집한 자료다. 그 페이지를 넘겨 덴고의 학력을 확인했다. 우시카와의 통통한 손가락이 그 이름을 찾아 짚었다. 생각했던 대로였다. 아오마메 마사미는 가와나 덴고와 같은 시립 초등학교에 다녔다. 생년월일로 보아 학년도 아마 같을 것이다. 반이 같았는지 어떤지는 조사해보지 않고서는 알 수 없다. 하지만 두 사람이 서로 아는 사이였을 가능성이 높다.

우시카와는 세븐스타를 입에 물고 라이터로 불을 붙였다. 사물들이 하나로 연결되기 시작한다는 감이 왔다. 점과 점 사이에 한 줄기씩 선이 그어져간다. 앞으로 거기에 어떤 도형이 모습을 드러낼지, 우시카와도 아직은 알지 못한다. 하지만 이제 곧 조금씩 구도가 보이기 시작할 것이다.

아오마메 씨, 내 발소리가 들리는가? 아마 들리지 않겠지. 최대한 소리 나지 않게 걷고 있으니까. 하지만 나는 한 걸음 또 한 걸음 그쪽으로 다가가고 있어. 둔해빠진 거북이지만, 그래도 확실하게 앞으로 나아가고 있어. 이제 곧 토끼의 뒷모습이 눈에 들어올 거야. 조금만 기다려줘.

우시카와는 의자 위에서 등을 뒤로 젖히고 천장을 올려다보며, 그곳을 향해 담배연기를 천천히 내뿜었다.

제8장 아오마메

Q

이 문은 제법 나쁘지 않다

그뒤로 이 주일 정도, 화요일 오후에 찾아오는 말없는 보급 담당을 빼고는 아오마메의 집을 찾아온 사람은 없었다. NHK 수금원이라는 인물은 "반드시 다시 오겠다"는 말을 남기고 갔다. 목소리에도 굳은 의지가 엿보였다. 적어도 아오마메의 귀에는 그렇게 들렸다. 하지만 그뒤로 노크는 없었다. 요즘에는 다른 루트를 도느라 바쁜 것인지도 모른다.

표면적으로는 조용하고 평온한 나날이다. 아무 일도 일어나지 않고, 아무도 찾아오지 않고, 전화벨도 울리지 않는다. 다마루는 안전유지를 위해 전화 연락 횟수를 되도록 줄이고 있었다. 아오마메는 항상 방 커튼을 치고, 기척을 죽이고, 사람들의 주의를 끌지 않도록 조용히 지냈다. 해가 저물어도 최소한의 전등밖에 켜지 않는다.

소리 나지 않도록 조심하면서 강도 높은 운동을 하고, 날마다 걸레로 바닥을 닦고, 시간을 들여 하루하루의 식사를 만든다. 스페인어 어학 테이프를 틀어놓고(다마루에게 보급품에 넣어달라고 부탁했다) 소리를 내어 회화 연습을 한다. 오랫동안 말을 하지 않으면 입 주위의 근육이 퇴화한다. 의식적으로 입을 크게 움직일 필요가 있다. 그럴 때는 외국어 회화 연습이 도움이 된다. 게다가 아오마메는 오래전부터 남미에 대해 얼마간 로맨틱한 환상을 품고 있었다. 만일 행선지를 자유롭게 선택할 수 있다면 남미 어딘가의 작고 평화로운 나라에서 살고 싶다. 이를테면 코스타리카. 바닷가에 조그만 빌라를 빌려 수영도 하고 책도 읽으며 살아간다. 그녀의 가방에 가득 채워진 현금으로, 사치만 하지 않는다면 십 년쯤은 살 수 있을 것이다. 아마 그들도 코스타리카까지 쫓아오지는 않을 것이다.

스페인어 일상회화를 연습하면서 코스타리카 바닷가에서의 조용하고 평온한 생활을 아오마메는 상상한다. 그 생활에 덴고도 포함되어 있을까. 눈을 감고, 카리브해 비치에서 덴고와 나란히 일광욕하는 광경을 떠올린다. 그녀는 조그만 검은색 비키니를 입고 선글라스를 쓰고, 옆에 있는 덴고의 손을 잡고 있다. 하지만 그 장면에는 가슴 떨리는 현실감이 결여되어 있다. 흔해빠진 관광홍보 사진으로밖에는 보이지 않는다.

해야 할 일이 생각나지 않을 때는 권총을 손질한다. 매뉴얼 북의 지시에 따라 헤클러&코흐를 몇 개의 부품으로 분해하고, 천과 브러시를 이용하여 닦고 기름칠하고, 다시 조립한다. 모든 액션이 원활하게 작동하는지 확인한다. 그녀는 그 작업에 익숙하다. 이제는 권총이 자기 몸의 일부처럼 느껴지기까지 한다.

대개 열시에는 침대에 들어 책 몇 페이지를 읽고, 그리고 잔다. 아오마메는 태어나서 지금까지 잠드는 데 애를 먹었던 일은 없었다. 활자를 눈으로 좇는 사이에 저절로 졸음이 찾아온다. 머리맡의 불을 끄고 베개에 얼굴을 대고 눈을 감는다. 어지간한 일이 없는 한, 눈을 뜨는 건 다음 날 아침이다.

그녀는 원래부터 꿈을 잘 꾸지 않는다. 설령 꿈을 꾸었다 해도 눈을 떴을 때는 거의 아무것도 기억나지 않는다. 꿈의 자잘한 조각 같은 것이 몇 개, 의식의 벽에 걸려 있을 때는 있었다. 하지만 꿈의 스토리라인은 잡히지 않는다. 남아 있는 것은 맥락이 닿지 않는 짧은 파편뿐이다. 그녀는 매우 깊이 잠을 자고, 꾸는 꿈도 깊은 곳에 있는 꿈이었다. 그런 꿈은 심해에 사는 물고기 같아서 수면 가까이로는 떠오르지 못하는 것이리라. 만일 떠오른다 해도 수압의 차이 때문에 원래의 형태를 잃고 만다.

하지만 이 은신처에서 살게 된 뒤부터 거의 매일 밤마다 꿈을 꾸었다. 그것도 또렷하고 리얼한 꿈이다. 꿈을 꾸고, 그 꿈을 꾸면서 눈을 뜬다. 자신이 몸을 두고 있는 곳이 현실세계인지 아니면 꿈의 세계인지, 한동안 구별하지 못한다. 아오마메는 처음 겪는 일이었다. 머리맡의 디지털시계에 눈을 던진다. 그 숫자는 한시 십오분일 때도 있고, 두시 삼십칠분일 때도 있고, 네시 칠분일 때도 있다. 눈을 감고 다시 잠을 청한다. 하지만 잠은 쉽게 찾아와주지 않는다. 두 개의 다른 세계가 그녀의 의식을 서로 빼앗으려고 무음 속에서 다툰다. 마치 거대한 하구에서 밀려드는 바닷물과 흘러오는 담수가 서로 밀치락달치락하듯이.

어쩔 수 없다, 라고 아오마메는 생각한다. 하늘에 달이 두 개 떠 있는 세계에서 살고 있는 것 자체가 진짜 현실인지 아닌지 의심스러운 것이다. 그런 세계에서 잠이 들어 꿈을 꾸고, 그것이 꿈인지 현실인지 분간하지 못한다 한들 그게 뭐가 이상할 것인가. 게다가 나는 이 손으로 몇 명의 남자들을 살해하고, 광신적인 사람들의 삼엄한 추적을 피해 은신처에 몸을 감추고 있다. 당연히 거기에는 긴장이 있고 두려움도 있다. 이 손에는 아직도 사람을 살해한 감촉이 남아 있다. 어쩌면 내가 평화로운 밤잠을 자는 일은 이제 두 번 다시 없을지도 모른다. 그것이 내가 짊어지고 가야 할 책임이고, 치러야 하는 대가인지도 모른다.

그녀는 대략 세 종류의 꿈을 꾼다. 적어도 그녀가 생각해낼 수 있는 꿈은 모두 그 세 가지 패턴에 들어간다.

하나는 천둥이 울리는 꿈이다. 어둠에 감싸인 방, 천둥소리는 언제까지고 그치지 않는다. 하지만 번갯불은 없다. 리더를 살해하던 그날 밤과 똑같다. 방 안에 뭔가가 있다. 아오마메는 벌거벗은 채 침대에 누워 있고, 그 주위를 뭔가가 배회하고 있다. 느리고 신중한 움직임이다. 카펫의 털은 길고, 공기는 무겁게 고여 있다. 거친 천둥소리에 창유리가 가늘게 떨린다. 그녀는 겁에 질린다. 그곳에 있는 것이 무엇인지 알 수 없다. 사람인지도 모른다. 동물인지도 모른다. 사람도 동물도 아닌지 모른다. 하지만 이윽고 그 무언가는 방을 나간다. 문으로 나가는 게 아니다. 창문으로도 아니다. 그래도 그 기척은 서서히 멀어져가고, 이윽고 완전히 사라진다. 방에는 이제 그녀 말고는 아무도 없다.

손으로 더듬더듬 머리맡의 전등을 켠다. 벌거벗은 채 침대를 나와 방 안을 살펴본다. 침대 맞은편 벽에 구멍이 하나 뚫려 있다. 사람 하나가 겨우 빠져나갈 정도의 구멍이다. 하지만 고정된 구멍이 아니다. 형태를 바꾸며 이리저리 움직이는 구멍이다. 흔들리고 이동하고 커졌다가는 줄어든다. 살아 있는 것처럼 보인다. **무언가**는 그 구멍을 통해 밖으로 나간 것이다. 그녀는 구멍 속을 들여다본다. 그것은 어딘가로 이어져 있는 것 같다. 하지만 깊숙한 안쪽에 보이는 것은 암흑뿐이다. 잘라내면 그대로 손에 잡힐 것 같은 농밀한 암흑이다. 그녀는 호기심이 인다. 동시에 두려움도. 심장이 메마르고 싸늘한 소리를 내고 있다. 꿈은 거기서 끝난다.

또 하나는, 고속도로 갓길에 서 있는 꿈이다. 그곳에서도 그녀는 역시 벌거숭이다. 정체에 휘말린 자동차에서 사람들이 그녀의 벗은 몸을 거리낌 없이 쳐다보고 있다. 대부분 남자들이다. 하지만 여자도 몇 명 있다. 사람들은 그녀의 불충분한 젖가슴과 기묘하게 나 있는 음모를 바라보고 그것을 세세하게 비평하는 것 같다. 눈썹을 찌푸리거나 쓴웃음을 짓거나 혹은 하품을 한다. 혹은 표정 없는 눈빛으로 그저 가만히 바라보고 있다. 그녀는 무엇으로든 몸을 가리고 싶었다. 젖가슴과 음부만이라도 감추고 싶었다. 천조각이라도 좋다, 신문지라도 좋다. 하지만 주위에는 손에 쥘 만한 것이 하나도 눈에 띄지 않는다. 게다가 뭔가 사정이 있어서(어떤 사정인지는 모른다) 그녀는 양손을 자유롭게 움직일 수 없다. 이따금 생각난 듯이 바람이 들이쳐, 유두를 자극하고 음모를 흔들었다.

게다가—참으로 난처하게도—당장 월경이 시작되려 하고 있다. 허리가 나른하게 묵직하고, 아랫배에는 뜨거운 기미가 있다. 이토록 수많은 사람들이 보고 있는 앞에서 출혈이 시작되면 대체 어떻게 해야 하는 걸까.

그때 은색 메르세데스 쿠페의 운전석 문이 열리고 기품 있는 중년여자가 내린다. 밝은색 하이힐을 신고, 선글라스를 쓰고, 은 귀고리를 달고 있다. 마른 몸매에 키는 대략 아오마메와 비슷한 정도다. 그녀는 정체중인 차량의 틈새를 빠져나와 다가오더니, 입고 있던 코트를 벗어 아오마메의 몸에 걸쳐준다. 무릎까지 닿는 길이의 달걀색 스프링코트다. 마치 깃털처럼 가볍다. 심플한 디자인이지만 무척 고급스러운 코트다. 사이즈는 맞춘 듯이 아오마메에게 꼭 맞는다. 여자는 코트 버튼을 맨 위까지 채워준다.

"언제 돌려드릴 수 있을지도 모르겠고, 게다가 생리 때문에 코트를 더럽힐 것 같아요"라고 아오마메는 말한다.

여자는 아무 말도 하지 않고 그저 가만히 고개를 젓는다. 그러고는 잔뜩 밀려 있는 자동차 사이를 지나 은색 메르세데스 쿠페로 돌아간다. 운전석에서 그녀는 아오마메를 향해 슬쩍 손을 쳐든 것처럼 보인다. 하지만 그건 착시인지도 모른다. 아오마메는 가볍고 부드러운 스프링코트에 감싸여, 자신이 보호받고 있다고 느낀다. 그녀의 몸은 이제 어느 누구의 눈에도 노출되어 있지 않다. 그 순간, 더는 기다릴 수 없다는 듯, 한 줄기 피가 허벅지를 타고 흘러내린다. 따뜻하고 걸쭉하고 묵직한 피다. 하지만 잘 보면 그건 피가 아니다. 색깔이 없다.

세번째 꿈은 말로는 제대로 표현할 수 없다. 두서도 없고, 줄거리도 없고, 정경도 없는 꿈이다. 거기 있는 것은 단지 이동하는 감각뿐이다. 그녀는 끊임없이 시간을 오가고 장소를 오간다. 그게 언제이고 어디인지는 중요하지 않다. 그 사이를 오가는 것 자체가 중요하다. 모든 것은 유동적이고, 유동적인 데서 의미가 생겨난다. 하지만 그 유동 속에 있는 사이에 몸은 점차 투명해져 간다. 손바닥이 훤히 비쳐서 그 너머가 보인다. 몸속의 뼈나 내장이나 자궁도 눈으로 볼 수 있다. 이대로 가면 나 자신이 없어져버릴지도 모른다. 나 자신이 완전히 보이지 않게 된 다음에는 대체 무엇이 찾아오는 걸까, 하고 아오마메는 생각한다. 대답은 없다.

오후 두시에 전화벨이 울린다. 소파에서 설핏 잠이 든 아오마메는 벌떡 일어난다.

"별일 없어?" 다마루가 묻는다.

"딱히 별일은 없어요." 아오마메는 말한다.

"NHK 수금원은?"

"그때 한 번 온 후로는 안 왔어요. 또 오겠다고 한 건 그냥 위협이었나봐요."

"그럴 수도 있지." 다마루는 말한다. "NHK 수신료는 은행계좌에서 자동이체되게 해두었고, 현관문에 그 스티커도 붙어 있어. 수금원이라면 반드시 그 스티커를 봤을 거야. NHK에 문의했는데 그쪽에서도 그렇게 말했어. 아마 착오일 거라고."

"그냥 내가 상대하지 않으면 그만인데."

"아니, 어떤 형태로든 이웃의 주의를 끄는 건 좋지 않아. 게다가 나는 착오라는 게 유독 마음에 걸리는 성격이라서."

"세상은 작은 착오들로 가득해요."

"세상은 세상이고, 나는 나야." 다마루는 말한다. "어떤 사소한 것이라도 좋아. 뭔가 마음에 걸리는 일이 있으면 일단 연락을 줘."

"'선구' 쪽에 무슨 특이한 움직임은 없어요?"

"아주 조용해. 마치 아무 일도 없었던 것처럼. 물밑에서는 뭔가 진행하고 있을 텐데, 어떤 움직임인지 밖에서는 알 수가 없어."

"교단 내부에 정보원이 있다고 들었는데요."

"정보는 들어오지만 모두 자잘한 주변정보뿐이야. 아무래도 내부단속이 예상외로 삼엄해진 것 같아. 수도꼭지를 단단히 잠가버렸어."

"하지만 그들이 내 행방을 쫓고 있는 건 틀림없어요."

"리더의 사망 후에 교단 내에 틀림없이 큰 공백이 생겼어. 누구를 후계자로 삼고, 어떤 방침 아래 교단을 움직여갈 것인가, 그것도 아직 결정되지 않은 것 같아. 하지만 그래도 너를 추적하는 일에 대해서는 그들의 견해가 흔들림 없이 일치하고 있어. 이쪽에서 파악한 사실은 그 정도야."

"별로 마음이 따스해지는 사실은 아니군요."

"사실에서 중요한 요소는 그 무게와 정밀도야. 온도는 그다음이지."

"아무튼." 아오마메는 말한다. "내가 붙잡히고 진상이 밝혀지면 그쪽에도 폐를 끼치게 돼요."

"그래서 한시라도 빨리 그자들의 손이 닿지 않는 곳에 너를 보내려는 거야."

"그건 잘 알아요. 하지만 조금만 더 기다려줘요."

"연말까지는 기다리겠다고 그분이 말했어. 그러니까 물론 나도 기다리지."

"고마워요."

"내게 고마워할 필요는 없어."

"어쨌거나." 아오마메는 말했다. "그리고 다음 보급품 목록에 넣어줬으면 하는 게 한 가지 있어요. 남자한테는 말하기 좀 어려운 건데."

"나는 돌벽이나 마찬가지야." 다마루는 말한다. "게다가 메이저리그급 게이야."

"임신 테스트 키트가 필요해요."

침묵이 흐른다. 그러고는 다마루는 말한다. "그런 테스트를 할 필요가 있다고 너는 생각한다."

그건 질문이 아니다. 그래서 아오마메는 대답하지 않는다.

"임신이라고 짐작할 만한 일이 있었다는 건가?" 다마루는 묻는다.

"그렇지는 않아요."

다마루의 머릿속에서 뭔가 재빠르게 회전하고 있다. 귀를 기울이면 그 소리를 들을 수 있다.

"임신이라고 짐작할 만한 일은 없었지만 임신 테스트를 해볼 필요성은 있다?"

"그래요."

"내게는 수수께끼처럼 들리는데."

"미안하지만 지금으로서는 그 이상의 얘기는 할 수 없어요. 보통 약국에서 파는 간단한 걸로 충분해요. 그리고 여성의 신체나 생리기능에 대해 쓴 핸드북도 보내주면 고맙겠어요."

다마루는 다시 침묵한다. 단단히 압축된 침묵이다.

"아무래도 전화를 다시 하는 게 좋을 것 같군." 그는 말한다. "괜찮겠나?"

"물론."

그는 목에서 작은 소리를 낸다. 그리고 전화가 끊긴다.

전화는 십오 분 후에 다시 걸려온다. 아자부 노부인의 목소리를 듣는 건 오랜만이다. 마치 그 온실로 돌아간 것만 같다. 희귀한 나비가 날고, 시간이 느릿느릿 흘러가는, 그 따스한 공간에.

"어때요, 건강하게 잘 지내고 있나요?"

페이스를 지키며 생활하고 있다고 아오마메는 말한다. 노부인이 궁금해했기 때문에 그녀는 하루하루의 일과에 대해, 운동이며 식사에 대해 대략 이야기한다.

노부인이 말한다. “집 밖에 나갈 수 없다는 건 무척 힘이 들 테지만, 당신은 의지가 강한 사람이니 그리 크게 걱정하지는 않아요. 당신이라면 잘 극복해낼 거예요. 되도록 빨리 그곳을 나와서 보다 안전한 장소로 옮겨줬으면 하는 마음은 있습니다. 하지만 그곳에 꼭 머물고 싶다면, 그 이유는 잘 모르겠지만 우리로서는 가능한 한 당신의 뜻을 존중할 생각이랍니다.”

“고맙습니다.”

“아뇨, 고마워해야 하는 건 내 쪽이지요. 어떻든 당신은 훌륭하게 일을 해주었어요.” 짧은 침묵이 있고, 그리고 노부인이 말한다. “그런데 임신 테스트 키트가 필요하다고 들었는데.”

“생리가 벌써 삼 주 가까이 늦어지고 있어요.”

“생리는 규칙적으로 오는 편이었나요?”

“열 살 때 시작해서 이십구 일마다 한 번씩, 거의 하루도 어긋나는 일 없이 계속했어요. 달이 차고 기우는 것처럼 꼬박꼬박. 거른 적은 한 번도 없습니다.”

“당신이 지금 처한 상황은 통상적인 게 아니에요. 그런 때는 정신의 균형에도, 신체 리듬에도 변화가 일어납니다. 생리가 멈추거나 늦어지는 게 있을 수 없는 일은 아니겠지요.”

“그런 일은 아직 한 번도 없었지만, 그럴 가능성이 있다는 건 알고 있습니다.”

“그리고 다마루의 말을 들어보니, 임신이라고 짐작할 만한 일은 전혀 없다고 했다지요."

"제가 마지막으로 남자와 성적인 관계를 가진 건 6월 중순이에요. 그뒤로는 그 비슷한 일은 전혀 없었습니다."

"그런데도 당신은 임신했을지 모른다고 생각하고 있군요. 거기에는 근거 같은 게 있을 테지요. 생리를 걸렀다는 것 이외에."

"그냥 느껴져요."

"그냥 느껴져요?"

"그런 감촉이 제 안에 있어요."

"수태했다는 감촉이 있다, 라는 말인가요?"

아오마메는 말한다. "전에 한번, 난자에 대해 말씀해주신 적이 있어요. 쓰바사를 찾아갔던 날 저녁에. 여성은 태어나면서부터 일정한 수의 난자를 갖고 있다는."

"네, 생각나는군요. 한 명의 여성에게 약 사백 개의 난자가 주어져 있고 그것을 매달 하나씩 밖으로 내보낸다. 그런 이야기였지요."

"그중 하나가 수태했다는 확실한 느낌이 제게 있어요. 느낌이라는 표현이 옳은지 어떤지는 자신이 없지만요."

노부인은 거기에 대해 잠시 생각한다. "나는 아이를 둘 낳았어요. 그러니 당신이 말하는 그 느낌에 대해서는 나름대로 이해가 갑니다. 하지만 당신은, 시기를 따져볼 때 남성과 성적인 관계를 가진 적이 없는데, 수태하고 임신했다고 말하고 있어요. 선뜻 받아들이기 어려운 이야기군요."

"그건 저도 그래요."

"실례되는 질문이지만, 의식이 없을 때 누군가와 성관계를 가졌을 가능성은?"

"그런 일도 없어요. 의식은 항상 또렷했습니다."

노부인은 신중하게 말을 고른다. "나는 전부터 당신을 침착하고 논리적인 사고를 하는 사람이라고 생각해왔어요."

"적어도 그러고 싶다고 저는 생각합니다." 아오마메는 말한다.

"그런데도 불구하고 성관계 없이 수태했다고 당신은 생각하고 있군요."

"그럴 가능성이 있다고 생각하고 있어요. 정확히 표현한다면." 아오마메는 말한다. "물론 그런 가능성에 대해 생각하는 것 자체가 말이 안 되는 일이겠지만요."

"알았습니다." 노부인은 말한다. "아무튼 결과를 기다려봅시다. 임신 테스트 키트는 내일 전해주도록 하지요. 항상 하던 보급 요령으로 항상 가던 시각에 받도록 하세요. 틀림이 없도록 몇 가지 종류를 함께 준비하도록 하지요."

"고맙습니다." 아오마메는 말한다.

"그래서, 만일 수태가 이루어졌다고 하면, 그건 언제쯤의 일이라고 생각하나요?"

"아마도 그날 밤이에요. 제가 호텔 오쿠라에 갔던 그 태풍 같은 밤."

노부인은 짧게 한숨을 내쉰다. "당신은 그것까지 확실히 말할 수 있는 것이군요?"

"그렇습니다. 이건 정말 우연한 일이지만, 계산을 해보니 그날이 제가 가장 수태 가능성이 높은 날이었어요."

"그렇다면 어림잡아 임신 이 개월이라는 얘기가 되겠군요."

"그렇습니다." 아오마메는 말한다.

"입덧 같은 것은? 일반적으로 지금이 가장 힘겨운 시기일 텐데."

"그런 건 전혀 없어요. 왜 그런지는 모르겠지만요."

노부인은 시간을 들여 신중하게 말을 고른다. "테스트를 하고, 만약 정말로 임신했다는 게 확인되면, 당신은 먼저 어떤 생각이 들까요?"

"어린아이의 생물학적인 아버지가 누구인지, 그걸 가장 먼저 생각하겠지요. 당연하지만 그건 제게 큰 의미를 가진 문제입니다."

"하지만 그게 누구인지 당신은 짐작 가는 데가 없다?"

"현재로서는 아직."

"알겠습니다." 노부인은 온화한 목소리로 말한다. "어떤 일이 있더라도 나는 항상 당신 편에 설 생각이랍니다. 당신을 보호하기 위해 전력을 다할 거예요. 그건 잘 기억해두세요."

"이런 때에 번거로운 이야기를 꺼내게 되어 죄송해요." 아오마메는 말한다.

"아뇨, 번거로운 이야기가 아닙니다. 그건 여성에게 무엇보다 중요한 문제지요. 테스트 결과를 보고, 그런 다음에 어떻게 하면 좋을지 함께 생각해봅시다." 노부인은 말한다.

그리고 조용히 전화가 끊긴다.

누군가가 문을 두드린다. 아오마메는 침실 바닥에서 요가를 하고 있다가 동작을 멈추고 귀를 기울인다. 노크 소리는 딱딱하고 집요하다. 들어본 적이 있는 소리다.

아오마메는 옷장 서랍에서 자동권총을 꺼내 안전장치를 푼다. 슬라이드를 당겨 약실에 재빨리 탄환을 보낸다. 권총을 트레이닝복 바지 뒤춤에 찔러넣고 발소리를 죽여 식당으로 건너간다. 양손으로 소프트볼 금속 배트를 움켜쥐고 정면에서 문을 노려본다.

"다카이 씨." 굵고 탁한 목소리가 말한다. "다카이 씨, 계십니까? 저는 여러분의 에네치케이에서 나온 사람입니다. 수신료를 받으러 왔습니다."

배트의 손잡이 부분에는 미끄럼 방지 비닐테이프가 감겨 있다.

"이거 보세요, 다카이 씨, 자꾸 똑같은 소리를 하는 것 같지만, 당신이 안에 계시다는 건 다 알고 있어요. 그러니 이런 시시

한 숨바꼭질 같은 짓은 이제 그만하시지요. 다카이 씨, 당신은 거기 있고, 내 목소리를 듣고 있어요."

이 남자는 지난번과 거의 같은 말을 되풀이하고 있다. 마치 테이프를 재생하듯이.

"내가 또 오겠다고 했던 말을 단순히 위협이라고 생각했지요? 아뇨, 나는 한번 입 밖에 낸 말은 반드시 지킵니다. 그리고 수금해야 할 돈이 있으면 반드시 수금합니다. 다카이 씨, 당신은 거기 있고 귀를 기울이고 있어요. 그리고 이렇게 생각하고 있지요. 이대로 가만히 있자. 그러면 이 수금원은 곧 포기하고 어딘가로 가버릴 것이다, 하고요."

다시 한차례 문을 세게 두드린다. 스무 번에서 스물다섯 번쯤. 이 사람은 대체 손이 어떻게 생겨먹은 걸까, 아오마메는 생각한다. 게다가 왜 초인종을 누르지 않는 걸까.

"그리고 당신은 이렇게 생각하지요." 수금원은 아오마메의 마음을 읽은 듯이 말한다. "꽤 튼튼한 손을 가진 사람이군. 이렇게 세게 문을 자꾸 두드려도 손이 아프지 않을까. 그리고 또 이렇게도 생각하죠. 대체 왜 노크를 하는 걸까? 초인종이 달려 있으니까 그걸 누르면 되잖아, 하고요."

아오마메는 저도 모르게 얼굴을 찌푸린다.

수금원의 말이 이어진다. "아니죠, 나는 벨 같은 건 울리고 싶지 않아요. 그런 건 눌러봤자 그냥 딩동 하는 소리가 날 뿐이죠.

누가 누르건 천편일률, 두루두루 무탈한 소리지요. 그런 점에서 노크에는 분명한 개성이 있어요. 사람이 자신의 몸을 사용하여 실제로 두드리는 것이라서 생생한 감정이 담겨 있지요. 물론 손이야 약간 아프긴 하지요. 나는 철인 28호가 아니니까요. 하지만 어쩔 수 없습니다. 이게 내 직업이에요. 그리고 직업이라는 건 어떤 것이건 귀천의 구별 없이 존중되어야 합니다. 그렇지 않습니까, 다카이 씨?"

다시 문 두드리는 소리가 울린다. 모두 합해 스물일곱 번, 균등하게 틈을 두면서 거칠게 두드린다. 금속 배트를 움켜쥔 손바닥에 땀이 번진다.

"다카이 씨. 전파를 수신한 사람이 에네치케이 요금을 내야 하는 건 법률로 정해진 일이에요. 어쩔 수 없는 일이라고요. 그게 이 세계의 룰입니다. 그러니 기분 좋게 내주실 수 없겠습니까? 나도요, 좋아서 이렇게 문을 두드리는 게 아닙니다. 다카이 씨도 언제까지고 이런 불쾌한 꼴을 당하고 싶지는 않으시지요? 왜 나만 이런 꼴을 당하나 하는 생각도 드실 겁니다. 그러니까 이런 때는 그냥 한번 기분 좋게 수신료를 내버립시다. 그러면 다시 조용한 생활이 돌아옵니다."

남자의 목소리가 복도에 크게 메아리친다. 이 사람은 자신의 요설을 즐기고 있는 거라고 아오마메는 생각한다. 수신료를 내지 않는 인간을 비웃고 놀리고 욕하는 것을 즐기고 있다. 거기에는 비뚤어진 기쁨의 여운이 느껴진다.

"다카이 씨, 그나저나 당신도 참 고집이 센 분이시네요. 감탄스럽습니다. 깊은 바다 밑의 조개처럼 계속 완강하게 침묵을 지키고 있다니. 하지만 당신이 거기 있는 걸 나는 훤히 알아요. 당신은 지금 거기에 있고, 문 너머로 이쪽을 지그시 노려보고 있어요. 긴장해서 겨드랑이에 땀도 흘리고 있을걸요. 어때요, 그렇지 않습니까?"

노크가 열세 번 이어진다. 그리고 멈춘다. 자신이 겨드랑이에 땀을 흘리고 있다는 것을 아오마메는 깨닫는다.

"좋아요. 오늘은 이쯤에서 그만 물러가지요. 하지만 가까운 시일 내에 다시 오겠습니다. 나는 아무래도 점점 이 문이 마음에 들기 시작하는군요. 문도 아주 여러 가지가 있거든요. 이 문은 제법 나쁘지 않아요. 두드리는 느낌이 아주 좋다니까요. 이러다가는 정기적으로 여기 와서 노크해야 안정이 될 것 같아요. 그러면 다카이 씨, 다음에 또 뵙지요."

이어서 침묵이 찾아온다. 수금원은 가버린 모양이다. 하지만 발소리는 들리지 않는다. 가버린 척하면서 문 앞에 서 있는지도 모른다. 아오마메는 배트를 두 손으로 한층 더 세게 움켜쥔다. 그대로 이 분쯤 기다린다.

"나 아직 있습니다." 수금원이 입을 연다. "하하하, 이제 가버렸다고 생각하셨지요? 하지만 아직 있습니다. 거짓말을 했어요.

미안해요, 다카이 씨. 나는 그런 인간입니다."

헛기침 소리가 들려온다. 일부러 그러는 것처럼 귀에 거슬리는 기침 소리다.

"나는 아주 오래 이 일을 해왔어요. 그러다보니 점점 문 너머에 있는 사람의 모습이 보여요. 거짓말 아니에요. 수많은 사람들이 문 뒤에 숨어서 NHK 수신료를 내지 않고 버티려고 하지요. 나는 몇십 년이나 그런 사람들을 상대해왔어요. 이봐요, 다카이 씨."

그는 세 번, 전에 없이 거친 기세로 문을 두드린다.

"이봐요, 다카이 씨, 당신은 모래를 뒤집어쓴 바다 밑의 넙치처럼 잘도 숨어 있군요. 그런 것을 의태擬態라고 합니다. 하지만 그런 짓을 해봤자 끝끝내 도망칠 수는 없어요. 반드시 누군가 찾아와서 이 문을 엽니다. 정말이에요. 여러분의 에네치케이 베테랑 수금원인 내가 보증합니다. 아무리 교묘하게 숨어 있어도, 의태 따위는 어차피 속임수일 뿐이에요. 그런 걸로는 아무것도 해결되지 않아요. 진짜예요, 다카이 씨. 나는 이제 슬슬 갈 겁니다. 괜찮아요, 이번에는 거짓말이 아니에요. 정말로 사라질 겁니다. 하지만 다시 가까운 시일 내에 찾아뵙지요. 노크 소리가 나면 그건 나예요. 자, 그러면 다카이 씨, 잘 지내십시오."

역시 발소리는 들리지 않는다. 오 분 동안 그녀는 기다린다. 그러고는 문 앞에 다가가 귀를 기울인다. 구멍으로 밖을 내다본다. 복도에 사람의 자취는 없다. 수금원은 정말로 물러간 모양이다.

아오마메는 금속 배트를 주방 카운터에 다시 세워놓는다. 권총 약실에서 탄환을 빼고, 안전장치를 걸고, 두툼한 타이츠로 둘둘 감아 서랍에 넣는다. 그리고 소파에 누워 눈을 감는다. 남자의 목소리가 아직도 귓가에 울린다.

하지만 그런 짓을 해봤자 끝끝내 도망칠 수는 없어요. 반드시 누군가 찾아와서 이 문을 엽니다. 정말이에요.

이 사람은 적어도 '선구' 쪽 사람은 아니다. 그들은 좀더 조용히 최단거리를 택해 행동한다. 맨션 복도에서 큰 소리를 내고, 괴상한 언사를 농하면서 상대를 경계하게 만드는 짓 따위는 하지 않는다. 그것은 그들의 방식이 아니다. 아오마메는 스킨헤드와 포니테일의 모습을 떠올린다. 그들은 소리도 없이 숨죽여 다가올 것이다. 문득 깨달았을 때는 바로 등뒤에 서 있다.

아오마메는 고개를 젓는다. 조용히 호흡을 한다.

정말로 NHK 수금원인지도 모른다. 하지만 수금원이 현관문에 붙은 수신료 자동이체 스티커를 알아보지 못한다는 건 이상하다. 그것이 문에 붙어 있는 것을 아오마메는 확인했다. 정신이 이상한 사람인지도 모른다. 하지만 그렇다 해도 그자가 입에 담는 말에는 기묘한 리얼리티가 있다. 그 사람이 분명 문 너머로 내 기척을 감지했다는 생각이 든다. 내가 품은 비밀을, 혹은 그 일부를 민감하게 냄새 맡은 것 같다. 하지만 자신의 힘으로 문을 열고 방에 들어오지는 못한다. 문은 안쪽에서 열어주지 않으면 누구도 열 수 없다. 그리고 무슨 일이 있어도 나는 이 문을 열 생각이 없다.

아니, 그렇게 단언할 수는 없다. 나는 언젠가 이 문을 열지도 모른다. 만일 덴고가 어린이공원에 다시 한번 나타난다면 나는 망설임 없이 문을 열고 공원을 향해 뛰어갈 것이다. 설령 거기서 무엇이 나를 기다리고 있건.

아오마메는 베란다 가든체어에 몸을 묻고, 언제나처럼 플라스틱 가림판 틈새로 어린이공원을 바라본다. 떡갈나무 아래 벤치에는 교복을 입은 고등학생 커플이 앉아서 진지한 얼굴로 뭔가 이야기를 나누고 있다. 두 명의 젊은 엄마가 아직 유치원에 들어가지 않은 아이들을 모래놀이터에서 놀게 하고 있다. 두 엄마는 아이들에게서 거의 눈을 떼는 일 없이, 그러면서도 열심히 이야기를 나눈다. 어디에서나 볼 수 있는 오후의 공원 풍경이다. 아무도 없는 미끄럼틀 꼭대기에, 아오마메는 오래도록 시선을 던진다.

그러고 나서 아오마메는 손바닥을 아랫배에 댄다. 눈을 감고 귀를 기울여 목소리를 들으려 한다. 그곳에는 틀림없이 무언가가 존재하고 있다. 살아 있는 작은 무언가가. 그녀는 그걸 안다.

도터, 하고 그녀는 가만히 입 밖에 내어 말한다.

마더, 하고 무언가가 대답한다.

제9장 덴고

Q

출구가 아직 닫히지 않은 동안에

넷이서 고기를 먹고, 장소를 옮겨 스낵바에서 노래를 부르고 위스키 한 병을 비웠다. 그 조촐한, 하지만 나름대로 흥겨운 향연이 끝난 것은 열시 전이었다. 스낵바를 나선 뒤, 덴고는 젊은 아다치 간호사를 그녀가 살고 있는 아파트까지 바래다주었다. 역까지 가는 버스의 정류장이 그 근처이기도 했고, 다른 두 간호사가 은근슬쩍 분위기를 그쪽으로 몰고 가기도 했다. 오가는 사람이 없는 길을 십오 분쯤 두 사람은 나란히 걸었다.

"덴고 군, 덴고 군, 덴고 군." 그녀는 노래하듯이 말했다. "좋은 이름이야, 덴고 군이라니. 부르기가 참 편해."

아다치 간호사는 술을 적잖이 마셨지만 원래 볼이 발그레하기도 해서 얼마나 취했는지 얼굴만 봐서는 판단할 수 없었다. 말

꼬리도 명료하고 발걸음도 확실하다. 취한 것처럼 보이지 않았다. 하긴 사람들은 다양한 방식으로 술에 취한다.

"나는 항상 이상한 이름이라고 생각했는데." 덴고는 말했다.

"전혀 이상하지 않아. 덴고 군. 울림도 좋고 외우기도 쉬워. 아주 멋진 이름이야."

"그러고 보니 네 이름을 아직 모르고 있어. 다들 쿠우라고 부르던데."

"쿠우는 애칭이고. 본명은 아다치 구미. 이 이름, 어쩐지 확 다가오는 게 없지?"

"아다치 구미." 덴고는 소리 내어 말해보았다. "나쁘지 않아. 콤팩트하고, 거추장스런 장식도 없고."

"고마워." 아다치 구미는 말했다. "그렇게 말해주니까 어쩐지 혼다 시빅이라도 된 것 같은 느낌이야."

"칭찬한 거였는데."

"알아. 그 차, 연비도 좋잖아." 그녀는 말했다. 그리고 덴고의 손을 잡았다. "손 좀 잡아도 괜찮지? 이래야 함께 걸어가는 게 더 즐겁고 마음이 놓이거든."

"물론." 덴고는 말했다. 아다치 구미가 손을 잡자, 그는 초등학교 교실과 아오마메가 생각났다. 감촉은 다르다. 하지만 거기에는 어딘지 모르게 공통점이 있었다.

"좀 취한 거 같아." 아다치 구미가 말했다.

"정말?"

"정말."

덴고는 다시 한번 간호사의 옆얼굴을 보았다. "취한 것같이는 안 보이는데."

"겉으로 표가 안 나서 그래. 그런 체질이야. 하지만 은근히 취한 거 같아."

"하긴 꽤 마셨으니까."

"응, 정말 상당히 마셨어. 이렇게 마신 건 오랜만이야."

"가끔씩은 그런 것도 필요하지." 덴고는 다무라 간호사가 했던 말을 그대로 되풀이했다.

"물론." 아다치 구미는 강하게 고개를 끄덕였다. "사람한텐 가끔씩 이런 것도 필요해. 맛있는 거 실컷 먹고 술 마시고 큰 소리로 노래하고 실없이 수다도 떨고. 근데 덴고 군도 그런 일이 있어? 머릿속을 마음껏 발산하는 그런 거. 덴고는 항상 냉정하고 침착하게 사는 것처럼 보이는데."

덴고는 그 말을 듣고 생각해보았다. 요즘 들어 뭔가 기분전환 같은 것을 해봤던가. 생각나지 않는다. 생각나지 않는 걸 보면 아마 하지 않았던 것이리라. 머릿속을 마음껏 발산한다는 관념 자체가 자신에게는 결여되어 있는지도 모른다.

"별로 없는 것 같아." 덴고는 인정했다.

"사람도 참 여러 가지야."

"생각하고 느끼는 방식도 여러 가지지."

"취하는 방식이 여러 가지인 것처럼." 간호사는 그렇게 말하고 쿡쿡 웃었다. "근데 그런 게 필요해, 덴고에게도."

"그럴지도." 덴고는 말했다.

두 사람은 잠시 말없이 손을 잡고 밤길을 걸었다. 그녀 말투의 변화가 덴고는 조금 마음에 걸렸다. 간호사 제복을 입고 있을 때의 말투는 오히려 공손한 편이다. 그런데 사복 차림이 되자, 물론 술이 들어갔기 때문이기도 하겠지만, 갑자기 탁 터놓는 말투가 된다. 그 허물 없는 말투는 덴고에게 누군가를 떠올리게 했다. 누군가 그 비슷한 말투를 썼다. 비교적 최근에 만났던 누군가가.

"덴고 군, 혹시 해시시라는 거 해본 적 있어?"

"해시시?"

"대마수지大麻樹脂."

덴고는 밤공기를 폐에 깊숙이 들이마시고 토해냈다. "아니, 해본 적 없는데."

"그럼 한번 해볼래?" 아다치 구미는 말했다. "같이 하자. 내 방에 있는데."

"네가 해시시를 갖고 있어?"

"응. 겉보기랑 다르지?"

"정말." 덴고는 멍한 목소리로 대답했다. 보소 해변의 작은 마을에 사는, 볼이 붉고 그야말로 건강해 보이는 젊은 간호사가 아파트 자기 방에 해시시를 감춰두었다. 그리고 덴고에게 그걸 함께 피우지 않겠느냐고 권하고 있었다.

"어디서 그런 걸 구했어?" 덴고는 물었다.

"고등학교 때 친구가 지난달에 내 생일선물로 준 거야. 인도에 갔다왔거든. 그 선물이래." 아다치 구미는 그렇게 말하고 덴고의 손을 잡은 손을 그네처럼 힘차게 흔들었다.

"대마 밀수는 들키면 중죄야. 일본 경찰은 그런 쪽에 아주 까다로워. 대마 전문 마약견이 공항에서 킁킁 냄새를 맡고 다니잖아."

"그 친구, 그런 세세한 것까지 일일이 고민하지 않는 애야." 아다치 구미는 말했다. "그래도 어쨌든 무사히 통관했어. 덴고 군, 같이 해보자. 순도가 높아서 효과도 좋아. 내가 조사해봤는데 의학적으로도 위험성은 거의 없어. 중독성이 없다고는 할 수 없지만, 담배나 술이나 코카인에 비하면 한참 낮아. 의존증이 되니까 위험하다고 사법당국은 주장하지만, 그건 거의 억지야. 그렇게 말하면 파친코가 훨씬 더 위험하지. 다음 날 후유증 같은 것도 없고, 덴고 군의 머릿속도 잘 발산될 거 같은데."

"넌 해본 적이 있구나."

"물론이지. 꽤 유쾌해."

"유쾌하다." 덴고는 말했다.

"해보면 알아." 아다치 구미는 그렇게 말하고 쿡쿡 웃었다. "그거 알아? 영국의 빅토리아 여왕은 생리통이 심할 때마다 진통제 대신 마리화나를 피웠대. 궁정의사가 정식으로 처방한 거야."

"정말?"

"거짓말 아냐. 책에 그렇게 나와 있어."

어떤 책에, 라고 물으려다가 귀찮아서 관뒀다. 빅토리아 여왕이 생리통으로 고생하는 광경에는 더이상 관여하고 싶지 않았다.

"지난달 생일로 몇 살이 된 거야?" 덴고는 화제를 바꾸었다.

"스물셋. 나도 벌써 어른이야."

"물론." 덴고는 말했다. 그는 서른 살이지만 자신이 어른이라고 인식해본 일은 없다. 그저 이 세계에서 삼십 년 남짓 살았다는 것뿐이다.

"언니는 오늘 남자친구 집에 자러 가서 집에 없어. 그러니까 사양할 거 없어. 우리집에 가자. 나도 내일은 비번이라 여유가 있어."

덴고는 얼른 대답할 수 없었다. 덴고는 그 젊은 간호사에게 자연스러운 호감을 품고 있었다. 그녀도 지금까지 본 바로는 그에게 호감을 품고 있다. 그리고 그녀는 덴고를 집으로 청하고 있다. 덴고는 하늘을 올려다보았다. 하지만 하늘은 온통 두툼한 회색 구름에 뒤덮여, 달은 보이지 않았다.

"지난번에 그 친구랑 해시시를 했을 때," 아다치 구미는 말했다. "나는 그게 첫 경험이었는데, 온몸이 공중에 붕 떠 있는 거 같았어. 그리 높이는 아니고 5센티미터나 6센티미터쯤. 그런데 그 높이로 떠 있는 거, 꽤 기분 좋아. 딱 알맞은 느낌."

"그런 정도라면 떨어져도 아프지 않을 테고."

"응, 딱 좋은 정도라서 안심이 되는 거야. 내가 보호받고 있다는 마음이 들었어. 마치 공기 번데기에 감싸여 있는 것 같은 기분. 내가 도터고, 공기 번데기 안에 폭 감싸여 있고, 그 바깥으로 마더의 모습이 희미하게 보여."

"도터?" 덴고는 말했다. 그 목소리는 놀랄 만큼 딱딱하고 작았다. "마더?"

젊은 간호사는 노래를 흥얼거리고 그의 손을 잡고 힘차게 흔들며 인적 없는 길을 걸었다. 두 사람의 키는 상당히 차이가 났지만, 아다치 구미는 그런 건 전혀 신경 쓰지 않는 듯했다. 이따금 자동차가 옆을 스쳐 지나갔다.

"마더와 도터. 「공기 번데기」라는 책에 나오는 거. 몰라?" 그녀는 말했다.

"알고 있어."

"그 책, 읽었어?"

덴고는 말없이 고개를 끄덕였다.

"다행이다. 그럼 얘기가 빠르지. 나 있지, 그 책을 굉장히 좋아해. 여름에 샀는데 벌써 세 번이나 읽었어. 내가 세 번씩이나 읽는 책이라니, 이건 완전히 드문 일이야. 근데 내가 태어나서 처음으로 해시시를 하면서 생각한 건, 나 자신이 공기 번데기 안에 들어가 있는 것 같다는 거야. 내가 뭔가에 감싸여 탄생을 기다리고 있어. 그걸 마더가 지켜보고 있고."

"너한테 마더가 보여?" 덴고는 물었다.

"응. 나한테 마더가 보여. 공기 번데기 안에서는 밖을 어느 정도 볼 수 있어. 밖에서는 안이 보이지 않지만. 그런 구조로 만들어져 있나봐. 근데 마더의 얼굴 생김새까지는 몰라. 그냥 윤곽이 흐릿하게 보일 뿐이야. 하지만 그게 나의 마더라는 건 알 수 있어. 확실히 느껴져. 이 사람이 나의 마더라는 게."

"공기 번데기는 말하자면 자궁 같은 걸까."

"그렇게 말할 수도 있겠지. 물론 자궁 안에 있었을 때 어땠는지는 나도 기억이 안 나니까, 정확한 비교는 할 수 없지만." 아다치 구미는 그렇게 말하고, 다시 쿡쿡 웃었다.

그곳은 지방도시 변두리 지역에서 흔히 볼 수 있는 2층짜리 날림 아파트였다. 비교적 최근에 지어진 듯했지만 벌써 여기저기서 노후화가 시작되고 있었다. 바깥에 난 계단은 삐거덕거리고 문짝은 잘 맞지 않는다. 무거운 트럭이 앞길을 지나가면 창유리가 덜컹덜컹 흔들린다. 벽은 한눈에 봐도 너무 얇아서, 어느 집에서 베이스 기타 연습이라도 하면 건물 전체가 사운드박스가 되고 말 것 같다.

덴고는 해시시에는 별로 흥미가 일지 않았다. 그는 멀쩡한 정신을 갖고서도 달이 두 개가 있는 세계를 살고 있다. 세계를 그보다 더 비틀 필요가 있을까. 또한 아다치 구미에게 성욕을 느끼는 것도 아니었다. 이 스물세 살의 간호사에게 호감을 품고 있는 건 분명하다. 하지만 호감과 성욕은 별개의 문제다. 적어도 덴고에게는 그랬다. 만일 마더와 도터라는 말이 그녀의 입에서 나오지 않았다면, 덴고는 아마 적당한 이유를 둘러대 그 청을 거절하고 그녀의 집에는 가지 않았을 것이다. 도중에 버스를 탔거나 이미 버스가 끊겼다면 택시를 불러달라고 해서 그대로 여관으로 돌아갔을 터였다. 어쨌든 이곳은 '고양이 마을'이다. 위험한 장소에는 되도록 가까이 가지 않는 게 좋다. 하지만 마더와 도터라는 말이 귀에 들어온 순간부터, 덴고는 그녀의 청을 거절할 수 없게 되었다. 소녀의 모습을 한 아오마메가 공기 번데기에 든 채로 그 병실에 나타났던 이유를, 아다치 구미가 어떤 형태로든 시사해줄지도 모른다.

딱 보기에도, 이십대 자매 둘이서 살아가는 방이었다. 작은 침실 두 개가 있고, 식탁이 놓인 주방이 작은 거실과 나란히 이어져 있다. 가구는 여기저기서 가져왔는지 통일된 취향이나 개성 같은 건 없었다. 주방의 멜라민 식탁에는 어울리지 않게 화려한 티파니 램프 모조품이 놓여 있었다. 자잘한 꽃무늬 커튼을 좌우로 열자, 창밖으로 뭔가 자라고 있는 밭과 그 너머의 거무스레한 잡목림이 보였다. 전망은 좋아서 시야를 가리는 것도 없었다. 하지만 그곳에서 보이는 것은 딱히 마음이 따스해지는 풍경은 아니었다.

아다치 구미는 거실의 이인용 소파에 덴고를 앉혔다. 화려한 모양의 빨간 러브체어로, 그 정면에 텔레비전이 놓여 있다. 그리고 냉장고에서 삿포로 맥주 캔을 꺼내 잔과 함께 덴고 앞에 차려 놓았다.

"편한 옷으로 갈아입고 올 테니까 잠깐만 기다려. 금방 올 거야."

하지만 그녀는 좀체 돌아오지 않았다. 좁은 복도 건너 문 안쪽에서 이따금 소리가 들려왔다. 빡빡해서 잘 열리지 않는 옷장 서랍을 열었다 닫았다 하는 소리다. 뭔가 넘어졌는지 털썩 하는 소리도 들려왔다. 그때마다 덴고는 그쪽을 돌아보지 않을 수 없었다. 분명 겉으로 보이는 것보다 많이 취했는지도 모른다. 얇은 벽을 통해 옆집에서 텔레비전 소리가 들려왔다. 자세한 대사까지는 알아들을 수 없지만, 무슨 코미디 프로인지 십 초나 십오 초 간격으로 청중이 웃어대는 소리가 났다. 덴고는 그녀의 청을 딱 잘라 거절하지 않은 것을 후회했다. 하지만 그와 동시에 마음 한구석에서는 자신이 어떻게도 피할 길 없이 여기까지 실려온 것이라고 느끼기도 했다.

그가 앉은 소파는 그야말로 싸구려여서 천이 살갗에 닿을 때마다 따끔거렸다. 구조에도 문제가 있는지 아무리 몸을 돌려봐도 편하게 들어맞는 자세를 찾을 수 없어서 그가 느끼는 거북스러움을 한층 증폭시켰다. 덴고는 맥주를 한 모금 마시고 테이블 위의 텔레비전 리모컨을 집어들었다. 진기한 물건이라도 만난 듯이 그것을 한참이나 바라보다가, 이윽고 스위치를 눌러 텔레비전을 켰다. 그리고 몇 번이나 채널을 돌린 끝에 오스트레일리아의 철도를 소개하는 NHK 여행 프로그램을 보기로 했다. 그가 그 프로그램을 선택한 것은 단지 다른 방송에 비해 소리가 작았기 때문이다. 오보에 연주음악을 배경으로 온화한 목소리의 여성 아나운서가 대륙횡단철도의 우아한 침대차를 소개하고 있었다.

덴고는 불편하기 짝이 없는 소파에 앉아 그 화면을 별다른 열의도 없이 눈으로 좇으며 「공기 번데기」에 대해 생각했다. 그 글을 실제로 쓴 사람이 자신이라는 것을 아다치 구미는 알지 못한다. 하지만 그런 건 아무려나 상관없다. 문제는 공기 번데기에 대해 구체적으로 세밀하게 묘사했으면서도, 덴고 자신은 그 실체에 대해 거의 아무것도 알지 못한다는 것이었다. 공기 번데기가 무엇인지, 마더와 도터라는 게 무엇을 의미하는 것인지, 「공기 번데기」를 쓰고 있을 때도 알지 못했고 지금도 알지 못한다. 그런데도 아다치 구미는 그 책을 좋아해서 세 번이나 읽었다고 한다. 어떻게 그런 일이 일어날 수 있을까.

식당차의 아침식사 메뉴가 소개되는 참에 아다치 구미가 돌아왔다. 그리고 러브체어의 덴고 옆자리에 앉았다. 좁은 소파였기 때문에 두 사람은 어깨를 맞대고 찰싹 달라붙는 모양새가 되었다. 그녀는 넉넉한 긴소매 셔츠와 엷은 색 면바지로 갈아입었다. 셔츠에는 큼직한 스마일 마크가 프린트되어 있다. 덴고가 스마일 마크를 마지막으로 본 것은 1970년대 초였다. 그랜드 펑크 레일로드의 터무니없이 시끄러운 곡이 주크박스를 뒤흔들던 무렵의 일이다. 하지만 이 셔츠는 그리 오래된 것 같지 않았다. 사람들은 아직도 어딘가에서 스마일 마크가 들어간 셔츠를 계속 만들고 있는 걸까.

아다치 구미는 냉장고에서 새 캔맥주를 꺼내와 큰 소리가 나게 마개를 따고 자신의 잔에 따라서 삼분의 일쯤을 단번에 마셨다. 그리고 만족한 고양이처럼 눈을 가늘게 떴다. 그러고는 텔레비전 화면을 가리켰다. 붉고 거대한 바위산 사이로 한없이 곧게 뻗어나간 레일 위를 열차가 달려가고 있었다.

"저기 어디야?"

"오스트레일리아." 덴고는 대답했다.

"오스트레일리아." 아다치 구미는 기억의 밑바닥을 더듬는 듯한 목소리로 말했다. "남반구에 있는 오스트레일리아?"

"그래. 캥거루가 있는 오스트레일리아."

"오스트레일리아에 다녀온 친구가 있었어." 아다치 구미는 눈

옆을 손끝으로 긁으며 말했다. "거기 갔을 때가 마침 캥거루 교미철이었는데, 어느 도시에 들어갔더니 여기저기 온통 캥거루들이 하고 하고 또 하고 있었대. 공원이든 길거리든 가릴 것 없이 아무 데서나."

거기에 대해 뭔가 감상을 말해야 한다고 생각했지만 얼른 생각나지 않았다. 그래서 리모컨을 들고 일단 텔레비전을 껐다. 텔레비전이 꺼지자 방 안은 갑자기 조용해졌다. 어느새 옆집의 텔레비전 소리도 들리지 않았다. 이따금 생각난 듯이 자동차가 집 앞 도로를 지나갔지만 그 외에는 조용한 밤이다. 다만 귀를 기울이면 멀리서 웅웅거리는 작은 소리가 들려왔다. 무슨 소린지는 모르겠지만 그것은 규칙적으로 리듬을 새기고 있었다. 소리는 때때로 멈추고 잠깐 틈을 두었다가 다시 시작되었다.

"저건 올빼미야. 근처 숲에 사는데, 밤이 되면 울어." 간호사는 말했다.

"올빼미." 덴고는 막연한 목소리로 반복했다.

아다치 구미는 고개를 기울여 덴고의 어깨에 얹고 말없이 손을 잡았다. 그녀의 머리칼이 덴고의 목을 자극했다. 러브체어는 여전히 불편했다. 올빼미는 숲속에서 의미심장한 소리로 계속 울고 있었다. 그 소리는 덴고의 귀에 격려처럼도 들리고, 경고처럼도 들렸다. 격려를 포함한 경고처럼도 들렸다. 매우 다의적이다.

"저기, 내가 너무 적극적인 거야?" 아다치 구미가 물었다.

덴고는 거기에는 대답하지 않았다. "남자친구는 없어?"

"그건 꽤 어려운 문제야." 아다치 구미는 심각한 얼굴로 말했다. "제법 괜찮은 남자들은 대부분 고등학교를 졸업하자마자 도쿄로 나가. 이 근처에는 좋은 학교도 없고, 멋진 일거리도 별로 없으니까. 어쩔 수 없지."

"하지만 넌 여기 있어."

"응. 월급은 적고 일은 힘들지만, 그래도 여기 사는 게 마음에 들어. 단지 남자친구를 찾기가 어렵다는 게 문제라서, 기회가 닿는 대로 만나보기는 하는데, 아무래도 괜찮은 사람을 만나기는 힘들어."

벽시계의 바늘은 열한시 조금 전을 가리키고 있었다. 여관은 열한시에 문을 닫기 때문에 더이상 미적거리면 오늘 밤에 돌아갈 수 없다. 하지만 덴고는 그 불편한 러브체어에서 선뜻 일어설 수 없었다. 마음먹은 대로 몸에 힘이 들어가지 않았다. 소파의 구조 때문인지도 모른다. 혹은 생각한 것보다 더 술에 취했는지도 모른다. 그는 하릴없이 올빼미 소리에 귀를 기울이고, 목덜미에 아다치 구미의 머리칼을 따끔따끔 느끼면서 모조 티파니 램프의 불빛을 바라보고 있었다.

아다치 구미가 뭔가 명랑한 노래를 흥얼거리며 해시시를 준비했다. 검은 대마수지 덩어리를 안전 면도날로 가쓰오부시처럼 얇게 깎아내고, 그것을 납작한 전용 소형 파이프에 채워넣더니 진지한 눈빛으로 성냥을 그었다. 독특한 달콤함을 품은 연기가 조용히 방 안을 떠돌았다. 우선 아다치 구미가 그 파이프를 빨았다. 연기를 크게 들이마시고 그것을 오래도록 폐에 담았다가 천천히 토해냈다. 그리고 똑같이 해보라고 덴고에게 손짓을 했다. 덴고는 파이프를 받아들고 똑같이 했다. 폐 속에 연기를 되도록 길게 담아둔다. 그러고는 천천히 토해낸다.

시간을 들여 파이프를 주거니 받거니 했다. 그동안 두 사람은 아무 말도 하지 않았다. 옆집에 사는 사람이 다시 텔레비전을 켜서 코미디 방송 소리가 벽 너머로 들려왔다. 아까보다 소리가 조금 더 컸다. 스튜디오에 있는 관객들의 즐거운 웃음소리가 와아 일고, 그 소리는 광고를 하는 동안만 멎었다.

오 분쯤 번갈아 흡입을 계속했지만 아무 일도 일어나지 않았다. 주위 세계는 어떤 변화도 보이지 않았다. 색깔도 형상도 냄새도 원래 그대로다. 올빼미는 잡목림 속에서 호우호우 울어대고, 아다치 구미의 머리카락에 여전히 목덜미가 따끔거렸다. 이인용 소파의 불편함도 여전했다. 시곗바늘은 같은 속도로 나아가고, 텔레비전 속의 사람들은 누군가의 농담에 큰 소리로 웃어댔다. 아무리 웃어도 행복해지지는 못할 것 같은 그런 웃음이다.

"아무 일도 일어나지 않는데." 덴고는 말했다. "나한테는 안

듣는지도 모르겠어."

아다치 구미는 덴고의 무릎을 살짝 두 번 쳤다. "괜찮아, 시간이 좀 걸리는 것뿐이야."

아다치 구미의 말이 맞았다. 이윽고 그것은 일어났다. 비밀 스위치를 켜듯이 딸칵 하는 소리가 귓가에 울리고, 덴고의 머릿속에서 무언가가 쿨렁 흔들렸다. 마치 죽이 담긴 그릇을 비스듬히 기울였을 때 같은 느낌이다. 뇌수가 흔들리는 거야, 하고 덴고는 생각했다. 그것은 덴고에게는 첫 경험이었다—뇌수를 하나의 물질로서 느끼는 것. 그 질펀함을 체감하는 것. 올빼미의 깊은 소리가 귀로 들어와 그 죽 속에 섞이고 빈틈없이 녹아들었다.

"내 안에 올빼미가 있어." 덴고는 말했다. 올빼미는 이제 덴고의 의식의 일부가 되어 있었다. 갈라놓기 힘든 중요한 일부다.

"올빼미는 숲의 수호신이고, 뭐든 다 아니까, 우리에게 밤의 지혜를 가져다줄 거야." 아다치 구미가 말했다.

하지만 어디에서 어떻게 지혜를 청해야 할까. 올빼미는 온갖 곳에 있었고 어디에도 없었다. "질문이 생각나지 않아." 덴고는 말했다.

아다치 구미는 덴고의 손을 잡았다. "질문은 필요 없어. 스스로 숲속으로 들어가면 돼. 그게 훨씬 간단하니까."

벽 너머에서 다시 텔레비전의 웃음소리가 들려왔다. 박수 소리도 일었다. 방송국의 어시스턴트가 카메라에 잡히지 않는 곳에서 '웃음'이라든가 '박수' 같은 지시문 카드를 객석을 향해 쳐들고 있는지도 모른다. 덴고는 눈을 감고 숲을 생각했다. 스스로 숲속으로 들어간다. 어두운 숲속은 리틀 피플의 영역이다. 하지만 그곳에는 올빼미도 있다. 올빼미는 뭐든 다 알고, 우리에게 밤의 지혜를 가져다준다.

거기서 돌연 모든 음성이 뚝 끊겼다. 누군가 등뒤로 돌아가 덴고의 양쪽 귀에 마개를 끼워넣은 것 같다. 어딘가에서 누군가가 덮개를 하나 닫고, 또다른 누군가가 다른 어딘가에서 덮개를 하나 열었다. 출구와 입구가 뒤바뀌었다.

문득 깨달았을 때, 덴고는 초등학교 교실에 있었다.

창문이 활짝 열리고, 교정에서 아이들의 목소리가 날아든다. 퍼뜩 생각난 듯이 바람이 불고, 하얀 커튼이 거기에 맞춰 흔들린다. 옆에는 아오마메가 있고, 그의 손을 꼭 잡고 있다. 여느 때와 똑같은 풍경 — 하지만 여느 때와는 무언가 다르다. 눈에 비치는 것 모두가 몰라볼 만큼 선명하고, 생생히 살아나듯 입자가 도드라져 있다. 사물의 모습이나 형태를 세세한 부분까지 또렷이 볼 수 있다. 조금만 손을 내밀면 실제로 만질 수도 있다. 그리고 초겨울 오후의 냄새가 거침없이 코를 찌른다. 이제껏 덮여 있던 막을 힘차게 걷어낸 것처럼. 진짜 냄새다. 마음먹은, 한 계절의 냄새다. 칠판지우개 냄새며, 청소세제 냄새며, 교정 한구석의 소각장에서 낙엽을 태우는 냄새가 거기에 구분하기 어렵게 섞여 있다. 그 냄새를 폐 깊숙이 들이마시자, 마음이 넓고 깊게 펼쳐져 가는 감촉이 느껴진다. 신체의 조성이 소리 없이 바뀌어간다. 심장의 고동이 단순한 고동 이상의 것이 된다.

아주 짧은 한순간, 시간의 문이 안쪽을 향해 열린다. 오래된 빛이 새로운 빛과 하나로 섞여든다. 오래된 공기가 새로운 공기와 하나로 섞여든다. 이 빛과 이 공기다, 하고 덴고는 생각한다. 그걸로 모든 것이 납득된다. 거의 모든 것이. 이 냄새를 왜 지금까지 기억해내지 못했을까. 이렇게 간단한 일인데. 이렇게 있는 그대로의 세계인데.

"네가 보고 싶었어." 덴고는 아오마메에게 말한다. 그 목소리는 아득하고 불안하다. 하지만 틀림없이 덴고의 목소리다.

"나도 네가 보고 싶었어." 소녀가 말한다. 그것은 아다치 구미의 목소리와도 닮았다. 현실과 상상의 경계가 보이지 않는다. 경계를 눈으로 확인하려 하면 그릇이 비스듬히 기울어 뇌수가 출렁 흔들린다.

덴고는 말한다. "나는 좀더 일찍 너를 찾아나서야 했어. 그런데 그렇게 하지 못했어."

"지금부터라도 늦지 않아. 너는 나를 찾아낼 수 있어." 소녀는 말한다.

"어떻게 하면 찾을 수 있지?"

대답은 없다. 대답이 들려오지 않는다.

"그래도 나는 너를 찾아낼 수 있어." 덴고는 말한다.

소녀는 말한다. "왜냐면 나도 널 찾아냈으니까."

"너는 나를 찾아냈어?"

"나를 찾아." 소녀는 말한다. "아직 시간이 있는 동안에."

하얀 커튼이 미처 도망치지 못한 망령처럼 소리도 없이 펄럭 흔들린다. 그것이 덴고가 마지막으로 본 것이었다.

정신이 들었을 때, 덴고는 좁은 침대 안에 있었다. 불은 꺼지고 커튼 틈새로 들어오는 가로등 빛이 희미하게 방 안을 비추었다. 그는 티셔츠와 복서 팬티 차림이었다. 아다치 구미는 스마일 마크의 셔츠 하나만 입은 모습이었다. 길이가 긴 셔츠 아래로 그녀는 속옷을 입고 있지 않았다. 부드러운 젖가슴이 그의 팔에 닿았다. 덴고의 머릿속에서는 아직도 올빼미가 울고 있었다. 이제 그의 안에는 잡목림까지도 들어와 있었다. 그는 밤의 잡목림을 고스란히 자기 안에 품어안고 있었다.

젊은 간호사와 침대에 함께 있어도 덴고는 성욕을 느끼지 않았다. 아다치 구미도 딱히 성욕을 느끼는 것처럼 보이지 않았다. 그녀는 덴고의 몸에 팔을 두르고 그저 쿡쿡 웃고 있었다. 뭐가 그리 우스운지 덴고는 알 수 없었다. 누군가가 어딘가에서 '웃음'이라고 쓴 카드를 들었는지도 모른다.

지금 대체 몇시일까. 얼굴을 들고 시계를 보려 했지만, 시계는 어디에도 없었다. 아다치 구미는 문득 웃음을 멈추고 두 팔로 덴고의 목을 휘감았다.

"나는 재생했어." 아다치 구미의 따뜻한 숨이 귀에 끼쳤다.

"너는 재생했다." 덴고는 말했다.

"한 번 죽었으니까."

"너는 한 번 죽었다." 덴고는 되풀이했다.

"차가운 비가 내리는 밤에." 그녀는 말했다.

"너는 왜 죽었지?"

"이렇게 재생하기 위해."

"너는 재생한다." 덴고는 말했다.

"많든 적든." 그녀는 아주 조용히 속삭였다. "다양한 형태로."

덴고는 그 말에 대해 생각했다. 많든 적든 다양한 형태로 재생한다는 건 대체 무슨 말일까. 그의 뇌수는 질퍽하게 무겁고 원시의 바다처럼 생명의 싹이 넘실거리고 있었다. 하지만 그것은 그를 어떤 지점으로도 이끌어주지 않았다.

"공기 번데기는 어디에서 오는 걸까?"

"잘못된 질문." 아다치 구미는 말했다. "호우호우."

그녀는 덴고의 몸 위에서 자신의 몸을 틀었다. 덴고는 허벅지에 그녀의 음모를 느낄 수 있었다. 풍성하고 짙은 음모다. 그녀의 음모는 그녀의 사고思考의 일부 같았다.

"재생하기 위해서는 무엇이 필요할까?" 덴고는 물었다.

"재생에서 가장 큰 문제는 말이지." 자그마한 간호사는 중요한 비밀을 털어놓듯이 말했다. "인간은 자기 자신을 위해서는 재생할 수 없다는 거야. 다른 누군가를 위해서만 재생할 수 있어."

"많든 적든 다양한 형태로, 라는 말의 의미가 그거구나."

"밤이 지나면 덴고 군은 이곳을 나가. 출구가 아직 닫히지 않은 동안에."

"밤이 지나면 나는 이곳을 나간다." 덴고는 간호사의 말을 복창했다.

그녀는 다시 한번 그 풍성한 음모를 덴고의 허벅지에 비빈다. 마치 그곳에 어떤 표지를 남기려는 듯이. "공기 번데기는 어디에서 오는 게 아니야. 아무리 기다려도 그건 오지 않아."

"너는 그걸 아는구나."

"나는 한 번 죽었으니까." 그녀는 말했다. "죽는 건 괴로워. 덴고 군이 상상하는 것보다 훨씬 괴로워. 그리고 한없이 고독해. 사람이 이렇게도 고독해질 수 있구나 하고 감탄할 정도로 고독해. 그건 기억해두는 게 좋아. 하지만 덴고 군, 일단 죽지 않고서는 재생도 없어."

"죽음이 없으면 재생도 없다." 덴고는 확인했다.

"하지만 인간은 살면서 죽음을 맞닥뜨리는 때가 있어."

"살면서 죽음을 맞닥뜨린다." 덴고는 그 말의 의미를 이해하지 못한 채 반복했다.

하얀 커튼이 계속 바람에 흔들린다. 교실의 공기중에는 칠판 지우개와 세제 냄새가 섞여 있다. 낙엽을 태우는 연기 냄새. 누군가 리코더를 연습하고 있다. 소녀가 그의 손을 꼭 잡고 있다. 하반신에 달콤한 욱신거림이 느껴진다. 하지만 발기는 없다. 그것이 찾아오는 건 좀더 나중의 일이다. 좀더 나중이라는 말은 그에게 영원을 약속하고 있었다. 영원은 한없이 뻗어나가는 하나의 긴 막대기다. 그릇이 또다시 비스듬히 기울고 뇌수가 출렁 흔들렸다.

눈을 떴을 때, 자신이 지금 어디에 있는지 덴고는 한동안 알아차리지 못했다. 머릿속에서 간밤의 경위를 더듬는 데 시간이 걸렸다. 꽃무늬 커튼 틈새로 아침 햇살이 눈부시게 비쳐들고, 아침의 새들이 분주하게 지저귀고 있었다. 작은 침대에서 그는 지독히 옹색한 자세로 자고 있었다. 이런 자세로 용케도 하룻밤을 잤구나 싶었다. 옆에는 여자가 있었다. 그녀는 베개에 옆얼굴을 대고 깊이 잠들어 있었다. 머리칼이 아침 이슬에 젖은 싱싱한 여름풀처럼 뺨에 걸쳐 있었다. 아다치 구미, 하고 덴고는 생각했다. 얼마 전 스물세 살의 생일을 맞은 젊은 간호사. 그의 손목시계는 침대 옆 바닥에 떨어져 있었다. 그 바늘이 일곱시 이십분을 가리키고 있었다. 아침 일곱시 이십분.

덴고는 간호사를 깨우지 않도록 조용히 침대를 나와 커튼 틈새로 창밖을 보았다. 밖에는 양배추 밭이 보였다. 검은 흙 위에 양배추가 줄을 지어 제각기 가만히 몸을 웅크리고 있다. 그 너머에는 잡목림이 있었다. 덴고는 올빼미 소리를 떠올렸다. 간밤에 그곳에서 올빼미가 울었다. 밤의 지혜. 덴고와 간호사는 그 소리를 들으며 해시시를 피웠다. 허벅지에는 그녀의 음모의 까슬한 감촉이 아직 남아 있다.

덴고는 주방으로 가서 수돗물을 손으로 받아 마셨다. 아무리 마셔도 성이 차지 않을 만큼 목이 말랐다. 하지만 그 외에는 딱히 달라진 건 없다. 머리가 아픈 것도 아니고, 몸이 무거운 것도 아니다. 의식은 또렷하다. 다만 왠지 지나치게 바람이 숭숭 통하는 듯한 감각이 몸 안에 있었다. 전문가의 손으로 깨끗이 청소한 배관장치가 된 것 같다. 티셔츠와 복서 팬티 차림으로 화장실에 들어가 오래도록 소변을 봤다. 낯선 거울에 비친 얼굴은 자신의 얼굴처럼 보이지 않았다. 군데군데 머리칼이 뻗쳐 있다. 수염을 밀 필요도 있다.

침실에 돌아와 옷을 주워모았다. 그가 벗은 옷은 아다치 구미가 벗은 옷과 뒤섞여 아무렇게나 어질러져 있었다. 언제 어떻게 옷을 벗었는지도 생각나지 않는다. 오른쪽과 왼쪽의 양말을 찾고, 청바지를 입고 셔츠를 입었다. 도중에 큼직한 싸구려 반지를 밟았다. 그는 그것을 집어 침대 머리맡 테이블에 올려놓았다. 라운드넥 스웨터를 목에 꿰어입고 윈드브레이커를 손에 들었다. 지갑과 열쇠가 주머니에 들어 있는지 확인했다. 간호사는 귀 바로 아래까지 이불을 덮어쓰고 깊이 잠들었다. 숨소리조차 들리지 않는다. 깨워야 할까. 아마 아무 일도 없었을 테지만 어쨌거나 하룻밤 한침대를 쓴 것이다. 인사도 없이 떠나는 건 예의에 어긋난 일처럼 생각되었다. 하지만 그녀는 너무 깊이 잠들었고, 오늘은 비번이라고 했다. 그보다, 그녀를 깨우더라도 이제부터 둘이 뭘 하겠는가.

그는 전화기 앞에서 메모지와 볼펜을 발견했다. '어젯밤은 고마웠어. 즐거웠고. 여관에 돌아갈게. 덴고'라고 썼다. 시각도 끝에 써넣었다. 그 메모지를 머리맡 테이블에 놓고, 좀전에 주운 반지를 페이퍼웨이트 대신 그 위에 얹어두었다. 그러고는 후줄근한 운동화를 신고 밖으로 나왔다.

길을 한참 걷자 버스정류장이 나왔고, 오 분쯤 기다리자 역까지 가는 버스가 왔다. 그는 시끌벅적한 남녀 고등학생들과 함께 그 버스를 타고 종점까지 갔다. 덴고가 아침 여덟시 넘어 수염으로 거무스레해진 뺨을 하고 돌아와도 여관 사람들은 아무 말도 하지 않았다. 그들에게는 딱히 드문 일도 아닌 듯했다. 아무 말 없이 재빠르게 아침밥을 차려주었다.

덴고는 따뜻한 아침을 먹고 차를 마시면서 간밤에 있었던 일을 떠올렸다. 세 명의 간호사가 청하는 대로 고깃집에 갔다. 근처 스낵바에 들어가 노래를 했다. 아다치 구미의 아파트에 가서 올빼미 소리를 들으며 인도산 해시시를 피웠다. 뇌수를 따뜻하고 질퍽한 죽이라고 느꼈다. 문득 깨닫고 보니 초등학교의 겨울 교실에 있었고, 그 공기의 냄새를 맡으며 아오마메와 대화를 했다. 그뒤 아다치 구미가 침대에서 죽음과 재생에 대해 이야기했다. 잘못된 질문이 있었고 다의적인 대답이 있었다. 잡목림 속에서 내내 올빼미가 울었고, 사람들이 텔레비전 방송에서 웃음소리를 내고 있었다.

기억은 군데군데 건너뛰었다. 연결 부분이 몇 가지 결락되어 있다. 하지만 결락되지 않은 부분에 대해서는 놀랄 만큼 선명하게 기억이 났다. 입에 올렸던 말을 한 마디 한 마디 더듬을 수 있었다. 아다치 구미가 마지막쯤에 했던 말을 덴고는 외우고 있었다. 그건 충고이자 경고였다.

"밤이 지나면 덴고 군은 이곳을 나가. 출구가 아직 닫히지 않은 동안에."

분명 이제 물러설 때인지도 모른다. 공기 번데기에 들어 있는 열 살의 아오마메를 다시 한번 만나기 위해 학원에 휴가를 내고 이 마을에 왔다. 그리고 이 주일 남짓, 날마다 요양소에 다니며 아버지에게 책을 읽어주었다. 하지만 공기 번데기는 나타나지 않았다. 그 대신 거의 포기하려는 참에 아다치 구미가 그를 위해 또다른 형태의 환영幻影을 마련해주었다. 덴고는 거기서 다시 한

번 소녀 아오마메를 만나 이야기를 나눌 수 있었다. 나를 찾아, 아직 시간이 있는 동안에, 라고 아오마메는 말했다. 아니, 실제로 말을 한 것은 아다치 구미인지도 모른다. 분간이 되지 않는다. 하지만 어느 쪽이든 상관없다. 아다치 구미는 한 번 죽어서 재생했다. 자신을 위해서가 아니라 다른 누군가를 위해. 덴고는 거기서 들은 것들을 우선은 그대로 믿기로 했다. 그게 중요한 것이다. 아마도.

이곳은 고양이 마을이다. 이곳이 아니면 얻을 수 없는 것이 있다. 그는 그러기 위해 기차를 갈아타며 이곳에 찾아왔다. 하지만 이곳에서 얻는 모든 것에는 리스크가 포함되어 있다. 아다치 구미가 시사해준 바를 믿는다면 그것은 치명적인 종류의 것이다. 무언가 불길한 것이 이쪽으로 다가온다는 것을 엄지의 욱신거림으로 알 수 있다.

이제 슬슬 도쿄로 돌아가지 않으면 안 된다. 출구가 아직 닫히지 않은 동안에, 아직 열차가 역에 정차하는 동안에. 하지만 그 전에 요양소에 들러야 한다. 아버지를 만나 이별을 고할 필요가 있다. 확인해야 할 것도 남아 있다.

제10장 우시카와

Q

솔리드한 증거를 수집한다

우시카와는 이치카와 시를 찾아갔다. 상당히 멀리 나가는 듯한 느낌이지만, 실제로는 강 건너 지바 현에 들어서면 곧바로 이치카와 시여서 도쿄 도심에서 시간은 그리 오래 걸리지 않았다. 역 앞에서 택시를 타고 초등학교 이름을 말했다. 학교에 도착한 건 한시 넘어서였다. 점심시간이 끝나고 이미 오후 수업을 하고 있었다. 음악실에서는 합창 소리가 들리고, 운동장에서는 체육 수업으로 축구 경기를 하고 있었다. 아이들이 소리를 지르며 공을 쫓아다녔다.

우시카와는 초등학교에 대해 그리 좋은 추억을 갖고 있지 못했다. 그는 체육이 서툴렀고, 특히 구기 종목은 젬병이었다. 키는 작고, 달리기는 늦고, 눈은 난시였다. 애초에 운동신경이라는 게 갖춰져 있지 않았다. 체육시간은 그야말로 악몽이었다. 학과 성적은 우수했다. 머리는 원래 나쁘지 않았고 공부도 열심히 했다(그래서 스물다섯 살에 사법시험에 합격할 수 있었다). 하지만 주위의 어느 누구도 그에게 호감을 갖지 않았고 경의를 표하지 않았다. 운동에 젬병인 탓도 있었을 것이다. 물론 얼굴 생김새에도 문제가 있었다. 어렸을 때부터 얼굴이 크고, 눈매가 사납고, 머리통이 비뚤어졌다. 두툼한 입술은 양끝이 축 처져서 금세라도 침이 흐를 것처럼 보였다(그렇게 보였을 뿐, 실제로 침을 흘린 적은 없지만). 머리는 곱슬머리에다 제멋대로 뻗쳤다. 어떻게 봐도 사람들에게 호감을 줄 만한 모습은 아니었다.

초등학교 시절, 그는 변변히 말다운 말을 하지 않았다. 막상 기회가 오면 말을 썩 잘한다는 건, 그 스스로도 알고 있었다. 하지만 친하게 이야기할 상대도 없었고, 사람들 앞에서 말재주를 펼칠 기회도 주어지지 않았다. 그래서 항상 입을 닫고 있었다. 그리고 남이 하는 말에—그것이 어떤 말이건—주의 깊게 귀를 기울이는 것을 습관으로 삼았다. 거기에서 뭔가를 얻으려고 항상 유의했다. 그 습관은 이윽고 그에게 유익한 도구가 되었다. 그는 그 도구를 사용하여 수많은 귀중한 사실을 발견했다. 세상 사람들 대부분은 자신의 머리로 뭔가 생각한다는 걸 아예 하지 못한다—그것이 그가 발견한 '귀중한 사실' 중 하나였다. 그리고 생각을 하지 못하는 인간일수록 남의 말을 잘 듣지 않는다.

어쨌거나 우시카와에게 초등학교에서의 나날은 즐겨 떠올릴 만한 인생의 한 장면이 아니다. 초등학교에 찾아가야 한다는 생각만으로도 기분이 우울해졌다. 사이타마 현과 지바 현이라는 차이는 있지만, 초등학교는 전국 어디나 다 거기서 거기다. 똑같은 모양에 똑같은 원리로 움직인다. 그래도 우시카와는 이치카와 시의 초등학교까지 일부러 찾아갔다. 이건 중요한 일이고, 다른 사람에게는 맡길 수 없다. 그는 초등학교 교무실에 전화를 걸어 한시 반에 그곳에서 담당자와 만나기로 약속을 잡았다.

부교장은 자그마한 여성으로, 사십대 중반으로 보였다. 날씬한 몸매에 얼굴도 곱상하고 차림새도 세련되었다. 부교장? 우시카와는 고개를 갸웃했다. 그런 말을 그는 들어본 적이 없었다. 하지만 그가 초등학교를 졸업한 건 한참 옛날 일이다. 분명 그 사이에 많은 게 바뀌었을 것이다. 그녀는 지금까지 다양한 종류의 수많은 사람을 응대해왔는지, 우시카와의 평범하다고 하기 어려운 용모를 마주하고도 딱히 놀란 기색을 보이지 않았다. 아니면 단순히 예의 바른 것뿐인지도 모른다. 그녀는 청결한 응접실로 우시카와를 안내하고 의자를 권했다. 자신도 맞은편 의자에 자리를 잡고 싱긋 미소를 지었다. 이제부터 우리 둘이서 어떤 재미있는 이야기를 할까요, 라고 묻듯이.

그녀를 바라보며 우시카와는 초등학교 때 같은 반이었던 한 여자아이를 떠올렸다. 예쁘고 공부 잘하고 친절하고 책임감이 있었다. 집안 환경도 좋고 피아노도 잘 쳤다. 선생님에게도 예쁨을 받았다. 우시카와는 그 여자애를 수업중에 자꾸 쳐다보곤 했다. 주로 뒷모습을. 하지만 말을 나눠본 적은 한 번도 없었다.

"우리 학교 졸업생에 대해 뭔가 조사하고 계시다고요?" 부교장이 물었다.

"아, 제 소개가 늦었군요." 우시카와는 그렇게 말하고 명함을 내밀었다. 덴고에게 건넸던 것과 똑같은 명함이다. '재단법인 신일본학술예술진흥회 상임이사'라는 직함이 인쇄되어 있다. 우시카와는 부교장에게 예전에 덴고에게 했던 것과 거의 똑같은 거짓말을 했다. 이 학교 졸업생인 가와나 덴고가 작가로서 당 재단의 후원금을 받을 유력한 후보로 올라 있다는 것. 그와 관련하여 극히 일반적인 조사를 하고 있다는 것.

"참 좋은 이야기로군요." 부교장은 상냥하게 말했다. "우리 학교로서도 명예로운 일이지요. 저희가 할 수 있는 일이 있다면 기꺼이 협력하겠습니다."

"가와나 덴고 씨의 담임을 맡으셨던 선생님께 가와나 씨에 대해 직접 여쭤볼 수 있으면 좋겠습니다만." 우시카와는 말했다.

"네, 알아보지요. 이십 년이나 지난 일이라서 이미 퇴직하셨는지도 모르지만."

"감사합니다." 우시카와는 말했다. "그리고 만일 괜찮으시다면 또 한 가지, 알아봐주셨으면 하는 게 있습니다."

"어떤 건가요?"

"아마 가와나 씨와 같은 학년일 텐데, 아오마메 마사미라는 여학생이 있었을 겁니다. 가와나 씨와 아오마메 씨가 같은 반이었는지, 그것도 좀 알아볼 수 있을까요?"

부교장은 약간 의아하다는 얼굴을 보였다. "그 아오마메 씨가 이번 가와나 씨의 후원금 문제와 무슨 관계가 있습니까?"

"아니, 그런 건 아닙니다. 다만 가와나 씨가 쓰신 작품 속에 아오마메 씨를 모델로 한 듯한 인물이 있어서요. 거기에 대해 저희로서도 몇 가지 문제를 확인해두려는 것뿐입니다. 그리 복잡한 건 아닙니다. 어디까지나 형식적인 문제예요."

"그렇군요." 부교장은 단정한 입술 양끝을 들어올렸다. "다만, 잘 아시겠지만 개인의 프라이버시에 관한 정보는 공개할 수 없는 경우도 있습니다. 이를테면 학업성적이라든가 가정환경 같은 거요."

"네, 잘 알고 있습니다. 저희는 그저 그녀가 가와나 씨와 실제로 같은 반이었는지 아닌지만 알면 됩니다. 그리고 만일 그렇다면 당시 담임선생님의 성함과 연락처도 알려주시면 고맙겠습니다만."

"알겠습니다. 그 정도라면 별 문제 없겠죠. 아오마메 씨라고 하셨나요?"

"그렇습니다. '푸른 콩'이라는 한자예요. 흔치 않은 이름이지요."

우시카와는 수첩 메모지에 볼펜으로 '青豆雅美'라는 이름을 적어 부교장에게 건넸다. 그녀는 그 종이쪽지를 받아들고 몇 초 동안 바라보더니 책상 위에 놓인 폴더 포켓에 넣었다.

"잠시 기다려주세요. 사무기록을 찾아보겠습니다. 공개할 수 있는 정보는 담당자에게 말해서 복사하도록 하겠습니다."

"바쁘신데 수고를 끼쳐서 죄송합니다." 우시카와는 예를 표했다.

부교장은 플레어스커트 자락을 아름답게 펄럭이며 방을 나갔다. 자세도 좋고 걸음새도 우아하다. 헤어스타일도 기품이 있다. 느낌이 좋게 나이를 먹었다. 우시카와는 의자에 다시 앉아, 갖고 온 문고본을 읽으며 시간을 때웠다.

부교장은 십오 분 뒤에 돌아왔다. 그녀는 갈색 사무봉투를 안고 있었다.

"가와나 씨는 퍽 우수한 어린이였던 것 같군요. 성적은 항상 톱클래스이고 운동선수로도 훌륭한 성적을 올렸어요. 특히 산수, 그러니까 수학 방면에 재능이 있어서 초등학교 시절에 벌써 고등학생 문제를 풀었더군요. 산수 경시대회에서 우승해서 신동으로 신문에 실린 적이 있을 정도예요."

"대단하군요." 우시카와는 말했다.

부교장은 말했다. "하지만 신기하네요. 당시에는 수학 신동으로 이름을 떨쳤는데, 어른이 되어서는 문학계에서 두각을 나타내다니."

"풍부한 재능은 풍부한 수맥과 마찬가지로 다양한 곳에서 출구를 찾는 것이겠지요. 현재는 수학 선생을 하면서 소설을 쓰고 있습니다."

"그렇군요." 부교장은 눈썹을 아름다운 각도로 구부리며 말했다. "그에 비하면 아오마메 마사미 씨는 자료가 별로 없어요. 5학년 때 전학을 갔더군요. 도쿄 아다치 구의 친척집에 입양되어서 그쪽 초등학교로 전입했어요. 가와나 덴고 씨와는 3학년과 4학년 때 같은 반이었고요."

내 짐작이 맞았다, 우시카와는 생각했다. 두 사람 사이엔 역시 연결고리가 있었다. "오타라는 여선생님이 당시 담임교사였어요. 오타 도시에 씨. 현재 나라시노의 시립 초등학교에 계세요."

"그 초등학교에 연락하면 뵐 수 있겠군요."

"벌써 연락을 했답니다." 부교장은 가볍게 미소를 지으며 말했다. "그런 일이라면 기꺼이 우시카와 씨를 만나겠다고 하셨어요."

"저런, 감사합니다." 우시카와는 말했다. 아름답기만 할 뿐 아니라 일처리도 빠르다.

부교장은 자신의 명함 뒷면에 그 교사의 이름과 그녀가 근무하는 쓰다누마의 초등학교 전화번호를 적어 우시카와에게 건넸다. 우시카와는 그 명함을 소중히 명함첩에 챙겨넣었다.

"아오마메 씨는 종교적인 배경이 있다고 들었습니다." 우시카와는 말했다. "저희는 그게 약간 마음에 걸립니다만."

부교장이 살짝 미간을 찌푸렸다. 눈 양끝에 자잘한 주름이 잡혔다. 주의 깊게 자기훈련을 쌓아온 중년여성만이 그런 미묘한 의미를 품은 지적이고 차밍한 주름을 획득할 수 있다.

"죄송하지만 그건 우리가 얘기하기 어려운 문제예요." 그녀는 말했다.

"프라이버시에 관련된 것이군요." 우시카와는 물었다.

"그렇습니다. 특히 종교 문제에 관해서는."

"하지만 오타 선생님께는 그런저런 사정을 여쭤볼 수 있겠지요?"

부교장은 섬세한 턱을 왼편으로 살짝 기울이고 의미심장한 웃음을 입가에 떠올렸다. "오타 선생님이 개인적 입장에서 말씀하시는 것에 대해 저희가 관여할 필요는 없겠지요."

우시카와는 자리에서 일어나 부교장에게 정중히 감사인사를 했다. 부교장은 서류가 든 사무봉투를 우시카와에게 내밀었다. "드릴 수 있는 자료는 모두 복사했습니다. 가와나 씨에 대한 자료예요. 아오마메 씨에 대한 것도 조금 들어 있고요. 도움이 되신다면 좋겠군요."

"덕분에 일이 한결 수월해졌습니다. 친절하게 대해주셔서 정말 감사합니다."

"후원금에 관한 결과가 나오면 알려주세요. 저희 학교로서도 명예로운 일이니까요."

"좋은 결과가 나올 거라고 확신합니다." 우시카와는 말했다. "저도 몇 번 만나봤는데, 확실한 재능을 가진 전도유망한 청년입니다."

이치카와 역 앞에서 우시카와는 식당에 들어가 가벼운 점심을 먹으면서 봉투에 든 자료를 훑어보았다. 덴고와 아오마메의 간단한 재학기록이었다. 덴고가 학업이나 운동에서 표창을 받은 기록도 동봉되어 있었다. 분명 뛰어나게 우수한 학생이었던 것 같다. 그에게는 학교가 악몽이었던 일은 아마 한 번도 없을 것이다. 산수 경시대회에서 우승했을 때의 신문기사 복사본도 있었다. 오래된 것이라 선명하지는 않지만, 소년시절 덴고의 얼굴 사진도 실려 있었다.

식사를 마친 뒤, 쓰다누마의 초등학교에 전화를 했다. 오타 도시에라는 교사와 네시에 그 초등학교에서 만나기로 약속했다. 그 시각이면 여유 있게 대화를 나눌 수 있을 거라고 그녀는 말했다.

아무리 일 때문이라지만 하루에 초등학교를 두 군데나 들락거리다니. 우시카와는 한숨을 내쉬었다. 생각만 해도 마음이 무겁다. 하지만 아직까지는 일부러 먼 걸음을 한 보람이 있었다. 덴고와 아오마메가 초등학교 시절, 이 년 동안 같은 반이었다는 게 판명되었다. 이건 큰 진전이다.

덴고는 후카다 에리코와 함께 「공기 번데기」를 문학작품으로 만들어냈고, 그것을 베스트셀러 반열에 올렸다. 아오마메는 후카다 에리코의 부친 후카다 다모쓰를 호텔 오쿠라의 한 방에서 은밀히 살해했다. 두 사람은 각자 교단 '선구'를 공격한다는 공통의 목적을 갖고 행동하는 것으로 보인다. 거기에는 모종의 연대가 있었는지도 모른다. 분명 둘이서 연대하고 있었다고 생각하는 게 자연스러울 것이다.

하지만 '선구'의 이인조에게는 아직 이런 사실은 알리지 않는 게 좋다. 우시카와는 정보를 찔끔찔끔 내놓는 걸 그리 좋아하지 않는다. 탐욕스럽게 정보를 수집하고, 사실의 주변을 면밀하고 공고히 다져 솔리드한 증거가 완벽히 갖춰졌을 때, 비로소 "아, 실은 말이죠" 하고 말머리를 꺼내는 것을 좋아한다. 그런 연극적인 습관은 현역 변호사 시절부터 이어져왔다. 최대한 겸손한 태도로 상대를 방심하게 해놓고, 일이 결말에 근접했을 때쯤에 빼도 박도 못할 사실을 내밀어 일거에 흐름을 뒤엎는다.

전철로 쓰다누마를 향해 가는 동안, 우시카와는 머릿속에서 몇 가지 가설을 세워보았다.

덴고와 아오마메는 어쩌면 연인관계인지도 모른다. 설마 열 살 때부터 연인 사이는 아니었겠지만, 초등학교를 졸업한 뒤 어디선가 우연히 만나 가까워졌을 가능성은 생각할 수 있다. 그리고 두 사람은 뭔가 사정이 있어서—그것이 어떤 사정인지는 아직 모르겠지만—교단 '선구'를 무너뜨리고자 힘을 합쳤다. 그것은 하나의 가설이다.

하지만 우시카와가 조사해본 바로는 덴고가 아오마메와 교제한 흔적은 없었다. 그는 열 살 연상의 유부녀와 정기적으로 육체관계를 갖고 있었다. 덴고의 성격으로 봐서 그가 아오마메와 깊이 사귀는 사이였다면 다른 여성과 주기적으로 성적인 관계를 갖지는 않았을 터였다. 그렇게 약삭빠른 짓을 할 수 있는 인간이 아니다. 우시카와는 이전에 이 주 남짓 덴고의 행동패턴을 조사한 적이 있다. 일주일에 사흘은 입시학원에서 수학을 가르치고, 그 외의 날에는 대부분 혼자 집 안에 틀어박힌다. 아마도 소설을 쓰고 있었을 것이다. 이따금 장을 보거나 산책하는 것 외에는 거의 외출도 하지 않는다. 단순하고도 소박한 생활이다. 알기 쉽고, 이상한 점도 발견되지 않는다. 사정이 어찌 됐건 덴고가 살인행위를 수반하는 음모에 관여했다고는 도저히 생각할 수 없다.

우시카와는 사실 덴고에게 개인적인 호감을 품고 있었다. 덴고는 꾸밈없고 솔직한 성격의 청년이다. 자립심이 강하고 남에게 기대지 않는다. 체격이 큰 사람이 흔히 그렇듯이 얼마간 세련되지 못한 경향은 있지만, 뒤에서 쏘삭거리거나 잔꾀를 부리는 성격은 아니다. 일단 마음먹으면 그대로 곧장 앞만 보고 걸어가는 타입이다. 변호사나 증권거래업자로는 결코 성공 못 할 성격이다. 당장 누군가에게 발목이 잡혀, 중요한 순간에 코가 깨질 것이다. 하지만 수학선생이나 소설가라면 그럭저럭 잘해나갈 것이다. 사교성도 없고 말재주도 없지만, 어떤 종류의 여자들에게는 사랑을 받는다. 간단히 말해, 우시카와와는 대조적인 구성요소를 가진 인물인 것이다.

그에 비하면 아오마메에 대해서는 아무것도 알지 못하는 거나 마찬가지다. 아는 것이라고는 그녀가 '증인회'의 열성적인 신자 집안에서 태어나 철들 무렵부터 선교활동을 하러 다녀야 했다는 것 정도다. 초등학교 5학년 때 신앙을 버리고 아다치 구의 친척집에 들어갔다. 아마 더이상 견딜 수 없었던 것이리라. 다행히 타고난 운동능력으로 중학교 때부터 고등학교까지 내내 소프트볼 팀의 중심선수로 활약한다. 그걸로 사람들의 주목을 받았다. 덕분에 장학금을 받아 체육대학에 진학할 수 있었다. 그런 사실들을 우시카와는 파악하고 있다. 하지만 그녀가 어떤 성격이고 어떤 사고방식을 가졌는지, 어떤 장점과 단점을 가졌고 어떤 사생활을 보내왔는지, 그런 건 전혀 알지 못한다. 그가 손에 쥐고 있는 것은 일련의 이력서적인 사실에 불과하다.

하지만 머릿속에서 아오마메와 덴고의 이력을 겹쳐보는 동안, 거기에 몇 가지 공통점이 있다는 것을 깨달았다. 우선 그들의 어린 시절은 그리 행복하지 않았을 터였다. 아오마메는 선교를 위해 어머니의 손에 이끌려 거리를 돌아다녀야 했다. 이 집 저 집 벨을 누르면서. '증인회'의 아이들은 모두 그렇게 해야 한다. 한편 덴고의 아버지는 NHK 수금원이었다. 이 또한 이 집 저 집 돌아다니는 일이다. 그 아버지도 '증인회'의 어머니와 마찬가지로 아들을 데리고 돌아다녔을까. 그랬을지도 모른다. 만일 우시카와 자신이 덴고의 아버지였다면, 틀림없이 그랬을 것이다. 아이를 달고 다니면 수금 실적도 올라가고, 베이비시터 비용도 들지 않는다. 일거양득이다. 하지만 덴고에게 그건 즐거운 경험이 아니었을 것이다. 어쩌면 두 아이가 이치카와 시내 거리에서 마주치는 일도 있었는지 모른다.

그리고 덴고도 아오마메도 철이 들자마자 각자 노력해서 스포츠 장학금을 손에 넣어, 부모에게서 되도록 멀리 떨어져나오려고 했다. 두 사람 다 실제로 스포츠선수로서 우수했다. 원래 소질을 타고났다는 점도 있었을 것이다. 하지만 그들에게는 반드시 우수해야 할 속사정이 있었다. 스포츠선수로 인정을 받고 좋은 성적을 내는 것은, 그들에게는 자립을 위한 거의 유일한 수단이었다. 자기보존을 위한 귀중한 티켓이었다. 평범한 십대 소년소녀들과는 생각하는 방식도 다르고, 세계와 맞서는 자세도 다르다.

돌이켜보면 우시카와의 상황도 비슷했다. 그의 경우에는 집안이 부유했기 때문에 애써 장학금을 손에 넣을 필요도 없었고 용돈이 부족한 적도 없었다. 하지만 일류대학에 들어가기 위해, 그리고 사법시험에 합격하기 위해 죽을 둥 살 둥 공부하지 않으면 안 되었다. 덴고나 아오마메의 경우와 다르지 않다. 다른 친구들처럼 설렁설렁 놀고 있을 틈이 없었다. 이런저런 세속적인 재미를 다 버리고—그건 원한다고 해서 간단히 얻을 수 있을 것 같지도 않았지만—아무튼 공부에만 전념했다. 열등감과 우월감의 틈바구니에서 그의 정신은 거칠게 뒤흔들렸다. 나는 말하자면 소냐를 만나지 못한 라스콜니코프 같은 인간이다, 라고 곧잘 생각하곤 했다.

아니, 내 얘기는 됐다. 이제 새삼 그런 걸 생각해봤자 달라지는 건 없다. 덴고와 아오마메 문제로 돌아가자.

만일 덴고와 아오마메가, 스무 살을 넘긴 시점에 어디선가 우연히 만나고 이야기를 나눴다면, 자신들이 수많은 공통점을 가졌다는 것에 깜짝 놀랐을 것이다. 두 사람은 서로 말해야 할 것들이 참으로 많았을 것이다. 그리고 그 자리에서 남녀로서 강하게 끌렸을지도 모른다. 그런 정경을 우시카와는 선명하게 상상할 수 있었다. 숙명적 해후. 궁극의 로맨스.

그런 해후가 실제로 이루어졌을까? 로맨스는 탄생했을까? 물론 우시카와는 거기까지는 알지 못한다. 하지만 두 사람이 만났다고 생각하면 일의 앞뒤가 맞아떨어진다. 그랬기 때문에 두 사람이 연대해서 '선구' 공격에 들어갔던 것이다. 덴고는 펜을 사용해서, 아오마메는 아마도 특수한 기술을 사용해서, 각자 다른 방면에서. 하지만 그 가설을 우시카와는 아무래도 선뜻 받아들일 수 없었다. 이야기의 맥락은 대충 맞아떨어지지만, 뭔가 결정적인 설득력이 부족하다.

만일 덴고와 아오마메 사이에 그런 깊은 관계가 맺어졌다면 그것이 표면에 드러나지 않을 리 없다. 숙명적인 해후는 그 나름의 숙명적인 결과를 낳았을 것이고, 그것이 우시카와의 주의 깊은 두 눈에 잡히지 않을 리 없다. 아오마메는 어쩌면 그것을 감춰둘 수 있을지도 모른다. 하지만 덴고 군은 그렇게는 못 한다.

우시카와는 기본적으로 논리를 조립하는 것으로 먹고사는 사람이다. 실증 없이는 앞으로 나아가지 않는다. 하지만 그와 동시에 자신의 천성적인 감을 굳게 믿는다. 그리고 그 감이, 덴고와 아오마메가 공모하여 움직이고 있다는 시나리오에 고개를 젓고 있었다. 슬며시, 하지만 집요하게. 어쩌면 두 사람의 눈에는 아직 서로의 존재가 보이지 않는 게 아닐까. 두 사람이 동시에 '선구'에 관여한 것은 우연히 발생한 결과가 아닐까.

생각하기 어려운 우연이라 해도, 그런 가설 쪽이 공모설보다는 우시카와의 감에 더 자연스럽게 다가왔다. 두 사람은 서로 다른 동기와 목적을 갖고, 서로 다른 측면에서 우연히 동시에 '선구'의 존재를 뒤흔들게 되었던 것이다. 거기에는 성분이 다른 두 개의 스토리 라인이 나란히 달리고 있다.

하지만 그런 너무나도 우연적인 가설을 '선구' 쪽 사람들이 순순히 받아들여줄까. 그건 아무래도 어려운 일, 이라고 우시카와는 생각했다. 그들은 두말할 것도 없이 공모설 쪽으로 덥석 달려들 것이다. 아무튼 근본적으로 음모의 냄새를 풍기는 것을 좋아하는 자들이다. 설익은 정보를 내밀기 전에, 좀더 솔리드한 증거를 철저히 갖춰야 한다. 그러지 않으면 그들을 도리어 잘못된 방향으로 이끌게 되고, 그건 나아가 우시카와 자신에게 해가 되어 돌아올 수 있다.

우시카와는 이치카와에서 쓰다누마로 향하는 전철 안에서 내내 그런 생각을 했다. 아마 자신도 모르게 얼굴을 찌푸리고, 한숨을 내쉬고, 허공을 노려보고 했을 것이다. 맞은편 자리에 앉은 초등학생 여자애가 이상하다는 얼굴로 우시카와를 보고 있었다. 그는 머쓱함을 감추려고 표정을 풀면서 비뚤어진 머리통을 손바닥으로 슥슥 문질렀다. 하지만 그런 동작이 오히려 여자애에게 겁을 준 모양이었다. 아이는 니시후나바시 역에 도착하기 전에 갑자기 자리에서 일어나더니 종종걸음으로 어딘가로 가버렸다.

오타 도시에라는 여교사와는 방과후의 교실에서 만났다. 아마 오십대 중반쯤일 것이다. 용모는 이치카와 초등학교의 세련된 부교장과는 기막힐 정도로 대조적이었다. 키가 작고 통통한데다 뒤에서 보니 걸음새가 갑각류처럼 기묘했다. 작은 금속테 안경을 쓰고 있었는데, 양눈썹 사이가 휑하니 납작하고, 거기에 가느다란 솜털이 나 있는 게 보였다. 언제 만든 것인지 짐작도 못 하겠지만, 어쨌거나 그것이 만들어졌을 때 이미 유행에 뒤떨어진 옷이었을 듯한 울 정장은 희미하게 방충제 냄새를 풍겼다. 색깔은 핑크색인데 어느 단계에선가 깜박 잘못된 염료가 섞여들어간 것처럼 이상한 핑크색이었다. 아마도 기품 있고 차분한 색감을 지향했던 것이겠으나 핑크색은 그 뜻을 이루지 못한 채 주눅 들고, 감추고 싶고, 그만 체념하는 마음속에 무겁게 가라앉아 있었다. 덕분에 옷깃 사이로 내보이는 흰색 새 블라우스는 마치 초상집에 슬쩍 끼어든 불성실한 문상객처럼 보였다. 흰머리가 섞인 건조한 머리칼에는 어디서 대충 주워온 듯한 플라스틱 핀이 꽂혀 있었다. 팔다리는 퉁퉁하고, 짤막한 손가락에는 반지 하나 끼워져 있지 않았다. 목에는 인생이 새겨놓은 눈금처럼 세 줄 가는 주름이 또렷이 새겨져 있다. 어쩌면 세 가지 소원이 이루어진 징표인지도 모른다. 하지만 아마 그런 건 아닐 거라고 우시카와는 추측했다.

그녀는 가와나 덴고가 초등학교 3학년 때부터 졸업할 때까지 담임이었다. 이 년마다 반이 바뀌었지만 우연히 덴고와는 사 년 동안 함께였다. 아오마메의 담임을 했던 건 3학년과 4학년, 이 년 동안이다.

"가와나 덴고라면 잘 알고 있지요." 그녀는 말했다.

힘없어 보이는 겉모습에 비해 그녀의 목소리는 놀랄 만큼 맑고 젊었다. 시끄러운 교실 구석구석까지 똑똑하게 울릴 목소리다. 직업이 사람을 만드는구나, 하고 우시카와는 감탄했다. 분명 유능한 교사일 것이다.

"가와나 덴고는 모든 면에서 우수한 학생이었어요. 이십오 년 넘게 몇 군데 초등학교에서 헤아릴 수 없을 만큼 많은 학생들을 가르쳐왔지만, 그만큼 뛰어난 자질을 지닌 학생은 만난 적이 없었습니다. 어떤 일을 시켜도 남달리 뛰어났어요. 인품도 좋고 지도력도 있었죠. 어떤 분야로 나가든 일가를 이룰 인물이라고 생각했지요. 초등학생 때는 일단 산수와 수학 능력이 뛰어났지만, 문학의 길로 나갔다 해도 결코 놀랄 일이 아니에요."

"아버지는 NHK 수금 일을 하셨다지요?"

"그렇습니다." 교사는 말했다.

"상당히 엄한 아버지였다고 가와나 씨 본인에게서 들었습니다만." 우시카와는 말했다. 하지만 그건 대충 짐작으로 둘러댄 소리였다.

"그랬죠." 그녀는 망설임 없이 대답했다. "몹시 엄한 아버님이셨어요. 자신의 직업을 자랑스럽게 생각하셨죠. 물론 그건 훌륭한 일입니다만, 때로는 덴고 군에게 그게 큰 부담이 되는 것 같았어요."

우시카와는 교묘히 화제를 이어나가 그녀에게서 상세한 이야기를 이끌어냈다. 그건 우시카와가 무엇보다도 특기로 삼는 작업이었다. 상대에게서 가능한 한 기분 좋게 말을 이끌어내는 것. 그녀는 덴고가 주말마다 아버지의 수금일에 억지로 따라다녀야 하는 게 싫어서 5학년 때 가출했던 일을 들려주었다. "가출이라기보다, 사실은 집에서 쫓겨난 셈이지요." 교사는 말했다. 역시 덴고는 아버지 손에 이끌려 수금을 하러 다녔구나, 하고 우시카와는 생각했다. 그리고 그건 소년시절의 덴고에게 적지 않은 정신적 부담이었다. 예상한 대로였다.

여교사는 갈 곳 없는 덴고를 하룻밤 자기 집에서 재워주었다. 그녀는 소년을 위해 담요를 준비하고 아침을 차려주었다. 다음 날 저녁에는 그 아버지를 찾아가 열심히 설득했다. 그녀는 그때 일을 자신의 인생에서 가장 빛나는 한 장면을 회상하듯이 이야기했다. 덴고가 고등학생 때, 우연히 음악회에서 재회했던 일도 말해주었다. 그가 거기서 얼마나 능숙하게 팀파니를 연주했는지를.

"야나체크의 〈신포니에타〉였어요. 간단한 곡이 아니에요. 덴고 군은 그 몇 주 전까지 팀파니라는 악기를 만져본 적도 없었답니다. 하지만 즉석 팀파니 연주자로 무대에 서서 훌륭하게 자신의 역할을 해냈어요. 기적이라고 생각지 않으세요?"

이 여자는 덴고를 진심으로 좋아하는구나, 하고 우시카와는 감탄했다. 거의 무조건적인 호의를 품고 있다. 타인에게서 그토록 깊은 호감을 사면 과연 어떤 기분이 들까.

"아오마메 마사미라는 학생은 기억하십니까?" 우시카와는 물었다.

"아오마메도 잘 알지요." 여교사는 말했다. 하지만 그 목소리에서는 덴고 때와는 달리 기쁨이 느껴지지 않았다. 그녀의 목소리 톤은 두 눈금쯤 떨어졌다.

"드문 이름이지요." 우시카와는 말했다.

"네, 상당히 드문 이름이죠. 하지만 그애를 기억하는 건 이름 때문만은 아니에요."

짧은 침묵이 있었다.

"가족이 모두 '증인회'의 열성적인 신자였다고 하던데요." 우시카와는 은근히 떠보았다.

"이 이야기는, 이 자리만의 이야기로 해주실 수 있을까요?" 여교사는 말했다.

"알겠습니다. 물론 외부에 흘리지 않겠습니다."

그녀는 고개를 끄덕였다. "이치카와 시에는 꽤 큰 규모의 '증인회' 지부가 있어요. 그래서 제가 '증인회' 아이들 몇 명의 담임을 맡았죠. 교사 입장에서 볼 때, 거기에는 각기 미묘한 문제가 있고 그때마다 주의를 기울여야 합니다. 하지만 아오마메의 부모님만큼 열성적인 신자는 없었어요."

"그러니까 타협이라는 건 전혀 하지 않는 사람들이었다는?"

여교사는 생각을 더듬듯이 입술을 가볍게 깨물었다. "그렇지요. 원칙에 대해 지극히 엄격한 분들이었고, 그걸 자녀에게도 똑같이 요구했어요. 그 때문에 아오마메는 교실에서 고립될 수밖에 없었지요."

"아오마메 씨는 어떤 의미에서는 특수한 존재였던 거군요."

"특수한 존재였죠." 교사는 인정했다. "물론 아이에게는 책임이 없어요. 만일 어딘가에 책임을 묻는다면, 아마 인간의 마음을 지배하는 불관용에 물어야겠지요."

여교사는 아오마메에 대해 말했다. 다른 아이들은 아오마메의 존재를 거의 무시했다. 가능한 한 그녀를 없는 것으로 취급했다. 그녀는 이질분자이며 기묘한 원칙을 내세워 다른 아이들에게 폐를 끼치는 존재였다. 그것이 반 아이들의 통일된 의견이었다. 거기에 대해 아오마메는 자신의 존재를 가능한 한 희박하게 만드는 것으로 자신을 보호했다.

"저도 할 수 있는 한 노력은 했어요. 하지만 아이들의 결속은 예상보다 단단했고, 아오마메는 아오마메대로 자신을 거의 유령 같은 존재로 만들어갔어요. 지금이라면 전문 카운슬러에게 맡길 수도 있겠지요. 하지만 당시에는 그런 제도가 없었어요. 저는 아직 젊었고, 반 아이들을 하나로 단합시키는 것만으로도 벅찬 형편이었죠. 아마 변명으로 들리시겠지만."

그녀의 말은 우시카와도 충분히 이해할 수 있었다. 초등학교 교사라는 일은 중노동이다. 아이들 사이에서 일어난 일은 어느 정도 아이들에게 맡겨두는 수밖에 없다.

"깊은 신앙심과 불관용은 항상 표리의 관계지요. 그건 우리 손으로는 좀체 감당하기 어려운 일입니다." 우시카와는 말했다.

"맞는 말씀이세요." 그녀는 말했다. "하지만 그것과는 다른 레벨에서 뭔가 내가 할 수 있는 일이 있었을 거예요. 몇 번이나 아오마메와 이야기를 해보려고 했지요. 하지만 그애는 거의 입을 열지 않았어요. 의지가 강하고, 한번 마음먹으면 생각을 꺾지 않았죠. 두뇌도 우수했어요. 이해력이 뛰어나고 학습 의욕도 있었어요. 하지만 그런 게 드러나지 않도록 자신을 엄격히 관리하고 억제했어요. 아마 눈에 띄지 않는 것이 자신을 보호하는 유일한 수단이라고 생각했을 거예요. 만약 평범한 환경이었다면 아오마메도 뛰어난 학생이었을 겁니다. 지금 되짚어 생각해봐도 참으로 안타까운 일이죠."

"그녀의 부모님과 얘기해보신 적은 있었나요?"

여교사는 고개를 끄덕였다. "몇 번이나 했었죠. 신앙에 대한 박해가 있다면서 부모님이 학교에 항의하러 몇 차례나 오셨으니까요. 그럴 때마다 제가 협력을 부탁했어요. 신앙의 원칙을 조금만 굽혀주셔서 아오마메가 반 친구들과 잘 어울릴 수 있게 해달라고요. 하지만 소용없었어요. 그 부모님에게는 신앙의 룰을 엄격하게 지키는 것이 무엇보다 중요했어요. 그들에게 행복이란 낙원에 가는 것이고, 현세에서의 삶은 임시적일 뿐이에요. 하지만 그건 어른들 세계의 이론이죠. 한창 자라는 아이에게 한 교실에서 다른 친구들에게 무시당하고 발에 차이는 게 얼마나 힘든 일인지, 그게 두고두고 얼마나 치명적인 마음의 상처가 되는지, 유감스럽게도 그 부모님은 이해해주시지 않았어요."

아오마메가 대학과 회사에서 소프트볼 팀의 중심선수로 활약했고, 현재는 고급 스포츠클럽의 유능한 인스트럭터로 일하고 있다고 우시카와는 그녀에게 알려주었다. 정확하게 말하면 얼마 전까지 활약했었다는 것이지만, 그렇게까지 정확히 말할 건 없었다.

"아, 정말 다행이네요." 교사는 말했다. 그녀의 볼에 발그레한 빛이 감돌았다. "탈 없이 성장하고 자립해서 씩씩하게 살고 있군요. 그 말씀을 들으니 한결 마음이 놓입니다."

"그런데 한 가지, 좀 엉뚱한 걸 묻고 싶은데요." 우시카와는 애써 순진한 웃음을 지으며 물었다. "초등학교 때, 가와나 덴고 씨와 아오마메 마사미 씨가 개인적으로 친한 사이였을 수도 있을까요?"

여교사는 두 손을 깍지 끼고 잠시 생각에 잠겼다. “어쩌면 그랬는지도 모르겠군요. 하지만 제가 직접 그런 모습을 본 적은 없어요. 그런 이야기도 듣지 못했고요. 다만 한 가지 말할 수 있는 건, 그게 누구건 그 반에서 아오마메와 개인적으로 친한 아이가 있었다고는 생각하기 어렵다는 거예요. 하지만 덴고 군이라면 아오마메에게 손을 내밀었는지도 모릅니다. 마음이 착하고 책임감도 강한 아이였으니까요. 하지만 설령 그런 일이 있었다 해도, 아오마메 쪽에서 그리 쉽게 마음을 열지는 않았을 거예요. 바위에 달라붙은 굴이 쉽게 껍데기를 열어주지 않는 것처럼.”

여교사는 일단 입을 다물고, 잠시 틈을 두었다가 덧붙였다. “이런 말밖에 할 수 없는 게 참으로 유감이군요. 하지만 당시 저는 어떻게 손을 써볼 도리가 없었어요. 앞서 말씀드렸던 대로 경험도 부족하고 능력도 모자랐어요.”

“만일 가와나 씨와 아오마메 씨가 친하게 지냈다면, 그 반 아이들 사이에서 큰 반향이 있었을 테고, 그 이야기가 선생님의 귀에 들어오지 않았을 리 없다, 그런 건가요?”

여교사는 고개를 끄덕였다. “불관용은 양쪽 모두에 있었던 거예요.”

우시카와는 고맙다고 인사했다. “선생님 말씀을 들을 수 있어서 크게 도움이 되었습니다.”

“아오마메 이야기가 이번 후원금 문제에 방해가 되지 않았으면 좋겠군요." 그녀는 걱정스럽게 말했다. "교실에서 그런 문제가 발생한 건 어디까지나 담임교사였던 제 책임이에요. 덴고 군 탓도 아니고 아오마메 때문도 아닙니다."

우시카와는 고개를 저었다. "걱정하실 일이 아닙니다. 저는 그저 소설의 배후관계에 대한 사실을 알아보는 것뿐이에요. 잘 아시다시피 종교에 관한 문제는 워낙 복잡하니까요. 가와나 덴고 씨는 뛰어난 재능을 갖고 있어서 분명 머지않아 이름을 날릴 겁니다."

그 말을 듣고 여교사는 만족스럽게 미소를 지었다. 그 작은 눈동자 안의 무언가가 햇빛을 받아 머나먼 산의 빙하처럼 반짝 빛났다. 소년시절의 덴고를 떠올리는 것이다, 하고 우시카와는 생각했다. 이십 년 전의 옛일인데도 그녀는 분명 바로 어제 일처럼 느낄 수 있는 것이리라.

교문 근처에서 쓰다누마 역으로 가는 버스를 기다리며 우시카와는 자신의 초등학교 선생님들을 생각했다. 그들은 우시카와를 기억하고 있을까. 혹시 기억한다 해도 자신을 떠올리며 눈동자를 다정한 빛으로 반짝 빛내는 일은 결코 없을 것이다.

아무튼 밝혀진 상황은 우시카와가 가설로 예측했던 것에 가까웠다. 덴고는 반에서 가장 우수한 학생이었다. 인망도 두터웠다. 아오마메는 고립되고 반 아이들 모두에게 무시당했다. 그런 가운데 덴고와 아오마메가 친해질 가능성은 거의 없었다. 서로 입장이 지나치게 동떨어져 있었다. 그리고 아오마메는 5학년 때 이치카와 시를 떠나 다른 초등학교로 전학했다. 두 사람의 연결은 거기에서 끊겼다.

초등학교 시절의 두 사람 사이에서 무언가 공통점을 찾는다면, 그것은 자기 의사와 상관없이 부모가 시키는 대로 따라야 했다는 단 한 가지밖에 없다. 선교와 수금이라는 목적의 차이는 있지만, 그들은 강제적으로 부모의 손에 이끌려 온 시내를 돌아야 했다. 학교 교실에서의 처지는 전혀 달랐다. 하지만 두 사람은 분명 똑같이 고독하고, 똑같이 강렬하게 무언가를 원했을 것이다. 무조건적으로 자신을 받아주고 끌어안아줄 무언가를. 우시카와는 그들의 심정을 충분히 상상할 수 있었다. 그것은 어떤 의미에서는 우시카와 자신이 품고 있었던 바람이기도 했으니까.

자, 그럼, 하고 우시카와는 생각했다. 그는 쓰다누마에서 도쿄로 향하는 특급열차의 좌석에 앉아 팔짱을 꼈다. 자, 그럼 나는 이제부터 어떻게 해야 하는가. 덴고와 아오마메 사이에 몇 가지 연결고리를 발견할 수 있었다. 흥미로운 연결고리다. 하지만 유감스럽게도 현재로서는 그것이 무언가를 구체적으로 증명해주는 건 아니다.

내 앞에는 높은 돌벽이 우뚝 서 있다. 그 벽에는 세 개의 문이 달려 있다. 그중 어느 것 하나를 선택하지 않으면 안 된다. 각각의 문에는 표지판이 달려 있다. 하나는 '덴고', 또 하나는 '아오마메', 그리고 마지막은 '아자부의 노부인'이다. 아오마메는 말 그대로 연기처럼 사라져버렸다. 발자취 하나 남아 있지 않다. 아자부의 '버드나무 저택'은 은행 금고실 못지않게 엄중히 경비하고 있다. 이쪽도 손쓸 도리가 없다. 그렇다면 남겨진 문은 하나뿐이다.

당분간은 덴고 쪽에 매달려보는 수밖에 없어, 우시카와는 생각했다. 그것 말고는 선택의 여지가 없다. 소거법의 근사한 샘플이다. 깔끔하게 팸플릿을 만들어 길 가는 사람들에게 나눠주고 싶을 정도다. 보세요, 여러분. 이게 바로 소거법이라는 겁니다.

천부적인 호감 청년 가와나 덴고. 수학자이자 소설가, 유도 챔피언이자 초등학교 여교사의 애제자. 우선은 이 인물을 돌파구 삼아 뒤엉킨 상황을 풀어나가는 수밖에 없다. 지독히 복잡하게 뒤엉켜 있다. 생각하면 할수록 뭐가 뭔지 영문을 알 수 없다. 자신의 뇌수가 유통기한이 지난 두부처럼 느껴진다.

덴고 본인은 어떨까. 그의 눈에는 전체적인 상황이 보일까. 아니, 아마도 그렇지는 않을 것이다. 우시카와가 본 바로, 덴고는 시행착오를 거듭하면서 길을 이리저리 멀리 돌고 있는 것 같다. 그 역시 여러 가지 일들에 당혹해하며 머릿속에서 갖가지 가설을 세워보고 있는 게 아닐까. 그렇지만 덴고는 타고난 수학자다. 조각들을 모아 퍼즐을 짜맞추는 작업에 능숙하다. 또한 그는 당사자로서 분명 내가 손에 쥐고 있는 것보다 더 많은 조각들을 갖고 있을 것이다.

당분간 가와나 덴고의 움직임을 감시해보자. 분명히 그가 나를 어딘가로 이끌어줄 것이다. 잘하면 아오마메가 잠복하고 있는 은신처로. 빨판상어처럼 찰싹 달라붙어 떨어지지 않는 것, 그것도 우시카와가 가장 자신 있는 행위 중 하나였다. 작정하고 달라붙으면 누구도 그를 떨쳐낼 수 없다.

그렇게 결심한 뒤, 우시카와는 일단 눈을 감고 사고의 스위치를 껐다. 잠깐 자두자. 오늘은 지바 현의 변변찮은 초등학교를 두 군데나 돌면서 중년 여교사 두 사람을 만나 이야기를 들었다. 아름다운 부교장과 게처럼 걷는 여교사. 신경을 쉬게 해줄 필요가 있다. 잠시 뒤, 우시카와의 큼직하고 비뚤어진 머리통이 열차의 진동에 맞춰 천천히 위아래로 흔들리기 시작했다. 구경거리로 세워둔, 불길한 점괘 쪽지를 입으로 토해내는 사람 크기의 인형처럼.

전철에는 빈자리가 거의 없었지만, 우시카와의 옆자리에 앉으려는 승객은 한 사람도 없었다.

제11장 아오마메

Q

이치가 통하지도 않고 친절한 마음도 부족하다

화요일 아침, 아오마메는 다마루에게 보낼 메모를 쓴다. NHK 수금원이라는 남자가 또 찾아왔다는 것. 그 수금원은 끈질기게 문을 두드리고 아오마메를(혹은 다카이라는 이름으로 이 집에 살고 있는 사람을) 소리 높여 비난하고 조롱했다. 거기에는 명백히 과잉되고 부자연스러운 것이 엿보인다. 진지하게 경계할 필요가 있을지도 모른다.

아오마메는 그 메모지를 봉투에 넣어 봉하고, 주방 테이블 위에 올려놓는다. 봉투에 'T'라는 이니셜을 쓴다. 이 메모는 보급 담당의 손을 통해 다마루에게 전달될 것이다.

오후 한시 전에 아오마메는 침실에 들어가 문을 잠그고, 침대에서 프루스트의 그다음 부분을 읽는다. 한시 정각에 초인종이 딱 한 차례 울린다. 잠깐의 틈을 두고 문의 자물쇠가 열리고, 보급팀이 안으로 들어온다. 그들은 매번 그랬듯이 빠릿빠릿하게 냉장고를 채우고, 쓰레기를 한데 모으고, 찬장의 잡화를 점검한다. 십오 분여 만에 소정의 작업을 마치면, 밖으로 나가 문을 닫고 밖에서 열쇠를 채운다. 그리고 다시 한 차례 초인종을 울린다. 여느 때와 같은 순서다.

아오마메는 만전을 기하기 위해 시곗바늘이 한시 반을 가리킬 때까지 기다렸다가 침실을 나와 주방으로 간다. 다마루에게 보내는 봉투는 없어졌고, 테이블 위에 약국 이름이 적힌 종이봉투가 남겨져 있다. 그리고 다마루가 챙겨 보낸 『여성을 위한 신체백과』라는 두툼한 책도 한 권 놓여 있다. 약국 봉투에는 시판되는 임신테스트 키트 세 종류가 들어 있다. 그녀는 포장을 뜯어 설명서를 하나하나 비교해가며 읽는다. 내용은 모두 똑같다. 예정일보다 일주일이 경과해도 생리가 없을 경우, 테스트를 할 수 있다. 정확도는 95퍼센트이지만 양성, 즉 임신이라는 결과가 나올 경우에는 되도록 빨리 전문의의 진단을 받으라고 씌어 있다. 이 테스트만으로 간단히 결론을 내려서는 안 된다. 테스트 결과가 보여주는 것은 '임신했을 가능성이 있다'는 것뿐이다.

사용법은 간단하다. 청결한 용기에 오줌을 받아 거기에 테스트 용지를 담근다. 혹은 테스트 스틱에 직접 오줌을 묻힌다. 그리고 몇 분 기다린다. 색이 파랗게 변하면 임신이다. 색이 변하지 않으면 임신이 아니다. 혹은 둥근 창 부분에 세로 선이 두 줄로 나타나면 임신이다. 선이 하나면 임신이 아니다. 세부적인 절차는 다르지만 원리는 모두 똑같다. 오줌 속에 융모성 생식선 자극호르몬의 포함 여부로 임신인지 아닌지를 판정하는 것이다.

융모성 생식선 자극호르몬? 아오마메는 크게 얼굴을 찌푸린다. 여성으로 삼십여 년을 살아왔지만 아직까지 그런 말은 한 번도 들어본 적이 없다. 나는 뭔지도 모르는 이런 호르몬에 생식선을 자극받으며 살아온 것일까.

아오마메는 『여성을 위한 신체백과』를 뒤적여본다.

"융모성 생식선 자극호르몬은 임신 초기에 분비되어 황체가 유지되도록 돕는다"고 씌어 있다. "황체는 프로게스테론과 에스트로겐을 분비하여 자궁 내막을 유지시켜 월경을 막는다. 그렇게 자궁 내에 서서히 태반이 형성된다. 칠 주에서 구 주에 걸쳐 태반이 완성되면 황체의 역할은 끝나고, 그에 따라 융모성 생식선 자극호르몬의 역할도 끝난다."

즉 착상으로부터 칠 주에서 구 주에 걸쳐 이 호르몬이 분비된다는 것이다. 시기적으로 약간 애매하긴 하지만, 지금이 아슬아슬하게 이 기간에 속할 것이다. 한 가지 말할 수 있는 건, 만일 양성이라는 결과가 나온다면 그건 거의 틀림없이 임신이라는 것이다. 음성일 경우에는 그리 쉽게 결론을 내릴 수 없다. 호르몬 분비 시기가 이미 끝나버렸을 가능성도 있기 때문이다.

요의는 느껴지지 않는다. 냉장고에서 미네랄워터 병을 꺼내 유리컵으로 두 잔을 마신다. 하지만 요의는 찾아오지 않는다. 뭐, 서두를 건 없다. 그녀는 임신테스트 키트는 잊고 소파 위에서 프루스트를 읽는 데 집중한다.

요의를 느낀 건 세시가 지나서다. 적당한 용기에 오줌을 받아 거기에 테스트 용지를 적신다. 용지는 눈앞에서 서서히 색깔이 변하고 마침내 선명한 블루가 된다. 자동차 색깔로 사용해도 좋을 만큼 고급스러운 색감이다. 블루의 작은 컨버터블, 황갈색 지붕덮개가 어울릴 것이다. 그런 차를 타고 초여름 바람을 맞으며 해안가를 달린다면 퍽 상쾌하리라. 하지만 깊어가는 가을날 오후, 도심의 맨션 세면대에서 그 파란색이 알리는 것은 그녀가 임신했다는 사실이다—혹은 95퍼센트의 정확도를 가진 시사示唆. 아오마메는 세면대 거울 앞에 서서 파랗게 변한 가느다란 용지를 골똘히 바라본다. 하지만 아무리 바라본들 색이 바뀔 리 없다.

혹시나 해서 다른 브랜드의 키트를 시험한다. 이쪽은 설명서에 "스틱 끝부분에 직접 오줌을 묻히세요"라고 씌어 있다. 하지만 아직 한동안은 오줌이 나올 것 같지 않아 용기의 오줌에 담그기로 한다. 방금 채취한 신선한 오줌이다. 묻히건 담그건 큰 차이는 없을 것이다. 결과는 같다. 둥근 플라스틱 창에 또렷하게 세로 선 두 줄이 나타난다. 그것 또한 "임신했을 가능성이 있다"

는 것을 아오마메에게 알리고 있다.

아오마메는 용기의 오줌을 변기에 버리고 레버를 당겨 물을 내린다. 색이 변한 테스트 용지는 티슈에 싸서 쓰레기통에 버리고, 용기는 욕실에서 씻는다. 그러고는 주방에 나가 다시 유리컵으로 물을 두 잔 마셨다. 내일, 다시 한번 세번째 키트를 시험해보자. 셋이라는 건 딱 떨어지는 느낌의 숫자다. 원 스트라이크, 투 스트라이크. 숨을 죽이고 마지막 공을 기다린다.

아오마메는 물을 끓여 뜨거운 홍차를 우리고 소파에 앉아 프루스트의 다음 부분을 읽는다. 치즈쿠키 다섯 개를 접시에 덜어 홍차를 마시며 함께 먹는다. 조용한 오후다. 독서를 하기에는 최적이다. 하지만 눈은 글자를 좇고 있어도 거기에 씌어 있는 내용은 머리에 들어오지 않는다. 같은 부분을 몇 번이나 다시 읽어야 했다. 그만 포기하고 눈을 감자, 그녀는 지붕덮개를 내린 파란 컨버터블을 운전하며 해안도로를 달리고 있다. 바다 냄새를 풍기는 미풍이 머리칼을 뒤흔든다. 연도沿道의 도로표지판에는 두 줄기 세로 선이 그려져 있다. 그것이 알리는 바는 "주의. 임신했을 가능성이 있습니다"라는 것이다.

아오마메는 한숨을 내쉬며 책을 소파 위에 내던진다.

세번째 키트를 시험해볼 필요가 없다는 건 아오마메도 잘 알고 있다. 설령 백 번을 시험한다 해도 똑같은 결과가 나올 것이다. 시간 낭비다. 나의 융모성 생식선 자극호르몬은 내 자궁에 대해 시종일관 똑같은 태도를 취할 것이다. 그들은 황체를 떠받치고 월경의 도래를 저지하여 태반을 형성해간다. 나는 임신했다. 융모성 생식선 자극호르몬은 그걸 안다. 나도 안다. 나는 그 존재를 아랫배에서 핀포인트로 감지할 수 있다. 아직은 무척 작다. 어떤 표시 같은 것에 지나지 않는다. 하지만 그것은 이윽고 태반을 얻어 쑥쑥 자라날 것이다. 내게서 양분을 받아 어둡고 묵직한 물속에서 서서히, 하지만 쉼 없이 착실하게 성장할 것이다.

임신은 처음이다. 그녀는 치밀한 성격이고 자기 눈에 보이는 것밖에는 믿지 않는다. 섹스할 때는 상대가 콘돔을 끼웠는지를 반드시 확인한다. 가령 술에 취했더라도 그 확인만은 빠뜨리지 않는다. 아자부의 노부인에게 말했듯이 열 살 때 초경을 맞이한 이래로 생리가 끊긴 적은 한 번도 없다. 시작하는 날짜가 이틀 이상 어긋난 적도 없다. 생리통은 가벼운 편이었다. 출혈이 며칠 이어질 뿐이다. 운동을 하는 데 지장을 느낀 적도 없다.

생리가 시작된 건, 초등학교 교실에서 덴고의 손을 잡은 그 몇 달 뒤였다. 두 가지 사건 사이에 확실한 관련성이 있는 것처럼 느껴진다. 덴고의 손의 감촉이 아오마메의 육체를 뒤흔들었는지도 모른다. 초경을 알리자 어머니는 언짢은 얼굴을 했다. 괜한 일거리 하나를 업고 왔다는 듯이. 좀 빠르구나, 하고 어머니는 말했다. 하지만 아오마메는 그런 말을 들어도 마음에 걸리지 않았다. 그건 그녀 자신의 문제이지, 어머니의 문제도 다른 누구의 문제도 아니다. 그녀는 혼자서 새로운 세계에 발을 디딘 것이다.
그리고 지금, 아오마메는 임신했다.
그녀는 난자에 대해 생각한다. 나를 위해 준비된 사백 개의 난자 중 하나가(딱 한가운데쯤의 번호가 붙은 난자다) 확실히 수정한 것이다. 아마도 그 9월, 거센 뇌우가 내리치던 날 밤에. 그때 나는 어두운 방에서 한 남자를 살해했다. 목덜미에서 뇌의 아랫부분을 향해 예리한 바늘을 찔러넣었다. 하지만 그 남자는 그녀가 이전에 살해한 몇 명의 남자들과는 전혀 달랐다. 자신이 살해되리라는 것을 그는 알고 있었고, 또한 그것을 원하기도 했다. 나는 결국 그가 원하는 것을 그에게 주었다. 징벌이 아니라 오히려 자비로서. 그것과 맞바꾸어 그는 아오마메가 원하는 것을 주었다. 깊고 어두운 곳에서의 거래였다. 그 밤에 은밀히 수태가 이루어진 것이다. 나는 그걸 알 수 있다.
나는 이 손으로 한 남자의 목숨을 빼앗고, 거의 때를 같이하여 한 생명을 잉태했다. 그것도 거래의 일부였던 것일까.
아오마메는 눈을 감고 생각을 멈춘다. 머릿속이 텅 비자 소리도 없이 무언가가 그 빈자리에 흘러들어온다. 그리고 저도 모르는 사이에 기도문을 외우고 있다.

하늘에 계신 주님이시여. 당신의 이름이 영원히 거룩한 여김을 받으시오며, 당신의 왕국이 우리에게 임하옵시며, 우리의 수많은 죄를 사하여주시옵소서. 우리의 보잘것없는 삶에 당신의 축복을 주시옵소서. 아멘.

어째서 이런 때 내 입에서는 기도문이 나오는 걸까. 왕국도 낙원도 주님도, 그런 건 눈곱만큼도 믿지 않으면서. 그래도 기도문은 머릿속에 새겨져 있다. 세 살이나 네 살, 아직 말의 뜻조차 제대로 알지 못할 때부터 그 기도문을 통째로 암송해야 했다. 한 구절이라도 잘못 읊으면 자로 손등을 세게 얻어맞았다. 보통 때는 눈에 보이지 않지만, 뭔가 일이 생기면 그 문구는 표면으로 떠오른다. 비밀스러운 문신처럼.

내가 성행위 없이 임신했다고 말하면 어머니는 과연 뭐라고 할까. 그것을 신앙에 대한 중대한 모독이라고 생각할지도 모른다. 어쨌든 일종의 처녀수태인 것이다—물론 아오마메는 이미 처녀가 아니지만, 그렇다 해도. 어쩌면 그런 말에는 대꾸도 하지 않을지 모른다. 아예 귀를 기울이려고도 하지 않을지 모른다. 나는 아득한 옛날에 그녀의 세계에서 떨어져나와버린 잘못된 자식이니까.

다른 방식으로 생각해보자고 아오마메는 마음먹는다. 설명할 수 없는 것에 억지로 설명을 붙이려 하지 말고, 수수께끼는 수수께끼로 인정하고, 다른 측면에서 이 현상을 바라보자.

나는 이 임신을 선한 것, 환영해야 할 것으로 파악하고 있는가. 아니면 바람직하지 않은 것, 부적절한 것으로 파악하고 있는가.

아무리 생각해도 결론은 나지 않는다. 그녀는 아직 놀라고 있는 단계다. 당황스럽고 혼란스럽기도 하다. 어느 부분에서는 분열까지 하고 있다. 그리고 당연하지만 자신이 직면한 새로운 사실을 순순히 받아들이지 못하고 있다. 하지만 동시에 그녀는 자신이 긍정적인 흥미를 품고 그 작은 열원熱源을 지켜보고 있다는 것을 깨닫는다. 그것이 무엇이든, 거기에 생겨난 것의 행방을 찬찬히 지켜보고 싶다는 마음을 느낀다. 물론 불안하기도 하고 두렵기도 하다. 어쩌면 그것은 그녀의 상상을 뛰어넘는 것일지도 모른다. 그녀를 내부에서부터 갉아먹을 적대적인 이물異物인지도 모른다. 부정적인 가능성이 몇 가지 머릿속에 떠오른다. 그럼에도 기본적으로는 건강한 호기심이 그녀를 붙들고 있다. 그리고 한 가지 생각이 갑작스레 아오마메의 머릿속에 떠오른다. 암흑 속에 돌연 한 줄기 빛이 비쳐들듯이.

태내에 있는 건 어쩌면 덴고의 아이일지도 모른다.

아오마메는 얼굴을 가볍게 찌푸리고 그 가능성에 대해 한동안 생각을 굴린다. 어째서 내가 덴고의 아이를 수태한다는 것인가.

이렇게 생각해보면 어떨까. 모든 것이 연달아 일어났던 그 혼란의 밤, 이 세계에 무언가가 작동해서 덴고는 내 자궁 안에 그의 정액을 흘려넣을 수 있었다. 천둥과 폭우와 암흑과 살인의 틈새를 누비듯이, 이치상으로는 어떻게 되는지 모르겠지만, 어쨌든 거기에 특별한 통로가 생겨났다. 아마도 일시적으로. 그리고 우리는 그 통로를 유효하게 이용했다. 내 몸은 그 기회를 포착하여 탐하듯이 덴고를 받아들이고, 그리고 수태했다. 나의 넘버 201인지 넘버 202쯤의 난자가 그의 수백만 마리의 정자 중 한 마리를 확보한 것이다. 그 주인과 똑같이 건강하고 총명하며 솔직한 정자 한 마리를.

무시무시하게 엉뚱하기 짝이 없는 생각이다. 전혀 이치에 맞지 않는다. 아무리 많은 말로 설명한다 해도, 세상 어느 누구도 납득시키지 못할 것이다. 하지만 내가 임신한 것 자체가 이치에 맞지 않는 일이다. 그리고 어쨌거나 지금 이곳은 1Q84년이다. 어떤 일이 일어나도 이상할 것 없는 세계다.

만일 이것이 정말 덴고의 아이라면, 아오마메는 생각한다.

그날 아침, 수도고속도로 3호선의 대피 공간에서 나는 권총의 방아쇠를 당기지 않았다. 나는 정말 죽을 작정으로 그곳에 갔고, 총구를 입에 물었다. 죽는 건 조금도 두렵지 않았다. 덴고를 구하기 위해 죽는 것이니까. 하지만 그 순간 어떤 힘이 내게 작용했고 나는 죽기를 그만두었다. 아득히 먼 곳에서 한 목소리가 내 이름을 부르고 있었다. 그건 어쩌면 내가 임신을 했기 때문이 아니었을까. 무언가가 내게 그 생명의 탄생을 알려주려고 했던 게 아닐까.

그리고 꿈속에서, 벌거벗은 자신에게 코트를 걸쳐준 기품 있는 중년여자를 아오마메는 떠올린다. 그녀는 은색 메르세데스 쿠페에서 내려, 가볍고 부드러운 달걀색 코트를 내게 주었다. 그녀는 알고 있었던 것이다. 내가 임신했다는 것을. 그래서 사람들의 노골적인 시선이며 차가운 바람, 그밖의 모든 악한 것들로부터 나를 다정하게 보호해주었다.

그것은 선善의 징표였다.

아오마메는 얼굴 근육을 풀고 표정을 원래대로 되돌린다. 누군가 그녀를 지켜보고 보호해주고 있다. 아오마메는 그렇게 생각한다. 이 1Q84년의 세계에서라도 나는 완전히 고독하지는 않다. 아마도.

아오마메는 차갑게 식은 홍차를 들고 창가로 간다. 베란다에 나가 밖에서 보이지 않도록 가든체어에 몸을 묻고, 가림판 틈새로 어린이공원을 바라본다. 그리고 덴고를 생각하려 한다. 하지만 오늘은 왠지 덴고가 잘 떠오르지 않는다. 그녀의 머릿속에 떠오른 것은 나카노 아유미의 얼굴이다. 아유미는 환하게 미소 짓고 있다. 매우 자연스러운, 꾸밈없는 미소다. 두 사람은 레스토랑 테이블에 마주앉아 와인 잔을 기울이고 있다. 둘 다 적당히 취해 있다. 고급 부르고뉴가 그녀들의 피에 섞여 부드럽게 몸을 순환하고 주위 세계를 은은한 포도 빛깔로 물들인다.

"내가 한마디 하자면, 아오마메 씨." 아유미는 와인 잔을 손가락으로 만지작거리며 말했다. "이 세상이라는 건 이치가 통하지도 않고 친절한 마음도 너무 부족한 거 같아."

"그럴지도 모르지. 하지만 신경 쓸 거 없어. 이런 세상 따윈 눈 깜짝할 사이에 끝나버려." 아오마메는 말했다. "그리고 왕국이 임하지."

"어서 왔으면." 아유미가 말했다.

나는 왜 그때 왕국 이야기를 했을까, 아오마메는 이상하다고 생각한다. 왜 내가 믿지도 않는 왕국 이야기 같은 걸 갑자기 꺼냈을까. 그리고 얼마 지나지 않아 아유미는 죽었다.

그 말을 입에 올렸을 때, 나는 어쩌면 '증인회' 사람들이 믿는 것과는 다른 형태의 '왕국'을 머릿속에 그리고 있었을 것이다. 아마도 좀더 개인적인 왕국을. 그렇기 때문에 그 말이 자연스럽게 입에서 나왔다. 하지만 나는 어떤 왕국을 믿고 있는 걸까. 세계가 소멸한 뒤에 과연 어떤 '왕국'이 도래할 거라고 생각하는 걸까.

그녀는 배 위에 가만히 손을 얹는다. 그리고 귀를 기울인다. 물론 아무리 진지하게 귀를 기울여도 아무 소리도 들리지 않는다.

어쨌든 나카노 아유미는 이 세계에서 떨려나버렸다. 시부야의 한 호텔에서 양 손목에 딱딱하고 차가운 수갑이 채워진 채, 끈으로 목이 졸려 살해되었다(아오마메가 아는 한, 아직 범인은 잡히지 않았다). 부검을 하고 다시 꿰매져 화장터에 실려가 태워졌다. 이 세계에 나카노 아유미라는 인간은 더이상 존재하지 않는다. 그 살도 피도 상실되어버렸다. 그녀는 서류와 기억의 세계에만 있다.

아니, 그렇지 않을지도 모른다. 그녀는 어쩌면 1984년의 세계에서는 아직 건강하게 살아 있는지도 모른다. 권총 휴대를 허락해주지 않는다고 투덜투덜 불평을 늘어놓으며 변함없이 주차위반 차량의 와이퍼에 딱지를 끼워넣고 있는지도 모른다. 도내의 고등학교를 돌며 여학생들에게 피임법을 가르치고 있는지도 모른다. 여러분, 콘돔이 없는 곳에는 삽입도 없습니다, 하고.

아오마메는 아유미가 그립다. 수도고속도로의 비상계단을 거꾸로 올라가 원래 있던 1984년의 세계로 돌아가면 다시 그녀를 만날 수 있을지도 모른다. 그곳에는 아직 아유미가 건강하게 살아 있고, 나는 '선구' 사람들에게 추적당하지 않는다. 우리는 그 노기자카의 작은 레스토랑에서 부르고뉴 잔을 기울일 수 있을지도 모른다. 어쩌면—

수도고속도로의 비상계단을 거꾸로 올라간다?

아오마메는 카세트테이프를 되감듯이 자신의 사고를 거슬러 오른다. 어째서 지금까지 그 생각을 하지 못했을까. 나는 고속도로의 비상계단을 다시 한번 위에서 내려오려고 했지만, 그 입구를 발견하지 못했다. 에소 광고판의 맞은편에 있어야 할 그 계단은 사라지고 없었다. 하지만 어쩌면 그 반대 방향에서라면 일이 잘 풀렸을지도 모른다. 계단을 내려가는 게 아니라 올라가는 것이다. 그 고속도로 아래 자재 적재장에 다시 몰래 들어가, 거기서부터 거꾸로 3호선까지 올라간다. 통로를 역행하기. 내가 했어야 하는 건 그것이었는지도 모른다.

그렇게 생각하자 아오마메는 지금 당장 여기서 뛰쳐나가 산겐자야에 가서 그 가능성을 시험해보고 싶다. 잘될지도 모르고 잘 안 될지도 모른다. 하지만 해볼 만한 가치는 있다. 똑같은 정장을 입고, 똑같은 하이힐을 신고, 그 거미줄투성이의 계단을 오르는 것이다.

하지만 그녀는 그 충동을 억누른다.

아니, 안 돼, 그럴 수는 없어. 나는 이 1Q84년에 왔기 때문에 덴고를 만날 수 있었다. 그리고 아마도 그의 아이를 잉태하고 있다. 무슨 일이 있어도 나는 이 새로운 세계에서 다시 한번 덴고를 만나야 한다. 그와 대면해야만 한다. 적어도 그때까지는 이 세계를 떠날 수 없다. 무슨 일이 있어도.

다음 날 오후, 다마루에게서 전화가 걸려온다.

“우선 NHK 수금원에 관한 건데.” 다마루는 말한다. “NHK 영업소에 전화로 확인했어. 고엔지의 그 지역을 담당하는 수금원은 303호 현관문을 두드린 적이 없다는 거야. 은행계좌에서 수신료를 자동이체한다는 스티커가 그 문 앞에 붙어 있는 걸 이미 확인했다, 게다가 벨이 있는데 굳이 문을 두드릴 필요도 없다, 그래봤자 손만 아프다고 했어. 그리고 수금원이 거기 나타났다는 그날, 그 사람은 다른 지역을 돌았대. 얘기하는 걸로 봐서는 그 사람이 거짓말을 하는 것 같진 않아. 근속 십오 년의 베테랑이고, 참을성 있고 온화한 사람으로 알려져 있어."

"그렇다면." 아오마메는 말했다.

"그렇다면 그곳에 찾아간 건 진짜 수금원이 아닐 가능성이 높아. 누군가 NHK 수금원을 사칭하고 문을 두드린 거야. 전화 받은 직원도 그걸 걱정했어. 수신료 수금원을 사칭하는 자가 있다는 게 알려지면 NHK로서도 일이 여간 귀찮아지는 게 아니니까. 가능하면 직접 찾아가서 자세한 얘기를 듣고 싶다는 거야. 물론 그건 거절했어. 실제로 피해가 있었던 것도 아니고, 일이 너무 커지는 건 바라지 않는다고."

"그럼 그 사람은 정신이상자거나, 아니면 나를 추적하는 사람일까요?"

"너를 추적하는 자가 그런 짓을 할 리는 없어. 아무 도움도 안 되고 오히려 경계심만 불러일으킬 텐데."

"하지만 정신이상자라 해도 왜 하필 이 집 문을 골랐을까요.

여기 말고도 다른 집이 많은데. 나는 불빛도 밖에 새나가지 않게 주의하고, 큰 소리도 내지 않아요. 항상 커튼을 치고 밖에 빨래를 널지도 않아요. 그런데 그 사람은 굳이 이 집을 골라서 문을 두드렸어요. 내가 이곳에 몸을 숨기고 있다는 걸 그 사람은 알아요. 아니면, 알고 있다고 주장해요. 그리고 어떻게든 문을 열게 하려고 해요."

"그 사람이 또 올 것 같아?"

"모르겠어요. 하지만 정말 문을 열게 하려는 거라면 문이 열릴 때까지 계속 찾아오겠죠."

"그리고 그 일이 너를 동요하게 하고 있고."

"동요하는 건 아니에요." 아오마메는 말한다. "그저 마음에 안 들 뿐이죠."

"물론 나도 마음에 안 들어. 몹시 안 들어. 하지만 그 가짜 수금원이 또 찾아오더라도 NHK나 경찰을 부를 수는 없어. 연락을 받고 내가 곧장 뛰어가도, 거기 도착할 때쯤에 그자는 아마 사라지고 없겠지."

"나 혼자 어떻게든 대처할 수 있을 거예요." 아오마메는 말했다. "아무리 도발해도 문을 열어주지 않으면 되니까."

"상대는 아마 갖은 수를 다 써서 도발할 거야."

"아마도." 아오마메는 말한다.

다마루는 짧게 헛기침을 하고 화제를 바꾼다. "테스트 약은 받았어?"

"양성이었어요." 아오마메는 간결하게 말한다.

"즉 당첨이라는 얘기군."

"맞아요. 두 종류를 시험해봤는데 결과가 같아요."

침묵이 있다. 아직 문자를 새기지 않은 석판 같은 침묵.

"의심의 여지는 없어?" 다마루가 말한다.

"그건 처음부터 알고 있었어요. 테스트는 그저 확인과정일 뿐."

다마루는 손가락 안쪽으로 그 침묵의 석판을 잠시 쓰다듬고 있다.

"이쯤에서 솔직한 질문을 해야겠는데." 그는 말한다. "낳을 생각인가. 아니면 조치할 건가."

"조치는 안 할 거예요."

"출산하겠다는 거군."

"순조롭게 가면 출산예정일은 내년 6월이나 7월이에요."

다마루는 머릿속에서 순수하게 숫자 계산을 한다. "그렇다면 우리로서는 계획을 몇 가지 변경하지 않을 수 없어."

"미안해요."

"사과할 일은 아니야." 다마루는 말한다. "어떤 환경에서든 모든 여성은 아이를 출산할 권리가 있고, 그 권리는 두텁게 보호받아야 해."

"인권선언 같군요." 아오마메는 말했다.

"다시 한번 확인차 묻겠는데, 그 아버지가 누구인지 짐작이 가지 않는다고 했지."

"6월 이후로 누구와도 성적인 관계를 갖지 않았어요."

"그럼 처녀수태 같은 건가?"

"그런 말을 하면 종교관계자들이 화를 낼지도 모르지만."

"뭐가 됐든, 평범하지 않은 일을 하면 반드시 누군가는 화를 내." 다마루가 말한다. "하지만 임신이라면 되도록 빨리 전문의의 진찰을 받을 필요가 있어. 그 집에 계속 틀어박힌 채 임신기간을 보낼 수는 없지."

아오마메는 한숨을 내쉰다. "연말까지는 이곳에 있게 해줘요. 폐는 끼치지 않을게요."

다마루는 잠시 침묵한다. 그러고는 입을 연다. "연말까지는 거기 있어도 좋아. 전에 약속했던 대로야. 하지만 해가 바뀌는 대로, 위험이 좀더 적고 의료 혜택을 받기 쉬운 장소로 옮겨야 해. 그건 알고 있지?"

"알아요." 아오마메는 말한다. 하지만 그녀는 확신을 가질 수 없다. 만일 덴고를 만나지 못한다면, 그래도 나는 여기를 떠날 수 있을까.

"한 차례 여자를 임신시킨 적이 있어." 다마루가 말한다.

아오마메는 잠시 입을 열지 못한다. "당신이? 하지만 당신은……"

"그래, 게이야. 타협의 여지 없는 게이지. 옛날부터 그랬고 지금도 그래. 앞으로도 계속 그럴 거야."

"그런데 여자를 임신시켰다."

"누구에게나 실수는 있는 법이야." 다마루는 말한다. 하지만 거기에 유머의 기미는 없다. "자세한 얘기는 생략하겠지만, 한창 젊을 때의 일이야. 아무튼 단 한 번이었는데, 기막히게 명중했던 거지."

"그 여자는 그래서 어떻게 했죠?"

"모르겠어." 다마루가 말한다.

"모른다고요?"

"임신 육 개월 때까지는 알고 있어. 그다음 일은 몰라."

"육 개월까지 갔으면 낙태는 무리예요."

"나도 그렇게 이해하고 있어."

"아기는 태어났을 가능성이 높군요."

"아마도."

"만일 아이가 태어났다면, 당신은 그 아이를 만나고 싶어요?"

"딱히 흥미는 없어." 다마루는 망설이지 않고 말한다. "나는 그런 삶을 살아오지 못했으니까. 너는 어때? 자신의 아이를 만나고 싶은가?"

아오마메는 그것에 대해 생각해본다. "나도 어릴 때 부모에게

버림받은 사람이라서 내 아이를 갖는다는 게 어떤 건지 상상이 잘 안 돼요. 올바른 모델이 없으니까."

"그런데도 넌 그 아이를 이제부터 이 세계에 내보내려고 한다. 이 모순에 찬 폭력적인 세계에."

"나는 사랑을 원하니까." 아오마메는 말한다. "하지만 그건 내 아이와의 사랑이 아니에요. 나는 아직 그 단계까지는 이르지 못했어요."

"하지만 그 사랑에는 아이가 관련되어 있다."

"아마도. 어떤 형태로든."

"그러나 만일 그게 잘못된 예견이라면, 만일 아이가 네가 찾는 사랑과는 어떤 형태로도 관련이 없다면, 그 아이는 큰 상처를 받게 될 거야. 우리와 마찬가지로."

"그럴 가능성도 있겠죠. 하지만 그렇지 않다고 나는 느껴요. 직감으로."

"직감에 대해 나는 경의를 표하지." 다마루는 말했다. "하지만 일단 자아가 이 세계에 태어난다면, 윤리의 주체로서 살아갈 수밖에 없어. 잘 기억해두는 게 좋아."

"누가 그런 말을 했죠?"

"비트겐슈타인."

"기억해두죠." 아오마메는 말한다. "만약 당신 아이가 태어났다면, 지금 몇 살일까요?"

다마루는 머릿속으로 계산한다. "열일곱 살이야."

"열일곱 살." 아오마메는 윤리의 주체로서 살아가는 열일곱 살의 소년 혹은 소녀를 상상한다.

"이 일은 마담에게도 얘기해볼게." 다마루는 말한다. "마담은 너와 직접 이야기하기를 원하셔. 하지만 몇 번이나 말했듯이 보안상의 이유로 나는 그걸 별로 환영하지 않아. 최대한 기술적인 대책은 강구해뒀지만, 그래도 전화라는 건 상당히 위험한 통신 수단이야."

"알고 있어요."

"하지만 마담은 이 일이 어떻게 되어갈지 깊은 관심을 갖고 너를 염려하고 있어."

"그것도 알고 있어요. 고맙게 생각해요."

"마담을 신뢰하고 그 충고에 따르는 게 현명할 거야. 깊은 지혜를 가진 분이야."

"물론." 아오마메는 대답한다.

하지만 그것과는 별도로 나는 의식을 잘 벼려서 내 몸을 지켜야 한다. 아자부의 노부인은 분명 깊은 지혜를 지닌 사람이다. 현실적으로 거대한 힘도 갖고 있다. 하지만 그녀도 알 길 없는 일이 있다. 1Q84년이 어떤 원리를 바탕으로 움직이는지, 그녀는 아마 알지 못할 것이다. 하늘에 두 개의 달이 떠 있다는 것도 깨닫지 못했을 것이다.

전화를 끊은 뒤, 아오마메는 소파에 누워 삼십 분쯤 잠을 잤다. 짧고 깊은 잠이다. 꿈을 꾸었지만, 그건 아무것도 없는 공간 같은 꿈이다. 그 공간 속에서 그녀는 무언가를 생각한다. 그녀는 그 새하얀 노트에 눈에 보이지 않는 잉크로 글을 써나간다. 눈을 떴을 때, 그녀는 막연하기는 해도 신기하게 명확한 이미지를 얻는다. 나는 이 아이를 낳게 될 것이다. 이 작은 것은 무사히 이 세계에서 생을 얻을 것이다. 다마루의 정의에 따르면, 피할 수 없는 윤리의 주체로서.

그녀는 아랫배에 손을 얹고 귀를 기울인다. 아직 아무것도 들리지 않는다. 지금은.

제12장 덴고

Q
세계의 룰이 느슨해지기 시작한다

아침식사를 마친 뒤, 덴고는 욕실에서 샤워를 했다. 머리를 감고, 세면대에서 수염을 밀었다. 빨아서 말려둔 옷으로 갈아입었다. 그러고는 밖으로 나와 역 매점에서 조간신문을 사들고 근처 찻집에 들어가 뜨거운 블랙커피를 마셨다.

신문에는 딱히 관심을 끌 만한 사건이 눈에 띄지 않았다. 적어도 그날의 신문을 통해 보자면, 세계는 상당히 지루하고 무미건조한 장소였다. 오늘 신문인데도 마치 일주일 전의 신문을 다시 읽는 것 같다. 덴고는 신문을 접고 손목시계를 보았다. 시각은 아홉시 반, 요양소 면회시간은 열시에 시작된다.

돌아갈 준비는 간단했다. 짐은 애초부터 많지 않았다. 갈아입을 옷가지와 세면도구, 몇 권의 책과 원고지 뭉치, 그 정도다. 캔

버스 숄더백 하나에 다 들어간다. 그는 그걸 어깨에 메고, 여관비를 계산해주고, 역 앞에서 버스를 타고 요양소로 갔다. 벌써 겨울 초입이다. 아침부터 바닷가에 나가는 사람은 거의 없다. 요양소 앞 정류장에서 내린 것도 덴고 한 사람뿐이었다.

요양소 현관에서 언제나처럼 면회객 기록장에 시각과 이름을 적었다. 접수처에는 이따금 마주치는 젊은 간호사가 앉아 있었다. 유난히 가늘고 긴 팔에, 입가에는 항상 웃음을 띠고 있어서 숲길을 안내해주는 선량한 거미처럼 보인다. 원래 그 자리에는 안경을 쓴 중년의 다무라 간호사가 앉아 있었는데, 오늘 아침에는 보이지 않는다. 그래서 덴고는 조금 안도했다. 간밤에 아다치 구미를 아파트까지 배웅해준 일로 은근히 놀림을 받지 않을까 걱정스러웠던 것이다. 머리를 올려 묶고 거기에 볼펜을 꽂고 다니는 오무라 간호사도 보이지 않았다. 그녀들은 흔적도 없이 땅 밑으로 빨려들어갔는지도 모른다. 『맥베스』에 나오는 세 마녀처럼.

하지만 물론 그럴 리는 없다. 아다치 구미는 오늘 비번이지만 다른 두 사람은 평소처럼 일한다고 했다. 우연히 지금 어디 다른 곳에서 일하고 있을 것이다.

덴고는 계단을 올라가 2층 아버지의 방으로 갔다. 가볍게 두 번 노크하고 문을 열었다. 아버지는 여느 때와 똑같은 자세로 침대에 누워 있었다. 팔에는 링거 튜브, 요도에는 카테터가 연결되어 있다. 어제와 다를 게 없다. 창문은 닫혔고 커튼은 아직 쳐져 있다. 방 안의 공기는 묵직하게 고여 있었다. 약품과 꽃병의 꽃, 병자가 토해내는 숨결과 배설물, 그밖에 생명의 영위가 발하는 온갖 냄새가 구별하기 어렵게 뒤섞여 있다. 설령 힘이 쇠한 생명이라도, 그리고 의식이 오랜 기간 상실되었어도, 신진대사의 원리에 변경이 일어나는 건 아니다. 아버지는 아직 거대한 분수령의 이쪽 편에 있고, 살아 있다는 건, 바꿔 말하면 온갖 냄새를 발한다는 것이다.

덴고가 병실에 들어가 가장 먼저 한 일은, 곧장 안쪽으로 다가가 커튼을 걷고 창을 활짝 여는 것이었다. 상쾌한 아침이다. 공기를 바꿔야 한다. 바깥 공기가 약간 서늘하기는 하지만, 아직 춥다고 할 정도는 아니다. 햇빛이 방 안에 비쳐들고, 바닷바람이 커튼을 흔들었다. 갈매기 한 마리가 양다리를 단정히 접고 바람을 타며 소나무 방풍림 위를 미끈하게 날았다. 참새 떼가 들쑥날쑥 전깃줄에 앉아, 음표를 다시 그려넣듯이 그 위치를 끊임없이 바꾸고 있었다. 부리가 큼직한 까마귀 한 마리가 수은등 위에 앉아 주위를 찬찬히 둘러보며, 자, 이제부터 뭘 할까, 궁리하고 있었다. 구름 몇 조각이 무척 높은 곳에 떠 있었다. 그것은 너무도 멀고 너무도 높아서 인간의 삶과는 아무 관련이 없는 지극히 추상적인 고찰처럼 보였다.

덴고는 병자에게 등을 돌리고 한참이나 그런 풍경을 바라보았다. 생명을 가진 것, 생명을 갖지 않은 것. 움직이는 것, 움직이지 않는 것. 창밖에 보이는 모든 것이 평소와 다름없는 풍경이다. 새로운 것은 아무것도 없다. 세계는 앞으로 나아가야 하니까 일단 앞으로 나아가고 있다. 싸구려 자명종처럼, 주어진 역할을 무난하게 해내고 있을 뿐이다. 그리고 덴고는 아버지와 정면으로 마주하는 것을 조금이라도 뒤로 미루기 위해 그 풍경을 한없이 바라보고 있을 뿐이다. 하지만 물론 그런 짓을 영원히 계속할 수는 없다.

덴고는 마침내 마음을 정하고 침대 옆에 놓인 파이프 의자에 앉았다. 아버지는 반듯하게 누워 얼굴을 천장으로 향하고 눈을 감고 있었다. 목 언저리까지 덮인 이불도 전혀 흐트러짐이 없다. 눈은 깊숙이 우묵하다. 어떤 부품이 풀려서 안와眼窩가 안구를 받쳐주지 못하고 고스란히 함몰되어버린 것처럼 보인다. 설령 눈을 뜬다 해도, 거기서 보이는 건 분명 구멍 속에서 세계를 올려다보는 듯한 광경일 게 틀림없다.

"아버지." 덴고는 말을 건넸다.

아버지는 대답하지 않았다. 방으로 불어오던 바람이 갑자기 멎고 커튼이 아래로 축 처졌다. 마치 한창 작업중에 퍼뜩 중요한 안건이 생각난 사람처럼. 그리고 조금 지나 마음을 돌려먹은 듯 다시 천천히 바람이 불기 시작했다.

"이제 도쿄로 돌아갈 거예요." 덴고는 말했다. "언제까지나 여기 있을 수는 없으니까. 일도 더이상 쉴 수 없어요. 별 대단한 생활은 아니지만 일단 내 나름의 생활도 있고."

아버지의 뺨에 수염이 엷게 자랐다. 이틀이나 사흘쯤 자란 수염이다. 간호사가 전기면도기로 수염을 깎아준다. 하지만 날마다 깎아주는 건 아니다. 흰 수염과 검은 수염이 반반씩 섞여 있다. 그는 아직 예순네 살이지만 그보다 훨씬 늙어 보였다. 누군가 깜박 실수해서 이 사람의 인생의 필름을 성큼 앞으로 돌려버린 것처럼.

"내가 여기 있는 동안, 아버지는 결국 눈을 뜨지 않았어요. 하지만 의사 선생님의 말을 들어보면, 아버지의 체력은 아직 그렇게 떨어지지 않았대요. 신기할 만큼 원래의 건강상태에 가깝게 유지되고 있어요."

덴고는 틈을 두고 자신이 한 말이 상대에게 침투되기를 기다렸다.

"내 목소리가 아버지의 귀에 가 닿을까요. 어쩌면 목소리가 고막을 울리기는 해도 그다음 회선이 끊겨 있을지도 모르죠. 아니면, 내 말이 의식에 가 닿지만, 그것에 반응하지 못하는지도 모르고. 나는 그런 것에 대해선 잘 모르겠어요. 하지만 지금까지 내 목소리가 들린다고 가정하고서 말을 하고 책도 읽었어요. 우선 그렇게 해두지 않으면 말을 할 의미도 없고, 아무 말도 하지 않을 거라면 내가 이곳에 와 있는 의미도 없는 거니까. 그리고 잘 설명은 못 하겠는데, 아주 작은 어떤 느낌 같은 게 있어요. 내가 하는 말이 전부는 아니어도 적어도 요점은 전달되는 게 아닐까 하는."

반응은 없었다.

"이제부터 내가 하는 말이 바보같이 들릴지도 모르겠어요. 하지만 나는 이제 도쿄에 돌아갈 거고 다음에 언제 또 올 수 있을지 모르겠어요. 그래서 아무튼 머릿속에 있는 것을 그대로 말하려고 해요. 시답잖은 소리라고 생각하면 참지 말고 맘껏 비웃어도 좋아요. 물론 웃을 수 있다면 말이지만."

덴고는 한숨 돌리면서 아버지의 얼굴을 관찰했다. 역시 반응은 없다.

"아버지의 육체는 여기서 혼수상태에 빠져 있어요. 의식도 감각도 잃고, 생명유지 장치에 의해 그저 기계적으로 살아 있어요. 살아 있는 주검, 의사는 그런 뜻의 말을 했어요. 물론 좀더 완곡한 표현을 쓰긴 했지만. 아마 의학적으로는 그런 거겠죠. 하지만 그건 그저 겉보기에 지나지 않는 게 아닐까, 어쩌면 아버지의 의식은 정말로 상실된 건 아니지 않을까, 아버지는 여기에서 육체를 혼수상태에 빠뜨려놓고 의식만 어딘가 다른 곳으로 옮겨가 살고 있는 게 아닐까. 나는 줄곧 그런 기미를 느껴왔어요. 어디까지나 어쩐지 그럴 것 같다는 말이지만."

침묵.

“엉뚱한 상상이라는 건 잘 알아요. 이런 얘기를 누구한테 해봤자 다들 망상이라고 생각하겠죠. 하지만 나는 그렇게 상상하지 않을 수가 없어요. 아버지는 아마 이 세계에 흥미를 잃었을 거예요. 실망하고 낙담해서 모든 관심을 잃었어요. 그래서 현실의 육체를 내던져버리고 이곳과는 다른 장소로 옮겨가 다른 삶을 살기로 한 거 아닐까요. 아마도 자기 안의 세계에서.”

다시금 침묵.

“휴가를 내고 이 마을에 들어와 여관에 방을 잡고 날마다 여기 면회 와서 아버지에게 말을 걸었어요. 이제 이 주가 돼요. 하지만 내가 그렇게 한 건 병문안이나 간병만이 목적이 아니었어요. 내가 어떤 곳에서 태어났는지, 내 피가 어떤 곳에 이어져 있는지, 그걸 알고 싶다는 마음도 있었어요. 하지만 이제 와서 생각해보니 그런 건 아무려나 상관없어요. 어디에 이어져 있건, 어디에 이어져 있지 않건, 나는 나야. 그리고 아버지는 내 아버지라는 사람이고. 그걸로 됐다고 생각했어요. 이걸 화해라고 할 수 있는지 어떤지 나는 모르겠어요. 어쩌면 나는 나 스스로와 화해한 건지도 모르죠. 그런 건지도 모르겠어요.”

덴고는 심호흡을 하고 목소리의 톤을 낮췄다.

“아버지는 지난여름에는 아직 의식이 있었어요. 상당히 혼미한 상태이긴 했지만, 의식은 아직 의식으로서 기능하고 있었죠. 그때 이 방에서 나는 한 여자애와 재회했어요. 아버지가 검사실에 실려간 뒤, 그녀가 여기에 찾아왔어요. 그건 아마 그녀의 분신 같은 것이었을 거예요. 내가 이번에 이 마을에 와서 오래 머물렀던 건, 다시 한번 그녀를 만날 수 있을지 모른다고 생각했기 때문이에요. 그게 지금 내가 여기 있는 진짜 이유예요."

덴고는 한숨을 내쉬고 무릎 위에서 손바닥을 맞댔다.

"하지만 그녀는 모습을 드러내지 않았어요. 그녀를 여기까지 실어온 건 공기 번데기라고 하는 건데, 그게 그녀를 담는 캡슐 역할을 했어요. 사정을 설명하자면 이야기가 길어지지만, 공기 번데기는 상상의 산물이고 가공의 것이에요. 하지만 이제는 더 이상 가공의 것이 아니게 되었어요. 어디까지가 현실세계이고 어디서부터 상상의 산물인지 경계선이 불명확해지기 시작했어요. 하늘에는 달이 두 개 떠 있어요. 그것 역시 픽션의 세계에서 들어온 거예요."

덴고는 아버지의 얼굴을 보았다. 이야기를 잘 따라오고 있을까.

"그런 문맥으로 이야기를 풀어나가면, 아버지가 의식을 육체에서 분리하여 어딘가 다른 세계로 옮겨가고, 거기서 자유롭게 돌아다닌다 해도 딱히 이상할 건 없어요. 말하자면 우리 주위에서 세계의 룰이 느슨해지기 시작한 거죠. 그리고 아까도 말했지만 내게는 어떤 기묘한 느낌이 있어요. 아버지가 그것을 실제로 하고 있을 것이라는 느낌이. 이를테면 아버지는 고엔지의 내 아파트에 찾아가 문을 두드려요. 알죠? NHK 수금원이라면서 끈덕지게 문을 두드리고 위협하는 말을 큰 소리로 복도에서 떠드는 거. 우리가 예전에 이치카와 시의 수금 루트에서 곧잘 했었던 거 말이에요."

방의 기압이 미세하게 바뀌는 듯한 기척이 느껴졌다. 창문은 활짝 열려 있지만, 소리라고 할 만한 건 들어오지 않는다. 이따금 참새들이 생각난 듯이 지저귈 뿐이다.

"도쿄의 내 아파트에는 지금 한 여자애가 와 있어요. 사귀는 여자 같은 건 아니에요. 사정이 있어서 잠시 내 집에 피해 있는 것뿐이에요. 며칠 전에 집으로 찾아온 NHK 수금원이 있었다고 그 아이가 전화로 말해줬어요. 그 남자가 복도에서 문을 두드리면서 어떤 말을 했고 어떤 짓을 했는지도. 근데 그건 아버지가 예전에 했던 수법하고 이상할 만큼 똑같았어요. 그 아이가 들려준 말은 내가 기억하는 것과 완전히 똑같은 대사예요. 가능하면 내가 모조리 잊어버리고 싶은 그 말투요. 그리고 그 수금원이 실은 아버지가 아닐까 하고 나는 생각하고 있어요. 내가 잘못 안 걸까요?"

덴고는 삼십 초쯤 침묵했다. 하지만 아버지는 속눈썹 한 올 움직이지 않았다.

"내가 원하는 건 단 하나, 더이상 문을 노크하지 말아달라는 거예요. 내 아파트에는 텔레비전이 없어요. 그리고 우리가 함께 수신료를 수금하러 돌아다니던 날들은 먼 옛날에 끝났어요. 거기에 대해서는 우린 이미 합의가 된 걸로 알고 있어요. 선생님의 입회하에 말이에요. 이름은 생각나지 않지만 우리 반 담임선생님, 안경 쓴 작은 여자 선생님. 기억하고 있죠? 그러니까 내 아파트 문을 두 번 다시 노크하지 말아줘요. 내 아파트뿐만이 아니에요. 다른 어떤 문도 노크하지 말아줘요. 아버지는 이제 NHK 수금원도 아니고, 그런 짓을 해서 사람들을 겁먹게 할 권리가 없어요."

덴고는 의자에서 일어나 창가로 가서 바깥 풍경을 바라보았다. 두툼한 스웨터에 지팡이를 쥔 노인이 방풍림 앞을 걷고 있었다. 아마 산책을 하는 것이리라. 백발에 키가 크고 자세가 단정하다. 하지만 걸음걸이는 어색했다. 마치 걷는 법을 잊어버려 겨우겨우 기억해내며 한 걸음 한 걸음 앞으로 나아가고 있는 듯했다. 덴고는 그 모습을 잠시 바라보았다. 노인은 시간을 들여 정원을 가로지르고 건물 모퉁이를 돌아 사라져갔다. 걷는 법을 마지막까지 제대로 생각해내지 못한 듯했다. 덴고는 아버지를 돌아보았다.

"아버지를 나무라는 건 아니에요. 아버지는 자신의 의식을 자기 마음대로 어디든 보낼 권리가 있어요. 그건 아버지의 인생이고, 아버지의 의식이죠. 아버지에게는 자신이 옳다고 생각하는 바가 있고, 그것을 실행에 옮기는 거겠지요. 그걸 일일이 지적할 권리는 아마 내게 없을 거예요. 하지만 아버지는 더이상 NHK

수금원이 아니에요. 그러니까 더이상 NHK 수금원 행세를 해서는 안 돼요. 그건 짓을 해봤자 구원은 없어요."

덴고는 창턱에 걸터앉아 좁은 병실의 허공에서 말을 찾았다.

"아버지의 인생이 어떤 것이었는지, 거기에 어떤 기쁨이 있고 어떤 슬픔이 있었는지, 잘은 모르겠어요. 하지만 거기에 충족되지 못한 게 있었다 해도, 아버지는 남의 집 문 앞에서 그걸 찾아선 안 돼요. 가령 그곳이 아버지에게 가장 익숙한 곳이고, 그것이 아버지가 가장 잘하는 일이라 해도."

덴고는 말없이 아버지의 얼굴을 바라보았다.

"더이상 어느 누구의 집도 노크하지 마세요. 내가 아버지에게 원하는 건 그것뿐이에요. 난 이제 그만 가봐야 해요. 날마다 여기 와서 혼수상태인 아버지를 향해 말을 걸고 책을 읽었어요. 그리고 우리는 적어도 어느 부분에서는 화해했어요. 그건 이 현실세계에서 실제로 일어났던 일이에요. 마음에 들지 않을지 모르지만, 아버지는 다시 이곳으로 돌아오는 게 좋아요. 이곳이 아버지가 속해야 할 장소니까."

덴고는 숄더백을 집어들어 어깨에 걸쳤다. "이제 그만 갈게요."

아버지는 아무 말도 하지 않고, 꿈쩍도 하지 않고, 가만히 눈을 감고 있었다. 여느 때와 마찬가지로. 하지만 거기에는 무언가를 깊이 고려하고 있는 듯한 기척이 있었다. 덴고는 숨을 죽이고 그 기척을 주의 깊게 살펴보았다. 아버지가 느닷없이 눈을 뜨고 몸을 일으키는 게 아닐까 하는 생각이 들었다. 하지만 그런 일은 일어나지 않았다.

거미처럼 팔이 기다란 간호사가 아직 접수처에 앉아 있었다. '다마키玉木'라는 플라스틱 이름표가 가슴에 붙어 있었다.

"이제 도쿄로 돌아갑니다." 덴고는 다마키 간호사에게 말했다.

"계시는 동안 아버님의 의식이 돌아오지 않아 유감이에요." 그녀는 위로하듯이 말했다. "하지만 오래 곁에 계셔주셔서 분명 기뻐하실 거예요."

그 말에 대해 덴고는 적절한 대답이 생각나지 않았다. "다른 간호사분들에게도 감사하다고 전해주세요. 이래저래 신세가 많았습니다."

그는 결국 안경을 쓴 다무라 간호사를 만나지 못했다. 볼펜을 머리에 꽂은 젖가슴이 큼직한 오무라 간호사도 만나지 못했다. 조금 아쉽기도 했다. 그녀들은 우수한 간호사이고, 덴고에게 친절히 대해주었다. 하지만 마주치지 않은 게 오히려 나은지도 모른다. 어쨌거나 그는 혼자서 고양이 마을을 빠져나가려 하는 것이니까.

열차가 지쿠라 역을 떠날 때, 아다치 구미의 집에서 보낸 하룻밤이 떠올랐다. 생각하면 바로 어젯밤의 일이다. 화려한 티파니 램프와 앉기 불편한 러브체어, 옆집에서 들려오는 텔레비전 코미디 프로그램. 잡목림의 올빼미 소리, 해시시 연기, 스마일 마크의 셔츠와 다리에 비벼지던 짙은 음모. 그런 일이 있고 아직 만 하루도 지나지 않았는데, 한참 먼 일처럼 느껴졌다. 의식의 원근감이 제대로 잡히지 않는다. 불안정한 저울처럼, 그 일의 핵심은 끝까지 한곳에 자리를 잡지 못했다.

덴고는 문득 불안해져서 주위를 둘러보았다. 이건 *진짜* 현실일까. 나는 혹시 또다시 잘못된 현실에 올라탄 게 아닐까. 그는 가까이 있는 승객에게 물어서 다테야마 행 열차라는 것을 확인했다. 괜찮아, 제대로 탔어. 다테야마에서 도쿄 행 특급열차로 갈아탈 수 있다. 그는 바닷가 고양이 마을을 떠나고 있는 것이다.

열차를 갈아타고 좌석에 앉자, 기다렸다는 듯이 잠이 몰려왔다. 발을 잘못 디뎌 바닥 모를 캄캄한 구멍으로 낙하하는 듯이 깊은 잠이었다. 눈꺼풀이 저절로 감기고, 다음 순간 의식이 소멸했다. 눈을 떴을 때, 열차는 벌써 마쿠하리를 지나고 있었다. 차 안은 별로 덥지 않았지만 겨드랑이와 등에 땀이 흘렀다. 입 안에서 불쾌한 냄새가 났다. 아버지의 병실에서 들이쉰 탁한 공기 같은 냄새다. 그는 호주머니에서 추잉검을 꺼내 입에 넣었다.

다시 그 마을에 가는 일은 없을 것이다. 덴고는 그렇게 생각했다. 적어도 아버지가 살아 있는 동안은. 물론 백 퍼센트 확실하게 단언할 수 있는 일 따위, 이 세계에 단 하나도 없다. 하지만 그 바닷가 마을에서 자신이 할 수 있는 일은 이제 더이상 없을 터였다.

아파트에 돌아왔을 때, 후카에리는 없었다. 그는 문을 세 번 두드리고 틈을 두었다가 다시 두 번을 두드렸다. 그러고는 열쇠로 문을 열었다. 집 안은 괴괴하고, 놀랄 만큼 깨끗해져 있었다. 식기는 모두 찬장에 챙겨넣었고, 테이블이며 책상은 깨끗이 정돈했고 쓰레기통은 비웠다. 청소기를 돌린 흔적도 있었다. 침대도 정돈되어 있고, 꺼내놓은 책이며 레코드도 없었다. 마른 세탁물이 침대 위에 단정하게 개켜져 있었다.

후카에리의 소지품인 큼직한 숄더백도 없어졌다. 둘러본 바로는 그녀는 퍼뜩 생각나서, 혹은 돌연 어떤 일이 터져서 급히 나간 건 아닌 듯했다. 잠시 외출한 것도 아니다. 이곳을 떠나기로 결심하고 시간을 들여 방을 청소하고, 그런 다음에 나간 것이다. 덴고는 후카에리가 혼자서 청소기를 돌리고 걸레로 여기저기를 닦는 모습을 상상했다. 그녀의 이미지와는 전혀 어울리지 않았다.

현관 우편함을 열어보니, 복사키가 들어 있었다. 복사키 위에 쌓여 있는 우편물의 양으로 보아, 그녀가 떠난 건 어제나 그제인 모양이다. 마지막으로 전화한 게 그제 아침이고, 그때 그녀는 아직 집에 있었다. 어젯밤에는 간호사들과 식사를 하고, 아다치 구미의 방에 갔다. 그런저런 일로 미처 전화를 하지 못했다.

이런 경우 후카에리는 항상 독특한 설형문자 같은 서체로 어떤 메시지든 남겨놓고 간다. 하지만 그럴듯한 건 어디에도 눈에 띄지 않았다. 그녀는 그저 말없이 떠난 것이다. 하지만 덴고는 딱히 놀라거나 실망하지는 않았다. 후카에리가 어떤 생각을 하고 어떤 행동을 취할지, 어느 누구도 예측할 수 없다. 그녀는 오고 싶을 때 어디선가 찾아오고, 돌아가고 싶을 때 어딘가로 돌아간다. 변덕스럽고 자립심 강한 고양이와 똑같다. 이렇게 오래도록 한곳에 머무른 것 자체가 오히려 이상할 정도다.

냉장고 안에는 생각했던 것보다 많은 식품이 들어 있었다. 아무래도 후카에리는 며칠 전 한 차례 밖에 나가 직접 장을 본 모양이다. 콜리플라워도 잔뜩 데쳐두었다. 한눈에 보기에도 데친지 오래되지 않았다. 그녀는 덴고가 하루이틀 사이에 도쿄로 돌아온다는 것을 알고 있었던 걸까. 덴고는 배고픔을 느끼고 달걀프라이를 만들어 콜리플라워와 함께 먹었다. 토스트를 굽고 커피를 내려 머그컵으로 두 잔을 마셨다.

그러고는 자신이 없는 동안 강의를 부탁했던 친구에게 전화를 걸어, 다음 주부터 다시 학원에 나가겠다고 말했다. 친구는 텍스트북의 어디쯤까지 진도가 나갔는지 알려주었다.

"덕분에 살았다. 고마워." 덴고는 감사인사를 건넸다.

"아이들 가르치는 거, 싫지는 않아. 경우에 따라서는 재미있기도 하지. 하지만 오래도록 남을 가르치다보면 내가 점점 낯선 타인처럼 느껴져."

그건 덴고 자신이 평소 어렴풋이 느끼는 점이기도 했다.

"나 없는 동안에 별일 없었어?"

"뭐, 아무 일도. 아참, 편지 한 통을 맡았어. 네 책상 서랍에 넣어뒀다."

"편지?" 덴고는 말했다. "누구한테서?"

"날씬한 여자애인데, 생머리가 어깨까지 내려왔어. 나한테 와서 네게 편지를 전해달라고 했어. 말하는 게 어딘가 이상하던데. 외국인 같기도 하고."

"큼직한 숄더백을 들고 있지 않았어?"

"들고 있었지. 초록색 숄더백. 뭔가 꽤 많이 든 거 같던데."

후카에리는 편지를 이 방에 남기고 가는 게 걱정스러웠던 모양이다. 누군가 읽을지도 모른다. 갖고 가버릴지도 모른다. 그래서 입시학원까지 찾아가 직접 친구에게 맡겼다.

덴고는 다시 한번 고맙다고 말하고 전화를 끊었다. 벌써 저녁 시간이고, 지금 그 편지를 가지러 전철을 타고 요요기까지 갈 마음은 나지 않았다. 내일 하자.

그뒤에야 친구에게 달에 대해 물어보는 걸 잊었다는 것을 떠올렸다. 다시 전화를 할까 하다가 마음을 돌렸다. 분명 그런 건 기억도 못 할 것이다. 결국 그건 자신이 혼자서 처리해야 할 문제인 것이다.

덴고는 밖으로 나가 해질녘 거리를 정처없이 걸었다. 후카에리가 없으니 집 안이 묘하게 썰렁해서 마음이 침착해지지 않았다. 그녀가 함께 살고 있을 때도 기척이라 할 만한 것을 덴고는 딱히 느끼지 않았다. 덴고는 덴고대로 늘 하던 패턴에 따라 생활했고, 후카에리도 마찬가지로 자신의 생활을 보냈다. 하지만 일단 그녀가 없어지자 그곳에 사람 모양의 공백 같은 것이 생겨난 것을 덴고는 깨달았다.

후카에리에게 마음이 끌렸다든가 그런 건 아니다. 아름답고 매력적인 소녀이기는 하지만, 덴고는 처음 만난 이래로 그녀에게 성욕 비슷한 것은 느끼지 않았다. 이렇게 긴 시간 동안 둘이 같은 집에서 나날을 보내면서도 딱히 마음이 술렁인 적도 없다. 어째서일까. 내가 후카에리에게 성적인 욕망을 품어서는 안 될 만한 무슨 이유라도 있는 걸까. 분명 그 거센 뇌우의 밤에 후카에리는 덴고와 단 한 번 성교를 했다. 하지만 그건 그가 원한 것이 아니었다. 그녀가 원한 일이었다.

그것은 참으로 '성교'라는 표현이 꼭 들어맞는 행위였다. 몸이 마비되어 자유를 잃은 덴고 위에 그녀는 올라와 그의 딱딱해진 페니스를 자기 안에 삽입했다. 후카에리는 그때 몰아의 상태인 듯했다. 마치 음란한 꿈에 지배당한 요정처럼 보였다.

그리고 그뒤에는 아무 일도 없었던 것처럼 두 사람은 이 좁은 아파트에서 생활했다. 뇌우가 그치고 날이 밝자 후카에리는 그런 일은 벌써 까맣게 잊어버린 것처럼 보였다. 덴고도 굳이 그 이야기를 꺼내지 않았다. 만약 그녀가 그 일을 잊어버렸다면 그대로 잊어버리도록 내버려두는 게 좋을 것 같다는 생각이 들었기 때문이다. 덴고 자신도 잊어버리는 게 좋을지도 모른다. 하지만 물론 의문은 덴고 안에 남았다. 후카에리는 왜 돌연 그런 짓을 했던 것일까. 거기에는 어떤 목적이 있었던 것일까. 혹은 그저 일시적인 빙의 같은 것이었을까.

덴고가 아는 것은 단 한 가지, 그것이 **사랑의 행위는 아니었다**는 것이다. 후카에리는 덴고에게 자연스러운 호감을 품고 있다—아마도 그 점은 틀림없을 것이다. 하지만 그녀가 덴고에게 애정이나 성욕을, 혹은 그와 유사한 감정을 품고 있다고는 도저히 생각할 수 없다. **그녀는 어느 누구에 대해서도 성욕 같은 걸 품지 않는다.** 덴고는 자신의 인간관찰 능력에 대해 그다지 자신이 있는 건 아니다. 하지만 그렇다 해도, 후카에리가 뜨거운 숨결을 토하며 어떤 남자와 정열적인 성행위를 하는 장면을 상상할 수가 없다. 아니, **그저 그런** 성행위를 하는 장면도 떠올릴 수 없다. 그녀에게는 애초에 그런 기미가 없는 것이다.

덴고는 그런저런 생각을 하면서 고엔지 거리를 걸었다. 해가 저물고 차가운 바람이 불기 시작했지만 딱히 신경 쓰지 않았다.

그는 걸으면서 생각한다. 그리고 책상을 마주하고 그 생각에 형태를 부여한다. 그것이 습관이 되어 있다. 그래서 그는 자주 걸었다. 비가 내려도, 바람이 불어도 아랑곳하지 않고. 그렇게 걷다보니 '무기아타마' 앞이었다. 딱히 할 일도 없어서 덴고는 그 가게에 들어가 칼스버그 생맥주를 주문했다. 이제 막 문을 연 참이라 손님은 한 사람도 없었다. 그는 일단 생각을 멈추고 머리를 텅 비운 채, 시간을 들여 맥주를 마셨다.

하지만 오랫동안 머리를 비워두는 사치는 덴고에게는 주어져 있지 않다. 자연계에 진공이 존재하지 않는 것과 마찬가지로. 그는 후카에리를 생각하지 않을 수 없다. 후카에리는 짧게 토막낸 꿈처럼, 그의 의식'으로 밀고 들어왔다.

그 사람, 바로 가까이에 있을지도. 여기서 걸어서 갈 수 있는 곳.

그것이 후카에리가 했던 말이다. 그래서 나는 그녀를 찾아 동네 거리로 나섰었다. 그리고 이 가게에 들어왔었다. 그밖에 후카에리가 어떤 말을 했던가.

걱정하지 않아도 돼요. 당신이 찾아내지 못해도 그 사람이 당신을 찾아내요.

덴고가 아오마메를 찾고 있듯이, 아오마메 또한 덴고를 찾고 있다. 덴고는 그 말을 제대로 이해할 수 없었다. 그는 자신이 아오마메를 찾고 있다는 데만 몰두하고 있었다. 그래서 아오마메도 똑같이 자신을 찾고 있을지 모른다는 건 생각조차 해본 적이 없었다.

나는 지각하고 당신은 받아들여요.

그것도 그때 후카에리가 했던 말이다. 그녀가 지각하고 덴고는 받아들인다. 다만 후카에리는 자신이 그렇게 하고 싶다고 생각할 때만 자신이 지각한 것을 밖으로 내놓는다. 그녀가 일정한 원칙이나 정리定理에 따라 그렇게 하는 것인지, 아니면 그저 변덕인지, 덴고는 판단할 수 없다.

덴고는 후카에리와 성교했을 때의 일을 다시 떠올렸다. 열일곱 살의 아름다운 소녀가 그의 몸에 올라타고 그의 페니스를 깊숙이 받아들인다. 커다란 젖가슴이 잘 익은 한 쌍의 과일처럼 허공에서 부드럽게 출렁였다. 그녀는 황홀하게 눈을 감고, 콧구멍은 흥분으로 부풀어 있다. 입술이 언어가 되지 못한 말을 빚어내고 있다. 하얀 이가 보이고, 이따금 핑크빛 혀끝이 그 사이로 엿보였다. 그 정경을 덴고는 선명하게 기억하고 있었다. 몸은 마비되었지만 의식은 또렷하게 깨어 있었다. 그리고 발기는 완벽했다.

하지만 그때의 정경을 아무리 선명하게 머릿속에 재현해도, 덴고가 거기에서 성적인 흥분을 느끼는 일은 없다. 다시 한번 후카에리와 살을 섞고 싶다는 생각도 들지 않았다. 그뒤로 그는 석 달 넘게 섹스를 하지 않았다. 그뿐 아니라 한 번도 사정하지 않았다. 그것은 덴고에게는 지극히 드문 일이었다. 그는 건강한 서른 살의 독신남성으로서 극히 정상적이고 긍정적인 성욕을 품고 있고, 그건 마땅히 처리되지 않으면 안 될 종류의 욕망이었다.

하지만 아다치 구미의 아파트에서 그녀와 함께 침대에 들었을 때도, 그녀가 다리에 음모를 비벼댔을 때도, 덴고는 성욕이 전혀 일지 않았다. 그의 페니스는 계속 말랑한 상태였다. 해시시 때문인지도 모른다. 하지만 그것 때문이 아니라는 생각이 들었다. 후카에리는 그 뇌우의 밤에 덴고와 교접함으로써 그의 마음속에서 중요한 무언가를 가져간 것이다. 방에서 가구를 실어내듯이. 그런 마음이 들었다.

이를테면 무엇을?

덴고는 고개를 저었다.

맥주를 다 마시고, 포 로지스의 온더록스와 믹스너츠를 주문했다. 지난번과 똑같이.

아마도 그 뇌우의 밤의 발기가 지나치게 완벽했던 것이리라.

그것은 평소보다 훨씬 딱딱하고 훨씬 큰 발기였다. 눈에 익은 자신의 성기가 아닌 것처럼 보였다. 매끈하게 빛나고, 현실의 페니스라기보다 어떤 관념의 상징처럼 보이기까지 했다. 그리고 그 뒤에 찾아온 사정은 힘차고 웅장했으며 정액은 한없이 농밀했다. 분명 그것은 자궁 깊은 곳까지 도달했을 것이다. 어쩌면 그보다 좀더 깊은 곳까지. 실로 흠잡을 데 없는 사정이었다.

하지만 일이 너무 완벽하면 그다음에 반드시 반동이 찾아온다. 그것이 세상의 이치다. 그 이후로 나는 대체 어떤 발기를 체험했던가. 생각나지 않는다. 발기 자체가 한 번도 없었는지도 모른다. 생각나지 않는 걸 보면, 만약 있었다 해도 분명 이급품이었을 것이다. 영화로 말하면, 작품 편수만 채운 프로그램픽처 같은 것. 그런 발기에 특기할 만한 의미 따위는 없다. 아마도.

어쩌면 나는 이런 식으로 이급품 발기를 떠안은 채, 혹은 이급품 발기조차 갖지 못한 채, 남은 인생을 질질 끌며 보내게 되는 걸까, 덴고는 스스로에게 물었다. 그건 분명 너무 길어진 황혼처럼 쓸쓸한 인생일 게 분명하다. 하지만 생각하기에 따라서는 그 또한 어쩔 수 없는 일인지도 모른다. 적어도 한 번은 완벽하게 발기하고 사정을 한 것이다. 『바람과 함께 사라지다』를 쓴 작가와 마찬가지다. 한 번 위대한 뭔가를 달성한 것만으로 만족해야 하는 것이리라.

온더록스를 다 마신 뒤, 돈을 치르고 다시 정처 없이 거리를 걸었다. 바람은 강하고 공기는 더 쌀쌀해져 있었다. 세계의 룰이 느슨해질 대로 느슨해져서 많은 부분의 이성理性이 상실되기 전에 나는 어떻게든 아오마메를 찾아야 한다. 이제 덴고에게는 아오마메를 만나는 것만이 거의 유일한 바람이었다. 만일 그녀를 찾지 못한다면, 내 인생에 과연 얼마만한 가치가 있을까. 한때 그녀는 이 고엔지 거리 어딘가에 있었다. 9월의 일이다. 잘하면 지금도 같은 곳에 있을지 모른다. 물론 확증은 없다. 하지만 지금은 그 가능성을 추구하는 수밖에 없다. 아오마메는 이 근처 어딘가에 있다. 그리고 그녀도 마찬가지로 그를 찾고 있다. 두 개로 갈라진 동전이 각기 나머지 반쪽을 찾는 것처럼.

하늘을 올려다보았다. 하지만 달은 보이지 않았다. 어딘가 달이 보이는 곳으로 가야겠다고 덴고는 생각했다.

제13장 우시카와

Q

이것이 원점으로 돌아간다는 것인가?

우시카와의 겉모습은 상당히 남의 이목을 끈다. 감시나 미행을 하기에는 적합하지 않다. 붐비는 사람들 틈에 슬쩍 숨으려 해도 요구르트 속의 지네처럼 눈에 띄어버린다.

그의 가족은 그렇지 않다. 우시카와에게는 부모님과 두 명의 형제와 한 명의 여동생이 있다. 아버지는 병원을 경영하고 어머니는 그 경리를 담당하고 있다. 형과 남동생은 둘 다 우수한 성적으로 의대에 들어가 의사가 되었다. 형은 도쿄의 병원에 근무하고 남동생은 대학 연구의가 되었다. 아버지가 은퇴하면 형은 우라와 시내의 아버지 병원을 물려받게 되어 있다. 두 사람 모두 결혼해서 각자 아이가 한 명씩 있다. 여동생은 미국 대학에 유학하고 지금은 일본에 돌아와 동시통역사로 일한다. 삼십대 중반이지만 아직 독신이다. 다들 날씬하고 키가 크고 달걀형의 준수한 얼굴이다.

그 가족의 다양한 면에서, 특히 생김새에서, 우시카와는 예외적인 존재였다. 키는 작고, 머리통은 크고 비뚤어졌으며, 머리카락은 덥수룩하게 곱슬거린다. 다리는 짧고 오이처럼 굽었다. 안구는 뭔가에 깜짝 놀란 것처럼 툭 튀어나왔고, 목 주위에는 이상하게 퉁퉁한 살집이 붙었다. 눈썹은 짙고 커서 조금만 더하면 하나로 딱 붙을 것 같다. 그건 마치 서로를 원하는 두 마리의 큼직한 송충이처럼 보였다. 학교 성적은 대체로 우수했지만 과목에 따라 들쭉날쭉했고, 운동은 영 젬병이었다.

유복하고 자기충족적인 이 엘리트 집안에서 우시카와는 항상 '이물異物'이었다. 조화를 어지럽히고 불협화음을 만들어내는 잘못된 음표다. 가족이 다함께 찍은 사진을 보면 그 혼자만 명백히 그 자리에 어울리지 않는 존재였다. 실수로 그곳에 들어 왔다가 사진에 찍혀버린 무신경한 외부인처럼 보였다.

가족들도 어쩌다가 자신들과는 눈곱만큼도 닮은 데가 없는 인간이 이 집안에 출현했는지 도무지 이해할 수 없었다. 하지만 그는 틀림없이 어머니가 배 아파 낳은 자식이었다(진통이 유난히 심했던 것을 어머니는 기억하고 있다). 누군가 바구니에 담아 문 앞에 버리고 간 게 아니다. 그러던 중에 누군가가 아버지 가게에 후쿠스케福助 인형처럼 크고 비뚤어진 머리를 가진 친척이 하나 있었다는 것을 기억해냈다. 우시카와의 조부의 사촌형님뻘인 사람이다. 그 사람은 전쟁중에 고토 구의 금속회사 공장에 다녔는데, 1945년 봄에 도쿄 대공습으로 죽었다. 아버지는 그 인물을 만나본 적은 없지만, 오래된 앨범에 사진이 남아 있었다. 그 사진을 보고서 가족 일동은 "아하" 하고 이해했다. 그 인물의 얼굴 모습이 놀랄 만큼 우시카와와 꼭 닮았기 때문이다. 환생한 것이 아닌가 싶을 만큼 붕어빵이었다. 아마 그 인물을 빚어낸 것과 똑같은 요인이 무슨 겨를엔가 불쑥 얼굴을 내민 것이리라.

우시카와라는 존재만 없었다면 이 집안은 외모에서나 학력에서나 사이타마 현 우라와 시의 흠잡을 데 없는 집안이었다. 누구나 부러워할 만큼 우수한, 사진발 좋은 집안이었다. 하지만 거기에 우시카와가 더해지면 사람들은 미간을 찌푸리며 고개를 갸웃거리게 된다. 혹시 이 집안의 어딘가에 미의 여신의 발을 걸어 자빠뜨리는 트릭스터적인 풍미가 혼재되어 있는 게 아닐까 하고 사람들은 생각했다. 혹은 그렇게 생각할 게 틀림없다고 아버지와 어머니는 생각했다. 그래서 그들은 최대한 우시카와를 사람들 앞에 내놓지 않도록 주의했다. 어쩔 수 없이 내놓게 되더라도 애써 눈에 띄지 않게 취급했다(물론 그건 헛된 시도였지만).

하지만 우시카와는 자신이 그런 처지라는 것을 딱히 불만스럽게 생각하지 않았고, 슬프다거나 섭섭하다는 느낌도 없었다.

스스로도 남 앞에 나서고 싶은 마음이 별로 없었기 때문에, 눈에 띄지 않게 취급하는 건 오히려 바라는 바이기도 했다. 형제나 여동생은 그를 거의 존재하지 않는 사람으로 취급했지만 그것도 마음에 걸리지 않았다. 우시카와도 형제나 여동생을 별로 좋아할 수 없었기 때문이다. 그들은 외모도 아름답고, 학업성적도 우수하고, 게다가 스포츠 만능에 친구들도 많았다. 하지만 우시카와의 눈으로 보자면, 그들의 인간성은 구제할 길 없이 천박했다. 사고방식은 단순하고 시야는 좁고 상상력이 결여되었으며 세상의 시선에만 신경을 썼다. 무엇보다 풍부한 지혜를 키우는 데 필요한 건전한 의구심이라는 것을 갖고 있지 못했다.

아버지는 지방도시 개업 내과의로서는 그럭저럭 우수한 축이었지만, 가슴이 아플 만큼 따분한 인간이었다. 손에 닿는 것 모두가 황금으로 변해버리는 전설의 왕처럼, 그가 입에 담는 말은 모조리 무미건조한 모래알이 되었다. 하지만 말수를 줄이는 것으로, 아마도 의도한 바는 아니었겠지만, 그는 자신의 따분함과 우매함을 세상의 시선으로부터 교묘히 감추고 있었다. 거꾸로 어머니는 말이 많고 어떻게 손을 써볼 도리가 없는 속물이었다. 돈에 인색하고, 제멋대로에 자존심 강하고, 화려한 것을 좋아하고, 무슨 일에나 카랑카랑한 목소리로 남의 험담을 늘어놓았다. 형이 아버지의 성향을 물려받았고, 남동생이 어머니의 성향을 물려받았다. 여동생은 자립심은 강하지만 무책임하고 배려심이라고는 아예 없어서 머릿속에 오로지 자신의 이해득실뿐이었다. 아버지와 어머니는 막내인 그녀를 철저히 응석받이로 키워서 완전히 망쳐버렸다.

그래서 우시카와는 소년시절을 대부분 혼자서 보냈다. 학교에서 돌아오면 자기 방에 틀어박혀 오로지 독서에 빠져들었다. 기르던 개 외에는 친구도 없었기 때문에 자신이 얻은 지식에 대해 누구와 이야기하거나 논의할 만한 기회는 없었지만, 그래도 자신이 논리적이고 명석한 사고능력을 지녔으며, 웅변적인 인간이라는 것을 그는 잘 알고 있었다. 그리고 혼자서 참을성 있게 그 능력을 갈고 닦았다. 이를테면 하나의 명제를 설정한 뒤에 그것을 둘러싸고 일인이역의 토론을 행했다. 이쪽의 그는 그 명제를 지지하여 열변을 토한다. 또다른 쪽의 그는 그 명제를 비판하며 마찬가지로 열변을 토한다. 그는 상반되는 양쪽 편의 입장에 똑같이 강력하게—어떤 의미에서는 성실하게—자신을 동화하고 빠져들 수 있었다. 그렇게 그는 자신도 모르는 사이에 스스로를 회의懷疑하는 능력을 익혀나갔다. 그리고 일반적으로 진리로 여겨지는 것들이 대부분의 경우 상대적인 것에 불과하다는 인식을 키워나갔다. 또한 그는 배웠다. 주관과 객관은 많은 사람들이 생각하는 만큼 명료하게 구별할 수 있는 것이 아니며, 만일 그 경계선이 애초에 명료하지 않다면 의도적으로 그것을 이동시키는 것은 그다지 어려운 작업이 아니라는 것을.

논리와 수사修辭를 보다 명석하게, 보다 효과적으로 만들기 위해 그는 지식을 손에 잡히는 대로 머릿속에 채워넣었다. 도움이 되는 것도, 그다지 도움이 될 것 같지 않은 것도. 동의할 수 있는 것도, 그 시점에서는 별로 동의할 수 없었던 것도. 그가 원한 것은 일반적인 의미에서의 교양이 아니라 직접 손에 들고 모양이나 무게를 확인할 수 있는 구체적인 정보였다.

그 비뚤어진 모양의 후쿠스케 머리는 무엇보다 귀중한 정보의 그릇이 되었다. 모양새는 별로지만 쓰임새는 좋다. 덕분에 그는 동년배의 누구보다 박식했다. 마음만 먹으면 주위의 누구라도 간단히 설복시킬 수 있었다. 형제나 같은 반 친구들뿐만 아니라 교사나 부모까지도. 하지만 우시카와는 그런 능력을 되도록 남들 앞에서 내보이지 않도록 주의했다. 어떤 형태이건 남의 시선을 끄는 것은 그가 좋아하는 바가 아니었다. 지식이나 능력은 어디까지나 도구이지 그것 자체를 자랑하며 내보이기 위한 것이 아니다.

우시카와는 자신을 숲의 어둠 속에 숨어 사냥감이 지나가기를 기다리는 야행성 동물 같은 존재라고 생각했다. 참을성 있게 호기를 기다리고, 그 순간이 오면 단호히 덮친다. 그전에 자신의 존재를 상대에게 알려서는 안 된다. 기척을 죽이고 상대를 방심하게 하는 게 중요하다. 초등학생일 때부터 그는 그런 식으로 사고했다. 누군가에게 어리광을 피우는 일도 없고 감정을 쉽사리

드러내는 일도 없었다.

만일 자신이 조금 더 괜찮은 외모를 갖고 태어났더라면, 하고 상상해본 적은 있었다. 특별히 핸섬하지 않아도 좋다. 남들이 감탄할 만한 용모일 필요는 없다. 지극히 평범한 모습이면 된다. 마주친 사람이 저도 모르게 고개를 돌릴 정도로 볼썽사나운 모습만 아니면 된다. 만일 그런 모습으로 태어났더라면, 나는 어떤 인생을 걷고 있을까. 하지만 그건 우시카와의 상상을 뛰어넘는 **만일**이었다. 우시카와는 **너무도** 우시카와여서 그곳에 다른 가정이 끼어들 여지가 없었다. 비뚤어진 큼직한 머리통과 튀어나온 눈, 짧고 휘어진 두 다리를 갖고 있기 때문에 비로소 여기에 우시카와라는 인간이 있는 것이다. 회의적이면서도 지식욕이 넘치고, 말수가 적으면서도 웅변적인 한 소년이 있는 것이다.

추한 소년은 세월이 흐름에 따라 성장하여 추한 청년이 되고, 어느새 추한 중년남자가 되었다. 인생의 어떤 단계에서나 길에서 마주치는 사람들은 대놓고 고개를 돌려 그를 쳐다보았다. 아이들은 노골적으로 정면에서 빤히 그의 얼굴을 보았다. 추한 노인이 되면 더이상 그렇게 사람들의 눈길을 끄는 일은 없지 않을까 하고 우시카와는 때때로 생각한다. 노인은 대부분 추하니까 원래의 개별적인 추함은 젊을 때만큼 눈에 띄지 않을지도 모른다. 하지만 그건 실제로 노인이 되어보지 않고서는 알 수 없다.

어쩌면 어디서도 예를 찾아볼 수 없을 만큼 추한 노인이 될지도 모른다.

아무튼 배경 속에 자신을 녹아들게 하는 재주가 그에게는 없다. 게다가 덴고는 우시카와의 얼굴을 알고 있다. 그의 아파트 주위를 어슬렁거리는 장면을 들켰다가는 모든 게 물거품이 되고 만다.

이런 경우에는 대개 전문적인 조사 에이전트를 고용하곤 했다. 변호사 시절부터 우시카와는 필요에 따라 그런 조직과 관련을 맺어왔다. 그들의 대부분은 전직 경찰들이어서 탐문이나 미행이나 감시 테크닉에 숙달되어 있다. 하지만 이번 일은 가능한 한 외부인을 끌어들이고 싶지 않았다. 문제가 지나치게 미묘하기도 했고, 살인이라는 중대한 범죄가 얽혀 있기도 하다. 좀더 말하자면 덴고를 감시하는 목적이 무엇인지, 우시카와 자신도 정확하게는 파악하지 못하고 있는 것이다.

물론 우시카와가 원하는 것은 덴고와 아오마메 사이의 '관련'을 밝히는 것이지만, 아오마메가 어떻게 생겼는지 그것조차 확실하게 알지 못한다. 여러모로 손을 써봤지만 제대로 된 그녀의 사진은 입수할 수 없었다. 박쥐조차 입수해오지 못했다. 고등학교 졸업앨범은 볼 수 있었지만, 학급 사진에 찍힌 그녀의 얼굴은 너무 작고 어딘가 부자연스러워서 가면처럼 보였다. 회사 소프트볼 팀의 사진에서는 챙이 넓은 모자를 써서 얼굴에 그늘이 져 있었다. 그래서 만일 아오마메가 우시카와 앞을 지나간다 해도 그게 아오마메라고 확인할 방도는 지금으로서는 없다. 키가 170센티미터에 가깝고 자세가 곧은 여자라는 건 알고 있다. 눈과 광대뼈에 특징이 있고 머리칼은 어깨에 닿을 정도의 길이. 탄탄한 몸을 갖고 있다. 하지만 그런 여자는 세상에 얼마든지 널려 있다.

어떻든 우시카와 자신이 그 감시 역할을 직접 떠맡는 수밖에 없을 것 같다. 거기서 참을성 있게 지켜보며 뭔가가 일어나기를 기다리고, 뭔가가 일어나면 그에 맞춰 어떻게 행동할지를 순간적으로 판단한다. 그런 미묘한 작업을 남에게 요구하는 건 불가능하다.

덴고는 오래된 3층짜리 철근 아파트의 3층에 살고 있다. 입구에 모든 세대의 우편함이 있고 그중 하나에 '가와나'라는 명패가 붙어 있다. 우편함은 여기저기 녹슬고 칠이 벗겨졌다. 우편함에는 잠금장치가 달려 있지만 대부분의 주민들은 열쇠를 채우지 않는다. 아파트 현관에 잠금장치가 없기 때문에 누구라도 자유롭게 드나들 수 있다.

컴컴한 복도에는 오래된 아파트 특유의 냄새가 떠돈다. 아무리 고쳐도 새는 빗물, 싸구려 세제로 세탁한 낡은 시트, 탁한 튀김 기름, 시든 포인세티아와 잡초가 무성한 앞뜰에서 풍겨오는 고양이 오줌 냄새, 그밖에 다양한 정체불명의 냄새가 뒤섞여 특유의 공기를 형성하고 있다. 이곳에 오래 살다보면 이런 냄새에도 익숙해지는지 모른다. 하지만 아무리 익숙해져도 그것이 마음이 따스해지는 냄새가 아니라는 사실은 달라지지 않는다.

덴고가 사는 방은 길 쪽을 바라보고 있었다. 소란스럽다고 할 정도는 아니지만 그럭저럭 사람들이 오가는 도로다. 근처에 초등학교가 있어서 시간대에 따라 아이들의 왕래도 잦다. 아파트 맞은편에는 작은 주택 몇 채가 어깨를 맞대듯이 서 있다. 모두 마당 없는 2층 단독주택이다. 길 끝에는 술집이 있고 초등학생을 상대로 하는 문방구점이 있다. 두 블록 앞에는 작은 파출소가 있다. 주위에 몸을 감출 만한 장소도 없고, 그렇다고 길가에 서서 덴고의 방을 뚫어져라 쳐다봤다가는, 설령 운 좋게 덴고에게 들키지 않는다 해도 이웃사람들이 수상쩍게 생각할 것이다. 하물며 그게 우시카와처럼 '일반적이지 않은' 모습의 인물이라면 주민의 경계심은 두 단계쯤 높아질 게 틀림없다. 하굣길의 어린이를 노리는 변태로 여기고 파출소에 신고할지도 모른다.

누군가를 감시하려면 우선 그에 적합한 장소를 물색해야 한다. 남의 눈에 띄지 않게 상대의 행동을 관찰할 수 있고, 물이나 식료품의 보급 경로를 확보할 수 있는 입지가 좋다. 가장 이상적인 건 덴고의 방이 한눈에 들어오는 방을 확보하는 것이다. 그곳에 삼각대를 세우고 망원렌즈가 달린 카메라를 설치하여 집 안의 움직임이나 사람의 출입을 감시한다. 단독으로 움직이기 때문에 스물네 시간 감시는 불가능하지만, 하루 열 시간 정도라면 커버할 수 있다. 하지만 그런 안성맞춤의 장소가 쉽게 찾아질 리 없다.

그래도 우시카와는 주위를 한 바퀴 돌며 그런 장소를 물색했다. 우시카와는 쉽게 포기를 못 하는 인간이다. 자신의 다리를 사용하여 돌아다닐 만큼 돌아다니면서 마지막 순간까지 아주 작은 가능성이라도 추구한다. 그런 끈질김이 그의 특성이다. 하지만 한나절 동안 근처를 구석구석 돌아다닌 끝에 우시카와는 포기했다. 고엔지는 주택 밀집지역인데다 지대가 평탄하고 높은 빌딩도 없다. 덴고의 방을 한눈에 담을 수 있는 장소는 지극히 한정되어 있다. 그리고 그 일대에는 우시카와가 몸을 감출 만한 장소는 하나도 없었다.

좋은 아이디어가 떠오르지 않을 때, 우시카와는 항상 미지근한 물로 오래도록 목욕을 한다. 그래서 집에 돌아오자마자 목욕물부터 받았다. 플라스틱 욕조에 몸을 담그고 라디오로 시벨리우스의 바이올린 협주곡을 들었다. 꼭 시벨리우스를 듣고 싶었던 건 아니다. 또한 시벨리우스의 협주곡이 하루의 끝자락에 목욕을 하면서 듣기에 적합한 음악이라고 생각하지도 않는다. 혹시 핀란드 사람이라면 기나긴 밤에 사우나를 하면서 시벨리우스를 듣는 것을 좋아할지도 모른다. 하지만 분쿄 구 고히나타에 있는 침실 두 개짜리 아파트의 좁은 욕실에서 듣기에 시벨리우스의 음악은 약간 지나치게 정념적이고 그 울림은 지나치게 긴박감을 품고 있다. 하지만 우시카와는 딱히 신경 쓰지 않았다. 배경에 뭔가 음악이 흐르고 있으면 그냥 그걸로 좋았던 것이다. 라모의 〈콩세르〉가 흐르고 있다면 아무 불평 없이 그걸 들었을 것이고, 슈만의 〈사육제〉가 흐르고 있다면 그것도 아무 불평 없이 들었을 것이다. 그때 우연히 FM 방송국에서 시벨리우스의 바이올린 협주곡을 내보냈다. 그저 그뿐이다.

우시카와는 항상 하던 대로 의식의 반은 텅 비워 쉬게 하고, 나머지 반절로 생각을 했다. 그리고 다비드 오이스트라흐가 연주하는 시벨리우스의 음악은 주로 그 텅 빈 영역을 지나쳐갔다. 산들바람처럼, 널찍하게 열린 입구로 들어와 널찍하게 열린 출구로 나갔다. 음악을 듣는 방식으로는 그다지 칭찬받을 만한 게 아닐지도 모른다. 자신의 음악을 그런 식으로 듣는다는 것을 안다면 시벨리우스는 큼직한 눈썹을 찌푸리고 굵은 목덜미에는 몇 가닥 주름을 새겼을지도 모른다. 하지만 시벨리우스는 아득한 옛날에 사망했고, 오이스트라흐도 이미 세상을 떠났다. 그래서 우시카와는 누구의 눈치도 볼 것 없이 음악을 오른쪽에서 왼쪽으로 흘려들으면서, 텅 비지 않은 나머지 반쪽의 의식으로 두서없이 생각을 굴렸다.

그럴 때, 그는 대상을 한정하지 않고 생각하는 걸 좋아한다. 개들을 드넓은 들판에 풀어놓듯이 의식을 자유롭게 내달리게 하는 것이다. 어디든 원하는 곳에 가서 무엇이든 원하는 대로 하라고 그들에게 말하고, 마음껏 풀어놓는다. 그 자신은 턱까지 물에 잠겨 눈을 가늘게 뜬 채 음악을 듣는 둥 마는 둥 멍하니 앉아 있었다. 개들이 이리저리 마구 뛰어다니고, 언덕길에서 구르고, 질리지도 않는지 서로를 쫓아다니고, 다람쥐를 발견하고는 무익한 추적을 하고, 흙투성이 풀투성이가 되어 뛰어놀다 지쳐서 돌아오면 우시카와는 그 머리를 쓰다듬어주고 다시 목줄을 채운다. 그때쯤에는 음악도 끝난다. 시벨리우스의 협주곡은 대략 삼십 분 만에 끝났다. 마침 적당한 길이다. 다음 곡은 야나체크의 〈신포니에타〉입니다, 라고 아나운서가 말했다. 야나체크의 〈신포니에타〉라는 곡명은 어디선가 들은 기억이 있었다. 하지만 어디서였는지는 기억나지 않는다. 기억해내려고 하자 왠지 시야가 흐릿해져왔다. 안구에 달걀색 안개 같은 것이 서렸다. 목욕물에 너무 오래 들어앉아 있었던 모양이다. 우시카와는 포기하고서 라디오 스위치를 끄고, 욕실을 나와 허리에 타월만 감은 채 냉장고에서 맥주를 꺼냈다.

우시카와는 그곳에 혼자 살고 있다. 예전에는 아내가 있고 두 어린 딸이 있었다. 가나가와 현 야마토 시 주오린칸에 단독주택을 사서 거기서 살았다. 작기는 하지만 잔디 정원이 있고 개도 한

마리 길렀다. 아내는 지극히 평범한 용모였고 아이들은 둘 다 예쁘다고 해도 무방할 얼굴이었다. 딸들은 우시카와의 외모를 전혀 물려받지 않았다. 우시카와는 물론 매우 안도했다.

그런데 돌연한 암전이라고 해야 할 일이 일어나 지금은 혼자다. 자신이 예전에 가정을 갖고 교외의 단독주택에서 살았다는 것 자체가 신기하게 여겨진다. 그건 뭔가 잘못 생각한 것이고, 자신이 무의식중에 과거의 기억을 멋대로 날조한 게 아닐까 하는 생각까지 든다. 하지만 물론 그건 실제로 있었던 일이다. 침대를 함께 쓰던 아내, 피를 나눈 두 아이가 그에게는 있었다. 책상 서랍에는 넷이서 함께 찍은 가족사진이 들어 있다. 거기서는 모두가 행복한 듯이 웃고 있다. 개도 미소를 짓고 있는 것처럼 보인다.

가족이 다시 하나가 될 가능성은 없다. 아내와 딸들은 나고야에 살고 있다. 딸들에게는 새로운 아버지가 있다. 초등학교의 수업 참관일에 얼굴을 내밀어도 딸들이 창피해하지 않을 만큼 지극히 평범한 외모의 아버지가. 딸들은 벌써 사 년 가까이 우시카와를 만나지 않았지만, 딱히 그걸 유감스럽게 생각하는 눈치는 없다. 편지조차 보내지 않는다. 우시카와 자신도 딸들을 만나지 못하는 것을 그다지 유감스럽게 생각하는 것처럼 보이지 않는다. 하지만 그가 딸들을 소중히 여기지 않는 건 아니다. 다만 우시카와는 무엇보다 우선 자신이라는 존재를 확보하지 않으면 안 되었고, 그러기 위해서는 당장 필요하지 않은 마음의 회로는 닫아둘 필요가 있었다.

그리고 그는 또 알고 있었다. 아무리 멀리 떨어져 있어도 그녀들 속에는 자신의 피가 흐르고 있다는 것을. 딸들이 가령 우시카와를 잊어버린다 해도, 그 피가 자신이 가야 할 길을 잃어버리는 일은 없다. 피는 아마도 오랜 기억을 갖고 있을 것이다. 그리고 후쿠스케 머리의 징표는 앞으로 언젠가 어딘가에서 다시금 모습을 드러낼 것이다. 뜻하지 않은 때에, 뜻하지 않은 곳에서. 그때 사람들은 우시카와의 존재를 한숨과 함께 기억해낼 터였다.

그같은 분출의 현장을 우시카와는 살아서 자신의 눈으로 볼 수 있을지도 모른다. 혹은 볼 수 없을지도 모른다. 어느 쪽이건 괜찮다. 그런 일이 일어날 수 있다는 생각만으로도 우시카와는 만족감을 얻을 수 있었다. 그것은 복수심이 아니다. 이 세계의 구성 요소에 자신이 피할 수 없이 포함되어 있다는 인식이 가져다주는 일종의 충족감이다.

우시카와는 소파에 앉아 짧은 다리를 뻗어 테이블 위에 얹고 캔맥주를 마시며 문득 한 가지 아이디어를 떠올렸다. 그게 생각대로 술술 풀리지 않을지도 모른다. 하지만 시도해볼 가치는 있다. 어째서 이렇게 간단한 걸 여태 생각하지 못했을까, 하고 우시카와는 신기하게 생각했다. 간단한 것일수록 생각이 잘 나지 않는 법이다. 등잔 밑이 어둡다고 하지 않던가.

우시카와는 다음 날 아침 다시 한번 고엔지로 가서, 처음 눈에 띈 부동산중개소에 들어가 덴고가 살고 있는 임대아파트에 빈 방이 있는지 물었다. 그들은 그 아파트를 취급하고 있지 않았다. 역 앞에 있는 부동산업자가 일괄 관리한다고 했다.

"그런데 그 아파트는 빈방이 안 나올 겁니다. 집세가 싸고 위치가 좋아서 입주자들이 나가지를 않아요."

"그래도 혹시 모르니 일단 알아보지요." 우시카와는 말했다.

그는 역 앞의 부동산중개소를 찾아갔다. 그를 맞은 건 이십대 초반의 젊은 남자였다. 새까맣고 굵은 머리칼을 특수한 새둥지처럼 젤로 단단히 고정시켜놓았다. 하얀 셔츠에 새 넥타이. 아마 이 일을 시작한 지 얼마 안 된 모양이다. 뺨에 아직도 여드름 자국이 남아 있었다. 그는 가게에 들어서는 우시카와의 외모를 보고 잠깐 흠칫했지만 금세 마음을 다잡고 직업적인 웃음을 지었다.

"손님, 운이 좋으신데요." 청년은 말했다. "1층에 살던 부부가 집안 사정으로 갑작스럽게 이사를 가서 마침 일주일 전에 방 하나가 나왔어요. 어제야 청소가 끝나서 아직 광고도 못 했어요. 1층이라서 바깥 소음이 좀 신경 쓰일 수도 있고 햇볕은 기대하기 어렵지만, 일단 교통이 아주 편리합니다. 단지 집주인이 오륙 년 안에 건물을 개축할 예정이어서요, 그럴 경우 반년 전에 고지하면 조용히 집을 비워달라는 게 계약조건입니다. 그리고 주차장은 없습니다."

아무 문제 없다, 고 우시카와는 말했다. 그리 오래 살 마음도 없고, 자동차는 사용하지 않는다.

"좋습니다. 그 조건만 받아주신다면 당장 내일이라도 입주하실 수 있어요. 물론 그전에 방은 한번 보셔야겠지요?"

꼭 보고 싶다고 우시카와는 말했다. 청년은 책상 서랍에서 열쇠를 꺼내 우시카와에게 건넸다.

"제가 지금 잠깐 볼일이 있어서요, 죄송하지만 혼자 가셔서 둘러보셨으면 합니다만. 방은 비어 있고, 나오시는 길에 열쇠만 돌려주시면 됩니다."

"그러지요." 우시카와는 말했다. "그런데 혹시 내가 나쁜 사람이어서 열쇠를 안 돌려주거나 복사키를 만들어뒀다가 나중에 빈집털이라도 하면 어쩌려고?"

청년은 그 말을 듣고 깜짝 놀란 듯이 우시카와의 얼굴을 잠시 바라보았다. "아 예, 그렇군요. 그러시면 확인차 명함 같은 거라도 한 장 주시겠습니까?"

우시카와는 지갑에서 '신일본학술예술진흥회'의 명함을 꺼내 주었다.

"우시카와 씨." 청년은 진지한 얼굴로 그 이름을 읊었다. 그러고는 표정이 풀어졌다. "역시 나쁜 일을 하실 분 같지는 않았거든요."

"거, 고맙군요." 우시카와는 말했다. 그리고 그 명함의 직책과 똑같이 알맹이 없는 웃음을 입가에 띠었다.

누군가에게 그런 말을 들어본 건 처음이었다. 아마 나쁜 짓을 하기에는 외모가 지나치게 두드러진다는 뜻일 거라고 우시카와는 해석했다. 특징을 아주 간단히 묘사할 수 있다. 몽타주도 척척 그려낼 것이다. 만일 지명수배라도 떨어진다면 사흘 안에 잡혀갈 게 틀림없다.

방은 예상보다 나쁘지 않았다. 3층 덴고의 방은 바로 위쪽이라서 그 내부를 직접 감시하는 건 물론 불가능하다. 하지만 창문으로 아파트 현관을 시야에 담을 수 있었다. 덴고의 출입을 체크하고, 그를 찾아온 사람을 짐작할 수도 있다. 카메라를 눈에 띄지 않게 위장 설치하면 망원렌즈로 얼굴 사진도 찍을 수 있을 것이다.

그 방을 얻기 위해서는 두 달분의 보증금과 한 달분의 집세를 미리 내고, 두 달분의 중개수수료도 지불해야 한다. 집세가 그리 비싸지는 않고, 보증금은 해약할 때 다시 돌려받겠지만, 그래도 적지 않은 금액이다. 박쥐에게 경비를 치른 탓에 예금 잔고도 부쩍 줄었다. 하지만 자신이 처한 상황을 생각하면 무리를 해서라도 그 방을 빌리지 않을 수 없었다. 선택의 여지는 없다. 우시카와는 부동산중개소로 다시 가서 미리 준비한 현금으로 임대계약을 했다. '신일본학술예술진흥회'가 계약하는 것으로 해두었다. 회사 등기부등본은 나중에 우송해주겠다고 말했다. 담당 청년은 그런 건 그다지 신경 쓰지 않았다. 계약이 끝나자 청년은 우시카와에게 다시 열쇠를 건넸다.

"우시카와 씨, 이제부터 그 집에서 사실 수 있습니다. 전기와 수도는 바로 사용할 수 있지만, 가스는 개통할 때 본인이 계셔야 하기 때문에 직접 도쿄가스에 연락하셔야 합니다. 전화는 어떻게 하시겠습니까?"

"전화는 내 쪽에서 알아보지요." 우시카와는 말했다. 전화회사와 계약하는 건 번거롭기도 하고 공사를 위해 사람을 집 안에 들여야 한다. 근처 공중전화를 이용하는 게 오히려 편하다.

우시카와는 다시 한번 그 방에 가서 필요한 것들의 목록을 작성했다. 고맙게도 전에 살던 사람이 창문 커튼을 그대로 남겨두었다. 낡아빠진 꽃무늬 커튼이지만 어떤 커튼이든 달려 있기만 하면 되고, 그건 감시에는 빠뜨릴 수 없는 물건이었다.

목록은 그리 길지 않았다. 우선은 식료품과 음료수만 있으면 충분하다. 망원렌즈가 딸린 카메라와 삼각대. 그다음은 화장지와 등산용 침낭, 휴대연료, 캠프용 코펠, 과도, 통조림따개, 쓰레기봉투, 간단한 세면도구와 전기면도기, 타월 몇 장, 손전등, 트랜지스터라디오. 최소한의 갈아입을 옷과 담배 한 보루. 그런 정도다. 냉장고도 식탁도 이불도 필요 없다. 비바람을 피할 장소를 찾아낸 것만도 행운이다. 우시카와는 집으로 돌아와 카메라백에 일안 리플렉스 카메라와 망원렌즈를 넣고 필름을 넉넉히 준비했다. 그러고는 목록에 적힌 물건들을 여행가방에 챙겼다. 부족한 건 고엔지 역 앞 상가에서 구입했다.

세 평짜리 방 창가에 삼각대를 설치하고 미놀타 최신식 오토매틱 카메라를 얹어 거기에 망원렌즈를 달고, 현관을 출입하는 사람의 얼굴 위치에 맞춰 매뉴얼 모드로 초점을 조정했다. 셔터는 리모컨으로 누를 수 있게 해두었다. 모터드라이브도 세팅했다. 렌즈 끝에는 두꺼운 종이 가리개를 붙여 렌즈의 빛 반사를 방지했다. 밖에서는 커튼 귀퉁이가 슬쩍 들려 거기로 종이 원통 같은 게 살짝 보이는 정도다. 그런 것에 아무도 신경 쓰지 않을 것이다. 시원찮은 임대아파트 현관을 몰래 촬영하리라고는 아무도 생각지 못할 것이다.

그 카메라로 우시카와는 아파트 현관으로 드나드는 사람들을 몇 명 시험 삼아 촬영해보았다. 모터드라이브 덕분에 한 사람당 세 번씩은 셔터를 누를 수 있었다. 타월로 카메라를 감싸 셔터 소리를 줄였다. 필름 한 통을 다 찍어, 역 근처 사진관으로 가져갔다. 필름을 점원에게 건네주면 기계가 자동으로 현상하는 시스템이다. 대량의 사진을 고속으로 처리하기 때문에 거기에 뭐가 찍혔는지 궁금해하는 사람은 없다.

사진은 잘 나왔다. 예술성은 바라기 어렵지만 우선 이 정도면 충분하다. 현관을 출입하는 사람들의 얼굴을 분간할 수 있을 만큼은 선명하게 찍혀 있었다. 우시카와는 사진관에서 돌아오는 길에 미네랄워터와 통조림을 샀다. 담배가게에서 세븐스타도 보루로 샀다. 짐을 가슴에 안고 그걸로 얼굴을 가리듯 해서 아파트로 돌아와 다시 카메라 앞에 앉았다. 현관을 감시하면서 물을 마시고 복숭아 통조림을 먹고 담배를 몇 대 피웠다. 전기는 들어오는데 왜 그런지 물이 나오지 않았다. 속에서 구르르륵 소리가 날 뿐, 수도꼭지에서는 아무것도 나오지 않는다. 아마 무슨 사정 때문에 시간이 조금 걸리는 모양이다. 부동산중개소에 연락할까도 생각했지만 자꾸 들락거리는 게 싫어서 잠시 더 상황을 지켜보기로 했다. 수세식 변기를 쓸 수 없는지라 청소업자가 깜박 놓고 간 듯한 낡아빠진 작은 양동이에 오줌을 누었다.

초겨울의 성급한 저녁노을이 찾아와 방 안이 완전히 어두워져도 불은 켜지 않았다. 어둠의 도래는 우시카와가 환영하는 바였다. 현관의 조명이 켜지고, 그 노란 불빛 아래로 지나가는 사람들을 우시카와는 계속 감시했다.

저녁이 되자 사람들의 출입이 약간 늘었지만 그 수는 결코 많지 않았다. 워낙에 작은 아파트다. 그리고 그중에 덴고의 모습은 없었다. 아오마메일 듯한 여자의 모습도 보이지 않았다. 오늘은 덴고가 입시학원에서 강의하는 날일 것이다. 저녁이 되면 그는 이곳으로 돌아온다. 덴고는 근무 후에 어딘가 들르는 일이 거의 없다. 그는 밖에서 식사하는 것보다 직접 요리해서 혼자 책을 읽으며 먹는 것을 좋아한다. 우시카와는 그걸 알고 있었다. 하지만 덴고는 좀체 돌아오지 않았다. 학원 일 마치고 누군가를 만나는지도 모른다.

그 아파트에는 다양한 사람들이 살고 있었다. 젊은 독신 직장인, 대학생, 어린 자녀를 둔 부부, 그리고 독거노인에 이르기까지 입주민은 제각각이었다. 사람들은 무방비하게 망원렌즈 시야 속을 가로질러갔다. 나이나 형편에 따라 약간의 차이는 있지만 그들은 저마다 생활에 지치고 인생에 질린 것처럼 보였다. 희망은 퇴색되고, 야심은 어딘가에 잃어버리고, 감성은 닳아빠지고, 그 빈자리에 체념과 무감각이 자리잡고 있었다. 마치 두 시간 전에 치과에서 이를 뽑은 사람처럼, 그들의 얼굴빛은 어둡고 발걸음은 무거웠다.

물론 그건 우시카와의 잘못된 선입견인지도 모른다. 그중 어떤 사람은 의외로 인생을 마음껏 즐기고 있는지도 모른다. 문을 열면 그 안쪽에는 숨을 헉 삼킬 만한 개인적인 낙원이 마련되어 있는지도. 또 어떤 사람은 세무조사를 피하기 위해 검소하게 사는 척하고 있는지도 모른다. 물론 그것도 전혀 있을 수 없는 일은 아니다. 하지만 카메라 망원렌즈를 통해 바라보는 한, 그들은 철거 직전의 싸구려 아파트에 달라붙어 살아가는, 잔뜩 짓눌려 도무지 기를 펴지 못하는 도시 생활자로밖에는 보이지 않았다.

결국 덴고는 끝내 나타나지 않았고, 덴고와 관련이 있을 법한 사람도 보이지 않았다. 시곗바늘이 열시 반을 넘어섰을 때, 우시카와는 포기했다. 오늘은 첫날이고, 준비도 충분히 갖춰지지 않았다. 아직 갈 길이 멀다. 오늘은 이 정도로 해두자. 여러 각도로 몸을 뻗어 딱딱하게 뭉친 부위를 풀었다. 팥빵 한 개를 먹고 보온병에 담아온 커피를 뚜껑에 따라 마셨다. 세면대 수도꼭지를 틀자 마침 수돗물이 나왔다. 그는 비누로 얼굴을 씻고 이를 닦고 오래 소변을 봤다. 벽에 몸을 기대고 담배를 피웠다. 위스키를 한 모금 마시고 싶었지만, 이곳에 있는 동안에는 술은 일절 입에 대지 않기로 했다.

그러고는 속옷만 입고서 침낭에 기어들었다. 추위로 한참이나 몸이 가늘게 떨렸다. 밤이 되자 휑한 빈방은 예상외로 추웠다. 작은 전기스토브 하나쯤 필요할지도 모른다.

혼자 벌벌 떨면서 침낭에 들어가 있으려니 가족에 둘러싸여 지내던 날들이 절로 생각났다. 딱히 그리워서 생각난 건 아니다. 지금 자신이 처한 상황과 너무도 대조적인 것으로, 어디까지나 하나의 예로, 머리에 떠올랐을 뿐이다. 가족과 함께 살 때도 우시카와는 물론 고독했다. 어느 누구에게도 마음을 허락하지 않았고, 남들 비슷하게 사는 그런 평범한 생활은 어차피 일시적인 것이라고 생각했다. 언젠가 이런 건 허망하게 무너지고 흔적도 없이 사라져버릴 거라고 마음속 깊은 곳에서 생각했다. 변호사로서 바쁘게 돌아가는 하루하루, 높은 수입, 주오린칸의 단독주택, 생김새가 나쁘지 않은 아내, 사립 초등학교에 다니는 예쁜 두 딸, 혈통서 딸린 개. 그래서 여러 가지 일이 연달아 일어나면서 가정이 어이없이 무너지고 자기 혼자 남겨졌을 때는 오히려 마음이 푹 놓였을 정도다. 휴우, 이걸로 이제 아무것도 걱정할 필요 없다. 다시 원점으로 돌아온 거다, 라고.

이게 원점일까?

우시카와는 침낭 안에서 매미 유충처럼 몸을 둥글게 말고 어두운 천장을 올려다보았다. 같은 자세로 오랜 시간 앉아 있었던 탓에 몸의 마디마디가 아팠다. 추위에 떨고, 저녁 대신 차디찬 팥빵을 뜯어먹고, 철거 직전의 싸구려 아파트 현관을 감시하고, 시원찮은 사람들의 모습을 몰래 촬영하고, 청소용 양동이에 소변을 본다. 그것이 '원점으로 돌아간다'는 것의 의미일까. 그 순간 깜박 잊어버린 일이 생각났다. 그는 침낭에서 굼실굼실 기어나와 양동이 안의 오줌을 변기에 쏟고, 덜렁거리는 레버를 눌러 물을 내렸다. 겨우겨우 따스해진 침낭에서 나오는 게 정말 싫어서 그냥 내버려둘까도 생각했지만, 어둠 속에서 자칫 발에 차이기라도 했다가는 큰일이다. 그러고는 침낭에 돌아와 다시 한동안 추위에 떨었다.

이게 원점으로 돌아간다는 것일까?

아마 그럴 것이다. 더이상 잃을 건 아무것도 없다. 내 목숨 외에는. 아주 간단하다. 어둠 속에서 우시카와는 얇은 칼날 같은 웃음을 지었다.

제14장 아오마메

Q

나의 이 작은 것

아오마메는 대략 혼미와 모색 속에 살고 있다. 이 1Q84년이라는, 기존의 논리나 지식이 거의 통용되지 않는 세계에서 앞으로 자신에게 어떤 일이 일어날지 예측할 수 없다. 그래도 자신은 최소한 앞으로 몇 달은 더 살아서 아이를 출산할 것이라고 그녀는 생각한다. 어디까지나 예감에 지나지 않는다. 하지만 거의 확신에 가까운 예감이다. 왜냐하면 그녀가 아이를 출산한다는 전제하에 모든 일이 진행되는 것처럼 느껴지기 때문이다. 그런 기미를 그녀는 감지한다.

그리고 아오마메는 '선구'의 리더가 마지막으로 남긴 말을 기억하고 있다. 그는 말했다. "자네는 무거운 시련을 뚫고 나가지 않으면 안 돼. 그것을 뚫고 나갔을 때, 있어야 할 곳에 있는 것들을 목격할 게야."

그는 뭔가를 알고 있었다. 매우 중요한 것을. 그리고 그것을 애매한 언어를 통해 다의적으로 내게 전하려 했던 것이다. 그 시련이란 내가 실제로 죽음의 문턱까지 나 자신을 몰아가는 것이었는지도 모른다. 나는 목숨을 끊을 작정으로 권총을 들고 에소 광고판 앞까지 갔다. 하지만 죽지 않고 돌아왔다. 그리고 내가 임신한 것을 알았다. 그것 또한 미리 정해져 있었던 일인지도 모른다.

12월에 들어서자 강한 바람이 부는 밤이 며칠이나 이어졌다. 느티나무 낙엽이 베란다 플라스틱 가림판에 부딪혀 매섭게 건조한 소리를 냈다. 차가운 바람이 경고를 발하며 헐벗은 가지 사이를 뚫고 지나갔다. 까마귀들이 서로를 부르는 소리도 좀더 엄격하고 날카롭게 벼려져 있었다. 겨울이 도래한 것이다.

자궁 안에서 자라고 있는 아이가 덴고의 아이일지도 모른다는 생각은 날이 갈수록 점점 더 강해지고, 이윽고 하나의 사실로 기능하게 되었다. 제삼자를 설득할 만한 논리성은 아직 없다. 하지만 스스로를 향해서라면 명료하게 설명할 수 있다. 그것은 너무도 확실한 얘기이다.

만일 내가 성행위 없이 임신했다면, 그 상대가 덴고 말고 대체 누구일 수 있겠는가?

11월 들어 몸무게가 불었다. 밖에는 나가지 않았지만 그녀는 날마다 충분한 양의 운동을 계속했고, 식사도 엄격하게 제한했다. 스무 살 이후로 몸무게가 52킬로그램을 넘은 적이 없었다. 하지만 어느 날 체중계 바늘이 54킬로그램을 가리키고 나서는 그것을 밑돌지 않는다. 얼굴이 약간 둥그스름해진 것 같다. 분명 이 작은 것은 모체에게 살이 찔 것을 요구하고 있는 것이다.

그녀는 그 작은 것과 함께 밤의 어린이공원을 계속 감시한다. 혼자 미끄럼틀 위로 올라가는 젊은 남자의 큼직한 실루엣을 찾는다. 아오마메는 하늘에 나란히 뜬 두 개의 초겨울 달을 바라보며 담요 위로 아랫배를 가만히 쓰다듬는다. 이따금 까닭 없이 눈물이 흐른다. 문득 깨닫고 보면 눈물은 볼을 타고 배를 덮은 담요에 떨어졌다. 고독 때문인지도 모르고, 불안 때문인지도 모른다. 임신한 탓에 마음이 쉽게 감정적이 되는지도 모른다. 혹은 그저 차가운 바람이 눈물샘을 자극하여 눈물을 흘리게 하는지도 모른다. 어떻든 아오마메는 눈물을 닦지 않는다. 흐르는 대로 내버려둔다.

어느 선까지 울고 나면 눈물은 바닥난다. 그리고 그녀는 고독한 감시를 계속한다. 아니, 이제 그렇게 고독하지 않아, 그녀는 생각한다. 내게는 이 작은 것이 있다. 우리는 두 사람이다. 우리는 둘이서 두 개의 달을 올려다보고, 덴고가 이곳에 모습을 드러내기를 기다린다. 그녀는 이따금 쌍안경을 손에 들고 사람 없는 미끄럼틀에 초점을 맞춘다. 이따금 자동권총을 손에 들고 그 무게와 감촉을 확인한다. 자신을 지키고, 덴고를 찾아내고, 이 작은 것에게 양분을 공급한다. 그것이 지금 내게 주어진 책무다.

어느 날 차가운 바람을 맞으며 공원을 감시하면서 아오마메는 자신이 신을 믿고 있다는 것을 깨닫는다. 느닷없이 그 사실을 발견한다. 마치 발바닥이 부드러운 진흙 밑바닥에서 단단한 지반을 찾듯이. 그것은 불가해한 감각이고, 예상치도 못한 인식이다. 그녀는 어느 정도 자란 이후부터는 신이라는 것을 내내 증오해왔다. 좀더 정확히 표현하자면, 신과 자신 사이에 끼여 있는 사람들과 시스템을 거부해왔다. 오랜 세월 동안 그런 사람들과 시스템은 그녀에게 신과 거의 동의어였다. 그들을 증오하는 것은 곧 신을 증오하는 것이기도 했다.

태어났을 때부터 그들은 아오마메의 주위에 있었다. 신의 이름으로 그녀를 지배하고, 그녀에게 명령하고, 그녀를 몰아붙였다. 신의 이름으로 모든 시간과 자유를 그녀에게서 박탈하고, 그 마음에 무거운 족쇄를 채웠다. 그들은 신의 은혜를 말했으나, 그것의 몇 배로 신의 분노와 불관용을 말했다. 아오마메는 열한 살 때 마음을 정하고 마침내 그런 세계에서 빠져나올 수 있었다. 하지만 그러기 위해 많은 것을 희생해야 했다.

만일 신이라는 것이 이 세계에 존재하지 않았다면, 분명 내 인생은 좀더 환한 빛이 넘치고 좀더 자연스럽고 풍성했을 것이다. 아오마메는 곧잘 그렇게 상상했다. 끊임없는 분노와 두려움에 시달리는 일 없이, 극히 평범한 어린아이로 수없이 아름다운 추억을 만들 수 있었을 터였다. 그리고 지금 존재하는 내 인생은 지금보다 훨씬 더 긍정적이고 평온하고 충실했을 것이다.

그래도 아오마메는 아랫배에 손을 얹고 플라스틱 가림판 틈새로 사람 없는 공원을 바라보며, 마음의 가장 밑바닥에서 자신이 신을 믿는다는 것을 느끼지 않을 수 없다. 기계적으로 기도문을 입에 올릴 때, 양손의 손가락을 하나로 맞댈 때, 그녀는 의식의 틀 밖에서 신을 믿고 있었다. 그것은 뼛속 깊이 스며든 감각이며 논리나 감정으로는 떨쳐낼 수 없는 것이다. 증오나 분노에 의해서도 지워버릴 수 없는 것이다.

하지만 그것은 그들의 신이 아니다. 나의 신이다. 그것은 내가 내 인생을 희생하며 살이 찢기고, 살갗이 벗겨지고, 피를 빨리고, 손톱이 뽑히고, 시간과 희망과 추억을 빼앗기고, 그 결과 내 몸에 밴 것이다. 형태를 가진 신이 아니다. 하얀 옷도 입지 않고 긴 수염도 없다. 그 신은 교의도 없고, 교전도 없고, 규범도 없다. 보상도 없거니와 처벌도 없다. 아무것도 주지 않고 아무것도 빼앗지 않는다. 올라갈 천국도 없고 떨어질 지옥도 없다. 더울 때나 추울 때나 신은 그저 그곳에 있다.

'선구'의 리더가 죽음 직전에 입에 올렸던 말을 아오마메는 때

때로 생각한다. 그 굵은 바리톤 음성을 그녀는 잊을 수가 없다. 그의 목 뒤편에 찔러넣은 바늘의 감촉을 잊지 못하는 것처럼.

빛이 있는 곳에 그림자가 없어서는 안 되고, 그림자가 있는 곳에 빛이 없어서는 안 된다. 빛이 없는 그림자는 없고, 또한 그림자가 없는 빛은 없다. 리틀 피플이 선인지 악인지, 그건 알 수 없다. 그것은 어떤 의미에서 우리의 이해나 정의를 뛰어넘는 존재다. 우리는 오랜 옛날부터 그들과 함께 살아왔다. 아직 선악 따위가 제대로 존재하지 않았던 무렵부터. 사람들의 의식이 아직 미명의 것이었던 시절부터.

신과 리틀 피플은 대립하는 존재일까. 아니면 한 가지 것의 다른 측면일까.

아오마메는 알지 못한다. 그녀가 아는 것은 그녀 안에 있는 작은 것을 어떻게든 지켜야 한다는 것이고, 그러기 위해 어떤 면에서 신을 믿을 필요가 있다는 것이다. 혹은 자신이 신을 믿는다는 사실을 인정할 필요가 있다는 것이다.

아오마메는 신에 대해 생각해본다. 신은 형태를 갖지 않고, 동시에 어떤 형태도 취할 수 있다. 그녀가 품은 이미지는 유선형의 메르세데스 벤츠 쿠페다. 딜러에게서 이제 막 배달되어온 새 차. 거기서 내려서는 기품 있는 중년부인. 수도고속도로 위에서 그녀는 자신이 입고 있던 아름다운 스프링코트를 벌거벗은 아오마메에게 내민다. 싸늘한 바람과 사람들의 노골적인 시선으로부터 그녀를 보호해준다. 그리고 아무 말 없이 은색 쿠페로 돌아간다. 그녀는 알고 있다. 아오마메가 태아를 품고 있다는 것을. 보호받아야 한다는 것을.

그녀는 새로운 꿈을 꾸기 시작한다. 꿈속에서 그녀는 하얀 방에 감금되어 있다. 정육면체 모양의 작은 방이다. 창문은 없고 문이 하나 달려 있을 뿐이다. 장식 없는 간소한 침대가 있고, 그곳에 자신이 반듯하게 눕혀져 있다. 침대 위에 매달린 조명이 산처럼 부푼 그녀의 배를 비춘다. 자신의 몸이 아닌 것만 같다. 하지만 그건 틀림없이 아오마메의 육체의 일부다. 출산의 때가 임박해 있다.

스킨헤드와 포니테일이 그 방을 지키고 있다. 그 이인조는 이제 다시는 실수를 범하지 않으리라 결심하고 있다. 그들은 한 차례 실패했다. 그 실책을 만회하지 않으면 안 된다. 두 사람에게 주어진 역할은 아오마메를 그 방에서 내보내지 않고, 어느 누구도 그 방에 들이지 않는 것이다. 그들은 **그 작은 것**이 탄생하기를 기다리고 있다. 태어나면 곧바로 그것을 아오마메에게서 앗아갈 작정이다.

아오마메는 비명을 지르려고 한다. 필사적으로 도움을 청하려고 한다. 하지만 그곳은 특수한 소재로 만들어진 방이다. 벽이며 바닥이며 천장이 모든 소리를 순식간에 빨아들이고 만다. 그녀의 비명은 자신의 귀에조차 들리지 않는다. 아오마메는 저 메르세데스 쿠페를 탄 부인이 찾아와 자신을 구해주기를 바란다. 자신과 그 작은 것을. 하지만 그녀의 목소리는 하얀 방의 벽에 헛되이 빨려들고 만다.

그 작은 것은 탯줄에서 자양분을 빨아들이며 시시각각 자란다. 미지근한 어둠으로부터 벗어나기를 바라며 그녀의 자궁벽을 걷어찬다. 그것은 빛과 자유를 원하고 있다.

문 옆에는 키가 큰 포니테일이 앉아 있다. 두 손을 무릎 위에 얹고, 허공의 한 점을 응시한다. 그곳에는 작고 단단한 구름이 떠 있는지도 모른다. 침대 옆에는 스킨헤드가 서 있다. 두 사람은 지난번과 똑같은 다크 슈트를 입었다. 스킨헤드는 이따금 팔을 들어 시계를 들여다본다. 역에서 중요한 열차가 도착하기를 기다리는 사람처럼.

아오마메는 팔다리를 움직일 수가 없다. 밧줄에 묶인 것 같지도 않은데, 어떻게 해봐도 팔다리를 움직일 수 없다. 손끝에 감각이 없다. 진통의 예감이 몰려온다. 그것은 숙명적인 열차처럼 예정시각을 어기는 일 없이 역으로 다가온다. 그녀는 레일의 희미한 진동을 듣는다.

거기서 잠이 깬다.

그녀는 샤워로 불쾌한 땀을 씻어내고 새 옷으로 갈아입는다. 땀에 젖은 옷을 세탁기에 던져넣는다. 물론 그녀는 그런 꿈을 꾸고 싶지 않다. 하지만 꿈은 여지없이 그녀를 찾아온다. 진행의 세부는 조금씩 다르다. 하지만 장소와 결말은 항상 똑같다. 정육면체 같은 하얀 방. 닥쳐오는 진통. 개성 없는 다크 슈트를 입은 이인조.

아오마메가 작은 것을 잉태했다는 것을 그들은 알고 있다. 혹은 이제 곧 알게 된다. 아오마메는 각오가 되어 있다. 만일 그래야 할 필요가 있다면 포니테일과 스킨헤드에게 망설임 없이 9밀리 탄환을 모조리 발사할 것이다. 그녀를 보호하는 신은, 때로는 피에 젖은 신이다.

문에서 노크 소리가 들린다. 아오마메는 주방 스툴에 앉아 있고, 오른손에 안전장치를 푼 자동권총을 움켜쥐고 있다. 밖에는 아침부터 차가운 비가 내리고 있다. 겨울비 냄새가 세상을 휘감고 있다.

"다카이 씨, 안녕하세요." 문밖에 있는 사람은 노크를 멈추고 말한다. "매번 찾아오던 NHK 사람입니다. 폐가 될 줄은 잘 알지만 또 이렇게 수금을 하러 찾아왔습니다. 다카이 씨, 안에 계시지요?"

아오마메는 소리 없이 문을 향해 말을 건넨다. 우리가 NHK에 전화로 문의해봤어. 당신은 NHK 수금원을 사칭하는 누군가일 뿐이야. 당신, 대체 누구지? 여기서 뭘 원하는 거야?

"사람은 자신이 받은 것에 대가를 지불해야 하는 겁니다. 그게 사회가 정한 규칙이에요. 당신은 전파를 수신했어요. 그러니 그 요금을 내셔야죠. 실컷 받아놓고서 아무것도 내지 않겠다는 건 공정하지 않아요. 도둑이나 마찬가집니다."

그의 목소리는 복도에 크게 울려퍼진다. 탁하기는 해도 우렁찬 목소리다.

"제가 무슨 개인적인 감정으로 이러는 게 아닙니다. 다카이 씨를 미워한다든가 혼을 내주겠다든가, 그런 생각은 털끝만치도 없어요. 다만 공정하지 않은 일은 제가 천성적으로 참지를 못해요. 사람은 자신이 받은 것에 대가를 지불해야 합니다. 다카이 씨, 당신이 문을 열지 않는 한, 나는 몇 번이고 찾아와서 노크할 겁니다. 그건 당신도 바라지 않지요? 나도요, 말이 안 통하는 영감탱이가 아니에요. 서로 얘기를 하다보면 분명 타협점을 찾아낼 수 있을 겁니다. 다카이 씨, 한번 기분 좋게 이 문을 열어주지 그래요?"

노크 소리가 다시 한 차례 이어진다.

아오마메는 두 손으로 자동권총을 움켜쥔다. 이 사람은 내가 수태한 것을 아마도 알고 있을 것이다. 그녀는 겨드랑이와 콧등에 조금씩 땀을 흘린다. 무슨 일이 있어도 문은 열 수 없다. 만일 상대가 비상열쇠나 혹은 다른 도구나 수단을 사용하여 이 문을 강제로 열려고 한다면, NHK 수금원이건 뭐건 탄창에 든 모든 탄환을 배에 쏘아박을 것이다.

아니, 그런 일은 일어나지 않을 것이다. 그녀는 그것을 알 수 있다. 그들은 이 문을 열 수 없다. 그녀가 안에서 열지 않는 한 열리지 않는 구조로 되어 있다. 그래서 더더욱 상대는 초조해하며 요설을 늘어놓는 것이다. 온갖 말을 늘어놓아 내 신경을 지치게 하려는 것이다.

십 분 후에 그 사람은 떠나갔다. 복도에 울려퍼지는 큰 소리로 그녀를 위협하고 조롱하고 교활하게 회유하고 또한 격하게 매도하고 다시 이 문을 찾아오리라 예고한 뒤에.

"계속 도망칠 수는 없어요, 다카이 씨. 당신이 전파를 수신하는 한, 나는 반드시 이곳에 돌아올 겁니다. 그리 쉽게는 포기하지 않는 사람이에요. 그게 내 성격입니다. 그러면 머지않아 또 만나십시다."

남자의 발소리는 들리지 않는다. 하지만 그는 이미 문 앞에 없다. 아오마메는 문의 구멍으로 그것을 확인한다. 권총의 안전장치를 걸고, 세면실에 가서 얼굴을 씻는다. 셔츠 겨드랑이가 땀에 젖어 있다. 셔츠를 새 것으로 갈아입을 때, 벗은 몸으로 거울 앞에 서본다. 배의 불룩함은 아직 남의 눈에 띌 정도는 아니다. 하지만 그 속에는 중요한 비밀이 감춰져 있다.

노부인과 전화로 이야기를 한다. 그날, 다마루는 몇 가지 조건에 대해 아오마메와 상의한 뒤, 아무 말 없이 수화기를 노부인에게 건넸다. 대화는 가능한 한 직접적인 언급을 우회하여 막연한 단어로 이루어진다. 적어도 처음 한동안은.

"당신을 위한 새로운 장소는 이미 확보했습니다." 노부인은 말한다. "당신은 거기서 예정된 작업을 하게 될 거예요. 안전한 곳이고 정기적으로 전문가의 체크도 받을 수 있어요. 당신만 괜찮다면 당장이라도 그쪽으로 옮길 수 있답니다."

그녀의 작은 것을 노리는 사람들에 대해 노부인에게 털어놓아야 할까. '선구' 쪽 사람들이 꿈속에서 그녀의 아이를 손에 넣으려 한다는 것을. 가짜 NHK 수금원이 온갖 수단을 동원해서 이 집 문을 열게 하려는 것도 분명 똑같은 목적 때문이라는 것을. 하지만 아오마메는 그 생각을 접는다. 아오마메는 노부인을 신뢰하고 있다. 경애하고 있다. 하지만 문제는 그런 게 아니다. 어느 쪽 세계에 살고 있는가, 그것이 현재 당면한 요점이다.

"요즘 몸 상태는 어떤가요?" 노부인은 묻는다.

현재로서는 아무 문제 없이 진행되고 있다고 아오마메는 대답한다.

"참으로 다행이군요." 노부인은 말한다. "다만 당신 목소리가 평소와는 약간 다른 것 같아요. 내가 그리 생각해서 그런지도 모르지만, 약간은 딱딱하고 경계하는 것처럼 들리는군요. 만일 뭔가 마음에 걸리는 일이 있다면 어떤 사소한 것이라도 서슴없이 말해주세요. 우리가 할 수 있는 일이 있을지도 모릅니다."

아오마메는 목소리 톤에 유의하면서 대답한다. "한곳에 오래 있다보니 아마 저도 모르는 사이에 신경이 팽팽해졌나봐요. 건강관리에는 특별히 주의하고 있습니다. 어쨌든 그쪽으로는 제가 전문가니까요."

"물론이지요." 노부인은 말한다. 그리고 다시 잠깐 틈을 둔다. "바로 얼마 전 일인데, 수상한 인물이 며칠 동안 우리집 주위를 서성거렸습니다. 주로 세이프하우스의 상황을 살펴본 것 같아요. 그곳에 있는 세 여성에게 방범카메라 영상을 보여줬는데, 아무도 그 남자를 본 적이 없다고 하는군요. 당신의 행방을 쫓는 사람인지도 모르겠어요."

아오마메는 가만히 얼굴을 찌푸린다. "우리 관계가 밝혀진 걸까요?"

"거기까지는 모릅니다. 그럴 가능성도 생각해볼 수 있다는 정도지요. 이 사람은 외모가 상당히 기괴합니다. 머리가 몹시 큰데다 비뚤어진 모양이더군요. 정수리는 납작하고 거의 벗어졌어요. 키는 작고 팔다리가 짧고 통통합니다. 그런 인물에 대해 짐작 가는 것은 없나요?"

비뚤어진 대머리? "저는 이 방 베란다에서 길을 오가는 사람들을 주의 깊게 관찰하고 있어요. 하지만 그런 인물을 본 적은 없습니다. 남의 눈을 끄는 생김새 같은데요."

"상당히요. 마치 서커스에 나오는 화려한 어릿광대처럼. 만일 그들이 그런 인물을 선정해서 우리의 상황을 알아보라고 보낸 것이라면, 그건 아주 이상한 선택이라고 하지 않을 수 없어요."

아오마메는 거기에 동의한다. '선구'는 일부러 눈에 띄는 외모를 가진 사람을 선정해서 정탐을 보내지는 않는다. 그렇게까지 인재가 부족하지는 않을 터였다. 뒤집어 말하자면, 그 사람은 분명 교단과는 관계가 없고, 아오마메와 노부인의 관계는 아직 그들에게 알려지지 않았다는 얘기다. 하지만 그렇다면 그 남자는 대체 어떤 사람이고, 무슨 목적으로 세이프하우스의 상황을 탐문하고 있는 것일까. 혹시 NHK 수금원을 사칭하며 현관문을 집요하게 두드리는 그 남자와 동일 인물이 아닐까. 물론 양자를 연결 지을 만한 근거는 없다. 그 가짜 수금원의 기묘한 언동이 노부인이 묘사한 남자의 이상한 외모와 연결되는 것뿐이다.

"그런 남자를 발견하거든 연락해주세요. 손쓸 필요가 있을지도 모릅니다."

물론 곧바로 연락하겠다고 아오마메는 대답한다.

노부인은 다시금 침묵한다. 그건 드문 일이다. 전화로 대화할 때 그녀는 항상 실무적이고, 엄격하리만큼 시간을 허비하지 않는다.

"건강하게 지내시지요?" 아오마메는 별일 아닌 것처럼 자연스럽게 묻는다.

"평소와 다름없이 그리 나쁜 곳은 없답니다." 노부인은 말한다. 하지만 그 목소리에는 망설임의 여운이 희미하게 느껴진다. 그것 또한 드문 일이다.

아오마메는 상대의 말이 이어지기를 기다린다.

노부인은 이윽고 체념한 듯이 말한다. "다만 요즘 들어 내가 나이 들었다는 것을 느끼는 일이 많아요. 특히 당신이 떠난 뒤부터."

아오마메는 밝은 목소리를 낸다. "저는 떠나지 않았어요. 여기 있어요."

"물론 그렇지요. 당신은 거기 있고 이렇게 가끔 이야기도 할 수 있어요. 하지만 정기적으로 얼굴을 마주하고 둘이서 함께 몸을 움직이는 것으로 내가 당신에게서 상당한 활력을 받았었나 봅니다."

"부인께서는 원래 자연스러운 활력을 갖고 계세요. 저는 그 힘을 차례차례 이끌어내고 어시스트했을 뿐이죠. 제가 없어도 부인 힘으로 충분히 하실 수 있어요."

"사실을 말하자면, 나도 얼마 전까지는 그리 생각했답니다." 가만히 웃으며 노부인은 말한다. 윤기가 없는 웃음이다. "나는 특별한 사람이라는 자부심도 있었어요. 하지만 세월은 모든 인간에게서 조금씩 생명을 앗아갑니다. 사람은 때가 되어서 죽는 게 아니에요. 안에서부터 서서히 죽어가다가 이윽고 최종 결제 기일을 맞는 것이지요. 아무도 거기에서 도망칠 수 없답니다. 인간은 받은 것의 대가를 지불해야 합니다. 나는 이제야 그 진실을 배우고 있을 뿐이에요."

인간은 받은 것의 대가를 지불해야 합니다. 아오마메는 얼굴을 찌푸린다. 그 NHK 수금원이 입에 올렸던 것과 똑같은 대사다.

"지난 9월 폭우가 내리던 날 밤, 천둥소리가 연달아 울리던 그날 밤에 그것을 퍼뜩 깨달았어요." 노부인은 말한다. "나 혼자 이 집 거실에서 당신을 걱정하며 번갯불이 내달리는 것을 바라보고 있었지요. 그리고 그때 번갯불에 생생하게 드러난 진실을 목격했어요. 그날 밤에 나는 당신이라는 존재를 잃고, 그와 동시에 내 안에 있던 것들을 잃었습니다. 혹은 쌓이고 쌓인 몇 가지 것을. 그때까지 내 존재의 중심이었고, 나라는 인간을 강하게 받쳐온 무언가를."

아오마메는 마음을 굳게 먹고 묻는다. "혹시 거기에 분노도 포함되어 있었을까요?"

말라버린 호수 바닥 같은 침묵이 있었다. 그리고 노부인은 입을 연다. "그때 내가 잃어버린 몇 가지 것들 중에 나의 분노도 포함되어 있었는가. 당신이 묻는 게 그런 건가요."

"그렇습니다."

노부인은 천천히 숨을 내쉰다. "질문에 대한 대답은 예스랍니다. 맞는 얘기예요. 내 안에 있던 거센 분노도 어째서인지 그 엄청난 낙뢰가 떨어질 때 사라져버린 것 같아요. 적어도 아득히 먼 곳으로 후퇴했어요. 이제 내 안에 남은 것은 예전의 훨훨 타오르던 분노가 아닙니다. 그것은 엷은 색감의 비애 같은 것으로 모습이 바뀌었어요. 그 커다랗던 분노가 열기를 잃는 일은 영원히 없을 거라고 생각했는데…… 하지만 당신이 어떻게 그걸 알고 있지요?"

아오마메는 말한다. "마침 똑같은 일이 제게도 일어났기 때문이에요. 수없이 천둥 번개가 치던 그날 밤에."

"당신은 당신 자신의 분노에 대해 말하고 있는 거겠지요?"

"그렇습니다. 제 안에 있던 순수하고 거센 분노는 이제 더이상 찾아볼 수 없어요. 완전히 사라진 건 아니지만, 말씀하신 대로 한참 멀리까지 후퇴한 것 같아요. 그 분노는 오랜 세월 제 마음속에 큰 자리를 차지하고 저를 강하게 몰아붙이던 것이었는데."

"쉬어 갈 줄 모르는 무자비한 마부처럼." 노부인은 말한다. "하지만 그건 이제 힘을 잃었고 당신은 임신을 했군요. 그 대신이라고 해야 할까요?"

아오마메는 호흡을 가다듬는다. "그렇습니다. 그 대신 제 안에는 작은 것이 있어요. 그건 분노와는 관련이 없는 것입니다."

그리고 그것은 내 안에서 나날이 커나가고 있다.

"굳이 말할 것도 없는 일이지만, 당신은 그것을 소중히 지켜야 합니다." 노부인은 말한다. "그러기 위해서도 한시바삐 불안하지 않은 장소로 이동해야 해요."

"옳은 말씀이세요. 하지만 그전에 저는 꼭 해야 할 일이 있어요."

전화를 끊은 뒤 아오마메는 베란다로 나가 플라스틱 가림판 틈새로 오후의 거리를 바라보고 어린이공원을 바라본다. 저녁노을이 다가오고 있다. 1Q84년이 끝나기 전에, 그들이 나를 발견하기 전에, 나는 무슨 일이 있어도 덴고를 찾아야 한다.

제15장 덴고

Q
그것을 말하는 건 허락되어 있지 않다

덴고는 '무기아타마'를 나와 생각에 잠긴 채 한참이나 거리를 걸었다. 그러고는 마음을 정하고 작은 어린이공원으로 발길을 옮겼다. 달이 두 개 나란히 떠 있는 것을 처음으로 발견했던 곳이다. 그때와 똑같이 미끄럼틀 위에 올라가 다시 한번 하늘을 올려다보자. 그곳에서는 다시 달이 보일지도 모른다. 그 달들이 그에게 뭔가를 말해줄지도 모른다.

지난번에 그 공원에 갔던 게 언제였던가, 덴고는 걸으면서 생각한다. 생각나지 않는다. 시간의 흐름이 균일하지 않게 되어 거리감이 불안정하다. 하지만 분명 가을 초입이었다. 긴팔 티셔츠를 입었던 게 기억난다. 그리고 지금은 12월이다.

차가운 바람이 구름 떼를 도쿄 만 쪽으로 흘려보내고 있었다.

구름은 퍼티putty로 만든 것처럼 제각기 일정치 않은 모양으로 단단하게 뭉쳐 있었다. 그 구름에 이따금 가려지면서 두 개의 달이 모습을 보였다. 눈에 익은 노란색 달과 새로 생긴 조그만 초록색 달이다. 둘 다 보름달을 지나 삼분의 이 정도 크기로 이울었다. 자그마한 달은 어머니의 치맛자락 뒤에 숨으려는 어린애처럼 보인다. 달은 전에 봤을 때와 대략 같은 위치에 있었다. 마치 덴고가 돌아오기를 거기서 가만히 기다리고 있었던 것처럼.

밤의 어린이공원에 인적은 없었다. 수은등 불빛은 전보다 더 창백한 빛으로 한층 싸늘해져 있었다. 잎을 떨군 느티나무 가지는 비바람에 씻긴 오래된 백골을 연상시켰다. 올빼미가 울 것 같은 밤이다. 하지만 물론 도시의 공원에는 올빼미가 없다. 덴고는 요트파카 후드를 머리에 쓰고, 양손을 가죽점퍼 호주머니에 넣었다. 그리고 미끄럼틀 위로 올라가 난간에 몸을 기대고 구름 떼 사이를 들락날락하는 두 개의 달을 올려다보았다. 그 뒤로 별이 소리도 없이 반짝이고 있었다. 도시 상공에 고여 있던 흐리터분한 오염은 바람에 날려가고, 공기는 혼탁한 기 없이 맑게 느껴졌다.

지금 이 순간, 과연 얼마의 사람들이 나와 마찬가지로 이 두 개의 달에 눈길을 보내고 있을까. 덴고는 그것에 대해 생각한다. 후카에리는 물론 그것을 알고 있다. 원래 그녀가 시작한 일인 것이다. 아마도. 하지만 그녀를 빼고는 덴고 주위에 있는 사람들은 누구 하나 달의 수가 늘어난 것에 대해 얘기하지 않는다. 사람들은 그걸 아직 깨닫지 못한 것일까. 혹은 굳이 화제에 올릴 것도 없이 세상이 다 아는 사실인 걸까. 어쨌든 덴고는 입시학원의 대리 강의를 부탁한 친구 외에는 누구에게도 달의 상태에 대해 물어본 적이 없다. 오히려 남들 앞에서 그 얘기는 꺼내지 않도록 조심했다. 그것이 도의적으로 부적절한 화제이기라도 한 것처럼.

왜일까?

어쩌면 달이 그것을 바라지 않는지도 모른다, 덴고는 생각한다. 이 두 개의 달은 어디까지나 덴고 개인에게 보낸 메시지이고, 그는 그 정보를 다른 누군가와 공유하는 게 허락되어 있지 않은지도 모른다.

하지만 그건 이상한 생각이었다. 어떻게 달의 수가 개인적인 메시지가 될 수 있을까. 그것은 무엇을 전하려 하는 걸까. 덴고에게 그것은 메시지라기보다 오히려 복잡한 수수께끼처럼 여겨졌다. 그렇다면 그 수수께끼를 내는 건 누구일까. 허락하지 않는 건 대체 누구일까.

바람이 느티나무 가지 사이를 날카로운 소리를 내며 빠져나갔다. 절망을 알게 된 사람의 잇새로 비어져나오는 잔혹한 한숨처럼. 덴고는 달을 올려다보고 바람 소리에 무심히 귀를 기울이며 몸이 완전히 차가워질 때까지 그곳에 앉아 있었다. 시간으로 치면 십오 분쯤일 것이다. 아니, 조금 더 길었는지도 모른다. 시간 감각은 어딘가로 사라져버렸다. 위스키로 적당히 훈훈해졌던 몸이 이제는 바다 밑의 고독한 돌멩이처럼 딱딱하게 얼어붙었다.

구름은 차례차례 바람을 타고 남쪽을 향해 흘러갔다. 아무리 많이 흘러가도 구름은 뒤를 이어 또다시 나타났다. 아득한 북방의 땅에 그런 구름을 무진장 공급하는 원천이 있는 게 틀림없다. 고집스럽게 마음을 정한 사람들이 두툼한 회색 제복으로 몸을 감싸고, 거기서 아침부터 밤까지 그저 묵묵히 구름을 만들어내는 것이다. 벌이 꿀을 만들고, 거미가 집을 짓고, 전쟁이 과부를 만들어내듯이.

덴고는 손목시계를 들여다보았다. 이제 조금 뒤면 여덟시가 된다. 공원에는 여전히 인기척이 없다. 이따금 사람들이 공원 앞길을 빠른 걸음으로 걸어갔다. 일을 마치고 귀로에 오른 사람들은 모두 비슷하게 걷는다. 길 건너 맞은편에 보이는 6층짜리 신축 맨션에는 반 정도의 창문에 불이 켜져 있었다. 바람이 세찬 겨울밤에는 불 켜진 창문이 특별히 다정한 온기로 다가온다. 덴고는 불 켜진 창문을 하나하나 눈으로 좇았다. 작은 어선에서 밤바다에 떠 있는 호화 여객선을 올려다보듯이. 어떤 창문에나 약속한 듯이 커튼이 드리워져 있었다. 밤 공원의 차갑게 얼어붙은 미끄럼틀에서 올려다보면 그곳은 별세계처럼 보인다. 다른 원리 위에 성립되어 다른 룰로 운영되는 세계다. 그 커튼 안쪽에서는 사람들이 지극히 평범한 생활을, 분명 온화한 마음으로 행복하게 영위하고 있을 것이다.

지극히 평범한 생활?

덴고가 생각할 수 있는 '평범한 생활'의 이미지는 깊이와 색채가 빠져버린 유형적인 것밖에 없다. 부부, 그리고 대개는 아이가 둘. 어머니는 앞치마를 걸치고 있다. 김이 나는 냄비, 식탁에서의 대화—덴고의 상상력은 거기에서 단단한 벽에 부딪힌다. 평범한 가족은 저녁식사 자리에서 과연 어떤 이야기를 나눌까. 덴고 자신은 식탁에서 아버지와 대화를 한 기억이 없다. 두 사람은 각자의 사정에 맞는 시간에, 침묵 속에서 그저 뱃속에 먹을 것을 채워넣었다. 내용으로 봐도 그건 식사라고는 하기 어려운 광경이었다.

맨션의 환한 창문을 한차례 관찰하고 난 뒤, 다시 한번 크고 작은 두 개의 달로 눈길을 보냈다. 하지만 아무리 기다려도 두 개의 달 중 어느 쪽도 그를 향해 한마디 말도 해주지 않았다. 그들은 표정 없는 얼굴을 이쪽으로 향한 채, 손질해주기를 바라는 불안정한 대구對句 같은 모습으로 나란히 하늘에 떠 있었다. 금일의 메시지는 없음. 그것이 덴고가 그들에게서 받은 유일한 메시지였다.

구름 떼는 싫증도 내지 않고 하늘을 남쪽으로 가로질러갔다. 다양한 모양과 크기의 구름이 나타나고 사라져갔다. 그중에는 꽤 흥미로운 모양도 있었다. 그들에게는 그들 나름의 생각이 있는 것처럼 보였다. 작고 단단하고 윤곽이 뚜렷한 생각이. 하지만 덴고가 알고 싶은 건 구름이 아니라 달의 생각이었다.

덴고는 이윽고 포기하고 자리에서 일어나 팔을 크게 뻗고, 그러고는 미끄럼틀을 내려왔다. 어쩔 수 없다. 달의 수에 변함이 없다는 사실을 안 것만으로도 다행이라고 생각하자. 가죽점퍼 호주머니에 양손을 찌른 채 공원을 나와 큰 보폭으로 천천히 걸어서 아파트로 돌아갔다. 걸으면서 문득 고마쓰를 생각했다. 이제 슬슬 고마쓰와 이야기를 해야 한다. 그와의 사이에 일어났던 일을 조금이라도 정리해두어야 한다. 그리고 고마쓰 쪽에서도 언젠가 덴고에게 말해야 할 것이 있을 터였다. 지쿠라 요양소 전화번호를 남겨두었지만 전화는 걸려오지 않았다. 내일 고마쓰에게 전화를 해보자. 하지만 그전에 학원에 가서 후카에리가 친구에게 맡겼다는 편지부터 읽어야 한다.

후카에리의 편지는 봉해진 채 책상 서랍 안에 있었다. 단단히 봉해둔 것치고는 몹시 짧은 편지였다. 리포트 용지 한 장의 반절에 파란 볼펜으로, 그새 눈에 익어버린 설형문자 같은 게 적혀 있었다. 리포트 용지보다 점토판 쪽이 더 잘 어울릴 것 같은 글씨체다. 그런 글씨를 쓰는 데 시간이 꽤 많이 걸린다는 것을 덴고는 알고 있다.

덴고는 몇 번씩 그 편지를 반복해서 읽었다. 그곳에 적혀 있는 내용은, 그녀가 덴고의 집에서 나가야 한다는 것이었다. 지금 당장, 이라고 그녀는 썼다. 누군가 우리를 지켜보고 있기 때문에, 라는 것이 그 이유였다. 그 세 부분에 굵고 부드러운 연필로 세차게 밑줄이 그어져 있었다. 매우 웅변적인 언더라인이다.

'우리'를 지켜보는 자가 누구인지, 그녀가 어떻게 그걸 알았는지에 대한 설명은 없다. 후카에리가 사는 세계에서는, 아무래도 사실을 있는 그대로 말해서는 안 되는 모양이다. 해적이 숨겨둔 보물이 어디 있는지 알려주는 지도처럼, 모든 건 암시와 수수께끼로, 혹은 누락되고 변형된 형태로만 말해야 한다. 「공기 번데기」의 오리지널 원고와 마찬가지로.

하지만 후카에리는 암시나 수수께끼를 던질 생각은 추호도 없을 것이다. 그녀에게는 분명 그것이 가장 자연스러운 어법인 것이다. 그녀는 자신의 머릿속 이미지나 생각을 그같은 어휘와 문법으로밖에는 남에게 전달할 수 없다. 후카에리와 의사를 교환하려면 그 어법에 익숙해질 필요가 있다. 그녀에게서 메시지를 받은 자는 각자의 능력이나 자질을 동원하여 순서를 적당히 바꾸거나 부족한 부분을 보충해야 한다.

하지만 덴고는 후카에리가 이따금 직감적인 형태로 보내주는 성명聲明을 어찌 됐건 액면 그대로 받아들일 수 있었다. 그녀가 '누군가 우리를 지켜보고 있다'고 말한다면 분명 실제로 우리는 누군가에게 감시를 당하고 있다. 그녀가 '나가야 한다'고 느꼈다면 그건 그녀가 이곳을 떠나야 할 시기였다. 그렇게 하나의 포괄적인 사실로 일단 받아들인다. 그 배경이나 디테일이나 근거는 이쪽에서 나중에 스스로 발견하거나 추정해보는 수밖에 없다. 혹은 그런 건 처음부터 포기하는 수밖에 없다.

누군가 우리를 지켜보고 있다.

그건 '선구' 사람들이 후카에리를 찾아냈다는 뜻일까. 그들은 덴고와 후카에리의 관계를 알고 있다. 즉 덴고가 고마쓰의 의뢰로 「공기 번데기」를 고쳐 썼다는 것을 이미 사실로 파악하고 있다. 그렇기 때문에 우시카와는 덴고에게 접근을 꾀했다. 그들은 그런 식으로 유난히 손이 많이 가는 작전을 하면서까지(아직도 왜 그랬는지는 모르겠지만) 덴고를 자신들의 영향권 아래 두려고 했다. 그렇게 생각하면 그들이 덴고의 아파트를 감시하고 있을 가능성은 충분하다.

하지만 만일 그렇다면, 그들은 지나치게 많은 시간을 들이고 있다. 후카에리는 덴고의 집에 세 달 가까이 머물렀다. 그들은 조직화된 사람들이다. 실제적인 힘도 갖고 있다. 후카에리를 손에 넣기로 마음먹었다면 언제라도 그렇게 할 수 있었다. 굳이 시간과 수고를 들여가며 덴고의 아파트를 감시할 필요가 없다. 또한 그들이 정말로 후카에리를 감시했다면, 그녀 마음대로 떠나는 것을 보고만 있진 않았을 것이다. 하지만 후카에리는 짐을 챙겨 덴고의 아파트를 떠났고, 요요기의 학원에 찾아가 그의 친구에게 편지를 맡기고, 그대로 어딘가 다른 장소로 이동했다.

논리적으로 따져볼수록 덴고의 머릿속은 혼란스러웠다. 그들은 후카에리를 손에 넣으려는 게 아니다, 라고 생각하는 수밖에 없다. 어쩌면 그들은 어느 시점부터 후카에리가 아니라 다른 대상으로 행동목표를 바꿨는지도 모른다. 후카에리와 관련은 있지만 후카에리는 아닌 누군가에게로. 어떤 이유 때문인지는 모르지만, 후카에리는 이미 '선구'에 위협적인 존재가 아닌지도 모른다. 하지만 그렇다면 그들은 왜 이제 와서 새삼스럽게 덴고의 아파트를 감시할 필요를 느꼈단 말인가.

덴고는 학원 공중전화로 고마쓰의 출판사에 전화를 걸었다. 일요일이었지만 고마쓰가 휴일에 회사에 나와 일하기를 좋아하는 걸 덴고는 알고 있었다. 나 말고 아무도 없으면 회사도 아주 좋은 곳이야, 라는 게 그의 입버릇이었다. 하지만 아무도 전화를 받지 않았다. 덴고는 손목시계를 보았다. 아직 오전 열한시다. 고마쓰가 이렇게 이른 시간에 회사에 나올 리 없다. 그가 하루를 시작하는 건, 그게 어떤 요일이든 태양이 중천을 통과한 이후다. 덴고는 카페테리아의 의자에 앉아 연한 커피를 마시며 후카에리의 편지를 다시 한번 읽어보았다. 항상 그렇지만 한자는 극단적으로 적고, 마침표와 쉼표와 행갈이는 깡그리 무시해버린 문장이다.

덴고 씨 덴고 씨는 고양이 마을에서 돌아와 이 편지를 읽고 있어요 그건 잘한 일이었어요 하지만 누군가 우리를 지켜보고 있어요 그래서 나는 이 집을 나가야 해요 그것도 지금 당장 내 걱정은 하지 않아도 돼요 하지만 더이상 이곳에 있을 수는 없어요 전에도 말했지만 덴고 씨가 찾는 사람은 여기에서 걸어서 갈 수 있는 곳에 있어요 다만 누군가 지켜보는 것을 특히 조심하길

덴고는 전보문 같은 그 편지를 세 번 반복해 읽은 뒤에 접어서 호주머니에 넣었다. 늘 그렇듯이 반복해서 읽으면 읽을수록 후카에리의 문장은 신빙성을 더해갔다. 그는 누군가에게 감시를 당하고 있다. 덴고는 이제 그것을 확정된 사실로 받아들였다. 그는 고개를 들고 학원 카페테리아 안을 둘러보았다. 강의시간이었기 때문에 카페테리아에는 사람이 거의 없었다. 몇몇 학생들이 텍스트를 읽거나 노트에 뭔가를 써넣고 있을 뿐이다. 뒤에서 몰래 덴고를 감시하고 있을 만한 사람도 눈에 띄지 않았다.

기본적인 문제가 있다. 만일 그들이 후카에리를 감시하는 게 아니라면, 대체 그들이 감시하는 건 무엇인가? 덴고 자신인가, 아니면 덴고의 아파트인가? 덴고는 거기에 대해 생각해보았다. 물론 모든 것은 추측일 뿐이다. 하지만 그들이 관심을 갖고 있는

사람이 자신일 리는 없다는 생각이 들었다. 덴고는 의뢰를 받아 「공기 번데기」를 고쳐 쓴 문장 수리공에 지나지 않는다. 책은 이미 출간되어 세간의 화제가 되었다가 이윽고 그 화제도 사라졌고, 덴고의 역할은 이미 종료되었다. 이제 새삼 관심을 받을 이유가 없다.

후카에리는 아파트 방 밖으로 거의 나가지 않았을 터였다. 그런 그녀가 시선을 느낀다는 것은 그의 집이 감시당하고 있다는 것을 뜻한다. 하지만 대체 어디에서 감시 같은 걸 할 수 있을까. 대도시의 번잡한 구역이지만, 덴고가 살고 있는 3층은 신기할 만큼 외부의 시선이 닿지 않는 위치다. 그것도 덴고가 그 집을 마음에 들어하고 이만큼 오래 살고 있는 이유 중 하나다. 연상의 걸프렌드도 그 점을 높이 평가했었다. "보기에 어떻든"이라고 그녀는 곧잘 말했다. "이 집은 신기하게 마음이 놓여. 살고 있는 사람과 마찬가지로."

저물녘이면 커다란 까마귀가 창가로 날아온다. 후카에리도 그 까마귀에 대해 전화로 이야기했었다. 까마귀는 화분을 놓아두는 창밖의 좁은 공간에 앉아 커다란 칠흑의 날개를 유리문에 쓱쓱 비벼댄다. 둥지에 돌아가기 전의 한때를 덴고의 방 앞에서 보내는 게 그 까마귀의 일과였다. 그리고 까마귀는 덴고의 집 내부에 적잖이 관심을 품고 있는 것 같았다. 얼굴 옆에 달린 크고 까만 눈을 잽싸게 움직이며 커튼 틈새로 정보를 수집한다. 까마귀는 머리가 좋은 동물이다. 호기심도 강하다. 후카에리는 그 까마귀와 이야기를 나눌 수 있다고 했다. 하지만 아무리 그래도 까마귀가 누군가의 앞잡이가 되어 덴고의 집 안 기척을 정탐한다고는 생각할 수 없다.

그렇다면 그들은 대체 어디에서 집 안을 정탐하고 있는 걸까.

덴고는 역에서 아파트로 돌아오는 도중에 슈퍼마켓에 들렀다. 야채와 달걀과 우유와 생선을 샀다. 그리고 종이봉투를 안은 채 아파트 현관 앞에 멈춰 서서, 혹시나 하고 주위를 한 바퀴 둘러보았다. 미심쩍은 점은 없다. 여느 때와 다를 것 없는 풍경이다. 칙칙한 내장內臟처럼 허공에 늘어진 전선줄, 좁은 앞뜰의 시들어버린 겨울 잔디, 녹슨 우편함. 귀도 기울여봤다. 하지만 도시 특유의 희미한 날개 소리 같은, 끊일 새 없는 소음 외에는 아무것도 들리지 않는다.

방에 돌아와 식료품을 정리한 뒤, 창가로 다가가 커튼을 걷고 바깥 풍경을 점검했다. 길 건너 맞은편에 오래된 가옥이 세 채 있다. 모두 비좁은 부지에 지어진 2층 단독주택이다. 소유주는 모두 노인들이고 토박이 주민이다. 깐깐한 표정을 한 그들은 온갖 종류의 변화를 혐오한다. 무슨 일이 있어도 자기 집 2층을 생판 모르는 타인에게 결코 빌려줄 리 없는 사람들이다. 또한 거기서는 아무리 열심히 몸을 내밀어도 덴고의 방 천장 일부밖에는 보이지 않을 터였다.

덴고는 창문을 닫고 물을 끓여 커피를 내렸다. 식탁에 앉아 커피를 마시면서 생각할 수 있는 여러 가능성에 대해 생각을 굴렸다. 누군가 이 근처에서 나를 감시하고 있다. 그리고 여기서 걸어갈 수 있는 곳에 아오마메가 있다(혹은 있었다). 그 두 가지 사실은 서로 관련이 있을까. 아니면 우연히 엮인 것뿐일까. 아무리 궁리해봤자 어떤 결론도 나지 않았다. 그의 사고는 모든 출구가 막힌 미로에서 치즈 냄새만 맡는 가엾은 쥐처럼, 똑같은 길을 빙빙 돌고 있을 뿐이었다.

그는 생각하기를 포기하고, 역 매점에서 사온 신문을 한 차례 훑어보았다. 이번 가을에 대통령에 재선된 로널드 레이건은 나카소네 야스히로 수상을 '야스'라고 부르고, 나카소네 수상은 레이건 대통령을 '론'이라고 불렀다. 물론 사진발 때문이기도 하겠지만, 그들은 건축자재를 헐값의 조악한 것으로 바꿔치자고 상의하고 있는 두 명의 건축업자처럼 보였다. 인디라 간디 수상의 암살에 의해 촉발된 인도 국내의 소요사태는 아직도 계속되고 있고 수많은 시크 교도가 각지에서 참살당했다. 일본에서는 사과가 예년에 없는 풍작이었다. 하지만 덴고의 개인적인 흥미를 끌 만한 기사는 하나도 없었다.

시곗바늘이 두시를 가리키기를 기다려 덴고는 고마쓰의 회사에 다시 전화를 걸었다.

고마쓰가 전화를 받기까지 열두 번의 콜이 필요했다. 항상 그렇다. 왜 그런지는 모르겠지만, 그는 냉큼 수화기를 드는 법이 없다.

"덴고, 정말 오랜만이야." 고마쓰가 말했다. 그의 말투는 완전히 예전으로 돌아와 있었다. 매끈하고 약간 연극적이며 종잡을 수 없다.

"이 주쯤 휴가를 얻어 지바 현에 갔었어요. 어제 저녁에 돌아온 참입니다."

"아버님 건강이 안 좋으시다면서? 이래저래 힘들겠어."

"별로 힘들 건 없었어요. 아버지가 계속 깊은 혼수상태여서 저는 그냥 옆에서 잠든 얼굴을 지켜보며 시간을 보낸 정도예요. 그리고 여관에서 소설을 썼고요."

"하지만 사람 하나가 죽느냐 사느냐 하는 거잖아. 큰일인 건 틀림이 없지."

덴고는 화제를 바꾸었다. "저한테 꼭 이야기할 게 있다고 하셨죠. 지난번에 전화했을 때. 한참 전이긴 하지만."

"음, 그래, 그거." 고마쓰는 말했다. "자네하고 한번 충분히 시간을 갖고 만났으면 하는데, 시간 있어?"

"중요한 이야기라면 빠를수록 좋겠지요?"

"그래, 빠를수록 좋을 것 같아."

"오늘 밤에 시간 내실 수 있어요?"

"오늘 밤, 좋아. 나도 시간이 비어 있어. 일곱시에 어때?"

"일곱시, 괜찮습니다." 덴고는 말했다.

고마쓰는 회사 근처에 있는 바를 알려주었다. 덴고도 몇 번 가본 적이 있는 곳이다. "거기라면 일요일에도 문을 열고, 게다가 일요일에는 손님이 거의 없어. 조용히 얘기할 수 있지."

"얘기가 길어질까요?"

고마쓰는 그것에 대해 생각했다. "글쎄, 막상 만나서 얘기해보기 전에는 긴 얘기가 될지 짧은 얘기가 될지, 나도 짐작을 못하겠어."

"좋아요. 편하게 얘기하시면 됩니다. 함께해드리죠. 우리는 어쨌든 같은 보트를 탔으니까요. 그렇죠? 아니면, 고마쓰 씨는 벌써 다른 보트로 갈아타셨어요?"

"아니, 그렇지 않아." 고마쓰는 전에 없이 조용한 말투로 말했다. "우리는 지금도 같은 보트에 타고 있어. 아무튼 일곱시에 만나. 자세한 얘기는 그때 하자구."

덴고는 전화를 끊고 책상 앞에 앉아 워드프로세서를 켰다. 그리고 지쿠라의 여관에서 만년필로 원고지에 썼던 소설을 워드프로세서 화면에 입력해나갔다. 그 문장을 다시 읽고 있으려니 지쿠라의 마을 풍경이 떠올랐다. 요양소 풍경이며 세 간호사의 얼굴. 소나무 방풍림을 뒤흔드는 바닷바람, 그 위를 날아가는 새하얀 갈매기들. 덴고는 자리에서 일어나 창문 커튼을 걷고 유리문을 열어 차가운 바깥 공기를 가슴에 들이마셨다.

덴고 씨는 고양이 마을에서 돌아와 이 편지를 읽고 있어요 그건 잘한 일이었어요

후카에리는 편지에 그렇게 썼다. 하지만 돌아온 이 방은 누군가에게 감시를 당하고 있다. 누가 어디에서 보고 있는지는 모른다. 어쩌면 방 안에 도촬카메라가 설치되어 있는지도. 덴고는 신경이 쓰여서 방 안 구석구석을 살펴보았다. 하지만 물론 도촬카메라도 도청기도 발견되지 않았다. 어쨌거나 오래되고 비좁은 아파트 한 칸이다. 그런 물건이 있다면 싫어도 눈에 띈다.

주위가 어슴푸레해질 때까지 덴고는 책상을 마주하고 자판을 두드려 입력 작업을 계속했다. 써놓은 문장을 그대로 베끼는 게 아니라 여기저기 수정하면서 하는 작업이라 생각보다 시간이 많이 걸렸다. 잠시 일손을 멈추고 책상 위의 불을 켜면서, 그러고 보니 오늘은 까마귀가 오지 않았구나, 하고 덴고는 생각했다. 까마귀가 오면 소리로 금세 알 수 있다. 커다란 날개를 창에 비벼대기 때문이다. 덕분에 유리 여기저기에 희미한 기름 흔적이 생겼다. 해독을 요구하는 암호처럼.

다섯시 반에 간단히 저녁을 차려 먹었다. 식욕은 없었다. 하지만 점심도 변변히 먹지 못해서 뭔가 뱃속에 넣어두는 게 낫겠다

는 생각이 들었다. 토마토와 미역으로 샐러드를 만들고 토스트를 한 장 먹었다. 여섯시 십오분에, 검은 하이넥 스웨터에 올리브그린색 코듀로이 재킷을 입고 집을 나섰다. 아파트 현관을 나설 때, 잠시 멈춰 서서 다시 한번 주위를 둘러보았다. 하지만 주의를 끄는 것은 역시 발견되지 않았다. 전봇대 뒤에 숨어 있는 남자도 없다. 주차해 있는 수상쩍은 차도 없다. 까마귀조차 오지 않았다. 하지만 도리어 덴고는 불안해졌다. 주위에 있는 모든 *그럴 법하지 않은 것들*이 실은 몰래 그를 감시하고 있는 것처럼 느껴졌기 때문이다. 장바구니를 들고 지나가는 주부, 개를 산책시키는 말없는 노인, 어깨에 테니스라켓을 걸치고 자전거를 탄 채 이쪽은 쳐다보지도 않고 지나가는 고등학생까지, 어쩌면 교묘하게 위장한 '선구'의 감시자인지도 모른다.

의심암귀疑心暗鬼라는 게 이런 거군, 덴고는 생각한다. 주의를 기울이기는 해야겠지만 지나치게 예민해지는 건 좋지 않다. 덴고는 빠른 걸음으로 역으로 향했다. 이따금 재빨리 몸을 돌려 뒤를 밟는 사람이 없는지 확인했다. 미행자가 있다면 덴고는 그 모습을 놓치지 않을 것이다. 그는 원래 남들보다 넓은 시야를 타고났다. 시력도 좋다. 세 번쯤 뒤를 돌아본 뒤 자신이 미행당하지 않는다고 확신했다.

고마쓰와 만나기로 한 바에 도착한 것은 일곱시 오 분 전이었다. 고마쓰는 아직 오지 않았고, 덴고가 오늘의 첫 손님인 것 같았다. 카운터의 큼직한 꽃병에 선명한 꽃이 듬뿍 꽂혀 있고, 갓 자른 줄기의 풋풋한 냄새가 주위에 떠돌았다. 덴고는 안쪽 칸막이 자리에 앉아 생맥주를 잔으로 주문했다. 그리고 재킷 주머니에서 문고본을 꺼내 읽었다.

고마쓰는 일곱시 십오분에 왔다. 트위드 상의에 얇은 캐시미어 스웨터, 역시 캐시미어 머플러, 울 바지에 스웨이드 구두. 여느 때와 똑같은 옷차림이다. 모두 고급품에 취향이 좋고 적당히 낡아 있다. 그가 몸에 걸치는 옷가지는 모두 몸의 일부처럼 보인다. 덴고는 새 옷을 입은 고마쓰를 본 적이 없다. 옷을 새로 사면 일부러 입고 잠을 자거나 바닥을 뒹구는지도 모른다. 몇 번 손으로 빨아서 그늘에 널어두는지도. 그렇게 적당히 낡고 색이 바랜 뒤에 몸에 걸치고 사람들 앞에 나타나는지도. 옷가지 따위엔 태어나서 이날까지 한 번도 신경 써본 적이 없다는 얼굴을 하고서. 어쨌거나 그런 옷차림 때문에라도 그는 연륜 있는 베테랑 편집자로 보였다. 아니, 연륜 있는 베테랑 편집자 외의 다른 어떤 사람으로도 보이지 않는다. 그는 덴고 앞에 앉아 역시 생맥주를 주문했다.

"얼굴을 보니 별고 없는 것 같군." 고마쓰는 말했다. "새 소설은 순조롭게 진행되고 있어?"

"조금씩이지만 계속 쓰고 있어요."

"다행이군. 작가는 성장하려면 성실하게 계속 쓰는 수밖에 없어. 송충이가 솔잎을 쉬지 않고 먹는 것과 마찬가지야. 내 말대로 「공기 번데기」의 리라이팅을 경험한 게 자네 자신의 작업에도 좋은 영향을 미쳤을 거야. 그렇지?"

덴고는 고개를 끄덕였다. "맞습니다. 그 일을 한 덕분에 소설에 대해 몇 가지 중요한 점을 배웠어요. 지금까지 보이지 않던 것이 보이기도 하고."

"자랑은 아니지만, 내가 그런 쪽으로는 잘 알아. 자네는 마침 그런 계기가 필요한 참이었어."

"하지만 그 덕분에 이래저래 힘든 일도 겪고 있죠. 아시다시피."

고마쓰는 입꼬리를 겨울 그믐달처럼 보기 좋게 치켜들며 웃었다. 깊이를 가늠하기 어려운 웃음이었다.

"중요한 것을 손에 넣으려면 그만한 대가를 지불하지 않으면 안 돼. 그게 세상의 룰이야."

"그럴지도 모르겠어요. 하지만 무엇이 중요한 것이고 무엇이 그 대가인지, 구별이 잘 되지 않습니다. 이것저것 너무 복잡하게 얽혀 있어서."

"아닌 게 아니라 일이 복잡하게 얽혔어. 혼선된 회선을 통해 통화하는 것처럼. 자네 말이 맞아." 고마쓰는 말했다. 그리고 미간을 찌푸렸다. "그런데 지금 후카에리가 어디 있는지 알고 있나?"

"지금 현재로는 모릅니다." 덴고는 단어를 골라 말했다.

"지금 현재로는." 고마쓰는 의미심장하게 되풀이했다.

덴고는 침묵하고 있었다.

"하지만 얼마 전까지 후카에리는 자네 아파트에서 살고 있었지." 고마쓰는 말했다. "그런 얘기를 들었어."

덴고는 고개를 끄덕였다. "그렇습니다. 석 달쯤 제 집에 있었어요."

"석 달이라면 긴 시간이야." 고마쓰는 말했다. "하지만 자네는 그 얘기를 아무에게도 하지 않았지."

"후카에리 본인이 아무에게도 말하지 말라고 했기 때문에 아무에게도 말하지 않았어요. 고마쓰 씨도 포함해서."

"하지만 지금은 자네 아파트에 없다."

"그래요. 제가 지쿠라에 가 있는 동안에 편지를 남겨놓고 집을 나갔어요. 그다음 일은 저도 모릅니다."

고마쓰는 담배를 꺼내 물고 성냥을 그었다. 그러고는 눈을 가늘게 뜨고서 덴고의 얼굴을 바라보았다.

"그뒤에 후카에리는 에비스노 선생 댁으로 돌아갔어. 그 후타마타오의 산꼭대기 집으로." 그는 말했다. "에비스노 선생은 경찰에 연락해서 실종신고를 취하했어. 후카에리가 훌쩍 어디 나갔다 온 것뿐이고 누구에게 유괴된 게 아니었다고. 경찰은 일단 본인에게 전후사정을 물었을 거야. 왜 자취를 감췄는지, 어디서 무엇을 하고 있었는지. 어쨌든 미성년자니까. 가까운 시일 내에 신문기사가 날지도 몰라. 오래도록 행방을 알 수 없던 신인 소녀 작가가 무사히 돌아왔다고 하겠지. 하긴 기사가 나더라도 그리 큰 기사는 아닐 거야. 범죄와 관련된 것도 아니니까."

"저한테 와 있었다는 것도 공개될까요?"

고마쓰는 고개를 저었다. "아니, 후카에리가 자네 이름을 대지는 않겠지. 자네도 알다시피 그런 캐릭터잖아, 상대가 경찰이건 육군 헌병대건 혁명평의회건 마더 테레사건, 일단 말하지 않기로 작심한 일은 철저히 입을 다물지. 그러니 그건 걱정하지 않아도 돼."

"걱정하는 건 아니에요. 단지 저로서는 일이 어떻게 전개되는지 일단 알아두고 싶을 뿐이죠."

"어쨌거나 자네 이름이 공표되는 일은 없어. 괜찮아." 고마쓰는 말했다. 그러고는 문득 정색을 했다. "그건 그렇고, 내가 자네에게 한 가지 확인할 게 있어. 말하기 좀 어려운 질문인데."

"말하기 어려운 질문이요?"

"뭐랄까, 사적인 거야."

덴고는 맥주를 한 모금 마셨다. 그리고 잔을 테이블에 내려놓았다. "좋아요, 대답할 수 있는 것이라면 대답하죠."

"자네와 후카에리 사이에 성적인 관계가 있었나? 후카에리가 자네 집에 있었을 때 말이야. 예스나 노로 대답해주면 돼."

덴고는 잠깐 틈을 둔 뒤에 천천히 고개를 저었다. "대답은 노예요. 후카에리와는 그런 관계가 아닙니다."

그 뇌우의 밤에 자신과 후카에리 사이에 일어났던 일은 무슨 일이 있어도 입에 올려서는 안 된다, 덴고는 직감적으로 그렇게 판단했다. 그것은 발설해서는 안 되는 비밀이다. 말하는 건 허락되어 있지 않다. 게다가 애초에 그건 성행위라고 부를 만한 것이 아니었다. 거기에는 일반적인 의미의 성욕이라는 건 존재하지 않았다. 덴고와 후카에리, 어느 쪽에도.

"성적인 관계는 없었다는 말인가?"

"없었습니다." 덴고는 건조한 목소리로 말했다.

고마쓰는 코 옆에 슬쩍 주름을 잡았다. "하지만 덴고, 의심을 하자는 건 아니지만, 노라는 대답을 하기 전에 자네는 한두 박자 멈칫하는 것 같았어. 거기에 망설임이 있었던 것으로 보이는데. 혹시 그 비슷한 일은 있었던 거 아닌가? 아니, 자네를 탓하려는 게 아니야. 단지 사실을 사실로 파악해두려는 거야."

덴고는 똑바로 고마쓰의 눈을 보았다. "망설인 게 아니에요. 다만 약간 이상했을 뿐이죠. 후카에리와 나 사이에 성적인 관계가 있었나 없었나 하는 것에 왜 관심이 있으신가 해서요. 고마쓰 씨는 원래 남의 사생활에 관여하는 성격이 아니니까요. 오히려 그런 것과는 최대한 거리를 두려는 편이죠."

"하긴." 고마쓰는 말했다.

"그런데 왜 그런 게 지금 여기서 문제가 되죠?"

"물론 자네가 누구하고 자든, 후카에리가 누구하고 뭘 하든, 기본적으로 내 알 바 아니야." 고마쓰는 손끝으로 코 옆을 긁적였다. "자네 지적이 옳아. 하지만 후카에리는 알다시피 보통 여자애들과는 사정이 달라. 뭐랄까, 그녀가 취하는 행동 하나하나에 의미가 발생한단 말이야."

"의미가 발생한다." 덴고는 되뇌었다.

"물론 논리적으로 말하자면 모든 인간의 행동에는 결과적으로 나름의 의미가 발생하지." 고마쓰는 말했다. "하지만 후카에리의 경우에는 좀더 깊은 의미가 발생해. 그녀에게는 그런 일반적이라고 할 수 없는 요소가 갖춰져 있어. 그래서 이쪽으로서는 후카에리에 관한 사실을 조금이라도 확실하게 파악해둘 필요가 있어."

"이쪽으로서는, 이라면 구체적으로 누구를 말하는 겁니까?" 덴고는 물었다.

고마쓰는 그답지 않게 난처한 얼굴을 했다. "사실을 말하자면, 자네와 후카에리 사이에 성적인 관계가 있었는지 궁금해하는 건 내가 아니라 에비스노 선생이야."

"에비스노 선생도 후카에리가 제 집에 와 있었다는 걸 알고 계시군요?"

"물론이지. 후카에리가 자네 집에 들어간 그날부터 선생은 이미 알고 있었어. 후카에리가 자신이 어디에 있는지 선생에게 죄다 보고했거든."

"그건 몰랐는데요." 덴고는 놀라서 말했다. 후카에리는 분명 아무에게도 자신이 있는 곳을 알려주지 않았다고 말했었다. 하지만 이제 와서는 어느 쪽이건 상관없는 일이다. "하지만 아무래도 이해할 수가 없군요. 에비스노 선생은 사실상 후카에리의 후견인이고 보호자니까, 상식적으로는 그런 일에 어느 정도 주의를 기울일 수는 있겠지요. 하지만 지금은 이렇게 영문을 알 수 없는 상황이잖아요? 후카에리가 무사히 보호받는 안전한 환경에 있는지, 그게 가장 중요한 문제였을 겁니다. 그런데 성적인 순결성이 에비스노 선생의 걱정거리 목록의 상위를 차지했다는 건 좀 이해하기 어려운데요."

고마쓰는 입술 한쪽을 치켜올렸다. "글쎄, 그런 사정은 나도 잘 모르겠어. 나는 다만 선생에게 부탁을 받았을 뿐이야. 자네와 후카에리 사이에 육체적인 관계가 있었는지, 직접 만나서 확인을 해주지 않겠느냐, 그런 얘기였어. 그래서 이렇게 자네에게 질문을 했고, 그리고 돌아온 대답은 노였어."

"그렇습니다. 저와 후카에리 사이에 육체적인 관계는 없었어요." 덴고는 상대의 눈을 보며 딱 잘라 말했다. 자신이 거짓말을 하고 있다는 의식이 덴고에게는 없었다.

"그렇다면 됐어." 고마쓰는 말보로를 입에 물고 눈을 가늘게 뜨고서 성냥으로 불을 붙였다. "그걸 알았으니 됐어."

"후카에리는 분명 남의 시선을 끄는 아름다운 소녀예요. 하지만 고마쓰 씨도 알다시피 저는 그러잖아도 귀찮은 일에 말려든 상황입니다. 그것도 본의 아니게. 저로서는 일이 더이상 복잡해지는 건 바라지 않습니다. 게다가 저는 교제하는 여자가 있었어요."

"잘 알았어." 고마쓰는 말했다. "자네는 그런 면에서는 현명한 친구야. 생각도 반듯하고. 선생에게는 그대로 전하지. 이상한 걸 물어서 미안해. 기분 나쁘게 생각하지 말아줘."

"기분 나쁘진 않아요. 그저 좀 이상했을 뿐이죠. 왜 지금 와서 그런 이야기가 나오나 하고요." 덴고는 그렇게 말하고 잠시 틈을 두었다. "그래서, 고마쓰 씨가 제게 꼭 해야 한다는 이야기는 뭐죠?"

고마쓰는 맥주를 다 마시고 바텐더에게 스카치 하이볼을 주문했다.

"자네는 뭘로 할래?" 그는 덴고에게 물었다.

"같은 걸로 하겠습니다." 덴고는 말했다.

키가 큰 하이볼 잔 두 개가 테이블에 놓였다.

"우선 첫째로," 고마쓰는 긴 침묵 뒤에 말했다. "뒤엉킨 상황을 이쯤에서 가능한 한 풀어둘 필요가 있어. 어쨌든 우리는 같은 보트에 타고 있으니까 말이야. 우리라는 건 자네와 나, 후카에리와 에비스노 선생, 네 사람이야."

"꽤나 운치 있는 조합이군요." 덴고는 말했다. 하지만 거기에 담긴 비아냥의 여운을 고마쓰가 감지한 것 같지는 않았다. 고마쓰는 자신이 해야 할 말에 신경을 집중하고 있었다.

고마쓰는 말했다. "이 네 사람은 각자의 심산心算을 품고 이 계획에 임했을 뿐, 딱히 똑같은 레벨에서 똑같은 방향을 지향했던 건 아니었어. 말을 바꾸자면, 모두가 같은 리듬에 같은 각도로 노를 저었던 건 아니라는 얘기야."

"그리고 애초부터 공동작업에는 적합하지 않은 조합이었죠."

"그렇게 말할 수도 있지."

"그리고 보트는 급류를 타고 폭포를 향해 돌진했어요."

"보트는 급류를 타고 폭포를 향해 돌진했지." 고마쓰는 인정했다. "하지만 말이지, 변명을 하자는 건 아니지만, 처음에는 단순소박한 계획이었어. 후카에리가 쓴 「공기 번데기」를 자네가 고쳐서 문예지 신인상을 타낸다. 책으로 만들어 괜찮게 팔아먹는다. 그걸로 우리는 세상에 한방 크게 먹이는 거다. 돈도 어느 정도 들어온다. 장난 반 실익 반. 그걸 노렸던 거였어. 그런데 후카에리의 보호자로서 에비스노 선생이 끼어들면서부터 플롯이 돌연 복잡해졌어. 수면 아래에서 몇 가지 줄거리가 뒤엉키고 흐름도 점점 빨라졌지. 자네가 고쳐 쓴 작품도 내 예상을 뛰어넘는 훌륭한 것이었어. 덕분에 책은 인기를 얻고 엄청나게 팔렸지. 그 결과, 우리가 탄 보트는 생각지도 못한 방향으로 돌진하고 말았어. 더구나 약간 험악한 곳으로."

덴고는 가만히 고개를 저었다. "약간 험악한 정도가 아니죠. 위험하기 짝이 없는 곳이에요."

"그렇게 말할 수도 있겠지."

"남의 일처럼 얘기하지 마세요. 애초에 고마쓰 씨 생각으로 시작된 일 아닙니까."

"맞는 말씀. 내가 아이디어를 냈고 발진 버튼을 눌렀지. 처음에는 잘 풀렸어. 근데 유감스럽게도 중간부터 점점 컨트롤이 되지 않았어. 물론 책임감은 느끼고 있어. 특히 자네를 끌어들인 것에 대해서는. 내가 무리하게 자네를 설득한 거나 마찬가지니까. 하지만 어쨌거나 이쯤에서 우리는 일단 멈춰 서서 태세를 정비해야만 해. 쓸데없는 짐은 처리하고 줄거리를 되도록 심플하게 만들어야지. 앞으로 어떻게 움직여야 할지, 그걸 확인할 필요가 있어."

거기까지 단숨에 말하고 고마쓰는 한숨을 내쉬며 하이볼을 마셨다. 그리고 유리 재떨이를 손에 들고 기다란 손가락으로 주의 깊게 표면을 쓰다듬었다. 사물의 형태를 자세히 확인하려는 맹인처럼.

"실은 내가 모처에 십칠팔 일 동안 감금되어 있었어." 고마쓰가 첫마디를 뗐다. "8월 말에서 9월 중순 사이의 일이야. 회사에 출근하려고 점심때가 지나서 집 근처를 걸어가던 중이었어. 고도쿠지 역으로 가는 길. 근데 길가에 서 있던 검은색 대형차 창문이 스르르 내려가더니 누가 내 이름을 부르더라구. 고마쓰 씨 아니십니까, 하고. 누가 싶어서 다가갔는데 안에서 남자 둘이 나와서 나를 차 안으로 끌고 들어갔어. 둘 다 힘이 보통 센 게 아니었어. 한 놈은 뒤에서 내 양팔을 꺾고, 다른 한 놈은 클로로포름인지 뭔지를 내 코에 들이댔어. 어때, 완전히 영화 같지 않아? 하지만 그런 게 실제로 효과가 있더라고. 눈을 떴을 때, 나는 창문 없는 좁은 방에 갇혀 있었어. 벽이 하얗고 정육면체 같은 모양의 방이야. 작은 침대 하나에 작은 나무책상이 하나 있었는데, 의자는 없었어. 나는 그 침대에 눕혀 있었고."

"납치를 당했다는 겁니까?" 덴고는 말했다.

고마쓰는 형태를 다 확인한 재떨이를 테이블에 내려놓고 고개를 들어 덴고를 보았다. "그래, 보기 좋게 납치를 당했어. 옛날에 〈컬렉터〉라는 영화가 있었는데, 그거하고 똑같았어. 내 생각에는 말이지, 세상 대부분의 사람들은 언젠가 자신이 납치될 수도 있다는 생각을 전혀 못 해. 그런 건, 머릿속에 언뜻 스치지도 않아. 그렇지? 하지만 납치당할 때는 분명 납치당하더라구. 그건 뭐라고 말해야 하나, 이를테면 초현실적인 감각을 수반하는 것이었어. 내가 *정말로* 누군가에게 납치를 당하다니 말이야.

당최 믿을 수 있겠어?"

고마쓰는 대답을 청하듯이 덴고의 얼굴을 바라보았다. 하지만 그건 어디까지나 수사적인 질문이었다. 덴고는 말없이 다음 이야기를 기다렸다. 아직 손을 대지 않은 하이볼 술잔이 땀을 흘리며 밑에 깔린 코스터를 축축하게 적시고 있었다.

제16장 우시카와

Q

유능하고 참을성 있고 무감각한 기계

다음 날 아침, 우시카와는 전날과 마찬가지로 창가 바닥에 자리를 잡고 커튼 틈새로 감시를 계속했다. 전날 저녁에 귀가할 때와 거의 똑같은 얼굴들이, 혹은 완전히 똑같아 보이는 얼굴들이 아파트를 나갔다. 그들은 여전히 음울한 얼굴을 하고 등을 잔뜩 웅크리고 있었다. 새로운 하루에 대해, 그것이 아직 시작되지도 않은 때부터 지겨워하고 지쳐버린 것처럼 보였다. 그들 속에 덴고의 모습은 없었다. 하지만 우시카와는 카메라 셔터를 눌러 앞을 지나가는 한 사람 한 사람의 얼굴을 기록해나갔다. 필름이라면 얼마든지 있고, 제대로 촬영하기 위해서는 연습이 필요하다.

아침 출근시간대가 끝나고, 나가야 할 사람이 다 나가는 걸 지켜본 뒤에 우시카와는 집을 나와 근처 공중전화 부스에 들어갔다. 그리고 요요기의 입시학원 전화번호를 돌려 덴고와 통화하고 싶다고 말했다. 전화를 받은 여직원은 "가와나 선생님은 열흘쯤 전부터 휴가중이십니다"라고 말했다.

"어디 병이라도 나셨습니까?"

"아뇨. 집안에 아픈 분이 계셔서 지바 현으로 간다고 했어요."

"언제쯤 돌아올까요?"

"거기까지는 아직 모르겠습니다." 여직원은 말했다.

우시카와는 고맙다고 말하고 전화를 끊었다.

덴고의 가족이라면 분명 아버지밖에 없다. NHK 수금원을 하던 아버지. 어머니에 대해 덴고는 아직 아무것도 알지 못한다. 그리고 우시카와가 아는 한, 그 아버지와 덴고는 계속해서 사이가 좋지 않았을 터였다. 그런데도 병든 아버지를 돌봐주기 위해 덴고는 벌써 열흘 넘게 학원 일을 쉬고 있다. 그런 점이 아무래도 좀 이해가 되지 않았다. 아버지에 대한 덴고의 반감이 왜 이렇게 급속히 누그러들었을까. 아버지는 어떤 병에 걸렸고, 지바 현의 어떤 병원에 입원하고 있을까. 조사할 방법이 없는 건 아니지만, 그러자면 한나절은 잡아야 한다. 그동안에 감시는 중단된다.

우시카와는 망설였다. 덴고가 도쿄에 없다면 이 아파트 현관을 감시할 이유도 없다. 감시를 일단 중단하고 다른 방향을 모색하는 게 현명할지도 모른다. 덴고의 아버지가 입원한 병원을 알아보는 것도 좋다. 혹은 아오마메에 대한 조사를 좀더 진척시켜도 좋다. 대학시절과 회사에 근무하던 무렵의 동급생이나 동료를 만나 개인적인 일들을 물어볼 수도 있을 것이다. 뭔가 새로운 단서를 발견할지도 모른다.

하지만 한참 고민한 끝에 우시카와는 이대로 아파트 감시를 계속하기로 마음을 정했다. 첫째로, 지금 감시를 중단하면 애써 자리잡은 생활 리듬이 깨져버린다. 모든 것을 처음부터 다시 시작하지 않으면 안 된다. 둘째로, 지금 여기서 덴고 아버지의 행방이나 아오마메의 교우관계를 조사해봤자 수고에 비해 실제 얻는 건 많지 않을 것 같다. 직접 발로 뛰는 조사는 어느 포인트까지는 효과적이지만, 그 지점을 넘어서면 묘하게 막혀버린다. 우시카와는 그것을 경험으로 알고 있었다. 셋째로, 우시카와의 직감이 그곳에서 움직이지 말 것을 강력히 요구하고 있었다. 동요하지 말고 침착하게 자리를 잡고 앉아, 지나가는 것들을 열심히 관찰하고 하나도 놓쳐서는 안 된다. 우시카와의 비뚤어진 머리통 속에 들어 있는, 옛날부터 꾸밈없는 직감이 그렇게 알리고 있었다.

덴고가 있건 말건 아무튼 이 아파트의 감시를 계속하자. 여기에 머물면서 덴고가 돌아오기 전에 일상적으로 현관을 드나드는 주민들의 얼굴을 한 사람도 남김없이 모두 외워버리자. 누가 주민인지를 파악하면, 당연히 누가 주민이 아닌지도 한눈에 알아볼 수 있다. 나는 육식동물이다, 라고 우시카와는 생각한다. 육식동물은 한없이 강한 참을성이 있어야 한다. 현장과 일체가 되어 사냥감에 대한 온갖 정보를 확보하지 않으면 안 된다.

열두시 조금 전, 사람들의 출입이 가장 적은 시간에 우시카와는 밖으로 나왔다. 얼굴을 가리기 위해 니트 모자를 쓰고 머플러를 코밑까지 둘렀지만, 그래도 그의 풍모는 사람들의 눈길을 끌었다. 베이지색 니트 모자는 그의 큼직한 머리에 씌워지자 버섯의 갓처럼 넓적해졌다. 초록색 머플러는 그 아래 똬리를 틀고 있는 큰 뱀처럼 보였다. 변장으로서는 거의 효과가 없었다. 게다가 모자도 머플러도 전혀 어울리지 않았다.

우시카와는 역 앞 사진관에 가서 필름 두 통을 현상해달라고 맡겼다. 그러고는 메밀국숫집에 들어가 튀김국수를 주문했다. 따뜻한 식사를 하는 건 오랜만이었다. 우시카와는 튀김국수를 천천히 음미하면서 먹고 국물을 마지막 한 방울까지 깨끗이 마셨다. 다 먹고 나자 땀이 날 만큼 온몸이 훈훈해졌다. 그는 다시 니트 모자를 쓰고 머플러를 목에 두르고, 아파트로 돌아왔다. 그리고 담배를 피우면서 사진을 바닥에 늘어놓고 정리에 들어갔다. 저녁에 귀가하는 인물과 아침에 나가는 인물을 견줘보고, 겹치는 얼굴이 있으면 한데 모았다. 기억하기 쉽게 한 사람 한 사람에게 적당한 이름을 붙였다. 펠트펜으로 사진에 그 이름을 적어넣었다.

아침 출근시간이 끝나면 아파트 현관을 드나드는 주민은 거의 없었다. 대학생으로 보이는 젊은 남자가 숄더백을 어깨에 메고 오전 열시쯤에 급한 걸음으로 나갔다. 칠십 전후의 노인과 삼십대 중반의 여자가 나갔다가, 각자 슈퍼마켓 봉투를 안고 돌아왔다. 우시카와는 그들의 사진도 찍었다. 점심 전에 우편배달부가 와서 현관 우편함에 편지들을 나누어 넣고 돌아갔다. 종이박스를 들고 택배 기사가 들어왔다가 오 분 뒤에 맨손으로 나갔다.

한 시간마다 우시카와는 카메라 앞을 벗어나 오 분쯤 스트레칭을 했다. 그동안 감시는 중단되지만, 혼자서 모든 출입자를 커버하는 건 애초에 불가능하다. 그보다는 몸이 굳어버리지 않도록 정기적으로 움직여주는 게 더 중요하다. 장시간 같은 자세를 유지하면 근육이 퇴화해서 여차할 때 재빨리 반응할 수 없다. 우시카와는 벌레가 된 '잠자'처럼, 퉁퉁하고 비틀어진 몸을 방바닥에서 재주껏 움직여 근육을 최대한 풀었다.

심심풀이 삼아 AM라디오를 이어폰으로 들었다. 한낮의 라디오 방송은 주부와 고령자를 주요 청취자로 해서 제작된다. 출연자들은 맥빠진 농담을 하면서 별 의미도 없이 웃어대고, 진부하고 어리석은 의견을 늘어놓고, 귀를 틀어막고 싶은 음악을 틀었다. 그리고 아무도 원하지 않을 것 같은 상품을 소리 높여 광고했다. 적어도 우시카와에게는 그렇게 느껴졌다. 그래도 우시카와는 뭐가 됐든 사람 목소리를 듣고 싶었다. 그래서 꾹 참고 그런 방송을 들었다. 인간은 어째서 이런 어리석은 방송을 제작하고 일부러 전파를 사용하여 그걸 광범위한 지역에 살포하지 않으면 안 되는 걸까.

하지만 그렇게 말하는 우시카와도 딱히 고상하고 생산적인 작업을 하고 있는 건 아니다. 싸구려 아파트 방에 틀어박혀 커튼 뒤에 숨어서 사람들을 몰래 촬영하고 있다. 다른 사람들을 잘난 척 비판할 수 있는 입장이 아니다.

그게 꼭 지금만 그런 것도 아니다. 변호사로 일할 때도 거의 비슷했다. 세상에 도움이 되는 일을 했던 기억이 없다. 가장 큰 고객은 폭력조직과 연결된 중소 금융업자였다. 우시카와는 그들이 벌어들인 돈을 어떻게 하면 가장 효과적으로 분산시킬 수 있는지를 궁리하고, 그 절차를 밟았다. 요컨대 모양만 갖춘 돈세탁이었다. 강제적인 재개발사업의 일단도 맡았다. 오래도록 그곳에 살아온 주민들을 내쫓고 넓은 택지를 조성하여 건설업자에게 전매한다. 거액의 돈이 굴러들어온다. 여기에도 역시 폭력조직이 얽혀 있었다. 탈세혐의로 기소된 사람들의 변호도 그의 특기였다. 의뢰인의 대부분은 일반 변호사가 주춤할 만한 수상쩍은 종류의 인간들이었다. 우시카와는 의뢰가 들어오면(그리고 그것이 어느 정도 돈이 되기만 하면) 상대가 누구든 망설이지 않았고, 솜씨도 뛰어났다. 그럭저럭 괜찮은 성과도 올렸다. 그래서 일이 없어서 난처한 적은 없었다. 교단 '선구'와의 관계도 그때 맺어진 것이다. 왜 그런지 리더가 개인적으로 그를 마음에 들어 했다.

일반 변호사들이 하는 일을 평범하게 하고 있었다면, 우시카와는 도저히 생계를 이어갈 수 없었을 것이다. 대학을 졸업하고 곧바로 사법시험에 합격하여 변호사 자격을 따기는 했지만, 기댈 만한 커넥션도 없고 배경도 없었다. 특이한 용모 때문에 유력한 변호사 사무실에서는 채용해주지 않았다. 개인 사무실을 열었어도, 평범한 일만 했다면 의뢰가 거의 들어오지 않았을 것이다. 우시카와처럼 도저히 평범하다고 할 수 없는 용모를 가진 변호사를 굳이 높은 보수를 주고 고용할 사람은 세상에 그리 많지 않다. 텔레비전 법정 드라마의 영향 때문인지, 우수한 변호사는 모두 지적이고 용모가 단정하다고 세상 사람들은 생각한다.

그래서 자연스럽게 그는 뒷골목 세계와 관계를 맺었다. 뒷골목 세계의 사람들은 우시카와의 용모를 전혀 신경 쓰지 않았다. 오히려 그 특이성은 그들에게 믿음을 주고 흔쾌히 받아들여지는 요인 중 하나였다. 정상적인 세계에서는 받아들여지지 않는다는 점에서, 그들과 우시카와는 비슷한 처지였기 때문이다. 그들은 우시카와의 빠른 두뇌회전과 우수한 실무능력과 무거운 입을 인정해주었고, 큰돈이 움직이는(하지만 공공연히 드러낼 수는 없는) 일을 맡기고 통 크게 성공 보수를 내놓았다. 우시카와도 재빠르게 요령을 파악하여 아슬아슬한 선에서 법망을 피해가는 방법을 체득해갔다. 그는 감이 좋았고 주의 깊은 성격이기도 했다. 하지만 어느 날, 마魔가 끼었다고 할까, 지나치게 욕심을 내어 어림짐작으로 움직이다가 예민한 선을 넘어서고 말았다. 가까스로 형사처벌을 면하기는 했지만, 그 일로 도쿄 변호사협회에서 제명당하고 말았다.

우시카와는 라디오를 끄고 세븐스타를 한 대 피웠다. 연기를 폐 속 깊이 들이마시고 천천히 토해냈다. 빈 복숭아 통조림 깡통을 재떨이 대신 사용했다. 앞으로도 이런 식으로 살아간다면 죽을 때도 한심한 꼴로 죽을 것이다. 머지않아 발을 헛디뎌 나 혼자 어딘가 어두운 곳으로 떨어지고 말 것이다. 내가 지금 이 세계에서 사라져버린다 해도 그걸 알아차릴 사람은 아무도 없으리라. 어둠 속에서 비명을 질러도, 그 목소리는 어느 누구의 귀에도 가 닿을 리 없다. 하지만 그래도 어떻든 죽을 때까지는 살아가는 수밖에 없고, 살아가자면 내 나름의 방식으로 살아가는 수밖에 없다. 별로 칭찬받을 만한 일은 아니라 해도, 그것 말고는 살아갈 방법이 없으니까. 그리고 그 별로 칭찬받을 만한 게 못되는 일에 관해서라면, 우시카와는 아마도 이 세상 어느 누구보다도 유능했다.

두시 반에 야구모자를 쓴 소녀가 아파트 현관으로 나왔다. 그녀는 손에 든 것 없이 빠른 걸음으로 우시카와의 시야를 가로질러갔다. 그는 당황하여 손안의 모터드라이브 스위치로 셔터를 세 번 눌렀다. 그 소녀의 모습을 보는 건 이번이 처음이었다. 마르고 팔다리가 긴, 얼굴이 아름다운 소녀다. 자세가 반듯해서 발레리나처럼도 보였다. 나이는 열여섯 아니면 열일곱, 색바랜 청바지에 하얀 운동화를 신고 남성용 가죽점퍼를 입었다. 머리칼은 한데 모아 점퍼 칼라 안에 밀어넣었다. 소녀는 현관을 나가 몇 걸음 걸어가다가 멈춰 서서, 눈을 가늘게 뜨고 정면의 전봇대 위를 한참이나 올려다보았다. 그러고는 시선을 땅바닥으로 돌리고 다시 걸음을 옮겼다. 도로를 왼편으로 꺾어 우시카와의 시야에서 사라졌다.

그 소녀는 누군가와 닮았다. 우시카와가 알고 있는 누군가와. 최근에 본 적이 있는 누군가와. 생김새로 봐서는 텔레비전 탤런트인지도 모른다. 그렇지만 우시카와는 뉴스 외에는 텔레비전은 거의 보지 않고, 미소녀 탤런트에 관심을 가진 적도 없다.

우시카와는 기억의 액셀러레이터를 바닥까지 꾸욱 밟아 두뇌를 풀가동했다. 눈을 가늘게 뜨고 걸레를 쥐어짜듯이 뇌세포를 비틀어올렸다. 신경이 지끈지끈 아팠다. 그리고 돌연, 그 누군가가 후카다 에리코라는 것을 깨달았다. 그는 후카다 에리코를 실물로 본 적은 없다. 신문 문화면에 실린 사진을 봤을 뿐이다. 그래도 그 소녀가 몸에 두른 초연한 투명함은 그 작은 흑백사진에서 받은 인상과 완전히 똑같았다. 그녀와 덴고는 물론 「공기 번데기」의 리라이팅을 통해 서로를 알고 있을 터였다. 그녀가 덴고와 개인적으로 친해져서, 그의 집에 몸을 숨기고 있다는 것도 있을 수 없는 일은 아니다.

우시카와는 거기까지 생각하고는 거의 반사적으로 니트 모자를 쓰고 감색 피코트를 입고 머플러를 목에 둘둘 감았다. 그리고 아파트 현관을 나서서 소녀가 걸어간 쪽으로 뛰었다.

그녀는 상당히 걸음이 빨랐다. 따라잡는 건 어려울지도 모른다. 하지만 소녀는 완전히 맨손이었다. 그리 멀리 나갈 생각이 아니라는 뜻이다. 미행하다가 자칫 소녀의 주의를 끄는 위험을 감수하느니, 돌아올 때까지 여기서 얌전히 기다리는 게 나을 것이다. 그렇게 생각하면서도 우시카와는 소녀의 뒤를 쫓지 않을 수 없었다. 그 소녀에게는, 논리 따위와는 상관없이 우시카와를 뒤흔드는 무언가가 있었다. 해질녘의 어느 순간, 신비한 색조를 띤 빛이 사람의 마음속에 특별한 기억을 불러일으키는 것처럼.

한참을 급하게 걸어간 끝에 우시카와는 소녀의 모습을 찾아냈다. 후카에리는 길가에 서서 작은 문구점 안을 열심히 들여다보고 있었다. 아마 거기에 그녀의 관심을 끄는 것이 있는 모양이었다. 우시카와는 애써 태연하게 소녀에게 등을 돌리고 자동판매기 앞에 섰다. 주머니에서 동전을 꺼내 따뜻한 캔커피를 샀다.

이윽고 소녀가 다시 걸음을 옮겼다. 우시카와는 반쯤 마신 캔커피를 발치에 내려놓고 충분히 거리를 두며 뒤를 밟았다. 그가 보기에, 소녀는 오로지 걷는다는 행위에 신경을 집중하고 있었다. 잔물결 하나 없는 넓은 호수 위를 걸어서 건너는 듯한 걸음걸이다. 이런 특별한 걸음걸이라면 물에 빠지는 일도, 구두를 적시는 일도 없이 호수 위를 걸을 수 있다. 그런 비법을 터득하고 있는 것 같다.

이 소녀는 분명 뭔가를 갖고 있다. 보통사람이 갖지 못한 특별한 무언가를. 우시카와는 그렇게 느꼈다. 후카다 에리코에 대해 그는 그리 많이 알지 못한다. 지금까지 얻은 지식이라고는, 그녀가 리더의 외동딸이며 열 살 때쯤에 '선구'에서 홀로 도망나와 에비스노라는 고명한 학자의 집에 몸을 의탁해 그곳에서 자랐고, 이윽고 「공기 번데기」라는 소설을 써서 가와나 덴고의 손을 빌려 그것을 베스트셀러의 반열에 올렸다는 것 정도다. 지금은 행방불명으로 경찰에 실종신고가 들어와 있고, 그 일 때문에 '선구' 본부는 얼마 전에 경찰의 수색을 받았다.

소설 「공기 번데기」는 교단 '선구'에게 상당히 불리한 것인 모양이었다. 우시카와도 그 책을 사서 주의 깊게 읽어봤지만 어떤 부분이 어떻게 불리한 것인지, 거기까지는 알지 못했다. 소설 자체는 재미도 있고 상당히 잘 씌어 있었다. 문장은 읽기 쉽고 단정하며 마음을 끄는 부분도 있었다. 하지만 결국은 그저 무난한 환상소설이 아닌가, 우시카와는 그렇게 생각했다. 또한 그것이 세상의 일반적인 감상이기도 할 터였다. 죽은 산양의 입에서 리틀 피플이 나와 공기 번데기를 만들고, 주인공이 마더와 도터로 분리되면서 달이 두 개가 된다. 그런 환상적인 이야기의 과연 어느 부분에 세상에 알려져서는 곤란한 정보가 숨겨져 있다는 것인가. 하지만 교단 사람들은 그 책에 관해 어떻게든 손을 써야 한다고 작정한 것 같았다. 적어도 한때는 그렇게 생각하고 있었다.

하지만 후카다 에리코가 한창 세상의 주목을 받는 때에 어떤 형태로든 그녀에게 손을 댄다는 건 너무도 위험한 일이었다. 그래서 그 대신(이라고 우시카와는 추측한다) 자신에게 교단의 외부 에이전트로서 덴고와 접촉해보라는 지시를 내렸다. 그 몸집 큰 학원강사와 뭔가 커넥션을 만들어보라는 명령이었다.

우시카와의 입장에서 보면 덴고는 전체적인 흐름에서 한낱 조연일 뿐이다. 편집자의 의뢰를 받아 「공기 번데기」라는 응모원고를 읽기 쉽고 맥락이 맞는 작품으로 바꿔 썼다. 솜씨는 제법 훌륭했지만, 역할 자체는 어디까지나 보조적이다. 왜 그들이 덴고에게 그토록 관심을 가지는지, 우시카와는 아무래도 이해할 수 없었다. 하지만 우시카와는 밑에서 움직이는 병졸에 지나지 않는다. 명령이 떨어지면, 예, 알겠습니다, 하고 실행에 옮길 뿐이다.

그러나 우시카와가 지혜를 짜내 마련한 선심성 제안을 덴고가 깨끗이 일축해버리는 바람에 커넥션을 만드는 계획은 좌절되었다. 그렇다면 다음에는 어떤 작전을 써볼까 궁리하던 참에 갑작스럽게 후카다 에리코의 부친인 리더가 죽어버렸다. 그래서 그 일은 중단되었다.

현재 '선구'가 어떤 방향을 잡았고 무엇을 추구하는지, 우시카와는 아는 바가 없다. 리더를 잃은 지금, 과연 누가 교단의 주도권을 쥐었는지도 알지 못한다. 하지만 어떻든 그들은 아오마메를 찾아내 리더를 살해한 의도를 알아내고 배후관계를 밝히려 하고 있다. 아마도 엄한 처벌과 복수를 위해서일 것이다. 그리고 그들은 거기에 사법당국은 개입시키지 않을 생각이다.

후카다 에리코에 대해서는 어떨까. 교단은 소설 「공기 번데기」에 대해 지금은 어떻게 생각하고 있을까. 그 책은 아직도 그들에게 계속 위협적인 것일까.

후카다 에리코는 걸음을 늦추지 않고, 뒤도 돌아보지 않고, 마치 제 둥지로 돌아가는 비둘기처럼 어딘가를 향해 일직선으로 가고 있었다. 그 어딘가가 '마루쇼'라는 중간 규모의 슈퍼마켓이라는 게 곧 판명되었다. 후카에리는 거기서 바구니를 들고 진열대마다 돌면서 통조림이며 신선한 식재료를 골랐다. 양상추 하나를 사면서도 손에 들고 다양한 각도에서 세세하게 음미했다. 시간깨나 걸리겠다고 우시카와는 생각했다. 그래서 일단 슈퍼마켓을 나와 길 건너편 버스정류장에서 버스를 기다리는 척하며 입구를 감시하기로 했다.

하지만 아무리 기다려도 소녀는 나오지 않았다. 우시카와는 점점 걱정이 되었다. 어쩌면 다른 출입구로 나갔는지도 모른다. 하지만 우시카와가 둘러본 바로는 그 슈퍼마켓의 출입구는 한 군데뿐이었다. 분명 물건을 사는 데 시간이 오래 걸리는 것뿐이다. 양상추를 들고 깊은 생각에 잠긴 소녀의 묘하게 깊이 없는 진지한 눈매를 우시카와는 떠올렸다. 그래서 좀더 참을성 있게 기다리기로 했다. 버스 세 대가 왔다가 떠나갔다. 그때마다 우시카와만 홀로 남겨졌다. 신문을 들고 오지 않은 걸 우시카와는 후회했다. 신문을 펼쳐들고 있으면 얼굴을 감출 수 있다. 누군가의 뒤를 밟을 때는 신문이나 잡지가 필수품이다. 하지만 어쩔 수 없다. 부랴부랴 방을 뛰쳐나왔으니.

후카에리가 마침내 슈퍼마켓 밖으로 나왔을 때, 손목시계는 세시 삼십오분을 가리키고 있었다. 소녀는 우시카와가 서 있는 버스정류장 쪽에는 눈길도 주지 않고, 왔던 길을 빠른 걸음으로 돌아갔다. 우시카와는 거리를 두고 그 뒤를 쫓았다. 두 개의 쇼핑 봉투는 상당히 무거워 보였지만, 소녀는 양팔에 가뿐하게 안고 물웅덩이를 이동하는 소금쟁이처럼 쭉쭉 걸어갔다.

신기한 소녀다, 그 뒷모습을 지켜보며 우시카와는 새삼 생각했다. 마치 진기한 이국의 나비를 보는 것 같다. 그냥 바라보는 건 괜찮다. 하지만 손을 대서는 안 된다. 손을 대자마자 그것은 자연스러운 생명을 잃고 본래의 선명함을 잃는다. 그리고 그것은 이국의 꿈을 꾸는 것을 멈춰버린다.

후카에리의 은신처를 알아냈다고 '선구' 사람들에게 연락을 해야 할까, 우시카와는 머릿속에서 빠르게 계산했다. 판단하기 어려운 문제다. 지금 여기서 후카에리를 내준다면 나름대로 점수는 딸 수 있을지 모른다. 적어도 그것이 마이너스 재료가 될 리는 없다. 그가 착실히 활동하며 제법 쏠쏠한 성과를 올리고 있다는 걸 교단에 보여줄 수는 있다. 하지만 후카에리의 처분에 휘말려 있는 사이에 원래의 목적인 아오마메를 찾아낼 기회를 놓쳐버릴지도 모른다. 그래서는 본전까지 날아가는 꼴이다. 어떻게 할까. 그는 피코트 호주머니에 두 손을 찌르고 코끝을 머플러에 파묻은 채, 올 때보다 더 멀리 거리를 두고 후카에리의 뒤를 밟았다.

내가 이 소녀의 뒤를 밟는 건 그저 그 모습을 바라보고 싶기 때문인지도 모른다. 우시카와는 문득 그렇게 생각했다. 슈퍼마켓 봉투를 안고 걸어가는 그녀를 보고 있는 것만으로도 그의 가슴은 무겁고 빽빽하게 조여왔다. 두 개의 벽 사이에 끼여 꼼짝도 할 수 없는 사람처럼, 어디로 나아갈 수도 물러설 수도 없었다. 폐의 움직임이 불규칙하고 답답해서 마치 미지근한 돌풍 속에 놓인 듯 숨쉬기가 지독히 힘들었다. 지금까지 한 번도 맛본 적이 없는 기묘한 느낌이었다.

적어도 앞으로 한동안은 이 소녀를 가만히 내버려두자고 우시카와는 마음을 정했다. 처음 계획대로 아오마메에게만 초점을 맞추자. 아오마메는 살인자다. 어떠한 이유에서건 그녀는 처벌받을 만한 짓을 했다. 그녀를 '선구'에 넘긴다는 것에 우시카와는 마음이 아프지 않았다. 하지만 이 소녀는 숲속 깊은 곳에 사는 부드럽고 말없는 생명체다. 영혼의 그림자 같은 옅은 색채의 날개를 지니고 있다. 멀리서 바라보기만 하자.

후카에리가 종이봉투를 안고 아파트 현관 안으로 사라진 뒤, 한참 틈을 두었다가 우시카와도 안으로 들어섰다. 방에 돌아와 머플러와 모자를 벗고 다시 카메라 앞에 앉았다. 겨울바람을 맞은 뺨이 차갑게 얼어 있었다. 담배를 한 대 피우고, 미네랄워터를 마셨다. 뭔가 매운 것을 잔뜩 먹은 뒤처럼 지독히 목이 말랐다.

황혼이 찾아왔다. 가로등에 불이 켜지고 사람들이 귀가할 시간이 가까워졌다. 우시카와는 피코트를 입은 채 셔터 리모컨 스위치를 움켜쥐고 아파트 현관을 바라보았다. 오후 햇살의 기억이 서서히 엷어지면서 텅 빈 방은 급속히 썰렁해졌다. 어제보다 더 추운 밤이 될 것 같다. 역 앞 전자제품 매장에서 전기스토브나 전기담요를 사와야겠다고 우시카와는 생각했다.

후카다 에리코가 다시 아파트 현관 앞에 나타났을 때, 손목시계의 바늘은 네시 사십오분을 가리키고 있었다. 검은 터틀넥 스웨터에 청바지, 아까와 똑같은 옷차림이다. 하지만 가죽점퍼는 입지 않았다. 몸에 딱 붙는 스웨터는 그녀의 가슴 모양을 선명하게 드러내고 있었다. 가느다란 몸매인데도 가슴은 크다. 파인더를 통해 그 아름다운 봉긋함을 보고 있는 사이, 우시카와는 또다시 옥죄이듯이 호흡이 가빠지는 것을 느꼈다.

겉옷을 입지 않은 걸 보면 이번에도 멀리 나갈 생각은 없는 모양이다. 소녀는 아까와 마찬가지로 현관 앞에 멈춰 서서 눈을 가늘게 뜨고 전봇대 위를 올려다보았다. 주위는 어두워져가고 있었지만, 찬찬히 바라보면 아직 사물의 윤곽을 분간할 수 있다. 그녀는 잠시 그곳에서 뭔가를 찾고 있었다. 하지만 찾는 것이 눈에 띄지 않는 눈치다. 그녀는 전봇대를 올려다보는 것을 관두고 새처럼 고개만 돌려 주위를 둘러보았다. 우시카와는 리모컨 스위치를 눌러 소녀의 사진을 찍었다.

마치 그 소리를 알아들은 것처럼, 후카에리가 문득 카메라 쪽을 향했다. 그리고 우시카와는 파인더를 통해 후카에리와 마주보는 모양새가 되었다. 우시카와 쪽에서는 물론 후카에리의 얼굴이 또렷하게 보였다. 그는 망원렌즈를 들여다보고 있다. 하지만 동시에 후카에리도 렌즈 맞은편에서 우시카와의 얼굴을 지그시 들여다보고 있다. 그녀의 눈은 렌즈 속에 있는 우시카와의 모습을 포착했다. 반들거리는 칠흑의 눈동자에 우시카와의 얼굴이 똑똑히 비친다. 그런 묘하게 직접적인 접촉감이 있었다. 그는 침을 꿀꺽 삼켰다. 아니, 그럴 리 없다. 그녀의 위치에서는 아무것도 보이지 않을 터이다. 망원렌즈는 위장했고, 타월로 감싼 셔터 소리는 거기까지 들리지 않는다. 그래도 소녀는 현관 앞에 서서 우시카와가 잠복하고 있는 방향을 보고 있었다. 감정이 결여된 그 시선을 흔들림 없이 우시카와에게 쏟고 있었다. 별빛이 이름도 없는 바윗덩어리를 비추듯이.

오랫동안—어느 정도의 시간인지 우시카와는 알지 못한다—두 사람은 서로를 응시했다. 그러고는 돌연 그녀는 몸을 틀듯이 돌아서더니 빠른 걸음으로 현관 안으로 들어갔다. 봐야 할 것은 모두 다 봤다는 듯이. 소녀의 모습이 사라지자 우시카와는 일단 폐를 텅 비운 뒤에 잠시 시간을 두었다가 새로운 공기로 채웠다. 싸늘한 공기가 무수한 가시가 되어 가슴 안쪽을 쿡쿡 찔렀다.

사람들이 귀가하여 어젯밤과 마찬가지로 현관 불빛 아래를 차례차례 지나갔지만 우시카와는 더이상 카메라 파인더를 들여다보지 않았다. 그의 손은 셔터 리모컨을 쥐고 있지 않았다. 그 소녀의 여지없이 솔직한 시선이 그의 몸에서 온갖 힘을 쥐어뜯어간 것 같았다. 어떻게 그런 시선이 있을 수 있을까. 그것은 잘 벼려진 긴 강철바늘처럼 그의 가슴을 일직선으로 찔렀다. 등까지 뚫고 나갈 만큼 깊숙이.

그 소녀는 알고 있다. 자신이 그녀를 은밀히 바라보고 있다는 것을. 카메라로 몰래 찍었다는 것도 알고 있다. 어떻게인지는 모르겠지만 후카에리는 그것을 *아는* 것이다. 아마도 한 쌍의 특별한 더듬이를 통해 그녀는 그런 기척을 감지해내는 것이리라.

술이 몹시도 마시고 싶었다. 가능하다면 위스키를 잔에 넘치도록 따라 그대로 단숨에 들이켜고 싶었다. 밖으로 사러 나갈 생각까지 했다. 바로 근처에 주점이 있다. 하지만 결국 포기했다. 술을 마셔본들 뭐가 달라지는 것도 아니다. 그녀는 파인더 너머에서 나를 보았다. 이곳에 숨어 사람들을 몰래 촬영하는 내 비뚤어진 머리통과 지저분한 영혼을, 이 아름다운 소녀는 알아본 것이다. 그 사실은 어떻게도 달라지지 않는다.

우시카와는 카메라 앞을 떠나 벽에 몸을 기대고 얼룩진 컴컴한 천장을 올려다보았다. 모든 것이 허망하게 느껴졌다. 자신이 외톨이라는 것을 이토록 통감한 적은 없었다. 어둠을 이토록 어둡게 느낀 적도 없었다. 그는 주오린칸의 단독주택을 떠올리고, 잔디 정원과 개를 떠올리고, 아내와 두 딸아이를 떠올렸다. 그곳을 비추던 햇빛을 떠올렸다. 두 딸아이 안으로 흘러갔을 터인 자신의 유전자를 생각했다. 비뚤어진 추한 머리통과 뒤틀린 영혼을 가진 유전자를.

무슨 짓을 해봐도 소용없다는 마음이 들었다. 그는 주어진 카드를 모두 다 써버린 것이다. 애초에 그리 대단한 패도 아니었다. 하지만 노력하고 또 노력해서 그 불충분한 손안의 패를 최대한 이용해왔다. 머리를 풀가동하며 판돈을 교묘히 주고받았다. 한때는 그걸로 꽤 잘 풀리는 것 같기도 했다. 하지만 이제 손안에는 한 장의 카드도 없다. 테이블의 불은 꺼지고, 모였던 사람들은 모두 어딘가로 돌아가버렸다.

결국 그날 저녁에는 한 장의 사진도 찍지 않았다. 벽에 기대어 눈을 감고 몇 개비의 세븐스타를 피우고, 또다시 복숭아 통조림을 따서 먹었다. 시계가 아홉시를 가리키자 세면실에 들어가 이를 닦고 옷을 벗고 침낭 속에 기어들어 벌벌 떨면서 잠을 청했다. 사무치게 추운 밤이었다. 하지만 그 떨림은 추위 때문만은 아니었다. 냉기는 그의 몸 안에서 생겨나는 것 같았다. 나는 대체 어디로 가려는 걸까, 우시카와는 어둠 속에서 스스로에게 물었다. 애당초 나는 어디에서 온 것일까.

소녀의 시선에 찔린 아픔은 아직도 가슴에 남아 있다. 어쩌면 영원히 사라지지 않을지도 모른다. 아니면 그것은 오래전부터 그곳에 있었던 것이고, 나는 단지 여태껏 그 존재를 깨닫지 못했던 것뿐인지도.

다음 날 아침, 우시카와는 치즈와 크래커에 인스턴트커피로 아침식사를 마치고 마음을 추스른 뒤 다시 카메라 앞에 앉았다. 전날과 마찬가지로 아파트를 나서는 사람들을 관찰하고 사진을 몇 장 찍었다. 하지만 그곳에는 덴고의 모습도, 후카다 에리코의 모습도 없었다. 등을 웅크린 사람들이 새로운 하루 속에 타성적으로 발을 들이미는 광경이 보일 뿐이다. 하늘은 맑고 바람이 드센 아침이었다. 사람들은 하얀 입김을 내뿜고, 바람이 그것을 흩어놓았다.

쓸데없는 생각은 하지 말자고 우시카와는 마음먹었다. 살갗을 좀더 두껍게 하고, 마음의 껍질을 단단하게 만들고, 하루하루를 하나씩 규칙적으로 쌓아나가는 것이다. 나는 단지 기계에 지나지 않는다. 유능하고 참을성 있고 무감각한 기계. 한쪽 입으로 새로운 시간을 들이쉬고, 그것을 헌 시간으로 바꾸어 다른 한쪽 입으로 토해낸다. 존재하는 것, 그 자체가 이 기계의 존재 이유이다. 다시 한번 그런 불순물 없는 순수한 사이클—언젠가 끝을 맞이할 터인 영구운동—에 복귀해야 한다. 그는 의지를 단단히 다지고 마음의 뚜껑을 덮는 것으로 후카에리의 이미지를 뇌리에서 떨쳐버리려 했다. 소녀의 예리한 시선이 남기고 간 가슴의 통증은 그새 많이 가셔서, 이제는 이따금 찾아오는 둔한 동통으로 바뀌었다. 그러면 됐어, 우시카와는 생각했다. 그러면 됐어. 얼마나 다행인가. 나는 복잡한 디테일을 가진 단순한 시스템인 것이다.

점심 전에 우시카와는 역 앞에 있는 대형 전자제품 매장에 가서 작은 전기스토브를 샀다. 그리고 지난번의 그 메밀국숫집에 들어가 신문을 펼치고 따뜻한 튀김국수를 먹었다. 방에 돌아오기 전에 아파트 입구에 서서 후카에리가 어제 열심히 올려다보던 전봇대 근처를 보았다. 하지만 그의 주의를 끌 만한 것은 아무것도 없었다. 거뭇거뭇한 굵은 전선줄이 허공에서 뱀처럼 뒤엉켜 있었고, 변압기가 놓여 있을 뿐이다. 소녀는 그곳의 무엇을 응시하고 있었을까. 혹은 거기에서 무엇을 찾고 있었을까.

방에 돌아와 전기스토브를 켰다. 스위치를 누르자 곧바로 오렌지색 불이 들어오고 살갗에 친밀한 온기가 느껴졌다. 충분한 난방이라고는 도저히 말할 수 없지만, 이거 하나가 있느냐 없느냐는 큰 차이다. 우시카와는 벽에 기대앉아 가볍게 팔짱을 끼고 조그만 양지에서 짧은 잠을 잤다. 꿈도 뭣도 없는, 순수한 공백 같은 잠이었다.

나름대로 달고 깊은 잠을 깨운 것은 노크 소리였다. 누군가 문을 두드리고 있다. 눈을 뜨고 주위를 둘러보았을 때, 자신이 지금 어디 있는지 순간적으로 알아차리지 못했다. 곁에 놓인 삼각대와 미놀타 일안 리플렉스 카메라를 보고서야 이곳이 고엔지의 아파트 방이라는 게 생각났다. 누군가 그 방의 문을 주먹으로 두드리고 있다. 왜 문을 두드리는 거야, 우시카와는 급하게 의식을 그러모으며 이상하다고 생각했다. 문 앞에 초인종이 달려 있다. 손끝으로 그걸 누르기만 하면 된다. 간단한 일이다. 그런데도 그 누군가는 굳이 문을 두드리고 있었다. 그것도 상당히 강하게. 그는 얼굴을 찌푸리며 손목시계를 들여다보았다. 한시 사십오분. 물론 오후 한시 사십오분이다. 바깥은 환하다.

우시카와는 물론 그 노크에 응하지 않았다. 그가 이곳에 있다는 건 아무도 모른다. 누군가 찾아올 예정도 없다. 아마 외판원이거나 신문구독 권유 같은 것일 터이다. 그쪽에서는 우시카와를 원하는지 모르지만, 우시카와는 그들을 원하지 않는다. 그는 벽에 몸을 기댄 채 문을 노려보며 침묵을 지켰다. 저러다가 포기하고 다른 데로 가겠지.

하지만 그 누군가는 포기하지 않았다. 간격을 두고 몇 번이나 노크를 거듭했다. 일련의 노크가 있고, 십 초나 십오 초쯤 쉬고, 그러고는 다시 노크가 이어졌다. 주저하지도 동요하지도 않는 단호한 노크로, 그 소리는 부자연스러울 만큼 균일했다. 그것은 일관되게 우시카와의 응답을 요구하고 있었다. 우시카와는 점점 불안해졌다. 어쩌면 저 문 앞에 와 있는 게 후카다 에리코인지도 모른다. 비열하게 숨어서 도둑촬영을 하는 우시카와를 비난하고 추궁하기 위해 찾아왔는지도 모른다. 그렇게 생각하자 심장의 고동이 빨라졌다. 그는 두툼한 혀로 잽싸게 입술을 핥았다. 하지만 그의 귀에 들리는 것은 아무리 생각해도 성인 남자의 크고 단단한 주먹이 스틸 문짝을 두드리는 소리다. 소녀의 손이 아니다.

아니면 후카다 에리코가 누군가에게 우시카와의 행위를 신고해서 그 누군가가 찾아왔는지도 모른다. 이를테면 아파트 관리업체의 담당자라든가, 아니면 경찰이라든가. 만일 그렇다면 일이 몹시 귀찮아진다. 하지만 관리업체 사람이라면 비상열쇠를 갖고 있을 것이고, 경찰이라면 자신들이 경찰이라는 것을 먼저 밝힐 것이다. 게다가 그들은 일부러 노크 같은 건 하지 않는다. 그냥 초인종을 누르기만 하면 된다.

"고즈 씨." 남자 목소리가 말했다. "고즈 씨."

고즈는 전에 이 집에 살던 사람의 이름이라는 게 생각났다. 우편함의 명패도 아직 그대로다. 그러는 게 우시카와에게는 유리했기 때문이다. 이 남자는 고즈라는 사람이 아직도 이 집에 사는 줄로 알고 있다.

"고즈 씨." 목소리는 말했다. "당신이 거기 있다는 거 다 알고 있어요. 그런 식으로 방에 틀어박혀 숨죽이고 있으면 몸에 좋지 않아요."

중년남자의 목소리다. 그다지 큰 소리는 아니다. 약간 탁한, 쉰 목소리다. 하지만 그 중심에는 단단한 심지 같은 것이 있었다. 바짝 구워 서서히 건조시킨 벽돌이 가진 단단함이다. 그 때문일 것이다, 목소리는 아파트 전체에 울려퍼질 만큼 우렁찼다.

"고즈 씨, 나는 NHK 사람이에요. 이달 수신료를 받으러 왔습니다. 문 좀 열어주시겠습니까?"

우시카와는 물론 NHK 수신료를 낼 생각이 없었다. 실제로 방을 보여주고 설명하면 일은 간단하다. 보시오, 텔레비전 같은 건 어디에도 없잖습니까, 라고. 하지만 우시카와처럼 특이한 용모의 중년남자가 가구 하나 없는 집에 대낮부터 혼자 틀어박혀 있는 꼴을 보면 수상하게 생각하지 않을 리가 없다.

"고즈 씨, 텔레비전을 보는 사람은 수신료를 반드시 내야 한다고 법률로 정해져 있어요. 가끔 '나는 NHK 같은 거 안 본다. 그러니 수신료는 못 내겠다'는 식으로 말씀하시는 분들이 있습니다. 하지만 그런 말은 안 통해요. NHK를 보건 안 보건 텔레비전이 있으면 수신료를 내야 합니다."

그냥 NHK 수금원이다, 우시카와는 생각했다. 마음대로 떠들게 놔두면 된다. 상대해주지 않으면 저러다가 가버릴 것이다. 하지만 집 안에 사람이 있다는 것을 어떻게 저토록 확신할 수 있을까. 한 시간쯤 전에 집에 돌아온 뒤로 우시카와는 밖에 나가지 않았다. 소리도 거의 내지 않았고, 커튼도 닫힌 채였다.

"고즈 씨, 당신이 안에 계시다는 건 다 알고 있어요." 남자는 우시카와의 마음속을 들여다보기라도 한 것처럼 말했다. "어떻게 그런 걸 아느냐고 이상하게 생각하시지요? 그런데 다 알아요. 당신은 분명 거기 있고, NHK 수신료를 내기 싫어서 가만히 숨을 죽이고 있어요. 나는 그걸 손바닥 보듯이 다 압니다."

노크 소리가 한 차례 균일하게 이어졌다. 관악기의 호흡처럼 잠깐 쉬고, 그러고는 다시 똑같은 리듬으로 두드린다.

"알겠습니다, 고즈 씨. 당신은 끝까지 시치미를 떼기로 작심하신 모양이군요. 좋아요, 오늘은 이만 물러가겠습니다. 나도 할 일이 많은 사람이거든요. 하지만 다시 또 찾아뵙겠습니다. 거짓말 아니에요. 온다고 하면 반드시 옵니다. 나는 보통 평범한 수금원하고는 달라요. 받아야 할 것을 받을 때까지 절대로 포기하지 않습니다. 그건 분명하게 정해져 있는 일이에요. 달이 차고 기울거나 사람이 태어나고 죽는 것과 똑같이. 당신은 그걸 피해 갈 수 없어요."

긴 침묵이 흘렀다. 이제 가버린 모양이라고 생각하는 찰나, 수금원이 다시 말을 이었다.

"가까운 시일 내에 찾아뵙겠습니다, 고즈 씨. 기대하세요. 당신이 예상도 못 할 때, 또 문을 두드릴 겁니다. 탕탕, 하는 소리가 나면 그건 나예요."

더이상의 노크는 없었다. 우시카와는 귀를 기울였다. 복도를 건너가는 발소리가 들린 것 같기도 했다. 곧바로 카메라 앞으로 이동하여 커튼 틈새로 아파트 현관을 주시했다. 수금원이 아파트에서 수금작업을 마치고 이제 곧 그곳으로 나올 터였다. 어떻게 생긴 사람인지 확인해둘 필요가 있다. NHK 수금원이라면 제복을 입고 있을 테니 금세 알 수 있다. 어쩌면 진짜 수금원이 아닌지도 모른다. 누군가 수금원을 사칭하여 문을 열게 하려는 것인지도 모른다. 어떻든 상대는 지금까지 본 적이 없는 사람일 것이다. 그는 셔터 리모컨 스위치를 오른손에 움켜쥐고, 수금원일 듯한 사람이 현관에 나타나기를 기다렸다.

하지만 그로부터 삼십 분 동안, 아파트 현관을 드나든 사람은 한 명도 없었다. 이윽고 몇 번이나 본 적이 있는 중년여자가 현관에 나타나 자전거를 타고 나갔다. 우시카와는 그녀에게 '턱아줌마'라고 이름 붙였다. 턱살이 늘어졌기 때문이다. 반시간쯤 지나서, 턱아줌마가 자전거 바구니에 쇼핑 봉투를 싣고 돌아왔다. 그녀는 자전거는 보관소에 다시 넣어두고, 봉투를 안고 아파트로 들어갔다. 그뒤를 이어 초등학생 남자애가 귀가했다. 우시카와는 그 아이를 '여우'라고 명명했다. 여우처럼 눈이 치켜올라갔기 때문이다. 하지만 수금원일 듯한 인물은 끝내 나타나지 않았다. 우시카와는 뭐가 뭔지 영문을 알 수 없었다. 아파트 출입구는 거기 한 군데밖에 없다. 그리고 우시카와는 단 일 초도 그 현관문에서 눈을 떼지 않았다. 수금원이 나오지 않았다는 건, 그가 **아직 안에 있다**는 것이다.

우시카와는 그뒤에도 쉬지 않고 현관을 감시했다. 화장실에도 가지 않았다. 해가 떨어지고, 주위가 컴컴해지고, 현관에 불이 켜졌다. 그래도 수금원은 나오지 않았다. 여섯시를 넘긴 참에 우시카와는 포기했다. 그리고 화장실에 가서 오래 참았던 소변을 보았다. 그 사람은 틀림없이 아직 이 아파트 안에 있다. 어째서인지는 모르겠다. 이치에 맞지 않는다. 하지만 그 기묘한 수금원은 이 건물 안에 머물기로 한 것이다.

한층 쌀쌀해진 바람이 얼어붙은 전깃줄 사이로 날카로운 소리를 내며 지나갔다. 우시카와는 전기스토브를 켜고 담배를 한 대 피웠다. 그리고 수수께끼의 수금원에 대해 추리를 펼쳤다. 그는 왜 그처럼 도발적인 말을 해야 했는가. 집 안에 사람이 있다는 것을 어떻게 그토록 확신하고 있었는가. 그리고 왜 아파트에서 나오지 않았는가. 여기서 나가지 않았다면 지금 그는 어디에 있는가.

우시카와는 카메라 앞을 벗어나, 벽에 몸을 기대고 전기스토브의 오렌지색 열선을 오래도록 지그시 노려보고 있었다.

제17장 아오마메

Q 한 쌍의 눈밖에 갖고 있지 않다

전화벨이 울린 것은 바람이 세차게 부는 토요일이었다. 시각은 오후 여덟시에 가까웠다. 아오마메는 다운재킷을 입고 무릎에 담요를 덮고 베란다 의자에 앉아 가림판 사이로 수은등에 비친 미끄럼틀을 지켜본다. 양손은 얼지 않도록 담요 안에 넣었다. 사람 없는 미끄럼틀은 빙하기에 사멸한 거대동물의 뼈대처럼 보인다.

추운 밤에 오래도록 밖에 앉아 있는 건, 태아를 위해서는 그리 바람직한 일이 아닐지도 모른다. 하지만 이 정도 추위라면 별 문제 없을 거라고 아오마메는 생각한다. 아무리 몸의 바깥이 차가워져도 양수는 혈액과 거의 동일한 따스함을 유지한다. 세상에는 이곳과는 비교할 수도 없을 만큼 춥고 힘겨운 장소가 많다.

그런 곳에서도 여자들은 게으름 피우는 일 없이 아이를 낳는다. 그리고 무엇보다 이 추위는 덴고를 만나기 위해 참고 견뎌내야 하는 추위인 것이다.

커다란 노란색 달과 작은 초록색 달이 여느 때처럼 겨울 하늘에 나란히 떠 있다. 다양한 모양과 크기의 구름들이 재빠르게 흘러간다. 구름은 하얗고 촘촘하고 윤곽이 또렷해서, 눈 녹은 강을 타고 바다를 향해 가는 단단한 얼음덩어리처럼 보이기도 한다. 어디선가 나타나 어디론가 사라지는 그런 한밤의 구름을 보고 있으면, 자신이 세계의 끝 가까운 곳까지 실려온 느낌이 들었다. 이곳은 이성理性의 극북極北이다, 아오마메는 그렇게 생각한다. 여기보다 더 북쪽으로는 더이상 아무것도 존재하지 않는다. 그 앞에는 그저 허무의 혼돈이 펼쳐져 있을 뿐이다.

유리문을 아주 작은 틈새만 남기고 닫아두었기 때문에 전화벨 소리는 무척 작게 들려온다. 그리고 아오마메는 깊은 생각에 빠져 있었다. 하지만 그녀의 귀는 그 소리를 놓치지 않는다. 벨은 세 번 울리고 멎었다가 이십 초 뒤에 다시 울린다. 다마루에게서 온 전화다. 담요를 걷고 하얗게 흐려진 유리문을 열고 안으로 들어간다. 방 안은 어둡고 적당히 난방이 되어 있다. 그녀는 찬 기운이 남아 있는 손가락으로 수화기를 든다.

"프루스트는 읽고 있나?"

"좀처럼 책장이 안 넘어가요." 아오마메는 대답한다. 마치 암호를 주고받듯이.

"취향에 안 맞았나?"

"아니, 그런 건 아니에요. 하지만 뭐라고 할까, 이곳과는 전혀 다른 세계에 대해 묘사한 이야기처럼 느껴져요."

다마루는 말없이 다음 말을 기다린다. 그는 서두르지 않는다.

"다른 세계라고 할까—내가 살고 있는 이 세계에서 몇 광년이나 떨어진 어느 소행성에 대한 아주 상세한 보고서를 읽는 것 같은 느낌이에요. 거기에 묘사된 정경 하나하나를 받아들이고 이해하는 건 가능해요. 그것도 꽤 선명하고 극명하게. 하지만 이곳에 있는 정경과 그 정경이 잘 이어지지 않아요. 물리적으로 너무 멀리 떨어져 있으니까. 그래서 한참 읽다가 다시 앞으로 돌아가서 똑같은 곳을 몇 번이나 읽게 돼요."

아오마메는 다음에 이을 말을 찾는다. 다마루는 여전히 기다리고 있다.

"하지만 따분한 건 아니에요. 치밀하고 아름다운 묘사이고, 그 고독한 소행성의 성립과정 같은 것도 나름대로 이해했어요. 다만 좀처럼 책장이 안 넘어간다는 얘기죠. 강 상류를 향해 보트를 젓고 있는 것처럼요. 한참 노를 젓다가 잠깐 손을 멈추고 뭔가 생각하는 사이에, 문득 깨닫고 보면 보트는 다시 원래 자리에 돌아와 있어요." 아오마메는 말한다. "하지만 지금의 내게는 그런 읽을거리가 더 좋을지도 모르죠. 줄거리를 따라 앞으로 나아가는 독서보다 오히려 더 좋을지도. 뭐랄까, 거기에는 시간이 불규칙하게 흔들리는 느낌이 있어요. 앞이 뒤여도 괜찮고, 뒤가 앞이어도 상관없는 듯한."

아오마메는 보다 정확한 표현을 찾으려 한다.

"뭔가 타인의 꿈을 바라보는 것 같아요. 감각의 동시同時적인 공유는 있어요. 하지만 그 동시라는 게 어떤 것인지 파악이 안 돼요. 감각은 아주 가까이에 있는데, 실제 거리는 지독히 멀리 떨어져 있어요."

"그런 감각은 프루스트가 의도했던 것일까?"

아오마메는 물론 그런 건 알지 못한다.

"어떻든 다른 한편에서는," 다마루는 말한다. "이 현실세계에서는 시간은 착실히 앞으로 나아가고 있어. 정체되지도 않고 거꾸로 돌아가지도 않아."

"물론. 현실세계에서 시간은 앞으로 나아가죠."

아오마메는 그렇게 말하면서 유리문으로 시선을 던진다. 정말로 그럴까? 시간은 확실하게 앞을 향해 나아가고 있는 걸까.

"계절은 바뀌어 1984년도 이제 곧 끝나가려 하고 있어." 다마루는 말한다.

"올해 안에는 『잃어버린 시간을 찾아서』를 아마 끝까지 읽지 못할 거 같아요."

"괜찮아." 다마루는 말한다. "마음껏 시간을 들여 읽어봐. 오십 년도 더 전에 씌어진 소설이야. 일 분 일 초를 다투는 정보로 채워진 것도 아니니까."

그럴지도 모른다, 하고 아오마메는 생각한다. 하지만 그렇지 않을지도 모른다. 그녀는 이제 시간이라는 것을 그다지 믿을 수 없다.

다마루는 묻는다. "그래서, 네 안에 있는 것은 건강하게 잘 지내나?"

"지금으로서는 아무 문제 없이."

"다행이군." 다마루는 말한다. "그나저나 이곳 저택 주위를 어슬렁거렸던 정체불명의 대머리 땅딸보 남자 이야기는 들었지?"

"들었어요. 그 사람, 아직도 출몰해요?"

"아냐, 이제 이 근처에는 나타나지 않아. 이틀 동안 주변을 어슬렁거리더니 그뒤로 사라졌어. 하지만 그자는 임대물건을 찾는 척 인근 부동산중개소를 돌면서 세이프하우스에 대한 정보를 수집했어. 아무튼 유난히 눈에 띄는 외모야. 게다가 꽤 요란한 옷을 입고 있었어. 그자와 얘기했던 사람들은 다들 똑똑히 기억하고 있었어. 덕분에 족적을 더듬기가 쉬웠지."

"조사나 정탐에는 적합하지 않군요."

"맞는 말이야. 그런 일에는 전혀 적합하지 않은 풍모야. 후쿠스케 인형처럼 머리통이 아주 큼직해. 하지만 제법 수완이 뛰어난 사람 같아. 직접 발로 뛰면서 요령껏 정보를 수집했어. 어디로 찾아가서 뭘 물어야 하는지, 절차를 빠삭하게 꿰고 있어. 나름대로 머리회전도 빠른 것 같아. 필요한 건 하나도 빠뜨리지 않고, 필요하지 않은 건 하지 않아."

"그리고 세이프하우스에 대해 상당한 정보를 수집했다."

"그곳이 가정폭력으로 고통받는 여성들을 위한 피난처이고, 마담이 무상으로 제공한 장소라는 걸 파악했어. 마담이 네가 근무하던 스포츠클럽의 회원이라는 것도, 네가 마담의 개인지도를 위해 이 저택에 자주 왔었다는 것도 이미 파악했을 거야. 만일 내가 그자라면 그 정도는 충분히 알아냈을 테니까."

"그 사람이 당신과 비교될 만큼 우수하다는 건가요?"

"현실적인 수고를 아끼지 않고, 정보를 수집하는 요령을 터득했고, 논리적으로 생각하는 훈련을 쌓았다면 그 정도는 누구라도 할 수 있지."

"그런 사람이 세상에 그리 많지는 않겠죠."

"조금은 있지. 일반적으로 프로라 불리는 사람들."

아오마메는 의자에 자리를 잡고 손끝으로 콧등을 쓰다듬는다. 거기에는 바깥의 냉기가 아직 남아 있다.

"그리고 그 사람은 더이상 저택 주변에는 나타나지 않는다." 그녀는 물었다.

"자신의 모습이 지나치게 눈에 띈다는 걸 그자는 잘 알고 있어. 감시카메라가 작동중이라는 것도 알고. 그래서 짧은 시간에 최대한 정보를 수집한 뒤에 다른 사냥터로 옮긴 거야."

"즉 그 사람은 나와 마담의 관계를 눈치 챘다. 그게 스포츠클럽의 트레이너와 부유한 클라이언트 이상의 의미라는 것도, 거기에 세이프하우스가 관련되어 있다는 것도. 그리고 우리가 모종의 프로젝트를 진행시키고 있다는 것도."

"아마도." 다마루는 말한다. "내가 본 바로, 그자는 일의 핵심에 접근하고 있어. 조금씩."

"하지만 이야기를 들어보니, 그 사람은 큰 조직의 일원이라기보다 오히려 단독으로 행동하는 듯한 느낌이 들어요."

"그래, 나도 대략 비슷한 생각이야. 뭔가 특별한 꿍꿍이가 없는 한, 큰 조직에서는 그렇게 눈에 띄는 외모를 가진 사람을 내밀한 조사에 투입하지 않아."

"그렇다면 그 사람은 무엇 때문에, 누구를 위해 그런 조사를 하고 있을까요?"

"글쎄." 다마루는 말한다. "알고 있는 건 그자가 유능하고 위험한 인물이라는 것뿐이야. 그 이상은 현재로는 그저 추측일 뿐이야. 어떤 형태로든 '선구'와 관련이 있다는 게 내 조심스러운 추측이지만."

아오마메는 그 조심스러운 추측에 대해 생각한다. "그리고 그 사람은 사냥터를 바꿨다."

"그래. 어디로 옮겼는지는 잘 모르겠어. 하지만 논리적으로 추정해보면, 그뒤로 그자가 갈 만한 곳, 혹은 목표로 삼을 만한 곳은 지금 네가 숨어 있는 그곳이야."

"하지만 이곳을 찾아내는 건 불가능에 가깝다고 당신이 내게 말했어요."

"맞아. 마담과 그 맨션의 관련성은 아무리 조사해도 떠오를 가능성이 없어. 연결고리는 철저히 지워버렸어. 하지만 그건 단기간에 국한된 얘기야. 농성이 길어지면 이윽고 어디선가 빈틈이 생기는 법이지. 생각지도 못한 곳에서. 이를테면 네가 휘적휘적 밖에 나갔다가 우연히 목격되는 수도 있어. 하나의 가능성을 말하자면."

"나는 밖에 나간 적이 없어요." 아오마메는 딱 잘라 말한다. 그건 물론 진실이 아니다. 그녀는 두 번 이 방을 나갔었다. 한번은 덴고를 찾아 맞은편 어린이공원까지 내달렸을 때. 또 한번은 출구를 찾기 위해 수도고속도로 3호선 산겐자야 근처 대피 공간까지 택시를 탔을 때. 하지만 그런 사정을 다마루에게 털어놓을 수는 없다.

"그렇다면 그자는 이곳을 어떻게 찾아내려고 할까요?"

"만일 내가 그자라면, 다시 한번 너의 개인정보를 샅샅이 조사해볼 거야. 네가 어떤 사람이고 어디서 왔으며 지금까지 무엇을 했는가, 지금 어떤 생각을 품고 있는가, 무엇을 원하는가, 무엇을 원하지 않는가. 조금이라도 많은 정보를 수집해서 책상 위에 늘어놓고 철저히 검증하고 분석하겠지."

"나를 발가벗기는 거군요?"

"그래, 환하고 차가운 빛 아래 너를 벗겨놓는 거야. 핀셋이나 확대경으로 구석구석 조사해서 너의 생각이나 행동패턴을 찾아내겠지."

"잘은 모르겠지만, 그런 개인적인 패턴 분석이 결과적으로 지금 내가 있는 곳을 알려줄 수 있을까요?"

"그건 모르지." 다마루는 말했다. "알려줄 수도 있고 알려주지 못할 수도 있어. 케이스 바이 케이스야. 단지 나라면 그렇게 할 것이라는 얘기야. 그거 말고는 달리 할 일이 생각나지 않으니까. 어떤 사람이든 사고나 행동에는 반드시 패턴이 있고, 그런 패턴이 있으면 거기에 약점이 생기지."

"무슨 학술조사 같군요."

"패턴이 없으면 인간은 살아갈 수 없어. 음악에서의 테마 같은 거야. 하지만 그건 동시에 인간의 사고나 행동에 틀을 만들고 자유를 제약해. 우선순위를 바꾸고, 어떤 경우에는 논리성을 왜곡하지. 이번 일에 적용해서 말하자면, 너는 지금 그곳에서 움직이기를 거부하고 있어. 적어도 올해 말까지는, 보다 안전한 장소로 옮기지 않겠다고 해. 왜냐하면 너는 거기에서 뭔가를 찾고 있기 때문이야. 그 뭔가를 찾아낼 때까지는 그곳을 떠날 수 없어.

혹은 떠나고 싶지 않아."

아오마메는 침묵한다.

"그것이 무엇인지, 네가 그것을 얼마나 강하게 원하는지, 자세한 사정은 나도 모르고 굳이 물어볼 마음도 없어. 하지만 내가 보기에는 그 무언가가 현재로는 네가 안고 있는 개인적인 약점이라는 거야."

"그럴지도 모르죠." 아오마메는 인정한다.

"후쿠스케 머리는 아마 그 부분을 치고 들어올 거야. 너를 속박하는 그 개인적인 요인을 가차없이. 놈은 그것이 돌파구라고 생각할 거야. 그자가 내 예상만큼 뛰어나서 정보의 조각을 더듬어 거기까지 도달할 수 있다면 그렇다는 말이지만."

"도달하지 못할 거예요." 아오마메는 말한다. "나와 그 무언가를 연결하는 통로를 발견하는 건 불가능해요. 그건 내 마음속에만 있는 거니까."

"백 퍼센트 확신을 갖고 그렇게 말할 수 있나?"

아오마메는 생각한다. "백 퍼센트의 확신은 아니에요. 98퍼센트 정도죠."

"그렇다면 나머지 2퍼센트에 대해 심각하게 걱정해보는 게 좋아. 아까도 말했지만, 내가 보기에 그자는 프로야. 우수하고 끈기가 있어."

아오마메는 아무 말도 하지 않는다.

다마루가 말한다. "프로라는 건 사냥개와 같아. 보통사람은 맡지 못하는 냄새를 맡고, 보통사람은 듣지 못하는 소리를 듣지. 보통사람과 똑같이 해서는 프로가 될 수 없어. 설령 프로가 되더라도 그리 오래 버티지 못해. 그러니 주의하는 게 좋아. 너는 주의 깊은 사람이야. 그건 나도 잘 알아. 하지만 지금까지보다 한층 더 주의하는 게 좋아. 가장 중요한 일은 퍼센티지로 결정되는 게 아니니까."

"한 가지 질문이 있는데." 아오마메는 말한다.

"뭘까."

"만일 후쿠스케 머리가 다시 그쪽에 나타난다면 당신은 어떻게 할 생각이죠?"

다마루는 잠시 침묵한다. 예상하지 못했던 질문인 모양이다. "아마 아무것도 안 하겠지. 그냥 내버려둘 거야. 이 주위에서 그자가 할 수 있는 일은 거의 아무것도 없어."

"하지만 만일 그자가 뭔가 비위에 거슬리는 짓을 하기 시작한다면?"

"이를테면 어떤 짓?"

"모르겠어요. 아무튼 당신이 귀찮게 느낄 만한 짓."

다마루는 목구멍에서 짧게 소리를 낸다. "그때는 뭔가 메시지를 보내야지."

"프로끼리의 메시지군요?"

"그런 셈이지." 다마루는 말한다. "하지만 구체적인 행동에 들어가기 전에, 그자가 어떤 자들과 한팀으로 움직이는지 확인해 볼 필요가 있어. 만일 백업이 있다면 거꾸로 내가 위험에 처할 테니까. 그런 것을 분명하게 파악한 다음이 아니면 움직일 수 없어."

"풀에 뛰어들기 전에 수심을 확인한다."

"말하자면."

"하지만 당신은 그 사람이 단독으로 행동하고 있다고 판단하는군요. 백업은 없을 거라고."

"그래, 나는 그렇게 보고 있어. 하지만 경험적으로 말하면, 내 감도 가끔 틀리는 경우가 있어. 그리고 나는 유감스럽게도 뒤통수에는 눈이 달려 있지 않아." 다마루는 말한다. "어쨌든 주의 깊게 주변을 살펴봐. 수상한 사람은 없는지, 풍경이 달라지지는 않았는지, 평소와는 다른 일이 일어나고 있지 않은지. 어떤 작은 변화라도 좋으니, 뭔가 감이 잡히면 연락해."

"알았어요. 주의할게요." 아오마메는 말한다. 두말할 것도 없는 일이다. 나는 덴고의 모습을 찾기 위해 어떤 사소한 것도 놓치지 않으려 노력하고 있다. 하지만 나 역시 한 쌍의 눈밖에 갖고 있지 않다. 다마루의 말이 옳다.

"내가 할 말은 그 정도야."

"마담은 건강하시죠?" 아오마메는 묻는다.

“건강하셔.” 다마루는 말한다. 그러고는 덧붙인다. “다만 약간 말수가 줄어드신 것도 같고.”

“원래부터 말이 많은 분이 아니었죠.”

다마루는 목구멍 속에서 작게 신음한다. 그의 목구멍에는 특별한 감정을 나타내기 위한 기관이 구비되어 있는 것 같다. “좀 더, 라는 얘기야.”

온실의 캔버스체어에 혼자 앉아, 조용히 날아다니는 나비를 싫증내지도 않고 바라보는 노부인의 모습을 아오마메는 상상한다. 발치에는 큼직한 물뿌리개가 놓여 있다. 노부인이 얼마나 고요하게 호흡하는지, 아오마메는 잘 알고 있다.

“다음에 보내는 짐에 마들렌*을 한 상자 넣어주지.” 다마루는 끝으로 말한다. “그게 어쩌면 시간의 흐름에 좋은 영향을 미칠지도.”

“고마워요.” 아오마메는 말한다.

아오마메는 주방에 나가 코코아를 준비한다. 감시를 위해 다시 베란다에 나가기 전에 몸을 따스하게 덥혀둘 필요가 있다. 손잡이 달린 작은 냄비에 우유를 데워 코코아 가루를 푼다. 그것을

* 프루스트의 『잃어버린 시간을 찾아서』에서 주인공의 기억을 되살리는 데 결정적인 계기가 된 과자.

큼직한 컵에 덜고 미리 만들어둔 휘핑크림을 띄운다. 식탁 앞에 앉아 다마루와의 대화를 한마디씩 떠올리면서 천천히 그것을 마신다. 환하고 차가운 빛 아래에서, 비뚤어진 후쿠스케 머리의 손에 의해 나는 벌거벗겨지려 하고 있다. 그는 유능한 프로이고, 그리고 위험하다.

다운재킷에 머플러를 목에 두르고, 반쯤 마신 코코아 잔을 손에 들고 아오마메는 베란다로 돌아온다. 가든체어에 앉아 담요로 무릎을 덮는다. 미끄럼틀에는 여전히 아무도 없다. 다만 때마침 공원을 나가는 어린아이의 모습이 눈에 들어온다. 이런 시간에 혼자 공원에 찾아온 아이가 있다니, 이상한 일이다. 니트 모자를 쓴, 땅딸막한 체구의 어린아이이다. 하지만 베란다 가림판 틈새로 내려다보는 급경사 각도인데다, 그 어린아이는 한순간 아오마메의 시야를 재빨리 지나쳐, 곧바로 건물 뒤편으로 사라진다. 어린아이치고는 머리통이 지나치게 큰 것처럼 보였지만, 그건 잘못 본 것인지도 모른다.

하지만 아무튼 그건 덴고는 아니다. 아오마메는 더이상 마음 쓰는 일 없이 다시 미끄럼틀에 시선을 던지고, 차례차례 흘러가는 하늘의 구름 떼를 바라본다. 코코아를 마시고, 그 컵으로 손바닥을 녹인다.

아오마메가 그 순간에 목격한 것은 물론 어린아이가 아니라

바로 우시카와였다. 조금 더 환한 곳이었다면, 혹은 조금 더 오래 볼 수 있었다면 그 크기가 소년의 머리 크기가 아니라는 것을 그녀는 당연히 알아차렸을 것이다. 그리고 그 키 작은 후쿠스케 머리가 다마루가 지적했던 자와 동일 인물이라는 데 생각이 미쳤을 것이다. 하지만 아오마메가 그의 모습을 목격한 건 불과 몇 초였고, 바라본 각도도 완전하지 못했다. 또한 다행스럽게도 똑같은 이유에서 우시카와 역시 베란다에 나와 있는 아오마메의 모습을 눈치 채지 못했다.

여기서 몇 가지 '만일'이 우리의 머릿속에 떠오른다. 만일 다마루가 이야기를 조금 더 짧게 끝냈더라면, 만일 아오마메가 그 뒤 뭔가 생각에 잠겨 코코아를 끓이지 않았더라면, 그녀는 미끄럼틀 위에서 하늘을 올려다보는 덴고의 모습을 발견했을 것이다. 그리고 곧장 방을 뛰쳐나가 이십 년 만의 해후에 성공했을 것이다.

동시에, 만일 그렇게 되었다면 덴고를 감시하던 우시카와는 그것이 아오마메라는 걸 곧바로 알아차렸을 것이고, 아오마메의 은신처를 파악하여 즉각 '선구'의 이인조에게 연락했을 것이다.

그러므로 그때 아오마메가 덴고의 모습을 발견하지 못한 게 불운이었는지 아니면 행운이었는지, 그건 어느 누구도 판단할 수 없다. 어쨌건 덴고는 지난번과 마찬가지로 미끄럼틀 위에 올라가 하늘에 떠 있는 크고 작은 두 개의 달과 그 앞을 가로지르는 구름을 한동안 바라보았다. 우시카와는 조금 떨어진 그늘에서 그런 덴고를 감시하고 있었다. 그동안 아오마메는 베란다를 떠나 다마루와 전화 통화를 하고, 그러고는 코코아를 타서 마셨다. 그렇게 이십오 분쯤의 시간이 흘렀다. 어떤 의미에서는 결정적인 이십오 분이다. 아오마메가 다운재킷을 입고 코코아 잔을 손에 들고 베란다로 돌아왔을 때, 덴고는 이미 공원을 떠난 후였다. 우시카와는 곧바로 덴고의 뒤를 밟지 않았다. 혼자 공원에 남아 확인해야 할 일이 있었기 때문이다. 그것을 마치자 우시카와는 빠른 걸음으로 공원을 나갔다. 그 마지막 몇 초 동안을 아오마메는 베란다에서 목격한 것이다.

구름은 여전히 빠른 속도로 하늘을 건너갔다. 그것은 남쪽으로 흘러 도쿄 만 위를 지나 다시 광대한 태평양으로 나갈 것이다. 그뒤에 구름이 어떤 운명을 더듬어가게 될지는 아무도 알지 못한다. 사후의 영혼이 어떻게 되는지 아무도 알지 못하는 것과 마찬가지로.

어쨌든 테두리는 좁혀졌다. 하지만 아오마메도 덴고도 자신들의 바로 곁에서 테두리가 급속히 좁혀졌다는 것을 알지 못한다. 우시카와는 얼마간 그런 움직임을 감지했다. 그 자신이 그 테두리를 좁히고자 활발히 움직였으니까. 하지만 그런 그도 아직 전체상을 파악하지 못했다. 가장 중요한 점을 그는 미처 알지 못했다. 자신과 아오마메 사이의 거리가 불과 몇십 미터로 좁혀졌다는 것을. 그리고 이건 참으로 우시카와답지 않은 일이지만, 공원을 떠날 때 그의 머릿속은 혼란에 빠져 있어서 조리 있게 뭔가를 생각할 수 없는 상태였다.

열시가 되자 추위는 한층 심해졌다. 아오마메는 그만 포기하고 자리에서 일어나 난방이 잘된 방으로 들어온다. 옷을 벗고 따뜻한 욕조에 들어간다. 뜨거운 물에 들어가 몸에 스민 냉기를 녹이면서 손바닥을 아랫배에 댄다. 아주 조금 볼록해진 게 느껴진다. 눈을 감고 그곳에 있는 작은 것의 기척을 감지하려고 한다. 시간이 그리 많이 남지 않았다. 아오마메는 어떻게 해서든 덴고에게 알려야 한다. 그의 아이를 잉태했다는 것을. 사력을 다해 그것을 보호하고 있다는 것을.

옷을 갈아입고 침대에 들어 어둠 속에서 몸을 옆으로 누이고 잠이 든다. 깊은 잠에 빠져들기 전의 한순간, 노부인의 꿈을 꾼다. 아오마메는 '버드나무 저택'의 온실에 있고, 노부인과 함께 나비를 바라본다. 온실은 자궁처럼 어슴푸레하고 따스하다. 그녀가 옛 집에 남겨두고 온 고무나무도 그곳에 놓여 있다. 손질이 잘되어 몰라볼 만큼 싱싱해지고 선명한 초록을 되찾았다. 본 적도 없는 남국의 나비가 그 두툼한 잎사귀에 앉아 있다. 나비는 컬러풀한 큼직한 날개를 접고 마음 푹 놓고 잠이 든 듯하다. 아오마메는 그것을 기쁘게 생각한다.

꿈속에서 아오마메의 배는 상당히 불룩해져 있다. 출산이 임박한 모양이다. 그녀는 작은 것의 심장 박동 소리를 알아들을 수 있다. 그녀 자신의 심장 소리와 작은 것의 심장 소리가 한데 섞여 기분 좋은 복합 리듬을 만들어낸다.

노부인은 아오마메 곁에 앉아, 항상 그랬듯이 등을 꼿꼿이 세우고 입술을 단정히 다물고 고요히 호흡하고 있다. 두 사람은 말을 나누지 않는다. 잠든 나비를 깨우지 않기 위해서다. 노부인은 한없이 초연하고, 옆에 아오마메가 있다는 것조차 알지 못하는 것처럼 보인다. 물론 아오마메는 자신이 노부인의 두터운 보호를 받고 있다는 것을 알고 있다. 그래도 불안은 아오마메의 마음을 떠나지 않는다. 무릎 위에 놓인 노부인의 양손은 너무도 가늘고 위태로워 보인다. 아오마메의 손이 무의식중에 더듬더듬 권총을 찾는다. 하지만 그것은 어디에도 눈에 띄지 않는다.

그녀는 꿈속으로 깊숙이 빨려들면서, 한편으로는 그것이 꿈이라는 것을 알고 있다. 아오마메는 이따금 그런 꿈을 꾼다. 생생하고 선명한 현실 속에 있으면서도 그것이 현실이 아니라는 것을 안다. 그것은 세세하게 그려진 또다른 소행성의 정경인 것이다.

그때 누군가 온실 문을 연다. 불길한 냉기를 품은 바람이 들이친다. 커다란 나비가 잠에서 깨어나 날개를 펴고 고무나무에서 파르르 날아오른다. 누구일까. 고개를 돌려 그쪽을 보려 한다.

하지만 그녀가 그 모습을 보기 전에 꿈은 끝이 난다.

눈을 떴을 때 아오마메는 땀을 흘리고 있다. 차갑고 불쾌한 땀이다. 축축한 파자마를 벗고 타월로 몸을 닦고, 새 티셔츠를 걸친다. 잠시 침대 위에 일어나 앉는다. 뭔가 좋지 않은 일이 일어나려는 것인지도 모른다. 누군가가 이 작은 것을 노리고 있는지도 모른다. 그 누군가가 바로 저 앞까지 다가왔는지도 모른다. 한시라도 빨리 덴고를 찾아야 한다. 하지만 매일 밤 이렇게 어린이공원을 감시하는 것 외에 지금 그녀가 할 수 있는 일은 아무것도 없다. 주의 깊게, 참을성 있게, 게으름 피우지 않고 세상을 바라본다. 좁게 구획된 세계의 한 획을. 그 미끄럼틀 위의 한 점을. 하지만 그래도 여전히 사람은 뭔가를 놓치는 법이다. 오직 한 쌍의 눈밖에 갖고 있지 않으니까.

아오마메는 울고 싶었다. 하지만 눈물은 나지 않는다. 그녀는 다시 침대에 누워 손바닥을 아랫배에 대고 잠이 찾아오기를 조용히 기다린다.

제18장 덴고

Q

바늘로 찌르면 붉은 피가 나는 곳

"그뒤로 사흘 동안 아무 일도 일어나지 않았어." 고마쓰는 말했다. "그저 내주는 밥을 먹고, 밤이 오면 좁은 침대에서 자고, 아침이 되면 일어나서 방 안쪽 작은 화장실에서 볼일을 봤지. 화장실에 문짝은 달려 있었지만 잠금장치는 없었어. 아직 늦더위가 심할 때였는데, 송풍구에 에어컨이 연결되어 있는지 덥다고 느낀 적은 없었어."

덴고는 아무 말 없이 고마쓰의 이야기를 듣고 있었다.

"밥은 하루 세 번 갖다줬어. 몇시인지는 몰라. 손목시계는 빼앗겼고, 방에 창문이 없으니 낮인지 밤인지도 알 수 없어. 귀를 기울여봐도 소리 하나 안 들려. 아마 내 소리도 밖에서 안 들렸을 거야. 도대체 어떤 곳에 끌려왔는지 짐작도 못 했어. 그저 사람 사는 곳에서 한참 떨어진 곳이라는 막연한 느낌만 있었지. 아무튼 사흘 동안 그곳에 있으면서 아무 일도 없었어. 사흘이라는 것도 확실치 않아. 밥이 아홉 번 나왔고, 그걸 차례차례 먹었다 뿐이지. 방 안의 전등이 세 번 꺼졌고, 세 번 잤어. 내가 원래 잠이 얕고 불규칙한 편인데, 그때는 웬일로 수월하게 아주 푹 잤어. 생각해보면 이상한 얘기지만, 아무튼 거기까지는 알겠지?"

덴고는 말없이 고개를 끄덕였다.

"그 사흘 동안, 나는 말을 한 마디도 못 했어. 밥을 갖다준 건 젊은 남자였어. 마른 편이고 야구모자에 하얀 마스크를 썼어. 체조용 트레이닝복 같은 걸 입고, 지저분한 운동화를 신었어. 그 남자가 쟁반에 식사를 내오고, 다 먹었을 때쯤 빈 그릇을 가지러 와. 일회용 종이식기에 흐늘흐늘한 플라스틱 나이프와 포크와 스푼. 식사는 흔한 레토르트 식품인데, 맛있다고는 못 해도 아예 못 먹을 정도는 아니었어. 양은 많지 않아. 배가 고파서 남김없이 다 먹었어. 그것도 신기한 일이야. 평소에는 식욕이 없어서 걸핏하면 밥 먹는 것도 잊어버리는데 말이야. 마실 건 우유하고 미네랄워터. 커피도 홍차도 안 주더라구. 싱글 몰트도 생맥주도 없었어. 담배도 안 돼. 뭐, 별수 없지. 리조트 호텔에 쉬러 간 것도 아니고."

고마쓰는 거기서 문득 생각난 듯 빨간색 말보로 담뱃갑을 꺼내 한 개비를 물고 종이성냥으로 불을 붙였다. 연기를 천천히 폐 깊숙이 들이쉬었다 토해내고, 그러고는 얼굴을 찌푸렸다.

"밥을 갖다준 남자는 처음부터 끝까지 한마디 말이 없었어. 아마 위에서 대화를 금한 모양이지. 그자가 잡무를 맡은 말단이라는 건 틀림없어. 그래도 뭔가 무술에 능통한 사람 같더라구. 몸놀림에서 만만치 않은 기미가 느껴졌거든."

"고마쓰 씨 쪽에서도 질문을 안 했어요?"

"말해봤자 대답하지 않을 게 뻔했으니까. 아무 말 없이 해주는 대로 가만있었어. 주는 대로 밥 먹고 우유 마시고, 불 꺼지면 침대에 가서 자고, 다시 불 켜지면 눈 뜨고. 아침이면 그 젊은 남자가 전기면도기와 칫솔을 놓고 가는 거야. 그걸로 수염을 밀고 이를 닦아. 쓰고 나면 도로 가져갔어. 화장지 외에는 방 안에 비품이라는 게 하나도 없어. 샤워도 못 하고 옷도 갈아입지 못했지만, 샤워하고 싶다, 옷 갈아입고 싶다, 하는 마음도 안 들더라구. 방 안에 거울도 없었는데 그것도 딱히 불편할 건 없었어. 무엇보다 힘든 건 심심하다는 거야. 아무튼 눈 뜨고 일어나 다시 눈 감고 잘 때까지 주사위처럼 네모난 하얀 방에서 나 혼자 말 한마디 없이 앉아 있으니 당연히 심심해서 견딜 수가 없지. 나는 하다못해 룸서비스 메뉴라도 좋으니 활자라는 게 옆에 있어야 마음이 침착해지는 활자중독자거든. 근데 책도 없고 신문도 없고 잡지도 없어. 텔레비전도 라디오도 없거니와 게임기도 없어. 이야기할 상대도 없어. 의자에 앉아 바닥이며 벽이며 천장을 지그시 노려보는 것밖에 아무 할 일이 없는 거야. 그거 정말 기분이 묘하더군. 그렇잖아, 길을 가다가 정체 모를 놈들에게 붙잡혀 클로로포름 같은 냄새에 정신을 잃고, 그길로 어딘가에 실려와 창문 없는 괴상한 방에 감금된 거야. 어떻게 생각해도 심상치 않은 상황이지. 그런데도 머리가 돌아버릴 만큼 따분한 거야."

고마쓰는 손가락 사이에서 연기를 피워올리는 담배를 잠시 감개무량하게 바라보더니, 재떨이에 재를 떨었다.

"분명 내 신경을 망가뜨리려고 일부러 사흘 동안 조용히 그 좁은 방에 가둬둔 거 같아. 그런 쪽으로 치밀하게 계산한 거야. 어떻게 하면 인간의 신경이 약해지는지, 기분이 우울해지는지, 그런 노하우를 아는 거지. 나흘째 되던 날—즉 네번째 아침식사가 끝난 다음이라는 얘기야—두 남자가 들어왔어. 이자들이 나를 납치한 자들일 거라고 생각했지. 갑자기 덮치는 바람에 나도 경황이 없어서 상대의 얼굴까지는 제대로 못 봤어. 하지만 그 두 남자를 보니까 그때 일이 조금씩 생각나더라구. 다짜고짜 차 안에 밀어넣고 팔이 떨어질 만큼 등뒤로 꺾어놓고 약품이 묻은 수건을 코와 입에 들이댔어. 그러는 내내 둘 다 한마디 말이 없었어. 정말 눈 깜짝할 사이의 일이었어."

고마쓰는 그때 일을 떠올리며 얼굴을 가볍게 찌푸렸다.

"한 사람은 키가 그리 크지 않고 탄탄한 체격에 머리는 박박 밀었어. 햇볕에 그을린 얼굴에 광대뼈가 나왔고. 또 한 사람은 키가 크고 팔다리가 길고 볼이 홀쭉하고 머리를 뒤로 묶었어. 나란히 보니까 꼭 개그 콤비 같더군. 호리호리하니 긴 놈하고, 땅딸막하고 턱수염 기른 놈. 하지만 한눈에 상당히 위험한 놈들이라는 감이 오더라구. 필요하다면 망설임 없이 무슨 짓이든 할 타입이야. 하지만 거드름을 피우거나 위세를 부리는 건 없었어. 거동 자체는 온화해. 그러니 더 무섭지. 눈이 지독히 차가운 인상이야. 양쪽 다 검은 면바지에 하얀 반소매 셔츠 차림. 둘 다 이십대 중반에서 후반, 스킨헤드 쪽이 약간 연상으로 보였어. 양쪽 다 손목시계를 차고 있지 않았고."

덴고는 말없이 다음 이야기를 기다렸다.

"말을 하는 건 스킨헤드였어. 호리호리한 포니테일 쪽은 말 한마디 없이 등을 쭉 펴고 꼼짝 않고 문 앞에 서 있었어. 스킨헤드와 내가 주고받는 이야기에 귀를 기울이는 것 같기도 하고, 어쩌면 아무것도 듣지 않는 것 같기도 하고. 아무튼 스킨헤드는 들고 온 파이프 의자를 내려놓고 나하고 마주앉았어. 따로 의자가 없었으니까 나는 침대에 앉았고. 아무튼 표정이라는 게 없는 남자야. 물론 입을 움직여서 말을 하긴 하는데, 얼굴의 나머지 부분은 놀랍도록 움직이질 않아. 영락없이 복화술 인형처럼."

스킨헤드가 가장 먼저 고마쓰에게 던진 말은, 왜 이곳에 끌려왔는지, 우리가 누구인지, 이곳이 어딘지 대강 추측할 수 있겠느냐는 것이었다. 전혀 모르겠다고 고마쓰는 대답했다. 스킨헤드는 깊이가 결락된 눈빛으로 잠시 고마쓰의 얼굴을 보았다. 그러고는 "하지만 꼭 해보라고 한다면, 당신은 어떤 식으로 추측할까요?"라고 물었다. 말투는 정중하지만 거기에는 불문곡직 밀어붙이는 느낌이 있었다. 목소리는 냉장고에 오랫동안 넣어둔 금속 자처럼 한없이 딱딱하고 차가웠다.

고마쓰는 잠시 망설인 뒤에, 꼭 추측해보라고 한다면 그건 「공기 번데기」 건이 아닐까 싶다고 솔직히 말했다. 그 일 말고는 짚이는 게 전혀 없다. 만일 그런 거라면 당신들은 '선구' 관계자들이고, 이곳은 교단 부지일 것이다. 가설의 영역을 넘지 않는 얘기지만.

스킨헤드는 고마쓰가 한 말에 대해 긍정도 부정도 하지 않았다. 아무 말 없이 고마쓰의 얼굴을 빤히 보았다. 고마쓰도 묵묵히 입을 다물고 있었다.

"그러면 그 가설을 바탕으로 얘기해볼까요." 스킨헤드는 조용히 운을 뗐다. "우리가 지금부터 하는 이야기는 어디까지나 당신이 세운 그 가설의 연장선상에서 하는 겁니다. 만일 그런 것이라면—이라는 전제하의 이야기지요. 아시겠지요?"

"좋습니다." 고마쓰는 말했다. 그들은 가능한 한 멀리 에둘러 이야기를 진행하려 하고 있다. 나쁘지 않은 징후다. 산 채로 돌려보내지 않을 생각이라면 그런 번거로운 절차를 밟을 필요는 없다.

"당신은 출판사에 근무하는 편집자로, 후카다 에리코의 소설 「공기 번데기」를 담당하고 출판했다. 맞습니까?"

그렇다고 고마쓰는 인정했다. 그건 주지의 사실이다.

"우리가 알아본 바로는, 「공기 번데기」가 문예지 신인상을 수상하게 된 데는 모종의 부정행위가 있었다. 그 응모원고는 심사위원회에 부쳐지기 전에 당신의 지시에 따라 제삼자의 손을 빌려 대폭 수정됐다. 은밀히 고쳐 쓴 그 작품이 신인상을 수상했고, 세상의 화젯거리가 되고, 단행본으로 출판하여 베스트셀러가 되었다. 틀림없습니까?"

"그건 생각하기 나름입니다." 고마쓰는 말했다. "편집자의 충고에 따라 응모원고를 수정하는 건 전례가 전혀 없는 일도 아니고……"

스킨헤드는 손을 들어 고마쓰의 말을 가로막았다. "편집자의 충고에 따라 필자가 원고에 손을 대는 건 부정행위라고 할 수 없다. 네, 맞는 말입니다. 하지만 상을 타기 위해 제삼자가 개입해서 문장을 고치는 건 아무리 생각해도 신의에 어긋나는 행위입니다. 게다가 페이퍼 컴퍼니를 이용하여 책의 인세도 분배했죠. 법률적으로는 어떻게 해석되는지 모르겠지만, 적어도 사회적으로나 도의적으로 당신은 엄격히 규탄받아야 할 겁니다. 변명의 여지가 없어요. 신문이나 잡지는 시끄럽게 떠들어댈 것이고, 당신네 출판사는 신용이 추락하겠지요. 고마쓰 씨도 그런 정도는 잘 알고 계실 겁니다. 우리는 상세한 부분까지 진상을 파악했고, 그걸 구체적인 증거와 함께 세상에 발표할 수도 있습니다. 그러니 시시한 말돌리기는 하지 않는 게 좋아요. 그런 건 통하지 않습니다. 서로 시간 낭비죠."

고마쓰는 말없이 고개를 끄덕였다.

"만일 그렇게 된다면 당신은 물론 출판사를 사직해야 하고, 그뿐만 아니라 업계에서도 퇴출될 겁니다. 당신이 파고들 만한 여지는 어디에도 없어요. 적어도 공식적으로는."

"그렇겠죠." 고마쓰는 인정했다.

"하지만 현재 이 사실을 알고 있는 사람의 수는 한정되어 있습니다." 스킨헤드는 말했다. "당신과 후카다 에리코와 에비스노 씨, 그리고 리라이팅을 담당한 가와나 덴고 씨. 그리고 그밖에 몇몇 사람."

고마쓰는 단어를 신중하게 고르며 말했다. "가설에 따라 말하자면, 당신이 말한 '그밖에 몇몇 사람'이라는 건 교단 '선구' 쪽 사람들이겠군요."

스킨헤드는 슬쩍 고개를 끄덕였다. "가설에 따른다면 그렇게 되겠지요. 사실이 어떻든."

스킨헤드는 잠시 틈을 두면서 그 전제가 고마쓰의 머릿속에 스며들기를 기다렸다. 그러고는 다시 말을 이었다. "만일 그 가설이 옳다면, 그들은 당신을 여기서 어떻게라도 다룰 수 있을 겁니다. 당신을 귀한 손님으로 언제까지고 이 방에 실컷 머물게 해드릴 수도 있겠지요. 수고도 별로 들지 않아요. 혹은 시간을 좀 더 절약하고 싶다면 그밖의 선택도 몇 가지 생각할 수 있을 겁니다. 그중에는 피차 그다지 유쾌하다고 하기 어려운 선택도 포함되겠지요. 어쨌든 그들은 그럴 만한 힘과 수단을 갖고 있습니다. 거기까지는 대강 이해하시겠지요."

"충분히 이해했다고 생각합니다." 고마쓰는 대답했다.

"좋습니다." 스킨헤드는 말했다.

스킨헤드가 말없이 손가락 하나를 쳐들자, 포니테일이 밖으로 나갔다가 잠시 후에 전화기를 들고 돌아왔다. 그 코드를 바닥 콘센트에 연결하고 수화기를 고마쓰에게 내밀었다. 스킨헤드는 고마쓰에게 출판사에 전화를 하라고 말했다.

"지독한 감기에 걸렸는지 고열이 나서 지난 며칠 동안 계속 누워 있었다. 한동안 출근할 수 없을 것 같다. 그 말만 하고 전화를 끊어주십시오."

고마쓰는 동료를 호출해서 그 말을 간단히 전하고 상대의 질문에는 대답하지 않은 채 전화를 끊었다. 스킨헤드가 고개를 끄덕이자 포니테일이 바닥의 코드를 뽑아 전화기를 들고 방을 나갔다. 스킨헤드는 자신의 양쪽 손등을 점검하듯이 한동안 바라보고 있었다. 그러고는 고마쓰를 향해 말했다. 그의 목소리에는 이제 희미하나마 친절함 같은 것마저 엿보였다.

"오늘은 여기까지입니다." 스킨헤드는 말했다. "그다음 얘기는 다시 날을 잡아서 하지요. 그때까지 오늘 이야기한 것에 대해 잘 생각해보십시오."

그리고 방을 나갔다. 그뒤로 열흘 동안 고마쓰는 그 좁은 방에서 침묵과 함께 보냈다. 하루에 세 번, 항상 똑같은 마스크를 쓴 젊은 남자가 항상 똑같이 맛없는 식사를 날라다주었다. 나흘째부터는 파자마 같은 목면 옷이 주어졌지만, 샤워는 끝까지 시켜주지 않았다. 화장실에 딸린 작은 세면대에서 얼굴을 씻는 게 고작이었다. 날짜 감각은 점점 더 흐릿해져갔다.

분명 야마나시 교단 본부에 끌려온 거라고 고마쓰는 짐작했다. 텔레비전 뉴스에서 그곳을 본 적이 있다. 깊은 산중에 높은 벽으로 에워싸인 치외법권 지역 같은 곳이다. 도망치는 것도, 도움을 청하는 것도 불가능하다. 가령 살해된다 해도(그것이 아마도 '피차 그다지 유쾌하다고 하기 어려운 선택'이라는 말의 의미일 것이다) 사체조차 발견되지 않은 채 끝날 터였다. 죽음이 그토록 현실성을 갖고 고마쓰에게 다가온 건 태어나서 처음이었다.

회사에 전화를 걸게 한 뒤로 열흘째 되는 날에(아마도 열흘, 하지만 확신은 없다) 마침내 그 두 사람이 다시 나타났다. 스킨헤드는 지난번에 만났을 때보다 약간 여윈 것 같았고, 그래서 광대뼈가 더욱 두드러졌다. 한없이 차가웠던 눈에는 이제 핏발이

섰다. 그는 지난번과 마찬가지로, 들고 온 파이프 의자에 앉아 테이블을 끼고 고마쓰와 마주했다. 오랫동안 스킨헤드는 입을 열지 않았다. 충혈된 눈으로 그저 똑바로 고마쓰를 보고 있었다.

포니테일의 모습은 달라진 것이 없었다. 그는 지난번과 똑같이 등을 곧게 펴고 문 앞에 서서 표정 없는 눈으로 허공의 한 점을 응시하고 있었다. 두 사람 모두 검은 바지에 하얀 셔츠를 입고 있었다. 아마 제복 같은 것이리라.

"지난번에 이어서 이야기를 해볼까요." 이윽고 스킨헤드가 입을 열었다. "우리는 당신을 여기에서 어떻게라도 다룰 수 있다는 얘기였지요."

고마쓰는 고개를 끄덕였다. "그 안에는 피차 그다지 유쾌하다고 하기 어려운 선택도 포함되어 있다고 했죠."

"역시 기억력이 좋으시군요." 스킨헤드는 말했다. "그렇습니다. 유쾌하지 않은 결말도 일단 시야에 있습니다."

고마쓰는 말없이 있었다. 스킨헤드는 계속했다.

"하지만 그건 어디까지나 이론적으로 그렇다는 얘기입니다. 실제로는 그들도 가능하면 극단적인 선택은 하고 싶지 않을 겁니다. 만일 고마쓰 씨가 이 시점에 홀연히 사라져버리면 또다시 귀찮은 상황이 벌어질 수 있겠지요. 후카다 에리코가 사라졌을 때와 마찬가지로. 당신이 사라진다 해도 섭섭해할 사람은 그리 많지 않을지도 모르지만, 편집자로서의 실력은 높은 평가를 받고 있고, 업계에서 상당히 두드러진 위치인 것 같더군요. 그리고 헤어진 부인 역시 다달이 들어오던 돈이 들어오지 않으면 불평 한마디쯤은 하고 싶어지겠지요. 그런 건 그들에게도 그다지 바람직한 전개라고 할 수 없습니다."

고마쓰는 마른기침을 하고 침을 꿀꺽 삼켰다.

"그들도 당신 개인을 비난하려는 게 아니고, 또한 처벌하려는 것도 아닙니다. 소설 「공기 번데기」를 출판하면서 특정 종교단체를 공격할 의도가 없었다는 건 잘 알고 있습니다. 처음에는 「공기 번데기」와 그 교단의 관계조차 알지 못했겠지요. 당신은 애초에 장난기와 공명심에서 이 사기극을 계획했습니다. 그러던 중에 적지 않은 액수의 돈도 얽히게 되었지요. 일개 샐러리맨이 이혼 위자료와 아이 양육비를 계속 지불하는 건 무척 힘든 일이니까요. 그리고 당신은 가와나 덴고라는, 이 또한 사정을 전혀 알지 못하는 소설가 지망 학원강사를 이 계획에 끌어들였습니다. 계획 자체는 기발하고 재미있었어요. 하지만 선택한 작품과 그 상대가 좋지 않았습니다. 그리고 당초 예정했던 것보다 이야기가 지나치게 커져버렸지요. 당신은 엉겁결에 최전방의 지뢰밭에 들어서버린 민간인 같은 사람입니다. 앞으로 갈 수도 뒤로 물러설 수도 없어요. 그렇지 않습니까, 고마쓰 씨?"

"얘기가 그렇게 되나요." 고마쓰는 애매하게 대답했다.

"아직 상황을 잘 모르시는 것 같군요." 고마쓰를 바라보는 스킨헤드의 눈이 미묘하게 가늘어졌다. "알고 있다면, 그런 식으로 남의 일처럼 말할 수는 없을 텐데요. 상황을 명확히 합시다. 당신은 실제로 지뢰밭 한가운데 서 있습니다."

고마쓰는 말없이 고개를 끄덕였다.

스킨헤드는 눈을 감고 십 초쯤 틈을 둔 뒤에 다시 눈을 떴다. "이런 상황에 몰려서 당신들도 난처하겠지만, 그들 쪽에서도 난처한 문제를 떠안게 된 겁니다."

고마쓰는 마음을 단단히 먹고 입을 열었다. "한 가지 질문을 해도 될까요?"

"내가 대답할 수 있는 것이라면."

"「공기 번데기」의 출간으로 인해 결과적으로 우리가 그 종교단체에 약간의 폐를 끼치게 되었다, 그런 애기인가요?"

"약간이 아닙니다." 스킨헤드는 말했다. 그의 얼굴이 슬쩍 일그러졌다. "목소리는 이제 그들을 향해 말하는 것을 멈춰버렸어요. 그것이 무엇을 의미하는지, 당신이 아십니까?"

"모릅니다." 고마쓰는 건조한 목소리로 대답했다.

"좋습니다. 나도 더이상 구체적인 설명은 할 수 없고, 또한 당신도 그건 알지 못하는 게 좋아요. 목소리는 이제 그들을 향해 말하는 것을 멈춰버렸다. 지금 여기서 내가 말할 수 있는 건 그것뿐입니다." 스킨헤드는 잠시 틈을 두었다. "그리고 그 불행한 사태는 소설 「공기 번데기」가 활자의 형태로 세상에 발표되면서 발생한 겁니다."

고마쓰는 질문했다. "후카다 에리코와 에비스노 선생은 「공기 번데기」를 세상에 내보내면 그런 '불행한 사태'가 발생하리라는 것을 예측하고 있었나요?"

스킨헤드는 고개를 저었다. "아니, 에비스노 씨는 거기까지는 알지 못했을 겁니다. 그리고 후카다 에리코가 어떤 의도를 갖고 있었는지는 명확하지 않아요. 하지만 그건 의도적인 행위는 아니라는 게 그들의 추측입니다. 만일 거기에 어떤 의도가 있었다 해도, 그건 그녀의 의도가 아니었을 겁니다."

"사람들은 「공기 번데기」를 단순한 판타지소설로 보고 있어요." 고마쓰는 말했다. "여고생이 쓴, 별 문제 없는 환상 이야기로요. 실제로 이야기가 지나치게 비현실적이라는 비판도 적잖이 있었어요. 뭔가 중요한 비밀, 혹은 구체적인 정보가 그 속에 폭로되어 있다고는 아무도 생각하지 않아요."

"그렇겠지요." 스킨헤드는 말했다. "세상 대부분의 사람들은 전혀 알지 못해요. 하지만 그런 문제가 아닙니다. 그 비밀은 어떤 형태로든 공표되어서는 안 되는 것이었어요."

포니테일은 변함없이 문 앞에 서서 정면 벽을 노려보며, 그 너머의 다른 어느 누구도 볼 수 없는 풍경을 조망하고 있었다.

"그들이 원하는 건 목소리를 되찾는 것입니다." 스킨헤드는 신중하게 단어를 고르며 말했다. "수맥은 고갈된 게 아닙니다.

다만 눈에 보이지 않는 곳으로 깊숙이 숨어버린 것이지요. 그것을 다시 부활시키는 건 몹시 어려운 일이지만, 전혀 불가능한 일은 아닙니다."

스킨헤드는 고마쓰의 눈을 깊숙이 들여다보았다. 그 눈 속에 있는 어떤 깊이를 측정하는 것처럼 보였다. 방의 어느 공간에 특정한 가구가 들어갈 수 있는지 눈짐작으로 길이를 재보는 사람처럼.

"앞서도 말씀드렸듯이, 당신은 지뢰밭 한가운데로 들어서고 말았습니다. 앞으로 갈 수도 없고 뒤로 물러설 수도 없어요. 자, 그 상황에서 그들이 해줄 수 있는 건, 당신이 어떻게 하면 그 장소에서 무사히 탈출할 수 있는지, 그 길을 당신에게 가르쳐주는 것입니다. 그렇게 하면 당신은 목숨을 건질 수 있고, 그들도 귀찮은 틈입자를 온화한 방법으로 처리할 수 있어요."

스킨헤드는 다리를 꼬았다.

"부디 조용히 물러나주시기 바랍니다. 당신의 오체가 산산조각이 나건 말건 그들은 상관없어요. 하지만 지금 여기서 지뢰 터지는 소리가 났다가는 일이 귀찮아져요. 그러니 고마쓰 씨, 당신에게 퇴로를 가르쳐드리지요. 후방의 안전한 장소로 안내하겠습니다. 그 대가로 당신에게 바라는 건 「공기 번데기」의 출판을 중단하라는 것입니다. 더이상 증쇄하지 않고, 문고본도 만들지 않는다. 물론 새로운 홍보도 하지 않는다. 후카다 에리코와는 앞으로 어떤 관련도 갖지 않는다. 어떻습니까, 그런 정도는 당신 힘으로 할 수 있겠지요."

"간단한 일은 아니지만, 아마 못 할 건 없겠지요." 고마쓰는 말했다.

"고마쓰 씨, 아마라는 수준의 이야기를 하려고 일부러 당신을 여기까지 모셔온 게 아닙니다." 스킨헤드의 눈이 좀더 벌겋고 날카로워졌다. "지금 시중에 나와 있는 책을 모조리 회수하라는 얘기가 아닙니다. 그런 짓을 했다가는 매스컴이 또 떠들어대겠지요. 그리고 당신에게는 그럴 만한 힘이 없다는 것도 알고 있어요. 그런 게 아니라 가능한 한 조용히 일을 정리해달라는 겁니다. 이미 터진 일은 어쩔 수 없다. 한번 손상된 것은 원래대로 복구되지 않는다. 다만 당분간은 가능한 한 세상의 이목을 끌지 않도록 하는 것, 그게 그들이 바라는 겁니다. 아시겠습니까?"

고마쓰는 알았다는 뜻으로 고개를 끄덕였다.

"고마쓰 씨, 앞서 말씀드렸듯이 당신들 쪽에서도 세상에 공표되면 곤란할 몇 가지 사실이 있습니다. 그게 알려지면 당사자 모두가 사회적 제재를 받을 겁니다. 그러니까 서로의 이익을 위해 휴전협정을 맺자는 겁니다. 그들은 더이상 당신에게 책임을 추궁하지 않는다. 안전을 보장한다. 그리고 당신도 소설 「공기 번데기」에는 앞으로 일절 관여하지 않는다. 그리 나쁜 거래는 아닐 겁니다."

고마쓰는 거기에 대해 생각했다. "좋습니다. 「공기 번데기」의 출판은 내가 책임지고 실질적으로 중단하는 방향으로 끌고 가지요. 약간 시간이 걸릴지도 모르지만 어떻게든 방법을 찾아낼 수 있을 겁니다. 그리고 나 개인에 대해 말하자면, 이번 일을 깨끗이 잊어버리는 건 물론 가능합니다. 가와나 덴고도 마찬가지일 겁니다. 그는 처음부터 이 일에 소극적이었어요. 내가 억지로 끌고 들어온 거나 마찬가지죠. 게다가 그의 역할은 이미 끝났어요. 그리고 후카다 에리코 역시 별 문제가 없을 겁니다. 더이상 소설을 쓸 생각이 없다고 했으니까요. 다만 에비스노 선생이 어떻게 나올지는 나도 예측을 못 하겠군요. 그가 최종적으로 바라는 것은 친구인 후카다 다모쓰 씨가 무사히 살아 있는지, 지금 어디서 무엇을 하고 있는지, 그걸 확인하는 겁니다. 내가 무슨 말을 하건 후카다 씨의 소식을 알아낼 때까지 에비스노 선생은 포기하지 않을 수도 있어요."

"후카다 다모쓰 씨는 돌아가셨습니다." 스킨헤드는 말했다. 억양 없는 조용한 목소리였지만 거기에는 지독히 묵직한 것이 담겨 있었다.

"돌아가셨다?" 고마쓰는 말했다.

"바로 얼마 전의 일입니다." 스킨헤드는 말했다. 그리고 크게 숨을 들이쉬고 그것을 천천히 토해냈다. "사인은 심장발작, 한순간의 일이어서 고통은 없으셨을 겁니다. 사정이 있어서 사망

신고는 하지 않고 교단 내부에서 비밀리에 장례를 치렀습니다. 종교적인 이유로 유해는 교단 내에서 소각하고 유골은 곱게 빻아 산에 뿌렸습니다. 법적으로 본다면 사체손괴에 해당하지만, 정식으로 입건하기는 어렵겠지요. 하지만 이건 진실입니다. 우리는 인간의 생과 사에 관한 일로 거짓말을 하지 않습니다. 에비스노 씨에게는 부디 그렇게 전해주십시오."

"자연사였습니까?"

스킨헤드는 깊숙이 고개를 끄덕였다. "후카다 씨는 우리에게는 참으로 귀중한 인물이었습니다. 아니, 귀중하다는 흔한 말로는 도저히 표현할 수 없는 거대한 존재였습니다. 그의 죽음은 아직 몇몇 관계자에게만 알려졌지만, 모두 깊이 애도하고 있습니다. 부인은, 즉 후카다 에리코의 어머니 되시는 분은 몇 년 전에 위암으로 세상을 떠나셨습니다. 화학요법을 거부한 채 교단 안에 있는 치료소에서 돌아가셨어요. 남편이신 다모쓰 씨가 마지막까지 간병을 하셨습니다."

"하지만 역시 사망신고는 하지 않았다?" 고마쓰는 물었다.

부정의 말은 없었다.

"그리고 후카다 다모쓰 씨는 얼마 전에 돌아가셨다."

"그렇습니다." 스킨헤드는 말했다.

"그건 소설 「공기 번데기」가 출간된 뒤의 일입니까?"

스킨헤드는 일단 테이블 위로 시선을 떨구고, 그러고는 얼굴을 들어 다시 한번 고마쓰를 보았다. "그렇습니다. 「공기 번데기」가 출간된 뒤에 후카다 씨는 사망하셨습니다."

"그 두 개의 사건 사이에 인과관계가 있을까요?" 고마쓰는 마음먹고 그렇게 물었다.

스킨헤드는 한참 침묵했다. 어떻게 대답해야 할지 생각을 정리하는 것이다. 이윽고 마음을 정한 듯 입을 열었다. "좋습니다. 에비스노 선생을 이해시키기 위해서라도 사실을 명확히 해두는 게 낫겠군요. 사실을 말하자면, 다름아닌 후카다 다모쓰 씨가 교단의 리더이자 '목소리를 듣는 자'였습니다. 딸인 후카다 에리코가 「공기 번데기」를 발표하자 목소리는 그에게 말하기를 중단했고, 그때 후카다 씨는 자신의 존재를 스스로 종식시켰던 것입니다. 그건 자연사였습니다. 보다 정확히 말하자면, 그는 자신의 존재를 스스로 자연스럽게 종식시킨 것이지요."

"후카다 에리코는 리더의 딸이다." 고마쓰는 중얼거리듯이 말했다.

스킨헤드는 짧고 간결하게 고개를 끄덕였다.

"그리고 후카다 에리코가 결과적으로 아버지를 죽음으로 몰아넣었다." 고마쓰는 말을 이었다.

스킨헤드는 다시 한번 고개를 끄덕였다. "그렇습니다."

"하지만 교단은 지금도 존속하고 있다."

"교단은 존속하고 있습니다." 스킨헤드는 대답하고, 빙하 속에 갇힌 고대의 작은 돌멩이 같은 눈으로 지그시 고마쓰를 바라보았다. "고마쓰 씨, 「공기 번데기」의 출판은 교단에 작지 않은 재앙을 몰고 왔습니다. 하지만 그들은 그 일로 당신을 처벌할 생각은 없어요. 이제 새삼 처벌해봤자 얻을 게 없기 때문이지요. 그들에게는 달성해야 할 사명이 있고, 그것을 위해서는 조용한 고립이 필요합니다."

"그러니 각자 뒤로 물러서서 이번 일은 잊어버리자는 거군요."

"간단히 말하자면."

"그걸 전하기 위해 당신들은 일부러 나를 납치해야 했다?"

스킨헤드의 얼굴에 처음으로 표정 비슷한 것이 떠올랐다. 우스움과 동정의 중간쯤에 자리하는, 극히 옅은 감정이 엿보였다. "이런 수고를 들여 당신을 여기까지 모셔온 건 그들이 진지하다는 것을 전하고 싶었기 때문입니다. 극단적인 일은 하고 싶지 않지만, 그럴 필요가 있다면 주저하지 않는다, 이걸 피부로 실감해주셨으면 합니다. 만일 당신이 약속을 파기한다면 유쾌하다고 하기 어려운 결과를 낳게 될 겁니다. 그건 충분히 이해하셨겠지요?"

"이해했습니다." 고마쓰는 말했다.

"고마쓰 씨, 솔직히 말해 당신은 운이 좋았어요. 짙은 안개 때문에 제대로 못 봤는지도 모르지만, 사실 당신은 벼랑 끝 아슬아슬한 지점까지 갔었어요. 그건 분명하게 기억해두는 게 좋습니다. 지금 그들은 당신에게 상관할 여유가 없어요. 그들은 더 중요한 문제를 안고 있습니다. 그런 의미에서도 당신은 운이 좋았지요. 그러니 아직 그 행운이 이어지는 동안에……"

그는 그렇게 말하고 두 손을 빙글 돌려서 손바닥을 위로 향했다. 비가 내리는지 확인하려는 사람처럼. 고마쓰는 거기에 이어질 다음 말을 기다렸다. 하지만 더이상 말은 없었다. 말을 마치자 스킨헤드의 얼굴에 갑자기 피로의 기색이 짙게 떠올랐다. 그는 천천히 몸을 일으키더니 파이프 의자를 접어 옆구리에 끼고는 뒤도 돌아보지 않고 그 정육면체 방을 나갔다. 무거운 문이 닫히고 자물쇠를 채우는 건조한 소리가 울렸다. 그뒤에 고마쓰 혼자만 남겨졌다.

"그후 다시 나흘쯤, 나는 그 네모난 방에 갇혀 있었어. 중요한 이야기는 이미 끝났다. 용건은 전달되었고 합의는 성립되었다. 그런데도 왜 계속 나를 가둬두는지, 그 이유는 알 수 없었지. 그 두 사람은 다시는 나타나지 않았고 잡무를 맡은 젊은 남자는 역시 한 마디도 입을 열지 않았어. 나는 또다시 전혀 달라진 게 없는 식사를 하고, 전기면도기로 수염을 깎고, 천장과 벽을 바라보며 시간을 보냈어. 불이 꺼지면 자고, 불이 켜지면 깨고. 그러면서 스킨헤드가 했던 말을 머릿속에서 곱씹었어. 그때 실감한 건 우리는 운이 좋았다는 거야. 스킨헤드의 말이 맞아. 그들은 마음만 먹으면 그야말로 뭐든지 할 수 있어. 마음먹으면 얼마든지 냉혹해질 수 있어. 거기 갇혀 있는 동안 그걸 피부로 실감했어. 아마도 그것 때문에 이야기를 다 끝낸 뒤에도 나흘씩이나 계속 가둬뒀겠지. 매우 정교한 솜씨야."

고마쓰는 하이볼 잔을 손에 들고 마셨다.

"다시 한번 클로로포름 같은 냄새를 맡았고, 눈을 떴을 때는 새벽이었어. 진구가이엔의 벤치에 누워 있더라구. 9월도 후반에 접어들면 새벽에는 싸늘하잖아. 덕분에 진짜로 감기에 걸렸어. 의도한 것은 아니었겠지만, 그뒤 사흘 동안 고열로 내내 누워 있었어. 하지만 그 정도로 끝난 건 정말 운이 좋았다고 생각해야겠지."

거기서 고마쓰의 이야기는 끝난 모양이었다. 덴고는 물었다.

"그 일을 에비스노 선생에게는 말씀드렸습니까?"

"응, 풀려나고 열이 떨어진 며칠 뒤에 에비스노 선생의 산꼭대기 집에 다녀왔어. 그리고 대강 지금과 똑같은 이야기를 했어."

"선생은 뭐라시던가요?"

고마쓰는 하이볼의 마지막 한 모금을 마시고 한 잔을 더 주문했다. 덴고에게도 두 잔째를 권했다. 덴고는 고개를 저었다.

"에비스노 선생은 그 일을 몇 번이나 되물으면서 세세하게 질문을 했어. 대답할 수 있는 건 물론 했지. 원하면 몇 번이고 똑같은 이야기를 반복할 수 있었어. 스킨헤드와 이야기한 뒤로 나흘 동안 나 혼자 그 방에 갇혀 있었으니까. 말을 나눌 상대는 없고 시간은 넘쳐났지. 그러니 스킨헤드가 한 말을 머릿속에서 곱씹으면서 세세한 부분까지 정확히 기억할 수 있었어. 그야말로 인간 녹음기처럼."

"하지만 후카에리의 부모님이 세상을 떠났다는 건 어디까지나 그쪽에서 주장하는 말에 지나지 않아요. 그렇죠?" 덴고는 물었다.

"맞는 말이야. 그건 그들이 주장하는 말이고, 어디까지가 사실인지 확인할 도리는 없어. 사망신고도 하지 않았으니까. 하지만 그 말을 하던 스킨헤드의 모습으로 봐서는 엉터리로 하는 소리는 아닌 것 같았어. 그자가 자기 입으로도 말했듯이, 그들에게 인간의 생과 사는 신성한 것이야. 내 이야기가 끝나자 에비스노 선생은 혼자 아무 말 없이 생각에 잠겨 있었어. 그분은 대단히 오래, 깊이 생각하시잖아. 그러고는 아무 말 없이 자리를 떴고, 다시 방에 돌아올 때까지 한참이나 시간이 걸렸어. 선생은 어느 정도는 어쩔 수 없는 일이라고 두 사람의 죽음을 받아들이는 것 같더라구. 그들이 이미 이 세상에 없다는 것을 내심 예측하고 미리 각오하고 있었는지도 모르지. 하지만 막상 친한 친구가 죽었다는 소식을 들으면 아무리 각오를 했어도 마음에 큰 상처를 입는 건 마찬가지야."

덴고는 아무 장식도 없는 그 휑뎅그렁한 응접실과 깊고 차가운 침묵, 이따금 창밖에서 들려오던 날카로운 새소리를 떠올렸다. "그래서 결국 우리는 뒤로 물러서서 지뢰밭을 벗어나기로 한 건가요?" 덴고는 물었다.

새로운 하이볼 잔이 나왔다. 그걸로 고마쓰는 목을 축였다.

"그 자리에서 결론을 내린 건 아니야. 생각할 시간이 필요하다고 에비스노 선생은 말했어. 하지만 그자들의 말대로 하는 것 외에 대체 어떤 선택을 할 수 있겠나? 나는 물론 곧바로 행동에 들어갔어. 「공기 번데기」는 내가 손을 써서 증쇄 중지, 사실상 절판시키기로 결정했어. 문고본도 내지 않을 거야. 지금까지 상당한 부수를 판매했고, 회사로서는 충분한 돈을 벌었어. 손해난 건 없어. 물론 회사에서 하는 일이니까 회의니 사장 결재니 해서 그리 쉽지 않았지만, 고스트라이터 스캔들로 번질 가능성을 슬쩍 내비쳤더니 위에서 바짝 겁을 먹고 결국 내 말대로 해줬어. 앞으로 당분간 회사에서 찬밥 신세겠지만, 그거야 나한테 항상 있는 일이고."

"후카에리의 부모님이 사망했다는 그들의 말을 에비스노 선생은 곧이곧대로 받아들이셨군요?"

"아마도." 고마쓰는 말했다. "단지 그것을 현실로 받아들이고 몸에 스며들기까지 잠시 시간이 필요한 것이겠지. 그리고 적어도 내가 본 바로는, 그들은 상당히 진지했어. 어느 정도 양보를 해서라도 더이상의 트러블을 피할 수 있기를 진심으로 바라고 있어. 그렇기 때문에 납치 같은 험악한 짓까지 감행한 거야. 그야말로 우리 쪽에 분명하게 메시지를 보내려고 한 거지. 교단 내에서 후카다 부부의 사체를 비밀리에 소각했다는 것도, 그들은 얼마든지 입 다물고 덮어둘 수 있었어. 이제 새삼 그걸 입증하기는 어렵다 해도 역시 사체손괴는 중대한 범죄니까. 하지만 나한테 굳이 그런 얘기를 했어. 즉 거기까지 자기들의 깊은 내막을 보여준 거야. 그런 의미에서도 스킨헤드가 한 말은 상당 부분 진실이야. 세부는 어떻든, 큰 줄기에서는."

덴고는 고마쓰가 한 말을 정리해보았다. "후카에리의 아버지는 '목소리를 듣는 자'였다. 즉 예언자로서의 역할을 했다. 하지만 딸 후카에리가 「공기 번데기」를 발표하고 그것이 베스트셀러에 오른 일로 인해 목소리는 그를 향해 말하는 것을 멈췄고, 후카에리의 아버지는 그 결과 자연사했다."

"혹은 자연스럽게 자신의 목숨을 끊었다." 고마쓰가 말했다.

"그리고 현재 그 교단은 새로운 예언자를 획득하는 것이 무엇보다 중요한 사명이다. 목소리가 말하기를 멈추면 그 공동체는 존재기반을 잃는다. 그래서 더이상 우리 따위에 상관할 여유가 없다. 요약하면 그런 얘기인가요?"

"아마도."

"소설 「공기 번데기」에는 그들에게 매우 중요한 의미를 가진 정보가 들어 있었다. 그것이 활자화되어 세상에 유포되자 목소리는 침묵했고 수맥은 땅속 깊이 숨어버렸다. 그런데 그 중요한 정보라는 건 구체적으로 무엇을 가리키는 걸까요?"

"그 네모난 방에 갇혀 있던 마지막 나흘 동안, 나는 혼자 그 점에 대해 곰곰이 생각해봤어." 고마쓰는 말했다. "「공기 번데기」는 그리 긴 소설이 아냐. 거기에 묘사된 것은 리틀 피플이 출몰하는 세계지. 주인공인 열 살 소녀는 고립된 커뮤니티에 살고 있다. 리틀 피플은 한밤중에 은밀히 찾아와 공기 번데기를 만든다. 공기 번데기 속에는 소녀의 분신이 들어 있고, 거기서 마더와 도터의 관계가 생겨난다. 그 세계에는 두 개의 달이 떠 있다. 큰 달과 작은 달, 아마도 마더와 도터의 상징이겠지. 소설 속에서 주인공은—모델은 아마 후카에리 자신이겠지만—마더이기를 거부하고 커뮤니티에서 도망쳐나온다. 도터가 뒤에 남겨진다. 그리고 도터가 그뒤에 어떻게 되었는지, 그 소설 속에는 묘사되어 있지 않아."

덴고는 유리잔 속에서 녹아드는 얼음을 잠시 바라보고 있었다.

"'목소리를 듣는 자'에게는 도터의 중개가 필요하겠죠." 덴고는 말했다. "도터를 매개로 했을 때 비로소 그는 목소리를 들을 수 있어요. 혹은 그 소리를 지상의 언어로 번역할 수 있어요. 목소리가 발하는 메시지에 올바른 형태를 부여하려면 그 양쪽이 있어야 하는 거죠. 후카에리의 말을 빌리자면, 리시버와 퍼시버예요. 그러기 위해서는 우선 공기 번데기를 만드는 작업이 필요합니다. 공기 번데기라는 장치를 통해 비로소 도터를 낳을 수 있기 때문이죠. 그리고 도터를 만들어내기 위해서는 올바른 마더가 필요하고요."

"그게 덴고 군의 견해로군."

덴고는 고개를 저었다. "견해라고 할 정도는 아닙니다. 고마쓰 씨가 말한 소설의 줄거리를 듣다보니 그런 생각이 들었을 뿐이죠."

덴고는 그 소설을 고쳐 쓸 때도, 그리고 그후에도 마더와 도터의 의미에 대해 계속 고민했지만, 어떻게 해도 그 전체상을 파악하기가 어려웠다. 하지만 고마쓰와 이야기하는 사이에 세세한 조각들이 점차 하나로 연결되어갔다. 그래도 여전히 의문은 남는다. 어째서 요양소의 아버지 침대 위에 공기 번데기가 나타나고, 그 안에 소녀인 아오마메가 있었던 것일까.

"상당히 흥미로운 시스템이야." 고마쓰는 말했다. "하지만 마더 쪽은 도터와 떨어져 있어도 별 문제가 없는 건가?"

"아마도 도터가 없다면 마더는 완벽한 존재라고 할 수 없겠죠. 우리가 보고 있는 후카에리가 그렇듯이, 구체적으로 지적할 수는 없지만 거기에는 어떤 요소가 결여되어 있어요. 그건 그림자를 잃어버린 사람하고 비슷하다고 할 수 있겠지요. 마더가 없는 도터가 어떻게 되는지는 저도 모르겠어요. 아마 그녀들도 역시 완전한 존재는 아닐 겁니다. 그녀들은 어쨌든 분신에 지나지 않으니까. 하지만 후카에리의 도터는, 마더가 곁에 없더라도 무녀의 역할을 할 수 있었는지도 모르죠."

고마쓰는 잠시 일자로 다문 입 끝을 슬쩍 치켜올렸다. 그러고는 입을 열었다. "이봐 덴고, 자네 혹시 「공기 번데기」에 나오는 이야기가 모두 실제로 있었던 일이라고 생각하는 거야?"

"그런 건 아닙니다. 일단 그렇게 상정하고 있을 뿐이에요. 모조리 사실이었다고 가정하고 거기서부터 이야기를 진행해보자는 거죠."

"좋아." 고마쓰는 말했다. "그러니까 후카에리의 분신은 본체에서 멀리 떨어져 있어도 무녀로서 기능할 수 있었다?"

"그렇기 때문에 교단은 도망친 후카에리의 소재를 알면서도 그녀를 굳이 다시 데려가려고 하지 않았어요. 왜냐하면 그녀의 경우는, 마더가 곁에 없어도 도터가 직책을 수행할 수 있었으니까요. 멀리 떨어져 있어도 그녀들은 강하게 연결되어 있었는지도 모르죠."

"그렇군."

덴고는 말을 이었다. "제가 상상하기로 그들은 분명 복수複數의 도터를 갖고 있어요. 리틀 피플이 기회를 잡아서 복수의 공기 번데기를 만들었을 거예요. 단 한 명의 퍼시버만으로는 불안할 테니까. 아니면 올바르게 기능하는 도터의 수는 한정되어 있을 수도 있겠죠. 힘이 강한 중심적인 도터와 힘이 약한 보조적인 도터가 있어서, 그들이 하나의 집단으로 기능하는 것인지도 모릅니다."

"후카에리가 남겨두고 온 도터가 올바르게 기능하는 중심적인 도터였다는 건가?"

"그럴 가능성이 높아요. 후카에리는 이번 일에서는 항상 중심에 서 있었어요. 태풍의 눈처럼."

고마쓰는 눈을 가늘게 뜨고 테이블 위에서 양손을 깍지 꼈다. 마음만 먹으면 그는 짧은 시간에 효과적으로 사색할 줄 안다.

"이봐 덴고, 사실은 우리가 보고 있는 후카에리가 도터이고, 교단에 남아 있는 게 마더라는 가설은 성립될 수 없을까?"

고마쓰의 말은 덴고를 흠칫 놀라게 했다. 지금까지 거기에는 생각이 미치지 못했다. 덴고에게 후카에리는 어디까지나 하나의 실체였다. 하지만 그 말을 듣고 보니 분명 그럴 가능성도 있었다. 내게는 생리가 없다. 그래서 임신할 걱정은 없다. 후카에리는 그날 밤, 일방적인 기묘한 성교 뒤에 그렇게 말했다. 만일 그녀가 분신에 지나지 않는다면, 그건 분명 자연스러운 일이다. 분신은 스스로 재생산할 수 없다. 그럴 수 있는 건 마더뿐이다. 하지만 덴고는 아무래도 그 가설을, 자신이 후카에리가 아니라 그 분신과 성교했다는 가능성을 받아들일 수 없었다.

덴고는 말했다. "후카에리에게는 확실한 퍼스널리티가 있습니다. 독자적인 행동규범도 있어요. 그건 분신이라면 가질 수 없는 거예요."

"하긴." 고마쓰도 동의했다. "자네 말이 맞아. 다른 건 몰라도 후카에리에게는 퍼스널리티와 행동규범이 있어. 나도 거기에는 동의하지 않을 수 없지."

하지만 여전히 후카에리에게는 비밀이 감춰져 있다. 그 아름다운 소녀 안에는 그가 해독하지 않으면 안 될 중요한 암호가 새겨져 있다. 덴고는 그렇게 느꼈다. 누가 실체이고 누가 분신인가. 아니면 실체와 분신이라는 구별 자체가 잘못된 것인가. 혹은 후카에리는 경우에 따라 실체와 분신을 구분해가며 쓸 수 있는 건가.

"그밖에도 아직 모르겠는 것들이 몇 가지 있어." 고마쓰는 그렇게 말하더니 양손을 펼쳐 테이블에 얹고 그것을 바라보았다. 중년남자치고는 길고 섬세한 손가락이었다. "목소리가 말하기를 멈추고, 우물의 수맥이 고갈되고, 예언자는 죽었어. 그다음에 도터는 어떻게 되는 거지? 설마 옛 인도의 미망인처럼 순사할 리는 없고."

"리시버가 없어지면 퍼시버의 역할은 끝나죠."

"그건 어디까지나 자네의 가설을 밀고 나간다면 그렇다는 얘기지." 고마쓰는 말했다. "후카에리는 그런 결과가 오리라는 것을 다 알면서 「공기 번데기」를 썼다는 건가? 그건 의도적인 건 아니었을 거라고 그자가 내게 말했어. 적어도 그녀의 의도는 아니었을 거라고. 하지만 그자는 어떻게 그런 걸 알 수 있었을까?"

"물론 자세한 진상은 저도 모르죠." 덴고는 말했다. "하지만 후카에리가 어떤 이유에서든 의도적으로 부친을 죽음으로 몰아넣었다고는 생각하기 어려워요. 어쩌면 그 부친은 딸과는 상관없이 어떤 다른 이유에 의해 죽음으로 향했던 게 아닐까요? 후카에리가 맡은 역할은 오히려 그 이유에 대한 하나의 대항책이었는지도 모르죠. 혹은 그 부친은 목소리에서 해방되기를 원했을 수도 있어요. 어디까지나 저 혼자만의 근거 없는 추측일 뿐이지만."

고마쓰는 코 양옆에 주름을 잡은 채 오래도록 생각에 잠겼다. 그러고는 한숨을 내쉬며 주위를 둘러보았다. "정말 기묘한 세계로군. 어디까지 가설이고 어디서부터 현실인지, 그 경계가 갈수록 모호해져. 이봐 덴고, 자네는 소설가로서 현실이라는 것을 어떻게 정의하겠나?"

"바늘로 찌르면 붉은 피가 나는 곳이 현실세계예요." 덴고는 대답했다.

"그렇다면 틀림없이 이곳은 현실세계네." 고마쓰는 말했다. 그리고 팔뚝 안쪽을 손바닥으로 슥슥 비볐다. 그곳에는 정맥이 파랗게 도드라져 있었다. 그다지 건강해 보이지 않는 혈관이다. 술과 담배와 불규칙한 생활과 문예 살롱적인 음모에 오랜 세월 시달려온 혈관이다. 고마쓰는 남은 하이볼을 단숨에 비우고, 남겨진 얼음을 허공에서 달그랑 흔들었다.

"말이 나온 김에 자네의 가설을 좀더 들어볼 수 있을까? 점점 재미있어지는데."

덴고는 말했다. "그들은 '목소리를 듣는 자'의 후계자를 찾고 있습니다. 하지만 그것뿐만이 아니라 올바르게 기능하는 도터도 동시에 찾아야 할 겁니다. 새로운 리시버에는 새로운 퍼시버가 필요할 테니까."

"즉 올바른 마더도 새로 찾아야 한다는 얘기로군. 그렇다면 공기 번데기도 다시 만들어야겠지. 상당히 규모가 큰 작업이 되겠는데?"

"그렇기 때문에 그들도 필사적이겠죠."

"그렇군."

"하지만 전혀 방법이 없지는 않을 겁니다." 덴고는 말했다. "분명 그들 나름대로 목표로 삼은 대상이 있을 거예요."

고마쓰는 고개를 끄덕였다. "나도 그런 인상을 받았어. 그래서 그들은 한시라도 빨리 우리를 떼어내고 싶어했어. 어떻게든 자기들의 작업을 방해하지 않게 하려고. 우리가 상당히 거슬렸던 모양이야."

"우리의 어떤 점이 그렇게도 거슬렸을까요?"

고마쓰는 고개를 저었다. 그도 그건 모르겠다는 뜻이다.

덴고는 말했다. "목소리는 지금까지 어떤 메시지를 그들에게 보냈을까요? 그리고 목소리와 리틀 피플은 어떤 관계일까요?"

고마쓰는 다시 힘없이 고개를 저었다. 그것도 두 사람의 상상을 뛰어넘는 것이었다.

"자네, 영화 〈2001 스페이스 오디세이〉 봤나?"

"봤습니다." 덴고는 말했다.

"우리는 마치 그 영화 속의 원숭이 같아." 고마쓰는 말했다. "검고 긴 털북숭이 원숭이, 의미 없는 소리를 부르짖으며 모놀리스monolith 주위를 빙빙 도는 놈들 말이야."

두 명의 새로운 손님이 들어왔다. 단골인지 카운터 의자에 앉아 칵테일을 주문했다.

"아무튼 한 가지 확실한 게 있어." 고마쓰는 이야기를 마무리하듯이 말했다. "자네의 가설은 설득력이 있고, 나름대로 앞뒤가 맞아. 자네와 무릎을 맞대고 이야기하는 건 항상 즐거운 일이야. 하지만 그건 그렇고, 우리는 이 무시무시한 지뢰밭에서 물러설 거야. 앞으로 우리가 후카에리나 에비스노 선생과 만날 일도 없어. 「공기 번데기」는 그저 순수한 판타지소설이고, 거기에 구체적인 정보 따위는 하나도 없어. 그 목소리가 어떤 것이건, 그것이 전하는 메시지가 무엇이건, 우리는 더이상 관계없어. 그렇게 해두자."

"보트에서 내려와 지상의 생활로 돌아간다."

고마쓰는 고개를 끄덕였다. "맞아. 나는 날마다 회사에 출근해서 문예지를 위해, 있으나마나 별 차이도 없는 원고를 여기저기 뛰어다니면서 따올 거야. 자네는 입시학원에서 전도유망한 젊은이들에게 수학을 가르치고 틈틈이 장편소설을 쓰는 거야. 자네나 나나 그런 평화로운 일상으로 복귀하는 거지. 급류도 없거니와 폭포도 없어. 하루하루가 흘러가고 우리는 온화하게 나이를 먹는 거야. 어때, 이의 있어?"

"그것 말고는 선택의 여지도 없잖아요."

고마쓰는 손가락 끝으로 코 옆의 주름을 폈다. "그래. 그것 말고는 선택의 여지가 없어. 나는 이제 두 번 다시 납치 같은 건 당하고 싶지 않아. 그런 네모난 방에 감금되는 건 딱 한 번으로 충분해. 게다가 거기 또 들어갔다가는 두 번 다시 태양을 못 볼지도 몰라. 그 이인조와 또다시 얼굴을 마주한다는 건 생각만 해도 심장판막이 떨려. 눈빛만으로 사람을 자연사시킬 것 같은 놈들이야."

고마쓰는 카운터를 향해 잔을 높이 쳐들어 세 잔째의 하이볼을 주문했다. 그러고는 새 담배를 입에 물었다.

"고마쓰 씨, 그건 그렇고 왜 지금까지 제게 그 이야기를 하지 않으셨죠? 그 납치사건 이후로 벌써 한참이 지났어요. 두 달 이상이나요. 좀더 일찍 알려주셨어도 좋았을 텐데요."

"글쎄, 어째서였을까." 고마쓰는 슬그머니 고개를 갸웃하며 말했다. "정말 그래. 자네에게 이 일을 말해야 한다고 생각하면서도 나는 왠지 자꾸 미루기만 했어. 왜 그랬을까. 죄책감 때문인지도 모르겠어."

"죄책감?" 덴고는 놀라서 말했다. 그런 단어가 고마쓰의 입에서 나올 줄은 생각해본 적도 없다.

"나도 죄책감 정도는 가질 줄 알아." 고마쓰는 말했다.

"무엇에 대한 죄책감인데요?"

고마쓰는 거기에는 대답하지 않았다. 눈을 가늘게 뜨고, 불을 붙이지 않은 담배를 입술 사이에서 잠시 굴리고 있었다.

"그래서, 후카에리는 부친이 사망한 것을 알고 있습니까?" 덴고가 물었다.

"아마 알 거야. 언제인지는 모르지만 에비스노 선생이 어느 시점엔가 그 소식을 전했겠지."

덴고는 고개를 끄덕였다. 분명 후카에리는 오래전부터 알고 있었을 것이다. 그런 생각이 들었다. 알지 못한 건 자신뿐이었던 것이다.

"그리고 우리는 보트에서 내려와 지상의 생활로 돌아간다." 덴고는 말했다.

"그래. 지뢰밭에서 물러나는 거야."

"하지만 고마쓰 씨, 그렇게 마음먹는다고 해서 쉽게 원래의 생활로 복귀할 수 있을까요?"

"노력하는 수밖에." 고마쓰는 말했다. 그리고 성냥을 그어 담배에 불을 붙였다. "자네는 구체적으로 마음에 걸리는 점이라도 있어?"

"많은 것들이 주위에서 이미 싱크로를 시작했다, 그게 제 느낌이에요. 그중 몇 가지는 이미 형태를 바꿨어요. 그리 쉽게 원래의 생활로 돌아갈 수 없을지도 모르겠어요."

"만일 거기에 무엇과도 바꿀 수 없는 우리의 목숨이 걸려 있다 해도?"

덴고는 애매하게 고개를 저었다. 자신이 언제부턴가 강력하고 일관된 흐름에 휘말려든 것을 덴고는 느끼고 있었다. 그 흐름은 그를 어딘가 낯선 장소로 데려가려 하고 있었다. 하지만 그것을 고마쓰에게 구체적으로 설명할 수는 없다.

덴고는 그가 현재 쓰고 있는 장편소설이 「공기 번데기」에 그려진 세계를 그대로 계승한 것이라는 말을 고마쓰에게 털어놓지 않았다. 고마쓰는 그것을 환영하지 않을 터였다. '선구' 관계자들도 틀림없이 환영하지 않을 일이다. 자칫 잘못하면 그는 또다른 지뢰밭에 발을 들이게 된다. 어쩌면 주위 사람들까지 끌고 들어가게 될지도 모른다. 하지만 이야기는 그 자체의 생명력과 목적을 품고 거의 자동적으로 앞으로 나아가고 있었고, 덴고는 이미 그 세계에 꼼짝없이 포함되어 있다. 덴고에게 그곳은 가공의 세계가 아니었다. 그것은 나이프로 살갗을 베면 진짜 붉은 피가 흘러나오는 현실세계였다. 그 하늘에는, 크고 작은 두 개의 달이 나란히 떠 있었다.

제19장 우시카와

Q

그는 할 수 있고 보통사람들은 할 수 없는 것

바람 없는 조용한 목요일 아침이었다. 우시카와는 언제나처럼 여섯시 전에 일어나 차가운 물로 얼굴을 씻었다. NHK 라디오 뉴스를 들으며 이를 닦고 전기면도기로 수염을 밀었다. 냄비에 물을 끓여 컵라면에 붓고, 그걸 다 먹고는 인스턴트커피를 마셨다. 침낭을 둘둘 말아 벽장에 밀어넣고 창가 카메라 앞에 자리를 잡았다. 동쪽 하늘이 환하게 밝아오고 있었다. 따스한 하루가 될 것 같다.

아침에 출근하는 주민들의 얼굴은 이제 완전히 머리에 각인되었다. 일일이 사진을 찍을 것도 없다. 일곱시에서 여덟시 반 사이에 그들은 총총걸음으로 아파트를 나가 역으로 향한다. 친숙한 얼굴들이다. 아파트 앞길에서 무리지어 등교하는 초등학생들의 떠들썩한 소리가 우시카와의 귀에 들려왔다. 아이들의 목소리에 딸들이 아직 어렸을 때가 떠올랐다. 우시카와의 두 딸은 초등학교 생활을 마음껏 누렸다. 피아노도 배우고 발레도 배우고 친구도 많았다. 자신에게 그런 평범한 어린 자녀가 있다는 사실을 우시카와는 끝까지 잘 받아들일 수 없었다. 어떻게 내가 그런 아이들의 아버지일 수 있는가.

출근시간이 지나자 아파트를 드나드는 사람은 거의 없었다. 아이들의 떠들썩한 소리도 사라졌다. 우시카와는 들고 있던 셔터 리모컨을 내려놓고, 벽에 몸을 기대고 세븐스타를 피우며 커튼 틈새로 현관을 바라보았다. 언제나 그렇듯이 열시 넘어서 우편배달부가 빨간 소형 오토바이를 타고 와서 현관 우편함에 편지들을 능숙하게 구분해서 넣고 갔다. 우시카와가 본 바로는 그 중 반쯤은 정크 메일이다. 대개는 뜯지도 않고 버려질 것이다. 태양이 중천에 떠오르면서 온도가 급상승해 행인들 대부분이 코트를 벗어들고 있었다.

후카에리가 아파트 현관에 나타난 건 열한시 넘어서였다. 그녀는 전날과 똑같이 검은 터틀넥 스웨터 위에 회색 반코트를 입고 청바지에 운동화, 그리고 짙은 선글라스를 썼다. 큼직한 초록색 숄더백은 가슴에 비스듬히 멨다. 가방에는 잡다한 것이 들어 있는지 일그러진 모양으로 부풀어 있었다. 우시카와는 기대고 있던 벽에서 급히 삼각대에 세팅해둔 카메라 앞으로 이동하여 파인더를 들여다보았다.

소녀는 이곳을 떠날 생각이다, 우사카와는 그걸 깨달았다. 소지품을 모두 가방에 챙겨넣고 다른 곳으로 옮겨가려 하고 있다. 두 번 다시 이곳에 돌아올 생각이 없다. 그런 기척이 느껴졌다. 그녀가 떠나기로 결정한 건 내가 이곳에 숨어 있는 것을 눈치 챘기 때문인지도 모른다. 그렇게 생각하니 심장의 고동이 빨라졌다.

소녀는 현관을 나선 참에 멈춰 서서 지난번과 마찬가지로 하늘을 올려다보았다. 뒤엉킨 전깃줄과 변압기 사이에서 뭔가를 찾고 있었다. 선글라스 렌즈가 햇살을 받아 반짝 빛났다. 그녀가 그 무언가를 찾았는지, 아니면 찾지 못했는지, 선글라스 때문에 표정을 읽을 수 없었다. 한 삼십 초 정도 소녀는 꼼짝도 하지 않고 하늘을 올려다보고 있었다. 그러고는 문득 생각난 듯이 고개를 돌리고, 우시카와가 숨어 있는 창문으로 시선을 던졌다. 그녀는 선글라스를 벗어 코트 호주머니에 찔러넣었다. 그리고 미간을 찌푸리며 창문 귀퉁이에 위장해둔 망원렌즈에 눈의 초점을 맞췄다. 이 소녀는 알고 있다, 우시카와는 다시금 생각했다. 내가 이곳에 숨어 있다는 것을, 자신이 은밀히 관찰당하고 있다는 것을, 저 소녀는 알고 있는 것이다. 그리고 반대로 렌즈를 통해 파인더를 거슬러 우시카와를 관찰하고 있다. 물이 구부러진 배수관을 역류하듯이. 양팔에 소름이 돋는 게 느껴졌다.

후카에리는 이따금 눈을 깜박였다. 그 두 개의 눈꺼풀은, 자립한 고요한 생물처럼 천천히 사려 깊게 오르내렸다. 그러나 그 외의 부분은 움직이지 않는다. 그녀는 거기 서서, 키가 큰 고고한 새처럼 목을 기울이고, 그저 똑바로 우시카와를 응시하고 있었다. 우시카와는 그 소녀에게서 눈을 돌릴 수가 없었다. 세계 전체가 거기서 움직임을 일단 정지당한 것처럼. 바람도 없고, 소리는 공기를 진동시키는 것을 멈추고 있었다.

이윽고 후카에리는 우시카와를 응시하는 것을 멈췄다. 다시 얼굴을 들고 조금 전에 보던 하늘 쪽으로 시선을 던졌다. 하지만 이번에는 몇 초 만에 관찰을 끝냈다. 역시 표정은 변함이 없다. 코트 주머니에서 색이 짙은 선글라스를 꺼내 다시 쓰고, 그대로 길로 나갔다. 그녀의 발걸음은 매끄럽고 망설임이 없었다.

즉시 뛰어나가 소녀의 뒤를 밟아야 할 것이다. 덴고는 아직 돌아오지 않았으니 소녀의 행선지를 확인하기 위한 시간적인 여유는 있다. 어디로 옮기려는지 알아둬서 손해될 일은 없을 터였다. 하지만 우시카와는 왠지 자리에서 일어설 수 없었다. 몸이 마비된 것처럼. 파인더 너머로 날아온 소녀의 예리한 시선이 우시카와의 온몸에서 행동에 나서는 데 필요한 힘을 통째로 앗아간 것 같았다.

뭐 됐어, 우시카와는 바닥에 주저앉은 채 스스로에게 말했다. 내가 찾아야 할 사람은 어디까지나 아오마메다. 후카다 에리코는 흥미롭기는 하지만 본줄기에서는 벗어난 존재다. 우연히 등장한 조연에 지나지 않는다. 이곳을 나갈 거라면 어디든 마음대로 가라지.

후카에리는 길로 나서자 빠른 걸음으로 역 쪽으로 향했다. 한 번도 뒤를 돌아보지 않았다. 우시카와는 햇볕에 바랜 커튼 틈새로 그 뒷모습을 지켜보았다. 소녀의 등에서 좌우로 흔들리는 초록색 숄더백이 보이지 않게 되자 그는 방바닥을 기다시피 해서 카메라 앞을 떠나 벽에 털썩 기댔다. 그리고 몸에 정상적인 힘이 돌아오기를 기다렸다. 세븐스타를 입에 물고 라이터로 불을 붙였다. 연기를 깊이 들이마셨다. 하지만 담배에서는 맛이 느껴지지 않았다.

힘이 좀처럼 회복되지 않았다. 언제까지고 팔다리에 저릿한 감각이 남아 있었다. 그리고 문득 깨닫고 보니, 그의 내부에는 기묘한 공간이 생겨나 있었다. 그것은 순수한 공동空洞이었다. 그 공간이 의미하는 것은 오직 결락이며 틀림없는 무無였다. 우시카와는 자신의 내부에 생겨난 그 낯선 공동에 주저앉은 채 일어설 수 없었다. 가슴에 둔한 통증이 느껴졌지만, 정확히 표현하면 그건 아픔이 아니다. 결락과 비결락의 접점에 생긴 압력차 같은 것이다.

그는 그 공동의 밑바닥에 오랫동안 주저앉아 있었다. 벽에 기댄 채, 맛이 느껴지지 않는 담배를 피우고 있었다. 그 공간은 조금 전에 떠난 소녀가 뒤에 남겨두고 간 것이었다. 아니, 그게 아닌지도 모른다, 우시카와는 생각한다. 이것은 원래 내 안에 있었던 것이고, 그녀는 그게 존재한다는 사실을 그저 내게 알려주었을 뿐인지도 모른다.

우시카와는 자신이 후카다 에리코라는 소녀에 의해, 말 그대로 온몸이 뒤흔들렸다는 것을 깨달았다. 그녀의 꿈쩍도 하지 않는 깊고 예리한 시선에 의해, 몸뿐만 아니라 우시카와라는 존재 자체가 근본부터 뒤흔들린 것이다. 마치 격렬한 사랑에 빠진 사람처럼. 우시카와가 그런 감각을 느낀 것은 태어나서 처음이었다.

아니, 그럴 리 없다, 그는 생각한다. 왜 내가 그 소녀에게 사랑을 느낀단 말인가. 애초에 나와 후카다 에리코만큼 어울리지 않는 조합은 세상에 다시없을 것이다. 굳이 세면실에 가서 거울을 들여다볼 것도 없다. 아니, 외면뿐만이 아니다. 처음부터 끝까지 온갖 면에서 나만큼 그녀와 머나먼 지점에 있는 인간이 또 있을 리 없다. 성적인 면에서 그녀에게 끌린 것도 아니었다. 성적인 욕구에 대해 말하자면, 우시카와는 한 달에 한두 번씩 잘 아는 창부를 상대하는 것만으로도 충분했다. 전화를 걸어 호텔방으로 불러들여 살을 섞는다. 이발소에 가는 것과 마찬가지다.

이건 아마도 영혼의 문제일 것이다. 깊이 생각한 끝에 우시카와는 그같은 결론에 이르렀다. 후카에리와 그 사이에 생겨난 것은, 말하자면 영혼의 교류였다. 거의 믿기 어려운 일이지만, 그 아름다운 소녀와 우시카와는 위장된 망원렌즈의 양쪽 편에서 서로를 응시하면서, 서로의 존재를 깊고 어두운 곳에서 이해했다. 아주 짧은 시간이지만, 그와 소녀 사이에 영혼의 상호명시相互明示라고 할 것이 이루어졌던 것이다. 그리고 소녀는 어딘가로 떠나고, 우시카와는 그 텅 빈 동굴에 홀로 남겨졌다.

소녀는 내가 커튼 틈새로 망원렌즈를 사용하여 그녀를 몰래 관찰한다는 것을 알고 있었다. 역 앞 슈퍼마켓까지 뒤를 밟은 것도 알고 있었을 것이다. 그때 한 번도 뒤를 돌아보지 않았지만 내 존재를 알고 있었던 게 틀림없다. 그래도 그녀의 눈빛에는 우시카와의 행동을 나무라는 기미는 없었다. 그녀는 아득히 깊은 곳에서 나를 이해했던 것이다, 우시카와는 그렇게 느꼈다.

소녀는 나타나고, 떠나갔다. 우리는 서로 다른 방향에서 다가와, 우연히 진로가 교차하고, 찰나의 순간 시선을 맞추고, 그리고 서로 다른 방향으로 멀어져갔다. 내가 후카다 에리코를 만날 일은 이제 두 번 다시 없을 것이다. 이건 오직 한 번밖에 일어날 수 없는 일이다. 설령 그녀와 재회하는 일이 있더라도, 지금 여기서 일어났던 것 이상의 그 무엇을 그녀에게 바랄 것인가. 우리는 이제 다시 멀리 동떨어진 세계의 양끝에 서 있다. 그 사이를 이어주는 말 따위는 어디에도 없다.

우시카와는 벽에 몸을 기댄 채, 커튼 틈새로 사람들의 출입을 체크했다. 어쩌면 후카에리가 마음을 바꿔 다시 돌아올지도 모른다. 방에 중요한 물건을 깜박 놓고 온 게 생각날지도 모른다. 하지만 물론 소녀는 돌아오지 않았다. 그녀는 결심을 하고 다른 곳으로 옮겨간 것이다. 무슨 일이 있어도 다시 이곳에 돌아올 리 없다.

우시카와는 그날 오후 내내 깊은 무력감에 휩싸여 있었다. 그 무력감은 형태도 없고 무게도 없었다. 혈액의 움직임이 느리고 둔해졌다. 시야에 엷은 안개가 서리고, 팔다리 관절이 나른하게 삐걱거렸다. 눈을 감으면 후카에리의 시선이 남기고 간 욱신거림이 갈비뼈 안쪽에 느껴졌다. 아픔은 바닷가로 서서히 밀려오는 온화한 물결처럼 다가왔다가 멀어져갔다. 다시 다가왔다가 멀어져갔다. 이따금은 얼굴을 찡그리지 않을 수 없을 만큼 깊은 아픔이기도 했다. 하지만 동시에 그것은 지금까지 경험한 적이 없는 따스함을 그에게 가져다주었다. 우시카와는 그것을 깨달았다.

아내도 두 딸도, 잔디 정원이 있는 주오린칸의 단독주택도, 우시카와에게 이런 따스함을 가져다준 적은 없었다. 그의 마음에는 항상 덜 녹은 동토 덩어리 같은 것이 있었다. 그는 그 단단하고 차가운 심지와 함께 인생을 살아왔다. 그것을 차갑다고 느낀 일조차 없었다. 그것이 그에게는 이른바 '상온常溫'이었기 때문이다. 하지만 아무래도 후카에리의 시선이 그 얼음 심지를 일시적이나마 녹여버린 것 같았다. 그와 동시에 우시카와는 마음속에서 둔중한 아픔을 느끼기 시작했다. 그 심지의 차가움이 지금까지 그곳에 있는 아픔을 둔감하게 마비시켜왔던 것이리라. 말하자면 정신의 방어작용 같은 것. 하지만 지금 그는 그 아픔을 받아들였다. 어떤 의미로는 그것을 환영하고 있기도 했다. 그가 느끼는 따스함은 아픔과 짝을 이루어 찾아온 것이니까. 아픔을 받아들이지 않는 한, 따스함도 찾아오지 않는다. 그건 교환거래 같은 것이다.

오후의 조그만 양달 안에서 우시카와는 그 아픔과 따스함을 동시에 맛보았다. 고요한 마음으로, 꼼짝도 하지 않고. 바람 없는 온화한 겨울날이었다. 길 가는 사람들은 보드라운 햇빛 속을 지나갔다. 하지만 해는 서서히 서쪽으로 기울어 건물 뒤로 숨어버리고 양달도 사라져버렸다. 오후의 따스함은 상실되고, 이윽고 냉랭한 밤이 찾아오려 하고 있었다.

우시카와는 깊은 한숨을 내쉬고, 그때까지 기대고 있던 벽에서 가까스로 몸을 떼어냈다. 아직 얼마간 저릿함은 남아 있지만 방 안에서 움직이는 데는 별 지장이 없다. 그는 슬금슬금 일어나 팔다리를 쭈욱 늘이고, 굵고 짧은 목을 다양한 방향으로 돌렸다. 양손을 몇 번이고 쥐었다 폈다 했다. 그러고는 방바닥에서 늘 하던 스트레칭을 했다. 몸 안의 관절이 둔한 소리를 내고, 근육이 조금씩 원래의 유연성을 되찾아갔다.

사람들이 회사나 학교에서 돌아올 시각이다. 감시 업무를 속행해야 한다. 우시카와는 그렇게 자신을 타일렀다. 이건 좋으니 싫으니 할 문제가 아니다. 올바르다느니 올바르지 않다느니 할 문제도 아니다. 일단 시작한 일은 끝까지 해내지 않으면 안 된다. 나 자신의 명운이 걸려 있는 것이다. 언제까지고 이 공동 밑바닥에서, 정처 없는 생각에 잠겨 있을 수는 없다.

우시카와는 다시 카메라 앞에 억지로나마 앉았다. 주위는 완전히 어두워져서 벌써 현관 조명이 켜져 있었다. 시간이 되면 불이 켜지도록 타이머로 세팅해놓은 모양이다. 사람들은 초라한 둥지로 돌아가는 이름 모를 새들처럼 아파트 현관으로 들어왔다. 그 속에 가와나 덴고의 얼굴은 없었다. 하지만 그는 머지않아 이곳으로 돌아올 것이다. 아무리 그래도 그렇게 오래도록 아버지 간병만 하고 있을 수는 없다. 아마도 다음 주가 시작되기 전에 도쿄로 돌아와 직장에 복귀할 게 틀림없다. 앞으로 며칠 사이에. 아니, 오늘내일이라도. 우시카와의 감은 그렇게 말하고 있었다.

나는 돌의 축축한 뒷면에서 꿈틀거리는 버러지처럼 구질구질하고 더러운 존재인지도 모른다. 좋다, 그건 기꺼이 인정하자. 하지만 동시에 나는 한없이 유능하고 한없이 참을성 강한, 집요한 버러지다. 그리 쉽게 포기하지 않는다. 단서 하나만 있으면 그것을 끝까지 따라간다. 수직의 높은 벽을 한없이 기어올라간다. 다시 가슴속에 차가운 심지를 되찾아야 한다. 지금 내게는 그게 필요하다.

우시카와는 카메라 앞에서 양손을 슥슥 맞비볐다. 그리고 양손의 열 손가락이 이상 없이 움직이는지 다시 확인했다.

세상의 보통사람들이 할 수 있는데 내가 할 수 없는 일은 너무도 많다. 그건 확실하다. 테니스도 스키도 그중 하나다. 회사에 취직하는 것도, 행복한 가정을 꾸려가는 것도. 하지만 한편으로, 나는 할 수 있고 보통사람들은 할 수 없는 일도 조금쯤은 있다. 그리고 나는 그 조금쯤의 일을 아주 잘할 수 있다. 관객의 박수나 날아오는 동전까지는 바라지 않는다. 하지만 세상을 향해 어쨌든 내 솜씨를 보여드려야 하지 않겠는가.

아홉시 반에 우시카와는 그날의 감시 업무를 마쳤다. 통조림 치킨수프를 냄비에 덜어 휴대연료에 데운 뒤, 한 스푼씩 소중하게 먹었다. 차가운 롤빵 두 개도 함께 먹었다. 사과를 하나 껍질째 씹어먹었다. 소변을 보고, 이를 닦고, 침낭을 바닥에 펴고, 위아래 속옷 차림으로 그 안으로 기어들었다. 지퍼를 목까지 올리고 벌레처럼 몸을 둥글게 말았다.

그렇게 우시카와의 하루는 끝이 났다. 수확이라 할 만한 것은 없었다. 굳이 말하자면 후카에리가 짐을 챙겨 떠나는 것을 확인한 정도다. 그녀가 어디로 갔는지는 모른다. 어딘가다. 우시카와는 침낭 속에서 고개를 젓는다. 나와는 상관없는 어딘가다. 오래지 않아 침낭 안에서 언 몸이 녹고, 그와 동시에 의식이 희미해지면서 깊은 잠이 찾아왔다. 이윽고 얼어붙은 조그만 핵이 그의 영혼에 다시 단단히 자리를 잡았다.

다음 날, 딱히 특기할 만한 일은 아무것도 일어나지 않았다. 그다음 날은 토요일이었다. 그날도 따뜻하고 온화한 하루였다. 많은 사람들은 점심 전까지 잠을 잤다. 우시카와는 창가에 앉아 라디오를 조그맣게 틀어놓고, 뉴스를 듣고 교통정보를 듣고 일기예보를 들었다.

열시 전에 큼직한 까마귀 한 마리가 날아와 인적 없는 현관 계단에 잠시 앉아 있었다. 까마귀는 주위를 주의 깊게 둘러보고 몇 번 고개를 끄덕이는 듯한 몸짓을 했다. 굵고 큼직한 부리가 허공을 오르내리고, 요염한 검은 날개는 햇빛을 받아 빛났다. 늘 오는 우편배달부가 빨간 소형 오토바이를 타고 오자, 까마귀는 부루퉁해서 날개를 크게 펼치고 날아갔다. 날아오를 때 딱 한 번 짧게 울었다. 우편배달부가 우편물을 각각의 우편함에 나눠 넣고 돌아가자 이번에는 참새 떼가 찾아왔다. 새들은 다급하게 현관 앞 여기저기를 뒤적이다가 주위에 이렇다 할 게 하나도 없다는 것을 알자 곧바로 다른 장소로 옮겨갔다. 그다음에는 줄무늬 고양이 한 마리가 찾아왔다. 근처 단독주택에서 기르는 고양이인지, 목에 벼룩 잡는 목걸이를 차고 있었다. 한 번도 본 적 없는 고양이다. 고양이는 시든 화단 안에 들어가 소변을 보고는 그 냄새를 맡았다. 뭔가 마음에 들지 않는지, 무척이나 언짢게 수염을 파르르 떨었다. 그리고 꼬리를 곧추세운 채 건물 뒤편으로 자취를 감췄다.

점심때까지 몇 명의 주민이 현관을 지나 밖으로 나갔다. 차림새를 보니 어딘가로 놀러 가거나 혹은 근처에 잠깐 장을 보러 가거나, 둘 중 하나인 것 같았다. 우시카와는 이제 그들의 얼굴을 한 사람 한 사람, 거의 대부분 기억하고 있었다. 하지만 우시카와는 그런 사람들의 인품이나 생활에 대해서는 요만큼도 관심이 없었다. 어떤 사람들인지 상상해보는 일조차 없었다.

당신들의 인생은 당신들에게는 분명 소중한 의미가 있겠지. 세상 무엇과도 바꿀 수 없는 것이기도 할 거야. 그래, 그건 알겠어. 하지만 나한테는 있으나마나 전혀 아무 상관 없는 인생이야. 나한테 당신들은 무대에 그려진 풍경 앞을 스쳐가는 흐늘흐늘한 종이인형일 뿐이야. 내가 당신들에게 바라는 건 오직 하나, '제발 내 일을 방해하지 마. 그대로 종이인형으로 있어줘'라는 것뿐이야.

"세상이 그런 거라고요, 배아줌마." 우시카와는 눈앞을 지나가는 서양 배 모양의 부푼 엉덩이를 가진 중년여자에게, 제멋대로 붙인 이름으로 말을 건넸다. "당신은 그냥 종이인형이에요. 실체 같은 건 있지도 않아요. 그거 알고 있었어요? 하긴 종이인

형치고는 제법 살집이 있으시네."

하지만 그런 생각을 하다보니 차츰 그 풍경에 포함된 사물 모두가 '의미 없는 것'이고 '있으나마나한 것'으로 느껴졌다. 혹은 그곳에 있는 풍경 자체가 애초에 실재하지 않는 것인지도 모른다. 실체도 없는 종이인형에게 속고 있는 건, 실은 자신 쪽인지도 모른다. 그렇게 생각하자 우시카와는 점점 불안해졌다. 가구 없는 휑한 방에 틀어박혀 어제도 오늘도 비밀 감시만 하고 있는 탓이다. 신경이 이상해질 만도 하다. 그는 가능한 한 소리를 내어 생각을 하기로 마음먹었다.

"안녕하세요, 긴귀 씨." 그는 파인더 속에 보이는, 큰 키에 호리호리한 노인을 향해 말했다. 양쪽 귀 끝이 마치 뿔처럼 백발 사이로 튀어나왔다. "산책 나가십니까? 네, 걷는 건 건강에 좋지요. 날씨도 좋으니 마음껏 즐기십시오. 나도 팔다리 쭉 뻗고 느긋하게 산책이나 하고 싶은 마음이 굴뚝같지만, 유감스럽게도 여기에 주저앉아 이 변변찮은 아파트 현관을 하루 종일 감시해야 한답니다."

노인은 카디건에 울 바지를 입고 등을 꼿꼿이 펴고 있었다. 충직한 하얀 개를 거느리고 있으면 좋은 그림이 될 것 같지만, 아파트에서 개를 기르는 건 허용되지 않는다. 노인이 사라지자 우시카와는 이유도 없이 깊은 무력감에 휩싸였다. 이 감시는 결국 고생만 하고 결국 허사로 끝날지도 모른다. 내 직감 따위는 그야말로 한 푼어치의 가치도 없고, 나는 어디에도 가 닿지 못한 채 이 공허한 방 안에서 신경만 마모되어갈 것이다. 지나가는 아이들이 자꾸 쓰다듬어서 길가 돌부처의 머리가 닳아져버리듯이.

우시카와는 점심때가 지나서 사과 하나를 먹고 크래커에 치즈를 얹어 먹었다. 매실장아찌가 든 주먹밥도 하나 먹었다. 그러고는 벽에 몸을 기대고 잠시 잠을 잤다. 꿈도 없는 짧은 잠이었지만, 눈을 떴을 때는 자신이 어디에 와 있는지 생각이 나지 않았다. 그의 기억은 정확한 네 귀퉁이를 가진 순수한 빈 상자였다. 그 상자 안에 채워져 있는 건 공백뿐이다. 우시카와는 그 공백을 빙 둘러보았다. 하지만 잘 보니 그건 공백이 아니었다. 그것은 어슴푸레한 방 한 칸으로, 휑하니 썰렁하고 가구 하나 없었다. 눈에 익지 않은 장소다. 옆의 신문지 위에는 사과 속이 하나 놓여 있다. 우시카와의 머리는 혼란에 빠졌다. 내가 왜 이런 기묘한 곳에 와 있는 거지?

그러고는 이윽고 자신이 덴고가 사는 아파트의 현관을 감시하고 있다는 게 생각났다. 그렇지, 저기 망원렌즈를 단 미놀타 일안 리플렉스가 있어. 혼자서 산책을 나간 백발의 긴귀 영감도 생각났다. 새들이 해가 저물면 숲에 돌아오듯이, 텅 빈 상자 안에 서서히 기억들이 돌아왔다. 두 가지의 솔리드한 사실이 그곳에 떠올랐다.

(1) 후카다 에리코는 이곳을 떠났다.

(2) 가와나 덴고는 아직 이곳에 돌아오지 않았다.

3층 가와나 덴고의 방에는 지금 아무도 없다. 창문에는 커튼이 쳐졌고, 정적만이 사람 없는 공간을 뒤덮고 있다. 이따금 작동하는 냉장고의 온도조절장치 외에 그 정적을 깨는 건 없다. 우시카와는 그런 광경을 별 목적도 없이 상상했다. 아무도 없는 방을 상상하는 것은 사후의 세계를 상상하는 것과 얼추 비슷하다. 그러고는 문득, 편집증적으로 문을 두드리던 NHK 수금원이 머리에 떠올랐다. 내내 지켜봤지만, 그 수수께끼의 수금원이 이 아파트를 나간 기척은 없었다. 혹시 그 수금원이 우연히도 이 아파트 주민이었던 걸까. 아니면 이 아파트에 사는 누군가가 NHK 수금원을 사칭하여 다른 주민을 괴롭히는 건가. 만일 그렇다 쳐도, 대체 무엇 때문에 그런 짓을 한단 말인가. 그건 지나치게 병적인 가설이다. 하지만 그밖에 어떤 것으로 이 기묘한 사태를 설명할 수 있을까. 우시카와는 짐작도 할 수 없다.

가와나 덴고가 아파트 현관에 나타난 것은 그날 오후 네시 전이었다. 토요일 해질녘이 멀지 않은 시간이다. 그는 오래 입어온 윈드브레이커의 옷깃을 세우고 남색 야구모자에 여행용 가방을 어깨에 메고 있었다. 그는 현관 앞에 멈춰 서지도, 주위를 둘러보지도 않고 곧장 건물 안으로 들어왔다. 우시카와의 의식은 아직 약간 멍한 상태였지만, 시야를 지나가는 그 큼직한 체구를 놓치지는 않았다.

"여어, 어서 오시게, 가와나 씨." 우시카와는 그렇게 중얼거리며 모터드라이브로 카메라 셔터를 세 번 눌렀다. "아버님은 좀 어떠신가. 몹시 피곤하겠군. 푹 쉬라고. 집에 돌아온다는 건 좋은 일이야. 이런 보잘것없는 아파트라도 말이지. 아참 그렇지, 후카다 에리코는 자네가 없는 사이에 짐을 챙겨서 어딘가로 가버렸어."

하지만 물론 그의 목소리는 덴고에게는 들리지 않는다. 그저 혼잣말로 하는 소리일 뿐이다. 우시카와는 손목시계를 들여다보고 노트에 메모했다. 가와나 덴고, 여행지에서 귀가, 오후 세시 오십육분.

가와나 덴고가 아파트 입구에 나타남과 동시에 어디선가 문이 활짝 열리면서 우시카와의 의식에 현실감이 돌아왔다. 대기가 진공을 가득 채우듯이, 한순간에 신경은 날카롭게 벼려지고 신선한 활력이 온몸에 퍼졌다. 그는 그곳에 있는 구체적인 세계에, 한 개의 유능한 부품으로 조립되었다. 딸칵, 하는 상쾌한 세팅 소리가 귀에 들려왔다. 혈액순환이 빨라지고, 적량의 아드레날린이 온몸에 분배되었다. 이게 좋아, 이래야지, 하고 우시카와는 생각했다. 이것이 나의 본모습이고, 세계의 본모습인 것이다.

덴고가 다시 현관에 나타난 건 일곱시를 지났을 때였다. 해가 저물자 바람이 불기 시작하더니 주위가 급격히 추워졌다. 그는 요트파카 위에 가죽점퍼를 걸치고 색 바랜 청바지를 입고 있었다. 현관을 나서자, 멈춰 서서 잠깐 주위를 둘러보았다. 하지만 그는 아무것도 발견하지 못했다. 우시카와가 숨어 있는 이 방 쪽으로도 시선을 던졌지만, 감시자의 모습을 포착하지는 못했다. 후카다 에리코와는 다르다, 우시카와는 생각했다. 그녀는 특별한 존재다. 다른 사람에게 보이지 않는 것이 보인다. 하지만 덴고, 자네는 좋든 싫든 평범한 사람이야. 자네에게는 여기 있는 내 모습이 보이지 않아.

주위의 풍경이 평소와 다름없다는 것을 확인하자 덴고는 가죽점퍼의 지퍼를 목까지 올리고, 양손을 호주머니에 찌르고 길을 나섰다. 우시카와는 즉시 니트 모자를 쓰고, 목에 머플러를 두르고, 구두를 꿰어 신고 덴고의 뒤를 쫓았다.

덴고가 외출하면 곧바로 뒤를 밟을 생각이었기 때문에 준비에 시간은 걸리지 않았다. 미행은 물론 위험한 선택이었다. 우시카와의 두드러진 체형과 용모가 한순간이라도 덴고의 눈에 띄었다가는 금세 들통날 게 뻔하다. 하지만 주위는 완전히 어두워졌고, 거리를 두면 쉽게 들키지는 않을 터였다.

덴고는 천천히 걸음을 옮기며 몇 차례 뒤를 돌아보았지만, 우시카와는 충분히 조심하고 있었기 때문에 들키는 일은 없었다. 그 큼직한 등판은 뭔가 깊은 생각에 잠긴 것처럼 보였다. 후카에리가 떠난 것에 대해 생각하고 있는지도 모른다. 방향으로 보면 역으로 가는 것 같다. 이제부터 전철을 타고 어딘가 가려는 것인가. 그렇다면 미행하기는 어려워진다. 역은 너무 환하고, 토요일 밤이라서 타고 내리는 승객이 많지 않다. 우시카와의 모습은 치명적일 만큼 눈에 두드러질 것이다. 그럴 경우에는 미행은 포기하는 게 현명하다.

하지만 덴고는 역으로 가는 게 아니었다. 잠시 걷던 그는 역과는 반대 방향으로 모퉁이를 돌아 인적 없는 길을 잠시 걸어가더니, '무기아타마'라는 주점 앞에 섰다. 젊은 사람들을 상대하는 스낵바 같은 곳이다. 덴고는 손목시계로 시각을 확인하고 몇 초 망설이다가 그 가게 안으로 들어갔다. '무기아타마?' 하고 우시카와는 생각했다. 그리고 고개를 저었다. 참내, 저런 괴상한 단어를 가게 이름이랍시고 붙여놓다니.

우시카와는 전봇대 뒤에 서서 주위를 둘러보았다. 덴고는 분명 그 가게에서 가볍게 한잔하면서 저녁을 먹을 생각이다. 그렇다면 최소한 삼십 분은 걸린다. 자칫하면 한 시간쯤 뭉그적거리고 있을지도 모른다. '무기아타마'에 누가 드나드는지 살펴보면서 시간을 때울 만한 적당한 장소를 찾아 두리번거렸다. 하지만 주위에는 우유판매점과 작은 천리교 집회장과 쌀가게가 있을 뿐이다. 다른 가게들은 모두 다 셔터를 내렸다. 이거 큰일이군, 우시카와는 생각했다. 강한 북서풍이 하늘의 구름을 힘차게 날려 보내고 있었다. 한낮의 온화한 따스함이 거짓말 같았다. 이런 찬 바람을 맞으며 삼십 분이고 한 시간이고 멀거니 길가에 서 있는 건 당연히 우시카와에겐 환영할 만한 일이 아니었다.

이대로 돌아갈까, 우시카와는 생각했다. 덴고는 여기서 저녁 식사를 하는 것뿐이다. 고생스럽게 미행할 필요도 없다. 자신도 어딘가 식당에 들어가 따뜻한 음식을 먹고 그대로 방에 돌아가면 된다. 그러면 잠시 뒤에 덴고도 집으로 돌아올 것이다. 그건 우시카와에게는 매력적인 선택이었다. 난방이 잘된 식당에 들어가 닭고기덮밥을 먹는 장면을 상상했다. 최근 며칠 동안 변변한 음식을 먹어보지 못했다. 오랜만에 따뜻한 청주를 곁들이는 것도 좋다. 날씨가 이렇게 춥지 않은가. 한 걸음만 식당 밖으로 나오면 술기운도 금세 깰 것이다.

하지만 또다른 시나리오도 있었다. 덴고는 '무기아타마'에서 누군가를 만나기로 약속을 했는지도 모른다. 그럴 가능성을 무시할 수 없었다. 덴고는 아파트를 나와 망설임 없이 곧장 그 주점으로 향했다. 안에 들어가기 전에는 손목시계로 시각도 확인했다. 누군가 거기서 그를 기다리고 있는지도 모른다. 혹은 그 누군가는 지금 '무기아타마'를 향해 오고 있는지도 모른다. 그렇다면 우시카와는 그 누군가를 놓칠 수 없다. 설령 양쪽 귀가 꽁꽁 얼어붙는다 해도, 길가에 서서 '무기아타마'에 드나드는 사람들을 감시하는 수밖에 없다. 우시카와는 일찌감치 마음을 돌리고, 닭고기덮밥과 따끈한 술을 머릿속에서 떨어내버렸다.

약속한 상대가 후카에리인지도 모른다. 혹은 아오마메인지도 모른다. 우시카와는 그렇게 생각하고 새삼 각오를 다졌다. 뭐니뭐니 해도 강한 참을성이 내 자산이다. 눈곱만큼이라도 가능성이 있으면 그것을 승패의 갈림길로 알고 붙들고 늘어진다. 비를 맞아도, 바람을 맞아도, 햇볕이 쨍쨍 내리쬐어도, 몽둥이로 내리쳐도 그 손을 놓지 않는다. 한번 놓아버리면 다음에 언제 다시 그것을 잡을 수 있을지는 아무도 모른다. 그가 당면한 극심한 고통을 견뎌낼 수 있는 것은, 그보다 더 극심한 고통이 세상에 존재한다는 것을 몸으로 배워왔기 때문이다.

우시카와는 벽에 몸을 기대고 전봇대와 일본공산당 입간판 뒤에 숨어 '무기아타마'의 입구를 지켜보았다. 초록색 머플러를 코 밑까지 둘둘 감고, 피코트 호주머니에 양손을 찔러넣었다. 이따금 호주머니에서 티슈를 꺼내 코를 푸는 것 외에는 꿈쩍도 하지 않았다. 고엔지 역의 안내방송이 간간이 바람을 타고 들려왔다. 지나가는 사람들 중에는 어둠 속에 숨어 있는 우시카와의 모습을 보고 흠칫 놀라 종종걸음을 치는 자도 있었다. 하지만 어둠 속이었기 때문에 얼굴까지는 보이지 않는다. 그 땅딸막한 체구가 불길한 장식물처럼 그곳에 시커멓게 떠올라서 사람들을 두렵게 한 것뿐이다.

덴고는 안에서 과연 무엇을 마시고 무엇을 먹을까. 그런 생각을 할수록 배가 고프고 몸은 얼어붙었다. 하지만 상상하지 않을 도리가 없었다. 무엇이든 좋다, 꼭 데운 술이 아니어도 좋다, 닭고기덮밥이 아니어도 좋다. 어딘가 따뜻한 곳에 들어가, 남들 비슷한 식사를 하고 싶었다. 바람이 들이치는 어둠 속에서 길 가는 시민들에게 수상쩍은 시선을 받는 것에 비하면 웬만한 건 다 참을 수 있었다.

하지만 우시카와에게는 선택의 여지가 없었다. 덴고가 식사를 마치고 나오기를 찬바람 속에서 꽁꽁 언 채로 기다리는 것 말고 그가 택할 길은 없었다. 주오린칸의 단독주택과 그곳에 있었던 식탁을 우시카와는 생각했다. 그 식탁에는 매일 저녁 따뜻한 식사가 나왔을 터였다. 하지만 그것이 어떤 것이었는지, 이제는 생각도 나지 않는다. 나는 그 무렵 대체 뭘 먹었던가. 마치 전생 이야기 같다. 옛날옛날, 오다큐 선 주오린칸 역에서 걸어서 십오 분 거리에 새로 지은 단독주택과 따뜻한 식탁이 있었습니다. 어린 두 여자아이가 피아노를 치고, 작은 잔디 정원이 있고, 혈통서 딸린 강아지가 그곳에서 뛰어놀았습니다.

덴고는 삼십오 분 뒤에 혼자서 가게를 나왔다. 그래, 나쁘지 않아. 좀더 지독한 고생을 할 수도 있었다. 우시카와는 그렇게 자신을 다독였다. 비참하고 기나긴 삼십오 분이었지만, 비참하고 기나긴 한 시간 반보다는 훨씬 낫다. 몸은 꽁꽁 얼어버렸지만, 아직 귀까지 얼어붙은 건 아니다. 덴고가 가게 안에 있는 동안 '무기아타마'에는 우시카와의 주의를 끌 만한 손님의 출입은 없었다. 젊은 커플 한 쌍이 들어갔을 뿐이다. 나온 손님은 없다. 덴고는 혼자서 술을 마시고 가벼운 식사를 했을 것이다. 우시카와는 왔을 때와 마찬가지로 거리를 충분히 두고 덴고의 뒤를 밟았다. 덴고는 아까 왔던 길을 다시 돌아갔다. 이대로 아파트로 돌아갈 생각이리라.

하지만 덴고는 중간에 길을 벗어나 우시카와에게는 낯선 길로 발길을 돌렸다. 아무래도 곧장 집에 돌아가는 게 아닌 모양이다. 뒤에서 바라보는 그의 널찍한 등판은 여전히 무슨 생각에 잠긴 것 같았다. 아마 조금 전보다 더욱 깊은 생각에. 더이상 뒤를 돌아보지도 않았다. 우시카와는 주위의 풍경을 관찰하고 번지수도 살펴보면서 길 순서를 기억하려고 노력했다. 나중에 자기 혼자 다시 한번 같은 길을 찾아갈 수 있도록. 우시카와는 이 동네는 전혀 알지 못했지만, 강물처럼 끊임없이 이어지는 자동차 소음이 다소 크게 들려오는 걸 보면 간조 7호선 쪽을 향해 가는 거라고 짐작할 수 있었다. 그러는 사이에 덴고의 발걸음이 약간 빨라졌다. 목적지에 거의 다 온 모양이다.

나쁘지 않아, 우시카와는 생각했다. 덴고는 어딘가로 향하고 있다. 그래, 이렇게 나와야지. 그래야 일부러 고생하며 미행한 보람이 있지.

덴고는 주택가를 빠른 걸음으로 빠져나갔다. 차가운 바람이 부는 토요일 밤이다. 사람들은 따뜻한 방에 들어앉아 텔레비전 앞에서 따뜻한 음료를 마시고 있을 것이다. 길거리를 돌아다니는 사람은 거의 없다. 우시카와는 충분한 거리를 두고 뒤를 따라갔다. 덴고는 미행하기 쉬운 상대였다. 키가 크고 몸집이 우람해서 사람들이 북적거리는 가운데서도 놓칠 일이 없다. 걸을 때는 걷는 것 외에는 쓸데없는 짓을 하지 않는다. 약간 고개를 숙이고 머릿속으로는 항상 뭔가 생각을 더듬고 있다. 기본적으로 순수하고 정직한 인물이다. 뭘 감추지 못하는 타입이다. 이를테면 나하고는 전혀 다르다.

우시카와와 결혼했던 여자도 감추기를 좋아하는 타입이었다. 아니, 좋아한다고 할 정도가 아니다. 뭔가 감추지 않고는 견디지 못하는 타입이다. 지금 몇시냐고 물어도 정확한 시각을 절대로 가르쳐주지 않았을 것이다. 그것도 우시카와하고는 다르다. 우시카와는 필요할 때 외에는 뭘 감추지 않는다. 업무의 일부로, 필요에 의해 어쩔 수 없이 감출 뿐이다. 누군가 몇시냐고 묻는다면, 그리고 굳이 정직하지 않을 이유가 없다면, 당연히 정확한 시각을 알려준다. 그것도 친절하게 알려준다. 하지만 아내는 온갖 국면에서 온갖 일들에 대해 두루두루 거짓말을 했다. 감출 필요가 없는 일까지 열심히 감췄다. 나이까지 네 살을 속였다. 혼인신고를 할 때야 서류를 보고 알았지만, 그냥 모르는 척 아무 말도 하지 않았다. 그런 금세 들통날 게 뻔한 거짓말을 왜 해야 하는 것인지, 우시카와는 이해할 수 없었다. 더구나 우시카와는 나이차에 그리 신경을 쓰는 사람도 아니다. 그에게는 그밖에도 신경 써야 할 일들이 아주 많다. 아내가 자기보다 사실은 일곱 살 연상이었다 해도, 그것이 대체 무슨 문제가 된다는 것인가.

역에서 멀어질수록 행인은 점점 줄어들었다. 이윽고 덴고는 작은 공원으로 들어갔다. 주택가 한귀퉁이에 있는 변변찮은 어린이공원이다. 공원에는 아무도 없었다. 당연하지, 우시카와는 생각했다. 12월 밤의 어린이공원에서 찬바람을 맞으며 한때를 보내려 할 사람은 세상에 그리 많지 않다. 덴고는 차가운 수은등 불빛 아래를 지나 곧바로 미끄럼틀로 향했다. 그 계단에 발을 얹고 위로 올라갔다.

우시카와는 공중전화 부스 뒤에 몸을 감추고 덴고의 행동을 지켜보았다. 미끄럼틀? 우시카와는 얼굴을 찌푸렸다. 왜 이런 추운 밤에 다 큰 어른이 어린이공원의 미끄럼틀에 올라가야 한단 말인가. 이곳은 덴고가 살고 있는 아파트와 가까운 곳도 아니다. 그는 무언가 목적을 갖고 일부러 여기까지 찾아온 것이다. 딱히 매력적인 공원이라고 하기도 어렵다. 비좁고 허름하다. 미끄럼틀이 있고, 그네 두 개, 작은 정글짐, 모래놀이터. 세계의 종말을 수없이 비춰온 듯한 수은등 하나, 잎이 떨어져나간 퉁명스러운 느티나무 한 그루. 문이 잠긴 공중변소는 낙서를 위한 최적의 캔버스가 되어 있었다. 이곳에는 사람의 마음을 녹여주는 것도 없거니와 상상력을 자극하는 것도 없다. 어쩌면 상큼한 5월 오후라면 그런 것도 약간은 있을지 모른다. 하지만 바람 찬 12월 밤에는 결단코 없다.

덴고는 이 공원에서 누군가를 만나기로 약속한 것일까. 누군가 이곳에 오기를 기다리고 있는 걸까. 그럴 리 없다고 우시카와는 판단했다. 덴고의 거동에서 그런 기척은 찾아볼 수 없었다. 공원에 들어와서도 다른 놀이기구에는 주의를 기울이지 않고 곧장 미끄럼틀로 향했다. 미끄럼틀밖에 염두에 없는 것 같았다. 덴고는 미끄럼틀에 올라가기 위해 이곳에 찾아왔다. 우시카와의 눈에는 그렇게밖에 보이지 않았다.

이 남자는 미끄럼틀에 올라가 뭔가 생각하는 걸 옛날부터 좋아했는지도 모른다. 소설의 줄거리를 생각하거나 수학공식에 대해 궁리하는 장소로, 그에게는 한밤의 공원 미끄럼틀 위가 가장 적합한 곳인지도 모른다. 주위가 어두우면 어두울수록, 부는 바람이 차가우면 차가울수록, 공원이 허름하면 허름할수록, 두뇌가 활발하게 돌아가는지도 모른다. 세상의 소설가들이(혹은 수학자들이) 무엇을 어떻게 생각하는지, 우시카와의 상상력으로는 감히 알 수도 없다. 그의 실용적인 머리가 알려주는 것은 무엇이 어찌 됐건 여기서 참을성 있게 덴고를 살펴볼 수밖에 없다는 것뿐이다. 손목시계의 바늘은 정확히 여덟시를 가리키고 있었다.

덴고는 미끄럼틀 위에서 큼직한 몸을 접고 주저앉았다. 그리고 하늘을 올려다보았다. 한참 고개를 이리저리 움직이다가 이윽고 한 방향으로 시선을 맞추더니 그대로 그쪽만 바라보았다. 그의 머리는 더이상 꿈쩍도 하지 않았다.

우시카와는 꽤 오래전에 유행했던 사카모토 규의 감상적인 노래를 떠올렸다. '위를 올려다봐요, 밤하늘의 별을, 조그만 별을', 그게 첫 소절이다. 그다음 가사는 모른다. 딱히 알고 싶지도 않다. 감상과 정의감은 우시카와에게는 영 소질이 없는 영역이다. 덴고도 미끄럼틀 위에서 뭔가 감상적인 생각을 품고 밤하늘의 별을 올려다보는 걸까.

우시카와도 똑같이 하늘을 올려다보았다. 하지만 별은 보이지 않았다. 아무리 좋게 말해도, 도쿄 스기나미 구 고엔지는 하늘의 별을 관찰하기에 적합한 지역이라고는 할 수 없다. 네온사인이며 도로의 조명이 하늘 전체를 기묘한 색감으로 물들이고 있다. 사람에 따라서는 뚫어져라 쳐다보면 별을 몇 개쯤 볼 수 있을지도 모른다. 하지만 그러자면 남달리 뛰어난 시력과 집중력이 필요하다. 게다가 오늘 밤은 오가는 구름이 유난히 많다. 그래도 덴고는 미끄럼틀 위에서 꿈쩍도 하지 않고 하늘의 특정한 한 부분을 올려다보고 있었다.

참으로 성가신 녀석이다, 우시카와는 생각했다. 하필 이런 찬 바람 부는 겨울밤에 미끄럼틀 위에서 하늘을 올려다보며 생각을 해야 하는가. 하지만 그가 덴고를 비난할 이유는 없다. 우시카와는 순전히 자신의 업무상 덴고를 감시하고 미행하는 것이다. 그 일로 인해 어떤 심한 고생을 겪든 그건 덴고의 책임이 아니다. 덴고는 한 사람의 자유로운 시민으로서, 춘하추동 자기가 좋아하는 곳에서 마음껏 하늘을 바라볼 권리가 있다.

그나저나 참 춥다고 우시카와는 생각했다. 조금 전부터 오줌이 마려웠다. 하지만 꾹 참는 수밖에 없다. 공중변소에는 튼튼해 보이는 자물쇠가 채워져 있고, 아무리 인적이 뜸하다지만 전화부스 옆구리에 소변을 볼 수는 없다. 어쨌거나 빨리 털고 일어나주면 좋겠다고 우시카와는 발을 동동 구르며 생각했다. 뭘 생각한다고 해도, 감상에 빠진다고 해도, 천체관측을 한다고 해도, 덴고 자네도 어지간히 추울 거 아닌가. 빨리 집에 돌아가서 몸 좀 녹이세. 돌아가봤자 자네나 나나 누가 기다려주는 것도 아니지만, 이런 곳에 있는 것보다는 훨씬 낫잖아.

하지만 덴고는 일어설 기미가 없었다. 그는 마침내 밤하늘을 올려다보기는 끝냈지만, 이번에는 길 건너 맨션으로 시선을 옮겼다. 6층짜리 새 건물로, 절반쯤의 창문에 불이 켜져 있다. 덴고는 그 건물을 열심히 바라보고 있었다. 우시카와도 그 건물을 살펴봤지만 딱히 주의를 끌 만한 것은 눈에 띄지 않았다. 그저 흔한 일반 맨션이다. 특별히 고급은 아니지만 나름대로 그레이드는 높아 보였다. 고급스러운 디자인에 외장 타일에도 꽤 돈을 들인 것 같다. 입구도 번듯하고 환하다. 덴고가 사는 철거 직전의 싸구려 아파트와는 애초에 차원이 다르다.

덴고는 그 맨션을 올려다보며, 가능하면 자기도 그런 데서 살고 싶다고 생각하는 걸까. 아니, 그럴 리는 없다. 우시카와가 아는 한, 덴고는 집 따위에 목을 매는 타입이 아니다. 옷차림에 연연하지 않는 것과 똑같다. 분명 지금 살고 있는 싸구려 아파트에도 별 불만이 없을 것이다. 지붕이 있고 추위를 피할 수 있다면 그걸로 좋다. 그는 그런 사내다. 그가 미끄럼틀 위에서 생각하는 건 무언가 다른 종류의 일일 터였다.

맨션 창문을 한차례 다 바라보더니 덴고는 다시 한번 하늘로 시선을 돌렸다. 우시카와도 하늘을 올려다보았다. 우시카와가 서 있는 곳에서는 느티나무 가지와 전깃줄과 건물이 가로막고 있어서 하늘의 절반 정도밖에 보이지 않았다. 덴고가 하늘의 어느 부분을 보고 있는지 정확하게는 알 수 없었다. 셀 수 없이 많은 구름이 차례차례, 위세 좋은 군단처럼 밀려온다.

이윽고 덴고는 자리에서 일어나, 힘든 야간 단독비행을 마친 비행사처럼 매우 과묵하게 미끄럼틀을 내려왔다. 그리고 수은등 밑을 지나 공원을 나갔다. 우시카와는 잠시 망설였지만 더이상 뒤를 밟지 않기로 했다. 덴고는 그대로 집으로 돌아갈 것이다. 게다가 우시카와는 지금 소변이 급했다. 그는 덴고의 모습이 사라진 것을 확인한 뒤에 공원 안쪽으로 들어가 공중변소 뒤편의 남의 눈에 띄지 않는 어둠 속에서 나무를 향해 소변을 보았다. 방광의 용량은 이미 한계를 넘어서기 직전이었다.

기나긴 화물열차가 철교를 다 건너갈 만큼 시간을 들여 마침내 소변을 다 보자 우시카와는 바지 지퍼를 올리고 눈을 꾹 감고 깊은 안도의 한숨을 내쉬었다. 손목시계의 바늘은 여덟시 십칠분을 가리키고 있다. 덴고가 미끄럼틀에 있었던 시간은 십오분가량이었다. 덴고의 모습이 사라진 것을 다시 한번 확인하고 우시카와는 미끄럼틀로 향했다. 그리고 짧고 휜 다리로 그 계단을 올랐다. 얼어붙은 미끄럼틀 꼭대기에 앉아 덴고가 골똘히 쳐다본 곳과 대략 같은 방향으로 시선을 던졌다. 그가 대체 무엇을 그리도 열심히 바라보았는지, 우시카와는 그게 알고 싶었다.

우시카와는 시력이 나쁜 편은 아니다. 난시가 있어서 눈동자가 약간 좌우 불균형이지만, 안경을 쓰지 않아도 일상생활에 지장은 없다. 하지만 아무리 찬찬히 바라봐도 별은 하나도 눈에 띄지 않았다. 그보다 중천 가까이에 떠오른 삼분의 이 크기의 달이 우시카와의 주의를 끌었다. 달은 멍이 든 듯한 거무스레한 무늬를, 흘러가는 구름 틈새로 또렷이 드러내고 있었다. 평소와 다름없는 겨울달이다. 차갑고 창백하고, 태곳적부터 이어져내려온 수수께끼와 암시로 가득 차 있는 달. 그것은 죽은 자의 눈처럼 깜박임 한 번 없이, 말없이 하늘에 떠 있다.

이윽고 우시카와는 숨을 삼켰다. 그리고 한참 동안 숨을 쉬는 것조차 잊어버렸다. 구름이 끊겼을 때, 항상 보던 그 달에서 조금 떨어진 곳에 또 하나의 달이 있다는 것을 깨달았기 때문이다. 그것은 원래의 달보다 훨씬 작고, 이끼가 낀 것처럼 초록색이고 일그러진 모양이다. 하지만 틀림없이 달이다. 그런 큰 별은 어디에도 존재하지 않는다. 인공위성도 아니다. 이건 한곳에 지그시 머물러 있다.

우시카와는 일단 눈을 감았다가, 몇 초 지난 뒤에 다시 눈을 떴다. 착각이 틀림없다. 그런 것이 그곳에 있을 리 없다. 하지만 아무리 눈을 감았다 떠봐도, 새로운 작은 달은 역시 그곳에 떠 있었다. 구름이 다가오면 그 뒤에 숨지만, 지나가면 다시 똑같은 자리에 나타났다.

덴고는 저걸 바라보고 있었다, 우시카와는 생각했다. 가와나 덴고는 이 광경을 보기 위해, 혹은 그것이 아직 존재하는지 확인하기 위해 이 어린이공원에 찾아온 것이다. 하늘에 두 개의 달이 떠 있는 것을 그는 전부터 알고 있었다. 의심의 여지가 없다. 그 달을 보고서도 전혀 놀란 기색을 보이지 않았던 것이다. 우시카와는 미끄럼틀 위에서 깊은 한숨을 내쉬었다. 이곳은 대관절 어떻게 된 세계인가, 우시카와는 자신에게 물었다. 나는 어떤 구조의 세계에 들어와버린 것인가. 답은 어디에서도 나오지 않았다. 무수한 구름이 바람에 흘러가고, 크고 작은 두 개의 달이 수수께끼처럼 하늘에 떠 있을 뿐이다.

단 한 가지, 분명히 말할 수 있는 게 있었다. 이건 원래 내가 속한 세계가 아니다. 내가 알고 있는 지구는 위성을 하나밖에 갖고 있지 않다. 그건 의심의 여지가 없는 사실이다. 그런데 이제는 두 개로 늘어나 있다.

이윽고 우시카와는 자신이 이 광경에 기시감을 느끼고 있다는 것을 깨달았다. 나는 전에 어딘가에서 이것과 똑같은 광경을 본 적이 있다. 우시카와는 의식을 집중하여 그 기시감이 어디에서 온 것인지, 필사적으로 기억을 더듬었다. 얼굴을 찡그리고, 이를 드러내고, 양손으로 의식의 어두운 밑바닥을 펴냈다. 그리고 마침내 떠올렸다. 「공기 번데기」다. 그 소설에 두 개의 달이 등장했다. 이야기의 결말에 가까운 부분이다. 큰 달과 작은 달. 마더가 도터를 낳았을 때, 하늘에 뜬 달은 두 개가 된다. 후카에리가 그 이야기를 지었고, 덴고가 상세한 묘사를 더했다.

우시카와는 저도 모르게 주위를 둘러보았다. 하지만 그의 눈에 들어온 것은 여느 때와 똑같은 세계였다. 길 건너 6층 맨션의 창에는 레이스 달린 하얀 커튼이 쳐져 있고, 커튼 뒤로는 온화한 불빛이 켜져 있다. 이상한 점은 하나도 없다. 단지 달의 수가 다를 뿐이다.

그는 발밑을 확인하며 조심조심 미끄럼틀을 내려왔다. 그리고 달의 시선을 피하듯이 빠른 걸음으로 공원을 나왔다. 내 머리가 이상해져가는 건가. 아니, 그럴 리 없다. 내 머리는 이상해지지 않았다. 내 사고는 새 쇠못처럼 단단하고 냉철하고 똑바르다. 그것은 현실의 심지를 향해 올바른 각도로 정확히 박혀 있다. 나 자신에게는 아무 문제가 없다. 나는 똑똑히 제정신을 유지하고 있다. 주위의 세계가 착오를 보이고 있을 뿐이다.

그리고 그 착오의 원인을 나는 찾아내지 않으면 안 된다. 어떻게든.

제20장 아오마메

Q

나의 변모의 일환으로

일요일에는 바람이 그치고, 전날 밤과는 딴판으로 따뜻하고 온화한 하루가 되었다. 사람들은 무거운 코트를 벗고 햇볕을 즐길 수 있었다. 아오마메는 바깥 날씨와는 상관없이 커튼을 친 집 안에서 여느 때와 다름없는 하루를 보냈다.

작은 소리로 야나체크의 〈신포니에타〉를 들으며 스트레칭을 하고, 도구를 사용하여 근육을 빈틈없이 움직인다. 날이 갈수록 충실해지는 메뉴를 소화해내는 데 두 시간여가 걸린다. 요리를 하고 방 청소를 하고, 소파에 앉아 『잃어버린 시간을 찾아서』를 읽는다. 이제 『게르망트 쪽』 편에 접어든 참이다. 가능하면 할 일 없는 시간은 만들지 않으려고 그녀는 노력한다. 텔레비전을 보는 건 정오와 오후 일곱시의 NHK 정시 뉴스뿐이다. 여전히 빅뉴스는 없다. 아니, 빅뉴스는 있었다. 전세계에서 수많은 사람들이 목숨을 잃었다. 그 대부분은 가슴 아픈 죽음이었다. 열차가 충돌하고, 페리가 침몰하고, 비행기가 추락했다. 수습될 전망이 없는 내란이 이어지고, 암살이 벌어지고, 민족 간에 처참한 학살이 일어났다. 기후변화에 따른 가뭄과 홍수가 있고, 기근이 있었다. 아오마메는 그러한 비극이나 재해에 휘말린 사람들을 진심으로 동정했다. 하지만 지금의 아오마메에게 직접 영향을 미칠 만한 사건은 하나도 일어나지 않았다.

길 건너 어린이공원에서는 근처의 어린아이들이 놀고 있다. 아이들은 저마다 뭐라고 떠들고 있다. 지붕에 앉은 까마귀들이 서로 연락을 나누는 날카로운 소리도 들려온다. 공기중에는 초겨울 도시 냄새가 난다.

그러다가 그녀는 문득, 이 맨션에서 살게 된 뒤로 자신이 한 번도 성욕을 느끼지 않았다는 것을 깨닫는다. 누군가와 섹스하고 싶다는 생각을 한 적도 없고 자위를 한 적도 없다. 임신했기 때문인지도 모른다. 그에 따라 호르몬 분비가 달라졌는지도 모른다. 어떻든 아오마메에게는 고마운 일이었다. 이런 환경에서 누군가와 섹스를 하고 싶다 한들 어디에서도 배출구를 찾아낼 수 없을 테니. 다달이 생리가 없는 것도 그녀에게는 반가운 일 중 하나다. 원래부터 그리 힘든 편은 아니었지만, 그래도 오래도록 지고 있던 짐을 하나 내려놓은 듯한 기분이다. 적어도 생각해야 할 일이 한 가지 줄어든 것만도 다행이다.

삼 개월 동안 머리가 꽤 많이 길었다. 9월에는 어깨에 닿을락 말락 하는 정도였는데, 이제는 견갑골에 드리워질 만큼 길다. 어린 시절에는 항상 어머니가 직접 짧은 단발머리로 잘라주었고, 중학생이 된 뒤로는 계속 스포츠 중심의 생활을 했기 때문에 이렇게 머리를 길러본 적이 없었다. 너무 길다는 느낌도 들었지만, 직접 커트하기도 어렵고 그저 자라는 대로 두는 수밖에 없다. 앞머리만 가위로 반듯하게 다듬었다. 낮에는 머리를 묶어 위로 올리고 해가 저물면 내린다. 그리고 음악을 들으며 백 번의 브러싱을 한다. 시간여유가 없으면 도저히 할 수 없는 일이다.

아오마메는 원래 화장이라고 할 만한 것을 하지도 않았고, 이렇게 방에 틀어박혀 있으니 그럴 필요도 없다. 그래도 생활에 규칙을 부여하기 위해 정성껏 피부 손질을 했다. 크림이나 세안액으로 피부를 마사지하고 자기 전에는 반드시 팩을 한다. 원래부터 건강한 몸이라서 조금만 손질하면 금세 피부가 싱싱하고 보들보들해진다. 아니, 어쩌면 그것도 임신했기 때문인지 모른다. 임신하면 피부가 깨끗해진다는 말을 들은 적이 있다. 어쨌거나 거울 앞에 앉아 머리를 풀어내린 얼굴을 보고 있으면 자신이 예전보다 아름다워졌다는 느낌이 든다. 적어도 거기에는 성숙한 여성으로서의 차분함이 생겨나 있다. 아마도.

아오마메는 태어나서 지금까지 자신을 아름답다고 생각해본 적이 없었다. 어릴 때부터 누구에게 예쁘다는 말을 들어본 적도 없다. 어머니는 그녀를 오히려 못생긴 아이로 취급했다. "좀더 예뻤더라면"이라는 게 어머니의 입버릇이었다. 아오마메가 좀더 예뻤더라면, 좀더 사랑스러운 얼굴이었다면, 더 많은 사람들을 신자로 끌어들일 수 있을 거라는 뜻이었다. 그래서 아오마메는 어렸을 때부터 가능한 한 거울을 보지 않으려고 했다. 필요하면 잠깐 거울 앞에 서서 사무적으로 몇 군데를 재빠르게 점검한다. 그게 습관이 되었다.

오쓰카 다마키는 아오마메의 얼굴을 좋아한다고 말했다. 전혀 나쁘지 않아, 아주 멋있어, 라고 말해주었다. 괜찮아, 좀더 자신을 가져도 돼. 아오마메는 그 말을 듣고 무척 기뻤다. 친구의 따뜻한 말은 사춘기를 맞은 아오마메를 적잖이 침착하게 해주고 안심시켜주었다. 어쩌면 자신은, 어머니가 늘 말했던 것만큼 못생긴 게 아닌지도 모른다고 생각하기도 했다. 하지만 그런 오쓰카 다마키도 아름답다고는 한 번도 말해주지 않았다.

하지만 태어나서 처음으로, 자신의 얼굴에도 아름다운 구석이 있는 것 같다고 아오마메는 생각한다. 지금까지와는 달리 오래도록 거울 앞에 앉게 되었고, 자신의 얼굴을 좀더 꼼꼼히 바라보게 되었다. 하지만 거기에 나르시시즘적인 요소는 없다. 그녀는 마치 독립된 별개의 인격을 관찰하듯이 거울에 비친 자신의 얼굴을 여러 각도에서 실제적으로 검증한다. 자신의 얼굴이 실제로 아름다워졌는지, 아니면 생김새 자체는 달라지지 않았는데 그것을 보는 자신의 마음이 변한 것인지, 아오마메 스스로도 판단이 되지 않는다.

아오마메는 이따금 거울 앞에서 마음껏 얼굴을 찌푸린다. 찌푸린 얼굴은 예전과 똑같다. 온 얼굴 근육이 저마다 원하는 방향으로 뻗어나가고, 그 모습은 놀라울 만큼 제각각이다. 온 세상의 온갖 다양한 감정이 그곳에서 분출된다. 아름답지도 추하지도 않다. 어느 각도에서는 야차처럼 보이고, 어느 각도에서는 어릿광대처럼 보인다. 어느 각도에서는 단지 혼돈으로밖에는 보이지 않는다. 얼굴을 찌푸리는 것을 멈추면, 수면의 파문이 가라앉듯이 근육은 서서히 느슨해지면서 원래의 모습으로 돌아간다. 아오마메는 예전과는 얼마간 달라진 새로운 자기 자신을 거기서 찾아낸다.

좀더 자연스럽게 웃으면 좋을 텐데, 오쓰카 다마키는 곧잘 아오마메에게 말했다. 웃으면 얼굴이 그렇게 부드러워지는데, 아까워. 하지만 아오마메는 사람들 앞에서 자연스럽게 웃을 수 없었다. 억지로 웃으려 하면 팽팽히 당겨진 냉소 같은 게 되고 만다. 그리고 상대를 도리어 긴장시키고 불편하게 만든다. 오쓰카 다마키는 매우 자연스럽게 환한 웃음을 지을 수 있었다. 누구라도 첫 대면에서 그녀에게 친밀감을 갖고 호감을 품었다. 하지만 결국 그녀는 실의와 절망 속에서 스스로 목숨을 끊지 않으면 안 되었다. 제대로 미소도 짓지 못하는 아오마메를 남겨두고.

조용한 일요일이다. 따뜻한 햇살에 이끌려 많은 사람들이 길 건너 어린이공원에 나왔다. 부모는 아이들을 모래놀이터에서 놀게 하고 그네를 태워주었다. 미끄럼틀을 타는 아이들도 있었다. 노인들은 벤치에 앉아 아이들이 노는 모습을 싫증도 내지 않고 바라보고 있었다. 아오마메는 베란다 가든체어에 앉아 플라스틱 가림판 틈새로 그런 광경을 무심히 바라본다. 평화로운 풍경이다. 세계는 막힘없이 앞으로 나아가고 있다. 그곳에는 목숨을 노리는 자도 없고, 살인자를 추적하는 자도 없다. 사람들은 9밀리 탄환을 풀로 장전한 자동권총을 타이츠에 둘둘 감아 옷장 서랍에 감춰두거나 하지 않는다.

나도 언젠가 저런 조용하고 온당한 세계의 일부가 될 수 있을까. 아오마메는 자신을 향해 그렇게 묻는다. 나도 언젠가 이 작은 것의 손을 잡고 공원에 나가, 그네를 태워주고 미끄럼틀을 태워줄 수 있을까. 누군가를 살해하거나 누군가에게 살해당하는 그런 일을 생각하지 않고 하루하루를 보낼 수 있을까. 그런 가능성이 이 '1Q84년'에 존재할까. 혹시 그건 어딘가 다른 세계에만 존재하는 걸까. 그리고 무엇보다 중요한 것—그때 내 곁에는 덴고가 있을까.

아오마메는 공원에서 시선을 거두고 방으로 돌아온다. 유리

문을 닫고 커튼을 친다. 아이들의 목소리가 사라진다. 슬픔이 엷게 그녀의 마음을 물들인다. 그녀는 모든 곳으로부터 고립되고, 안에서 문을 걸어잠근 곳에 유폐되었다. 앞으로는 한낮의 공원을 바라보지 말자, 아오마메는 그렇게 생각한다. 한낮의 공원에 덴고가 찾아올 리 없다. 그가 원하는 것은 선명한 두 개의 달의 모습이다.

간단한 저녁식사를 마치고 설거지를 한 뒤에, 아오마메는 옷을 따뜻하게 입고 베란다로 나간다. 담요로 무릎을 덮고 몸을 의자에 묻는다. 바람 없는 밤이다. 수채화가가 좋아할 것 같은 엷은 구름이 하늘에 길게 깔렸다. 브러시의 섬세한 터치를 시험해 볼 만한 구름이다. 그 구름에 가려지는 일 없이 삼분의 이 크기의 달이 명료한 빛을 지상으로 또렷하게 보내고 있다. 그 시각, 아오마메가 앉은 자리에서는 두번째 작은 달의 모습은 보이지 않는다. 그 부분이 마침 건물에 가려져 있기 때문이다. 하지만 그것이 그곳에 있다는 것을 아오마메는 알고 있다. 그녀는 그 존재를 감지할 수 있다. 각도상 보이지 않을 뿐이다. 이제 곧 그것은 그녀 앞에 모습을 드러낼 것이다.

아오마메는 이 맨션에 몸을 감춘 뒤부터 의식을 머릿속에서 의도적으로 배제할 수 있게 되었다. 특히 이렇게 베란다에 나와 공원을 바라볼 때, 그녀는 자유자재로 머릿속을 텅 비울 수 있다. 시선은 빈틈없이 공원을 감시한다. 특히 미끄럼틀 위를. 하지만 아무 생각도 하지 않는다. 아니, 아마도 의식은 무언가를 생각하고 있을 것이다. 하지만 그건 대부분 수면 아래로 들어가 있다. 그 수면 아래에서 자신의 의식이 무엇을 하는지, 그녀는 알지 못한다. 하지만 의식은 정기적으로 둥실 떠오른다. 바다거북이나 돌고래가 때가 되면 반드시 수면에 얼굴을 내밀고 호흡을 해야 하는 것과 마찬가지로. 그럴 때마다 그녀는 자신이 무언가를 생각하고 있었다는 것을 깨닫는다. 이윽고 의식은 폐에 신선한 산소를 채우고 다시 수면 아래로 잠겨든다. 그 모습은 더이상 보이지 않는다. 그리고 아오마메는 이제 아무 생각도 하지 않는다. 그녀는 부드러운 고치에 둘러싸인 감시장치가 되어 미끄럼틀에 무심히 시선을 보낸다.

그녀는 공원을 보고 있다. 하지만 동시에 아무것도 보고 있지 않다. 뭔가 새로운 것이 시야에 들어오면 그녀의 의식은 즉시 거기에 대응할 것이다. 하지만 지금은 아무 일도 일어나지 않는다. 바람도 불지 않는다. 탐색침探索針처럼 공중에 드리운 느티나무의 시커먼 가지는 미동조차 하지 않는다. 세계는 완벽하게 정지해 있다. 그녀는 손목시계를 들여다본다. 여덟시를 넘어선 참이다. 오늘도 이대로 아무 일 없이 끝나버릴지도 모른다. 한없이 고요한 일요일 밤이다.

세계가 정지하기를 멈춘 것은 여덟시 이십삼분의 일이었다.

문득 깨달았을 때, 한 남자가 미끄럼틀 위에 있었다. 그곳에 앉아 하늘 한구석을 올려다보고 있다. 아오마메의 심장이 단단히 수축하여 어린아이의 주먹만한 크기가 된다. 다시는 움직이지 않을 것처럼 오래, 심장은 그 크기로 머물러 있다. 그러고는 갑작스럽게 원래 크기로 부풀어오르면서 활동을 재개한다. 건조한 소리와 함께 미친 듯한 속도로 온몸에 새로운 피를 내보낸다. 아오마메의 의식도 서둘러 수면 위로 떠올라 한 차례 파르르 떨고는 즉각 행동태세에 들어간다.

덴고다, 아오마메는 반사적으로 생각한다.

하지만 흔들리던 시야가 자리를 잡자 그게 덴고가 아니라는 것을 깨닫는다. 그 남자는 아이처럼 키가 작고, 큼직하고 각진 머리에 니트 모자를 쓰고 있다. 니트 모자는 머리 모양에 맞춰 기묘하게 변형되었다. 초록색 머플러를 목에 두르고, 남색 코트를 입고 있다. 머플러는 너무 길고, 코트는 불룩한 배 때문에 단추가 튕겨나갈 것 같다. 그자가 간밤에 언뜻 보았던, 공원을 나가던 그 '어린아이'라는 것을 아오마메는 깨닫는다. 하지만 실제로는 어린아이가 아니었다. 분명 중년에 가까운 어른이다. 키가 땅딸막하고 팔다리가 짧을 뿐이다. 그리고 이상하게 큼직하고 비뚤어진 모양의 머리를 갖고 있다.

아오마메는 다마루가 전화로 이야기했던 '후쿠스케 머리'를 퍼뜩 떠올린다. 아자부의 버드나무 저택 주위를 배회하며 세이프하우스를 염탐했다는 인물이다. 미끄럼틀 위에 있는 남자의 외모는 영락없이 다마루가 간밤에 전화로 묘사했던 대로였다. 이 섬뜩한 남자는 그뒤로도 집요하게 염탐을 거듭해, 이제 바로 코앞까지 다가온 것이다. 권총을 갖고 와야 한다. 어찌 된 일인지, 하필 오늘 저녁에는 권총을 침실 서랍에 넣어두었다. 하지만 그녀는 심호흡을 하며 일단 심장의 혼란을 진정시키고 신경을 가라앉힌다. 아니, 당황할 건 없다. 아직 총을 손에 들 정도는 아니다.

무엇보다 그 남자는 아오마메의 맨션을 지켜보는 게 아니다. 그는 미끄럼틀 위에 앉아 덴고가 했던 것과 완전히 똑같은 자세로 하늘 한구석을 올려다보고 있다. 그리고 자신의 눈이 포착한 것에 대해 사색에 잠긴 것처럼 보인다. 오랫동안 꿈쩍도 하지 않는다. 마치 몸을 움직이는 방법을 잊어버린 것처럼. 아오마메의 방이 있는 쪽에는 전혀 주의를 기울이지 않는다. 아오마메는 그래서 혼란스럽다. 이건 대체 뭔가. 이 사람은 나를 추적해서 여기까지 찾아왔다. 아마도 교단 관계자일 것이다. 그리고 의심의 여지 없이 민완敏腕 추적자다. 아자부의 저택에서 이 맨션까지 내 발자취를 더듬어온 것이다. 그런데도 지금 저렇게 내 앞에 무방비하게 모습을 드러내고 멍하니 밤하늘을 올려다보고 있다.

아오마메는 조용히 자리에서 일어나 유리문을 열고 안으로 들어와 전화 앞에 앉는다. 그리고 가늘게 떨리는 손으로 다마루의 전화번호를 누른다. 다마루에게 이 일을 보고해야 한다. 후쿠스케 머리가 지금 그녀의 집에서 보이는 곳에 있다. 길 건너 어린이공원 미끄럼틀 위에. 그다음 일은 다마루가 판단해서 능숙하게 처리할 것이다. 하지만 네 개의 숫자를 누른 참에, 그녀는 손끝의 움직임을 멈추고 수화기를 쥔 채 입술을 깨문다.

아직 너무 이르다, 아오마메는 생각한다. 그 남자에 대해 아직은 영문 모를 점이 너무 많다. 만일 다마루가 그 남자를 위험분자로 판단하여 즉각 '처치'해버린다면, 그 영문 모를 점은 분명 영문을 모르는 채로 끝날 것이다. 생각해보니, 그 남자는 지난번의 덴고와 완전히 같은 행동을 취하고 있다. 같은 미끄럼틀, 같은 자세, 같은 하늘 한구석. 덴고의 행동을 그대로 따라하고 있지 않은가. 그자의 시선 역시 그곳에서 두 개의 달을 포착한 것이다. 아오마메는 그걸 알 수 있다. 그렇다면 그자와 덴고는 뭔가 관련이 있는지도 모른다. 게다가 그자는 내가 이 맨션 한 칸에 은신하고 있다는 건 아직 알지 못하는지도 모른다. 그래서 저토록 무방비하게 내게 등을 보이고 있는 게 아닐까. 생각하면 할수록 그런 가정이 설득력을 더해간다. 만일 그렇다면 그자의 뒤를 밟아 덴고가 있는 곳을 알아낼 수 있을지도 모른다. 그자가 거꾸로 나를 위해 안내자 역할을 해주는 셈이다. 그렇게 생각하자 심장박동이 점점 격렬해지고 빨라진다. 그녀는 수화기를 내려놓는다.

다마루에게 알리는 건 나중으로 미루자. 그녀는 그렇게 마음을 정한다. 그전에 해야 할 일이 있다. 거기에는 물론 위험이 따른다. 추적당하는 자가 추적하는 자의 뒤를 밟는 것이니까. 그리고 상대는 분명 숙달된 프로다. 하지만 어떤 위험이 있건 이런 중요한 단서를 이대로 놓쳐버릴 수는 없다. 어쩌면 이게 마지막 기회인지도 모른다. 그자는 아무래도 일시적인 방심상태에 빠진 것으로 보인다.

그녀는 급히 침실로 들어가 옷장 서랍을 열고 헤클러&코흐를 꺼낸다. 안전장치를 풀고 메마른 소리를 내며 약실에 탄환을 보내고, 다시 안전장치를 건다. 그것을 청바지 뒤춤에 꽂고 베란다로 돌아간다. 후쿠스케 머리는 아직도 그 자리에서 하늘을 올려다보고 있다. 그 비뚤어진 머리는 꿈쩍도 하지 않는다. 그는 하늘의 한 지점에 보이는 것에 완전히 넋이 나간 것처럼 보인다. 그 마음은 아오마메도 잘 안다. 그건 분명 넋이 나갈 만한 광경이다.

아오마메는 방으로 돌아와 다운재킷을 입고 야구모자를 쓴다. 도수 없는 심플한 검은 테 안경을 쓴다. 그것만으로도 얼굴의 인상이 크게 달라진다. 회색 스카프를 목에 두르고 호주머니에 지갑과 방 열쇠를 집어넣는다. 계단을 뛰어내려가 맨션 현관을 나선다. 스니커 바닥이 소리없이 아스팔트 지면을 밟는다. 오랜만에 맛보는 그 단단하고 성실한 감촉이 그녀를 북돋운다.

길을 걸으며 아오마메는 후쿠스케 머리가 아직 같은 자리에 있다는 것을 확인한다. 해가 떨어지면서 기온도 확연히 낮아졌지만 여전히 바람은 불지 않는다. 오히려 상쾌한 느낌의 추위다. 아오마메는 하얀 입김을 내뿜으며 발소리를 죽여 자연스럽게 공원 앞을 그대로 지나친다. 후쿠스케 머리는 그녀 쪽에는 전혀 관심을 두지 않는다. 그의 시선은 미끄럼틀 위에서 곧장 하늘을 향하고 있다. 아오마메의 위치에서는 보이지 않지만, 그자의 시선이 가 닿는 곳에는 크고 작은 두 개의 달이 있을 터였다. 달들은 구름도 없이 꽁꽁 얼어붙은 하늘에 분명 나란히 떠 있을 것이다.

공원을 지나 한 블록 앞 모퉁이에서 우회전하여 다시 뒤로 돌아간다. 그리고 뒤쪽 그늘에 몸을 숨기고 미끄럼틀의 상황을 살핀다. 허리 뒤춤에 소형권총의 감촉이 느껴진다. 죽음 그 자체처럼 딱딱하고 차가운 감촉. 그것이 신경의 흥분을 진정시켜준다.

오 분쯤 기다렸을까. 후쿠스케 머리는 천천히 자리에서 일어나 코트에 묻은 먼지를 털고 다시 한번 하늘을 올려다보더니, 마음을 정한 듯 미끄럼틀 계단을 내려온다. 그리고 공원을 나와 역 쪽을 향해 걸음을 옮긴다. 그자의 뒤를 밟는 건 그다지 어렵지 않다. 일요일 밤의 주택가는 인적이 드물어서 어느 정도 거리를 두어도 놓칠 염려는 없다. 또한 상대는 자신이 감시당할지도 모른다는 의심은 조금도 하지 않는 듯하다. 뒤를 돌아보는 일 없이 일정한 속도로 걸어간다. 사람이 뭔가 생각에 잠겨 걸어가는 속도다. 아이러니한 일이라고 아오마메는 생각한다. 추적하는 자의 사각死角은 추적당하는 것이다.

후쿠스케 머리가 고엔지 역으로 가는 게 아니라는 건 곧 판명된다. 아오마메는 방에 있던 도쿄 23구 도로지도를 보며 맨션 주변의 지리를 상세하게 머릿속에 새겨두었다. 긴급상황에 대비해서 어느 쪽으로 가면 무엇이 있는지 숙지해둘 필요가 있었기 때문이다. 그래서 후쿠스케 머리가 처음에는 역 쪽으로 가다가 중간에 다른 쪽으로 방향을 틀었다는 것을 안다. 또한 후쿠스케 머리가 이 동네의 지리를 잘 모른다는 것도 간파한다. 그는 두 번쯤 길모퉁이에 멈춰 서서, 머뭇머뭇 주위를 둘러보고 전봇대의 주소 표시를 확인했다. 그는 여기서는 외부인인 것이다.

이윽고 후쿠스케의 걸음이 약간 빨라진다. 분명 잘 아는 곳에 들어선 것이라고 아오마메는 짐작한다. 그 짐작이 맞았다. 그는 구립 초등학교 앞을 지나 좁은 도로를 한참 걸어서 그곳의 허름한 3층 아파트로 들어간다.

남자가 현관 안으로 사라지는 것을 지켜본 뒤 아오마메는 오 분을 기다린다. 그자와 입구에서 마주치는 건 피해야 한다. 현관에는 콘크리트 차양이 있고, 둥근 전등이 입구 주위를 노랗게 비추고 있다. 아파트 간판이나 팻말 같은 건 그녀가 보는 한 어디에도 없다. 이름을 갖지 못한 아파트인지도 모른다. 어쨌든 지은 지 꽤 오래된 건물이다. 그녀는 전봇대에 표시된 주소를 외워둔다.

오 분이 지나자, 아오마메는 아파트 현관으로 향한다. 노란 불빛 아래를 빠른 걸음으로 지나쳐 입구의 문을 연다. 비좁은 홀에는 인기척이 없다. 온기라고는 없는 휑한 공간이다. 수명이 다해가는 형광등이 치직거리는 희미한 소리를 낸다. 어디선가 텔레비전 소리가 들려온다. 어린아이가 날카로운 목소리로 어머니에게 뭔가를 조르는 소리도 들린다.

아오마메는 다운재킷 호주머니에서 자신의 집 열쇠를 꺼낸다. 누구의 눈에 띄더라도 이 아파트에 사는 사람으로 보이도록 열쇠를 손에 들고 빙빙 돌리며 우편함 명패를 읽어나간다. 그중 하나는 후쿠스케 머리의 것일지도 모른다. 그리 큰 기대는 할 수 없지만 일단 시도해볼 가치는 있다. 작은 아파트라서 입주민이 그리 많지는 않다. 이윽고 우편함 중에서 '가와나'라는 이름을 발견한 순간, 아오마메 주위에서 모든 소리가 일시에 사라진다.

아오마메는 그 우편함 앞에 우뚝 선다. 주위의 공기가 갑작스레 희박해지고 제대로 숨이 쉬어지지 않는다. 그녀의 입술은 벌어져 가늘게 떨린다. 그대로 시간이 흘러간다. 그것이 어리석고 위험한 행동이라는 건 스스로도 잘 알고 있다. 후쿠스케 머리는 지금 이 근처 어딘가에 있다. 당장이라도 현관에 나타날지 모른다. 하지만 아오마메는 그 우편함에서 자신의 몸을 떼어낼 수가 없다. '가와나'라는 한 장의 작은 이름표가 그녀의 이성을 마비시키고 몸을 얼어붙게 한다.

그 가와나라는 입주민이 가와나 덴고라는 확증은 물론 없다. 가와나는 어디서나 볼 수 있는 흔한 성씨는 아니지만, 그렇다고 '아오마메'처럼 특별히 희귀한 성씨도 아니다. 하지만 그녀가 짐작하는 대로 만일 후쿠스케 머리가 덴고와 무언가 관련이 있는 사람이라면 이 '가와나'가 가와나 덴고일 가능성은 높다. 집 호수가 303으로 되어 있다. 그녀가 살고 있는 집과 우연히도 똑같은 번호다.

어떻게 해야 할까. 아오마메는 입술을 꾹 깨문다. 그녀의 머릿속은 동일한 회로 안을 빙빙 맴돈다. 어디에서도 출구를 찾지 못한다. 어떻게 해야 할까. 그러나 언제까지고 우편함 앞에 우두커니 서 있을 수는 없다. 아오마메는 마음을 정하고, 무뚝뚝한 콘크리트 계단을 밟고 3층까지 오른다. 거무스레한 바닥은 세월의 흐름을 보여주듯이 군데군데 가느다랗게 금이 갔다. 스니커 바닥이 귀에 거슬리는 소리를 낸다.

그리고 아오마메는 303호 앞에 선다. 특징 없는 철제 현관문, 문패꽂이에는 '가와나'라고 인쇄된 카드가 들어 있다. 역시 성씨뿐이다. 그 글자는 몹시도 퉁명스럽고 한없이 무기질적이다. 하지만 동시에 거기에는 깊은 수수께끼가 집약되어 있다. 아오마메는 그 앞에 서서 가만히 귀를 기울인다. 모든 감각의 날을 날카롭게 세운다. 하지만 문 안쪽에서는 어떤 소리도 들려오지 않는다. 안에 불이 켜졌는지 꺼졌는지도 알 수 없다. 문 옆에는 벨이 있다.

아오마메는 망설인다. 입술을 깨물며 생각을 굴린다. 이 벨을 눌러야 할까.

어쩌면 이건 교묘하게 설치해둔 덫인지도 모른다. 이 문 안쪽에서는 후쿠스케 머리가 어두운 숲의 사악한 난쟁이처럼 음흉한 미소를 지으며 내가 오기를 기다리고 있는지도 모른다. 그는 일부러 미끄럼틀 위에 나타나 나를 이곳까지 꼬여내서 사로잡으려는 것이다. 내가 덴고를 찾고 있다는 것을 알고, 그걸 미끼 삼아. 비열하고 교활한 자다. 그리고 내 약점을 확실하게 잡고 있다. 내가 사는 맨션의 문을 열게 하기 위해서는 분명 그 방법밖에 없다.

아오마메는 주위에 아무도 없는 것을 확인하고 청바지 뒤춤에서 권총을 꺼낸다. 안전장치를 풀고, 곧바로 꺼낼 수 있게 다운재킷 주머니에 넣는다. 오른손으로 그립을 움켜쥐고, 둘째 손가락을 방아쇠에 건다. 그리고 왼손 엄지손가락으로 벨을 누른다.

집 안에서 초인종이 울리는 소리가 들린다. 느릿한 차임 소리. 그녀의 심장이 내는 빠른 리듬과는 어울리지 않는다. 그녀는 권총을 움켜쥐고 문이 열리기를 기다린다. 하지만 문은 열리지 않는다. 누군가 문구멍으로 밖을 살피는 기척도 없다. 그녀는 잠시 틈을 두고 다시 벨을 누른다. 차임 소리가 다시 울려퍼진다. 스기나미 구의 모든 주민들이 고개를 들고 귀를 기울이지 않을까 싶을 만큼 크게 울린다. 아오마메의 오른손은 총목 위에서 희미하게 땀을 흘리고 있다. 하지만 역시 반응은 없다.

지금은 일단 돌아가는 게 좋다. 303호의 가와나라는 입주민이 누구건, 그는 현재 부재중이다. 그리고 이 건물 안의 어딘가에 그 불길한 후쿠스케 머리가 숨어 있다. 더이상 이곳에 머무는 건 위험하다. 그녀는 서둘러 계단을 내려와 우편함을 다시 한번 흘끔 바라본 뒤에 건물 밖으로 나온다. 고개를 숙이고 재빨리 노란 조명 아래를 지나 길로 향한다. 뒤를 돌아보며 미행하는 사람이 없는지 확인한다.

생각해야 할 일이 너무 많다. 판단해야 할 일도 그만큼 많다. 그녀는 손끝으로 더듬어 권총의 안전장치를 건다. 남의 눈에 띄지 않는 곳에서 그것을 다시 청바지 뒤춤에 꽂는다. 너무 큰 기대를 가지면 안 된다고 아오마메는 자신을 타이른다. 많은 것을 바라서는 안 된다. 그 가와나라는 이름의 입주민은 어쩌면 덴고일지도 모른다. 하지만 덴고가 아닐지도 모른다. 일단 기대가 생겨나면 마음은 그것을 계기로 독자적인 움직임을 취하기 시작한다. 그리고 그 기대가 어긋났을 때 사람은 실망하고, 실망은 무력감을 부른다. 마음에 틈새가 생기고 경계가 허술해진다. 지금의 내게 그건 무엇보다 위험한 일이다.

그 후쿠스케 머리가 사실관계를 어디까지 파악했는지, 그건 알 수 없다. 그러나 실제로 그자는 내게 접근해왔다. 손을 뻗으면 닿을 것 같은 곳까지. 다시 마음을 다잡고, 한치도 주의를 게을리해서는 안 된다. 상대는 빈틈없는 프로다. 사소한 실수가 치명타가 될 수 있다. 무엇보다 그 낡은 아파트 주위에 안이하게 접근해서는 안 된다. 그 건물 안의 어딘가에 그자가 숨어서 나를 포획하기 위한 책략을 짜고 있는 게 틀림없다. 어둠 속에 둥지를 튼 흡혈 독거미처럼.

자신의 집에 돌아왔을 때, 아오마메의 결심은 굳어져 있었다. 그녀가 취할 수 있는 방법은 하나밖에 없다.

아오마메는 이번에는 다마루의 번호를 끝까지 누른다. 열두 번 벨이 울린 뒤에 전화를 끊는다. 모자와 코트를 벗고 권총을 옷장 서랍에 다시 넣고, 컵에 물을 받아 두 잔을 마신다. 홍차를 마시기 위해 주전자에 물을 끓인다. 커튼 틈새로 길 건너 공원을 슬쩍 내다보며 그곳에 사람이 없다는 것을 확인한다. 세면대 거울 앞에 서서 브러시로 머리를 빗는다. 그래도 아직 양손의 손가락은 부드럽게 움직이지 않는다. 긴장이 이어지고 있는 것이다. 티포트에 끓인 물을 따르는 참에 전화벨이 울린다. 상대는 물론 다마루다.

"조금 전에 후쿠스케 머리를 봤어요." 아오마메는 말한다.

침묵이 있었다. "조금 전에 봤다는 건 지금은 그곳에 없다는 뜻인가?"

"네." 아오마메는 말했다. "조금 전에 이 맨션 맞은편의 공원에 있었어요. 하지만 지금은 없어요."

"조금 전이라면 얼마나?"

"사십 분쯤 전."

"어째서 사십 분 전에 전화를 걸지 않았지?"

"곧바로 뒤를 밟아야 했기 때문에 시간적인 여유가 없었어요."

다마루는 쥐어짜듯이 천천히 숨을 토해낸다. "뒤를 밟았다고?"

"그자를 놓치고 싶지 않았어요."

"무슨 일이 있어도 밖에 나가지 말라고 했을 텐데."

아오마메는 조심스럽게 단어를 고른다. "하지만 내 신상에 위험이 닥쳐오는 것을 그냥 앉아서 바라만 볼 수는 없어요. 당신에게 연락해도 곧바로 도착할 수는 없어요. 그렇죠?"

다마루는 목구멍 속에서 작은 소리를 냈다. "그래서 너는 후쿠스케 머리의 뒤를 밟았다."

"그자는 누군가 미행하리라고는 생각도 못 하는 것 같았어요."

"프로들은 얼마든지 그런 척할 수 있어." 다마루는 말한다.

다마루의 말이 맞다. 어쩌면 교묘히 설치해둔 덫이었는지도 모른다. 하지만 다마루 앞에서 그걸 인정할 수는 없다. "물론 당신은 충분히 그럴 수 있겠죠. 하지만 내가 본 바로는 후쿠스케 머리는 그런 수준은 아니에요. 나름대로 실력은 있어요. 하지만 당신과는 달라요."

"백업이 있었을 수도 있어."

"아뇨. 그 사람은 틀림없이 혼자였어요."

다마루는 짧게 틈을 둔다. "좋아. 그래서 놈이 가는 곳을 확인했나?"

아오마메는 아파트 주소를 다마루에게 알려주고 외관을 설명한다. 집 호수까지는 모른다. 다마루는 그것을 메모한다. 그는 몇 가지 질문을 하고, 아오마메는 되도록 정확히 대답한다.

"네가 발견했을 때, 그자는 맨션 맞은편 공원에 있었다는 거지." 다마루는 묻는다.

"네."

"공원에서 뭘 하고 있었지?"

아오마메는 설명한다. 그자는 미끄럼틀 위에 앉아 오래도록 밤하늘을 올려다보고 있었다. 하지만 두 개의 달에 대해서는 물론 말하지 않는다.

"하늘을 보고 있었다고?" 다마루는 말한다. 그의 사고가 회전수를 한 단계 높이는 소리가 수화기를 타고 들려온다.

"하늘인지 달인지 별인지, 그런 것을."

"그리고 미끄럼틀 위에서 무방비로 자기 모습을 드러내고 있었다."

"그랬어요."

"이상하다고 생각하지 않아?" 다마루는 말한다. 딱딱하고 건조한 목소리다. 일 년에 단 하루만 내리는 비로 남은 계절을 연명하는 사막의 식물을 떠올리게 하는 목소리다. "그자는 네 뒤에 바짝 따라붙었어. 겨우 한 발짝 남은 곳까지. 대단한 놈이야. 그런데 미끄럼틀 위에서 느긋하게 겨울 밤하늘을 올려다보고 있었다? 네가 있는 맨션 쪽으로는 눈길도 던지지 않고. 내가 생각하기에는, 그렇게 앞뒤가 맞지 않는 이야기도 없는 거 같은데."

"그럴지도 모르죠. 이상한 이야기이고, 앞뒤가 맞지도 않아요. 나도 그렇게 생각했어요. 하지만 어쨌든 그자를 그대로 놓칠 수는 없었어요."

다마루는 한숨을 내쉰다. "그래도, 나는 역시 그게 몹시 위험한 짓이라고 생각해."

아오마메는 입을 다물었다.

"뒤를 밟은 결과, 그 수수께끼는 조금이라도 풀렸나?" 다마루는 묻는다.

"아뇨, 풀리지 않았어요." 아오마메는 말했다. "하지만 약간 마음에 걸리는 게 있었어요."

"이를테면?"

"현관 우편함을 살펴봤는데, 3층에 가와나라는 사람이 살고 있었어요."

"그래서?"

"이번 여름에 베스트셀러가 된 「공기 번데기」라는 소설은 알고 있죠?"

"나도 신문 정도는 읽어. 저자인 후카다 에리코는 '선구' 신자의 딸이었지. 행방불명이 되어서 교단에 납치된 게 아니냐는 의혹이 있었어. 경찰이 조사를 했고. 책은 아직 읽지 않았어."

"후카다 에리코는 단순한 신자의 딸이 아니에요. 아버지가 '선구'의 리더였어요. 즉 그녀는 내 손으로 저쪽 편에 보내버린 사람의 딸이라는 얘기예요. 그리고 가와나 덴고는 고스트라이터로 편집자에게 고용되어 「공기 번데기」를 대폭 고쳐 쓴 인물이에요. 그 책은 사실상 두 사람의 공동작품인 거죠."

긴 침묵이 깔린다. 좁고 긴 방의 건너편 끝까지 걸어가 사전을 손에 들고 뭔가를 찾아본 뒤에 다시 돌아올 정도의 시간이다. 그리고 다마루는 입을 연다.

"그 아파트에 사는 가와나라는 인물이 가와나 덴고라는 확증은 없어."

"아직은 없죠." 아오마메는 인정한다. "하지만 만일 동일 인물이라면, 이야기는 어느 정도 앞뒤가 맞아떨어져요."

"조각들이 서로 맞물리지." 다마루는 말했다. "하지만 그 가와나 덴고가 「공기 번데기」의 고스트라이터라는 걸 너는 어떻게 알았지? 그건 공식적으로 알려진 적이 없었어. 그런 게 세상에 알려지면 큰 스캔들이 되었겠지."

"리더의 입을 통해 들었어요. 죽기 직전에 그가 내게 말해줬어요."

다마루의 목소리가 한 단 차가워진다. "너는 좀더 일찍 내게 그 말을 했어야 해. 그렇게 생각하지 않나?"

"그때는 그게 중요한 의미를 가진 말이라고 생각하지 못했어요."

침묵이 다시 한참 이어졌다. 그 침묵 속에서 다마루가 무엇을 생각하는지 아오마메는 알 수 없다. 하지만 그녀는 다마루가 변명을 좋아하지 않는다는 건 알고 있다.

"좋아." 이윽고 다마루는 말한다. "그건 됐어. 일단 이야기를 짧게 줄여보지. 즉 네가 말하려는 건, 후쿠스케 머리가 그런 사정을 다 알고서 가와나 덴고라는 인물을 마크하고 있는지도 모른다. 그리고 그걸 실마리 삼아 네가 있는 곳을 알아내려 한다."

"그런 거라고 생각해요."

"좀 이해가 안 되는데." 다마루는 말한다. "어떻게 그 가와나 덴고가 너를 찾는 실마리가 될 수 있지? 너와 가와나 덴고 사이에 무슨 연결고리가 있는 것도 아니잖아. 너는 후카다 에리코의 부친을 처리했고, 그는 후카다 에리코 소설의 고스트라이터로 일했다는 것 말고는."

"연결고리는 있어요." 아오마메는 억양 없는 목소리로 말한다.

"너와 가와나 덴고 사이에 직접적인 관련이 있다, 그런 건가?"

"나와 가와나 덴고는 초등학교 때 같은 반이었어요. 그리고 내가 낳을 아이의 아버지는 분명 그 사람일 거예요. 하지만 그 이상의 설명은 지금은 할 수 없어요. 뭐랄까, 매우 개인적인 일이고."

볼펜 끝으로 책상을 톡톡 치는 소리가 수화기 너머에서 들려온다. 그것 외에는 어떤 소리도 들려오지 않는다.

"개인적인 일." 다마루는 말한다. 납작한 정원석 위에서 뭔가 진기한 동물을 발견한 듯한 목소리로.

"미안하지만." 아오마메는 말한다.

"알았어, 그건 매우 개인적인 일이야. 그렇다면 나도 더이상 묻지 않아." 다마루는 말한다. "그래서, 너는 구체적으로 내가 어떻게 해주기를 바라는 거지?"

"우선 그 가와나라는 입주민이 정말 가와나 덴고인지 알고 싶어요. 할 수만 있다면 내가 직접 확인하고 싶어요. 하지만 내가 그 근처에 가는 건 너무 위험하죠."

"말할 것도 없이." 다마루는 말한다.

"그리고 후쿠스케 머리는 분명 그 아파트 어딘가에 숨어서 뭔가를 꾸미고 있어요. 만일 그자가 내가 있는 곳을 거의 알아냈다면 즉시 손을 쓸 필요가 있다고 생각해요."

"그자는 이미 너와 마담의 관계도 어느 정도 파악했어. 그런 몇 가지 단서를 꼼꼼하게 추적해서 하나로 이어보려 하고 있어. 물론 그런 자를 그냥 내버려둘 수는 없지."

"또 한 가지, 당신에게 부탁하고 싶은 게 있어요." 아오마메는 말한다.

"말해봐."

"만일 거기 있는 게 정말 가와나 덴고라면, 그에게 어떤 위해도 미치지 않도록 해줘요. 만약 어떻게 해도 누군가 해를 입을 수밖에 없다면, 그때는 내가 기꺼이 그 사람 대신 나설게요."

다마루는 다시 한동안 침묵한다. 이번에는 볼펜 끝으로 책상을 두드리는 소리는 들리지 않는다. 아무 소리도 들려오지 않는다. 그는 무음의 세계에서 생각을 굴리고 있다.

"처음 두 가지 조건은 내 선에서 어찌어찌 감당할 수 있어." 다마루는 말한다. "그건 내 업무의 일환이니까. 하지만 세번째에 관해서는 뭐라고 말할 수 없어. 거기에는 너무나 많은 개인적인 사정이 얽혀 있고, 내가 이해할 수 없는 요소도 너무 많아. 그리고 경험적으로 말해서, 한 번에 세 가지 조건을 처리하는 건 그리 쉬운 일이 아니야. 좋든 싫든 거기에는 우선순위라는 게 생겨나지."

"그래도 좋아요. 당신은 당신의 우선순위에 따라 움직이면 돼요. 다만 머릿속에 담아두었으면 해요. 내가 살아 있는 동안에 반드시 덴고를 만나야 한다는 것. 그에게 꼭 전해야 할 게 있으니까."

"머릿속에 담아두지." 다마루는 말한다. "거기에 아직 여분의 스페이스가 남아 있는 동안에는, 이라는 말이지만."

"고마워요." 아오마메는 말한다.

"네가 지금 한 이야기를 그대로 위에 보고해야 해. 아주 미묘한 문제야. 나 혼자만의 재량으로 움직일 수는 없어. 일단 여기서 전화를 끊지. 다시는 밖에 나가지 마. 자물쇠를 채우고 안에 가만히 있어. 네가 밖에 나가면 일이 귀찮아져. 어쩌면 벌써 일이 복잡하게 꼬였는지도 모르고."

"그 대신 우리 쪽에서도 상대에 대해 몇 가지 사실을 파악할 수 있었어요."

"좋아." 다마루는 체념하듯이 말한다. "네 얘기를 들어보니 일단 실수 없이 행동한 것 같아. 그건 인정하지. 하지만 방심해서는 안 돼. 상대가 무슨 꿍꿍이인지, 우리는 아직 정확히 파악하지 못했어. 그리고 여러 가지 상황을 고려해보면 분명 그자의 배후에는 어떤 형태로든 조직이 딸려 있어. 내가 전에 건네준 건 아직 갖고 있지?"

"물론."

"당분간 그걸 손에서 떼어놓지 않는 게 좋아."
"그럴게요."
짧은 틈이 있은 뒤에, 전화가 끊긴다.

아오마메는 더운물을 채운 하얀 욕조에 앉아 시간을 들여 몸을 녹이면서 덴고를 생각한다. 그 낡은 3층 아파트에서 살고 있을지도 모르는 덴고를. 그녀는 그 무뚝뚝한 철제 문과 슬릿에 든 명패를 머릿속에 떠올린다. '가와나'라는 글자가 그곳에 인쇄되어 있다. 그 문 안쪽에는 과연 어떤 방이 있고, 어떤 생활이 그곳에서 영위되고 있을까.

그녀는 뜨거운 물속에서 양쪽 젖가슴에 손을 얹고 천천히 쓰다듬어본다. 유두가 여느 때 없이 크고 단단하다. 매우 민감해져 있다. 이 손이 덴고의 것이라면 좋을 텐데, 아오마메는 생각한다. 넓고 두툼한 덴고의 손을 그녀는 상상한다. 그건 분명 든든하고 다정한 손일 것이다. 그녀의 한 쌍의 젖가슴은 그의 양손에 감싸여 깊은 평온과 기쁨을 찾을 것이다. 그리고 아오마메는 자신의 젖가슴이 전보다 약간 커진 것을 깨닫는다. 착각이 아니다. 틀림없이 더욱 봉긋해졌고 커브는 더욱 부드러워졌다. 임신했기 때문인지도 모른다. 아니, 어쩌면 내 가슴은 임신과는 관계없이 **그냥 커졌는지도** 모른다. 나의 변모의 일환으로.

그녀는 배에 손을 얹는다. 그 불룩함은 아직 충분하지는 않다.

그리고 왜 그런지 아직 입덧도 없다. 하지만 그 안쪽에는 작은 것이 깃들여 있다. 그녀는 그걸 알 수 있다. 혹시, 하고 아오마메는 생각한다. 그들이 필사적으로 찾고 있는 것은 내 목숨이 아니라 이 작은 것이 아닐까. 내가 리더를 살해한 대가로, 그들은 내 몸뚱이째로 이 작은 것을 손에 넣으려 하는 게 아닐까. 그 생각은 아오마메의 몸을 떨리게 한다. 어떻게든 덴고를 만나야 한다. 아오마메는 새삼 마음을 굳힌다. 그와 힘을 합쳐 이 작은 것을 지켜내야 한다. 나는 지금까지 인생에서 수많은 소중한 것들을 빼앗겨왔다. 하지만 이것만은 어느 누구에게도 내주지 않을 것이다.

침대에 들어 잠시 책을 읽는다. 하지만 잠은 찾아오지 않는다. 그녀는 책을 덮고 복부를 보호하듯이 가만히 몸을 접는다. 베개에 뺨을 대고, 공원 하늘에 떠오른 겨울 달을 생각한다. 그리고 그 옆에 떠오른 초록색의 조그만 달을. 마더와 도터. 두 개의 달빛은 한데 섞여 잎을 떨군 느티나무 가지를 씻어내고 있다. 그리고 다마루는 지금쯤 사태를 해결하기 위해 방법을 모색하고 있을 터이다. 그의 사고는 고속으로 회전한다. 미간을 찌푸리고 볼펜 머리로 책상을 톡톡 두드리는 그의 모습을 아오마메는 떠올린다. 이윽고 그 단조롭고 끊이지 않는 리듬에 이끌리듯이 잠의 부드러운 천이 그녀를 감싼다.

제21장 덴고

Q

머릿속에 있는 어딘가의 장소에서

전화벨이 울렸다. 자명종 시계의 숫자는 현재 시각이 두시 사분이라는 것을 알리고 있었다. 월요일 새벽 두시 사분이다. 주위는 물론 깜깜하고 덴고는 깊은 잠 속에 있었다. 꿈 하나 없이 온화한 잠이었다.

그가 가장 먼저 떠올린 것은 후카에리였다. 이런 어처구니없는 시간에 전화를 걸어올 사람이라면 우선은 그녀밖에 없다. 그리고 잠깐 뒤에 고마쓰의 얼굴이 떠올랐다. 고마쓰도 시간에 관해서는 그다지 상식적이라고 할 수 없다. 하지만 전화벨의 울림이 고마쓰답지 않았다. 이 전화벨은 절박한, 사무적인 여운이 감도는 울림이다. 게다가 고마쓰와는 얼굴을 마주보며 실컷 대화하고 바로 몇 시간 전에 헤어졌다.

전화벨을 무시하고 그냥 자는 것도 하나의 선택일 수 있다. 어느 쪽인가 하면, 덴고는 그렇게 하고 싶었다. 하지만 전화벨은 그곳에 있는 모든 선택을 때려눕히듯이 언제까지고 멈추지 않았다. 이대로 날이 밝을 때까지 계속 울릴지도 모른다. 그는 침대에서 일어나 뭔가에 발이 걸리며 수화기를 집어들었다.

"여보세요." 덴고는 잘 돌아가지 않는 혀로 말했다. 머리에 뇌수 대신 냉동된 양상추가 채워져 있는 것 같다. 양상추는 냉동하면 안 된다는 것을 모르는 인간이 세상 어딘가에는 있는 것이다. 일단 냉동되었다 해동된 양상추는 아삭아삭한 식감을 잃고 만다. 그게 아마도 양상추에게는 최상의 자질일 텐데.

수화기를 귀에 대자 바람 부는 소리가 들렸다. 강물 위로 몸을 숙이고 맑은 물을 마시는 아름다운 사슴들의 털을 가볍게 어루만지며 좁은 계곡을 뚫고 지나가는 변덕스러운 한 무리의 바람. 하지만 그건 바람 소리가 아니었다. 기계를 통해 과장된 누군가의 숨소리다.

"여보세요." 덴고는 반복했다. 장난전화인지도 모른다. 혹은 회선 상태가 안 좋은 것인지도 모른다.

"여보세요." 그 누군가가 말했다. 들어본 기억이 없는 여자 목소리였다. 후카에리가 아니다. 연상의 걸프렌드도 아니다.

"여보세요." 덴고는 말했다. "가와나입니다만."

"덴고 군." 상대는 말했다. 이제야 겨우 서로의 말이 통하려는 모양이다. 하지만 상대가 누구인지 아직 알 수 없었다.

"누구시죠?"

"아다치 구미." 상대는 말했다.

"아, 너구나." 덴고는 말했다. 올빼미 울음소리가 들리는 아파트에 사는 젊은 간호사 아다치 구미다. "웬일이야?"

"자고 있었어?"

"응." 덴고는 말했다. "너는?"

무의미한 질문이다. 잠자는 사람은 물론 전화를 걸 수 없다. 왜 이런 바보 같은 소리를 입에 올렸을까. 분명 머릿속에 있는 얼어붙은 양상추 때문이다.

"나는 근무중." 그녀는 말했다. 그리고 한 차례 헛기침을 했다. "저, 가와나 씨가 조금 전에 돌아가셨어."

"가와나 씨가 돌아가셨다." 덴고는 잘 이해하지 못한 채 반복했다. 혹시 내가 죽었다는 것을 누군가가 알려주고 있는 건가.

"덴고 군의 아버님이 숨을 거두셨어." 아다치 구미는 다시 호칭을 바꾸어 말했다.

덴고는 딱히 의미도 없이 수화기를 오른손에서 왼손으로 바꿔들었다. "숨을 거두셨다." 그는 다시 반복했다.

"간호사 휴게실에서 잠깐 졸고 있는데, 밤 한시 넘어서 호출벨이 울렸어. 아버님 병실의 벨이었어. 아버님은 계속 의식이 없었으니까 당신이 직접 벨을 누를 리도 없고, 이상하다 싶었지만 일단 곧바로 달려갔어. 하지만 내가 갔을 때는 이미 호흡이 멎어 있었어. 심박도 정지해 있었고. 당직 선생님을 깨워서 응급처치를 했지만 소용없었어."

"그러니까 아버지가 벨을 눌렀다는 거야?"

"아마도. 그밖에는 아무도 벨을 누른 사람이 없으니까."

"사인은?" 덴고는 물었다.

"그런 건 내가 말할 수 없어. 하지만 별 고통은 없으셨던 거 같아. 얼굴이 무척 편안했어. 뭐랄까, 가을 끝 무렵에 바람도 없는데 나뭇잎이 한 장 떨어지는 것 같은 그런 느낌. 이런 식으로 말하면 안 좋을지도 모르지만."

"아니, 안 좋지 않아." 덴고는 말했다. "다행이라고 생각해."

"덴고 군은 오늘 이쪽으로 올 수 있어?"

"갈 수 있을 거야." 월요일부터 다시 학원 강의를 시작하기로 했지만, 아버지가 돌아가셨다는데야 그건 어떻게든 될 터였다.

"가장 이른 시간의 특급을 탈게. 열시 전에는 도착할 수 있을 거야."

"그래, 그렇게 해줬으면 좋겠어. 이런저런 실무적인 절차가 있어서."

"실무?" 덴고는 물었다. "뭔가 구체적으로, 미리 준비해가면 좋은 게 있을까?"

"가와나 씨의 친족은 덴고 군 혼자뿐이야?"

"아마 그럴 거야."

"그럼 우선 인감도장을 갖고 와. 쓸 일이 있을 테니까. 그리고 인감증명은 갖고 있어?"

"아마 예비분이 있을 거야."

"그것도 혹시 모르니까 가져오는 게 좋겠어. 그밖에 딱히 필요한 건 없어. 아버님은 전부 당신이 직접 준비하신 모양이니까."

"전부 준비했다고?"

"응, 아직 의식이 있으실 때 장례비용부터 관에 들어갈 때의 옷이며 납골 장소까지 직접 세세하게 지정하셨어. 무척 준비성이 좋은 분이셔. 실무적이라고 할까."

"원래 그런 사람이었어." 덴고는 손끝으로 관자놀이를 문지르며 말했다.

"난 아침 일곱시에 당직 끝나고 집에 가서 잘 거야. 하지만 다무라 씨와 오무라 씨는 아침부터 근무니까, 거기서 덴고 군에게 자세히 설명해줄 거야."

다무라 씨는 안경을 쓴 중년 간호사, 오무라 씨는 머리에 볼펜을 꽂은 간호사다.

"이래저래 신세를 지는구나." 덴고는 말했다.

"천만에." 아다치 구미는 말했다. 그러고는 문득 생각난 듯이 진지한 말투로 덧붙였다. “삼가 조의를 표합니다.”

“고마워.” 덴고는 말했다.

잠이 올 것 같지 않아서 덴고는 물을 끓여 커피를 타 마셨다. 덕분에 머리가 조금쯤 정상으로 돌아왔다. 배가 고픈 것 같아 냉장고에 있던 토마토와 치즈로 샌드위치를 만들어 먹었다. 어둠 속에서 뭔가 먹을 때처럼, 식감은 있지만 맛은 거의 없었다. 그러고는 시각표를 꺼내 다테야마 행 특급의 출발시각을 알아보았다. 바로 이틀 전 토요일 점심에 ‘고양이 마을’에서 돌아왔는데 다시 그곳으로 돌아가야 한다. 하지만 이번에는 일박이나 이박으로 끝날 터였다.

시계가 네시를 가리키자, 덴고는 세면실에서 얼굴을 씻고 수염을 밀었다. 삐죽이 뻗친 한 줌의 머리칼을 헤어브러시로 어떻게든 얌전히 눕혀보려 했지만, 늘 그렇듯이 잘되지 않았다. 뭐 됐어. 점심때쯤이면 저절로 가라앉을 것이다.

아버지가 숨을 거뒀다는 사실은 딱히 덴고의 마음을 뒤흔들지 않았다. 그는 의식이 없는 아버지와 이 주 남짓을 함께 보냈다. 아버지는 그때 자신이 죽음을 향해 가고 있다는 것을 기정사실로 받아들인 것처럼 보였다. 묘한 말이지만, 그는 그것을 미리 결정한 상태에서, 스스로 스위치를 끄고 혼수상태에 들어간 것 같았다. 무엇이 그에게 그런 혼수를 몰고 왔는지 의사들은 원인을 특정하지 못했다. 하지만 덴고는 알고 있었다. 아버지는 죽기로 결정한 것이다. 혹은 앞으로 더 살아가겠다는 의지를 포기했다. 아다치 구미의 표현을 빌린다면, '한 장의 나뭇잎'으로서 의식의 등불을 끄고, 모든 감각의 문을 닫고, 계절이 새겨지는 시각이 도래하기를 기다렸던 것이다.

지쿠라 역에서 택시를 타고 바닷가 요양소에 도착한 것은 열시 반이었다. 전날인 일요일과 똑같이 온화한 초겨울 날씨였다. 온기를 품은 햇살이 시들어가는 정원 잔디를 위로하듯이 비추고, 낯선 삼색고양이 한 마리가 거기서 해바라기를 하며 시간을 들여 꼬리를 꼼꼼히 핥고 있었다. 다무라 간호사와 오무라 간호사가 현관에서 그를 맞아주었다. 두 사람은 각자 조용한 목소리로 덴고를 위로했다. 덴고도 감사인사를 했다.

아버지의 유해는 요양소의 눈에 띄지 않는 한귀퉁이에 있는, 눈에 띄지 않는 작은 방에 안치되어 있었다. 다무라 간호사가 앞장서서 덴고를 그곳으로 안내했다. 아버지는 이동식 침대 위에 반듯하게 눕혀져 하얀 천을 덮고 있었다. 창문 없는 네모반듯한 방으로, 하얀 벽을 천장의 형광등이 한층 더 하얗게 비추었다. 허리 높이의 캐비닛이 있고 그 위에 놓인 유리 화병에는 하얀 국화꽃 세 송이가 꽂혀 있었다. 아마 그날 아침에 꽂은 것일 터였다. 벽에는 둥근 모양의 시계가 걸려 있었다. 먼지 낀 낡은 시계지만 가리키는 시각은 정확했다. 그것은 무언가를 증언하는 역할을 맡고 있는지도 모른다. 그밖에는 가구도 없고 장식도 없다. 이 간소한 방을, 수많은 늙은 사자死者들이 똑같이 거쳐갔을 것이다. 말없이 이곳에 들어와서, 말없이 이곳을 나간다. 그 방에는 실무적이기는 하지만, 나름의 엄숙한 분위기가 마치 중요한 전달사항처럼 떠돌고 있었다.

아버지의 얼굴은 살아 있을 때와 별반 달라진 게 없었다. 가까이에서 얼굴을 마주했는데도 죽어 있다는 실감은 거의 없었다. 안색도 나쁘지 않고, 누군가 신경 써서 수염을 깎아주었는지 턱과 코밑이 묘하게 반들거렸다. 의식을 잃고 깊은 혼수에 빠진 것과 생명을 잃어버린 것 사이에, 현재로서는 그다지 차이가 없다. 영양보급과 배설 처리가 필요 없어진 것뿐이다. 다만 이대로 두면 며칠 내에 부패가 시작된다. 그리고 그것이 삶과 죽음을 가르는 큰 차이가 된다. 하지만 물론 그렇게 되기 전에 유해는 화장될 것이다.

전에 몇 번 이야기를 나눈 적이 있는 의사가 와서 우선 조의를 표하고, 그리고 아버지의 사망경위를 설명해주었다. 친절하게 시간을 들여 설명했지만, 한마디로 말하자면 "사인은 잘 모른다"는 것이었다. 아무리 검사해봐도 구체적으로 나쁜 곳은 발견되지 않았다. 검사 결과는 오히려 아버지가 건강체라는 것을 보여주었다. 다만 인지증에 걸려 있을 뿐이다. 그런데 왜인지 어느 날 혼수상태에 빠졌고(그 원인은 여전히 밝혀지지 않았다), 의식이 돌아오지 않은 채 몸 전체의 기능이 조금씩, 하지만 쉼 없이 저하되었다. 그리고 그 하향곡선이 일정한 선을 넘어섰을 때, 더이상 생명을 유지하기 어렵게 되면서 아버지는 불가피하게 죽음의 영역으로 들어갔다. 간단하다면 간단한 이야기일 수 있지만, 의사라는 전문가의 입장에서 본다면 적잖이 문제가 있다. 사인을 하나로 특정할 수 없기 때문이다. 노환이라는 정의가 가장 가깝겠지만, 아버지는 아직 육십대 중반이고, 노환을 병명으로 올리기에는 아직 젊었다.

"제가 담당의로서 아버님의 사망진단서를 쓰게 될 겁니다." 의사는 조심스럽게 말했다. "사인에 대해서는 '장기간에 걸친 혼수에 의한 심부전'으로 했으면 합니다만, 괜찮겠습니까?"

"하지만 실제로 아버지의 사인은 '장기간에 걸친 혼수에 의한 심부전'이 아니다. 그런 건가요?" 덴고는 물었다.

의사는 약간 곤혹스러운 얼굴을 보였다. "네, 심장에서는 마지막까지 이렇다 할 장애가 발견되지 않았습니다."

"그리고 다른 장기에서도 딱히 장애랄 것은 찾을 수 없었다는 말씀이군요."

"그렇다고 할 수 있지요." 의사는 어렵사리 대답했다.

"하지만 서류에는 명확한 사인이 필요하고요?"

"그렇습니다."

"전문적인 건 잘 모르겠지만, 아무튼 현재 심장은 정지해 있는 거죠?"

"물론이죠. 심장은 정지해 있습니다."

"그건 일종의 부전상태군요."

의사는 거기에 대해 잠시 생각했다. "심장이 활동하고 있는 것을 정상이라고 한다면, 그건 분명 부전상태입니다. 말씀하신 대로입니다."

"그럼 그렇게 기입해주세요. '장기간에 걸친 혼수에 의한 심부전'이라고 하셨죠. 그걸로 괜찮습니다. 이의 없습니다."

의사는 안도하는 듯했다. 삼십 분이면 사망진단서를 마련할 수 있다고 그는 말했다. 덴고는 고맙다고 말했다. 의사가 나가고, 그뒤에는 안경을 쓴 다무라 간호사가 남았다.

"잠시 아버님과 둘이서만 있게 해줄까?" 다무라 간호사가 덴고에게 물었다. 그렇게 묻는 것이 규정이라서 일단 물어본다는 사무적인 기색이 보였다.

"아니, 그럴 필요 없어요. 고맙습니다." 덴고는 말했다. 여기서 죽은 아버지와 단둘이 남는다 해도 딱히 서로 나눌 말도 없다. 살아 있을 때조차 별로 할말이 없었다. 죽은 뒤라고 갑작스레 화제가 생겨나는 건 아니다.

"그럼 자리를 옮겨서 앞으로의 절차에 대해 상의하고 싶은데, 괜찮겠어?" 다무라 간호사가 물었다.

괜찮다고 덴고는 대답했다.

다무라 간호사는 나가기 전에 유해를 향해 가볍게 합장했다. 덴고도 똑같이 했다. 인간은 죽은 이에게 자연스러운 경의를 표한다. 상대는 방금 전에 죽음이라는 개인적인 위업을 달성한 것이다. 그리고 두 사람은 그 창 없는 작은 방을 나와 식당으로 자리를 옮겼다. 식당에는 아무도 없었다. 정원이 내다보이는 큼직한 창문으로 환한 햇빛이 들어왔다. 덴고는 그 빛 속에 발을 들이고서야 숨을 내쉴 수 있었다. 그곳에는 이미 죽은 이의 기척은 없었다. 그곳은 살아 있는 사람들을 위한 세계였다. 설령 그것이 몹시 불확실하고 불완전한 것이라 해도.

다무라 간호사는 따뜻한 호지차를 잔에 따라주었다. 두 사람은 테이블을 끼고 마주앉아 잠시 아무 말 없이 호지차를 마셨다.

"오늘 밤은 여기 묵을 거지?" 간호사가 물었다.

"예, 그럴 생각이에요. 여관은 아직 예약을 안 했지만."

"괜찮다면 아버님이 계시던 방에서 잘래? 지금 아무도 없고, 거기라면 숙박비도 안 들잖아. 싫지 않다면 그러라는 얘기."

"별로 싫지는 않은데," 덴고는 조금 놀라서 물었다. "하지만 그래도 돼요?"

"괜찮아. 덴고 군만 좋다면 우리는 아무도 신경 안 쓰니까. 나중에 침대 준비해두라고 할게."

"그런데," 덴고는 말을 꺼냈다. "저는 지금부터 뭘 하면 될까요?"

"담당의사가 사망진단서를 내주면 해당 구청에 가서 화장허가증을 받고, 그다음에 제적수속을 하면 돼. 그게 우선은 가장 중요한 일이야. 그밖에 연금수속이니 예금통장 명의변경 같은 게 있을 텐데, 그건 변호사하고 상의해."

"변호사?" 덴고는 놀라서 말했다.

"가와나 씨는, 그러니까 아버님은 당신이 세상 떠나신 뒤의 수속에 관해 변호사와 미리 상의를 하셨어. 변호사라 해도 그리 대단한 사람은 아냐. 우리 요양소는 노인들이 많고 판단능력에 문제가 있는 경우도 많아서, 재산분배 등에 관한 법률적인 트러블을 피하기 위해 이 지역 법률사무소와 제휴해서 상담을 해주고 있거든. 공증인을 내세워 유언장 작성 같은 걸 하는 거지. 비용도 별로 많이 들지 않아."

"아버지가 유언장을 남겼어요?"

"그건 변호사하고 얘기해봐. 내가 말할 수 없는 부분이니까."

"알았어요. 그 변호사라는 사람은 곧 만날 수 있을까요?"

"오늘 세시에 이쪽으로 오시라고 벌써 연락했어. 그래도 괜찮지? 너무 서두르는 것 같지만, 덴고 군도 바쁠 테고 그래서 내가 묻지도 않고 연락했어."

"고마워요." 덴고는 그녀의 능숙한 일처리에 감사했다. 그의 주변에 있는 연상의 여자들은 왜 그런지 모두 일솜씨가 뛰어나다.

"그전에 구청에 가서 호적 정리하고 화장허가증을 받아와. 그게 없으면 일을 진행할 수 없으니까." 다무라 간호사가 말했다.

"그럼 지금 이치카와까지 가야겠군요. 아버지 본적지가 이치카와 시로 되어 있을 거라서요. 그렇게 되면 세시까지는 이곳에 돌아오기 힘들겠는데요."

간호사는 고개를 저었다. "아버님이 이곳에 들어오신 뒤에 곧바로 주민등록과 본적지를 이치카와 시에서 지쿠라로 옮기셨어. 여차할 때 수고가 덜어질 거라고."

"정말 준비성이 좋군요." 덴고는 감탄하며 말했다. 마치 처음부터 이곳에서 죽을 줄 알고 있었던 것 같다.

"맞아." 간호사는 말했다. "그렇게까지 준비하시는 분은 별로 없어. 다들 이런 요양소는 그저 잠깐 와 있는 거라고만 생각하거든. 그런데……" 그녀는 말을 하려다가 중간에 멈추고 그다음 말을 보여주듯이 양손을 가슴 앞에 조용히 모았다. "아무튼 이치카와까지 갈 필요는 없어."

덴고는 아버지의 병실로 안내되었다. 아버지가 마지막 몇 달을 보낸 개인 병실이다. 시트를 벗겨내고 이불과 베개는 가져가 버려서 침대에는 줄무늬 매트리스만 남아 있었다. 책상 위에는 간소한 라이트 스탠드가 놓였고, 좁은 옷장에는 빈 옷걸이 다섯 개가 걸려 있었다. 책장에는 한 권의 책도 없고, 그밖의 개인물품도 어딘가로 모조리 내가고 없었다. 어떤 물건들이 그곳에 있었는지 덴고는 전혀 생각나지 않았다. 그는 바닥에 가방을 내려놓고 방 안을 한차례 둘러보았다.

방에는 아직 약품 냄새가 희미하게 남아 있었다. 병자가 남기고 간 입김 냄새까지 맡을 수 있었다. 덴고는 창을 열어 방 안 공기를 바꾸었다. 햇볕에 변색된 커튼이 바람에 날려, 뛰노는 소녀의 스커트처럼 흔들렸다. 그것을 바라보고 있는 사이에, 이곳에 아오마메가 있어서 아무 말도 하지 않고 자신의 손을 꼭 잡아준다면 얼마나 멋질까 하고 덴고는 문득 생각했다.

그는 버스를 타고 지쿠라 구청에 가서 창구에 사망진단서를 제시하고, 화장허가증을 받았다. 사망시각으로부터 스물네 시간이 경과하면 화장에 들어갈 수 있다. 사망에 의한 제적신고서도 제출했다. 그 증명서도 받았다. 수속하는 데 다소 시간이 걸렸지만, 그 절차는 어이없을 만큼 간단했다. 성찰이라고 할 만한 건 바랄 수 없다. 자동차 폐차 신고와 다를 게 없다. 구청에서 받아온 서류를 다무라 간호사가 사무실 복사기로 세 부씩 복사해주었다.

“두시 반에, 변호사가 오기 전에 젠코샤라는 장의회사의 담당자가 먼저 올 거야." 다무라 간호사가 말했다. "그 직원에게 화장허가증 복사본 한 통을 줘. 그다음 일은 모두 젠코샤 측에서 해줄 테니까. 아버님이 생전에 담당자와 상의해서 절차를 정해두셨어. 필요한 비용도 계속 적립하셨고. 그러니까 덴고 군은 딱히 할 일은 없어. 물론 거기에 별다른 이의가 없다면."

이의 없다고 덴고는 말했다.

아버지가 남긴 개인물품은 거의 없었다. 낡은 옷가지와 몇 권의 책, 그 정도다.

"유품 같은 거 갖고 갈래? 유품이라고 해봐야 알람 기능이 있는 라디오하고 낡은 자동 손목시계, 돋보기안경, 그런 거밖에 없지만." 다무라 간호사가 물었다.

아무것도 원하지 않는다, 알아서 처분해도 괜찮다, 고 덴고는 말했다.

·

정확히 두시 반에 검은 양복을 입은 장의 담당자가 조용한 걸음새로 찾아왔다. 오십대 초반의 호리호리한 남자였다. 양 손가락이 길고, 눈이 크고, 코 옆에는 검게 말라붙은 사마귀가 하나 있었다. 햇볕 아래 오랜 시간을 보냈는지 귀 끝까지 빈틈없이 거무스름하게 탔다. 왜 그런지는 모르겠지만 덴고는 아직까지 뚱뚱한 장의사는 본 적이 없다. 그 사람은 덴고에게 장례의 대략적인 순서를 설명했다. 공손한 말씨에 몹시 느린 말투였다. 이번 건에 관해서는 급할 게 하나도 없습니다, 라고 알려주는 것 같았다.

"아버님께서는 생전에 되도록 겉치레가 없는 장례를 원하셨어요. 가급적 간소한 관에 넣어 그냥 그대로 화장해달라. 제단이니 세리머니, 독경, 계명, 꽃이니 인사, 그런 건 일절 생략하라고 하셨습니다. 묘도 필요 없다. 유골은 이 근처의 적당한 공동시설에 납골해달라고 말씀하셨고요. 그래서 아드님께서 거기에 이의가 없으시다면……"

그는 거기에서 말을 끊더니 크고 검은 눈으로 호소하듯이 덴고의 얼굴을 보았다.

"아버지가 그렇게 원하셨다면, 저는 이의 없습니다." 덴고는 그 눈을 똑바로 바라보며 말했다.

담당자는 고개를 끄덕이더니 가볍게 시선을 떨구었다. "그러면 오늘을 경야經夜 일로 잡아 저희 장의사에서 하룻밤 유해를 안치하겠습니다. 지금부터 저희 장의사로 유해를 옮겨가도록 하지요. 그리고 내일 오후 한시에 근처 화장장에서 화장에 들어가게 될 텐데, 괜찮으시겠습니까?"

"이의 없습니다."

"아드님께서는 화장에 입회하시겠습니까?"

"입회하겠습니다." 덴고는 대답했다.

"화장에 입회하기를 원하지 않는 분들도 계시거든요. 그건 자유롭게 선택하실 수 있습니다만.”

“입회하겠습니다.” 덴고는 말했다.

“알겠습니다.” 상대는 내심 안도한 듯이 말했다. “그러면, 상주께 이런 말씀 드리기는 좀 그렇습니다만, 이건 생전에 아버님께 보여드렸던 것과 똑같은 내용의 서류입니다. 승인해주셨으면 합니다.”

담당자는 그렇게 말하더니 긴 손가락을 곤충의 다리처럼 움직여 서류 파일 안에서 계산서를 꺼내 덴고에게 건넸다. 장의에 대해 거의 지식이 없는 덴고가 보기에도 그것이 상당히 저렴한 가격이라는 건 알 수 있었다. 덴고는 물론 이의가 없었다. 그는 볼펜을 빌려 그 서류에 사인했다.

변호사가 세시 조금 전에 나타났고, 장의 담당자와 변호사는 덴고 앞에서 인사를 나누고 잠시 대화를 했다. 전문가와 전문가 사이에 오가는 짧은 문장의 대화다. 무슨 이야기를 하는지 덴고는 잘 알 수 없었다. 두 사람은 전부터 아는 사이 같았다. 작은 마을이다. 분명 서로가 서로를 알고 있을 것이다.

유해 안치실 바로 근처에 눈에 띄지 않는 뒷문이 있고, 장의사의 라이트밴은 그 바로 앞에 세워져 있었다. 운전석 이외의 차문 유리는 모두 검게 칠해졌고, 새까만 차체에는 문자도 마크도 없다. 호리호리한 장의사는 조수를 겸한 백발의 운전기사와 둘이서 덴고의 아버지를 바퀴 달린 침대에 옮겨 싣고, 차 있는 곳까지 밀고 갔다. 라이트밴은 특별 사양으로, 천장을 한 단 높게 만들어서, 레일을 이용하여 침대 부분만 그대로 싣게 되어 있었다. 양쪽으로 여는 뒷문이 사무적인 소리를 내며 닫혔다. 담당자가 덴고를 향해 공손히 인사하고, 그러고는 라이트밴은 떠나갔다. 덴고와 변호사와 다무라 간호사와 오무라 간호사, 네 사람이 그 새까만 도요타 차 뒷문을 향해 합장했다.

변호사와 덴고는 식당 한쪽에 마주앉아 이야기를 나누었다. 변호사는 아마 사십대 중반쯤으로, 장의사와는 대조적으로 둥글둥글 살이 쪘다. 턱이 거의 사라져가고 있었다. 겨울인데도 이마에 땀을 흘리고 있었다. 여름에는 분명 굉장할 것이다. 회색 울 양복에서는 코를 톡 쏘는 방충제 냄새가 풍겨왔다. 이마가 좁고, 그 위의 까만 머리칼은 필요 이상으로 수북하다. 비만한 체구와 지나치게 수북한 머리의 조합은 몹시 어울리지 않았다. 눈꺼풀이 무겁게 두툼하고 눈은 가늘지만, 잘 보면 그 안에 친절해 보이는 빛을 띠고 있었다.

"아버님께서 제게 유언장을 맡기셨습니다. 아, 유언장이라고 해도 그리 거창한 건 아니에요. 추리소설에 나오는 유언장과는 다릅니다." 변호사는 그렇게 말하고 한 차례 헛기침을 했다. "어느 쪽인가 하면, 간단한 메모에 가까워요. 제가 우선 그 내용을 간략히 설명드리도록 하지요. 유언장에는 먼저 고인의 장의 절차가 명시되어 있습니다. 그 내용에 대해서는 조금 전에 젠코샤 담당자가 설명해드렸을 거라고 생각합니다만."

"예, 들었습니다. 장의는 되도록 간소하게 하라고 하셨다고요."

"그렇습니다." 변호사는 말했다. "그것이 아버님이 바라시던 바였어요. 모든 것을 가능한 한 간소하게 할 것. 장의비용은 적립금으로 충당할 것이고, 의료비용 등에 대해서도 아버님이 이 시설에 들어오실 때 일괄적으로 예치하신 보증금으로 처리하게 됩니다. 덴고 씨에게는 금전적으로 아무 부담도 없도록 해두셨어요."

"누구에게도 빚을 지지 않았다는 거군요."

"그렇습니다. 모두 일찌감치 지불을 끝내셨어요. 그리고 지쿠라 우체국의 아버님 계좌에 예금이 있는데, 그건 아드님이신 덴고 씨가 상속하게 됩니다. 그 명의변경 수속이 필요해요. 명의변경에는 아버님의 제적신고서와 덴고 씨의 호적초본하고 인감증명이 필요합니다. 그걸 가지고 직접 지쿠라 우체국에 가셔서 필요한 서류에 자필로 기입해주시면 됩니다. 그 수속에 시간이 좀 걸릴 겁니다. 아시다시피 일본의 은행이나 우체국은 유난히 서식에 까다로운 곳이라서요."

변호사는 상의 호주머니에서 큼직한 흰 손수건을 꺼내 이마의 땀을 닦았다.

"재산상속에 관해 전해드릴 말씀은 그 정도예요. 재산이라 해도 그 우체국 예금 외에는 생명보험도 주식도 부동산도 보석도 서화 골동품도 없습니다. 아주 간단하다고 할까, 번거로울 일이 전혀 없죠."

덴고는 말없이 고개를 끄덕였다. 참으로 아버지답다. 하지만 아버지의 예금통장을 물려받는 건 덴고로서는 내키지 않는 일이었다. 무겁고 눅눅한 담요를 몇 장 겹쳐서 건네받은 듯한 기분이다. 가능하면 그런 건 받고 싶지 않았다. 하지만 이 뚱뚱하고 머리가 수북한, 사람 좋아 보이는 변호사에게 그런 말을 꺼낼 수는 없다.

"그밖에 아버님께서 봉투 하나를 맡기셨어요. 지금 갖고 왔는데, 건네드려도 될까요?"

그 불룩한 대형 갈색 봉투는 비닐테이프로 단단히 봉해져 있었다. 뚱뚱한 변호사는 그것을 검은 서류가방 안에서 꺼내 테이블 위에 올려놓았다.

"아버님이 이 요양소에 오신 직후, 제가 찾아뵙고 이야기를 나눴을 때 맡기신 것입니다. 그때는 아버님께서 아직 의식이 또렷하셨어요. 물론 이따금 혼란스러우실 때도 있었지만 대개는 지장 없이 생활하시는 것 같았죠. 내가 죽는다면 그때는 이 봉투를 법정상속인에게 전해달라, 그렇게 말씀하셨어요."

"법정상속인." 덴고는 조금 놀라서 말했다.

"예, 법정상속인이라고 하셨습니다. 누구누구라고 구체적인 이름을 밝히지는 않으셨어요. 하지만 법정상속인이라고 하면, 구체적으로는 덴고 씨밖에 없지요."

"제가 아는 한에서도 그렇습니다."

"그렇다면 이건." 변호사는 테이블 위의 봉투를 가리켰다. "덴고 씨에게 드리도록 하겠습니다. 수령증에 사인해주시겠어요?"

덴고는 서류에 사인했다. 테이블 위에 놓인 갈색 사무봉투는 필요 이상으로 평범하고 사무적으로 보였다. 앞면에도 뒷면에도 글자는 없다.

"한 가지 물어볼 게 있는데요." 덴고는 변호사에게 말했다. "아버지는 그때 제 이름을, 즉 가와나 덴고라는 이름을 한 번이라도 말했습니까? 혹은 아들이라는 말을?"

변호사는 거기에 대해 생각하면서, 호주머니에서 다시 손수건을 꺼내 이마의 땀을 닦았다. 그리고 짧게 고개를 저었다. "아뇨. 가와나 씨는 항상 법정상속인이라는 말을 쓰셨어요. 그 외의 표현은 한 번도 쓰시지 않았습니다. 뭔가 좀 이상하다는 생각이 들었기 때문에 그건 분명히 기억하고 있어요."

덴고는 입을 다물었다. 변호사는 조금 달래려는 듯이 말했다.

"하지만 법정상속인이 덴고 씨 한 사람밖에 없다는 건 가와나 씨 본인께서도 똑똑히 알고 계셨어요. 다만 이야기하는 중에 덴고 씨의 이름을 직접적으로 말씀하신 적이 없다는 것뿐이지요.

뭔가 마음에 걸리는 점이라도?"

"아뇨, 그런 건 없습니다." 덴고는 말했다. "아버지는 원래 약간 특이한 면이 있는 사람이었어요."

변호사는 마음이 놓인다는 듯이 웃으면서 가볍게 고개를 끄덕였다. 그리고 덴고에게 새로 떼어온 호적등본을 내밀었다. "아시다시피 아버님의 병이 그런 병이었기 때문에 혹시라도 법적 수속에 잘못이 없도록, 실례지만 일단 호적을 확인했습니다. 기록에 의하면, 덴고 씨는 가와나 씨의 하나뿐인 아들입니다. 어머님은 덴고 씨를 출산하고 일 년 반 뒤에 돌아가셨어요. 그뒤에 아버님은 재혼하지 않고 혼자서 덴고 씨를 키웠습니다. 아버님의 양친과 형제분들도 이미 모두 돌아가신 걸로 되어 있습니다. 덴고 씨는 분명히 가와나 씨의 유일한 법정상속인입니다."

변호사가 자리에서 일어나 조의를 표하고 돌아가자, 덴고는 혼자 그곳에 앉은 채 테이블 위의 사무봉투를 바라보았다. 아버지는 피를 나눈 친아버지이고, 어머니는 정말로 돌아가셨다. 변호사는 그렇게 말했다. 아마 그게 사실일 것이다. 적어도 법적인 의미에서는. 하지만 사실이 명확해질수록 진실은 점점 더 멀어져가는 것처럼 느껴진다. 왜일까.

덴고는 아버지의 병실로 돌아가 책상 앞에 앉아서 갈색 봉투의 단단한 봉함을 뜯으려고 노력했다. 그 봉투 안에 비밀을 풀

열쇠가 들어 있는지도 모른다. 하지만 그건 간단한 작업이 아니었다. 가위도 커터도, 그걸 대신할 그 무엇도 방 안에서는 찾을 수 없었다. 손톱으로 비닐테이프를 하나하나 벗겨야 했다. 한참 끙끙거린 끝에 겨우 봉투를 열자, 그 안에 다시 몇 개의 봉투가 들어 있고, 모두 똑같이 단단하게 봉해져 있었다. 참으로 아버지답다.

한 봉투에는 현금 오십만 엔이 들어 있었다. 만 엔짜리 새 지폐로 정확히 오십 장을 얇은 종이에 몇 겹이나 싸두었다. '긴급용 현금'이라고 적힌 종이도 들어 있었다. 틀림없는 아버지의 글씨다. 작고, 한 획 한 획 소홀함이 없다. 미리 지불한 것 이외의 제반 비용이 들 때는 이 현금을 쓰라는 뜻이리라. 아버지는 '법정상속인'이 충분한 현금을 갖고 있지 못하리라는 것을 예상하고 있었던 것이다.

가장 두툼한 봉투에는 신문에서 오려낸 낡은 기사와 상장 등이 가득 채워져 있었다. 그 모두가 덴고에 관한 것이었다. 초등학교 시절에 그가 산수 경시대회에서 우승했을 때의 상장, 지방판 신문에 실린 기사, 트로피를 늘어놓고 찍은 사진. 예술품처럼 우수한 성적표. 전 과목이 최고점이다. 그밖에 그의 신동다운 면모를 증명하는 온갖 훌륭한 기록들. 유도복을 입은 덴고의 중학생 때 사진. 싱긋 웃으며 준우승기를 들고 있다. 그것을 보고 덴고는 몹시 놀랐다. 아버지는 NHK를 퇴직하면서 그때까지 살던 사택을 비워주고, 그뒤에는 같은 이치카와 시내의 임대아파트로 이사했다. 그리고 마지막에 이 지쿠라 요양소로 들어왔다. 홀몸으로 몇 번 이사를 다닌 탓에 소지품은 거의 남아 있지 않았다. 그리고 그들 부자는 오랜 세월에 걸쳐 냉랭한 관계였다. 그런데도 아버지는 덴고의 '신동시대'의 빛나는 유물을 평생 소중히 들고 다녔던 것이다.

또 하나의 봉투에는 아버지의 NHK 수금원 시절의 각종 기록이 들어 있었다. 연간 실적 우수자로 표창을 받은 기록. 몇 장의 간소한 표창장. 사원여행 때 동료와 함께 찍은 것으로 보이는 사진. 오래된 신분증. 연금이며 건강보험 납부기록. 왜 따로 챙겨뒀는지 이유를 알 수 없는 급여명세서 몇 장. 퇴직금 지불에 관한 서류…… 삼십 년 이상 NHK를 위해 몸이 가루가 되도록 일했던 것치고는 그 분량은 놀랄 만큼 적었다. 초등학교 시절 덴고의 괄목할 만한 성과에 비하면 거의 없는 것이나 마찬가지라 해도 좋을 정도였다. 사회적으로 보자면, 실제로 없는 거나 마찬가지인 인생이었는지도 모른다. 하지만 덴고에게 그건 '없는 거나 마찬가지'인 게 아니었다. 아버지는 덴고의 정신에 무겁고 농밀한 그림자를 남기고 갔다. 우체국 예금통장 하나와 함께.

NHK에 들어가기 전의 아버지 인생을 보여주는 기록은 그 봉투에는 단 하나도 없었다. 마치 NHK 수금원이 된 때부터 아버지의 인생이 시작된 것 같았다.

마지막으로 열어본 작고 얇은 봉투에는 한 장의 흑백사진이 들어 있었다. 그것뿐이다. 그밖에는 아무것도 없었다. 낡은 사진으로, 변색되지는 않았지만 마치 물이 스며든 것처럼 전체적으로 엷은 막이 끼어 있다. 그곳에는 한 가족이 찍혀 있었다. 아버지와 어머니, 그리고 작은 아기. 크기로 봐서는 아마 돌 이전일 것이다. 기모노를 입은 어머니가 아기를 소중히 안고 있다. 뒤에는 신사의 문이 보인다. 옷차림으로 보아 계절은 겨울이다. 신사에 참배하러 간 걸 보면 정월인지도 모른다. 어머니는 부신 듯이 눈을 가늘게 뜨고 미소 짓고 있다. 어두운 색감의 약간 큰 오버코트를 입은 아버지는 눈과 눈 사이에 두 줄기 깊은 세로 주름이 새겨져 있다. 그렇게 만만하게 매사를 액면 그대로 믿지 않겠다는 얼굴을 하고 있다. 품에 안긴 아기는 세계의 거대함과 차가움에 당황한 것처럼 보인다.

그 젊은 아버지는 아무리 봐도 덴고의 아버지였다. 얼굴 생김새는 아직 한창 젊지만 그 무렵부터 묘하게 노티가 나는 구석이 있고, 여위어서 눈이 움푹 들어갔다. 한촌의 가난한 농부의 얼굴이다. 그야말로 고집 세고 의심 많은 성격으로 보인다. 머리는 짧게 쳐올리고 어깨가 약간 구부정하다. 그것이 아버지가 아닐 리는 없었다. 그렇다면 그 아기는 아마도 덴고일 것이고, 그 아기를 안고 있는 어머니는 덴고의 어머니라는 얘기다. 어머니는 아버지보다 약간 키가 크고 자세도 반듯하다. 아버지는 삼십대 후반, 어머니는 이십대 중반으로 보였다.

그런 사진을 본 것은 물론 처음이었다. 가족사진이라는 걸 덴고는 아직껏 한 번도 본 적이 없었다. 어린 시절의 자기 사진을 본 적도 없다. 생활이 어려워 카메라를 살 여유가 없었고, 일부러 나가서 가족사진을 찍을 만한 기회도 없었다고 아버지는 설명했다. 그럴 거라고 덴고도 생각했었다. 하지만 그건 거짓말이었다. 사진을 찍었고, 남아 있었던 것이다. 그리고 그들의 차림새는 결코 화려하다고 할 정도는 아니지만 남 앞에 내놓아 딱히 부끄러울 것 없는 모습이었다. 카메라를 사지 못할 만큼 곤궁한 생활을 보낸 것으로도 보이지 않는다. 이 사진을 찍은 것은 덴고가 태어난 지 얼마 안 되었을 때, 즉 1954년부터 1955년에 걸친 기간일 것이다. 사진의 뒷면을 들여다봤지만 날짜나 장소는 적혀 있지 않았다.

덴고는 어머니인 듯한 여자의 얼굴을 자세히 관찰했다. 사진 속의 얼굴은 작고, 게다가 흐릿했다. 확대경이라도 있다면 좀더 자세히 알아볼 수 있을지도 모르지만, 그런 건 물론 가까이에 없다. 그래도 대략 얼굴 윤곽은 알아볼 수 있었다. 달걀형 얼굴에 코가 작고 입술은 도톰하다. 특별히 미인이라고 할 정도는 아니지만 귀염성이 있어서 호감을 가질 만한 생김새였다. 적어도 아버지의 거친 얼굴에 비하면 훨씬 기품 있고 지성적이다. 덴고는 그것을 기쁘게 생각했다. 머리는 곱게 빗어올리고 눈부신 듯한 표정을 짓고 있다. 카메라 렌즈 앞에서 잠시 긴장한 것인지도 모른다. 기모노를 입은 탓에 몸매까지는 알 수 없었다.

적어도 사진에 나온 외모만 봐서는 두 사람을 잘 어울리는 부부라고 하기는 어려울 것 같았다. 나이차도 꽤 나는 것 같다. 이 두 사람이 어딘가에서 만나, 남녀로서 서로 마음이 통하고 부부가 되어 사내아이 하나를 얻기까지의 경위를 머릿속에서 상상해보려 했지만, 잘 되지 않았다. 그 사진에서는 그런 기척이 전혀 느껴지지 않는 것이다. 그렇다면 마음의 교류 같은 건 차치하고, 이 두 사람이 부부로서 맺어지게 된 뭔가 특별한 사정이 있었는지도 모른다. 아니, 거기에는 사정이라고 할 만한 것도 없었는지 모른다. 인생이란 단순히 일련의 부조리한, 어떤 경우에는 조잡하기 짝이 없는 과정의 귀결에 지나지 않는지도 모른다.

덴고는 자신의 백일몽—혹은 유아기의 기억의 분류奔流—에 나오는 수수께끼의 여자가 이 사진 속의 어머니와 동일 인물인지 어떤지 파악해보려고 했다. 하지만 자신이 그 여자의 얼굴을 전혀 기억하지 못한다는 것을 그 순간 깨달았다. 그 여자는 블라우스를 벗고 슬립의 어깨끈을 내리고 낯선 남자에게 젖꼭지를 빨리고 있었다. 그리고 헐떡임 비슷한 깊은 숨을 내쉰다. 그가 기억하는 건 그것뿐이다. 어딘가의 다른 남자가 자신의 어머니의 젖꼭지를 빨고 있다. 자신이 독점해야 할 그 젖꼭지를 누군가에게 빼앗겼다. 젖먹이 아기에게 그건 아마도 몹시 절박한 위협이었을 것이다. 얼굴 생김새까지는 미처 눈이 가지 않는다.

덴고는 사진을 일단 봉투에 다시 넣고 그 의미에 대해 생각했다. 아버지는 그 한 장의 사진을 죽을 때까지 소중하게 간직했다. 그렇다면 그는 어머니를 소중하게 여겼던 것이리라. 덴고가 어느 정도 컸을 때, 어머니는 이미 병사하고 없었다. 변호사의 조사에 의하면, 덴고는 그 돌아가신 어머니와 NHK 수금원인 아버지 사이에 태어난 유일한 자식이었다. 그것이 호적에 남겨진 사실이다. 하지만 관청의 서류는 그 사람이 덴고의 생물학적 아버지라는 것까지 보증하지는 않는다.

"나한테는 아들이 없어." 아버지는 깊은 혼수상태에 빠지기 전에 덴고에게 그렇게 말했다.

"그럼 나는 대체 뭐죠?" 덴고는 물었다.

"당신은 아무것도 아니야." 그것이 아버지의 간결하고 단호한 대답이었다.

덴고는 그 말을 듣고, 그 목소리의 여운에서 자신과 이 사람 사이에 피의 연결이 없다는 것을 확신했다. 그리고 무거운 족쇄에서 마침내 해방되었다고 생각했다. 하지만 시간이 갈수록 아버지가 입에 올렸던 그 말이 진실인지 아닌지, 아무래도 확신을 가질 수 없었다.

나는 아무것도 아니다, 덴고는 새삼 입 밖에 내보았다.

그러고는 문득, 낡은 사진에 찍힌 젊은 어머니의 얼굴이 어딘지 모르게 연상의 걸프렌드를 닮았다는 것을 깨달았다. 야스다 교코, 그것이 그녀의 이름이다. 덴고는 의식을 침착하게 가라앉히기 위해 손끝으로 이마 한가운데를 한동안 세게 눌렀다. 그리고 다시 한번 봉투에서 사진을 꺼내 들여다보았다. 작은 코와 도톰한 입술, 약간 각진 턱. 머리 모양이 달라서 알아보지 못했지만, 그 얼굴 생김새는 분명 야스다 교코를 닮지 않았다고는 할 수 없다. 하지만 그건 대체 무엇을 의미하는 것일까.

그리고 아버지는 왜 죽은 뒤에 이 사진을 덴고에게 넘겨주기로 한 것일까. 살아 있는 동안, 그는 덴고에게 어머니에 대한 정보를 단 한 가지도 주지 않았다. 이런 가족사진이 있다는 것조차 줄곧 감춰왔다. 하지만 마지막 순간에 한마디 설명도 없이 이 한 장의 흐릿하고 낡은 사진을 덴고의 손에 남기고 갔다. 무엇 때문에? 아들을 구원하기 위해서인가. 아니면 보다 깊은 혼란에 빠뜨리기 위해서인가.

단 한 가지 덴고가 아는 것은, 그와 관련한 어떤 사정을 덴고에게 설명할 마음이 아버지에게는 전혀 없었다는 것이다. 살아 있는 동안에도 없었고, 죽은 지금도 없다. 봐라, 여기 사진 한 장이 있다. 이것만 너한테 남겨준다. 나머지는 너 좋을 대로 추리해라, 아버지는 그렇게 말하고 있다.

덴고는 헐벗은 매트리스에 누워 천장을 올려다보았다. 합판에 흰 페인트를 칠한 천장이다. 전체가 말끔해서 나이테도 옹이도 없다. 이음매가 직선으로 몇 줄 달리고 있을 뿐이다. 그것은 아버지가 인생의 마지막 몇 달 동안 그 움푹한 눈구멍 속에서 바라보던 것과 똑같은 광경일 터였다. 혹은 그 눈은 아무것도 바라보지 않았는지도 모른다. 하지만 어쨌든 그의 시선은 그곳을 향하고 있었다. 보였건 보이지 않았건.

덴고는 눈을 감고, 자신이 그곳에 누워 완만하게 죽음을 향해 다가가는 장면을 상상했다. 하지만 건강에 문제가 없는 서른 살의 남자에게 죽음이란 상상할 수 없이 아득한 먼 곳에 있었다. 그는 조용히 숨을 쉬면서 저녁노을 빛이 만들어낸 그림자가 벽 위를 천천히 이동하는 것을 관찰했다. 아무것도 생각하지 말자고 마음먹었다. 아무것도 생각하지 않는 것은 덴고에게는 그다지 어려운 일이 아니다. 무언가를 골똘히 생각하는 것에 그는 너무 지쳐 있었다. 가능하다면 잠을 자고 싶었지만, 아마 너무 지쳐 있는 탓인지, 잠들 수도 없었다.

여섯시 전에 오무라 간호사가 찾아와 식당에 식사준비가 되어 있다고 말했다. 덴고는 전혀 식욕이 나지 않았다. 하지만 덴고가 그렇게 말해도 그 가슴도 크고 키도 큰 간호사는 물러서지 않았다. 조금이라도 좋으니 아무튼 뭔가를 뱃속에 넣어두라고 그녀는 말했다. 거의 명령에 가까웠다. 말할 필요도 없는 일이지만, 신체의 유지관리에 관해 남들에게 조리 있게 명령을 내리는 데 그녀는 프로였다. 그리고 덴고는 조리 있는 명령에는—특히 상대가 연상의 여성일 경우에는—거역하지 못하는 성격이었다.

아래층 식당으로 내려가자, 그곳에는 아다치 구미가 와 있었다. 다무라 간호사의 모습은 보이지 않았다. 덴고는 아다치 구미와 오무라 간호사와 같은 테이블에서 식사를 했다. 덴고는 샐러드와 삶은 채소를 조금 먹고, 바지락과 파를 넣은 된장국을 마셨다. 그러고는 뜨거운 호지차를 마셨다.

"화장은 언제야?" 아다치 구미가 덴고에게 물었다.

"내일 오후 한시." 덴고는 말했다. "그게 끝나면 아마 그길로 도쿄로 돌아갈 거야. 학원 일이 있어서."

"덴고 군 말고 누군가 화장에 입회할 사람은 있어?"

"아니, 아무도 없을 거야. 나 혼자야."

"저, 나도 입회해도 괜찮을까?" 아다치 구미가 물었다.

"우리 아버지의 화장에?" 덴고는 깜짝 놀라서 말했다.

"응. 사실은 나, 너희 아버지가 꽤 좋았거든."

덴고는 저도 모르게 젓가락을 내려놓고 아다치 구미의 얼굴을 보았다. 그녀는 정말로 나의 아버지 얘기를 하고 있는 걸까.
"이를테면 어떤 점이?" 덴고는 질문했다.

"성실하고, 쓸데없는 말을 안 하셨어." 그녀는 말했다. "죽은 우리 아버지하고 그런 점이 닮았어."

"그렇구나." 덴고는 말했다.

"우리 아버지는 어부였어. 쉰 살이 되기 전에 돌아가셨지만."

"바다에서 돌아가신 건가?"

"아냐. 폐암으로. 담배를 너무 많이 피웠어. 왜 그런지 모르겠지만, 어부는 다들 지독한 헤비 스모커야. 온몸으로 연기를 퐁퐁 뿜어내는 거 같아."

덴고는 거기에 대해 생각했다. "우리 아버지도 어부였으면 좋았을지도."

"왜 그렇게 생각하는데?"

"왜일까." 덴고는 말했다. "그냥 문득 그런 생각이 들었어. NHK 수금원보다는 그게 더 좋지 않았을까 하고."

"덴고 군은 아버지가 어부였다면 좀더 받아들이기 쉬웠을까?"

"그랬다면 여러 가지 일들이 좀더 단순했을 거 같아."

덴고는 어린아이인 자신이 휴일 이른 아침부터 아버지와 함께 어선을 타고 나가는 광경을 상상했다. 태평양의 혹독한 바닷바람과 뺨에 튀는 물보라. 디젤 엔진의 단조로운 울림. 코를 찌르는 어망 냄새. 위험이 따르는 힘겨운 노동이다. 작은 실수가 치명타가 된다. 하지만 NHK 수신료의 수금을 위해 이치카와 시내를 끌려다니는 것에 비하면 그건 보다 자연스럽고 보다 충실한 나날이었을 것이다.

"하지만 NHK 수금이라는 건, 분명 힘든 일이었겠지." 오무라 간호사가 생선조림을 먹으며 말했다.

"아마도요." 덴고는 말했다. 적어도 덴고가 감당할 만한 일은 아니다.

"하지만 아버지는 우수한 사원이셨지?" 아다치 구미가 물었다.

"상당히 우수했다고 생각해." 덴고는 대답했다.

"표창장도 보여주셨어." 아다치 구미가 말했다.

"아차, 이런." 오무라 간호사가 갑작스레 젓가락을 내려놓으며 말했다. "까맣게 잊고 있었네. 못 말려, 이런 중요한 걸 왜 여태 잊어버리고 있었지? 저기, 잠깐만 여기서 기다려줄래? 오늘 중에 꼭 덴고 군에게 전해줘야 할 게 있어."

오무라 간호사는 손수건으로 입가를 훔치며 의자에서 일어나, 먹던 밥을 그대로 놔두고 급한 걸음으로 식당을 나갔다.

"중요한 거라니, 대체 뭐지?" 아다치 구미가 고개를 갸웃거리며 말했다.

덴고는 물론 짐작도 가지 않았다.

오무라 간호사가 돌아오기를 기다리며 덴고는 야채샐러드를 의무적으로 입 안에 넣었다. 식당에서 저녁을 먹는 사람은 아직 별로 많지 않았다. 세 명의 노인이 한 테이블을 둘러싸고 앉아 있었지만 아무도 입을 열지 않았다. 또다른 테이블에서는 흰 가운 차림에 백발의 남자가 혼자 식사를 하며 석간신문을 펼쳐놓고 진중한 표정으로 읽고 있었다.

이윽고 오무라 간호사가 급한 걸음으로 돌아왔다. 백화점 종이봉투를 손에 들고 있었다. 그녀는 거기에서 단정하게 접힌 옷가지를 꺼냈다.

"일 년쯤 전인데, 아버님이 아직 의식이 또렷하실 때 나한테 맡긴 거야." 그 큼직한 몸집의 간호사는 말했다. "관에 넣을 때는 이걸 입혀달라시면서. 그래서 세탁소에 보냈다가 방충제를 넣어 옷장에 챙겨뒀어."

그건 의심의 여지도 없는 NHK 수금원 제복이었다. 제복 바지에는 깨끗한 다림질 주름이 잡혀 있다. 방충제 냄새가 코를 찔렀다. 덴고는 잠시 할말을 잃었다.

"아버님이 이 제복을 입혀서 화장해달라고 내게 부탁하셨어." 오무라 간호사가 말했다. 그리고 그 제복을 다시 곱게 개어 종이봉투에 넣었다. "이거, 지금 덴고 군에게 줄게. 내일 장의사에 가져가서 갈아입혀달라고 해."

"하지만 그 옷을 사용하는 건 좀 문제가 되지 않을까요? 제복은 대여품이라서 퇴직할 때 NHK에 반환해야 하는데." 덴고는 머뭇거리는 목소리로 말했다.

"신경 쓸 거 없어." 아다치 구미가 말했다. "우리만 입 다물면 아무도 모를 텐데 뭘. 헌 제복 한 벌쯤 없어졌다고 NHK가 망할 것도 아니고."

오무라 간호사도 동의했다. "가와나 씨는 삼십 년 넘게 NHK를 위해 아침부터 밤까지 돌아다니셨어. 이런저런 험한 꼴도 당하셨을 거고, 할당량이니 뭐니 정말 힘드셨을 거야. 제복 한 벌쯤이 대수겠어? 그걸 이용해서 무슨 나쁜 짓을 하려는 것도 아닌데."

"그래. 나도 고등학교 때 세일러복을 아직도 갖고 있어." 아다치 구미가 말했다.

"NHK 수금원 제복하고 고등학교 세일러복은 다르지." 덴고가 한마디 끼어들었지만 아무도 상대해주지 않았다.

"아, 내 세일러복도 옷장 서랍에 들어 있는데." 오무라 간호사가 말했다.

"그래서 가끔씩 남편 앞에서 그거 입는 거야? 하얀 삭스도 신고?" 아다치 구미가 놀리듯이 말했다.

"그거 괜찮네." 오무라 간호사는 테이블에 턱을 괴고 진지한 얼굴로 말했다. "꽤 자극이 되겠어."

"어쨌거나." 아다치 구미는 거기서 세일러복 이야기를 마무리하고 덴고를 보며 말했다. "아버님은 그 NHK 제복을 입혀 화장해주기를 분명히 원하셨어. 우리, 그런 정도는 원하는 대로 해드려야지. 그렇잖아?"

덴고는 NHK 마크가 달린 제복을 넣은 종이봉투를 들고 방으로 돌아왔다. 아다치 구미가 함께 와서 침대 세팅을 해주었다. 아직 풀 먹인 냄새가 감도는 새 시트와 새 담요, 새 이불 커버와 새 베개. 그렇게 한 세트가 주어지자, 침대는 아버지가 그때까지 누워 있던 것과는 전혀 다르게 보였다. 덴고는 맥락도 없이 아다치 구미의 풍성하고 짙은 음모를 떠올렸다.

"마지막 한동안 아버님이 계속 혼수상태셨잖아." 아다치 구미는 시트의 주름을 손으로 펴면서 말했다. "하지만 의식이 전혀 없는 건 아니었을 거야."

"왜 그렇게 생각하지?" 덴고는 물었다.

"아버님이 이따금 누군가에게 메시지를 보내는 거 같았거든."

창가에 서서 바깥을 바라보던 덴고는 고개를 돌려 아다치 구미를 보았다. "메시지?"

"응, 아버님은 자주 침대 가장자리를 두드렸어. 손을 침대 옆에 축 늘어뜨리고 모스 부호 같은 느낌으로 톡톡, 톡톡톡, 이렇게."

아다치 구미는 흉내를 내어 침대의 나무 테두리를 주먹으로 가볍게 두드렸다.

"어때, 꼭 모스 부호를 보내는 거 같지?"

"그건 모스 부호가 아닐 거야."

"그럼 뭐야?"

"문을 두드렸던 거야." 덴고는 메마른 목소리로 그렇게 말했다. "어딘가의 집 현관문을."

"아, 그렇구나. 말을 듣고 보니 그런 것도 같아. 분명 문을 노크하는 것처럼 들리기도 했어." 그리고 아다치 구미는 눈을 가늘게 떴다. "저기, 그러니까 의식이 없어진 뒤에도 아버님은 여전히 수신료를 수금하러 다니셨다는 거야?"

"아마도." 덴고는 말했다. "머릿속에 있는 어딘가의 장소에서."

"죽어서도 나팔을 놓지 않았다는 옛 병사 같아." 아다치 구미는 감동한 듯이 말했다.

뭐라고 대답할 도리가 없어서 덴고는 아무 말도 하지 않았다.

"아버님은 정말로 그 일을 좋아하셨나봐. NHK 수신료를 수금하러 다니는 걸."

"좋다든가 싫다든가, 그런 종류의 문제가 아니었을 거야." 덴고는 말했다.

"그럼 어떤 종류의 문제였는데?"

"그것이 아버지에게는 자신이 가장 잘할 수 있는 일이었던 거야."

"그럴까?" 아다치 구미는 말했다. 그리고 거기에 대해 생각했다. "그렇지만 그런 삶의 방식이 어떤 의미에서는 정답인지도 몰라."

"그럴지도." 덴고는 방풍림에 시선을 던지며 말했다. 분명 그럴지도 모른다.

“그럼, 이를테면 말이지.” 그녀는 말했다. “덴고 군에게는 자신이 가장 잘할 수 있는 일이란 게 어떤 거야?”

“모르겠어.” 덴고는 아다치 구미의 얼굴을 똑바로 바라보며 말했다. “정말 모르겠어.”

제22장 우시카와

Q

그 눈은 오히려 가엾어하는 것처럼 보인다

일요일 저녁, 여섯시 십오분에 덴고가 아파트 현관에 모습을 드러냈다. 밖으로 나가는 참에 일단 발을 멈추고 뭔가를 찾듯이 주위를 둘러보았다. 오른쪽에서 왼쪽으로, 그리고 왼쪽에서 오른쪽으로 시선을 이동했다. 하늘을 올려다보고 발밑을 보았다. 하지만 평소와 달라진 점은 그의 눈에 들어오지 않은 모양이었다. 그대로 빠른 걸음으로 큰길로 나갔다. 우시카와는 그 모습을 커튼 틈새로 지켜보고 있었다.

우시카와는 그때 덴고의 뒤를 밟지 않았다. 짐은 없었다. 그의 큼직한 두 손은 주름 없는 치노바지 호주머니에 들어가 있었다. 하이넥 스웨터에 축 늘어진 올리브그린색 코듀로이 상의, 정돈되지 않은 뻗친 머리칼. 상의 호주머니에는 두꺼운 문고본이 들어 있었다. 아마 근처 가게에서 식사라도 할 생각일 것이다. 어디든 마음대로 가라지.

월요일에 덴고는 몇 개의 강의를 맡기로 되어 있다. 우시카와는 미리 학원에 전화해서 그것을 확인했다. 네, 가와나 선생님 강의는 다음 주 월요일부터 커리큘럼대로 진행됩니다, 하고 사무 보는 여직원이 알려주었다. 좋아. 덴고는 내일부터 드디어 평소의 일과로 복귀한다. 그의 성격으로 보아 아마 오늘 밤에는 그리 멀리 나가지 않을 것이다(만약 그때 덴고를 미행했다면, 그가 고마쓰를 만나기 위해 요쓰야의 바로 향했다는 걸 우시카와는 알았을 테지만).

여덟시 전에 우시카와는 피코트를 입고 머플러를 목에 두르고 니트 모자를 깊숙이 쓰고, 주위를 살피면서 빠른 걸음으로 아파트를 나섰다. 그 시점에 덴고는 아직 집에 돌아와 있지 않았다. 근처에서 식사만 하는 것치고는 약간 시간이 지체되고 있다. 아파트를 나올 때 자칫하면 귀가하는 덴고와 맞닥뜨리게 될지도 모른다. 그러나 그런 위험을 감수하고라도 우시카와는 오늘 밤 이 시각에 꼭 밖에 나가 확인해야 할 일이 있었다.

그는 기억을 더듬어 몇 개의 길모퉁이를 돌고 몇 개의 목표물 앞을 지나, 이따금 헤매기는 했지만 어쨌든 어린이공원까지 더듬어갈 수 있었다. 전날의 강한 북풍도 완전히 멎고 12월치고는 따뜻한 밤이었지만, 그래도 역시 밤의 공원에는 인적이 없었다.

우시카와는 다시 한번 주위를 둘러보고 아무도 보는 사람이 없다는 것을 확인한 뒤에 미끄럼틀 계단을 올랐다. 미끄럼틀 위에 자리를 잡고 난간에 등을 기대고 하늘을 올려다보았다. 어젯밤과 거의 같은 위치에 달이 떠 있었다. 삼분의 이 크기의 환한 달이다. 주위는 한 조각의 구름도 보이지 않는다. 그리고 그 달 옆에는 일그러진 모양의 조그만 초록색 달이 바짝 붙듯이 나란히 떠 있었다.

잘못 본 게 아니었다, 하고 우시카와는 생각했다. 그는 한숨을 내쉬고 가만히 고개를 저었다. 꿈을 꾸었던 것도 아니고, 눈의 착각도 아니었다. 크고 작은 두 개의 달이 잎을 떨군 느티나무 위에 틀림없이 떠 있었다. 그 두 개의 달은 어젯밤부터 움직이지 않고 우시카와가 다시 미끄럼틀 위로 찾아오기를 그 자리에서 가만히 기다리고 있었던 것처럼 보였다. 그들은 알고 있는 것이다. 우시카와가 이곳에 다시 찾아오리라는 것을. 그들은 마치 약속이라도 한 것처럼, 주위에 침묵을 가득 드리우고 있었다. 풍부한 암시를 품은 침묵이었다. 그리고 달들은 우시카와에게 그 침묵을 공유할 것을 요구하고 있었다. 이 일을 다른 어느 누구에게도 발설해서는 안 된다고 그들은 우시카와에게 고하고 있었다. 옅은 재를 둘러쓴 둘째손가락을 살짝 입술에 대고서.

우시카와는 그곳에 앉은 채 얼굴 근육을 다양한 각도로 움직여보았다. 그리고 감각에 뭔가 부자연스러운, 평소와는 다른 부분이 없는지 한 차례 확인했다. 부자연스러운 부분은 찾을 수 없었다. 좋건 싫건 평소 그대로 자신의 얼굴이었다.

우시카와는 자신을 리얼리스틱한 인간이라고 간주해왔다. 그리고 실제로 그는 리얼리스틱한 인간이었다. 형이상학적인 사변은 그가 바라는 바가 아니다. 만일 그곳에 실제로 뭔가가 존재하고 있다면, 이론적으로 맞든 안 맞든, 논리가 통하든 안 통하든, 그것을 일단 현실로 받아들이는 수밖에 없다. 그것이 그의 기본적인 사고방식이다. 원칙이나 논리가 존재하고 그다음에 현실이 생겨나는 게 아니라, 먼저 현실이 있고 그다음에 거기에 맞춰 원칙이나 논리가 생겨나는 것이다. 그래서 하늘에 두 개의 달이 나란히 떠 있는 것을 일단 사실로 그대로 받아들이는 수밖에 없다고 우시카와는 마음을 정했다.

나중 일은 나중에 천천히 생각하면 된다. 쓸데없는 생각은 되도록 하지 않으려 노력하면서 우시카와는 그저 무심히 그 두 개의 달을 바라보고 관찰했다. 크고 노란 달과 자그마한 초록색의 일그러진 달. 그는 그 광경에 자신을 길들이려고 했다. 이걸 그대로 받아들여, 하고 그는 자신을 타일렀다. 어떻게 이런 일이 일어날 수 있는지, 적절한 설명은 할 수 없다. 하지만 지금 그런 건 깊이 추구해야 할 문제가 아니다. 이 상황에 어떻게 대처해나갈 것인가, 어디까지나 그게 문제인 것이다. 그러자면 우선 이 광경을 고스란히, 이치는 따지지 말고 그대로 받아들일 수밖에 없다. 이야기는 거기서부터 시작된다.

우시카와는 십오 분쯤 그곳에 있었을 것이다. 그는 미끄럼틀 난간에 등을 기대고 앉아 거의 꿈쩍도 하지 않고, 그곳에 있는 광경에 자신을 적응시켜나갔다. 시간을 들여 수압의 변화에 순응해가는 잠수부처럼, 그 달들이 보내는 빛을 온몸으로 맞아들여 피부에 스며들게 했다. 그렇게 하는 것이 중요하다고, 우시카와의 본능은 알리고 있었다.

그러고는 그 일그러진 머리통을 가진 작은 남자는 몸을 일으키고 미끄럼틀을 내려와, 이름 붙이기 어려운 사색에 의식을 빼앗긴 채 걸음을 옮겨 아파트로 돌아왔다. 주위의 온갖 풍경이 올 때와는 조금씩 다르게 보이는 듯한 기분이 들었다. 달빛 때문이야, 그는 생각했다. 그 달빛이 사물의 양상을 조금씩 어긋나게 비틀어버린 것이다. 덕분에 몇 번이나 길모퉁이를 놓칠 뻔했다. 현관에 들어서기 전에 고개를 들어 3층을 바라보며 덴고의 방 창문에 아직 불이 켜지지 않은 것을 확인했다. 몸집이 큰 입시학원 강사는 아직까지 돌아오지 않았다. 식사하러 잠시 근처에 나간 게 아닌 것 같다. 어디서 누구를 만나고 있는 걸까. 어쩌면 상대가 아오마메인지도 모른다. 아니면 후카에리인지도 모른다. 내가 혹시 중요한 기회를 놓쳐버린 것일까. 하지만 이제 와서 그런 생각을 해봤자 별수 없다. 덴고가 밖에 나갈 때마다 미행을 하는 건 너무 위험하다. 단 한 번이라도 내 모습을 덴고에게 들킨다면 모든 것이 허사로 돌아간다.

우시카와는 방으로 돌아와 코트와 머플러와 모자를 벗었다. 주방에서 콘비프 통조림을 따고 그걸 롤빵에 끼워 선 채로 먹었다. 따뜻하지도 차갑지도 않은 캔커피를 마셨다. 하지만 어느 것도 맛은 거의 느껴지지 않았다. 식감은 있지만 미각이 없다. 그 원인이 먹거리 쪽에 있는지, 자신의 미각 쪽에 있는지 우시카와는 판단이 되지 않았다. 어쩌면 그것 역시 눈 속에 깊이 낙인찍힌 두 개의 달 때문인지도 모른다. 어딘가의 초인종이 울리고, 그 차임 소리가 희미하게 들려왔다. 초인종은 사이를 두고 두 번 울렸다. 하지만 그는 그 소리에 별로 신경을 쓰지 않았다. 이쪽 문이 아니다. 조금 먼 곳의, 아마도 다른 층의 문일 것이다.

샌드위치를 다 먹고 커피를 마신 후, 우시카와는 머리를 현실의 위상으로 되돌리기 위해 담배 한 개비를 천천히 피웠다. 자신이 이 시점에 반드시 해야 할 일을 머릿속에서 재확인했다. 그러고 나서야 겨우 창가 카메라 앞에 가서 자리를 잡았다. 전기스토브의 스위치를 켜고, 그 오렌지색 불빛 앞에 양손을 대고 녹였다. 일요일 밤 아홉시 전이다. 아파트 현관을 드나드는 사람은 거의 없다. 하지만 우시카와는 덴고가 귀가하는 시각을 반드시 확인해두고 싶었다.

그가 카메라 앞에 앉은 지 얼마 안 되어, 검은 다운재킷을 입은 여자가 현관에 나타났다. 한 번도 본 적이 없는 여자다. 그녀는 회색 스카프로 입가를 가리고 있었다. 검은 테 안경에 야구모자를 쓰고 있다. 누가 봐도 남의 눈을 피해 얼굴을 감추려는 모습이다. 완전한 맨손이고, 발걸음은 빠르다. 보폭도 크다. 우시카와는 반사적으로 스위치를 눌러 모터드라이브로 카메라 셔터를 세 번 눌렀다. 이 여자의 행선지를 파악해야 한다고 그는 생각했다. 하지만 자리에서 일어서려 했을 때, 여자는 벌써 길로 나가 어둠 속으로 자취를 감춘 뒤였다. 우시카와는 얼굴을 찌푸리며 포기했다. 그 걸음걸이라면, 지금 신발을 신고 쫓아가도 따라잡을 수 없다.

우시카와는 방금 눈에 들어온 것을 뇌리에 재현했다. 키는 170센티미터 정도. 통이 좁은 청바지에 흰 스니커. 입은 옷은 모두 다 묘하게 새것이다. 나이는 아마 이십대 중반에서 서른 살. 머리채를 옷깃 속에 밀어넣어서 머리 길이까지는 알 수 없다. 불룩한 다운재킷이라서 몸매도 확실치 않지만, 다리를 보면 마른 편일 것이다. 당당한 자세에 경쾌한 발놀림은 그녀가 젊고 건강하다는 것을 보여준다. 아마 일상적으로 스포츠를 하는 사람일 것이다. 그러한 특징들은 모두 다 그가 알고 있는 아오마메와 합치하는 것이었다. 물론 그 여자를 아오마메라고 단정할 수는 없다. 다만 그 여자는 누군가에게 목격당하는 것을 몹시 경계하는 눈치였다. 온몸에 팽팽한 긴장감이 넘쳤다. 연예 주간지의 추적을 두려워하는 여배우처럼. 하지만 매스컴이 쫓아다닐 만큼 유명한 여배우가 고엔지의 이런 후줄근한 아파트에 들락거린다는 건 상식적으로 생각할 수 없는 일이다.

그 여자를 일단 아오마메라고 가정해보자.

그녀는 덴고를 만나러 이곳에 찾아왔다. 하지만 덴고는 지금 어딘가에 외출했다. 방의 불은 꺼진 채다. 아오마메는 그를 찾아와 벨을 눌렀으나 대답이 없자 포기하고 물러갔다. 조금 전에 멀리서 들리던 두 번의 벨 소리가 그것이었는지도 모른다. 하지만 우시카와가 보기에, 그건 적잖이 앞뒤가 맞지 않는 이야기였다. 아오마메는 현재 추적을 받고 있는 처지다. 위험을 피하기 위해 가능한 한 남의 눈에 띄지 않도록 조심하며 살고 있을 터이다. 덴고를 만나려고 마음먹었다면 우선 전화를 해서 집에 있는지 없는지 확인하는 게 상식적인 방법이다. 그렇게 하면 공연한 위험을 무릅쓸 일도 없는 것이다.

우시카와는 카메라 앞에 앉은 채 머리를 굴려봤지만, 논리적으로 앞뒤가 맞는 추측은 하나도 떠오르지 않았다. 그 여자의 행동은—변장이라기엔 모자란 변장을 하고, 은신처를 나와 이 아파트까지 발걸음을 한다—우시카와가 파악한 아오마메의 성격과는 합치하지 않는다. 그녀는 좀더 신중하고 주의 깊을 터이다. 그 점이 우시카와의 머리를 혼란에 빠뜨렸다. 자신이 그녀를 이 아파트까지 안내했을지도 모른다는 가능성 따위는 우시카와의 머리에 얼핏 스치지도 않았다.

어쨌든 내일은 역 앞 사진관에 가서 그간 쌓인 필름을 한꺼번에 현상하자. 거기에 이 수수께끼의 여자도 찍혀 있을 것이다.

열시 넘어서까지 카메라 앞에서 감시를 계속했지만, 그 여자가 나간 뒤로 아파트를 드나든 사람은 한 명도 없었다. 흥행이 실패로 끝나 모두에게서 버림받고 잊혀진 무대처럼 아파트 현관은 아무도 없이 고요하게 가라앉아 있었다. 덴고는 어떻게 된 거야, 우시카와는 고개를 갸웃거렸다. 그가 아는 한, 덴고가 이렇게 늦은 시간까지 집에 돌아오지 않는 건 드문 일이다. 더구나 내일부터 다시 학원강의를 시작해야 하는 때에. 혹시 우시카와가 어린이공원에 간 사이에 집에 돌아와 일찌감치 잠이 들었을까.

열시를 넘어섰을 즈음, 자신이 지독히 피곤하다는 것을 우시카와는 깨달았다. 거의 눈을 뜰 수 없을 만큼 강한 졸음이 몰려왔다. 야행성인 우시카와로서는 드문 일이다. 평소의 그는 필요하다면 얼마든지 밤늦도록 깨어 있을 수 있었다. 하지만 오늘 밤은 수마가 마치 고대의 관을 덮은 돌 뚜껑처럼 여지없이 그의 머리 위를 덮쳤다.

그 두 개의 달을 너무 오래 바라본 모양이다, 우시카와는 그렇게 생각했다. 어쩌면 그 달빛이 과도하게 내 살 속에 스며들었는지도 모른다. 크고 작은 두 개의 달은 희미한 잔상이 되어 그의 망막에 남아 있었다. 그 어두운 실루엣이 그의 뇌의 부드러운 부분을 마비시켰다. 어떤 종류의 벌이 큰 애벌레에 침을 쏘아 마비시키고, 그 체표에 알을 낳는 것과 마찬가지다. 부화한 벌의 유충은 꼼짝도 못 하는 그 애벌레를 간편한 영양분 삼아 산 채로 갉아먹는다. 우시카와는 얼굴을 찌푸리고 그 불길한 상상을 머리에서 떨쳐냈다.

이제 그만 됐어, 우시카와는 스스로에게 되뇌었다. 덴고가 귀가하기를 이렇게 고지식하게 기다릴 것까지는 없다. 몇시에 돌아오건, 어차피 돌아오는 대로 잠이나 잘 것이다. 그리고 이 아파트 말고는 달리 갈 만한 데도 없다. 아마도.

우시카와는 힘없이 바지와 스웨터를 벗고 긴소매 셔츠와 잠방이 차림으로 침낭에 기어들었다. 그리고 몸을 둥글게 말고 곧장 잠이 들어버렸다. 잠은 몹시 깊어서 거의 혼수에 가까웠다. 잠에 빠져드는 순간, 현관문을 두드리는 소리가 들리는 것 같았다. 하지만 의식의 중심이 이미 다른 세계로 옮겨가고 있었다. 사물을 제대로 구분할 수 없었다. 억지로 구분하려고 하면 몸 전체가 삐걱거렸다. 그는 눈조차 뜨지 않고, 그 소리를 더이상 생각해보지도 않고, 다시 잠의 깊은 늪으로 잠겨들었다.

덴고가 고마쓰와 헤어져 집에 돌아온 것은 우시카와가 그렇게 깊은 잠에 빠지고 삼십 분쯤 지난 뒤였다. 덴고는 이를 닦고 담배냄새가 밴 상의를 옷걸이에 걸고, 파자마로 갈아입고, 그대로 잠이 들었다. 오전 두시에 전화가 울리고, 아버지가 숨을 거두었다는 소식을 들을 때까지.

우시카와가 눈을 뜬 것은 월요일 아침 여덟시가 지난 뒤였고, 그때 덴고는 이미 다테야마 행 특급열차 좌석에서 수면부족을 벌충하기 위해 깊이 잠들어 있었다. 우시카와는 덴고가 학원에 가기 위해 아파트에서 나가기를 카메라 앞에서 기다렸다. 하지만 당연히 덴고는 나타나지 않았다. 시계가 오후 한시를 가리킨 참에 우시카와는 마침내 포기했다. 근처 공중전화로 학원에 전화를 걸어 가와나 선생은 오늘 강의를 예정대로 하느냐고 물었다.

"가와나 선생님은 오늘 휴강하기로 했어요. 간밤에 가족의 갑작스러운 부고가 있어서요." 전화를 받은 여자가 말했다. 우시카와는 고맙다고 말하고 전화를 끊었다.

가족의 갑작스러운 부고? 덴고의 가족이라면 NHK 수금원으로 일했던 아버지밖에 없다. 그 아버지는 어딘가 먼 곳의 요양소에 들어가 있었다. 덴고가 간병을 위해 한동안 도쿄를 떠나 있다가 이틀 전에 돌아온 참이다. 그 아버지가 죽었다. 그렇다면 덴고는 다시 도쿄를 떠나 있게 된다. 필시 내가 잠든 사이에 아파트를 나간 것이다. 대체 나는 왜 그렇게 오래도록 깊은 잠에 빠져버렸을까.

어쨌든 이제 덴고는 천애고아의 신세가 된 셈이군, 우시카와는 생각했다. 원래 고독한 사내였지만 이걸로 더욱 고독해졌다. 완전한 외톨이다. 어머니는 그가 두 살이 되기 전에 나가노 현의 어느 온천 여관에서 교살당했다. 살인을 저지른 남자는 결국 잡히지 않았다. 그녀는 남편을 버리고, 젖먹이 덴고를 데리고 그 젊은 남자와 출분出奔했다. '출분'이라니, 꽤 예스러운 말이다. 요즘은 아무도 그런 말을 쓰지 않는다. 하지만 어떤 종류의 행위에는 썩 잘 어울리는 말이다. 어째서 그 남자가 여자를 죽였는지는 밝혀지지 않았다. 아니, 정말로 그 남자가 죽였는지도 아직 분명치 않다. 여관방에서 여자는 밤사이에 잠옷 끈으로 목이 졸려 살해되었고, 함께 있던 남자는 사라졌다. 그러니 어떻게 생각해봐도 그 남자가 수상하다. 그저 그뿐이다. 덴고의 아버지가 연락을 받고 이치카와에서 찾아와, 남겨진 젖먹이 아들을 데려갔다.

그 일을 나는 가와나 덴고에게 알려줬어야 했는지도 모른다. 그에게는 물론 그런 사실을 알 권리가 있다. 하지만 그는 나 같은 사람의 입에서 어머니 이야기를 듣고 싶지 않다고 말했다. 그래서 알려주지 않았다. 어쩔 수 없다. 그건 내 문제가 아니다. 그의 문제다.

어쨌거나 덴고가 있건 없건 이대로 아파트의 감시를 계속하는 수밖에 없다. 우시카와는 그렇게 자신을 타일렀다. 아오마메로 보이는 수수께끼의 여자를 나는 간밤에 목격했다. 아오마메라는 확증은 없지만 그럴 가능성이 높다. 이 일그러진 머리가 내게 그렇게 고하고 있다. 생긴 꼴은 별로지만, 그곳에는 최신예 레이더 못지않은 예리한 감이 구비되어 있다. 그리고 만일 그 여자가 아오마메라면 그녀는 분명 머지않아 다시 덴고를 찾아올 것이다. 덴고의 부친이 사망했다는 것을 그녀는 아직 알지 못한다. 그것이 우시카와의 추측이다. 덴고는 아마 밤사이에 연락을 받고 새벽녘에 떠났을 것이다. 그리고 그 두 사람은 아무래도 전화로는 연락을 주고받을 수 없는 사정이 있는 것 같다. 그렇다면 그녀는 반드시 이곳에 또 찾아올 것이다. 뭔가 위험을 무릅쓰고라도 이곳에 직접 찾아오지 않으면 안 될 중요한 볼일이 그 여자에게는 있는 것이다. 그리고 이번에야말로 어떻게든 그 여자의 행선지를 알아내야 한다. 그러기 위한 준비를 철저히 정비해둘 필요가 있다.

그렇게 하면 이 세계에 어째서 달이 두 개인지, 그 비밀도 어느 정도 해명될지 모른다. 우시카와는 그 흥미로운 구조가 알고 싶다. 아니, 그러나 그건 어디까지나 부차적인 안건일 뿐이다. 내가 할 일은 무엇보다 아오마메의 은신처를 알아내는 것이다. 그리고 멋진 축하카드를 붙여 그녀를 그 기분 나쁜 이인조에게 넘겨주는 것이다. 그때까지는 달이 두 개가 됐건 하나가 됐건, 나는 철두철미 현실적이어야 한다. 뭐니 뭐니 해도 그것이 내가 나로 통할 수 있는 강점이니까.

우시카와는 역 앞 사진관에 나가 36장짜리 필름 다섯 통을 점원에게 건넸다. 그리고 현상이 끝난 사진을 들고 근처 패밀리 레스토랑에 들어가 치킨커리를 먹으며 날짜순으로 살펴보았다. 대부분 낯익은 주민들의 얼굴이다. 그가 적잖이 관심을 갖고 들여다본 건 세 명의 인물뿐이었다. 후카에리와 덴고, 그리고 어젯밤에 아파트에서 나간 수수께끼의 여자.

후카에리의 눈은 우시카와를 긴장시켰다. 사진 속에서도 그 소녀는 정면으로 우시카와의 얼굴을 지그시 바라보고 있었다. 틀림없어, 우시카와는 생각한다. 우시카와가 그곳에 있고, 자신을 감시한다는 것을 그녀는 알고 있다. 어쩌면 도촬카메라로 사진을 찍고 있다는 것도. 그녀의 맑은 두 눈이 그것을 말하고 있었다. 그 눈동자는 모든 것을 훤히 꿰뚫고 있었고, 우시카와의 행동을 결코 용인하지 않았다. 그 똑바른 시선은 우시카와의 마음속 이면까지 여지없이 관통했다. 그가 거기서 하고 있는 행위에는 변명의 여지가 전혀 없었다. 그러나 그와 동시에 그녀는 우시카와를 단죄하지도 않고, 딱히 경멸하지도 않았다. 어떤 의미에서는 그 아름다운 눈은 우시카와를 용서하고 있었다. 아니, 용서하는 건 아니다, 우시카와는 다시 생각한다. 그 눈은 오히려 우시카와를 가엾어하는 것처럼 보인다. 우시카와의 행위가 부정한 짓이라는 걸 알면서도, 그에게 연민을 보내고 있는 것이다.

그것은 극히 한순간에 일어난 일이었다. 그날 아침 후카에리는 먼저 전봇대 위를 한동안 바라보았고, 그런 다음 재빨리 고개를 돌려 우시카와가 숨어 있는 창문으로 시선을 던져, 은폐된 카메라 렌즈를 똑바로 들여다보며 파인더 너머 우시카와의 눈을 응시했다. 그리고 떠나갔다. 그사이에 시간이 얼어붙었다가 다시 움직였다. 기껏해야 삼 분 정도다. 그 짧은 시간에 그녀는 우시카와라는 인간의 영혼을 구석구석까지 훤히 꿰뚫어보고, 그 더러움과 비열함을 정확히 간파한 뒤에, 무언의 연민을 보내고는 그대로 자취를 감춘 것이다.

후카에리의 그 눈을 보고 있으려니 갈비뼈 사이로 대바늘이 쑤시고 들어오는 듯한 날카로운 아픔이 느껴졌다. 자신이라는 인간이 지독히 비뚤어지고 추한 것으로 느껴졌다. 하지만 그것도 어쩔 수 없다, 우시카와는 생각한다. 왜냐하면 나는 실제로 지독히 비뚤어지고 추한 인간이니까. 그러나 그에 더하여 후카에리의 눈동자에 떠오른 자연스러운, 그리고 투명한 연민의 빛은 우시카와의 마음을 깊은 우울에 빠뜨렸다. 고발당하고, 멸시당하고, 매도되고, 단죄되는 게 오히려 낫다. 야구방망이로 흠씬 두들겨맞아도 좋다. 그런 거라면 차라리 견딜 수 있다. 하지만 이건 아니다.

그에 비하면 덴고는 훨씬 편한 상대였다. 사진 속의 그는 현관에 서서 역시 이쪽으로 시선을 향하고 있다. 후카에리가 했던 것과 마찬가지로 주위를 조심스럽게 관찰하고 있다. 하지만 그 눈에는 아무것도 비치지 않는다. 그의 순진하고 무구한 눈은 커튼 뒤에 숨겨진 카메라도, 그 뒤에 있는 우시카와의 모습도 발견해내지 못한다.

그리고 우시카와는 '수수께끼 여자'의 사진을 보았다. 사진은 세 장이었다. 야구모자, 검은 테 안경, 코를 덮은 회색 스카프. 얼굴 생김새까지는 알 수 없다. 세 장의 사진 모두 조명이 빈약한데다 야구모자의 챙이 어두운 그늘을 만들었다. 하지만 그 여자는 그때까지 우시카와가 머릿속에서 그려온 아오마메라는 여자의 상과 정확히 들어맞았다. 우시카와는 그 세 장의 사진을 손에 들고 트럼프 카드를 확인하듯이 순서대로 반복해서 살펴보았다. 보면 볼수록 그 여자는 아오마메 외의 어느 누구도 아니라는 생각이 들었다.

그는 웨이트리스를 불러 오늘의 디저트는 무엇이냐고 물었다. 복숭아파이라고 웨이트리스는 대답했다. 우시카와는 그것과 커피 리필을 부탁했다.

만일 이게 아오마메가 아니라면, 우시카와는 파이가 나오기를 기다리며 자신에게 말했다. *내가 아오마메라는 여자를 만날 기회는 아마도 영원히 오지 않을 것이다*.

복숭아파이는 예상보다 꽤 훌륭했다. 바삭바삭한 파이 껍질

속에 촉촉한 복숭아가 들었다. 물론 통조림 복숭아이겠지만 패밀리 레스토랑의 디저트치고는 나쁘지 않다. 우시카와는 파이를 깨끗이 먹어치우고 커피를 다 마시고 적당히 흡족한 기분으로 레스토랑을 나왔다. 슈퍼마켓에 들러 사흘분 정도의 식료품을 사들고 방에 돌아오자, 다시 카메라 앞에 자리를 잡았다.

커튼 틈새로 아파트 현관을 감시하면서 벽에 기댄 채 양달에서 몇 번 끄덕끄덕 졸았다. 하지만 우시카와는 그것을 딱히 걱정하지 않았다. 잠든 사이에 중요한 일을 놓쳐버리는 일은 없을 터였다. 덴고는 아버지의 장례를 위해 도쿄를 떠났고, 후카에리는 이제 이곳에는 돌아오지 않을 것이다. 우시카와가 계속 감시하는 것을 후카에리는 알고 있다. 그리고 그 '수수께끼 여자'가 아직 환한 시간에 이곳을 찾아올 가능성도 낮다. 그 여자는 조심스럽게 행동한다. 활동을 시작하는 건 주위가 어두워진 다음이다.

하지만 날이 저물어도 그 '수수께끼 여자'는 나타나지 않았다. 늘 보던 얼굴들이 늘 하던 대로 오후에 장을 보러 나가고, 저녁 산책을 나가고, 일터에 갔던 사람들이 나갈 때보다 더 후줄근해진 얼굴로 돌아왔을 뿐이다. 우시카와는 그들의 왕래를 그저 눈으로 좇고만 있었다. 카메라 셔터를 누르지도 않았다. 더이상 그들의 사진을 찍을 필요는 없다. 이제 우시카와의 관심은 세 사람으로 좁혀져 있었다. 그외의 사람들은 모두 이름 없는 행인에 지나지 않는다. 무료함을 달래기 위해 우시카와는 마음대로 붙인 이름으로 혼자서 그들에게 말을 걸었다.

"마오 씨(그 남자의 머리 스타일은 마오쩌둥을 닮았다), 근무하느라 수고하셨소."

"긴귀 씨, 오늘은 따뜻해서 산책하기 그만이었지요?"

"턱아줌마, 또 장 보러 가십니까? 오늘 저녁 반찬은 뭐죠?"

열한시까지 우시카와는 현관 감시를 계속했다. 그러고는 한차례 크게 하품을 하고, 하루 일을 마치기로 했다. 페트병의 녹차를 마시고, 크래커를 몇 개 먹고, 담배를 한 대 피웠다. 세면실에서 이를 닦는 참에 길게 혀를 내밀어 거울에 비춰보았다. 자신의 혀를 바라보는 건 오랜만이다. 거기에는 이끼 같은 것이 두텁게 끼어 있었다. 진짜 이끼와 마찬가지로 옅은 초록색을 띠고 있다. 그는 불빛 아래에서 그 이끼를 상세히 점검했다. 불쾌한 물건이다. 혀 전체에 찰싹 달라붙어 이제 어떻게 해도 벗겨질 것 같지 않았다. 이대로 가다가는 나중에 나는 이끼인간이 되어버릴지도 모른다, 우시카와는 생각했다. 혀에서부터 시작해서 온몸 곳곳의 피부에 녹색 이끼가 자라나는 것이다. 늪지에서 슬금슬금 살아가는 거북의 등딱지처럼. 그건 상상만 해도 암울하다.

우시카와는 한숨과 함께 웅얼거리는 신음을 흘리며 혀에 대한 생각을 멈추고, 세면실의 불을 껐다. 어둠 속에서 꿈틀꿈틀

옷을 벗고 침낭 속으로 기어들었다. 지퍼를 올리고 벌레처럼 등을 둥그렇게 말았다.

눈을 떴을 때, 주위는 캄캄했다. 시각을 보려고 고개를 돌렸지만 시계는 있어야 할 자리에 없었다. 순간 우시카와는 혼란에 빠졌다. 어둠 속에서도 즉시 시각을 확인할 수 있도록 자기 전에는 반드시 시계의 위치를 확인한다. 그건 오랜 세월 이어온 습관이었다. 왜 시계가 없지? 창문 커튼 틈새로 불빛이 아주 조금 새어들었지만, 그것이 비춰내는 건 방 한구석뿐이었다. 주위는 한밤중의 어둠에 감싸여 있다.

심장 고동이 높아진 것을 우시카와는 깨달았다. 분비된 아드레날린을 온몸으로 내보내기 위해 심장이 열심히 펌프질을 하고 있다. 콧구멍이 벌어지고 숨이 거칠어진다. 흥분되는 생생한 꿈을 꾸다가 중간에 퍼뜩 잠이 깼을 때처럼.

하지만 꿈을 꾸는 게 아니었다. 무언가가 실제로 일어나고 있는 것이다. 베갯머리에 누군가가 있다. 우시카와는 그 기척을 느꼈다. 어둠 속에 좀더 검은 그림자가 떠오르고, 그것이 우시카와의 얼굴을 내려다보고 있었다. 우선 등이 경직되었다. 일 초의 몇 분의 일 사이에 의식이 재편성되고, 그는 반사적으로 침낭 지퍼를 내리려 했다.

그 누군가는 틈을 두지 않고 우시카와의 목에 팔을 감았다. 짧은 비명을 지를 틈조차 주지 않았다. 훈련을 쌓아온 강인한 남자의 근육을 우시카와는 목덜미에 느꼈다. 그 팔뚝은 그의 목을 콤팩트하게, 하지만 바이스처럼 여지없이 조여왔다. 남자는 단 한 마디도 소리를 내지 않았다. 숨소리도 들리지 않는다. 우시카와는 침낭 속에서 버둥거리며 몸부림쳤다. 나일론 안감을 두 손으로 잡아뜯고 두 다리로 걷어찼다. 비명을 지르려고 했다. 하지만 그런 짓을 해봐야 아무 도움도 되지 않는다. 상대는 일단 방바닥 위에서 자세를 굳히고는 꿈쩍도 하지 않고 그저 팔 근육에 단계적으로 힘을 넣어갔다. 효과적이고 낭비 없는 동작이다. 거기에 맞춰 우시카와의 목이 짓눌리고 호흡은 점점 더 가늘게 졸아들었다.

그 절망적인 상황에서 우시카와의 뇌리를 스친 것은 이자가 어떻게 방 안에 들어왔을까 하는 의문이었다. 문의 실린더 자물쇠는 채웠다. 안쪽에서 체인도 걸었다. 창 쪽의 문단속도 틀림없이 했다. 그런데 어떻게 이 방에 들어올 수 있었을까. 자물쇠를 만지며 조작했다면 반드시 소리가 났을 것이고, 그런 소리가 들렸다면 나는 틀림없이 눈을 떴을 것이다.

이자는 프로다, 우시카와는 생각했다. 필요하다면 한치의 망설임도 없이 사람의 목숨을 뺏을 수 있다. 그러기 위한 훈련도 쌓았다. '선구'에서 보낸 사람들일까. 그자들이 마침내 나를 처분하기로 결정한 걸까. 내가 더이상 도움이 되지 않는 귀찮은 존재라고 판단한 걸까. 그렇다면 그건 잘못된 판단이다. 나는 바로 한 발짝 앞까지 아오마메를 쫓아왔으니까. 우시카와는 소리를 내어 그 남자에게 호소하려고 했다. 우선 내 얘기부터 들어봐, 하고. 하지만 목소리는 나오지 않았다. 성대를 울릴 만한 공기가 거기에는 이미 없었고, 혀도 목 안쪽에서 돌처럼 굳어버렸다.

목은 이제 빈틈없이 막혀 있었다. 공기는 일절 들어오지 않는다. 폐는 죽을 힘을 다해 신선한 산소를 원하지만, 그런 건 어디에서도 찾을 수 없다. 몸과 의식이 분할되어가는 느낌이 밀려왔다. 몸이 침낭 속에서 버둥거리는 한편, 그의 의식은 걸쭉하고 묵직한 공기층으로 빨려들어갔다. 양팔과 양다리가 급속히 감각을 상실해갔다. 왜냐고, 그는 희미해져가는 의식 속에서 물었다. 왜 내가 이런 한심한 곳에서 이런 한심한 꼴로 죽어가야 하느냐고. 물론 대답은 없다. 이윽고 가없는 어둠이 천장에서 내려와 모든 것을 감싸안았다.

의식이 돌아왔을 때, 우시카와는 침낭 밖에 나와 있었다. 두 팔과 두 다리에는 감각이 없다. 그가 아는 것은 눈가리개가 씌워졌다는 것과 뺨에 방바닥의 감촉이 느껴진다는 것 정도였다. 이제 목은 졸리지 않았다. 폐가 풀무처럼 소리 내어 수축하면서 신선한 공기를 들이쉬고 있었다. 차가운 겨울 공기다. 산소를 얻어 새로운 혈액이 만들어지고, 심장이 그 붉고 따뜻한 액체를 전속

력으로 신경의 말단까지 보내고 있었다. 그는 이따금 격한 기침을 하며 오로지 호흡하는 일에만 신경을 집중했다. 그러는 사이 조금씩이나마 양팔과 다리에 감각이 돌아왔다. 심장의 단단한 고동 소리가 귓속에서 들려온다. 나는 아직 살아 있다, 우시카와는 어둠 속에서 그렇게 생각했다.

우시카와는 방바닥에 엎드려 있었다. 양손은 부드러운 천 같은 것으로 등뒤에 묶였다. 발목도 묶여 있다. 그리 단단히 묶은 건 아니지만 능숙하고도 효과적인 매듭이다. 구르는 것 말고는 몸을 움직일 수 없다. 자신이 이렇게 아직 살아 숨쉬고 있는 것이 신기하다고 생각했다. 그건 죽음이 아니었던 것이다. 아슬아슬한 곳까지 죽음에 근접하기는 했지만 죽음 그 자체는 아니었다. 목구멍 양옆에 날카로운 통증이 혹처럼 남아 있었다. 지린 오줌이 속옷에 스며 차가워지기 시작했다. 하지만 그건 결코 불쾌한 감각이 아니다. 오히려 환영해야 할 감각이다. 아픔이나 차가움은 아직 살아 있다는 표시니까.

"그리 간단히는 죽지 않아." 남자의 목소리가 말했다. 마치 우시카와의 마음속을 읽은 듯이.

제23장 아오마메

Q

빛은 틀림없이 그곳에 있다

한밤중을 지나 날짜는 일요일에서 월요일로 옮겨갔지만, 잠은 아직 찾아오지 않았다.

아오마메는 욕실에서 나와 파자마로 갈아입고 침대에 들어가 불을 껐다. 늦도록 깨어 있어도 그녀가 할 수 있는 일은 아무것도 없다. 문제는 일단 다마루의 손에 맡겨졌다. 뭔가 고민을 하더라도, 지금은 우선 자고 내일 아침이 된 다음에 신선한 머리로 다시 생각하는 게 좋다. 그래도 그녀의 의식은 구석구석까지 각성하고, 몸은 한없이 활동을 원하고 있었다. 잠을 잘 수 있을 것 같지 않다.

아오마메는 그만 포기하고 침대에서 나와 파자마 위에 가운을 걸쳤다. 물을 끓여 허브티를 우리고 식당 테이블 앞에 앉아 그것을 조금씩 흘려넣듯이 마신다. 머릿속에 뭔가 생각이 떠오르기는 했는데, 그게 어떤 생각인지 파악할 수가 없다. 멀리 보이는 비구름처럼, 그것은 두툼하고 촘촘한 형태를 띠고 있다. 형태는 알겠는데 윤곽을 잡을 수 없다. 형태와 윤곽 사이에 아무래도 어긋남이 있는 것 같다. 아오마메는 머그 잔을 들고 창가로 다가가 커튼 틈새로 어린이공원을 바라본다.

물론 거기에 인적은 없다. 밤 한시가 넘은 시각, 모래놀이터도 그네도 미끄럼틀도, 모든 것이 내버려져 있다. 유난히 고요한 밤이다. 바람은 잦아들고 구름 한 점 없다. 그리고 두 개의 크고 작은 달이 얼어붙은 나무들 위로 나란히 떠 있다. 달은 지구의 자전에 맞춰 마지막에 봤을 때에서 위치를 바꾸긴 했지만, 아직 시야 안에 머물러 있다.

아오마메는 그곳에 선 채, 후쿠스케 머리가 들어갔던 낡아빠진 아파트와 그 303호 문의 슬릿에 들어 있던 명패를 머릿속에 떠올린다. 하얀 카드에 타이프로 친 '가와나'라는 글자가 있다. 그 카드는 새것이 아니다. 귀퉁이가 닳고 접히고 군데군데 습기로 생긴 얼룩이 희미하게 묻어 있다. 그 카드가 슬릿에 들어간 뒤로 짧지 않은 세월이 지났다.

그 집에 사는 이가 가와나 덴고인지, 아니면 가와나라는 성을 가진 다른 사람인지, 다마루가 진상을 밝혀줄 것이다. 머지않아,

아마 내일이라도 그 결과를 알려줄 것이다. 어떤 일에든 쓸데없이 시간을 지체하지 않는 사람이다. 그때 사실이 밝혀질 것이다. 경우에 따라, 나는 이제 곧 덴고와 얼굴을 마주할 수 있을지도 모른다. 그 가능성이 아오마메를 숨막히게 한다. 주위의 공기가 급속히 희박해지는 것 같다.

하지만 일이 그리 순조롭게 풀리지 않을지도 모른다. 만일 303호에 사는 이가 가와나 덴고라 해도, 그 아파트의 어딘가에는 불길한 후쿠스케 머리가 잠복하고 있다. 그리고 무언가를, 어떤 일인지는 모르지만 아무튼 나쁜 무언가를 은밀히 꾀하고 있다. 그자는 교묘하게 계략을 꾸며 나와 덴고를 집요하게 물고 늘어지면서, 우리가 재회하는 것을 방해하려 할 게 틀림없다.

아니, 걱정할 거 없어, 아오마메는 자신을 타이른다. 다마루는 신뢰하기에 족한 사람이다. 그리고 내가 알고 있는 누구보다 주도면밀하고 유능하고 수많은 경험을 쌓았다. 맡겨두면 그는 소홀함 없이 후쿠스케 머리를 따돌려줄 것이다. 나한테만이 아니라 다마루에게도 역시 후쿠스케 머리는 귀찮은 존재이고, 반드시 배제해야 할 위험인자다.

그러나 만일 다마루가 어떤 이유로든(어떤 이유인지는 모르겠지만) 나와 덴고가 만나는 것이 바람직하지 않은 사태를 몰고 올 거라고 판단한다면, 그때는 대체 어떻게 될까. 만일 그렇게 된다면 그는 분명 나와 덴고가 대면할 가능성을 단호히 잘라버릴 것이다. 나와 다마루는 서로 개인적인 호감 비슷한 것을 품고 있다. 그건 확실하다. 하지만 그는 어떠한 경우에도 노부인의 이익과 안전을 최우선한다. 그것이 그의 본래 업무다. 결코 아오마메만을 위해서 움직이고 있는 게 아니다.

그렇게 생각하니 아오마메는 불안해진다. 덴고와 자신이 맺어지는 것이 다마루의 우선순위 목록 어디쯤에 들어 있는지, 아오마메는 거기까지는 알 길이 없다. 다마루에게 가와나 덴고에 대한 이야기를 털어놓은 건 어쩌면 치명적인 실수였는지도 모른다. 덴고와 나 사이의 문제는 처음부터 끝까지 나 혼자 힘으로 처리했어야 할 일이었는지도 모른다.

하지만 이제 와서 일을 돌이킬 수는 없다. 어찌 됐든 이미 다마루에게 사정을 털어놓은 것이다. 그 시점에는 그렇게 할 수밖에 없었다. 후쿠스케 머리는 아마 그곳에서 내가 오기를 기다리고 있을 것이고, 그런 곳에 나 혼자 들어간다는 건 자살행위에 가깝다. 그리고 시간은 시시각각 흘러간다. 태도를 유보하고 상황을 관망하고 있을 여유는 없었다. 다마루에게 사정을 털어놓고 그의 손에 문제를 맡기는 것이 그때 내가 할 수 있는 최선의 선택이었다.

아오마메는 덴고에 대해 더이상 생각하지 않기로 한다. 생각하면 생각할수록 사고의 실타래는 꼼짝달싹할 수 없을 만큼 복잡하게 뒤엉킨다. 더이상 아무 생각도 하지 말자. 달도 보지 말

자. 달빛은 소리 없이 그녀의 마음을 어지럽힌다. 그것은 포구의 조위潮位를 바꾸고 숲의 생명을 뒤흔든다. 아오마메는 허브티의 마지막 한 모금을 마시고 창가를 떠나 머그 잔을 싱크대에서 씻는다. 브랜디를 아주 조금만 마시고 싶지만 임신중에 알코올을 섭취할 수는 없다.

아오마메는 소파에 앉아 곁의 작은 독서등을 켜고 「공기 번데기」를 다시 한번 읽기로 한다. 그녀는 지금까지 그 소설을 적어도 열 번은 읽었다. 그다지 긴 이야기가 아니어서 문장의 세세한 부분까지 외우고 있을 정도다. 하지만 다시 한번 좀더 주의 깊게 읽기로 한다. 어차피 이대로 잠도 올 것 같지 않다. 그리고 그곳에는 아직 무언가 못 보고 넘어간 것이 있는지도 모른다.

「공기 번데기」는 이른바 암호노트 같은 것이다. 후카다 에리코는 아마도 어떤 메시지를 유포할 목적으로 그 이야기를 풀어놓았다. 덴고가 그 문장을 기교적으로 세련된 것으로 바꾸고, 효과적으로 이야기를 재구성했다. 두 사람은 한팀이 되어 수많은 독자에게 어필할 소설을 만들어냈다. '선구' 리더의 말에 따르면 "두 사람은 상대를 보완하는 자질을 갖고 있다. 그들은 서로를 보완하고 힘을 합쳐 하나의 작업을 완성한" 것이다. 또한 리더의 말을 그대로 믿는다면, 「공기 번데기」가 베스트셀러가 되고, 거기에 어떤 비밀이 명문화된 것에 의해 리틀 피플은 비활성화되고 '목소리'는 말하기를 멈춰버렸다. 그 결과 우물은 마르고 물줄기는 끊겼다. 그 책은 그만큼 중대한 영향력을 발휘한 것이다.

그녀는 소설의 한 행 한 행에 의식을 집중한다.

벽시계의 바늘이 두시 반을 가리킬 무렵, 아오마메는 이미 소설의 삼분의 이 정도를 읽었다. 그녀는 거기서 일단 책장을 덮고, 자신이 마음으로 강하게 느끼는 것을 말이라는 형태로 바꿔보려고 노력한다. 그녀는 그 시점에서, 계시라고까지는 할 수 없어도 확신에 가까운 이미지를 얻고 있다.

나는 우연히 이곳으로 실려온 것이 아니다.

그 이미지가 호소하는 바는 그것이다.

나는 있어야 하기에 이곳에 있는 것이다.

나는 지금까지 내가 이 '1Q84'년에 오게 된 것은 타의적인 힘에 휩쓸렸기 때문이라고 생각했다. 무언가의 의도에 의해 레일 포인트가 바뀌고, 그 결과 내가 탄 열차는 본선에서 벗어나 이 새롭고 기묘한 세계로 들어서고 말았다. 그리고 문득 깨달았을 때, 나는 이곳에 있었다. 두 개의 달이 하늘에 떠 있고, 리틀 피플이 출몰하는 세계에. 그곳에는 입구는 있어도 출구는 없다.

리더는 죽기 전에 나에게 그렇게 설명했다. '열차'라는 건 다름아닌 덴고가 집필하고 있는 이야기이고, 나는 꼼짝없이 그 이야기에 포함되어 있다. 그래서 나는 지금 이곳에 있는 것이라고.

어디까지나 수동적인 존재로서. 말하자면 깊은 안개 속을 헤매는 혼란에 빠진 무지한 조연으로서.

하지만 그런 것만은 아니다, 아오마메는 생각한다. 그런 것만은 아니다.

나는 누군가의 의사에 휩쓸려, 본의 아니게 이곳에 실려왔을 뿐인 수동적인 존재가 아니다. 분명 그런 부분도 있을 것이다. 하지만 동시에 나는 나 스스로 이곳에 있기를 선택한 것이기도 하다.

이곳에 있는 것은 나 자신의 주체적인 의사이기도 하다.

그녀는 그렇게 확신한다.

그리고 내가 이곳에 있는 이유는 분명하다. 이유는 단 한 가지밖에 없다. 덴고를 만나 맺어지는 것. 그것이 내가 이 세계에 존재하는 이유다. 아니, 거꾸로 보면 그것이 이 세계가 내 안에 존재하는 유일한 이유다. 어쩌면 그것은 마주보는 거울처럼 한없이 반복되는 패러독스일지도 모른다. 이 세계 속에 내가 포함되고, 나 자신 속에 이 세계가 포함되어 있다.

덴고가 현재 쓰고 있는 이야기가 어떤 줄거리를 가진 소설인지 아오마메는 물론 알 길이 없다. 아마도 그 세계에는 달이 두 개 떠 있을 것이다. 그곳에는 리틀 피플이 출몰할 것이다. 그녀가 추측할 수 있는 것은 기껏 거기까지다. 그럼에도 불구하고 그것은 덴고의 이야기이며 동시에 나의 이야기이기도 하다. 그것을 아오마메는 알 수 있다.

아오마메가 그것을 깨달은 것은, 주인공 소녀가 리틀 피플과 함께 밤마다 광 안에서 공기 번데기를 만드는 장면을 다시 읽었을 때였다. 그 상세하고도 선명한 묘사를 눈으로 따라가는 동안 그녀는 아랫배 안쪽에서 뭉클하게 따스한 것을 느꼈다. 녹아드는 듯한 신비한 깊이를 가진 따스함이다. 거기에는 작지만 중요한 핵심을 가진 열원이 있었다. 그 열원이 무엇인지, 발열이 무엇을 의미하는지 생각할 것도 없이 아오마메는 안다. 작은 것이다. 주인공과 리틀 피플이 함께 공기 번데기를 만들어가는 정경에 그것이 감응하여 열을 발하는 것이다.

아오마메는 책을 옆 테이블에 내려놓고 파자마 단추를 풀고 배 위에 손바닥을 얹는다. 손바닥은 그곳에 있는 발열을 감지한다. 그곳에는 오렌지색의 연한 빛까지 떠올라 있는 것 같다. 그녀는 독서등 스위치를 끄고, 침실의 어둠 속에서 그 부분을 골똘히 응시한다. 보일락 말락 하는 희미한 발광이다. 하지만 빛은 틀림없이 그곳에 있다. 나는 고독하지 않아, 아오마메는 생각한다. 우리는 하나로 맺어져 있는 것이다. 아마도 같은 이야기에 공시적共時的으로 포함됨으로써.

그리고 만일 그것이 덴고의 이야기이면서 동시에 내 이야기이기도 하다면, 나도 그 줄거리를 쓸 수 있을 것이다. 아오마메는 그렇게 생각한다. 거기에 무언가를 덧붙여 써넣는 것도, 혹은 그곳의 무언가를 다시 바꿔 써넣는 것도 분명 가능할 것이다. 그리고 무엇보다 결말을 내 의사로 결정할 수 있을 것이다. 그렇지 않은가.

그녀는 그 가능성에 대해 생각한다.

하지만 어떻게 해야 그럴 수 있을까.

아오마메는 아직 그 방법은 알지 못한다. 그녀가 아는 것은 그런 가능성이 틀림없이 있다는 것뿐이다. 그것은 현재로서는 아직 구체성이 모자란 하나의 이론에 지나지 않는다. 그녀는 내밀한 어둠 속에서 입술을 꾹 다물고 생각에 잠긴다. 매우 중요한 일이다. 깊이 생각해야 한다.

우리는 둘이서 한팀이다. 덴고와 후카다 에리코가 「공기 번데기」에서 유능한 팀을 이루었던 것처럼, 이 새로운 이야기에서 나와 덴고는 한팀이다. 우리 두 사람의 의지가—혹은 의지의 밑바탕에 있는 것이—하나가 되어 이 복잡하게 얽힌 이야기를 만들고 진행시키고 있다. 그건 아마도 어딘가 보이지 않는 깊은 곳에서 이루어지는 작업일 것이다. 그래서 얼굴을 마주하지 않아도 우리는 하나로 연결될 수 있다. 우리가 이야기를 만들고, 그 한편에서 이야기가 우리를 움직여간다. 그런 것이 아닐까.

한 가지 의문이 있다. 매우 중요한 의문이다.

우리가 쓰고 있는 그 이야기 속에서, 이 작은 것은 대체 무엇을 의미하는 걸까. 그것은 어떤 역할을 맡게 되는 걸까.

이 작은 것은 리틀 피플과 주인공 소녀가 광 안에서 공기 번데기를 만드는 장면에 이토록 강하게 감응하고 있다. 내 자궁 안에서 은은하게, 하지만 손으로 짚어 분명히 알 수 있는 열기를 품고 연한 오렌지색 빛을 발하고 있다. 마치 공기 번데기 그 자체인 것처럼. 그건 내 자궁이 '공기 번데기' 역할을 하고 있다는 뜻일까. 나는 마더이고 이 작은 것은 내게 도터인 걸까. 내가 성교 없이 덴고의 아이를 잉태한 것에는 리틀 피플의 의지가 어떤 형태로든 관여한 걸까. 그들이 내 자궁을 교묘히 점령하여 '공기 번데기'로 이용하고 있는 걸까. 그들은 나라는 장치를 통해 자신들을 위한 새로운 도터를 만들어내려는 걸까.

아니, 그렇지 않다. 강하고 명료하게 그녀는 생각한다. 그건 있을 수 없다.

리틀 피플은 현재로서는 활동력을 잃고 있다. 리더는 그렇게 말했다. 소설 「공기 번데기」가 세상에 널리 유포된 것에 의해 그들은 본래의 활동에 제한을 받고 있다. 이 임신은 그들의 눈이 닿지 않는 곳에서, 그들의 능력을 교묘히 뚫고 나와서 이루어진 게 틀림없다. 그러면 대체 누가—혹은 어떤 힘이—이 임신을 가능하게 한 것일까? 그리고 무엇을 위해?

아오마메는 알지 못한다.

그녀가 알고 있는 건 이 작은 것이 덴고와 자신 사이에서 얻은, 세상 무엇과도 바꿀 수 없는 생명이라는 것뿐이다. 그녀는 다시 한번 아랫배에 손을 얹는다. 그 가장자리를 두르듯이 엷게 떠오른 오렌지색 빛을 가만히 덮는다. 손바닥에 느껴진 따스함을 시간을 들여 온몸에 번져나가게 한다. 나는 무슨 일이 있어도 이 작은 것을 지켜내야 한다. 누구에게도 빼앗기지 않는다. 누구의 손에도 다치게 하지 않는다. 우리는 이것을 보호하고 키워낼 것이다. 그녀는 밤의 어둠 속에서 그렇게 마음을 다진다.

침실에 들어가 가운을 벗고 침대에 든다. 반듯이 누워 아랫배에 손을 얹고 그 온기를 다시 한번 손바닥에 느낀다. 불안은 이미 사라졌다. 망설임도 없다. 나는 더욱 강해져야 한다. 내 마음과 몸은 하나가 되어야 한다. 이윽고 떠도는 연기처럼 잠이 소리도 없이 찾아와 그녀의 온몸을 감싼다. 하늘에는 아직 두 개의 달이 나란히 떠 있다.

제24장 덴고

Q

고양이 마을을 떠나다

아버지의 유해는 깨끗이 다림질한 NHK 수금원 제복에 영광스럽게 감싸여 간소한 관에 들어갔다. 아마 값이 가장 싼 관일 것이다. 카스텔라 나무상자를 약간 튼튼하게 만들었다 싶을 정도의, 몹시도 퉁명스러운 물건이었다. 고인은 체구가 작은 편이지만 그래도 길이에 거의 여유가 없었다. 합판으로 만든 그 관에는 변변한 장식도 없었다. 이 관으로 정말 괜찮으시겠어요, 하고 장의사는 머뭇거리면서도 몇 번이나 덴고에게 확인했다. 괜찮다고 덴고는 대답했다. 카탈로그를 보며 아버지 스스로 선택하고 스스로 값을 치른 관이다. 고인이 거기에 이의가 없었다면 덴고로서도 이의는 없다.

NHK 수금원 제복을 입고 그 검소한 관 안에 누운 아버지는 죽은 사람처럼 보이지 않았다. 일하다가 잠깐 선잠을 자는 것처럼 보였다. 당장이라도 눈을 뜨고 일어나 모자를 쓰고, 남은 수금을 위해 일하러 나갈 것 같았다. NHK 마크를 실로 꿰맨 그 제복은 그의 피부의 일부처럼 보였다. 이 사람은 그 제복에 감싸여 이 세상에 태어났고, 그것에 감싸여 화장되는 것이다. 실제로 바로 앞에서 바라보고 있으려니 그가 마지막으로 몸에 걸칠 옷으로는 그것 외의 다른 것은 덴고도 생각나지 않았다. 바그너의 악극에 등장하는 전사들이 갑옷에 감싸인 채 화장되는 것과 같다.

화요일 아침, 덴고와 아다치 구미 앞에서 관 뚜껑이 닫히고 못이 박혔다. 그리고 영구차에 실렸다. 영구차라고 해도 병원에서 장의사까지 유해를 이송했던 것과 똑같은, 지극히 사무적인 도요타 라이트밴이었다. 바퀴 달린 침대가 관으로 바뀌었을 뿐이다. 아마 그게 가장 싸게 먹히는 영구차였을 것이다. 거기에는 엄숙함이라는 요소는 전혀 없었다. 〈신들의 황혼〉 같은 음악도 들려오지 않았다. 하지만 영구차의 모습에 관해서도 덴고가 이의를 주장해야 할 이유는 찾을 수 없었다. 아다치 구미도 그런 것에는 전혀 신경 쓰지 않는 것 같았다. 그것은 단순한 이동수단에 지나지 않는다. 중요한 것은 한 인간이 이 세계에서 소멸했다는 것이고, 남겨진 사람들은 그 사실을 명심해야 한다는 것이다. 두 사람은 택시를 타고 검은 라이트밴의 뒤를 따랐다.

바닷가 도로를 벗어나 산 속으로 조금 들어간 곳에 화장장이 있었다. 비교적 새 건물이지만 지극히 개성이 결핍된 건물로, 화장장이라기보다 무슨 공장이나 관청 청사처럼 보였다. 단지 정원을 정성들여 깨끗이 다듬고, 높은 굴뚝이 하늘을 향해 당당히 솟은 모습을 통해 그것이 특수한 목적을 가진 시설이라는 것을 알 수 있었다. 그날 화장장이 그리 붐비지 않는지, 기다리는 시간도 없이 관은 그대로 고열 화장로로 실려갔다. 화장로 안으로 관이 슬금슬금 들어가자, 잠수함 해치 같은 무거운 덮개가 닫혔다. 장갑을 낀 나이든 담당자가 덴고를 향해 고개 숙여 예를 표하고 점화 스위치를 눌렀다. 아다치 구미가 그 닫힌 덮개를 향해 두 손을 합장해서 덴고도 그대로 따라했다.

화장이 종료되기까지 한 시간 남짓을 덴고와 아다치 구미는 건물 안의 휴게실에서 보냈다. 아다치 구미가 자동판매기에서 따뜻한 캔커피 두 개를 사와서 둘은 말없이 그것을 마셨다. 두 사람은 커다란 유리창을 마주보는 벤치에 나란히 앉아 있었다. 창밖에는 겨울의 시든 잔디밭이 펼쳐지고, 잎을 떨구고 선 나무들이 있었다. 검은 새 두 마리가 나뭇가지에 앉아 있는 게 보였다. 이름을 알지 못하는 새다. 꼬리가 길고, 체구가 작은 편치고는 소리가 날카롭고 크다. 울 때마다 꼬리를 꼿꼿이 세운다. 나무 위에는 구름 한 점 없는 푸른 겨울 하늘이 펼쳐져 있었다. 아다치 구미는 크림색 더플코트 아래 짧은 검은색 원피스를 입고 있었다. 덴고는 라운드넥 검은 스웨터에 진한 회색 헤링본 상의를 입었다. 구두는 갈색 로퍼. 그것이 그가 가진 것 중에서 가장 포멀한 옷이었다.

"우리 아버지도 여기서 화장했어." 아다치 구미가 말했다. "함께 온 사람들이 다들 쉴새없이 담배를 피웠어. 덕분에 천장쯤에 두둥실 구름이 떠 있는 거 같았다니까. 거기 있는 사람들 대부분이 동료 어부들이었거든."

덴고는 그 광경을 상상했다. 햇볕에 까맣게 그을린 한 무리의 남자들이 익숙지 않은 다크 슈트로 몸을 감싸고, 다같이 열심히 담배를 피워대고 있다. 그리고 폐암으로 죽은 남자를 애도한다. 하지만 지금, 휴게실에는 덴고와 아다치 구미 두 사람밖에 없다. 주위는 고요가 가득 채우고 있다. 이따금 날카로운 새 울음이 나무들 사이에서 들려오는 것 외에는 그 고요를 깨뜨리는 것은 없다. 음악도 없고, 사람의 목소리도 들리지 않는다. 해가 온화한 빛을 지상에 쏟아내고 있었다. 그 빛은 창유리를 넘어 실내로 들어와 두 사람의 발치에 과묵한 양지를 만들었다. 시간은 하구에 가까워진 강처럼 느긋하게 흐르고 있었다.

"함께 와줘서 고마워." 덴고는 길게 이어진 침묵 뒤에 그렇게 말했다.

아다치 구미는 손을 내밀어 덴고의 손 위에 그 손을 얹었다. "혼자면 아무래도 힘들어. 누군가 곁에 있는 게 좋지. 원래 그런 거야."

"응, 그런 건지도 모르겠다." 덴고도 인정했다.

"사람 하나가 죽는다는 건 어떤 사연이 있건 큰일이야. 이 세계에 구멍 하나가 뻐끔 뚫리는 거니까. 거기에 대해 우리는 올바르게 경의를 표해야 해. 그러지 않으면 구멍은 제대로 메워지지 않아."

덴고는 고개를 끄덕였다.

"구멍을 그냥 놔둘 수는 없거든." 아다치 구미는 말했다. "그 구멍으로 누군가 빠져버릴지도 모르니까."

"하지만 때로 죽은 사람은 몇 가지 비밀을 안고 떠나가." 덴고는 말했다. "그리고 구멍이 메워졌을 때, 그 비밀은 비밀인 채로 끝나버리지."

"내 생각에는, 그것 역시 필요한 일이야."

"왜?"

"만일 죽은 사람이 그걸 안고 떠났다면, 그 비밀은 분명 남겨놓고 갈 수 없는 종류의 것이었던 거야."

"왜 남겨놓고 갈 수 없었을까?"

아다치 구미는 덴고의 손을 놓고 그의 얼굴을 똑바로 바라보았다. "아마 거기에는 죽은 사람이 아니고서는 정확히 이해할 수 없는 어떤 일이 있었을 거야. 아무리 시간을 들여 말을 늘어놓아도 미처 다 설명할 수 없는 일이. 그건 죽은 사람이 스스로 안고 가는 수밖에 없는 어떤 일이었어. 특별히 중요한 수하물처럼 말이지."

덴고는 입을 다문 채 발치의 양지를 바라보았다. 리놀륨 바닥이 둔하게 빛을 내고 있었다. 그 바로 앞에 덴고의 후줄근한 로퍼와 아다치 구미의 심플한 검정 펌프스가 있었다. 그것은 바로 거기에 있으면서, 몇 킬로미터나 멀리 떨어진 광경처럼 느껴졌다.

"덴고 군에게도 남에게는 도무지 설명할 수 없는 일이 있을 거야. 그렇지?"

"있을지도." 덴고는 말했다.

아다치 구미는 아무 말 없이 검은 스타킹에 감싸인 가느다란 다리를 꼬았다.

"너는 전에 죽었다고 했지." 덴고는 아다치 구미에게 그렇게 물었다.

"응. 전에 한 번 죽었어. 차가운 비가 내리는 쓸쓸한 밤에."

"그때 일을 기억하고 있어?"

"음, 기억나는 거 같아. 옛날부터 그때 일이 자주 꿈에 나타났으니까. 아주 리얼한 꿈이고, 매번 완전히 똑같아. 정말로 있었던 일이라고 생각할 수밖에 없어."

"그건 리인카네이션 같은 건가?"

"리인카네이션?"

"환생하는 거. 윤회輪廻."

아다치 구미는 거기에 대해 생각했다. "글쎄. 그럴지도 몰라. 그렇지 않을지도 모르고."

"너도 죽은 뒤에 이렇게 태워졌을까?"

아다치 구미는 고개를 저었다. "거기까지는 기억 안 나. 그건 죽은 다음의 일이니까. 내가 기억하는 건 죽었을 때의 일뿐이야. 누군가 내 목을 졸랐어. 내가 모르는, 전혀 낯선 남자."

"그 남자의 얼굴을 기억하고 있어?"

"물론이지. 몇 번이나 꿈속에서 봤는데. 우연히 길에서 만나도 한눈에 알아볼 거야."

"만약 정말로 길에서 만나면 어떻게 할 거지?"

아다치 구미는 손가락 안쪽으로 코를 비볐다. 거기에 아직 코가 있다는 것을 확인하듯이. "그건 나도 수없이 생각해봤어. 정말로 길에서 만난다면 어떻게 할지 말이야. 그대로 냅다 뛰어서 도망쳐버릴지도 몰라. 몰래 뒤를 따라갈지도 모르고. 막상 그 상황이 되어보지 않고는 아마 모를 거야."

"따라가서 어떻게 하려고?"

"몰라. 그런데 어쩌면 그 남자는 나에 대해 뭔가 중요한 비밀을 쥐고 있는지도 몰라. 잘하면 그걸 파헤칠 수 있을지도 몰라."

"어떤 비밀을?"

"이를테면 내가 이곳에 있는 의미 같은 것을."

"하지만 그 남자는 다시 한번 너를 죽일지도 몰라."

"그럴지도." 아다치 구미는 입을 작게 오므렸다. "거기에는 위험이 따르겠지. 그건 물론 잘 알아. 그대로 뛰어서 어딘가로 도망쳐버리는 게 가장 좋을 수도 있어. 하지만 거기에 분명 있을지도 모를 비밀이 나를 견딜 수 없게 끌어들여. 어두운 입구가 있으면, 고양이가 기어코 그 안을 들여다보지 않고는 견디지 못하는 것과 똑같아."

화장이 끝나고 아다치 구미와 둘이서 아버지의 남겨진 뼈를 수습해 작은 유골항아리에 담았다. 유골항아리는 덴고에게 건네졌다. 받긴 했지만 이런 걸 어떻게 건사해야 좋을지 덴고는 잘 알지 못했다. 그렇다고 어딘가에 그냥 두고 갈 수도 없다. 덴고는 그 유골항아리를 하릴없이 품에 안은 채, 아다치 구미와 함께 택시를 타고 역으로 향했다.

"남은 자잘한 사무적인 일은 내 쪽에서 적당히 처리할게." 아다치 구미는 택시 안에서 말했다. 그러고는 잠시 생각한 뒤에 덧붙였다. "괜찮다면 납골도 해줄까?"

덴고는 그 말을 듣고 놀랐다. "그렇게도 할 수 있어?"

"안 될 건 없어." 아다치 구미는 말했다. "가족이 한 사람도 오지 않는 장례식도 전혀 없지는 않거든."

"그렇게 해준다면 정말 고맙겠어." 덴고는 말했다. 그리고 얼마간 켕기기는 하지만 솔직히 안도하는 마음으로, 유골항아리를 아다치 구미에게 건넸다. 이 유골을 마주하는 일은 이제 두 번 다시 없을 거라고, 그는 그때 생각했다. 뒤에 남겨지는 것은 기억뿐이다. 그리고 그 기억도 언젠가는 티끌처럼 사라져버린다.

"나는 이 지역 사람이라서 웬만한 일은 적당히 처리할 수 있어. 그러니까 덴고 군은 얼른 도쿄로 돌아가는 게 좋아. 우리는 물론 너를 좋아하지만, 이곳은 덴고 군이 오래 있을 곳이 아니야."

고양이 마을을 떠난다, 덴고는 생각했다.

"여러 가지로 고마워." 덴고는 다시 한번 인사말을 건넸다.

"있지 덴고 군, 내가 한 가지 충고를 좀 해도 괜찮을까? 충고라니, 나답지 않지만."

"물론 괜찮지."

"아버님은 뭔가 비밀을 안고 그쪽으로 가버렸는지도 몰라. 그 일로 너는 약간 혼란스러운 것처럼 보여. 그 마음을 이해 못 하는 건 아냐. 하지만 덴고 군은 어두운 입구를 더이상 들여다보지 않는 게 좋아. 그런 건 고양이들에게 맡겨두면 돼. 그런 걸 해봤자 너는 어디로도 갈 수 없어. 그보다는 앞으로의 일을 생각하는 게 좋아."

"구멍은 메워져야 한다." 덴고는 말했다.

"그렇지." 아다치 구미는 말했다. "올빼미도 그렇게 말하고 있어. 올빼미 얘기, 기억해?"

"물론."

올빼미는 숲의 수호신이고 현명하니까 밤의 지혜를 우리에게 가져다준다.

"올빼미는 아직 그 숲속에서 울고 있을까?"

"올빼미는 어디에도 가지 않아." 간호사는 말했다. "계속 거기에 있어."

다테야마 행 기차에 오르는 덴고를 아다치 구미는 배웅해주었다. 실제로 그가 기차를 타고 이 마을에서 떠나는 것을 자신의 눈으로 확인해둘 필요가 있다는 듯이. 그녀는 보이지 않을 때까지 플랫폼에서 크게 손을 흔들고 있었다.

고엔지 아파트에 도착한 건 화요일 오후 일곱시였다. 덴고는 불을 켜고 식탁 의자에 앉아 방 안을 둘러보았다. 방은 어제 아침 일찍 나갔을 때와 똑같았다. 창문 커튼은 빈틈없이 꼭꼭 닫혔고, 책상 위에는 프린트한 원고가 쌓여 있었다. 깨끗이 깎아낸 연필 여섯 자루가 연필통에 꽂혀 있었다. 씻은 그릇은 주방 싱크대에 그대로 포개어져 있었다. 시계는 묵묵히 시간을 새기고, 벽의 달력은 한 해의 마지막 달에 접어들었다는 것을 보여주고 있었다. 방 안은 평소보다 훨씬 더 고요한 것 같았다. 약간 지나치게 고요하다. 그 정적에는 뭔가 과도한 것이 포함된 것처럼 느껴졌다. 하지만 그건 그저 그렇게 생각한 탓인지도 모른다. 방금 전에 한 사람의 소멸을 목격하고 왔기 때문인지도 모른다. 세계의 구멍이 아직 충분히 메워지지 않았기 때문인지도.

물을 유리컵으로 한 잔 마신 뒤에 뜨거운 샤워를 했다. 꼼꼼히 머리를 감고 귀 청소를 하고 손톱을 깎았다. 서랍에서 새 속옷과 새 셔츠를 꺼내 입었다. 온갖 냄새를 내 몸에서 지우지 않으면 안 된다. 고양이 마을의 냄새를. 우리는 물론 너를 좋아하지만, 이곳은 덴고 군이 오래 있을 곳이 아니야, 라고 아다치 구미는 말했다.

식욕은 없었다. 일할 마음도 나지 않고 책을 펼칠 마음도 들지 않았다. 음악을 듣고 싶은 생각도 없다. 몸은 지쳐 있었지만 신경은 묘하게 고조되어 있다. 그래서 자리에 누워 잠을 자는 것도 여의치 않을 것 같았다. 주위를 뒤덮은 침묵에도 어딘가 기교적인 분위기가 있었다.

이런 때 후카에리가 있다면 좋을 텐데, 덴고는 생각했다. 어떤 시시한 것이라도 좋다. 의미를 이루지 못한 것이어도 좋다. 억양이나 의문부호가 숙명적으로 결여되어 있어도 좋다. 그녀가 하는 말을 오랜만에 듣고 싶었다. 하지만 후카에리가 이제 두 번 다시 이 방에 돌아오지 않으리라는 걸 덴고는 알고 있었다. 어떻게 그걸 알 수 있는지 이유는 제대로 설명할 수 없다. 하지만 그녀는 이곳으로 더이상 돌아오지 않는다. 아마도.

누구라도 좋다, 누군가와 이야기를 하고 싶었다. 가능하다면 연상의 걸프렌드와 이야기하고 싶었다. 하지만 그녀에게 연락을 취할 수는 없다. 연락처도 알지 못하고, 게다가 그 사람이 알려온 바에 의하면 그녀는 이미 상실된 것이다.

고마쓰의 회사 번호를 돌려보았다. 그의 데스크로 연결되는 직통번호다. 하지만 아무도 전화를 받지 않았다. 열다섯번째 벨이 울린 뒤 덴고는 포기하고 수화기를 내려놓았다.

그밖에 누구에게 전화할 수 있을까, 덴고는 생각해보았다. 하지만 적당한 상대가 단 한 사람도 떠오르지 않았다. 아다치 구미에게 전화해볼까도 생각했지만, 역시 전화번호를 알지 못했다.

그리고 그는 세계의 어딘가에 아직 그대로 빼끔 열려 있는 어두운 구멍에 대해 생각했다. 그리 큰 구멍은 아니다. 하지만 깊은 구멍이다. 그 구멍을 들여다보며 큰 소리로 말하면 아직 아버지와 대화를 나눌 수 있을까? 죽은 이는 진실을 알려줄까?

"그런 걸 해봐야 너는 어디로도 갈 수 없어"라고 아다치 구미는 말했다. "그보다는 앞으로의 일을 생각하는 게 좋아."

하지만 그렇지 않다고 덴고는 생각한다. 꼭 그런 것만은 아니다. 비밀을 알아봤자 그것이 나를 어디로도 데려가주지 않을지도 모른다. 그래도 왜 그것이 자신을 어디로도 데려가주지 않는지, 그 이유를 알아야 한다. 그 이유를 정확히 알게 된다면, 나는 어쩌면 어딘가로 갈 수 있을지도 모른다.

당신이 내 친아버지였건 아니건, 그건 이미 어느 쪽이라도 상관없는 일이다, 덴고는 그곳에 있는 어두운 구멍을 향해 그렇게 말했다. 어느 쪽이든 좋다. 어느 쪽이라 해도 당신은 나의 일부를 가진 채 죽었고, 나는 당신의 일부를 가진 채 이렇게 살아남아 있다. 실제적인 혈연이 있건 없건, 그 사실이 이제 와서 달라지는 건 아니다. 시간은 이미 그만큼 지나갔고, 세계는 앞으로 나아가버렸다.

창밖에서 올빼미 울음소리가 들린 듯했다. 하지만 물론 귀의 착각일 게 틀림없다.

제25장 우시카와

Q

차가워도, 차갑지 않아도, 신은 이곳에 있다

"그리 간단히는 죽지 않아." 남자의 목소리가 등뒤에서 말했다. 마치 우시카와의 마음속을 읽어낸 것처럼. "잠깐 의식을 떨어뜨린 것뿐이야. 거의 코앞까지 가긴 했지만."

들어본 적 없는 목소리다. 표정이 결락된 중립적인 목소리. 높지도 않고 낮지도 않다. 너무 딱딱하지도 않고 너무 부드럽지도 않다. 비행기 발착시각이나 주식시황을 알리는 목소리처럼.

오늘이 무슨 요일이었더라, 맥락도 없이 우시카와는 생각했다. 분명 월요일 밤이다. 아니, 정확히 말하면 날짜는 이미 화요일로 바뀌었는지도 모른다.

"우시카와 씨." 남자는 말했다. "우시카와 씨가 맞지?"

우시카와는 가만히 있었다. 이십 초쯤 침묵이 흘렀다. 그리고 남자는 예고도 없이 우시카와의 왼쪽 콩팥에 진폭이 짧은 일격을 가했다. 소리 없는, 하지만 끔찍하게 강렬한 등뒤로부터의 일격이었다. 격렬한 통증이 온몸을 꿰뚫었다. 모든 장기가 움츠러들어 그 아픔이 진정되기까지 숨도 제대로 쉬지 못했다. 이윽고 우시카와의 입에서 메마른 신음이 새어나왔다.

"일단 정중하게 질문을 했어. 대답을 해줘야지. 입이 아직 제대로 돌아가지 않는다면 고개를 끄덕이건 흔들건, 그것도 좋아. 그게 예의란 거야." 남자는 말했다. "우시카와 씨가 맞지?"

우시카와는 몇 번 고개를 끄덕였다.

"우시카와 씨. 기억하기 쉬운 이름이야. 바지에 있던 지갑을 조사했어. 운전면허증과 명함이 들어 있더군. '신일본학술예술진흥회 상임이사'. 아주 훌륭한 직함이잖아, 우시카와 씨. 그런데 '신일본학술예술진흥회' 이사님이 이런 곳에서 도촬카메라로 대체 뭘 하고 있었을까."

우시카와는 가만히 있었다. 말이 아직 제대로 나오지 않았다.

"대답하는 게 좋을 거야." 남자는 말했다. "이건 충고야. 콩팥이 망가지면 평생 통증을 안고 다녀야 해."

"여기 사는 사람을 감시했어." 우시카와는 가까스로 말했다. 목소리의 높낮이가 안정되지 않고 군데군데 갈라졌다. 눈이 가려져 있으니 그게 자신의 목소리처럼 들리지 않았다.

"가와나 덴고라는 사람이지?"

우시카와는 고개를 끄덕였다.

"소설 「공기 번데기」의 고스트라이터, 가와나 덴고."

우시카와는 다시 한번 고개를 끄덕이고, 그러고는 잠깐 컥컥거렸다. 이 사람은 그 일을 알고 있다.

"누구 부탁으로?" 남자는 물었다.

"'선구' 교단."

"그 정도 예상은 이쪽에서도 할 수 있어, 우시카와 씨." 남자는 말했다. "하지만 어째서 교단이 지금 새삼스럽게 가와나 덴고의 동향을 감시해야 하는 걸까. 그들에게 가와나 덴고는 그리 중요한 인물도 아닐 텐데."

이 사람이 어떤 위치에 있는지, 어디까지 상황을 파악하고 있는지, 우시카와는 재빨리 머리를 굴렸다. 누군지는 모르지만 적어도 교단에서 보낸 사람은 아니다. 하지만 그것이 환영할 만한 사실인지, 아니면 그 반대인지, 거기까지는 우시카와도 알 수 없다.

"질문하는 거야." 남자는 말했다. 그리고 손끝으로 왼쪽 콩팥을 찔렀다. 강한 힘이다.

"그자는 어떤 여자와 관련이 있어." 우시카와는 신음하듯이 말했다.

"그 여자에게 이름은 있나?"

"아오마메."

"왜 아오마메를 쫓고 있지?" 남자는 물었다.

"그 여자가 교단 리더에게 해를 입혔기 때문이야."

"해를 입혔다." 남자는 검증하듯이 말했다. "죽였다는 거겠지? 좀더 심플하게 말하면."

"그래." 우시카와는 말했다. 이 사람을 상대로 끝까지 사실을 감출 수는 없다고 그는 생각했다. 늦건 빠르건 결국 다 불게 될 것이다.

"그러나 그 일은 세상에는 알려지지 않았다."

"내부적인 비밀이야."

"교단 내에서 어느 정도의 사람들이 그 비밀을 알고 있을까?"

"몇 명 안 돼."

"그리고 당신도 그 안에 포함되어 있다."

우시카와는 고개를 끄덕였다.

남자는 말했다. "즉 당신은 교단 내에서 상당히 중요한 위치에 있다는 얘기군."

"아니야." 우시카와는 고개를 저었다. 고개를 가로젓자 얻어맞은 콩팥이 아팠다. "나는 그냥 심부름꾼이야. 우연히 그걸 알게 된 것뿐이야."

"하필 그때, 하필 그 장소에 있었다, 그런 얘기인가."

"그런 셈이지."

"그나저나 우시카와 씨, 이번 일은 당신 단독으로 행동하는 건가?"

우시카와는 고개를 끄덕였다.

"묘한 얘기군. 이런 감시나 미행 작업은 팀을 짜서 하는 게 상식인데. 좀더 신중하게 하자면 보급 담당까지 포함해 최소한 세 명이 필요하지. 그리고 당신들은 항상 조직적으로 행동할 텐데. 단독행동은 너무 부자연스러워. 그런고로, 당신의 그 대답은 별로 마음에 안 들어."

"나는 교단의 신자가 아니야." 우시카와는 말했다. 호흡이 안정되면서 이제야 겨우 입이 제대로 움직여졌다. "교단에 개인적으로 고용되었을 뿐이야. 외부 사람을 쓰는 게 더 편리할 때 호출하는 거지."

"'신일본학술예술진흥회' 상임이사로서?"

"그건 가짜야. 그 단체는 실체가 없어. 주로 교단의 세금대책을 위해 만든 곳이야. 나는 교단과 관련 없는 개인업자로서 교단을 위해 일을 하고 있어."

"용병 같은 거로군."

"아니, 용병과는 달라. 단순히 의뢰를 받아 정보수집 같은 걸 할 뿐이야. 만약 험한 일이 필요할 때는 교단 내의 다른 사람이 담당해."

"여기서 가와나 덴고를 감시해서, 아오마메와의 연결고리를 찾으라는 교단의 지시를 받았다는 건가, 우시카와 씨?"

"그래."

"아니지." 남자는 말했다. "그건 옳지 않은 대답이야. 만일 교단이 그 사실을 파악했다면, 즉 아오마메와 가와나 덴고가 관계가 있다는 걸 파악했다면, 그자들은 당신 한 사람에게만 감시를 맡기지는 않았겠지. 자기 쪽 사람들을 동원해서 팀을 짰을 거야. 그러는 게 실수도 적고, 무력도 효과적으로 사용할 수 있어."

"하지만 사실이야. 나는 교단의 지시를 따랐을 뿐이라고. 왜 혼자서 하라고 했는지, 그건 나도 몰라." 우시카와의 목소리는 다시 높낮이가 불안정하고 군데군데 갈라졌다.

만일 '선구'에서 아오마메와 덴고의 관계를 아직 파악하지 못했다는 사실을 알면, 나는 이대로 제거될지 모른다고 우시카와는 생각했다. 내가 없어지면 그건 누구에게도 알려지는 일 없이 끝날 테니까.

"옳지 않은 대답을, 나는 좋아할 수 없어." 남자는 싸늘한 목소리로 말했다. "우시카와 씨, 그걸 뼈저리게 알아야겠어. 다시 한번 같은 쪽 콩팥을 손봐주는 것도 좋겠지. 하지만 그러자면 내 주먹도 꽤 아플 거고, 게다가 내 목적은 당신 콩팥에 심각한 데미지를 주자는 게 아니야. 당신에게 개인적 원한이 있는 건 아니니까. 내 목적은 단 한 가지, 옳은 대답을 얻는 거야. 그러니까 이번에는 새로운 취향으로 해보자. 바다 밑으로 가줘야겠어."

바다 밑? 우시카와는 생각했다. 이 사람이 대체 무슨 말을 하는 거지.

남자는 호주머니에서 뭔가를 꺼내는 것 같았다. 부스럭부스럭 비닐이 버석거리는 소리가 귀에 들어왔다. 그리고 우시카와의 머리 위로 뭔가 푹 덮어씌워졌다. 비닐봉지다. 식품 냉동용 두꺼운 비닐봉지 같다. 그러고는 크고 굵은 고무줄이 목 주위에 감겼다. 이 사람은 나를 질식시킬 생각이다, 우시카와는 깨달았다. 공기를 들이쉬려 하자 입 안이 비닐로 가득 찼다. 콧구멍도 막혔다. 양쪽 폐가 필사적으로 신선한 공기를 원하고 있었다. 하지만 그런 건 어디에도 없다. 비닐이 얼굴 전체에 찰싹 달라붙어 말 그대로 죽음의 가면이 되었다. 이어서 온몸의 근육이 거세게 경련하기 시작했다. 우시카와는 손을 뻗어 그 비닐을 뜯어내려 했지만, 손은 물론 움직이지 않았다. 등뒤로 단단히 묶여 있는 것이다. 머릿속에서 뇌가 풍선처럼 팽창하고, 그대로 터질 것 같았다. 우시카와는 소리를 지르려 했다. 어떻게든 신선한 공기를 얻어야 한다. 무슨 일이 있어도. 하지만 물론 소리는 나오지 않았다. 혀가 입 안 가득 퍼졌다. 의식이 머리에서 흘러 떨어져나갔다.

이윽고 고무줄이 풀리고 비닐봉지가 머리에서 벗겨졌다. 우시카와는 눈앞에 있는 공기를 필사적으로 폐 속으로 들여보냈다. 그러고는 몇 분 동안, 마치 입이 닿지 않는 곳에 있는 뭔가를 물어뜯으려는 동물처럼 몸을 젖히며 거친 호흡을 거듭했다.

"바다 밑은 어땠지?" 남자는 우시카와의 호흡이 안정되기를 기다려 물었다. 그 목소리에는 여전히 표정이 없었다. "꽤 깊은 곳까지 갔어. 지금까지 한 번도 본 적 없는 것들을 잔뜩 봤겠지. 귀중한 체험이야."

우시카와는 아무 말도 할 수 없었다. 목소리가 나오지 않았다.

"우시카와 씨, 몇 번이나 똑같은 말을 하게 되는군. 나는 옳은 대답을 원해. 한 번만 더 질문하지. 여기서 가와나 덴고의 동향을 감시해서, 아오마메와의 관련을 찾으라는 교단의 지시를 받았나? 이건 아주 중요한 일이야. 사람의 목숨이 걸린 일이지. 잘 생각해서 옳은 대답을 해. 당신이 거짓말을 하면 뻔히 알 수 있어."

"교단은 이 일을 몰라." 우시카와는 가까스로 그 말만 했다.

"그래, 그게 옳은 대답이야. 교단은 아오마메가 가와나 덴고와 관계가 있다는 걸 아직 파악하지 못했다. 당신은 아직 그 사실을 그자들에게 전하지 않았다. 그렇지?"

우시카와는 고개를 끄덕였다.

"처음부터 정직하게 대답했으면 바다 밑 같은 건 구경할 필요가 없었잖아. 힘들었지?"

우시카와는 고개를 끄덕였다.

"알아. 나도 예전에 같은 꼴을 당했던 적이 있어." 남자는 별것 아닌 이야기를 하듯이 말했다. "얼마나 괴로운지, 이건 경험한 적 없는 사람은 결코 모르지. 고통이라는 건 간단하게 일반화할 수 있는 게 아냐. 개개의 고통에는 개개의 특성이 있어. 톨스토이의 유명한 한 구절을 약간 바꿔 말해보자면, 쾌락이라는 건 대체로 고만고만하지만, 고통은 나름나름으로 미묘한 차이가 있지. 묘미라고까지는 할 수 없겠지만. 어때, 그렇게 생각하지 않나?"

우시카와는 고개를 끄덕였다. 그는 아직도 약간 숨을 헐떡이고 있었다.

남자는 말을 이었다. "그러니 이럴 때는 서로 마음을 터놓고, 감추는 거 없이 정직하게 얘기하자고. 알겠나, 우시카와 씨?"

우시카와는 고개를 끄덕였다.

"만일 또 옳지 않은 대답이 나온다면, 다시 바다 밑을 걸어야 할 거야. 이번에는 아까보다 좀더 오래, 좀더 천천히 걷게 해주지. 좀더 아슬아슬한 데까지. 자칫하면 그길로 못 돌아올 수도 있어. 그런 일을 당하고 싶진 않지, 우시카와 씨?"

우시카와는 고개를 끄덕였다.

"아무래도 우리는 공통점이 있는 것 같아." 남자는 말했다. "척 보니 우린 둘 다 외톨이 늑대야. 혹은 떠돌이 개. 간단히 말하면, 사회 부적응자. 천성적으로 조직에는 어울리질 못해. 아니, 애초에 조직 같은 데서 받아주지 않아. 모조리 혼자서 하지. 혼자 결정하고, 혼자 행동하고, 혼자 책임진다. 윗선의 명령은 받지만, 동료도 부하도 없어. 내게 주어진 두뇌와 실력만 믿는 거야. 그렇지?"

우시카와는 고개를 끄덕였다.

남자는 말했다. "그게 우리의 강점이고, 또 때로는 약점이기도 해. 이를테면 이번 일에 대해 말하자면, 당신은 지나치게 공을 세우려고 했어. 경과를 교단에 보고하지 않고, 당신 혼자서 결판을 내려고 했어. 가능한 한 깔끔한 형태로, 개인적인 수훈을 올리고 싶었겠지. 그만큼 가드가 허술해진 거야. 그렇지?"

우시카와는 다시 한번 고개를 끄덕였다.

"그렇게까지 해야 할 무슨 이유라도 있었나?"

"리더의 죽음과 관련해서 내 쪽에 실수가 있었어."

"어떤?"

"내가 아오마메의 신변조사를 맡았어. 리더와 만나기 전에 치밀하게 체크를 했어. 걸리는 점은 아무것도 발견하지 못했어."

"그러나 그녀는 살해할 의지를 갖고 리더에게 접근했고, 실제로 그의 숨통을 끊었다. 당신은 주어진 임무에 실수를 저질렀고, 결국 그 책임을 지게 될 상황에 몰렸다. 어차피 몇 번 써먹고 버리면 그만인 외부인이다. 게다가 이제는 내부 사정을 너무 많이 아는 인물이기도 하고. 결국 살아남기 위해서는 그자들에게 아오마메의 목을 갖다 바쳐야 한다, 그런 얘긴가?"

우시카와는 고개를 끄덕였다.

"미안하게 됐군." 남자는 말했다.

미안하게 됐다? 우시카와는 그 말의 의미에 대해 일그러진 머릿속으로 생각을 굴렸다. 그리고 짚이는 게 있었다.

"리더 살해는 당신 쪽에서 꾸민 거였어?" 우시카와는 말했다.

남자는 거기에는 대답하지 않았다. 하지만 그 말없는 대답이 결코 부정의 뜻이 아니라는 것을 우시카와는 이해했다.

"나를 어떻게 할 생각이지?" 우시카와는 물었다.

"어떻게 할까. 실은 아직 결정을 못 했어. 지금부터 천천히 생각하지. 모든 건 당신이 어떻게 나오느냐에 달렸어." 다마루는 말했다. "그밖에 몇 가지 당신에게 물어볼 게 있어."

우시카와는 고개를 끄덕였다.

"'선구'의 연락 담당 전화번호를 알려줘야겠어. 당신의 직속 담당자 같은 게 있겠지."

우시카와는 잠시 머뭇거렸지만 결국 그 번호를 알려주었다. 이제 와서 목숨 걸고 반드시 지켜야 할 만한 비밀도 아니다. 다마루는 그것을 메모했다.

"이름은?"

"이름은 몰라." 우시카와는 거짓말을 했다. 하지만 상대는 별로 신경 쓰지 않았다.

"독한 놈들인가?"

"상당히 독해."

"하지만 프로라고는 할 수 없다?"

"실력은 있어. 위에서 명령받은 일은 서슴지 않고 뭐든 해. 하지만 프로는 아냐."

"아오마메에 대해 어디까지 파악했지?" 다마루는 물었다. "은신 장소는 알아냈어?"

우시카와는 고개를 저었다. "거기까지는 몰라. 그래서 여태 이 방에 처박혀서 가와나 덴고를 감시하고 있지. 아오마메의 행방을 알아냈다면 벌써 그쪽으로 이동했을 거야."

"앞뒤가 맞는군." 다마루는 말했다. "근데 당신은 어떻게 아오마메와 가와나 덴고가 관계가 있다는 것을 알아냈지?"

"발품을 팔았어."

"어떤 식으로?"

"아오마메의 경력을 처음부터 샅샅이 조사했어. 어린 시절까지 거슬러올라가서. 그녀는 이치카와 시의 공립 초등학교에 다녔어. 가와나 덴고도 이치카와 출신이고. 그래서 혹시나 하고 생각했지. 초등학교까지 찾아가 조사해보니 역시 두 사람은 이 년 동안 같은 반이었어."

다마루는 목젖으로 고양이처럼 작은 신음소리를 냈다. "그래, 실로 끈질긴 조사를 했군, 우시카와 씨. 상당한 시간과 수고를 들였겠어. 감탄스러워."

우시카와는 가만히 있었다. 지금 그 말은 질문이 아니다.

"다시 묻겠는데," 다마루는 말했다. "현재 아오마메와 가와나 덴고의 관계를 알고 있는 사람은 당신 한 사람밖에 없다?"

"당신이 알고 있지."

"나는 별도로 하고. 당신 주위에서, 라는 얘기야."

우시카와는 고개를 끄덕였다. "이쪽 관련자 중에는 그 사실을 아는 사람은 나밖에 없어."

"거짓말은 아니겠지?"

"거짓말 아냐."

"그런데 당신은 아오마메가 임신했다는 건 알고 있나?"

"임신?" 우시카와는 되물었다. 그 목소리에서 경악의 울림이 느껴졌다. "누구 아이를?"

다마루는 그 질문에는 대답하지 않았다. "정말 그건 몰랐나?"

"몰랐어. 거짓말 아냐."

다마루는 우시카와의 반응이 진실인지 거짓인지 잠시 침묵 속에서 탐색하고 있었다. 그러고는 말했다. "알았어. 몰랐다는 게 정말인 것 같군. 믿기로 하지. 그런데 당신은 아자부의 버드나무 저택 주위를 한동안 더듬고 다녔어. 그건 틀림없지?"

우시카와는 고개를 끄덕였다.

"왜지?"

"그 저택의 여주인은 근처의 고급 스포츠클럽에 다녔고, 개인 인스트럭터를 맡았던 게 아오마메였어. 두 사람은 개인적으로 친밀한 관계를 맺은 것처럼 보였어. 게다가 그 여자는 부지 바로 옆에, 가정폭력을 당한 여자들을 위한 세이프하우스를 개설했어. 경비가 삼엄했지. 내가 보기엔 좀 지나치게 삼엄했어. 당연히 그 세이프하우스에 아오마메가 숨어 있을 거라고 추측했지."

"그래서?"

"하지만 생각한 끝에, 그건 아니라는 결론을 내렸어. 그 여자는 굉장한 부와 권력을 가진 사람이야. 그런 사람은, 설령 아오마메를 숨긴다 해도 자기 곁에 두지는 않아. 가능한 한 멀리 보냈을 거야. 그래서 아자부 저택은 그쯤에서 중단하고 가와나 덴고 쪽을 파보기로 했어."

다마루는 다시 작게 신음했다. "당신은 제법 감도 좋고 논리적으로 머리를 굴릴 줄도 알아. 참을성도 강하고. 단순한 심부름꾼으로 쓰기에는 아깝군. 계속 이 일을 해왔나?"

"예전에는 개업 변호사였어." 우시카와는 말했다.

"그렇군. 꽤 실력 있는 변호사였을 거야. 하지만 약간 지나치게 나대다가 도중에 헛발을 딛고 고꾸라졌다. 지금은 영락해서 푼돈이나 벌어보겠다고 신흥종교 교단의 심부름꾼을 하고 있다. 그렇지?"

우시카와는 고개를 끄덕였다. "그래."

"어쩔 수 없어." 다마루는 말했다. "우리 같은 사회 부적응자들이 실력 하나로 세상의 전면에 나서서 사는 건 그리 쉬운 일이 아니지. 잘나가는 듯하다가도 반드시 어디선가 고꾸라져. 세상은 그런 식으로 생겨먹었어." 그는 주먹을 쥐어 관절에서 소리를 냈다. 날카롭고 불길한 소리였다. "그래서, 버드나무 저택에 대한 정보는 교단에 보고했나?"

"아무에게도 말하지 않았어." 우시카와는 솔직히 말했다. "버드나무 저택에서 뭔가 냄새가 난다는 건 어디까지나 개인적인 추측에 지나지 않아. 경비가 너무 삼엄해서 확증까지는 얻을 수 없었어."

"다행이군." 다마루는 말했다.

"분명 당신이 관리하고 있겠지?"

다마루는 대답하지 않았다. 그는 질문하는 사람일 뿐, 상대의 질문에 대답할 필요는 없다.

"당신은 지금까지는 내 질문에 거짓말을 하지 않았어." 다마루는 말했다. "적어도 큰 줄기에서는 말이지. 바다 밑을 한번 다녀오면 거짓말을 할 기력을 잃게 되지. 무리해서 거짓말을 해도 금세 목소리에 나타나. 공포가 그렇게 만들어."

"거짓말은 하지 않았어." 우시카와는 말했다.

"다행이야." 다마루는 말했다. "자진해서 쓸데없는 고통을 맛볼 건 없지. 그런데 카를 융에 대해서는 알고 있나?"

우시카와는 눈가리개 밑에서 저도 모르게 미간을 찌푸렸다. 카를 융? 이 남자가 대체 무슨 이야기를 하려는 건가. "심리학자

카를 융?"

"그래."

"상식적인 정도는." 우시카와는 조심스럽게 말했다. "19세기 말, 스위스 태생. 프로이트의 제자였는데 나중에 갈라섰다. 집단 무의식. 알고 있는 건 그런 정도야."

"좋아." 다마루는 말했다.

우시카와는 다음 말을 기다렸다.

다마루는 말했다. "카를 융은 스위스 취리히 호반의 조용한 고급 주택가에 멋진 집을 소유하고, 가족과 함께 그곳에서 유복한 생활을 보냈어. 하지만 그는 깊은 사색에 잠기기 위해 혼자 있을 장소가 필요했어. 그래서 호수 끄트머리쯤의 볼링겐이라는 한적한 곳에 호수 쪽을 바라보는 작은 땅을 마련하고, 거기에 작은 집을 지었어. 별장이라고 할 만큼 대단한 건 아냐. 자기 손으로 돌을 하나하나 쌓아올려, 둥글고 천장이 높은 집을 지었지. 바로 근처에 있는 채석장에서 캐낸 돌들이야. 당시 스위스에서는 돌을 쌓으려면 석공 자격이 필요했는데, 융은 그 석공 자격까지 땄어. 길드에도 가입했지. 그 집을 짓는 일은, 그것도 자신의 손으로 짓는 일은, 그에게 그만큼 중요한 의미가 있었어. 어머니의 죽음도, 그가 그 집을 짓는 중요한 요인이 되었지."

다마루는 잠시 틈을 두었다.

"그 건물은 '탑'이라고 불렸어. 그가 아프리카를 여행하다가 보았던 어느 부락의 작은 집을 모방해서 디자인한 거야. 칸막이가 하나도 없는 공간에 생활의 모든 것이 들어가도록 했어. 아주 간소한 주거지야. 그는 그것만으로도 살아가기에 충분하다고 생각했어. 전기도 가스도 수도도 없어. 물은 근처 산에서 끌어왔어. 하지만 나중에 차츰 밝혀진 일인데, 그건 어디까지나 하나의 원형原型에 지나지 않았어. 이윽고 '탑'은 필요에 따라 칸이 나뉘지고, 2층이 만들어지고, 그뒤에는 몇 개의 동을 덧붙여 지었지. 벽에는 그가 직접 그림을 그렸어. 그건 고스란히 개인의 의식의 분할과 전개를 시사하고 있어. 그 집은 이른바 입체적인 만다라로 기능한 거야. 그 건물의 완성이 일단락되기까지 약 십이 년이라는 세월이 필요했어. 융을 연구하는 이들에게는 참으로 흥미로운 건물이지. 이 이야기는 들은 적이 있나?"

우시카와는 고개를 저었다.

"그 집은 지금도 취리히 호숫가에 있어. 융의 자손들에 의해 관리되고 있는데, 유감스럽게도 일반인에게는 공개하지 않아서 내부를 직접 볼 수는 없어. 들려오는 말에 따르면, 그 오리지널 '탑'의 입구에는 융이 직접 손으로 문자를 새긴 돌이 아직도 박혀 있다고 해. '차가워도, 차갑지 않아도, 신은 이곳에 있다.' 그게 그 돌에 융이 직접 새겨넣은 문장이야."

다마루는 다시 틈을 두었다.

"차가워도, 차갑지 않아도, 신은 이곳에 있다." 그는 다시 한

번 조용한 목소리로 반복했다. "무슨 뜻인지 알겠나?"

우시카와는 고개를 저었다. "아니, 모르겠어."

"그렇겠지. 무슨 뜻인지는 나도 잘 몰라. 거기에는 너무도 깊은 암시가 담겨 있어. 해석하기가 너무 어려워. 하지만 카를 융은 자신이 디자인하고 자기 손으로 돌을 하나하나 쌓아올려 완성한 집의 입구에, 어떻든 그 문구를 직접 끌을 휘둘러 새기지 않고는 배길 수 없었어. 그리고 나는 왠지 옛날부터 그 말에 강하게 끌렸어. 무슨 뜻인지는 잘 이해 못 하겠지만, 못 하면 못 하는 대로 그 말은 내 마음에 상당히 깊숙이 울려. 나는 신에 대해 잘 몰라. 아니, 가톨릭에서 운영하는 고아원에서 어지간히 고생을 많이 겪었기 때문에, 신에 대해 별로 좋은 인상은 갖고 있지 못해. 그리고 거기는 항상 추운 곳이었어. 한여름에도 추웠어. 상당히 춥거나, 지독히 춥거나, 둘 중 하나였어. 신이 혹시 있다고 해도 나에게 친절했다고는 도저히 말 못 해. 하지만 그런데도 그 말은 내 영혼의 가느다란 주름 틈새에 조용히 스며들더란 말이지. 나는 이따금 눈을 감고 그 말을 수없이 머릿속에서 외워. 그러면 기분이 이상하게 차분해지지. '차가워도, 차갑지 않아도, 신은 이곳에 있다'. 미안하지만, 잠깐 소리 내어 말해보겠나?"

"'차가워도, 차갑지 않아도, 신은 이곳에 있다.'" 우시카와는 뭐가 뭔지 모른 채 작은 소리로 말했다.

"잘 안 들리는데."

" '차가워도, 차갑지 않아도, 신은 이곳에 있다.' " 우시카와는 이번에는 가능한 한 또렷한 목소리로 말했다.

다마루는 눈을 감고, 잠시 그 말의 여운을 음미하고 있었다. 그리고 마침내 뭔가 결단을 내린 듯 숨을 크고 깊게 들이쉬고, 그리고 내쉬었다. 눈을 뜨고 자신의 두 손을 바라보았다. 지문을 남기지 않기 위해 두 손에는 얇은 일회용의 수술용 장갑을 끼고 있었다.

"미안하다." 다마루는 조용히 말했다. 거기에는 엄숙한 울림이 있었다. 그는 다시 한번 비닐봉지를 집어들고 그것을 우시카와의 머리에 덮어씌웠다. 그리고 굵은 고무줄로 목 주위를 조였다. 저항할 틈도 없이 신속한 동작이었다. 우시카와는 항의의 말을 하려 했지만 결국 입 밖에 내지 못했고, 그 말은 당연히 어느 누구의 귀에도 들어가지 못했다. 왜, 하고 우시카와는 비닐봉지 안에서 생각했다. 알고 있는 모든 것을 솔직히 말했다. 왜 지금 나를 죽여야 하지.

그는 터져버릴 것 같은 머리로 주오린칸의 작은 단독주택과 어린 두 딸을 떠올렸다. 그곳에서 기르던 개도 떠올렸다. 그는 그 몸통이 기다란 작은 개를 한 번도 좋아한 적이 없고, 개도 우시카와를 한 번도 좋아한 적이 없었다. 머리 나쁘고 잘 짖는 개였다. 노상 카펫을 물어뜯고 깨끗한 복도에 오줌을 쌌다. 그가 어린 시절에 길렀던 영리한 잡종견과는 전혀 달랐다. 그럼에도 불구하고, 우시카와가 인생의 마지막에 머릿속에 떠올린 것은, 잔디 정원을 마구 뛰어다니는 그 변변찮은 작은 개의 모습이었다.

우시카와의 꽁꽁 묶인 둥근 몸뚱이가 지상에 내던져진 거대한 물고기처럼 방바닥에서 격렬하게 몸부림치는 모습을 다마루는 시야 귀퉁이로 보고 있었다. 몸이 뒤로 젖혀진 상태로 묶여 있기 때문에 아무리 발버둥쳐도 그 소리가 옆집에 들릴 걱정은 없다. 그런 방식의 죽음이 얼마나 고통스러운지, 다마루는 잘 알고 있었다. 하지만 사람을 죽이는 데는 그게 가장 효율적이고 깨끗한 방법이다. 비명도 들리지 않고, 피도 흐르지 않는다. 다마루의 시선은 태그호이어 다이버워치의 초침을 따라가고 있었다. 삼 분이 경과하자, 우시카와의 팔다리의 격렬한 버둥거림이 멈췄다. 그리고 뭔가와 연동하듯이 부들부들 가늘게 경련하고, 이윽고 뚝 멈췄다. 그다음 다시 삼 분 동안 다마루는 초침을 응시했다. 그러고는 우시카와의 손목에 손가락을 대고 맥을 짚어 그가 생명의 모든 징후를 상실했음을 확인했다. 희미하게 소변 냄새가 났다. 우시카와가 다시 한번 실금한 것이다. 이번에는 방광이 완전히 열려버렸다. 나무랄 수는 없다. 그만큼 고통스러웠던 것이다.

다마루는 목에서 고무줄을 풀어내고 얼굴에서 비닐봉지를 벗겨냈다. 비닐봉지는 입 속으로 단단히 빨려들어가 있었다. 우시카와는 양눈을 부릅뜨고 입을 삐뚜름히 벌린 채 죽어 있었다. 지저분한 뻐드렁니가 그대로 드러나고, 초록색 이끼가 낀 혀도 보였다. 뭉크가 그렸을 법한 표정이다. 원래부터 일그러진 커다란 머리가 그 이형성異形性을 더욱 강조하고 있었다. 어지간히 괴로웠던 것이리라.

"미안하다." 다마루는 말했다. "나도 좋아서 한 짓이 아니야."

다마루는 양손가락으로 우시카와의 얼굴을 눌러 근육을 풀어주고, 턱 관절을 조정하여 그 얼굴을 조금이라도 보기 편한 것으로 바꿔주었다. 주방에 있던 타월로 입 근처의 침을 닦아냈다. 시간이 좀 걸렸지만, 그걸로 얼마쯤 괜찮은 모양새가 되었다. 적어도 절로 눈을 돌려버리고 싶을 정도는 아니게 되었다. 하지만 눈꺼풀만은 아무리 해도 감길 수 없었다.

"셰익스피어가 썼듯이," 다마루는 그 일그러진 무거운 머리를 향해 조용한 목소리로 말을 건넸다. "오늘 죽어버리면 내일은 죽지 않아도 돼. 서로 되도록 좋은 면을 보도록 하자고."

『헨리 4세』였는지 『리처드 3세』였는지, 그 대사의 출전은 생각나지 않았다. 하지만 그건 다마루에게는 그리 중요한 문제가 아니었고, 우시카와가 새삼 정확한 출처를 알고 싶어할 것 같지도 않았다. 다마루는 우시카와의 손발을 묶은 끈을 풀었다. 피부에 흔적이 남지 않도록 부드러운 타월을 사용해서 특수한 매듭으로 묶은 끈이었다. 그 끈과 머리에 씌웠던 비닐봉지, 그리고 목에 둘렀던 고무줄을 수거해 미리 준비한 비닐팩에 넣었다. 우시카와의 소지품을 샅샅이 뒤져서 그가 촬영한 사진을 한 장도 남김없이 회수했다. 카메라와 삼각대도 가방에 넣어 가져가기로 했다. 우시카와가 여기서 누군가를 감시했다는 게 알려지면 이래저래 귀찮아진다. 대체 누구를 감시하고 있었느냐는 의문이 남게 된다. 그 결과, 가와나 덴고의 이름이 떠오를 가능성이 크다. 잔글씨로 빽빽하게 메모한 수첩도 회수했다. 이제 중요한 것은 단 한 가지도 남아 있지 않다. 침낭과 식품과 갈아입을 옷가지, 지갑과 열쇠, 그리고 우시카와의 가엾은 사체가 남아 있을 뿐이다. 마지막으로 다마루는 우시카와의 지갑 속에 들어 있던 '신일본학술예술진흥회 상임이사' 직함의 명함을 한 장 꺼내 자신의 코트 주머니에 넣었다.

"미안하다." 다마루는 돌아가는 참에 다시 한번 우시카와에게 말을 건넸다.

다마루는 역 근처에서 공중전화 부스에 들어가 전화카드를 슬릿에 넣고 우시카와가 알려준 전화번호를 눌렀다. 도쿄 도내의 번호였다. 아마 시부야 구일 것이다. 여섯번째 콜에서 상대가 전화를 받았다.

다마루는 서론을 생략하고 곧바로 고엔지 아파트의 주소와 호수를 댔다.

"적었나?" 그는 말했다.

"다시 한번 말씀해주시겠습니까?"

다마루는 반복했다. 상대는 그것을 받아적고, 복창했다.

"거기에 우시카와 씨가 있다." 다마루는 말했다. "우시카와 씨에 대해서는 잘 알고 있지?"

"우시카와 씨?" 상대는 말했다.

다마루는 상대의 발언을 무시하고 말을 이었다. "우시카와 씨가 거기 있고, 유감스럽지만 더이상 숨을 쉬지 않아. 누가 봐도 자연사는 아니야. 지갑에 '신일본학술예술진흥회 상임이사'라는 직함의 명함이 몇 장 들어 있어. 경찰이 그걸 발견하면, 늦건 빠르건 그쪽과의 관련이 밝혀지겠지. 그렇게 되면 요즘 분위기로 봐서는 일이 상당히 귀찮아질 수 있어. 되도록 빨리 처리하는 게 좋을 거야. 그런 일은 잘하는 것 같던데."

"당신은?" 상대는 말했다.

"친절한 신고자." 다마루는 말했다. "나도 경찰은 별로 좋아하지 않아. 당신들과 마찬가지로."

"자연사가 아니다?"

"적어도 노환으로 죽은 건 아니고, 안락한 죽음도 아니었어."

상대는 잠시 침묵했다. "그래서, 그 우시카와 씨는 그런 곳에서 대체 뭘 하고 있었죠?"

"그건 모르지. 자세한 건 우시카와 씨에게 물어보는 수밖에 없겠지만, 아까도 말했듯이 그는 지금 대답할 형편이 아니야."

상대는 잠시 틈을 두었다. "아마도 당신은 호텔 오쿠라에 왔던 젊은 여자와 관계가 있는 사람이겠죠?"

"그건 대답이 나올 가망이 없는 질문이야."

"나는 그 여자를 만났던 사람입니다. 그렇게 말하면 알 겁니다. 그 여자에게 전해줬으면 하는 말이 있습니다."

"듣고 있어."

"우리는 그녀에게 해를 끼칠 생각이 없습니다." 상대는 말했다.

"당신들은 그녀의 행방을 필사적으로 쫓고 있는 걸로 아는데."

"그렇습니다. 우리는 계속 그녀의 행방을 찾고 있어요."

"하지만 그녀에게 해를 끼칠 생각은 없다." 다마루는 말했다. "그 근거는?"

대답이 나오기까지 짧은 침묵이 있었다.

"간단히 말하자면 어느 시점에서 상황이 변했습니다. 물론 리더의 죽음을 주위 사람들은 깊이 애도하고 있습니다. 하지만 그건 이미 종료되고 완결된 사안입니다. 리더는 몸에 병이 들어 어떤 의미에서는 스스로 종지부를 찍기를 원했습니다. 그러므로 우리로서는 그 일에 관해 더이상 아오마메 씨를 추궁할 생각은 없어요. 지금 우리가 원하는 것은 그녀와 대화하는 것입니다."

"무엇에 대해?"

"공통의 이해에 대해."

"하지만 그건 어디까지나 그쪽 사정이야. 그쪽에서는 그녀와 대화할 필요가 있다고 해도, 그녀 쪽에서는 그걸 원하지 않을지도 몰라."

"대화의 여지는 있을 겁니다. 우리 쪽에서 당신들에게 내줄 것도 있어요. 이를테면 자유와 안전이지요. 그리고 지식과 정보입니다. 어딘가 중립적인 자리에서 대화를 가질 수는 없겠습니까? 어디든 좋아요, 그쪽에서 지정하는 장소로 나가겠습니다. 안전은 백 퍼센트 보장합니다. 그녀뿐만 아니라 이번 일에 관여한 전원의 안전을 보장합니다. 아무도 더이상 도망 다닐 필요가 없어요. 이건 서로에게 그리 나쁜 이야기가 아닐 겁니다."

"당신은 그렇게 말하겠지." 다마루는 말했다. "하지만 그 제안을 믿을 만한 근거가 없어."

"아무튼 아오마메 씨에게 그 말을 전해주십시오." 상대는 끈기 있게 말했다. "상황은 급박하고, 우리는 아직 조금 더 양보할 여지가 있습니다. 신뢰에 대해 보다 구체적인 근거가 필요하다면 거기에 대해서도 생각해보지요. 이 번호로 전화해주시면 언제든지 연락이 됩니다."

"좀더 알기 쉽게 상황을 설명해줄 수 없을까? 왜 당신들이 그렇게까지 그녀를 필요로 하는지. 대체 무슨 일이 있어서 상황이 그렇게 변했는지."

상대는 작게 한 차례 호흡을 했다. 그리고 말했다. "우리는 목소리를 계속 듣지 않으면 안 됩니다. 우리에게 목소리는 풍요로운 우물 같은 것이에요. 그것을 잃을 수는 없습니다. 여기서 말씀드릴 수 있는 건 그 정도예요."

"그리고 그 우물을 유지하기 위해, 당신들은 아오마메가 필요하다."

"한마디로 설명할 수 있는 일이 아닙니다. 그것과 관련된 일이다, 라고 말씀드릴 수밖에 없어요."

"후카다 에리코는 어떻지? 그녀는 더이상 필요하지 않은 건가?"

"우리는 지금 이 시점에서 딱히 후카다 에리코가 필요하지는 않습니다. 그녀가 어디에 있건, 무엇을 하건 상관없어요. 그녀는 자신의 사명을 마쳤습니다."

"어떤 사명을?"

"미묘한 경위가 있습니다." 상대는 잠시 틈을 두고 말했다. "미안하지만 여기서 더이상 자세한 사정을 밝힐 수는 없습니다."

"당신들이 처한 입장을 잘 생각해보는 게 좋아." 다마루는 말했다. "현재 게임의 서브권은 우리 쪽에 있어. 우리 쪽에서는 자유롭게 연락을 취할 수 있지만, 그쪽에서는 그럴 수 없지. 우리가 누구인지조차 당신들은 알지 못해. 그렇지 않은가?"

"맞습니다. 주도권은 현재로서는 그쪽에 있어요. 당신이 누군지도 모릅니다. 하지만 그래도 이건 전화로 이야기할 사안이 아니에요. 지금까지 말씀드린 것만 해도 이미 너무 많은 말을 했습니다. 분명 내게 주어진 권한 이상으로."

다마루는 한동안 침묵했다. "좋아. 제안에 대해 생각해보지. 우리 쪽에서도 대화를 해볼 필요가 있어. 후일 연락하게 될지도 모르겠군."

"연락을 기다리겠습니다." 상대는 말했다. "되풀이하는 것 같지만, 이건 양쪽 모두에게 나쁘지 않은 이야기입니다."

"만일 우리가 그 제안을 무시하거나 거부한다면?"

"그렇게 되면 우리 방식대로 하는 수밖에 없습니다. 우리는 적지 않은 힘을 갖고 있어요. 상황이 본의 아니게 난폭해질 수도 있고, 주위 사람들에게도 해가 미칠 수 있습니다. 당신들이 누구건 큰 상처 없이는 빠져나갈 수 없을 겁니다. 틀림없이 서로에게 유쾌하다고 할 수 없는 일이 전개되겠지요."

"그럴 수도 있겠지. 하지만 이야기가 거기까지 가자면 시간이 걸릴 거야. 그리고 당신의 말을 빌리자면 상황은 급박해."

상대 남자는 가볍게 헛기침을 했다. "시간이 걸릴 수도 있겠지요. 혹은 그다지 걸리지 않을 수도 있습니다."

"실제로 해보지 않고는 모른다."

"그렇습니다." 상대는 말했다. "그리고 또 한 가지, 반드시 지적해두어야 할 중요한 포인트가 있습니다. 당신의 비유를 그대로 빌리자면, 분명 당신들은 게임의 서브권을 쥐고 있습니다. 하지만 이 게임의 기본적인 룰을 아직 잘 모르는 것 같군요."

"그것도 실제로 해보지 않고는 모르는 일이지."

"실제로 해보고 잘 풀리지 않는다면 일이 바람직하지 않지요."

"서로에게." 다마루는 말했다.

몇 가지 암시를 담은 짧은 침묵이 이어졌다.

"그래서, 우시카와 씨 일은 어떻게 할 거지?" 다마루는 물었다.

"빠른 시간 안에 이쪽에서 거둬오지요. 오늘 밤에라도."

"집 문은 잠겨 있지 않아."

"그건 고마운 일이군요." 상대는 말했다.

"그런데 그쪽에서는 우시카와 씨의 죽음에 깊은 애도를 표해주시려나?"

"누가 됐건, 여기서는 인간의 죽음에 항상 깊은 애도를 표합니다."

"애도해주는 게 좋아. 나름대로 유능한 사람이었어."

"하지만 충분히 유능한 건 아니었다, 그런 말이겠지요?"

"영원히 살 수 있을 만큼 유능한 인간은 어디에도 없지."

"당신은 그렇게 생각하는군요." 상대는 말했다.

"물론." 다마루는 말했다. "나는 그렇게 생각해. 당신은 그렇게 생각하지 않나?"

상대는 그 질문에는 대답하지 않고 싸늘한 목소리로 말했다.
"연락 기다리겠습니다."

다마루는 말없이 전화를 끊었다. 그 이상의 대화는 필요 없었다. 필요하다면 다시 이쪽에서 전화하면 된다. 공중전화 부스를 나서자 다마루는 차를 세워둔 곳까지 걸었다. 칙칙한 남색 구형 도요타 카롤라 밴, 눈에 띄지 않는 차다. 십오 분쯤 차를 몰아 인적 없는 공원 앞에 세우고, 보는 눈이 없는 것을 확인한 뒤에 쓰레기통에 비닐봉지와 끈과 고무줄을 버렸다. 수술용 장갑도 버렸다.

"거기서는 인간의 죽음에 항상 깊은 애도를 표한다." 다마루는 시동을 걸고 안전벨트를 채우며 작게 중얼거렸다. 그건 참으로 다행이라고 그는 생각한다. 인간의 죽음은 모름지기 애도되어야 하는 것이다. 비록 아주 짧은 시간이라 해도.

제26장 아오마메

Q

매우 로맨틱하다

화요일 정오 지나서 전화벨이 울린다. 아오마메는 요가 매트에 앉아 다리를 넓게 벌리고 장요근腸腰筋 스트레칭을 하고 있었다. 보기보다 가혹한 운동이다. 입고 있는 셔츠에 엷게 땀이 배었다. 아오마메는 운동을 멈추고, 얼굴을 타월로 닦으며 수화기를 집어든다.

"후쿠스케 머리는 이제 그 아파트에 없어." 다마루는 항상 그랬듯이 인사말 없이 그렇게 첫 마디를 뗀다. 여보세요고 뭐고 없다.

"이제 없다?"

"없어졌어. 설득당해서."

"설득당해서." 아오마메는 반복한다. 후쿠스케 머리는 어떤 형태로든 다마루에 의해 강제적으로 배제되었다는 말일 것이다.

"그리고 그 아파트에 사는 가와나라는 인물은, 네가 찾고 있는 가와나 덴고야."

아오마메 주위에서 세계가 팽창하고 다시 수축하기를 반복한다. 그녀의 심장이 그렇듯이.

"듣고 있나?" 다마루가 묻는다.

"듣고 있어요."

"하지만 가와나 덴고는 지금 그 아파트에 없어. 며칠 동안 부재중이야."

"그는 무사해요?"

"지금 도쿄에 없긴 하지만, 무사한 건 틀림없어. 후쿠스케 머리는 가와나 덴고가 사는 아파트 1층에 집을 빌리고 네가 그를 만나러 찾아오기를 기다렸어. 도촬카메라를 설치하고 현관을 감시하고 있었어."

"내 사진을 찍었나요?"

"세 장 찍었어. 밤이고, 모자를 깊숙이 눌러 쓰고, 안경과 스카프로 얼굴을 감췄기 때문에 자세한 얼굴까지는 알아볼 수 없어. 하지만 틀림없이 너야. 다시 한번 그곳에 갔다면, 아마 일이 상당히 귀찮아졌을 거야."

"당신에게 이 일을 맡긴 게 정답이었군요."

"만일 거기에 정답이라는 게 있다면."

아오마메는 말한다. "하지만 이제 그는 걱정할 것 없는 존재가 되었다."

"더이상 그자가 너에게 해를 끼칠 일은 없어."

"당신에게 설득당해서."

"조정이 필요한 국면은 있었지만, 최종적으로는." 다마루는 말한다. "사진도 모두 회수했어. 후쿠스케 머리의 목적은 네가 나타나기를 기다리는 것이고, 가와나 덴고는 그걸 위한 미끼에 지나지 않았어. 그러니 현재로서는 그들이 가와나 덴고에게 위해를 가할 이유는 없어. 무사할 거야."

"다행이에요." 아오마메는 말한다.

"가와나 덴고는 요요기의 입시학원에서 수학을 가르치고 있어. 교사로서는 꽤 유능한 모양인데, 일주일에 며칠만 일하기 때문에 수입이 많지는 않은 것 같아. 아직 독신이고, 그 허름한 아파트에서 혼자 소박한 생활을 하고 있어."

눈을 감자, 귓속에서 심장의 고동 소리가 들린다. 세계와 자신 사이의 경계가 제대로 보이지 않는다.

"학원 수학강사로 일하는 한편으로 소설을 쓰고 있어. 긴 소설이야. 「공기 번데기」의 고스트라이터는 그저 아르바이트로 한 것이고, 자신만의 문학적 야심이 있어. 좋은 일이야. 적당한 야심은 인간을 성장하게 해주지."

"그걸 어떻게 알아냈어요?"

"부재중이라서 내 마음대로 안에 들어갔어. 문이 잠겨 있긴 했지만, 자물쇠라고 할 수도 없는 물건이었어. 프라이버시를 침해해서 미안하긴 하지만, 일단 기초적인 조사를 해둘 필요가 있었지. 남자 혼자 사는 집치고는 깨끗이 정리되어 있었어. 가스레인지도 말끔히 닦였고, 냉장고도 청결하게 정리해서 양배추가 썩어가는 일 같은 건 없었어. 다리미질을 한 흔적도 있어. 반려자로 나쁘지 않은 상대야. 만일 게이가 아니라면 말이지만."

"그밖에 또 뭘 알아냈죠?"

"학원에 전화해서 그의 강의 일정을 물어봤어. 전화를 받은 여직원의 말에 의하면, 가와나 덴고의 부친이 지난 일요일 심야에 지바 현의 한 병원에서 사망했어. 그 일로 그는 장례를 위해 도쿄를 떠나야 했고, 그래서 월요일 강의는 취소되었어. 언제 어디서 장례식이 있는지, 그 여자는 알지 못한다고 했어. 아무튼 다음 강의는 목요일이고, 아마 그때까지는 도쿄에 돌아올 거라고 해."

덴고의 아버지가 NHK 수금원으로 일했던 것을 아오마메는 물론 기억하고 있다. 덴고는 일요일에 아버지와 함께 수금 루트를 돌았다. 이치카와 시내에서 몇 번 마주친 적이 있다. 아버지의 얼굴은 잘 기억나지 않는다. 마르고 자그마한 사람으로, 수금원 제복을 입고 있었다. 그리고 덴고와는 전혀 닮지 않았다.

"이제 후쿠스케 머리가 없다면 내가 덴고를 만나러 가도 괜찮을까요?"

"그러지 않는 게 좋아." 다마루는 즉각 말한다. "후쿠스케 머리는 잘 설득당했어. 하지만 사실을 말하자면, 나는 한 가지 일을 처리하기 위해 '선구' 교단에 연락해야 했어. 가능하면 법무관계자의 손에는 넘기고 싶지 않은 물품이 하나 있었거든. 만일 그게 발견되면, 아파트 주민을 이 잡듯이 죄다 조사할 거야. 너의 친구도 덩달아 휘말려들 수 있어. 그리고 나 혼자 그걸 처리하는 건 상당한 부담이야. 한밤중에 나 혼자 영차영차 그 물품을 들고 나오는 장면을 법무관계자에게 들켜 직무상 질문이라도 받았다가는 어떻게도 둘러댈 말이 없고. 하지만 그 교단은 인력도 풍부하고 기동력도 있지. 게다가 그런 작업에는 익숙해. 호텔 오쿠라에서 다른 물품을 실어낸 솜씨를 보면 알아. 무슨 말인지 알지?"

아오마메는 다마루가 사용한 용어를 머릿속에서 현실적인 언어로 번역한다. "설득을 몹시 거칠게 한 모양이군요."

다마루는 작게 신음을 흘린다. "딱하긴 하지만, 그 사람은 너무 많은 것을 알고 있었어."

아오마메는 묻는다. "후쿠스케 머리가 그 아파트에서 뭘 하고 있었는지, 교단에서는 알고 있나요?"

"후쿠스케 머리는 교단을 위해 일하기는 했지만, 계속 단독으로 움직여온 사람이야. 자신이 어떤 일을 하고 있는지, 아직 윗선에 보고하지 않았어. 우리로서는 잘된 일이지."

"하지만 그가 거기서 무언가 하고 있었다는 걸 지금은 그들도 알고 있겠군요."

"맞아. 너는 한동안 그쪽에는 접근하지 않는 게 좋아. 가와나 덴고의 이름과 주소는 「공기 번데기」의 집필자로서 이미 그들의 체크리스트에 올라 있을 거야. 짐작건대 그자들은 가와나 덴고와 너의 개인적인 관계를 아직 파악하지 못했어. 하지만 후쿠스케 머리가 그 아파트에서 잠복한 이유를 더듬어가면 결국 가와나 덴고라는 존재가 떠오르게 돼. 시간문제야."

"하지만 잘하면, 그게 밝혀지기까지 상당한 시간이 걸릴 거예요. 후쿠스케 머리의 죽음과 덴고의 존재가 금세 연결되진 않겠죠."

"잘하면." 다마루는 말한다. "만일 그자들이 내가 예상하는 만큼 주의 깊은 자들이 아니라면 말이야. 하지만 나는 잘하면이라는 가정에는 별로 기대지 않는 편이야. 덕분에 지금까지 일단은 큰 과오 없이 살아남을 수 있었어."

"그러니까 나는 그 아파트에 접근하지 않는 게 좋다."

"물론." 다마루는 말한다. "우리는 종이 한 장 차이로 살아 있는 거야. 아무리 주의해도 지나칠 일은 없어."

"후쿠스케 머리는 내가 이 맨션에 숨어 있다는 걸 알고 있었나요?"

"만일 알았다면, 너는 지금쯤 내 손이 닿지 않는 곳에 가 있을 거야."

"하지만 그는 바로 내 발치까지 다가왔었어요."

"그래. 하지만 내 생각에는, 아마 어떤 우연이 그자를 거기까지 이끈 것 같아. 그 이상은 없어."

"그래서 무방비로 자신의 모습을 미끄럼틀 위에 드러냈군요."

"그렇지. 그곳에 있는 모습을 네게 목격당했다는 걸 그자는 전혀 알지 못했어. 예상조차 못 했겠지. 그게 결국은 제 목숨 끊는 일이 된 거야." 다마루는 말한다. "말했지, 인간의 삶과 죽음 따위, 모두 종이 한 장 차이야."

몇 초의 침묵이 내린다. 인간의 죽음이 — 가령 어떤 자의 죽음이건 — 몰고 온 무거운 침묵이다.

"후쿠스케 머리는 사라졌지만, 교단은 아직 나를 쫓고 있어요."

"그게 나도 이해하기 힘든 부분이 있어." 다마루는 말한다. "그자들은 처음에는 너를 붙잡아서 리더 살해계획의 이면에 어떤 조직이 있는지 알아내려고 했어. 너 혼자서는 그만한 사전준비를 할 수 없으니까, 모종의 배경이 있다는 건 누가 보더라도 명백하지. 붙잡혔더라면 분명 지독한 심문이 기다리고 있었을 거야."

"그래서 나는 권총이 필요했죠." 아오마메는 말한다.

"후쿠스케 머리도 당연히 그렇게 이해하고 있었어." 다마루는 말을 이었다. "교단이 너를 쫓는 것은 심문하고 처벌하기 위한 것이라고 믿어 의심치 않았지. 하지만 아무래도 도중에 사정이 크게 바뀐 모양이야. 후쿠스케 머리가 무대에서 사라진 뒤, 나는 그자들 중 한 명과 통화했어. 상대는 더이상 너에게 위해를 가할 생각이 없다고 말했어. 그걸 너에게 전해달라고. 물론 덫인지도 모르지. 하지만 내 귀에 그 말은 진심으로 들렸어. 리더의 죽음은 어떤 의미에서는 본인 스스로 원했던 것이라고 그자는 설명하더군. 그건 이른바 자사自死 같은 것이었고, 그러니 그 일로 새삼 너를 단죄할 필요는 없다고."

"맞는 말이에요." 아오마메는 건조한 목소리로 말한다. "리더는 내가 자신을 살해하러 왔다는 걸 처음부터 알고 있었어요. 그리고 내게 살해되기를 원했어요. 그날 밤, 호텔 오쿠라의 스위트룸에서."

"경호하던 자들은 너의 정체를 알아보지 못했다. 하지만 리더는 알고 있었다."

"그래요. 어째서인지는 모르겠지만, 그는 모든 것을 미리 알고 있었어요." 아오마메는 말한다. "그는 거기서 나를 *기다리고 있었어요*."

다마루는 잠시 틈을 두었다가 말한다. "그리고 무슨 일이 있었지?"

"그와 나는 거래를 했어요."

"그런 이야기, 나는 듣지 못했어." 다마루가 경직된 목소리로 말한다.

"말할 기회가 없었어요."

"어떤 거래였는지 지금 설명해봐."

"나는 그에게 한 시간쯤 근육 스트레칭을 했고, 그동안에 그는 이야기를 했다. 그는 덴고에 대해 알고 있었다. 나와 덴고의 관계에 대해서도 왠지 몰라도 모두 알고 있었다. 그리고 그는 내게 자신을 죽여달라고 말했다. 한없이 계속되는 격심한 육체의 고통에서 한시라도 빨리 해방시켜달라고. 자신에게 죽음을 준다면, 그 대신 덴고의 목숨을 구해줄 수 있다고 말했다. 그래서 나는 마음을 정하고 그의 목숨을 빼앗았다. 굳이 내가 손을 대지 않더라도 그는 확실하게 죽음을 향해 가고 있었고, 그 사람이 그때까지 저질러온 짓을 생각하면 그대로 고통 속에 내버려두고 싶었지만."

"그리고 그 거래에 대한 것을 너는 마담에게는 보고하지 않았어."

"나는 리더를 살해하기 위해 그곳에 갔고, 그 사명을 완수했어요." 아오마메는 말한다. "그리고 덴고와의 문제는 내 개인적인 일이었어요."

"좋아." 다마루는 반쯤 포기한 듯이 말한다. "분명 너는 사명을 충분히 완수했어. 그건 인정해. 그리고 가와나 덴고와의 문제는 너의 개인적인 범주에 속하는 일이야. 다만 그 전후에 너는 이유는 몰라도 임신을 했어. 그건 간단히 넘어갈 수 없는 문제야."

"그 전후가 아니에요. 거센 낙뢰와 함께 도심에 큰 비가 내렸던 그날 밤에, 나는 수태했어요. 내가 리더를 처리한 바로 그날 밤에. 전에도 말했듯이 성적인 교섭은 일절 없이."

다마루는 한숨을 쉰다. "문제의 성격상, 나는 네가 하는 말을 모두 다 믿거나 전혀 믿지 않거나, 둘 중 하나밖에 할 수 없어. 나는 지금까지 너를 믿을 만한 사람이라고 생각해왔고, 지금도 네가 하는 말을 믿고 싶어. 하지만 이번 건에 관해서는 어떻게도 일의 큰 줄기가 보이질 않아. 나는 어느 쪽인가 하면, 연역적인 사고밖에 하지 못하는 인간이니까."

아오마메는 침묵을 지킨다.

"리더의 살해와 그 수수께끼의 수태 사이에 뭔가 인과관계가 있을까?" 다마루가 묻는다.

"나로서는 뭐라고 말할 수 없어요."

"혹시 네 뱃속에 있는 태아가 리더의 아이일 가능성은 생각할 수 없을까? 어떤 방법인지는 모르지만 모종의 방법으로, 리더가 그때 너를 임신시켰을 가능성. 만일 그렇다면 그자들이 너를 어떻게든 손에 넣으려고 하는 이유가 해명돼. 그들은 리더의 후계자가 필요한 거야."

아오마메는 수화기를 움켜쥐고 고개를 흔든다. "그건 있을 수 없어요. 이건 덴고의 아이예요. 나는 그걸 알아요."

"그 점에 대해서도, 나는 너를 믿느냐 믿지 않느냐, 둘 중 하나밖에 할 수 없어."

"나도 그 이상은 설명할 수 없어요."

다마루는 다시 한번 한숨을 쉰다. "좋아. 지금은 네가 하는 말을 일단 받아들이기로 하지. 그건 너와 가와나 덴고 사이의 아이다. 너는 그걸 안다. 하지만 그렇다 해도 일의 맥락이 여전히 잡히지 않아. 그들은 처음에는 너를 체포해서 엄격하게 처벌하려고 했다. 하지만 어느 시점에 무슨 일이 일어났다. 혹은 뭔가가 밝혀졌다. 그리고 그들은 이제 너를 필요로 하고 있다. 너의 안전을 보장할 것이고, 그들 측에서도 너에게 줄 수 있는 게 있다고 한다. 그리고 그것에 대해 빠른 시일 내에 직접 대화하기를 원하고 있다. 대체 무슨 일이 있었던 걸까?"

"그들은 나를 필요로 하는 게 아니에요." 아오마메는 말한다. "그들에게 필요한 건 내 뱃속에 있는 아이겠죠. 그들이 어느 시점엔가 그걸 알아낸 거예요."

"호우호우." 리듬을 맞추는 역할의 리틀 피플이 어딘가에서 소리를 높인다.

"이야기의 전개가 내게는 좀 지나치게 빠르군." 다마루는 그렇게 말한다. 그리고 다시 한번 목구멍에서 작은 신음소리를 낸다. "아직도 맥락이 잡히지 않아."

맥락이 잡히지 않는 건 달이 두 개 있기 때문이다, 아오마메는 생각한다. 그것이 모든 것으로부터 맥락을 빼앗아가는 거예요. 하지만 입 밖에 내지는 않는다.

"호우호우." 나머지 여섯 명의 리틀 피플이 어딘가에서 합창한다.

다마루는 말한다. "그들은 목소리를 듣는 자가 반드시 필요하다고, 나와 통화한 사람이 그렇게 말했어. 그 목소리를 잃어버리면 교단은 그대로 소멸할지도 모른다고. 목소리를 듣는다는 것이 구체적으로 무엇을 의미하는지, 그건 모르겠어. 어쨌거나 그게 그 남자가 한 말이야. 그렇다면 네 뱃속에 있는 아이가 그 '목소리를 듣는 자'라는 건가?"

그녀는 자신의 아랫배에 가만히 손을 얹는다. 마더와 도터, 하고 아오마메는 생각한다. 소리를 내지는 않는다. 달들이 그 말을 듣게 해서는 안 된다.

"난 모르겠어요." 아오마메는 조심스럽게 단어를 골라 말한다. "하지만 그것 말고는 그들이 나를 필요로 하는 이유는 생각나지 않아요."

"하지만 어떤 이유로 가와나 덴고와 너 사이에 생긴 아이가 그런 특별한 능력을 갖는다는 거지?"

"모르겠어요." 아오마메는 말한다.

어쩌면 리더는 자신의 생명과 맞바꾸어 자신의 후계자를 내게 의탁하려 했는지도 모른다. 그런 생각이 아오마메의 머리에 떠오른다. 리더는 그러기 위해 그 뇌우의 밤에, 서로 다른 세계를 교차시키는 회로를 일시적으로 열어, 나와 덴고를 하나로 맺어지게 했는지도 모른다.

다마루는 말한다. "그것이 누구와의 사이에 생긴 아이건, 그 아이가 어떤 능력을 갖고 태어나건, 너는 교단과 거래할 마음은 없다. 그런 얘기지? 가령 그 대신 뭔가를 얻는다고 해도. 가령 그것에 얽힌 온갖 수수께끼를 그들이 나서서 해명해준다 해도."

"어떤 일이 있어도." 아오마메는 말한다.

"하지만 너의 그런 마음과는 상관없이 그들은 전력을 다해 그것을 손에 넣으려고 할 거야. 온갖 수단과 방법을 동원해서." 다마루는 말한다. "그리고 네게는 가와나 덴고라는 약점이 있어. 거의 유일한 약점이라고 해도 좋겠지. 하지만 아주 큰 약점이야. 그 사실을 알면 그자들은 틀림없이 그곳을 집중적으로 찌르고 들어올 거야."

다마루의 말이 옳다. 가와나 덴고는 아오마메에게는 살아가는 의미인 동시에 치명적인 약점이기도 하다.

다마루는 말한다. "그 장소에 더이상 머무는 건 위험해. 그자들이 가와나 덴고와 너의 관계를 알기 전에 좀더 안전한 곳으로 옮겨야 해."

"이렇게 된 이상, 이 세계의 어디에도 안전한 장소 같은 건 없어요." 아오마메는 말한다.

다마루는 그녀의 의견을 곰곰 음미한다. 그리고 조용히 입을 연다. "그에 관한 생각을 좀더 들어보지."

"나는 우선 덴고를 만나야 해요. 그때까지는 이곳을 떠날 수 없어요. 그게 상당한 위험을 의미한다 해도."

"그를 만나서 뭘 하려는 거지?"

"뭘 해야 하는지 나는 알고 있어요."

다마루는 짧게 침묵한다. "한 점의 흐림도 없이?"

"그게 잘될지 어떨지는 모르겠어요. 하지만 해야 할 일은 알아요. 한 점의 흐림도 없이."

"하지만 그 내용을 내게 알려줄 생각은 없다."

"미안하지만 지금은 알려줄 수 없어요. 당신뿐만이 아니라 다른 누구에게도. 만일 내가 그 말을 입에 올린다면, 그 즉시 온 세상에 드러날 게 틀림없으니까."

달들이 귀를 기울이고 있다. 리틀 피플이 귀를 기울이고 있다. 방이 귀를 기울이고 있다. 그건 그녀의 마음에서 단 한 걸음도 밖에 내놓아서는 안 된다. 두꺼운 벽으로 단단히 마음을 에워싸야 한다.

다마루는 전화 너머에서 볼펜 머리로 책상을 두드리고 있다.

톡톡, 하는 규칙적이고 건조한 소리가 아오마메의 귀에 와 닿는다. 울림이 결여된 고독한 소리다.

"좋아. 가와나 덴고에게 연락하도록 하지. 단지 그전에 마담의 동의를 얻을 필요가 있어. 내가 받은 명령은 한시라도 빨리 거기서 다른 장소로 이동시키라는 것이었어. 하지만 너는 가와나 덴고를 만날 때까지는 무슨 일이 있어도 거기를 떠날 수 없다고 해. 그 이유를 마담에게 설명하는 건 간단하지 않을 거 같아. 그건 알고 있지?"

"논리에 맞지 않는 일을 논리적으로 설명하는 건 아주 어렵죠."

"그래. 롯폰기의 오이스터 바에서 진짜 진주를 만나는 것보다 더 어려울 거야. 하지만 어떻게든 노력해보지."

"고마워요." 아오마메는 말한다.

"네가 주장하는 어떤 걸 들어봐도 전혀 맥락이 닿지 않는다는 생각이 들어. 원인과 결과 사이에 논리적인 연결을 찾을 수 없어. 그래도 이렇게 이야기하는 사이에 점점 그 주장을 일단 받아들여도 좋다는 느낌이 들어. 왜 그럴까."

아오마메는 침묵을 지킨다.

"그리고 마담은 너를 개인적으로 믿고 신뢰하고 있어." 다마루는 말한다. "네가 그토록 강력하게 주장한다면, 너와 가와나 덴고를 굳이 만나지 못하게 할 이유는 마담도 아마 떠올리지 못

할 거야. 아무래도 너와 가와나 덴고는 아주 단단히 맺어져 있는 모양이군."

"이 세상 무엇보다도." 아오마메는 말한다.

어떤 세상에 있는 무엇보다도, 라고 아오마메는 마음속에서 고쳐 말한다.

"그리고 만일," 다마루는 말한다. "너무 위험해서 내가 가와나 덴고에게 연락하는 걸 거부하더라도, 너는 분명 그를 만나기 위해 그 아파트에 찾아가겠지."

"틀림없이 그렇게 할 거예요."

"그건 누구도 가로막지 못할 거고."

"그럴 거예요."

다마루는 잠시 틈을 둔다. "그래서, 어떤 말을 가와나 덴고에게 전하면 될까?"

"날이 어두워진 뒤에 미끄럼틀 위로 와주었으면 한다. 어두워진 뒤라면 언제라도 좋다. 나는 기다리고 있다. 아오마메가 그렇게 말했다고 전해주면 알 거예요."

"알았어. 그렇게 전하지. 어두워진 뒤에 미끄럼틀 위로 와달라."

"그리고 만일 남겨두고 떠나고 싶지 않은 소중한 것이 있으면 들고 와주기 바란다. 그렇게 전해주세요. 다만 양손을 자유롭게 쓸 수 있게 짐을 꾸리라고요."

"그 짐을 들고 어디까지 가는 거지?"

"멀리까지." 아오마메는 말한다.

"얼마나 멀리?"

"모르겠어요." 아오마메는 말한다.

"좋아. 마담의 허가가 떨어지면 그렇다는 말이지만, 가와나 덴고에게 그 메시지를 전해주지. 그리고 너를 위해 가능한 한 안전을 확보하도록 노력할 거야. 내 나름대로. 하지만 여전히 위험은 자꾸 따라붙을 거야. 그자들도 필사적인 눈치야. 자신의 몸은 결국 자기 스스로 지키는 수밖에 없어."

"알고 있어요." 아오마메는 조용한 목소리로 말한다. 그녀의 손바닥은 다시 아랫배에 가만히 얹혀 있다. 나 혼자만의 몸이 아니야, 그녀는 생각한다.

전화를 끊은 뒤, 아오마메는 쓰러지듯이 소파에 앉는다. 그리고 눈을 감고 덴고를 생각한다. 그것 외에는 이미 아무것도 생각할 수 없다. 가슴은 조여들듯이 아프다. 하지만 그건 기분 좋은 아픔이다. 얼마든지 견뎌낼 수 있는 아픔이다. 그는 역시 바로 거기에 있었던 것이다. 걸어서 십 분도 걸리지 않는 곳에. 그 생각만으로도 몸이 깊은 곳에서부터 따뜻해진다. 그는 독신이고, 학원에서 수학을 가르치고 있다. 잘 정돈된 소박한 집에 살고, 요리를 하고, 다림질을 하고, 긴 소설을 쓰고 있다. 아오마메는 다마루가 부럽다. 할 수만 있다면, 다마루처럼 덴고의 방에 들어가고 싶다. 덴고가 없는 덴고의 방에. 그 아무도 없는 고요 속에서, 그곳에 있는 것 하나하나를 집어들어 만져보고 싶다. 그가 쓰는 연필이 잘 깎여 있는지 확인하고, 그가 마시는 커피 잔을 손에 쥐어보고, 옷에 남아 있는 냄새를 맡고 싶다. 실제로 그와 얼굴을 마주하기 전에 그런 단계를 한 차례 밟아보고 싶다.

그런 전 단계 없이 갑자기 그와 단둘이 만나면 무슨 말부터 어떻게 시작해야 좋을지 아오마메는 짐작이 가지 않는다. 그 장면을 상상하면 숨이 가빠지고 머리가 멍해진다. 말해야 할 게 너무도 많다. 동시에, 막상 그 순간이 되면 해야 할 말이라고는 하나도 없을 것 같기도 하다. 그녀가 말하고 싶은 것들은, 일단 입 밖에 내면 소중한 의미가 상실되는 것들뿐이다.

어쨌든 지금의 아오마메가 할 수 있는 일은 기다리는 것뿐이다. 마음을 가라앉히고 주의 깊게 기다리는 것. 그녀는 덴고의 모습을 발견하자마자 곧바로 달려나갈 수 있도록 짐을 챙긴다. 그길로 다시 이 방에 들르지 않아도 되게끔 커다란 검은 가죽 숄더백에 필요한 것을 남김없이 챙겨넣는다. 그다지 많지는 않다. 현금다발과 당장 갈아입을 옷들, 탄환을 풀 장전한 헤클러&코흐. 그 정도다. 숄더백을 금세 손이 닿을 곳에 둔다. 계속 옷걸이에 걸어두었던 준코 시마다 정장을 옷장에서 꺼내 구겨지지 않았는지 확인하고 거실 벽에 건다. 거기에 맞춰 하얀 블라우스와 스타킹과 찰스 주르당의 하이힐도 챙겨둔다. 베이지색 스프링코트도. 맨 처음 수도고속도로의 비상계단을 내려왔을 때와 똑같은 옷차림이다. 코트는 12월의 밤 기온에 입기에는 좀 얇다. 하지만 선택의 여지는 없다.

거기까지 준비를 마치고 베란다 가든체어에 앉아 가림판 틈새로 공원의 미끄럼틀을 바라본다. 일요일 심야에 덴고의 아버지는 세상을 떴다. 사람의 사망이 확인되고 나서 화장에 들어가기까지 분명 이십사 시간의 경과가 필요하다. 그런 법률이 있을 터이다. 그렇게 계산하면, 화장이 치러지는 건 화요일 이후가 된다. 오늘이 화요일. 덴고가 장례를 마치고 그 어딘가에서 도쿄로 돌아오는 건 빨라야 오늘 저녁이다. 다마루가 그에게 내 전언을 전해주는 건 다시 그다음이다. 그보다 더 일찍 덴고가 이 공원에 오는 일은 아마 없을 것이다. 그리고 아직은 주위가 환하다.

리더는 죽는 순간, 나의 태내에 이 작은 것을 세팅해두고 떠났다. 그것이 내 추측이다. 혹은 직감이다. 그렇다면 나는 결국, 그 죽은 자가 남기고 간 의지의 조종에 따라, 그가 설정한 목적지를 향해 끌려가고 있다는 것일까.

아오마메는 얼굴을 찌푸린다. 어떻게도 판단이 서지 않는다. 내가 리더의 계획의 결과로 '목소리를 듣는 자'를 수태한 것이 아니냐고 다마루는 추측한다. 아마도 '공기 번데기'로서. 하지만 왜 그것이 바로 나여야 하는가? 그리고 왜 그 상대가 가와나 덴고여야 하는가? 그것도 설명할 수 없는 일 중의 하나다.

아무튼 지금까지, 앞뒤 연결이 어떻게 되는지 알지 못한 채, 내 주위에서 여러 가지 일들이 진행되어왔다. 그 원리도 방향도 제대로 확인할 수 없었다. 나는 결과적으로 거기에 휘말려든 꼴이었다. 하지만 여기까지다, 아오마메는 마음을 정한다.

그녀는 입술을 뒤틀며 좀더 크게 얼굴을 찌푸린다.

지금부터는 지금까지와는 다르다. 나는 이제 더이상 제 마음대로인 누군가의 의지에 조종당하지 않을 것이다. 이제부터 나는 단 하나의 원칙, 즉 나의 의지에 따라 행동할 것이다. 나는 무슨 일이 있어도 이 작은 것을 지킨다. 그러기 위해 나는 사력을 다해 싸울 것이다. 이건 내 인생이고, 이 안에 있는 것은 내 아이다. 누가, 어떤 목적을 위해 프로그램한 것이든 이건 의심의 여지 없이 나와 덴고 사이에 생긴 아이다. 누구에게도 넘겨주지 않는다. 무엇이 선한 것이건 무엇이 악한 것이건, 이제부터는 내가 원리이고 내가 방향이다. 누가 됐든 그것만은 똑똑히 기억해두는 게 좋다.

다음 날, 수요일 오후 두시에 전화벨이 울린다.

"메시지는 전했어." 다마루는 역시 곧장 본론에 들어간다. "그는 지금 아파트 자기 집에 있어. 오늘 아침에 전화로 이야기했어. 그는 오늘 밤 일곱시 정각에 그 미끄럼틀로 갈 거야."

"그가 나를 기억하고 있었어요?"

"물론 잘 기억하고 있었어. 그도 네 행방을 어지간히 찾았던 모양이야."

리더가 말한 대로다. 덴고도 나를 찾았던 것이다. 그것으로 이제 충분하다. 그녀의 마음은 행복으로 채워진다. 이 세계에 존재하는 다른 어떤 말도, 이미 아오마메에게는 의미를 갖지 않는다.

"그때 그는 소중한 것도 가져갈 거야. 네가 일러준 대로. 내 짐작으로는, 집필중인 소설 원고도 포함될 것 같은데."

"틀림없이." 아오마메는 말했다.

"그 소박한 아파트 주위를 체크해봤어. 내가 본 바로는 깨끗해. 근처에 달라붙어 있는 수상한 인간은 눈에 띄지 않았어. 후쿠스케 머리의 방도 비어 있었어. 주위는 조용하지만, 그렇다고 지나치게 조용한 정도는 아니야. 그자들은 한밤중에 은밀히 물품을 처리하고 바로 떠난 모양이야. 오래 머물수록 불리하다고 생각했겠지. 내 나름대로 면밀히 확인했으니까 놓친 건 아마 없을 거야."

"잘됐네요."

"하지만 그건 어디까지나 아마도 그렇다는 것이고, 현재로서는 그렇다는 거야. 상황은 시시각각 변해. 나도 물론 완전하지 않아. 뭔가 중요한 포인트를 놓쳤을 수도 있어. 단순히 그자들

쪽이 나보다 한 수 위라는 전개도 있을 수 있어."

"그러니까 결국 자신의 몸은 자신이 지키는 수밖에 없다."

"전에도 말했듯이." 다마루는 말한다.

"여러 가지로 고마워요. 감사하고 있어요."

"네가 이제부터 어디서 무엇을 하려는지는 몰라." 다마루는 말한다. "하지만 네가 이대로 어딘가 멀리 가버린다면, 그리고 그후로 더이상 얼굴을 마주할 일이 없다면, 나도 조금은 쓸쓸해질 거야. 극히 겸손하게 표현해서, 너는 상당히 보기 드문 캐릭터였어. 너 같은 인물은 그리 쉽게 만날 수 없지."

아오마메는 전화기에 대고 미소 짓는다. "나도 그것과 거의 똑같은 감상을 당신에게 남기고 싶군요."

"마담은 너의 존재를 필요로 했어. 일과 관계없이, 이른바 개인적인 동반자로서. 그래서 이렇게 헤어져야 한다는 것에 깊은 슬픔을 느끼고 있어. 지금 이런 상황에서 그녀가 전화를 받을 수는 없어. 이해해줬으면 해."

"알고 있어요." 아오마메는 말한다. "나도 제대로 말을 할 수 없을 거예요."

"멀리까지 간다고 했지." 다마루는 말한다. "얼마나 멀어질까."

"그건 숫자로는 잴 수 없는 거리예요."

"사람의 마음과 사람의 마음 사이의 거리처럼."

아오마메는 눈을 감고, 깊은 숨을 들이쉰다. 조금만 더 가면 눈물을 쏟을 것 같다. 하지만 가까스로 그것을 억누른다.

다마루는 조용한 목소리로 말한다. "모든 일이 잘 풀리기를 기도하지."

"미안하지만 헤클러&코흐는 돌려주지 못할 거 같아요." 아오마메는 말한다.

"괜찮아. 개인적으로 증정한 물건이야. 보관하기 귀찮아지면 도쿄 만에 내버리면 돼. 그만큼 세계는 조금이나마 비무장에 한 걸음 다가갈 테니."

"결국 마지막까지 권총은 불을 뿜지 않을지도 몰라요. 체호프의 원칙에는 위배되겠지만."

"그것도 괜찮아. 불을 뿜지 않는 것보다 더 좋은 건 없지. 지금은 이미 20세기도 끝이 멀지 않은 때야. 체호프가 살던 시대와는 사정이 달라. 마차도 달리지 않고, 코르셋을 입은 귀부인도 없어. 세계는 나치즘과 원자폭탄과 현대음악을 통과하면서도 그럭저럭 살아남았어. 그동안 소설작법도 적잖이 변했지. 신경 쓸 거 없어." 다마루는 말한다. "한 가지 질문이 있는데. 오늘 밤 일곱시에 너와 가와나 덴고는 미끄럼틀 위에서 만나기로 되어 있지."

"잘하면." 아오마메는 말했다.

"그를 만났다 치고, 그럼 미끄럼틀 위에서 대체 뭘 하지?"

"둘이서 달을 봐요."

"매우 로맨틱하군." 다마루는 감탄한 듯이 말했다.

제27장 덴고

Q

이 세계만으로는 부족할지 모른다

수요일 아침, 전화벨이 울렸을 때 덴고는 잠 속에 있었다. 결국 새벽녘까지 잠들지 못한데다 그때 마신 위스키가 아직 몸 안에 남아 있었다. 그는 침대에서 몸을 일으키다가 주위가 완전히 환해진 것을 알고 놀랐다.

"가와나 덴고 씨." 남자가 말했다. 들어본 기억이 없는 목소리다.

"네, 그렇습니다." 덴고는 말했다. 아버지의 죽음에 관한 사무적인 수속 때문일 거라고 생각했다. 상대의 목소리에서 정중하고 실무적인 여운이 읽혔기 때문이다. 하지만 자명종 시계는 오전 여덟시 조금 전을 가리키고 있었다. 관공서나 장의사가 전화를 걸어올 시각이 아니다.

"아침 일찍부터 죄송하지만, 급한 연락이라 어쩔 수 없었습니다."

급한 연락. "무슨 일이신지." 머리는 아직 멍하다.

"아오마메라는 이름이 기억에 있으십니까?" 상대는 말했다.

아오마메? 그 말에 취기와 잠은 어딘가로 사라졌다. 연극의 암전처럼 의식이 급속히 전환되었다. 덴고는 수화기를 손 안에서 고쳐쥐었다.

"기억하고 있습니다." 덴고는 대답했다.

"상당히 드문 이름이지요."

"초등학교 때 같은 반이었어요." 덴고는 가까스로 목소리를 가다듬어 말했다.

남자는 잠시 틈을 두었다. "가와나 씨, 지금 아오마메 씨에 관해 이야기하는 것에 관심이 있습니까?"

이 남자는 대단히 기묘한 말투를 쓴다고 덴고는 생각했다. 어법이 독특하다. 마치 번역된 전위극 대사를 듣는 것 같다.

"혹시 관심이 없으시다면, 서로 시간만 낭비하는 꼴이 됩니다. 이 전화는 당장이라도 끊겠습니다."

"관심이 있어요." 덴고는 서둘러 말했다. "그런데 실례지만, 당신은 어떤 관계시죠?"

"아오마메 씨의 전언이 있습니다." 남자는 덴고의 질문은 상관하지 않고 말했다. "아오마메 씨는 당신을 만나기를 원하고 있습니다. 가와나 씨 쪽은 어떨까요? 그녀를 만날 의향이 있으십니까?"

"있습니다." 덴고는 말했다. 헛기침을 해서 잠긴 목을 풀었다. "저도 오랫동안 그녀를 만나고 싶었습니다."

"좋습니다. 그녀는 당신을 만나고 싶어합니다. 당신도 아오마메 씨와 만나기를 원하고 있군요."

덴고는 방 공기가 싸늘하다는 것을 문득 깨달았다. 가까이에 있던 카디건을 집어 파자마 위에 걸쳤다.

"그래서, 어떻게 하면 되죠?" 덴고는 물었다.

"날이 어두워진 뒤에 미끄럼틀 위로 오실 수 있겠습니까." 남자는 말했다.

"미끄럼틀 위요?" 덴고는 말했다. 이 남자가 대체 무슨 이야기를 하는 건가.

"그렇게 말하면 알 거라고 하더군요. 미끄럼틀 위로 와달라고 말이죠. 나는 아오마메 씨의 말을 그대로 전할 뿐입니다."

덴고는 무의식적으로 손을 머리에 얹었다. 머리칼은 잠자는 동안 눌려서 뻣뻣하게 뻗친 뭉텅이가 되어 있었다. 미끄럼틀. 나는 거기서 두 개의 달을 올려다보았다. 물론 그 미끄럼틀 얘기다.

"알 것 같습니다." 덴고는 메마른 목소리로 말했다.

"좋습니다. 가져가고 싶은 소중한 것이 있으면 들고 와달라고도 했습니다. 그길로 멀리 이동할 수 있게."

"가져가고 싶은 소중한 것?" 덴고는 놀라서 되물었다.

"남겨두고 떠나고 싶지 않은 소중한 것이라는 뜻입니다."

덴고는 생각을 굴렸다. "잘 이해가 안 되는데, 멀리 이동한다는 건, 여기로 다시 돌아오지 않는다는 뜻입니까?"

"거기까지는 모릅니다." 상대는 말했다. "조금 전에 말했듯이 나는 그녀의 메시지를 그대로 전할 따름입니다."

덴고는 엉킨 머리칼을 손가락으로 훑으며 생각했다. 이동한다? 그러고는 말했다. "좀 많은 양의 문서를 가져갈지도 모르겠습니다."

"문제 없을 겁니다." 남자는 말했다. "무엇을 선택하느냐는 당신 자유예요. 단지 그걸 넣을 가방은 양손을 자유롭게 쓸 수 있는 것으로 해주기 바란다고 하더군요."

"양손을 자유롭게 쓸 수 있는 가방." 덴고는 되뇌었다. "그럼 슈트케이스 같은 것은 안 된다는 거군요?"

"그런 얘기일 겁니다."

남자의 목소리에서 나이나 풍모나 체격을 가늠하기는 어려웠다. 구체적인 단서가 없는 목소리다. 전화를 끊자마자 어떤 목소리였는지 생각나지 않을 것 같은 목소리. 개성이나 감정은—만일 그런 것이 있다면—깊숙이 숨어 있다.

"전해야 할 이야기는 그 정도입니다." 남자는 말했다.

"아오마메는 건강하게 잘 있습니까?" 덴고는 물었다.

"신체적으로는 문제가 없습니다." 상대는 주의 깊게 대답했다. "하지만 그녀는 현재, 적잖이 긴박한 상황에 놓여 있습니다. 일거일동에 주의를 기울이지 않으면 안 됩니다. 자칫하면 손상되어버릴 수도 있어요."

"손상되어버린다." 덴고는 기계적으로 반복했다.

"너무 늦지 않는 게 좋을 겁니다." 남자는 말했다. "거기에서는 시간이 중요한 요소입니다."

시간이 중요한 요소다, 덴고는 머릿속에서 반복했다. 이 남자의 어휘 선택에 뭔가 문제가 있는 건가. 아니면 내 쪽이 지나치게 예민한 건가.

"오늘 저녁 일곱시에 미끄럼틀 위로 갈 수 있을 겁니다." 덴고는 말했다. "만일 뭔가 사정이 있어 오늘 밤에 만나지 못한다면, 내일 똑같은 시각에 그곳에 가겠습니다."

"좋습니다. 그게 어떤 미끄럼틀인지 당신은 알고 있군요."

"알고 있다고 생각합니다."

덴고는 시계를 바라보았다. 앞으로 열한 시간의 여유가 있다.

"그건 그렇고, 아버님이 일요일에 돌아가셨다고 들었습니다. 삼가 조의를 표합니다." 남자가 말했다.

덴고는 거의 반사적으로 답례를 했다. 그러고는 '이 사람이 어떻게 그걸 알고 있을까' 하고 생각했다.

"아오마메에 대해 좀더 말해주실 수 있습니까?" 덴고는 물었다. "어디에 살고 어떤 일을 하는지, 그런 것을요."

"그녀는 독신이고, 히로오에 있는 스포츠클럽의 인스트럭터로 일했습니다. 우수한 인스트럭터지만 사정이 있어서 지금은 그 일을 쉬고 있습니다. 그리고 얼마 전부터, 이건 완전히 우연이지만, 가와나 씨가 사는 곳 바로 근처에 살고 있습니다. 그 이상은 본인 입으로 직접 들으시는 게 좋겠지요."

"그녀가 현재 어떤 종류의 긴박한 상황에 놓여 있는지에 대해서도?"

남자는 거기에는 대답을 하지 않았다. 자신이 대답하고 싶지 않은—혹은 대답할 필요가 없다고 간주하는—질문에는 극히 자연스럽게 대답을 하지 않는다. 덴고 주위에는 아무래도 그런 사람들이 모여 있는 모양이다.

"그러면 오늘 오후 일곱시, 미끄럼틀 위에서." 남자는 말했다.

"잠깐만요." 덴고는 서둘러 말했다. "한 가지 질문이 있어요. 어떤 사람에게서 내가 누군가에게 감시당하고 있다는 충고를 받았습니다. 그래서 조심하는 게 좋다고. 실례지만, 혹시 그게 당신인가요?"

"아니, 그건 내가 아닙니다." 남자는 즉각 대답했다. "감시하고 있었던 건 아마 다른 사람 얘기일 겁니다. 하지만 어쨌든 조심해서 나쁠 건 없겠지요. 그 사람의 지적이 맞습니다."

"내가 누군가에게 감시당하고 있을지도 모른다는 건, 그녀가 상당히 특수한 상황에 놓여 있다는 것과 어딘가에서 관련이 있는 건가요?"

"적잖이 긴박한 상황"이라고 남자는 정정했다. "예, 아마 관계가 있을 겁니다. 어딘가에서."

"그건 위험이 따르는 일입니까?"

남자는 여러 종류가 뒤섞인 콩을 선별하듯이 오래 틈을 두며 조심스럽게 말을 골랐다. "만일 당신이 아오마메를 만나지 못하는 것을 당신에게 위험한 일이라고 말하는 거라면, 거기에는 분명 위험이 따를 겁니다."

덴고는 그 완곡한 어법을 머릿속에서 자기 나름대로 알기 쉽게 재배치해보았다. 사정이나 배경까지는 읽을 수 없지만, 거기에서는 분명 절박한 공기가 감지되었다.

"자칫하면 우리는 두 번 다시 만날 수 없을지도 모른다."

"그렇습니다."

"알겠습니다. 조심하지요." 덴고는 말했다.

"아침 이른 시간부터 죄송했습니다. 잠을 깨운 것 같군요."

남자는 그렇게 말하고 틈을 두지 않고 전화를 끊었다. 덴고는 손안에 있는 검은 수화기를 잠시 바라보았다. 전화가 끊기자 예상했던 대로 그 목소리는 벌써 생각이 나지 않았다. 덴고는 다시 시계를 보았다. 여덟시 십분. 지금부터 오후 일곱시까지 시간을 어떻게 보내야 할까.

그는 먼저 샤워실에 들어가 머리를 감고 뒤엉킨 머리를 조금이라도 괜찮은 모양새로 다듬었다. 그러고는 거울 앞에서 수염을 깎았다. 이를 구석구석 닦고 치실까지 썼다. 냉장고에서 토마토 주스를 꺼내 마시고, 주전자에 물을 끓이고, 원두를 갈아 커피를 내리고, 토스트를 한 장 구웠다. 타이머를 세팅하여 달걀 반숙도 했다. 동작 하나하나에 의식을 집중하여 평소보다 시간을 더 들였다. 그래도 이제 겨우 아홉시 반이다.

오늘 밤 미끄럼틀 위에서 아오마메를 만난다.

거기에 대해 생각하기 시작하자, 몸의 기능이 제각각 풀려 사방으로 흩어지는 듯한 느낌에 휩싸였다. 손과 발과 얼굴이 각기 다른 방향으로 향하려 한다. 감정을 한곳에 오래 묶어둘 수가 없다. 뭔가를 하려 해도 의식을 집중할 수 없다. 책도 읽지 못하고, 글도 물론 써지지 않았다. 한자리에 가만히 앉아 있을 수 없는 것이다. 그럭저럭 할 수 있는 일이라고는 주방에서 설거지를 하거나, 빨래를 하거나, 옷장 서랍을 정리하고 침대를 정리하는 것 정도였다. 하지만 어떤 일을 하건 오 분마다 손을 멈추고 벽시계를 보았다. 시간을 의식할 때마다 그것은 점점 더 걸음을 늦추는 것 같았다.

아오마메는 알고 있다.

덴고는 싱크대에서, 딱히 갈아야 할 필요도 없는 칼을 갈면서 그렇게 생각했다. 내가 그 어린이공원의 미끄럼틀에 갔었다는 것을 그녀는 알고 있다. 미끄럼틀 위에 혼자 앉아 하늘을 올려다보는 내 모습을 분명 눈에 담았던 것이리라. 그것 말고는 다른 가능성은 생각할 수 없었다. 그는 미끄럼틀 위에서 수은등 불빛에 비춰진 자신의 모습을 상상했다. 누군가 자신을 바라보고 있다는 느낌을 덴고는 그때 전혀 받지 못했었다. 대체 그녀는 어디에서 나를 보고 있었을까.

어디서였건 상관없다, 덴고는 생각한다. 그건 별 문제가 아니다. 어디서 보고 있었건 그녀는 지금의 내 얼굴을 한눈에 알아본 것이다. 그렇게 생각하니 깊은 기쁨이 그의 온몸을 채웠다. 그 이후로 내가 그녀를 줄곧 생각해온 것과 똑같이 그녀도 나를 생각하고 있었다. 그건 덴고에게는 믿기 어려운 일처럼 느껴졌다. 거세게 변화하는 이 미궁과도 같은 세계에서, 삼십 년 동안 얼굴 한번 마주한 일 없이, 사람과 사람의 마음이—소년과 소녀의 마음이—지금껏 변하는 일 없이 하나로 이어져왔다는 것이.

하지만 아오마메는 왜 그때 그 자리에서 내게 말을 건네지 않았을까? 그랬다면 일이 좀더 간단해졌을 것이다. 아니, 그보다 어떻게 내가 이곳에 살고 있는 걸 알았을까? 그녀는, 혹은 그 남자는, 어떻게 내 전화번호를 알았을까. 전화가 걸려오는 게 싫어서 전화번호부에 번호를 등재하지 않았다. 전화번호 안내를 통해서도 알 수 없게 해두었다.

불가해한 요소가 한두 가지가 아니다. 그리고 스토리 라인이 복잡하게 얽혀 있다. 어떤 라인과 어떤 라인이 이어져 있는지, 그것들 사이에 어떤 인과관계가 있는지, 판단하기가 어렵다. 하지만 생각해보면 후카에리가 등장한 이래, 줄곧 그런 세계에서 살아왔다는 생각이 든다. 의문은 너무도 많고, 단서는 너무도 적은 것이 일상적인 일이 된 세계에서. 하지만 그 혼돈도 조금씩이나마 끝을 향해 가고 있다—막연하게 그런 느낌이 들었다.

어쨌든 오늘 밤 일곱시가 되면 적어도 몇 가지 의문은 해소될 것이다. 우리는 미끄럼틀 위에서 만난다. 힘없는 열 살의 소년소녀가 아니라, 독립적이고 자유로운 두 명의 성인남녀로. 학원 수학강사와 스포츠클럽 인스트럭터로. 우리는 거기에서 과연 어떤 이야기를 나눌까? 모르겠다. 하지만 어쨌든 이야기를 할 것이다. 우리는 공백을 메우고 서로에 대한 지식을 공유해야 한다. 그리고 전화를 걸어온 남자의 기묘한 표현을 그대로 사용한다면, 우리는 그곳에서 어딘가로 이동하게 될지도 모른다. 그래서 남겨두고 가서는 안 될 소중한 것들을 한데 모아야 한다. 그것을 양손이 자유로운 가방에 챙겨넣어야 한다.

이곳을 떠나는 것에 딱히 아쉬움은 없다. 칠 년 동안 이 집에서 살면서 일주일에 사흘 동안 학원에서 학생들을 가르쳐왔지만, 이곳이 내 생활의 장이라는 느낌을 가져본 일은 한 번도 없었다. 물결 위에 떠 있는 신기루 섬 같은 임시적인 장소에 지나지 않았다. 일주일에 한 번 이곳에서 밀회했던 연상의 걸프렌드도 상실되었다. 한동안 이곳에 머무르던 후카에리도 떠나갔다. 그녀들이 지금 어디에 있고 무엇을 하는지 덴고는 알지 못한다. 하지만 어쨌든 그녀들은 덴고의 생활에서 조용히 사라졌다. 학원 일 역시 그가 없어져도 누군가 그 뒤를 메울 것이다. 덴고 없이도 이 세계는 아무런 지장 없이 굴러갈 것이다. 아오마메가 함께 어딘가로 이동하고 싶다고 하면 망설임 없이 행동을 함께할 수 있다.

나에게, 가져가고 싶은 소중한 것이란 과연 무엇일까. 오만 엔 남짓한 현금과 플라스틱 은행카드 한 장. 재산이라고 할 만한 건 그 정도다. 보통예금 계좌에는 백만 엔 가까이 들어 있다. 아니, 그뿐만이 아니다. 「공기 번데기」의 인세 분배 명목으로 들어온 돈도 있다. 고마쓰에게 돌려줄 생각이었는데 아직 돌려주지 않았다. 그밖에 집필중인 소설의 프린트물. 이건 남겨두고 갈 수 없다. 세속적인 가치는 없지만, 덴고에게는 소중한 것이다. 원고를 종이봉투에 넣어, 학원 통근 때 사용하던 질긴 자주색 나일론 숄더백에 넣었다. 그것만으로도 숄더백은 묵직해졌다. 플로피디스크는 가죽점퍼 호주머니에 따로 넣었다. 워드프로세서를 갖고 갈 수는 없어서 노트와 만년필을 짐에 추가했다. 자, 또 뭐가 있을까?

지쿠라에서 변호사가 건네준 사무봉투가 생각났다. 거기에는 아버지가 남겨준 예금통장과 인감, 호적등본, 그리고 수수께끼의 가족사진(으로 보이는 것)이 들어 있다. 그건 갖고 가는 게 좋으리라. 초등학교 때의 통지표와 NHK 표창장은 물론 두고 간다. 갈아입을 옷이며 세면도구는 가져가지 않기로 했다. 통근용 숄더백에 그런 것까지는 들어가지도 않고, 그런 건 필요에 따라 구입할 수 있을 것이다.

거기까지 가방에 챙겨넣고 나자, 꼭 해야 할 일은 더이상 없었다. 씻어야 할 그릇도 없고 다림질해야 할 셔츠도 없다. 다시 시계를 보았다. 열시 반. 학원 강의를 대신해달라고 친구에게 연락해야겠다고 생각했지만, 오전에 전화하면 상대가 항상 언짢아하던 게 생각났다.

덴고는 옷을 입은 채 침대에 누워 갖가지 가능성에 대해 생각했다. 마지막으로 아오마메를 만났던 게 열 살 때다. 이제는 둘 다 서른 살이 되었다. 그동안 두 사람은 수많은 경험을 했다. 좋은 일도, 그다지 좋다고 할 수 없는 일도(아마 후자 쪽이 약간 더 많을 것이다). 생김새도 인격도 생활환경도 그에 상응하는 변화를 이루었을 것이다. 우리는 이제 더이상 소년도 아니고 소녀도 아니다. 그곳에 있는 아오마메는 정말 내가 찾아헤매던 그 아오마메일까. 그리고 이곳에 있는 나는 정말 아오마메가 찾아헤매던 가와나 덴고일까. 두 사람이 오늘 밤 미끄럼틀 위에서 만나, 가까이에서 얼굴을 마주하고 서로에게 실망하는 광경을 덴고는 머릿속에 떠올렸다. 이야기할 화제조차 찾지 못할지도 모른다. 그건 충분히 일어날 수 있는 일이다. 아니, 오히려 그런 일이 없다는 게 부자연스러울 정도다.

사실은 이렇게 만나서는 안 되는지도 모른다. 덴고는 천장을 향해 묻는다. 만나고 싶은 마음을 각자 소중히 가슴에 품은 채, 끝까지 떨어져 지내는 게 좋지 않을까. 그러면 언제까지고 희망을 품은 채 살아갈 수 있을 것이다. 그 희망은 몸의 깊은 곳을 따뜻하게 해주는 자그마한, 하지만 소중한 발열이다. 손바닥으로 소중히 감싸서 바람으로부터 지켜온 작은 불꽃이다. 현실의 난폭한 바람을 받으면 훅 하고 간단히 꺼져버릴지도 모른다.

덴고는 한 시간쯤 천장을 노려보며 상반되는 두 가지 감정 사이를 오락가락했다. 그는 무엇보다 아오마메를 만나고 싶었다. 그와 동시에 아오마메와 얼굴을 마주한다는 게 견딜 수 없이 두려웠다. 그곳에서 생겨날지도 모르는 싸늘한 실망과 어색한 침묵이 그의 마음을 움츠러들게 했다. 몸이 한가운데에서 깨끗이 두 쪽으로 갈라져버릴 것 같았다. 보통사람보다 몸집이 크고 튼튼하지만, 자신이 특정 방향에서 가해지는 힘에는 뜻밖에 약하다는 것을 덴고는 알고 있었다. 하지만 아오마메를 만나러 가지 않을 수는 없다. 그의 마음이 지난 이십 년 동안 강하고 일관되게 바라온 일이다. 설령 그 결과 어떤 실망을 맛보게 된다 해도, 이대로 등을 돌리고 도망칠 수는 없다.

천장을 노려보기에도 지쳐 침대에 누운 채 잠시 잠들었다. 사십 분쯤인지 사십오 분쯤인지, 꿈 없는 고요한 잠이었다. 집중해서 머리를 쓰고, 생각에 지친 끝에 찾아온 깊고 기분 좋은 잠이었다. 생각해보니 최근 며칠 동안 짤막짤막하고 불규칙한 수면밖에 취하지 못했다. 해가 저물 때까지 그동안 축적된 피로를 몸에서 걷어내야 한다. 그리고 건강하고 새로운 기분으로 이곳을 나가 어린이공원으로 향해야 한다. 그의 몸은 무심無心의 휴식이 필요하다는 것을 본능적으로 알고 있었다.

잠 속으로 빨려들어가는 순간, 덴고는 아다치 구미의 목소리를 들었다. 혹은 들은 듯한 느낌이었다. 밤이 지나면 덴고 군은 이곳을 나가. 출구가 아직 닫히지 않은 동안에.

그것은 아다치 구미의 목소리이자 동시에 밤의 올빼미의 목소리이기도 했다. 그의 기억 속에서 그 두 가지는 분간하기 어렵게 뒤섞여 있었다. 덴고는 그때 무엇보다도 지혜를 필요로 하고 있었다. 대지 깊숙이 굵은 뿌리를 내린 밤의 지혜를. 그건 아마도 농밀한 잠 속에서가 아니면 찾아낼 수 없는 것이었다.

여섯시 반이 되자 덴고는 숄더백을 어깨에 가로질러 메고 방을 나섰다. 지난번에 미끄럼틀에 갔을 때와 완전히 똑같은 차림이다. 회색 요트파카에 낡은 가죽점퍼, 청바지에 갈색 워크부츠. 모두 낡기는 했지만 몸에 익숙해진 것들이다. 그 자신의 몸의 일부 같기도 하다. 이제 이곳에 돌아올 일은 없을지도 모른다. 현관문과 우편함 슬릿에 끼워져 있는 이름 카드를 혹시나 해서 회수했다. 나중 일이 어떻게 될지, 그건 나중에 다시 생각하는 수밖에 없다.

아파트 현관에 서서 주의 깊게 주위를 둘러보았다. 후카에리의 말을 믿는다면, 누군가 어딘가에서 그를 감시하고 있을 터였다. 하지만 지난번과 마찬가지로 그럴듯한 기척은 느껴지지 않았다. 평소와 똑같은 풍경이 평소와 똑같이 눈에 들어올 뿐이다. 해 저문 뒤의 길에는 인적이 없었다. 그는 우선 역 방향으로 천천히 걸었다. 그리고 이따금 고개를 돌려 따라오는 자가 없는지 확인했다. 돌아갈 필요 없는 좁은 길모퉁이를 몇 번이나 돌고, 그때마다 멈춰 서서 미행의 유무를 확인했다. 조심하지 않으면 안 된다, 고 전화의 남자는 말했다. 자신을 위해서도, 그리고 긴박한 상황에 놓인 아오마메를 위해서도.

하지만 전화를 걸어온 남자는 정말로 아오마메와 아는 사람일까, 문득 덴고는 생각했다. 어쩌면 이건 교묘하게 설정된 덫이 아닐까. 그럴 가능성에 대해 생각하기 시작하자 덴고는 점점 불안해졌다. 만일 이것이 덫이라면, 그건 '선구'가 놓은 것일 게 틀림없다. 덴고는 「공기 번데기」의 고스트라이터로, 아마도(아니, 의심의 여지 없이) 그들의 블랙리스트에 올라 있을 터였다. 그렇기 때문에 우시카와라는 기묘한 인물이 교단의 앞잡이로서 정체를 알 수 없는 후원금 이야기를 내세우며 접근해왔던 것이다. 게다가 덴고는—스스로 원해서 한 일은 아니라 해도—후카에리를 삼 개월 동안 자신의 집에 숨겨주고 생활을 함께 했다. 교단이 그에 대해 불쾌감을 품을 이유는 지나칠 만큼 충분하다.

하지만 그렇다 해도, 덴고는 고개를 갸웃거린다. 왜 그들이 굳이 아오마메를 미끼 삼아 덫을 쳐가면서 나를 불러내야 한단 말인가. 그들은 덴고가 있는 곳을 이미 알고 있다. 어디로 달아나거나 숨어 있는 것도 아니다. 만일 덴고에게 볼일이 있다면 직접 찾아오면 될 일이다. 괜한 수고와 시간을 들여가며 그 어린이공원 미끄럼틀까지 유인해낼 필요가 없다. 물론 그것과는 반대로, 그들이 덴고를 미끼 삼아 아오마메를 유인해내려고 하는 것이라면 이야기는 달라지지만.

하지만 왜 그들이 아오마메를 유인해내야 하는가?

그런 이유는 어디에서도 찾아볼 수 없다. 혹시 '선구'와 아오마메 사이에 뭔가 관련이 있는 걸까. 하지만 덴고는 추론을 더 이상 진행시킬 수 없었다. 아오마메 본인에게 직접 물어보는 수밖에 없다. 만일 만날 수 있다면 말이지만.

어쨌든 그 남자가 전화로 말했듯이 조심해서 나쁠 건 없다. 덴고는 만전을 기하기 위해 길을 멀리 돌아가면서 뒤를 밟는 자가 없는지 몇 번이나 확인했다. 그러고는 빠른 걸음으로 어린이공원으로 향했다.

어린이공원에 도착한 것은 일곱시 칠 분 전이었다. 주위는 이미 어둡고, 작은 공원 구석구석에 수은등이 인공적인 빛을 쏟아내고 있었다. 화창한 날씨의 따스한 오후였지만, 해가 떨어지자 기온은 급속히 낮아지고 차가운 바람도 불기 시작했다. 며칠째 계속된 온화한 초겨울 날씨는 사라지고, 냉혹한 진짜 겨울이 다시 자리를 잡으려 하고 있었다. 느티나무 가지 끝이 뭔가를 경고하려는 노인의 손가락처럼 메마른 소리를 내며 떨렸다.

주위 건물의 몇몇 창문에는 불이 켜져 있다. 하지만 공원에 사람의 모습은 보이지 않는다. 가죽점퍼 밑에서 심장이 느리게 굵은 리듬을 새기고 있었다. 그는 두 손을 몇 번 맞비비며 정상적인 감각이 느껴지는 것을 확인했다. 괜찮아, 준비는 다 됐다. 두려워할 건 아무것도 없다. 덴고는 마음을 정하고 미끄럼틀 계단을 오르기 시작했다.

미끄럼틀 위에 올라서서 지난번과 똑같은 자세로 자리를 잡고 앉았다. 미끄럼틀 바닥은 차갑게 얼어붙어 희미한 습기를 품고 있었다. 점퍼 호주머니에 두 손을 넣은 채, 난간에 등을 기대고 하늘을 올려다보았다. 하늘에는 구름이 어지럽게 떠 있었다. 사이즈는 제각각이다. 몇 개의 큰 구름이 있고, 몇 개의 작은 구름이 있었다. 덴고는 눈을 가늘게 뜨고, 달의 모습을 찾았다. 하지만 달은 지금 어딘가 구름 뒤에 가려져 있는 것 같았다. 두툼하고 촘촘한 구름은 아니다. 어느 쪽인가 하면, 산뜻한 하얀 구름이다. 그래도 달의 모습을 사람의 시선에서 감춰버릴 만큼의 두께와 질량을 갖고 있다. 구름은 북쪽에서 남쪽을 향해 완만한 속도로 이동하고 있었다. 상공에 부는 바람은 강하지 않은 모양이다. 어쩌면 구름은 상당히 높은 곳에 있는지도 모른다. 어쨌든 그들은 결코 길을 서두르지 않는다.

덴고는 손목시계를 보았다. 바늘은 일곱시 삼분을 가리키고 있었다. 그리고 초침은 여전히 정확하게 시간을 새기고 있다. 아오마메는 아직 모습을 드러내지 않는다. 그는 몇 분 동안 뭔가 진기한 것이라도 보듯이 초침의 진행을 지켜보았다. 그러고는 눈을 감았다. 그도 바람에 실려가는 구름과 마찬가지로 딱히 길을 서두르지는 않는다. 시간이 걸린다면, 그것도 좋다. 덴고는 생각하기를 멈추고 흘러가는 시간 속에 자신의 거처를 정했다. 이렇게 시간을 자연스럽게, 균등하게 흘러가게 하는 것, 그것이 지금은 무엇보다 중요하다.

덴고는 눈을 감은 채, 라디오 튜닝을 할 때처럼 주위의 세계가 내는 소리에 골똘히 귀를 기울였다. 간조 7호선을 달려가는 끊임없는 차량의 울림이 먼저 귀에 들어왔다. 그것은 지쿠라 요양소에서 들은 태평양의 파도 소리를 닮은 것 같기도 했다. 갈매기들의 날카로운 소리가 희미하게 섞여 있는 것 같기도 했다. 대형 트럭이 도로를 후진할 때 내는 짧고 단속적인 경고음이 한차례 울렸다. 대형견이 그 소리에 경고를 보내듯이 짧고 날카롭게 짖었다. 어딘가 멀리서, 누군가 큰 소리로 누군가를 부르고 있었다. 각각의 소리가 어디에서 들려오는지는 알 수 없다. 오랫동안 눈을 감고 있으려니, 귀에 와 닿는 하나하나의 소리에서 방향이나 거리감이 사라져간다. 차디찬 바람이 이따금 불었지만 추위는 느껴지지 않았다. 현실의 추위에 대해—혹은 거기 있는 모든 자극이나 감각에 대해—느끼거나 반응하는 것을 덴고는 일시적으로 잊어버리고 있었다.

문득 정신이 들었을 때, 누군가 곁에서 그의 오른손을 쥐고 있었다. 그 손은 온기를 원하는 자그마한 생물처럼, 가죽점퍼 호주머니 속으로 미끄러져 들어와 안에 있는 덴고의 큼직한 손을 잡았다. 시간이 어딘가에서 도약하기라도 한 듯이 의식이 깨어났을 때는 모든 일이 이미 일어난 뒤였다. 전제도 없이 상황은 통째로 다음 단계로 옮겨가 있었다. 신기하다고 덴고는 눈을 감은 채 생각한다. 어떻게 이런 일이 일어나는 걸까. 시간은 어떤 때는 견디기 힘들 만큼 변죽을 울리며 천천히 흐르고, 그리고 어떤 때는 몇 개의 과정을 단숨에 뛰어넘는다.

그 누군가는, 그곳에 있는 것이 정말로 있다는 것을 확인하기 위해, 그의 널찍한 손을 좀더 세게 움켜쥐었다. 길고 매끄러운 손, 그리고 강한 심지를 갖고 있는 손이다.

아오마메, 하고 덴고는 생각했다. 하지만 소리는 내지 않았다. 눈도 뜨지 않았다. 그저 상대의 손을 마주잡았을 뿐이다. 그는 그 손을 기억하고 있었다. 이십 년 동안 한 번도 그 감촉을 잊은 적이 없었다. 그것은 물론 이제 열 살 소녀의 자그마한 손이 아니다. 지난 이십 년 동안 그 손은 다양한 것을 만지고, 다양한 것을 집어들고 움켜쥐었을 게 틀림없다. 온갖 모양의 것들을. 그리고 거기에 담긴 힘도 강해졌다. 하지만 그것이 똑같은 손이라는 것을 덴고는 바로 알 수 있다. 쥐는 방법도 똑같고, 전하려는 마음도 똑같다.

이십 년이라는 세월이 덴고 안에서 한순간에 녹아들고 한데 섞여 소용돌이쳤다. 그동안에 집적된 모든 풍경, 모든 언어, 모든 가치가 한데 모여들어, 그의 마음속에서 한 줄기 굵은 기둥이 되어 그 중심을 녹로轆轤처럼 빙글빙글 회전했다. 덴고는 말없이 그 광경을 지켜보았다. 한 행성의 붕괴와 재생을 목격하고 있는 사람처럼.

아오마메도 침묵을 지켰다. 두 사람은 얼어붙은 미끄럼틀 위에서 말없이 손을 마주잡고 있었다. 그들은 열 살의 소년과 열 살의 소녀로 돌아가 있었다. 고독한 한 소년과 고독한 한 소녀다. 초겨울의 방과후 교실. 상대에게 무엇을 내밀어야 할지, 상대에게 무엇을 원해야 할지, 두 사람은 힘을 갖지 못했고 지식도 갖지 못했다. 세상에 태어나 누군가에게 진정으로 사랑받은 적도 없고, 누군가를 진정으로 사랑한 적도 없었다. 누군가를 꼭 껴안은 적도 없고, 누군가에게 꼭 안겨본 적도 없었다. 그 일이 앞으로 두 사람을 어디로 데려가려 하는지, 그것도 알지 못했다. 그들이 그때 발을 들인 곳은 문이 없는 방이었다. 거기에서 나갈 수는 없다. 또한 그렇기 때문에 다른 누구도 그 방에 들어올 수 없다. 그때의 두 사람은 알지 못했지만, 그곳은 세계에 단 하나뿐인 완결된 장소였다. 한없이 고립되어 있고, 그러면서도 고독에 물들지 않는 장소.

얼마나 시간이 흘러갔을까. 오 분인지도 모르고 한 시간인지도 모른다. 하루가 고스란히 지나갔는지도 모른다. 아니면, 시간은 그대로 멈춰 있었는지도 모른다. 시간에 대해 덴고가 뭘 알겠는가. 그가 아는 건 이 어린이공원 미끄럼틀 위에서 이렇게 둘이 손을 마주잡고, 침묵 속에서 언제까지고 시간을 보낼 수 있다는 것뿐이었다. 열 살 때도 그랬고, 이십 년이 흐른 지금도 마찬가지다.

또한 그는 이 새롭게 찾아온 세계에 자신을 동화시키기 위한 시간을 필요로 하고 있었다. 마음을 두는 법을, 풍경을 바라보는 법을, 언어를 선택하는 법을, 호흡하는 법을, 몸을 움직이는 법을, 이제부터 하나하나 조정하고 다시 배우지 않으면 안 된다. 그러기 위해서는 이 세계에 있는 모든 시간을 그러모아야 한다. 아니, 어쩌면 이 세계만으로는 부족할지도 모른다.

"덴고." 아오마메가 귓가에 속삭였다. 낮지도 않고 높지도 않은 목소리, 그에게 무언가를 약속하는 목소리다. "눈을 떠."

덴고는 눈을 뜬다. 세계에 다시 시간이 흐르기 시작한다.

"달이 보여." 아오마메가 말했다.

제28장 우시카와

Q

그리고 그의 영혼의 일부는

우시카와의 몸은 천장의 형광등 빛을 받고 있었다. 난방은 꺼지고 창문 하나가 열려 있다. 덕분에 방은 빙실氷室처럼 차가웠다. 방 한가운데에 회의용 테이블 몇 개를 맞붙여놓았고, 우시카와는 그 위에 반듯하게 눕혀져 있었다. 위아래 겨울 내복 차림이고, 그 위에 낡은 담요가 덮여 있다. 담요의 배 부분이 들판의 개밋둑처럼 불룩하다. 뭔가 질문이라도 하듯이 치켜뜬 두 눈에는—그 눈을 누구도 감길 수 없었다—작은 천이 덮여 있다. 입은 아주 조금 벌어져 있지만, 거기에서 숨이나 말이 새어나오는 일은 이제 없다. 정수리 부분은 살아서 움직일 때보다 더 납작하고, 더 수수께끼처럼 보였다. 음모陰毛를 연상시키는 굵고 검은 곱슬머리가 그 주위를 초라하게 감싸고 있다.

스킨헤드는 남색 다운재킷을, 포니테일은 칼라 부분에 모피가 달린 갈색 스웨이드 랜치코트를 입고 있었다. 둘 다 미묘하게 사이즈가 맞지 않는다. 마치 한정된 재고품 중에서 시간에 쫓기며 서둘러 고른 옷처럼. 방 안에 있어도 그들이 내뿜는 입김은 하얗다. 방 안에 있는 건 그들 세 사람뿐이다. 스킨헤드와 포니테일, 그리고 우시카와. 벽의 천장 가까운 곳에 알루미늄 새시 창문이 나란히 세 개, 그중 하나가 실온을 낮게 유지하기 위해 활짝 열려 있다. 사체를 얹은 테이블 외에 가구는 하나도 없다. 지극히 개성 없는 실무적인 방이다. 그곳에 놓이면 사체조차도—그것이 우시카와의 사체라 해도—개성 없는 실무적인 것으로 보인다.

입을 여는 자는 없었다. 방은 완전한 무음 상태였다. 스킨헤드에게는 생각해야 할 일들이 아주 많았고, 포니테일은 원래부터 입을 열지 않는다. 우시카와는 달변이지만 이틀 전 밤에 뜻하지 않게 절명했다. 스킨헤드는 생각에 잠긴 채 우시카와의 사체가 누운 테이블 앞을 천천히 오가고 있다. 벽에 이르러 방향을 바꿀 때를 제외하고는 그 걸음새가 흐트러지지 않는다. 연한 황록색 싸구려 카펫 바닥을 밟는 그의 가죽구두는 일절 소리를 내지 않는다. 포니테일은 항상 그렇듯이 문 근처에 자신의 위치를 정한 채 꼼짝도 하지 않는다. 다리를 가볍게 벌리고, 등을 꼿꼿이 세우고, 시선은 공간의 한 지점에 맞추고 있다. 피곤도 추위도 전혀 느끼지 않는 것 같다. 그가 생명체로서 기능하고 있다는 건 이따금 보이는 재빠른 눈의 깜박임과 입에서 규칙적으로 토해내는 하얀 입김으로 가까스로 판정된다.

그날 점심때, 그 싸늘한 방에 몇몇 사람이 모여 회의를 했다. 간부 중 한 사람이 지방에 가 있어서, 전원이 모이기를 기다리느라 하루를 허비했다. 비밀 회합이었기 때문에 행여 외부에 새어나갈세라 억누른 작은 소리로 대화가 이루어졌다. 우시카와의 사체는 그동안 내내 공작기계 견본시장의 전시품처럼 테이블 위에 눕혀져 있었다. 사체는 이미 사후경직 상태였다. 그것이 풀려 몸이 다시 부드러워지려면 적어도 사흘은 걸린다. 모인 사람들은 우시카와의 사체에 이따금 짧게 시선을 던지며 몇 가지 실무적인 문제를 토의했다.

토의가 이루어지는 동안, 죽은 당사자에 대해 말할 때조차 사체에 대한 경의나 애도의 마음이 그 방에 떠도는 일은 없었다. 이 빳빳해진 땅딸막한 사체가 사람들의 가슴에 불러일으키는 것은 어떤 종류의 교훈, 새삼스럽게 인식된 몇 가지 성찰, 그 정도뿐이었다. 어쨌든 지나가버린 시간이 거꾸로 돌아가는 일은 없고, 죽음이 가져다준 해결이 있다 해도 그건 단지 죽은 자 자신을 향한 해결일 뿐이다. 그같은 교훈, 혹은 성찰이다.

우시카와의 사체를 어떻게 처리할까. 결론은 처음부터 나와 있는 것이나 마찬가지다. 변사한 우시카와가 발견되면 경찰은 상세한 조사에 들어갈 것이고, 거기서 교단과의 연결이 부각되리라는 건 뻔한 일이다. 그런 위험을 무릅쓸 수는 없다. 사체는 사후경직이 풀리는 대로 남의 눈에 띄지 않게 부지 안의 대형 소각로로 옮겨가 신속히 처리한다. 어두운 연기와 하얀 재로 바꿔버린다. 연기는 하늘로 빨려들고, 재는 밭에 뿌려져 채소의 비료가 된다. 그건 지금까지도 스킨헤드의 지휘 아래 몇 번 행해진 작업이었다. 리더의 몸은 너무 컸기 때문에 전기톱을 사용하여 몇 개의 부분으로 '손질할' 필요가 있었다. 하지만 이 몸집 작은 남자의 경우에는 그럴 필요가 없다. 스킨헤드에게는 다행스러운 일이었다. 그는 원래 피비린내 나는 작업을 좋아하지 않는다. 살아 있는 인간을 상대할 때건, 죽은 사람을 상대할 때건, 가능하면 피는 보고 싶지 않다.

상사에 해당하는 인물이 스킨헤드에게 질문을 던졌다. 우시카와를 살해한 자는 대체 누구인가? 왜 우시카와는 살해된 것인가? 그보다, 애초에 우시카와는 무슨 목적으로 그 고엔지의 임대아파트에 잠복하고 있었는가? 스킨헤드는 경호팀의 장으로서 그 질문에 대답해야 했다. 하지만 사실은 그도 대답을 갖고 있지 못했다.

그는 화요일 새벽 수수께끼의 남자(다마루다)로부터 전화를 받고, 우시카와의 사체가 그 아파트에 있다는 것을 알았다. 거기서 주고받은 말은 실제적인 동시에 우회적인 것이었다. 전화를 끊고 스킨헤드는 즉각 도쿄 도내에 있는 휘하 신자들을 소집하여 네 명이 똑같은 작업복을 입고 이사업자로 가장한 뒤, 도요타 하이에이스를 타고 그 현장으로 향했다. 그것이 덫이 아니라는 것을 확인하는 데 잠시 시간이 걸렸다. 차를 조금 떨어진 곳에 세우고, 먼저 한 사람이 아파트 주위를 자연스럽게 정탐했다. 최대한 주의 깊게 움직일 필요가 있었다. 자신들이 방에 들어서자마자 잠복해 있던 경찰에게 체포되는 상황은 어떻게든 피해야 했다.

들고 간 이사용 컨테이너 박스에 이미 경직이 시작된 우시카와의 사체를 가까스로 밀어넣고 아파트 현관으로 떠메고 나와 하이에이스 짐칸에 실었다. 추운 겨울날 한밤중이었기 때문에 고맙게도 주위에는 지나가는 사람이 전혀 없었다. 방 안에 뭔가 단서가 될 만한 것이 있는지 확인하는 데도 시간이 걸렸다. 손전등으로 실내를 구석구석 수색했다. 하지만 주의를 끌 만한 것은 단 한 가지도 발견되지 않았다. 비축해둔 식료품과 작은 전기스토브, 등산용 침낭 외에는 최소한의 생활도구 일습이 있을 뿐이었다. 쓰레기봉지 속에 있는 것은 거의 모두 빈 통조림 캔과 페트병이었다. 우시카와는 아마도 그 방에 잠복하여 누군가를 감시한 모양이었다. 스킨헤드의 주의 깊은 눈은 창가 방바닥에 희미하게 남은 카메라용 삼각대의 흔적을 놓치지 않았다. 하지만 카메라는 사라지고 사진도 남아 있지 않았다. 아마도 우시카와의 목숨을 빼앗은 자가 회수해갔을 것이다. 물론 필름도 함께. 위아래 속옷만 입은 차림으로 죽은 걸 보면 침낭 속에서 자고 있던 차에 습격을 받은 모양이다. 그 누군가는 아마도 소리 없이 방에 침입했을 것이다. 그리고 아무래도 이 죽음은 상당한 고통을 수반한 듯했다. 속옷에 다량의 실금 흔적이 있었다.

그 차를 몰고 야마나시로 향한 것은 스킨헤드와 포니테일 두 사람뿐이었다. 다른 두 사람은 뒷수습을 위해 도쿄에 남았다. 처음부터 끝까지 포니테일이 핸들을 잡았다. 하이에이스는 수도고속도로를 거쳐 중앙고속도로를 타고 서쪽으로 향했다. 한밤의 도로는 텅 비어 있었지만 제한속도를 엄밀히 지켰다. 만일 경찰이 차를 세우기라도 했다가는 모든 게 끝장이다. 차 번호판은 앞뒤 모두 훔친 번호판으로 바꿨고, 짐칸에는 사체가 담긴 컨테이너 박스가 있다. 모른다고 잡아뗄 여지가 전혀 없다. 가는 길 내내 두 사람은 아무 말도 하지 않았다.

새벽녘에 교단에 도착하자, 기다리고 있던 교단 내의 의사가 우시카와의 사체를 살펴보고 질식사라는 것을 확인했다. 하지만 목 주위에 졸린 흔적은 없다. 흔적을 남기지 않기 위해 봉지 같은 것을 머리에 씌운 게 아닐까 추측했다. 양쪽 손목과 발목을 조사했지만, 끈으로 묶였던 흔적은 보이지 않았다. 구타나 고문을 당한 듯한 자국도 없었다. 표정에서도 고뇌의 빛은 찾아볼 수 없다. 그 얼굴에 떠오른 것은, 굳이 표현하자면, 대답이 돌아올 가망이 없는 순수한 의문 같은 것이었다. 어떻게 봐도 살해된 것이 확실한데, 실로 깨끗한 사체였다. 의사는 그 점을 이상하게 여겼다. 죽은 뒤, 누군가 얼굴을 마사지해서 온화하게 만들었는지도 모른다.

"빈틈없는 프로의 솜씨입니다." 스킨헤드는 상사에게 설명했다. "흔적을 전혀 남기지 않았어요. 아마 소리도 지르지 못했을 겁니다. 한밤중에 일어난 일이라 고통스러운 비명을 질렀다면 온 아파트에 다 들렸을 겁니다. 아마추어는 도저히 할 수 없는 일입니다."

어째서 우시카와가 프로의 손에 살해된 것인가?

스킨헤드는 조심스럽게 말을 골랐다. "아마 우시카와 씨는 누군가의 꼬리를 밟았을 겁니다. 밟아서는 안 되는 꼬리를. 자신도 그 의미를 잘 알지 못하는 사이에."

그건 리더를 처리한 자들과 동일한 상대일까?

"확증은 없지만, 그럴 가능성이 높습니다." 스킨헤드는 말했다. "그리고 아마 우시카와 씨는 고문 비슷한 일을 당했을 겁니다. 어떤 짓을 당했는지는 모르지만, 틀림없이 심한 고문을 받았습니다."

우시카와는 어디까지 발설했을까?

"알고 있는 건 모조리 실토했을 겁니다." 스킨헤드는 말했다.

"의심의 여지 없이. 하지만 우시카와 씨는 이 건에 관해 처음부터 제한적인 정보밖에 받지 못했습니다. 그래서 어떤 말을 했건, 우리 쪽에 그리 큰 피해는 없을 겁니다."

스킨헤드 역시 제한적인 정보밖에 받지 못했다. 하지만 물론 외부인인 우시카와보다는 훨씬 많은 것을 알고 있다.

프로라는 건, 즉 폭력조직이 관여했다는 건가, 상사는 질문했다.

"이건 야쿠자나 폭력조직의 수법이 아닙니다." 스킨헤드는 고개를 저으며 말했다. "그런 자들의 수법은 좀더 피가 튀고 난잡합니다. 이렇게까지 수고를 들이진 않습니다. 우시카와 씨를 살해한 자는 우리에게 메시지를 남긴 겁니다. 자신들의 시스템은 최고로 세련된 것이고, 만일 손을 대는 자가 있으면 적확하게 반격에 들어간다. 더이상 이 문제에 고개를 들이밀지 말라는 것이지요."

이 문제?

스킨헤드는 고개를 저었다. "그것이 구체적으로 어떤 문제인지는 저도 모릅니다. 우시카와 씨는 요즘 들어 계속 단독으로 움직였습니다. 중간 경과를 보고해달라고 몇 차례 요구했지만, 아직 정리된 형태로 보고할 만한 자료가 마련되지 않았다는 게 그의 주장이었습니다. 아마 혼자 힘으로 빈틈없이 진상을 밝혀내고 싶었겠지요. 그래서 그는 자신의 정보를 혼자 가슴에 담아둔 채 살해당했습니다. 우시카와 씨는 애초에 리더가 개인적으로 데려온 사람이고, 지금까지 별동대 형식으로 일해왔습니다. 조직과는 어울리지 않았어요. 명령 체계로 봐서도 저는 그를 통제할 수 있는 입장이 아니었습니다."

스킨헤드는 책임의 범위를 명확히 해두어야 했다. 교단은 이미 조직으로 확립되어 있다. 모든 조직에는 룰이 있고, 룰에는 벌칙이 따른다. 실책에 따른 책임이 모조리 자신에게 전가되는 것을 가만두고 볼 수는 없다.

우시카와는 그 아파트 방에서 대체 누구를 감시하고 있었는가?

"그건 아직 밝혀지지 않았습니다. 상식적으로 보면, 그 아파트나 혹은 그 주변에 사는 누군가겠지요. 현재 도쿄에 남은 사람들이 그 점에 대해 조사하고 있을 텐데, 아직 연락은 오지 않았습니다. 조사하는 데 시간이 걸리는 것 같습니다. 제가 직접 도쿄에 나가 확인하는 것이 좋다고 생각합니다만."

스킨헤드는 도쿄에 남겨두고 온 부하들의 실무능력을 그다지 높게 평가하지 않았다. 충직하기는 하지만 실력은 결코 좋지 않다. 상황에 대해서도 아직 자세한 건 일러주지 않았다. 무엇을 하건 자신이 직접 하는 게 훨씬 효율적일 터이다. 우시카와의 사무실도 철저히 조사해보는 게 좋을 것이다. 어쩌면 전화했던 그 남자가 한 발 앞서 훑고 갔을지도 모른다. 하지만 상사는 그의 도쿄 행을 허락하지 않았다. 사정이 좀더 밝혀질 때까지 그와 포니테일은 본부에 남아 있어야 한다. 그건 명령이었다.

우시카와가 감시하던 사람이 아오마메는 아닌가, 상사가 물었다.

"아뇨, 아오마메는 아닐 겁니다." 스킨헤드는 말했다. "만일 그 아파트에 아오마메가 있었다면, 그녀의 소재지가 판명된 시점에 즉시 우리에게 보고했을 겁니다. 그러면 그는 자신의 책임을 다한 것이고 주어진 일은 끝나는 거니까요. 아마 우시카와 씨가 거기서 감시했던 건 아오마메의 소재지와 연결되는, 혹은 연결될지도 모르는 누군가였을 겁니다. 그렇게 생각하지 않고서는 앞뒤가 맞지 않습니다."

그리고 그 누군가를 감시하는 도중에 거꾸로 상대가 눈치채고 손을 썼다?

"아마 그럴 겁니다." 스킨헤드는 말했다. "단독으로 위험한 장소에 너무 가까이 갔던 겁니다. 유력한 단서를 얻어 공을 세우고 싶었는지도 모릅니다. 여럿이서 감시에 임했다면 서로 보호해줄 수 있고, 그런 결과는 나오지 않았을 겁니다."

자네는 그 남자와 전화로 직접 통화를 했다. 우리와 아오마메가 대화하는 자리가 마련될 전망이 있다고 보는가?

"저도 예측을 못 하겠습니다. 다만 아오마메 본인이 우리와 교섭할 마음이 전혀 없다면 대화의 자리가 마련될 전망도 없겠지요. 전화한 남자의 말투에서도 그런 뉘앙스가 엿보였습니다. 모든 건 어디까지나 그녀의 마음에 달려 있다는."

리더의 일을 불문에 부치고 그녀의 신변안전을 보장한다는 조건은 그쪽으로서도 환영할 만한 것일 텐데.

"그래도 여전히 그들은 보다 상세한 정보를 원하고 있습니다. 우리가 왜 아오마메를 만나고 싶어하는지, 왜 그들과의 사이에 평화를 원하는지, 구체적으로 무엇을 교섭하려고 하는지."

정보를 원한다는 건, 바꿔 말하면 상대가 정확한 정보를 갖고 있지 못하다는 얘기인데.

"그렇습니다. 하지만 우리 역시 상대에 대한 정확한 정보를 갖고 있지 못합니다. 왜 그들이 그토록 주도면밀하게 계획을 짜고 인력과 시간을 들여 리더를 살해해야 했는지, 그 이유조차 아직 알지 못합니다."

어떻든 간에 상대의 대답을 기다리면서 우리는 이대로 아오마메의 수색을 속행해야 한다. 설령 그 과정에서 누군가의 꼬리를 밟게 되더라도.

스킨헤드는 잠시 틈을 두고 말했다. "우리는 긴밀한 조직을 갖고 있습니다. 인원을 소집하여 유효하고도 신속하게 행동할 수도 있습니다. 목적의식도 있고 사기도 높고, 필요하다면 자신을 버릴 각오도 있습니다. 하지만 순수하게 기술적인 레벨만 가지고 말하자면, 여기저기서 끌어모은 아마추어 집단에 지나지 않습니다. 전문적인 훈련도 받지 못했습니다. 그에 비하면 상대는 프로입니다. 노하우를 터득하고 있고, 냉철하게 행동하고, 어떤 일에도 주저하지 않습니다. 경험도 많은 것으로 보입니다. 잘 아시다시피, 우시카와 씨도 결코 부주의한 인물은 아니었습니다."

구체적으로 앞으로 어떻게 수색할 생각인가?

"현재로서는, 우시카와 씨가 입수했을 것으로 보이는 유력한 단서를 계속해서 파헤치는 게 가장 유효해 보입니다. 그것이 무엇이든."

즉 우리에게는 그것 말고 직접 입수한 유력한 단서가 없다?

"그렇습니다." 스킨헤드는 솔직히 인정했다.

어떤 위험을 맞닥뜨리더라도, 어떤 희생을 치르더라도, 우리는 아오마메라는 여자를 찾아 확보해야 한다. 한시라도 빨리.

"그것이 우리에게 부여된 '목소리'의 지시입니까?" 스킨헤드는 되물었다. "어떤 희생을 치르더라도 한시바삐 아오마메를 확보하는 것이."

상사는 대답하지 않았다. 그 이상의 정보는 스킨헤드의 레벨에게까지는 알려주지 않는다. 그는 간부가 아니다. 그저 실행팀의 장에 불과하다. 하지만 스킨헤드는 알고 있었다. 그것이 그들에게서 부여받은 최후 통고이고, 무녀들이 들은 아마도 최후의 '목소리'라는 것을.

차가운 방 안, 우시카와의 사체 앞을 오가는 스킨헤드의 의식의 한구석을 무언가가 스쳐갔다. 그는 거기서 멈춰 서서 얼굴을 찌푸리고 미간을 좁히며 그 스쳐간 무언가의 형태를 눈으로 확인하려고 했다. 그가 걸음을 멈추자, 포니테일은 문 옆에서 아주 조금 자세를 바꾸었다. 숨을 길게 내쉬고 다리의 중심을 반대쪽으로 옮겼다.

고엔지, 하고 스킨헤드는 생각한다. 그는 얼굴을 가볍게 찌푸린다. 그리고 기억의 어두운 밑바닥을 더듬는다. 가느다란 한 줄기 실을 주의 깊게 천천히 끌어당긴다. 이 건에 관계된 누군가가 고엔지에 살고 있었다. 대체 누구였지?

그는 호주머니에서 꾸깃꾸깃해진 두툼한 수첩을 꺼내 서둘러 페이지를 넘겼다. 그리고 기억이 틀림없다는 것을 확인했다. 가와나 덴고다. 그의 주소가 스기나미 구 고엔지로 적혀 있다. 우시카와가 사체로 발견된 아파트와 주소도 번지수도 완전히 똑같다. 같은 아파트에 호수가 다를 뿐이다. 3층과 1층. 우시카와가 그곳에서 가와나 덴고의 동향을 감시하고 있었던 건가. 의심의 여지가 없다. 어쩌다 주소가 똑같았다는 식의 우연은 있을 리 없다.

하지만 왜 우시카와가 이런 절박한 상황에서 새삼스럽게 가와나 덴고의 동향을 탐색하고 있었을까. 스킨헤드가 지금까지 가와나 덴고의 주소를 떠올리지 못했던 것은 그에 대한 관심이 완전히 없어졌기 때문이다. 가와나 덴고는 후카다 에리코가 쓴

「공기 번데기」를 리라이팅했다. 그 책이 문예지의 신인상을 받고 출판되어 베스트셀러가 되는 동안은, 그 역시 요주의 인물 중 하나였다. 그가 뭔가 중요한 역할을 맡고 있는 게 아니냐, 뭔가 중요한 비밀을 쥐고 있는 게 아니냐 하는 추측도 있었다. 하지만 그의 역할은 이미 끝났다. 단순한 대필자였을 뿐이라는 게 밝혀졌다. 고마쓰의 의뢰를 받아 소설 원고를 고쳐 썼고, 약소한 수입을 얻었다. 그뿐이다. 아무런 배경도 없다. 이제 교단의 관심은 아오마메의 행방 한 가지로 좁혀져 있었다. 그런데 우시카와는 그 학원강사에게 초점을 맞추고 활동하고 있었다. 본격적인 태세를 갖추고 감시했다. 그리고 그 결과 목숨까지 잃었다. 어째서?

스킨헤드는 짐작이 가지 않았다. 하지만 우시카와는 틀림없이 어떤 단서를 얻었다. 그리고 가와나 덴고만 철저히 마크하면 아오마메의 행방을 알아낼 수 있다고 생각한 듯하다. 그래서 그는 일부러 방까지 확보해서, 창가에 삼각대가 달린 카메라를 세팅하고, 분명 꽤 오래전부터 가와나 덴고를 감시해왔다. 가와나 덴고와 아오마메 사이에 뭔가 관계가 있었던 걸까. 만일 있다면 그건 대체 어떤 관계일까.

스킨헤드는 아무 말 없이 방을 나섰다. 난방이 되는 옆방으로 건너가 도쿄에 전화를 걸었다. 시부야 사쿠라가오카에 있는 맨션의 한 방이다. 그곳에 있는 부하를 호출하여 지금 즉시 고엔지의 우시카와가 있던 방으로 돌아가, 거기서 가와나 덴고의 출입을 감시하라고 지시했다. 가와나 덴고는 머리를 짧게 깎고 몸집이 큰 남자다. 못 보고 놓칠 일은 없다. 만일 그자가 아파트를 나가 어딘가로 간다면, 들키지 않도록 조심하면서 둘이서 그 뒤를 밟아라. 절대로 놓쳐서는 안 된다. 행선지를 알아내라. 무슨 일이 있어도 그자를 따라붙어라. 우리도 가능한 한 빨리 그쪽으로 가겠다.

스킨헤드는 우시카와의 사체가 놓인 방으로 돌아가 포니테일에게 지금 바로 도쿄로 출발한다고 알렸다. 포니테일은 그저 짧게 고개를 끄덕였다. 그는 어떤 일에나 설명을 요구하는 법이 없다. 요구받은 것을 이해하고, 신속하게 행동에 옮길 뿐이다. 스킨헤드는 그 방에 외부인이 들어갈 수 없도록 자물쇠를 채웠다. 그리고 건물 밖으로 나와 주차장에 늘어선 열 대가량의 차 중에서 검은 도장의 닛산 글로리아를 선택했다. 두 사람은 차에 올라타고 꽂혀 있는 키를 돌려 시동을 걸었다. 연료는 규칙에 따라 항상 가득 채워져 있다. 운전은 이번에도 포니테일이 담당했다. 닛산 글로리아의 번호판은 합법적인 것이고, 차의 출처도 깨끗하다. 어느 정도 속도를 올려도 문제는 없다.

도쿄에 돌아가도 좋다는 허가를 상사에게서 받지 않았다는 것을 깨달은 건 고속도로를 타고 한참 달린 뒤였다. 나중에 문제가 될지도 모른다. 어쩔 수 없다. 일각을 다투는 긴급한 문제다.

도쿄에 도착한 뒤 정식으로 사정을 설명하는 수밖에 없다. 그는 가볍게 얼굴을 찌푸렸다. 조직이라는 제약은 그에게 때로 지긋지긋하게 느껴졌다. 규칙은 그 수가 불어나는 일은 있어도 줄어드는 일은 없다. 하지만 자신이 조직을 벗어나서는 살 수 없다는 것을 그는 알고 있었다. 그는 외톨이 늑대가 아니다. 위로부터 명령을 받고, 그대로 움직이는 수많은 톱니바퀴 중 하나에 지나지 않는다.

라디오를 켜고 여덟시 정시 뉴스를 들었다. 뉴스가 끝나자, 스킨헤드는 라디오를 끄고 조수석 시트를 누이고 잠시 눈을 붙였다. 깨어났을 때 공복을 느꼈지만(제대로 된 식사를 해본 게 언제였던가?) 휴게소에서 차를 세울 만한 시간적 여유는 없었다. 최대한 서둘러야 한다.

하지만 이미 그때, 덴고는 공원 미끄럼틀에서 아오마메와 재회를 이루었다. 그들이 덴고의 행선지를 알아내는 일은 없었다. 덴고와 아오마메의 머리 위에는 두 개의 달이 떠 있었다.

우시카와의 사체는 싸늘한 어둠 속에 조용히 누워 있었다. 방에는 그 말고는 아무도 없다. 불은 꺼지고, 문은 밖에서 자물쇠가 채워졌다. 천장에 가까운 창문으로 달빛이 창백하게 비쳐들었다. 하지만 각도 때문에 우시카와에게는 달의 모습이 보이지 않는다. 그래서 그 수가 하나인지 둘인지, 그는 알 도리가 없다.

•

방에 시계가 없었기 때문에 정확한 시각은 알지 못한다. 아마 스킨헤드와 포니테일이 나간 뒤로 한 시간쯤 지난 뒤일 것이다. 만일 누군가가 그 자리에 있었다면, 우시카와의 입이 돌연 꾸물꾸물 움직이기 시작하는 것을 보고 간담이 서늘해졌을 게 틀림없다. 그것은 상식적으로는 생각할 수 없는 무서운 일이다. 우시카와는 두말할 것도 없이 이미 절명했고, 게다가 그 몸은 완전한 사후경직 상태였기 때문이다. 하지만 그의 입은 계속 가늘게 떨리듯이 움직이더니, 이윽고 마른 소리를 내며 벌컥 벌어졌다.

누군가 그 자리에 있었다면, 우시카와가 이제부터 무슨 말을 하려는 게 아닌가 하고 생각했을 것이다. 아마도 죽은 자가 아니면 알 수 없는 어떤 중요한 정보를. 그 사람은 분명 겁에 질리면서도 마른침을 삼키며 기다렸을 것이다. 자, 이제부터 대체 어떤 비밀이 밝혀질까?

하지만 우시카와의 크게 벌어진 입에서 목소리는 나오지 않았다. 거기에서 나온 것은 말이 아니고, 한숨도 아니고, 여섯 명의 작은 사람들이었다. 키는 기껏해야 5센티미터 정도다. 그들은 작은 몸에 작은 옷을 입고, 초록색 이끼가 낀 혀를 밟고, 지저분한 빼드렁니를 타넘고 줄줄이 밖으로 나왔다. 저녁나절에 일을 마치고 지상으로 돌아오는 광부들처럼. 하지만 그들의 옷이나 얼굴은 지극히 청결하고 얼룩 하나 없었다. 그들은 오염이나 마모磨耗와는 인연이 없는 존재들이었다.

여섯 명의 리틀 피플은 우시카와의 입에서 나오자, 사체가 눕혀진 회의용 테이블 위로 내려와 거기서 제각기 몸을 흔들어 자신의 몸집을 점점 크게 만들어갔다. 그들은 필요에 따라 자신의 몸을 적절한 사이즈로 변화시킬 수 있었다. 하지만 그 키는 1미터를 넘는 일이 없고, 3센티미터보다 작아지는 일도 없다. 이윽고 60센티미터에서 70센티미터쯤의 길이가 되자, 그들은 몸을 흔드는 것을 멈추고 차례대로 테이블 위에서 바닥으로 내려왔다. 리틀 피플의 얼굴에는 표정이 없다. 그렇지만 가면 같은 얼굴을 하고 있는 것은 아니다. 그들의 얼굴은 극히 평범하다. 사이즈를 제외하면, 당신이나 나와 거의 똑같은 얼굴이다. 다만 현재로서는 굳이 얼굴에 표정을 띨 필요가 없을 뿐이다.

그들은 겉으로 봐서는 딱히 서두르지도 않고, 딱히 느긋해하지도 않는다. 그들은 해야 할 일에 필요한 시간을 꼭 필요한 만큼 부여받았다. 그 시간은 너무 길지도 않고 너무 짧지도 않다. 여섯 명의 리틀 피플은 누가 신호를 할 것도 없이 바닥에 조용히 자리를 잡고 동그랗게 둘러앉았다. 일그러짐 없이 정확한 동그라미, 직경은 2미터쯤이다.

이윽고 한 명이 말없이 손을 뻗어 공중에서 한 줄기 가느다란 실을 스윽 집어냈다. 실의 길이는 15센티미터쯤, 흰색에 가까운 크림색이고 반투명이다. 그는 그것을 바닥에 내려놓았다. 다음 한 명도 완전히 똑같은 동작을 했다. 똑같은 색깔에 똑같은 길이의 실이다. 다른 세 명도 똑같은 동작을 되풀이했다. 하지만 마지막 한 명은 다른 행동을 취했다. 그는 자리에서 일어나 동그라미를 벗어나더니, 다시 회의용 테이블 위에 올라갔다. 우시카와의 비뚤어진 머리통에 손을 뻗어 거기에 나 있는 곱슬거리는 머리칼 한 올을 뽑았다. 톡, 하는 작은 소리가 들렸다. 그에게는 그게 실 대신이었다. 첫번째 리틀 피플이 익숙한 솜씨로 다섯 올의 공중의 실과 한 올의 우시카와의 머리칼을 하나로 짜냈다.

그렇게 여섯 명의 리틀 피플은 새로운 공기 번데기를 만들어 나갔다. 이번에는 아무도 입을 열지 않았다. 장단 맞추는 소리도 내지 않았다. 말없이 공중에서 실을 집어내고 우시카와의 머리에서 머리칼을 뽑아, 안정되고 매끄러운 리듬을 유지하며 부지런히 공기 번데기를 짜나갔다. 싸늘한 방 안에 있어도 그들이 내뿜는 입김은 하얗지 않았다. 만일 그곳에 누군가 있었다면 그 점 또한 기이하게 생각했을지도 모른다. 혹은 놀랄 일이 너무 많아서 미처 그런 것까지는 생각하지 못했을지도 모른다.

리틀 피플이 아무리 열심히 쉬지 않고 일해도(그들은 실제로 쉬지 않았다) 물론 하룻밤 안에 공기 번데기를 완성할 수는 없다. 아무리 적게 잡아도 사흘은 걸릴 것이다. 하지만 여섯 명의 리틀 피플은 그다지 서두르는 기색이 없었다. 우시카와의 사후경직이 풀려 소각로에 들어가기까지 앞으로 이틀은 걸린다. 그들은 그것을 알고 있었다. 이틀 밤 사이에 대강의 형태를 만들면 된다. 필요한 만큼의 시간은 그들의 손안에 있다. 그리고 그들은 피곤이라는 것을 알지 못한다.

창백한 달빛을 받으며 우시카와는 테이블 위에 누워 있었다. 입은 크게 벌어졌고, 감기지 않는 눈에는 두툼한 천이 덮여 있었다. 그 눈동자가 살아 있는 마지막 순간에 떠올린 것은, 집장사가 지은 주오린칸의 단독주택이고, 그 작은 잔디 정원을 신나게 뛰어다니는 작은 개의 모습이었다.

그리고 그의 영혼의 일부는 이제부터 공기 번데기로 바뀌려 하고 있었다.

제29장 아오마메

Q

다시는 이 손을 놓지 않아

덴고, 눈을 떠. 아오마메는 속삭이듯 말한다. 덴고는 눈을 뜬다. 세계에 다시 시간이 흐르기 시작한다.

달이 보여, 아오마메는 말한다.

덴고는 고개를 들고 하늘을 올려다본다. 마침 구름의 행렬이 끊기고, 느티나무 마른 가지 위에 달이 떠 있는 것이 보인다. 크고 작은 두 개의 달이다. 커다란 노란 달과 작고 일그러진 초록색 달. 마더와 도터. 막 스쳐간 구름의 끄트머리가 두 개의 달빛이 뒤섞인 색채로 옅게 물들어 있다. 긴 치맛자락을 염료에 깜박 적셔버린 것처럼.

그리고 덴고는 곁에 있는 아오마메를 본다. 그녀는 이제 사이즈가 맞지 않는 헌옷을 입고 머리칼을 어머니에게 마구잡이로 깎인, 영양부족의 비쩍 마른 열 살 여자아이가 아니다. 예전의 모습은 거의 없다. 그런데도 그녀가 아오마메라는 것을 한눈에 알 수 있다. 덴고의 눈에, 그녀는 아오마메 이외의 어느 누구로도 보이지 않는다. 그녀의 두 눈동자가 담고 있는 표정은 이십 년의 세월이 지났어도 변하지 않았다. 강하고 맑고 한없이 투명하다. 자신이 무엇을 원하는지 확신하는 눈이다. 누구에게도 가로막히는 일 없이, 무엇을 봐야 하는지 잘 알고 있는 눈이다. 그 눈이 똑바로 그를 보고 있다. 그의 마음을 들여다보고 있다.

아오마메는 그가 알지 못하는 장소에서 이십 년이라는 세월을 보내고, 한 사람의 아름다운 성인 여성으로 성장했다. 하지만 덴고는 그러한 장소와 세월을 아무런 유보 없이 순식간에 자신 속에 흡수하고, 자신의 살아 있는 피와 살로 만들 수 있었다. 그것들은 이제 그 자신의 장소이기도 하고 그 자신의 세월이기도 했다.

뭔가 말해야 한다고 덴고는 생각한다. 하지만 말은 나오지 않는다. 그의 입술은 희미하게 움직이며 허공에서 적합한 말을 찾아 헤맨다. 하지만 어디에도 그런 건 보이지 않는다. 떠도는 외로운 섬을 연상시키는 하얀 입김 외에 그 입술 사이에서 흘러나오는 것은 없다. 아오마메는 그의 눈을 보며 고개를 한 번 짧게 젓는다. 덴고는 그 의미를 이해한다. *아무 말도 하지 않아도 된다*는 뜻이다. 그녀는 호주머니 속의 덴고의 손을 내내 잡고 있었다. 그녀의 손은 단 한 순간도 거기서 물러서지 않는다.

우리는 같은 것을 보고 있어, 아오마메는 덴고의 눈을 들여다보며 조용한 목소리로 말한다. 그것은 질문이며 동시에 질문이 아니다. 그녀는 그것을 이미 알고 있다. 그래도 그녀는 형태를 띤 승인을 원하고 있다.

달이 두 개 떠 있어, 아오마메는 말한다.

덴고는 고개를 끄덕인다. 달이 두 개 떠 있다, 덴고는 그것을 소리 내어 말하지는 않는다. 목소리가 이상하게 제대로 나오지 않는다. 그저 그렇게 마음속으로 생각할 뿐이다.

아오마메는 눈을 감고 동그랗게 몸을 말고 덴고의 가슴에 뺨을 댄다. 심장 위에 귀를 댄다. 그의 마음에 귀를 기울인다. 그걸 알고 싶었어, 아오마메는 말한다. 우리가 같은 세계에 있고, 같은 것을 본다는 것을.

문득 깨닫고 보니 덴고의 마음속에 있던 거대한 소용돌이의 기둥은 이미 사라지고 없다. 다만 고요한 겨울밤이 그의 주위를 감싸고 있다. 길 건너 맨션의—그것은 아오마메가 도망자의 나날을 보낸 곳이다—몇몇 창문에 켜진 불빛은 그들 이외의 사람들도 이 세계에 살고 있다는 것을 보여주고 있다. 그것은 두 사람에게는 무척 신기하게 느껴진다. 아니, 논리적으로 맞지 않는 일이라는 생각마저 든다. 자신들 이외의 사람들이 아직 이 세계에 존재하고, 저마다의 삶을 살고 있다는 것이.

덴고는 아주 조금 몸을 숙여 아오마메의 머리칼의 향기를 맡는다. 곧고 아름다운 머리칼이다. 작은 핑크빛 귀가 내성적인 생물처럼 그 틈새에서 살짝 얼굴을 내밀고 있다.

몹시 길었어, 아오마메는 말한다.

몹시 길었다, 덴고도 생각한다. 하지만 그와 동시에 이십 년이라는 세월이 이미 실체적 질감을 지니지 않은 것이 되어 있다는 걸 그는 깨닫는다. 그것은 오히려 한순간에 지나가버린 세월이고, 그렇기 때문에 한순간에 메울 수 있는 세월이다.

덴고는 호주머니에서 손을 꺼내 그녀의 어깨를 안는다. 그녀의 육체의 밀도를 손바닥에 느낀다. 그리고 얼굴을 들어 다시 한번 달을 올려다본다. 한 쌍의 달은 아직 구름의 터진 틈새에서 한데 섞인 신비한 색채의 빛을 지상에 던지고 있다. 구름은 아주 천천히 흘러간다. 마음이라는 작용이 시간을 얼마나 상대적인 것으로 바꾸어버릴 수 있는지, 그 빛 아래에서 덴고는 새삼 절감한다. 이십 년은 긴 세월이다. 그사이에 여러 가지 일이 일어날 수 있다. 수많은 것이 태어나고, 그와 똑같은 만큼 수많은 것이 사라져간다. 남겨진 것도 형태를 바꾸고 변질되어간다. 긴 세월이다. 하지만 한번 정해진 마음에는 그게 너무 길다고 할 일은 없다. 가령 두 사람의 만남이 지금부터 이십 년 후라 해도, 그는 아오마메를 마주하고 역시 지금과 같은 마음을 품었을 것이다. 덴고는 그걸 안다. 만일 두 사람이 나란히 쉰 살이 되어 있다 해도, 그는 아오마메를 마주하고 역시 지금과 똑같이 가슴이 거세게 뛰고 지금과 똑같이 깊이 뒤흔들렸을 게 틀림없다. 똑같은 기쁨과 똑같은 확신을 마음속에 강하게 품었을 게 틀림없다.

덴고는 마음속에서 그렇게 생각할 뿐 소리 내지는 않는다. 하지만 소리가 되지 않은 그 말들을 아오마메가 하나하나 주의 깊게 알아듣는다는 것을 덴고는 안다. 그녀는 덴고의 가슴에 작은 핑크빛 귀를 대고, 그 마음의 움직임에 귀를 기울이고 있다. 지도를 손끝으로 더듬으며 거기에서 선명하게 살아 있는 풍경을 읽어낼 줄 아는 사람처럼.

내내 여기에서 이대로, 시간 따위는 잊어버리고 싶어, 아오마메는 작은 목소리로 말한다. 하지만 우리에게는 하지 않으면 안 될 일이 있어.

우리는 이동한다, 고 덴고는 생각한다.

그래, 우리는 이동할 거야, 아오마메는 말한다. 그것도 빠르면 빠를수록 좋아. 이제 시간이 그리 많이 남지 않았으니까. 이제부터 어떤 곳에 가는지 아직 말할 수는 없지만.

말할 필요 없어, 덴고는 생각한다.

어디로 가는지 알고 싶지 않아? 아오마메는 묻는다.

덴고는 고개를 젓는다. 현실의 바람에 마음의 불꽃이 꺼지는 일은 없었다. 그것보다 더 큰 의미를 가진 일은 어디에도 없다.

우리는 헤어지지 않아, 아오마메는 말한다. 그것은 무엇보다 명백하다. 우리는 다시는 이 손을 놓지 않아.

새로운 구름이 다가와 긴 시간을 들여 두 개의 달을 삼켜간다. 무대의 커튼이 소리도 없이 내려오듯이 세계를 감싼 그림자가 한층 그 깊이를 더해간다.

서둘러야 해, 아오마메는 작은 소리로 속삭인다. 그리고 두 사람은 미끄럼틀 위에서 일어선다. 두 사람의 그림자는 그곳에서 다시 하나가 된다. 어둠에 감싸인 깊은 숲을 손으로 더듬어 빠져나가는 어린아이들처럼, 그들의 손은 굳게 하나로 이어져 있다.

"우리는 이제부터 고양이 마을을 떠나." 덴고는 처음으로 말을 입 밖에 낸다. 아오마메는 그 갓 태어난 새로운 목소리를 소중히 받아들인다.

"고양이 마을?"

"깊은 고독이 낮을 지배하고, 큰 고양이들이 밤을 지배하는 마을이야. 아름다운 강이 흐르고, 오래된 돌다리가 놓여 있어. 하지만 그곳은 우리가 머무를 곳이 아니야."

우리는 이 세계를 각자 다른 말로 부르고 있었던 것이다, 아오마메는 생각한다. 나는 '1Q84년'이라는 이름으로 부르고, 그는 '고양이 마을'이라는 이름으로 불렀다. 하지만 가리키는 건 똑같은 한 가지다. 아오마메는 그의 손을 더욱 강하게 잡는다.

"그래, 우리는 이제부터 고양이 마을을 떠날 거야. 둘이서 함께." 그녀는 말한다. "이 마을을 나가버리면, 이제 낮이건 밤이

건 우리가 따로 떨어지는 일은 없어."

두 사람이 서두르는 걸음으로 공원을 뒤로할 때도, 크고 작은 한 쌍의 달은 완만한 속도로 흐르는 구름의 등뒤에 아직 숨어 있다. 달들의 눈은 가려졌다. 소년과 소녀는 손을 마주잡고 숲을 빠져나간다.

제30장 덴고

Q

만일 내가 틀리지 않다면

공원을 나선 두 사람은 넓은 도로로 나가 택시를 잡았다. 아오마메는 운전기사에게 국도 246호선을 타고 산겐자야까지 가달라고 말했다.

그제야 덴고는 아오아메의 옷차림에 눈길이 갔다. 그녀는 연한 색감의 스프링코트를 입고 있었다. 이 계절에 입기에는 좀 얇은 코트다. 끈을 앞으로 묶게 되어 있다. 안에는 날렵한 라인의 초록색 정장을 입고 있었다. 스커트는 짧고 타이트하다. 스타킹과 광택이 있는 하이힐을 신고, 어깨에는 검은 가죽 숄더백을 메고 있다. 숄더백은 불룩해서 무거워 보인다. 장갑도 끼지 않고 머플러도 두르지 않았다. 반지도, 목걸이도, 귀고리도 달고 있지 않다. 향수 냄새도 없다. 그녀가 몸에 걸친 것도, 걸치고 있지 않은 것도, 덴고의 눈에는 모든 것이 지극히 자연스럽게 보였다. 거기에서 빼야 할 것도, 거기에 덧붙여야 할 것도, 하나도 생각나지 않았다.

택시는 간조 7호선을 타고 246호선 방향을 향해 달렸다. 교통 흐름은 여느 때 같지 않게 원활했다. 차가 달리기 시작하고 오래도록 두 사람은 아무 말도 하지 않았다. 택시의 라디오는 꺼져 있고 젊은 운전기사는 말이 없었다. 두 사람의 귀에 와 닿는 것은 끊일 새 없는 단조로운 타이어 소리뿐이다. 그녀는 시트 위에서 덴고에게 몸을 기대고 그 큰 손을 계속 쥐고 있었다. 한번 놓아버리면 두 번 다시 찾을 수 없을지도 모른다. 밤거리가 두 사람 주위를 야광충으로 수놓인 해류처럼 흘러갔다.

"말해야 할 것들이 몇 가지 있지만," 아오마메는 한참 뒤에 말한다. "그곳에 도착하기까지 모든 것을 설명할 수는 없을 거 같아. 그럴 만큼 시간이 없으니까. 하지만 아무리 시간이 많아도 모든 것을 설명할 수는 없을지도 몰라."

덴고는 짧게 고개를 젓는다. 무리하게 설명할 필요는 없다. 이제부터는 시간을 들여 둘이서 하나하나 공백을 메워가면 된다—만일 그곳에 메워야 할 공백이 있다면. 하지만 지금의 덴고는, 그게 두 사람이 공유하는 것이라면, 뒤에 홀로 남겨진 공백이나 풀릴 길 없는 수수께끼에서마저 사랑스러움에 가까운 기뿜을 찾아낼 수 있을 것 같았다.

"너에 대해 우선 뭘 알아야 할까?" 그는 묻는다.

"지금의 나에 대해 넌 뭘 알고 있어?" 아오마메는 덴고에게 되묻는다.

"거의 아무것도." 덴고는 대답한다. "스포츠클럽 인스트럭터로 일하고 있고, 독신이고, 현재 고엔지에 살고 있다는 것 말고는."

아오마메는 말한다. "나도 지금의 너에 대해 거의 아무것도 몰라. 하지만 몇 가지는 알고 있어. 요요기의 학원에서 수학을 가르치고, 혼자서 살고 있다. 그리고 소설 「공기 번데기」의 문장을 실제로 쓴 사람이다."

덴고는 아오마메의 얼굴을 본다. 그의 입술은 놀라서 조금 벌어진다. 「공기 번데기」의 리라이팅에 대해 아는 사람은 극히 한정되어 있다. 아오마메는 그 교단과 관계가 있는 걸까.

"걱정 마. 우리는 같은 편이야." 그녀는 말한다. "왜 내가 그것을 알고 있는지, 그 사정을 설명하자면 이야기가 길어져. 어쨌든 「공기 번데기」가 너와 후카다 에리코의 공동작업으로 태어났다는 걸 알고 있어. 그리고 너와 나는 둘 다 언제부턴가 하늘에 달이 두 개 떠 있는 세계로 들어왔어. 그리고 또 한 가지, 나는 아이를 가졌어. 아마도 너의 아이를. 무엇보다 그것이 네가 알아두어야 할 중요한 일일 거야."

"내 아이를 가졌다?" 운전기사가 귀를 기울이고 있을지도 모른다. 하지만 덴고에게는 그런 걸 생각할 여유가 없다.

"우리는 지난 이십 년 동안 한 번도 얼굴을 마주한 적 없어." 아오마메는 말한다. "그런데도 나는 네 아이를 가졌어. 나는 그 아이를 낳을 생각이야. 물론 이건 이치에 맞지 않는 얘기야."

덴고는 말없이 그녀의 다음 말을 기다린다.

"9월 초에 거센 뇌우가 있었던 거 기억해?"

"똑똑히 기억하고 있어." 덴고는 말한다. "낮에는 날씨가 좋았는데 해가 진 뒤부터 갑자기 천둥이 울리고, 폭풍이 몰아쳤어. 아카사카미쓰케 역에 물이 흘러들어서 지하철이 한동안 멈췄지." 리틀 피플이 날뛰고 있다, 고 후카에리는 말했다.

"그 뇌우의 밤에 나는 수태했어." 아오마메는 말한다. "하지만 그날도, 그 전후의 몇 달도, 나는 누구와도 그런 관계를 갖지 않았어."

그녀는 그 사실이 덴고의 인식에 스며드는 것을 지켜본다. 그리고 말을 잇는다.

"하지만 그것이 그날 밤의 일이라는 건 틀림없어. 그리고 내가 가진 건 너의 아이라고 나는 확신해. 설명할 수는 없어. 하지만 나는 그냥 그걸 알아."

그날 밤, 후카에리와의 사이에 단 한 차례 가졌던 기묘한 성행위의 기억이 덴고의 뇌리에 되살아난다. 밖에서는 거센 천둥소리가 울리고 굵은 빗방울이 창을 때리고 있었다. 후카에리의 표현을 빌리면, 리틀 피플이 날뛰고 있었다. 온몸이 마비된 상태에서 침대에 반듯하게 누워 있을 때, 후카에리가 그의 몸 위에 올라타 경직된 페니스를 자신 속에 삽입하고 정액을 뽑아냈다. 그녀는 완전한 트랜스 상태인 것처럼 보였다. 그 눈은 명상에 잠긴 듯이 시종 감겨 있었다. 젖가슴은 크고 둥글고, 음모는 나 있지 않았다. 현실의 풍경처럼 보이지 않았다. 하지만 그건 틀림없이 실제로 일어난 일이었다.

다음 날 아침이 되자 후카에리는 전날 밤의 일을 전혀 기억하지 못하는 것처럼 보였다. 혹은 기억하는 기색을 보이지 않았다. 그리고 덴고에게는 그것은 성행위라기보다 오히려 실무 처리 작업에 가까운 것으로 느껴졌다. 후카에리는 그 거센 뇌우의 밤에, 덴고의 몸이 마비되어 있는 것을 이용해 정액을 효과적으로 채집한 것이다. 말 그대로 마지막 한 방울까지. 덴고는 지금도 그 때의 기묘한 감촉을 기억하고 있다. 후카에리는 그때 다른 인격을 갖고 있는 것처럼 보였다.

"짐작가는 일은 있어." 덴고는 메마른 목소리로 말한다. "역시 논리적으로는 설명할 수 없는 일이 그날 밤 내 몸에 일어났어."

아오마메는 그의 눈을 바라본다.

덴고는 말한다. "그것이 무엇을 의미하는지 그때는 알지 못했어. 지금 역시 그 의미를 정확히 이해하는 건 아니야. 하지만 만일 네가 그날 밤에 수태했다면, 그리고 달리 짐작되는 가능성이 없다면, 네 안에 있는 것은 틀림없이 내 아이야."

그곳에 있었던 후카에리는 아마도 통과하는 것이었다. 그것이 그때 그 소녀에게 주어진 역할이었다. 자기 자신을 통로로 삼아 덴고와 아오마메를 맺어주는 일. 한정된 시간 동안 물리적으로 두 사람을 연결시키는 일. 덴고는 그것을 깨닫는다.

"그때 무슨 일이 일어났었는지, 언젠가 자세한 이야기를 해줄 수 있을 거야." 덴고는 말한다. "하지만 지금 여기서는, 지금 내가 갖고 있는 말로는 감당할 수가 없어."

"하지만 정말로 믿어주는 거지? 내 안에 있는 작은 것이 네 아이라고."

"진심으로 믿어." 덴고는 말한다.

"다행이야." 아오마메는 말한다. "내가 알고 싶었던 건 그것뿐이야. 너만 그걸 믿어준다면, 다른 일은 아무래도 상관없어. 설명 같은 건 필요 없어."

"너는 임신했어." 덴고는 다시금 묻는다.

"사 개월째야." 아오마메는 덴고의 손을 당겨 코트 위 아랫배에 댄다.

덴고는 숨을 죽이고, 거기에서 생명의 징표를 찾는다. 그것은 아직 아주 작은 것에 지나지 않는다. 하지만 그의 손바닥은 그 온기를 감지할 수 있다.

"우리는 이제부터 어디로 이동하게 될까? 너와 나와 그 작은 것은."

"여기가 아닌 곳으로." 아오마메는 말한다. "하늘에 달이 하나만 떠 있는 세계로. 본래 우리가 있어야 할 장소로. 리틀 피플이 힘을 갖지 않는 곳으로."

"리틀 피플?" 덴고는 얼굴을 아주 조금 찌푸린다.

"너는 「공기 번데기」에서 리틀 피플을 상세히 묘사했어. 그들이 어떤 모습이고, 무엇을 하는지."

덴고는 고개를 끄덕인다.

아오마메는 말한다. "그들은 이 세계에 실재해. 네가 묘사한 그대로."

「공기 번데기」를 리라이팅할 때, 덴고에게 리틀 피플은 상상력이 뛰어난 열일곱 살 소녀가 만들어낸 가상의 생물에 지나지 않았다. 혹은 기껏해야 어떤 비유나 상징에 지나지 않았다. 하지만 이 세계에는 리틀 피플이 정말로 존재하고 현실적인 힘을 휘두르고 있다. 덴고는 이제 그것을 믿을 수 있다.

"리틀 피플만이 아니야. 공기 번데기도, 마더와 도터도, 두 개의 달도, 이 세계에는 실재하고 있어." 아오마메는 말한다.

"너는 이 세계에서 나가는 통로를 알고 있어?"

"내가 이곳에 들어왔던 통로로 우리는 이곳을 나가게 될 거야. 그곳 말고는 내가 생각해낼 수 있는 출구는 없어." 그리고 아오마메는 덧붙인다. "집필중인 소설 원고는 가져왔어?"

"여기." 덴고는 어깨에 걸고 있던 자주색 숄더백을 손바닥으로 가볍게 쳤다. 그러고는 신기하게 생각한다. 어떻게 그녀가 그걸 알고 있을까.

아오마메는 머뭇거리며 미소 짓는다. "아무튼 나는 그걸 알아."

"너는 많은 것을 알고 있는 것 같아." 덴고는 말한다. 아오마메가 미소 짓는 것을 덴고는 처음으로 본다. 아주 작은 웃음이지만 그래도 그의 주위에서 세계의 조위潮位가 변화하기 시작한다. 덴고는 그것을 안다.

"그걸 놓지 마." 아오마메는 말한다. "우리에게는 소중한 의미를 가지는 것이니까."

"그래, 놓지 않을게."

"우리는 서로를 만나기 위해 이 세계에 왔어. 우리 스스로도 알지 못했지만 그게 우리가 이곳에 들어온 목적이었어. 우리는 여러 가지 복잡한 일들을 통과해야 했어. 이치에 맞지 않는 일이며 설명할 수 없는 일. 기묘한 일, 피비린내 나는 일, 슬픈 일. 때로는 아름다운 일. 우리는 서약을 요구받고 그것을 내주었어. 우리에게는 시련이 주어졌고 그것을 뚫고 나왔어. 그리고 우리가 이곳에 온 목적은 이렇게 달성되었어. 하지만 지금은 위험이 닥쳐오고 있어. 그들은 내 안에 있는 도터를 원해. 도터가 무엇을 의미하는지, 덴고는 알지?"

덴고는 숨을 깊이 들이쉰다. 그리고 말한다. "너는 나와의 사이에 도터를 만들려 하고 있어."

"그래. 상세한 원리는 모르겠지만 공기 번데기를 통해, 아니면 나 스스로 공기 번데기의 역할을 해서 도터를 낳으려고 해. 그리고 그들은 우리 세 사람을 모조리 손에 넣으려 하고 있어. '목소리를 듣는' 새로운 시스템으로서."

"거기서 나는 어떤 역할을 하는 거지? 만일 내게 도터의 아버지 이상의 역할이 주어진다면 말이지만."

"너는……" 아오마메는 말을 하려다 입을 다문다. 그뒤에 이어지는 말은 나오지 않는다. 두 사람의 주위에는 몇 가지 공백이 남아 있다. 이제부터 둘이 힘을 합하고 시간을 들여 메워가야 하는 공백이.

"나는 너를 찾기로 결심했었어." 덴고는 말한다. "하지만 나는 너를 찾아내지 못했어. 네가 나를 찾았지. 나는 실제로는 거의 아무것도 하지 않은 셈이야. 뭐라고 해야 할까, 이건 공정하지 않은 것 같아."

"공정하지 않다?"

"나는 네게 많은 것을 빚졌어. 결국 나는 아무 도움도 되지 못했어."

"넌 내게 아무것도 빚지지 않았어." 아오마메는 단호하게 말한다. "너는 여기까지 나를 이끌어줬어. 눈에는 보이지 않는 형태로. 우리는 둘이서 하나야."

"나는 그 도터를 본 적이 있는 거 같아." 덴고는 말한다. "아니면 그 도터가 의미하는 것을. 그건 열 살 때의 네 모습 그대로, 공기 번데기의 은은한 빛 속에 잠들어 있었어. 나는 그 손가락을 만질 수 있었어. 단 한 번뿐이었지만."

아오마메는 덴고의 어깨에 머리를 기댄다. "덴고, 우리는 서로에게 아무것도 빚지지 않았어. 아무것도. 우리가 지금 생각해야 하는 건, 이 작은 것을 지키는 거야. 그들은 우리 등뒤에 바짝 다가와 있어. 바로 저기에. 내게는 그 발소리가 들려."

"너희 둘은 아무에게도 넘겨주지 않아. 무슨 일이 있어도. 너도, 그 작은 것도. 우리가 이렇게 만난 것으로 이 세계에 들어온 목적은 이루어졌어. 이곳은 위험한 장소야. 그리고 너는 출구가 어디 있는지 알고 있어."

"알고 있을 거야." 아오마메는 말한다. "만일 내가 틀리지 않다면."

제31장 덴고와 아오마메

Q

콩깍지 안에 든 콩처럼

눈에 익은 장소에서 택시를 내리자, 아오마메는 교차로에 서서 주위를 둘러보고 금속판 벽으로 둘러싸인 어슴푸레한 자재 적재장을 고속도로 아래에서 찾아냈다. 그리고 덴고의 손을 끌고 횡단보도를 건너 그쪽으로 향했다.

볼트가 빠진 금속판이 어디쯤에 있었는지 좀처럼 생각나지 않았지만, 한 장 한 장 참을성 있게 흔들어보는 사이에 사람 하나가 겨우 빠져나갈 틈새를 만들 수 있었다. 아오마메는 몸을 숙이고 옷자락이 걸리지 않도록 주의하며 안으로 들어갔다. 덴고도 큰 몸을 움츠리면서 그 뒤를 따랐다. 벽 안은 아오마메가 4월에 본 그대로였다. 방치되어 퇴색한 시멘트 부대, 녹슨 철골, 시든 잡초, 어지럽게 흩어진 오래된 종이쓰레기, 곳곳에 하얗게 눌러붙은 비둘기 똥. 여덟 달 전과 하나도 달라지지 않았다. 그때부터 지금까지 이곳에 발을 들인 사람이 단 한 사람도 없었는지 모른다. 도시 한복판, 그것도 간선도로의 모래톱 같은 위치에 있으면서, 그곳은 버려진 망각의 장소였다.

"여기가 그 장소야?" 덴고는 주위를 둘러보며 그렇게 묻는다.

아오마메는 고개를 끄덕인다. "만일 이곳에 출구가 없다면, 우리는 어디로도 갈 수 없어."

아오마메는 어둠 속에서 예전에 자신이 내려온 비상계단을 찾는다. 수도고속도로와 지상을 잇는 좁은 계단이다. 계단은 이곳에 분명 있을 거야, 그녀는 자신에게 그렇게 들려준다. 나는 그걸 믿어야 한다.

비상계단을 찾았다. 실제로는 계단이라기보다 거의 사다리에 가까운 물건이다. 아오마메가 기억하고 있는 것보다 더 허술하고, 더 위태롭다. 이런 것을 한 단 한 단 딛고 나는 위에서 이곳까지 내려왔어, 아오마메는 새삼 감탄한다. 어쨌거나 계단은 그곳에 있었다. 이제 남은 건 지난번과는 반대로 한 단 한 단 그것을 올라가는 것뿐이다. 그녀는 찰스 주르당의 하이힐을 벗어 숄더백 안에 찔러넣고, 그것을 가로질러 멘다. 사다리의 첫 단에 스타킹에 감싸인 맨발을 올린다.

"뒤따라와." 아오마메는 고개를 돌려 덴고에게 말한다.

"내가 먼저 가는 게 좋지 않을까?" 덴고가 걱정스럽게 말한다.

"아니, 내가 먼저 갈게." 그것은 그녀가 내려온 길이다. 그녀가 앞서 오르지 않으면 안 된다.

계단은, 그곳을 내려왔을 때보다 훨씬 차갑게 얼어붙어 있었다. 난간을 움켜쥔 손이 얼어서 감각을 잃을 것만 같다. 고속도로 교각 사이를 뚫고 지나가는 바람도 훨씬 더 날카롭고 혹독하다. 그 계단은 몹시 쌀쌀맞고 도전적이며, 그녀에게 아무것도 약속해주지 않았다.

9월 초에 고속도로 위에서 찾아다녔을 때, 비상계단은 사라지고 없었다. 그 루트는 막혀 있었다. 하지만 지상의 자재 적재장에서 위로 향하는 루트는 지금도 이렇게 존재하고 있다. 아오마메가 예측한 대로다. 이 방향에서라면 계단이 아직 남아 있을 거라는 예감이 그녀에게는 있었다. 내 안에는 작은 것이 있다. 만일 그것이 무언가 특별한 힘을 지니고 있다면 분명 나를 지켜주고 올바른 방향을 제시해줄 것이다.

계단은 있었다. 하지만 이 계단이 과연 진짜로 고속도로로 이어져 있는지, 거기까지는 알 수 없다. 어쩌면 그것은 중간에 막혀, 막다른 곳에 다다를지도 모른다. 그렇다, 이 세계에서는 어떤 일이든 일어날 수 있는 것이다. 실제로 손과 발을 사용하여 위까지 올라가 그곳에 무엇이 있는지 — 혹은 무엇이 없는지 — 내 눈으로 확인하는 수밖에 없다.

그녀는 한 단 한 단, 신중하게 계단을 올라간다. 아래를 보자 덴고가 바로 뒤를 따라오는 게 보인다. 이따금 바람이 세차게 불어와 날카로운 소리를 내며 그녀의 스프링코트를 펄럭인다. 칼로 에는 듯한 바람이다. 짧은 스커트 자락은 허벅지까지 말려 올라갔다. 바람에 날려 헝클어진 머리칼이 얼굴에 달라붙어 시야를 가린다. 숨도 제대로 쉴 수 없을 정도다. 머리칼을 뒤로 묶을 걸 그랬다고 아오마메는 후회한다. 장갑도 준비했어야 한다. 어째서 그런 것을 생각하지 못했을까. 하지만 후회해도 별수 없다. 오로지 내려왔을 때와 똑같은 옷차림이어야 한다는 것밖에는 머릿속에 없었다. 뭐가 어찌 됐건 계단 난간을 움켜쥐고 이대로 위로 올라가는 수밖에 없다.

아오마메는 추위에 떨면서 참을성 있게 위쪽으로 발을 옮기며, 도로 건너편에 서 있는 맨션 베란다에 시선을 던진다. 갈색 벽돌 타일의 5층 건물이다. 지난번에 내려올 때도 같은 건물을 보았다. 반쯤의 창문에 불이 켜져 있다. 바로 코앞이라고 해도 좋을 만큼 가까운 거리다. 한밤중에 고속도로 비상계단을 올라가는 장면을 주민들이 목격하기라도 하면 일이 귀찮아질지도 모른다. 두 사람의 모습은 이제 246호선 도로의 가로등에 상당히 환하게 비춰지고 있다.

하지만 고맙게도 어떤 창문에도 사람 그림자는 보이지 않는다. 커튼은 모두 꼭꼭 닫혀 있다. 하긴 당연하다. 이런 추운 겨울 밤에 일부러 베란다에 나와 수도고속도로의 비상계단을 구경할 사람이 있을 리 없다.

베란다 중 한 곳에 고무나무 화분이 놓여 있다. 지저분한 가든 체어 옆에서 그것은 몸을 떨며 작게 웅크리고 있다. 4월에 이 계단을 내려갈 때도 역시 그곳에서 고무나무를 보았다. 그녀가 지유가오카 아파트에 남겨두고 온 것보다 좀더 초라한 것이다. 지난 팔 개월 남짓을, 그 고무나무는 분명 같은 자리에서 내내 같은 자세로 웅크리고 있었을 것이다. 그것은 상처입고, 색이 바래고, 세계의 가장 눈에 띄지 않는 구석으로 밀려나, 분명 모두에게서 까맣게 잊혀져 있었다. 제대로 물도 얻어먹지 못하는지 모른다. 그래도 그 고무나무는, 불안과 망설임을 안고 팔다리가 꽁꽁 언 채로 위태로운 계단을 올라가는 아오마메에게 작으나마 용기와 승인을 부여해준다. 괜찮아, 틀림없어. 적어도 나는 내려왔을 때와 똑같은 길을 반대 방향으로 되짚어가고 있다. 저 고무나무는 나를 위해 표지판 역할을 해주고 있다. 아주 조용히.

그때 비상계단을 내려가면서 나는 초라한 거미줄을 몇 개 보았다. 그리고 오쓰카 다마키를 생각했다. 고등학교 때의 여름날, 그 가장 친한 친구와 함께 여행을 떠나 밤의 침대 안에서 서로의 벗은 몸을 만지던 때의 일을. 어째서 그런 일을 하필 수도고속도로 비상계단을 내려가는 중에 갑자기 떠올렸던 것일까. 아오마메는 같은 계단을 거꾸로 올라가면서 오쓰카 다마키를 또다시 생각한다. 그녀의 매끈하고 아름다운 모양의 젖가슴을 떠올린다. 다마키의 풍만한 젖가슴을 아오마메는 언제나 부럽게 생각했었다. 발육부진의 가엾은 내 젖가슴과는 전혀 다르다. 하지만 그 젖가슴도 이제는 상실되어버렸다.

그리고 아오마메는 나카노 아유미를 생각한다. 8월 어느 밤에 시부야 호텔의 한 방에서 양손에 수갑이 채워진 채 목욕가운 끈으로 교살당한 고독한 여경찰을. 마음에 몇 가지 문제를 안고 파멸의 심연을 향해 걸어갔던 한 젊은 여자를. 그녀 또한 풍만한 가슴을 갖고 있었다.

아오마메는 그 두 친구의 죽음을 진심으로 애도한다. 그녀들이 이제는 이 세계에 존재하지 않는 것을 쓸쓸하게 생각한다. 두 쌍의 멋진 젖가슴이 흔적도 없이 사라져버린 것을 안타까워한다.

부디 나를 지켜줘, 아오마메는 마음속으로 호소한다. 부탁해, 내게는 너희 도움이 필요해. 그 불행한 두 친구의 귀에는 분명 그녀의 무언의 목소리가 들리고 있을 것이다. 그녀들은 분명 나를 지켜줄 것이다.

수직의 사다리를 마침내 다 올라서자, 도로 바깥쪽으로 향한 평평한 통로가 이어져 있다. 낮은 난간이 달려 있지만 몸을 숙이지 않고는 앞으로 나아갈 수 없다. 그 통로 끝에 지그재그로 난

계단이 보였다. 제대로 된 계단이라고는 할 수 없지만, 적어도 사다리보다는 훨씬 나은 물건이다. 아오마메의 기억에 의하면, 그 계단을 올라가면 고속도로의 대피 공간이 나올 터이다. 도로를 오가는 대형 트럭의 진동 때문에 통로는 횡파橫波에 실린 작은 보트처럼 불안정하게 흔들린다. 차의 소음도 이제는 상당히 크게 들려온다.

그녀는, 계단을 다 올라선 덴고가 바로 등뒤에 다가와 있는 것을 확인하고 손을 뻗어 그의 손을 잡는다. 덴고의 손은 따뜻하다. 이렇게 추운 밤에, 이런 꽁꽁 언 계단 난간을 맨손으로 잡고 올라왔는데, 어떻게 여전히 이렇게 따뜻할까. 아오마메는 신기하게 생각한다.

"조금만 더 가면 돼." 아오마메는 덴고의 귀에 입을 대고 말한다. 차량 소음과 바람 소리에 대항하기 위해서 소리를 크게 내야 한다. "저 계단을 올라가면 도로가 나와."

만약 계단이 막혀 있지 않다면. 하지만 그 말은 입 밖에 내지 않는다.

"처음부터 이 계단을 올라갈 생각이었어?" 덴고는 묻는다.

"응, 만일 계단을 찾아낸다면 말이지만."

"그런데도 너는 일부러 그런 옷차림으로 왔어. 타이트한 스커트에 하이힐을 신고. 이런 급경사의 계단을 오르기에 적당한 옷차림으로는 보이지 않는데."

아오마메는 다시 미소 짓는다. "이 옷차림이 내게는 필요했어. 언젠가 그 이유를 설명해줄게."

"다리가 아주 아름다워." 덴고는 말한다.

"마음에 들어?"

"무척."

"고마워." 아오마메는 말한다. 좁은 통로 위에서 몸을 내밀어 덴고의 귀에 가만히 입술을 댄다. 콜리플라워처럼 꾸깃꾸깃한 귀에. 그 귀는 차갑게 얼어 있다.

아오마메는 다시 앞장서서 통로를 걸어, 그 막다른 곳에 있는 급경사의 좁은 계단을 오르기 시작한다. 발바닥이 얼고 손끝의 감각이 둔해져 있다. 발이 미끄러지지 않도록 주의해야 한다. 바람에 헝클어진 머리칼을 손가락으로 걷어내며 그녀는 계단을 올라간다. 얼어붙은 바람이 그녀의 눈에 눈물을 맺히게 한다. 그녀는 바람에 휘둘려 균형을 잃지 않도록 난간을 단단히 잡고, 한 걸음씩 신중하게 걸음을 옮기면서 등뒤에 있는 덴고를 생각한다. 그 큰 손과 차가워진 콜리플라워 같은 귀를 생각한다. 그녀 안에 잠든 작은 것을 생각한다. 숄더백에 들어 있는 검은 자동권총을 생각한다. 그곳에 장전된 일곱 발의 9밀리 탄환을 생각한다.

무슨 일이 있어도 이 세계에서 빠져나가야 한다. 그러기 위해서는 이 계단이 반드시 고속도로로 통한다고 진심으로 믿어야 한다. 믿는 거야, 그녀는 스스로를 타이른다. 그 뇌우의 밤, 리더가 죽기 전에 했던 말을 아오마메는 떠올린다. 노래가사다. 그녀는 지금도 그것을 정확히 기억하고 있다.

여기는 구경거리의 세계
처음부터 끝까지 모두 다 꾸며낸 것
하지만 네가 나를 믿어준다면
모두 다 진짜가 될 거야

무슨 일이 있어도, 어떻게 해서든, 내 힘으로 그것을 진짜로 만들어야 한다. 아니, 나와 덴고, 두 사람의 힘으로 그것을 진짜로 만들어야 한다. 우리는 모을 수 있는 최대한의 힘을 모아 하나로 합해야 한다. 우리 두 사람을 위해, 그리고 이 작은 것을 위해.

아오마메는 평평한 층계참에 멈춰 서서 뒤를 돌아본다. 덴고가 그곳에 있다. 그녀는 손을 내민다. 덴고가 그 손을 잡는다. 그녀는 그곳에서 아까와 같은 온기를 느낀다. 그 온기는 그녀에게 확실한 힘을 안겨준다. 아오마메는 다시 한번 몸을 내밀어 그의 꾸깃꾸깃한 귀에 입을 가까이 댄다.

"있지, 나는 너를 위해 한 번 목숨을 버리려고 했었어." 아오마메는 고백한다. "조금만 더 나아가면 정말로 죽을 상황이었어. 몇 밀리미터만 더 가면. 그걸 믿어줄래?"

"물론." 덴고는 말한다.

"진심으로 믿는다고 말해줄래?"

"진심으로 믿어." 덴고는 진심으로 말한다.

아오마메는 고개를 끄덕이고, 잡고 있던 손을 놓는다. 그리고 앞을 향해 다시 계단을 오르기 시작한다.

몇 분 뒤에 아오마메는 계단을 다 올라서서 수도고속도로 3호선으로 나선다. 비상계단은 막혀 있지 않았다. 그녀의 예감은 옳았고, 노력은 보답을 받았다. 그녀는 철책을 타넘기 전에 손등으로 눈가에 맺힌 차가운 눈물을 훔친다.

"수도고속도로 3호선." 덴고는 잠시 말없이 주위를 둘러보고, 그러고는 감탄한 듯이 말한다. "이곳이 세계의 출구였어."

"응." 아오마메는 대답한다. "이곳이 세계의 입구이자 출구야."

아오마메가 타이트스커트 자락을 허리까지 올리고 철책을 뛰어넘는 것을 덴고가 뒤에서 안아 도와준다. 철책 너머는 자동차를 두 대쯤 세울 수 있는 대피 공간이다. 이곳에 오는 건 벌써 세 번째다. 눈앞에는 매번 보던 에소의 거대한 광고판이 있다. 타이거를 당신 차에. 똑같은 카피, 똑같은 호랑이. 그녀는 맨발 그대로 말없이 그곳에 그저 우두커니 서 있다. 그리고 배기가스로 충만한 밤공기를 가슴 가득 들이마신다. 그것은 그녀에게는 어떤 공기보다 상쾌하게 느껴진다. 돌아온 것이다, 아오마메는 생각한다. 우리는 이곳에 돌아왔다.

고속도로는 전과 마찬가지로 지독히 정체되어 있다. 시부야 방향으로 향하는 자동차 행렬은 거의 앞으로 나아가지 못한다. 그녀는 그것을 보고 놀란다. 어째서일까. 내가 이곳에 올 때마다 도로는 항상 똑같이 정체되어 있다. 평일의 이런 시각에 3호선 상행이 정체되는 건 드문 일이다. 어디 앞쪽에서 사고가 났는지도 모른다. 맞은편 차선은 순조롭게 흐르고 있다. 하지만 상행 차선은 괴멸 상태다.

그녀의 뒤를 따라 덴고가 철책을 타넘는다. 다리를 크게 쳐들고 가볍게 뛰어넘는다. 그리고 아오마메 곁에 나란히 선다. 태어나서 처음으로 대양을 마주한 사람이 바닷가에 서서 차례차례 부서지는 파도를 멍하니 바라보듯이, 두 사람은 눈앞에 빽빽하게 밀려 있는 자동차 행렬을 말도 없이 그저 바라보고 있다.

차 안에 있는 사람들 또한 가만히 두 사람의 모습을 바라본다. 사람들은 자신이 목격하고 있는 광경에 당황하여 미처 태도를 정하지 못하고 있다. 그들의 눈에는 호기심이라기보다는 오히려 수상쩍게 여기는 빛이 떠올라 있다. 이 젊은 커플은 이런 곳에서 대체 뭘 하고 있는 거지? 두 사람은 어둠 속에서 느닷없이 나타나 수도고속도로의 대피 공간에 우두커니 서 있다. 여자는 샤프한 정장을 입고 있지만 코트는 얇은 봄옷이고, 발은 구두도 신지 않은 스타킹 차림이다. 남자는 큰 몸집에 낡은 가죽점퍼를 입고 있다. 두 사람 모두 숄더백을 가슴에 가로질러 메고 있다. 타고 오던 자동차가 근처에서 고장이 났거나 사고를 낸 것일까. 하지만 그런 자동차는 눈에 띄지 않는다. 그리고 그들은 딱히 도움을 청하는 것처럼 보이지 않는다.

아오마메는 이윽고 정신을 차리고 가방에서 하이힐을 꺼내 신는다. 스커트 자락을 잡아당겨 바로잡고, 숄더백을 다시 평소대로 멘다. 코트 앞의 끈을 묶는다. 혀로 마른 입술을 적시고 손가락으로 앞머리를 다듬는다. 손수건을 꺼내 눈에 어린 눈물을 닦는다. 그러고는 다시 덴고의 곁에 바짝 붙는다.

이십 년 전의 역시 12월, 초등학교 방과후 교실에서 그랬던 것처럼, 두 사람은 그곳에 나란히 서서 말없이 서로의 손을 맞잡고 있다. 그 세계에는 두 사람 외에는 아무도 없다. 두 사람은 눈앞에 있는 자동차의 완만한 흐름을 바라본다. 하지만 두 사람 모두 사실은 아무것도 보고 있지 않다. 자신들이 무엇을 보고 있는지, 무엇을 듣고 있는지, 그건 두 사람에게는 아무래도 좋은 일이다. 그들 주위에서 풍경이나 소리나 냄새는 본래의 의미를 송두리째 상실해버렸다.

"그래서, 우리는 무사히 다른 세계로 나온 걸까?" 덴고가 이윽고 입을 연다.

"아마도." 아오마메는 말한다.

"확인해보는 게 좋을지도."

확인할 방법은 하나밖에 없고, 둘 다 굳이 입 밖에 내어 그것을 말할 필요는 없다. 아오마메는 조용히 고개를 들어 하늘을 본다. 덴고도 거의 동시에 똑같이 고개를 들고 하늘을 본다. 두 사람은 하늘에서 달을 찾는다. 각도로 보자면, 그 위치는 아마도 에소 광고판 위쯤이 될 터이다. 그러나 그들은 그곳에서 달의 모습을 찾지 못한다. 그것은 지금 구름의 등뒤에 숨어 있는 모양이다. 구름들은 상공에 부는 바람을 타고 남쪽을 향해 완만한 속도로 느긋하게 흘러간다. 두 사람은 기다린다. 서두를 필요는 없다. 시간은 얼마든지 있다. 그곳에 있는 것은 상실된 시간을 회복하기 위한 시간이다. 둘이서 공유하는 시간이다. 조급하게 굴 필요는 없다. 에소 광고판의 호랑이가 급유호스를 한 손에 들고, 다 안다는 웃음을 지으며, 손을 맞잡은 두 사람을 곁눈으로 지켜보고 있다.

거기서 아오마메는 문득 깨닫는다. 무언가 이전과는 다르다는 것을. 무엇이 어떻게 다른지는 몰라, 잠시 혼란스럽다. 그녀는 눈을 가늘게 뜨고 의식을 하나로 집중한다. 그러고는 깨닫는다. 광고판의 호랑이는 왼편 옆얼굴을 이쪽으로 향하고 있다. 하지만 그녀가 기억하는 호랑이는 분명 오른쪽 옆얼굴을 세계로 향하고 있었다. 호랑이의 모습이 반전되어 있다. 그녀의 얼굴이 자동적으로 일그러진다. 심장의 고동이 흐트러진다. 그녀의 몸

안에서 뭔가가 역류하는 듯하다. 하지만 정말로 그렇게 단언할 수 있을까. 내 기억이 그렇게까지 확실할까. 아오마메는 확신을 가질 수 없다. 단지 그런 것 같다는 것뿐이다. 기억은 때로 사람을 배반한다.

아오마메는 그 의구심을 자신의 마음속에만 담아둔다. 아직 그걸 입 밖에 내서는 안 된다. 그녀는 일단 눈을 감고 호흡을 가다듬어 심장의 고동을 원래대로 되돌리고, 구름이 지나가기를 기다린다.

차 안의 사람들은 유리창 너머로 그런 두 사람의 모습을 보고 있다. 이 두 사람은 대체 무엇을 그리 열심히 올려다보는 걸까. 어째서 그렇게 단단히 손을 맞잡고 있는 걸까. 몇 사람은 고개를 돌려 두 사람이 응시하는 곳과 같은 방향으로 시선을 던진다. 하지만 그곳에는 하얀 구름과 에소의 광고판이 보일 뿐이다. 타이거를 당신 차에, 호랑이는 지나가는 사람들에게로 왼편 옆얼굴을 향하고, 한층 더 많은 가솔린 소비를 상냥하게 호소하고 있다. 오렌지색 줄무늬 꼬리를 의기양양하게 허공에 쳐들고서.

이윽고 구름이 끊기고, 달이 하늘에 모습을 드러낸다.

달은 하나뿐이다. 항상 익숙하게 보던 그 노랗고 고고한 달이다. 억새 들판 위에 말없이 떠오르고, 온화한 호수면에 희고 둥근 접시가 되어 떠돌고, 조용히 잠든 집의 지붕을 조용히 비추는 그 달이다. 만조의 물결을 한결같이 바닷가 모래사장으로 밀어 보내고, 짐승들의 털을 부드럽게 빛나게 하고, 밤의 여행자를 감싸안아 보호해주는 그 달이다. 때로는 예리한 그믐달이 되어 영혼의 살갗을 깎아내고, 초승달이 되어 어두운 고절孤絶의 물방울을 지표면에 소리도 없이 떨구는, 늘 보던 그 달이다. 그 달은 에소 광고판 바로 위에 자리잡고 있다. 그 곁에 작고 일그러진 초록색 달의 모습은 없다. 달은 누구도 거느리지 않고 과묵하게 그곳에 떠 있다. 서로 확인할 것도 없이, 두 사람은 똑같이 하나의 광경을 바라보고 있다. 아오마메는 말없이 덴고의 큼직한 손을 움켜쥔다. 역류하는 느낌은 이제 사라졌다.

우리는 1984년으로 돌아왔다, 아오마메는 스스로에게 그렇게 말한다. 이곳은 이미 그 1Q84년이 아니다. 원래의 1984년의 세계다.

하지만 정말 그럴까. 그렇게 간단히 세계가 원래대로 돌아올까. 예전의 세계로 되돌아가는 통로는 이제 어디에도 없다, 리더는 죽기 전에 그렇게 단언하지 않았는가.

혹시 이곳은 또 하나의 다른 장소인 게 아닐까. 우리는 하나의 서로 다른 세계에서 또 하나의 다른, 제삼의 세계로 이동했을 뿐인 게 아닐까. 타이거가 오른편이 아니라 왼편의 옆얼굴을 상냥하게 이쪽으로 향하고 있는 세계로. 그리고 그곳에서는 새로운 수수께끼와 새로운 룰이 우리를 기다리고 있는 건 아닐까.

어쩌면 그럴지도 모른다, 아오마메는 생각한다. 적어도 지금의 나는 그렇지 않다고 단언할 수 없다. 하지만 그래도 한 가지만은 확신을 가지고 말할 수 있다. 어찌 됐건, 이곳은 하늘에 달이 두 개 떠 있는 그 세계가 아니라는 것이다. 그리고 나는 덴고의 손을 잡고 있다. 우리는 논리가 힘을 갖지 못하는 위험한 장소에 발을 들였고, 힘든 시련을 뚫고 서로를 찾아내고, 그곳을 빠져나온 것이다. 도착한 곳이 예전의 세계이건, 또다른 새로운 세계이건, 두려울 게 무엇인가. 새로운 시련이 그곳에 있다면, 다시 한번 뛰어넘으면 된다. 그뿐이다. 적어도 우리는 더이상 고독하지 않다.

그녀는 몸의 힘을 빼고, 믿어야 하는 것을 믿기 위해 덴고의 넓은 가슴에 몸을 기댄다. 그곳에 귀를 대고 심장의 고동에 귀를 기울인다. 그리고 그의 팔 안에 몸을 맡긴다. 콩깍지 안에 든 콩처럼.

"이제 우리는 어디로 가면 되지?" 얼마나 시간이 지났을까, 덴고가 아오마메에게 묻는다.

언제까지고 이곳에 있을 수는 없다. 그건 확실하다. 하지만 수도고속도로에는 갓길이 없다. 이케지리 출구는 비교적 가깝지만, 아무리 정체중이라 해도 좁은 도로를 보행자가 차 사이를 누비며 걷는 건 너무 위험하다. 또한 수도고속도로 위에서 히치하이킹 신호를 흔쾌히 받아줄 드라이버가 있을 것 같지도 않다. 비상전화로 도로공단 사무실을 호출해서 도움을 청할 수도 있지만, 그렇게 되면 두 사람이 여기에서 헤매는 이유를 상대가 납득할 수 있게 설명해야 한다. 가령 이케지리 출구까지 무사히 걸어간다 해도 요금소 직원은 두 사람을 수상쩍게 볼 것이다. 아까 올라온 계단을 다시 내려가는 건 물론 논외다.

"나는 모르겠어." 아오마메는 말한다.

이제부터 어떻게 하면 좋을지, 어디로 향하면 좋을지, 그녀는 정말로 알 수 없었다. 비상계단을 다 올라왔을 때 아오마메의 역할은 이미 끝이 났다. 생각을 굴리거나 일의 옳고 그름을 판단하기 위한 에너지를 모조리 다 써버렸다. 그녀 안에는 이제 한 방울의 연료도 남아 있지 않다. 그다음 일은 다른 어떤 힘에 맡기는 수밖에 없다.

하늘에 계신 주님이시여, 당신의 이름이 영원히 거룩한 여김을 받으시오며, 당신의 왕국이 우리에게 임하옵시며, 우리의 수많은 죄를 사하여주시옵소서. 우리의 보잘것없는 삶에 당신의 축복을 주시옵소서. 아멘.

기도문이 입에서 자연스럽게 흘러나온다. 조건반사에 가까운 것이다. 생각할 필요도 없다. 그 말 하나하나는 아무런 의미도 갖지 않는다. 그런 구절은 이제는 단순한 소리의 울림이며 기호의 나열에 지나지 않는다. 하지만 그 기도를 기계적으로 외우면서 그녀는 뭔가 불가사의한 마음이 된다. 경건한 마음이라고까지 할 수도 있다. 깊은 곳에서 무언가가 가만히 그녀의 마음을 울린다. 설령 어떤 일이 있었건, 나 자신을 손상시키지 않고 지나올 수 있어서 다행이다. 그녀는 그렇게 생각한다. 내가 나 자신으로서 이곳에—이곳이 설령 어디건—있을 수 있어서 다행이라고 생각한다.

당신의 왕국이 우리에게 임하옵시며, 아오마메는 다시 한번 소리 내어 반복한다. 초등학교 때 급식을 먹기 전에 그렇게 했듯이. 그것이 무엇을 의미하는 것이든 그녀는 진심으로 그렇게 바란다. 당신의 왕국이 우리에게 임하옵시며.

덴고는 아오마메의 머리칼을 손끝으로 빗어내리듯이 쓰다듬는다.

십 분쯤 뒤에 덴고는 지나가는 택시를 세운다. 두 사람은 잠시 자신의 눈을 믿을 수가 없다. 정체중인 수도고속도로를 손님을 태우지 않은 택시 한 대가 느릿느릿 지나가고 있는 것이다. 덴고가 반신반의하며 손을 쳐들자, 곧바로 뒷좌석 문이 열리고, 두 사람은 그 차에 탄다. 환영이 사라져버리는 것을 두려워하듯이 서둘러, 황급하게. 안경을 쓴 젊은 운전기사가 고개를 돌려 뒤를 돌아본다.

"차가 이렇게 막히고 있어서요, 바로 저 앞 이케지리 출구에서 내려가려고 하는데, 그래도 괜찮겠습니까?" 운전기사가 말한다. 남자치고는 높은 톤의 목소리다. 하지만 귀에 거슬리지는 않는다.

"괜찮아요." 아오마메는 말한다.

"사실은 수도고속도로에서 손님을 태우는 건 법률 위반인데."

"이를테면 어떤 법률에요?" 아오마메는 묻는다. 운전석의 룸미러에 비친 그녀의 얼굴은 아주 조금 찌푸려져 있다.

고속도로에서 택시가 손님을 태우는 것을 금지하는 법률의 명칭을 운전기사는 갑작스럽게는 생각해내지 못한다. 그리고 룸미러 속 아오마메의 얼굴이 그를 은근히 위협한다.

"뭐 됐습니다." 운전기사는 그 화제를 내던진다. "그래서, 어디까지 모셔다드릴까요?"

"시부야 역 근처에서 내려주면 돼요." 아오마메는 말한다.

"미터기는 꺾지 않겠습니다." 운전기사는 말한다. "요금은 밑에 내려간 다음부터만 받을게요."

"그런데 왜 이런 곳을 택시가 손님도 태우지 않고 달리고 있었죠?" 덴고가 운전기사에게 묻는다.

"그게 얘기가 복잡한데요." 운전기사는 지친 기색이 담긴 목소리로 말한다. “들어보실래요?”

“듣고 싶어요.” 아오마메가 말한다. 아무리 길고 따분한 이야기라도 상관없다. 이 새로운 세계에서 사람들이 하는 이야기를 그녀는 듣고 싶다. 거기에는 새로운 비밀이 있고, 새로운 암시가 있을지도 모른다.

“기누타 공원 근처에서 중년남자 손님을 태웠는데요, 아오야마가쿠인 대학 근처까지 고속도로를 타고 가자고 하더라고요. 일반도로로 가면 시부야 근처에서 너무 막히니까요. 그때까지는 아직 수도고속도로가 정체된다는 정보는 들어오지 않았지요. 쭉쭉 잘 빠진다고만 했어요. 그래서 손님이 가자는 대로 요가에서 수도고속도로를 탔죠. 근데 다니마치 근처에서 충돌사고가 났다나, 보시는 대로 이꼴이에요. 일단 위로 올라오면, 이케지리 출구까지는 내려가려야 내려갈 수가 없잖아요. 그럭저럭하는 사이에 그 손님이 아는 사람을 만났어요. 고마자와 근처에서 차들이 바짝 붙어 멈춰 서 있을 때, 옆 차선에 은색 벤츠 쿠페가 나란히 있었는데, 그 차를 운전하는 여자가 우연히 아는 사람이었더라고요. 그래서 창문을 열고 둘이서 대화를 하더니만, 이쪽으로 오라고 그 여자가 그러는 거예요. 그러니까 이 손님이, 미안하지만 여기서 계산하고 저 차로 건너가도 되겠냐고 하더군요. 수도고속도로에서 손님을 내려주다니, 생전 처음 듣는 소리지만, 뭐 사실 거의 움직이지 못하는 상태고, 가겠다는데 안 된다고는 못 하잖아요. 그래서 그 손님은 벤츠로 옮겨탔어요. 미안하다면서 요금을 조금 더 주긴 했는데, 그래도 저로서는 참 난감하죠. 아무튼 그 자리에서 꼼짝을 못 하니까요. 그렇게 어찌어찌 겨우 여기까지 왔어요. 이제 조금만 더 가면 이케지리 출구다, 하는 곳까지요. 그랬는데 손님들이 저쪽에서 손을 들고 있는 게 보이는 거예요. 정말 믿기 힘든 얘기죠. 그렇지 않아요?"

"믿어져요." 아오마메는 간결하게 말한다.

두 사람은 그날 밤, 아카사카에 있는 고층 호텔에 방을 잡는다. 그들은 방을 어둡게 하고 옷을 벗고 침대에 들어가 서로를 안는다. 말해야 할 일들이 아주 많지만, 그건 날이 샌 다음에라도 괜찮다. 그보다도 먼저 해야 하는 일이 있다. 두 사람은 입을 열지 않고, 어둠 속에서 시간을 들여 서로의 몸을 살핀다. 열 개의 손가락과 손바닥으로, 무엇이 어디에 있고 어떤 모양인지 하나하나 확인한다. 비밀의 방에서 보물찾기를 하는 어린아이들처럼 가슴을 두근거리며. 그리고 하나의 존재를 확인하면, 거기에 입술을 대고 인증의 봉인을 부여한다.

시간을 들여 그 작업을 마치자, 아오마메는 덴고의 딱딱해진 페니스를 오랫동안 손에 쥐고 있다. 예전에 방과후 교실에서 그의 손을 쥐던 것과 똑같이. 그것은 그녀가 알고 있는 어떤 것보다 딱딱하게 느껴진다. 거의 기적에 가까울 만큼. 그리고 아오마메는 다리를 벌리고 몸을 붙여 그것을 자신 속에 천천히 이끌어 들인다. 곧장 깊은 안쪽까지. 그녀는 어둠 속에서 눈을 감고 깊고 어둡게 숨을 삼킨다. 그러고는 시간을 들여 그 숨을 토해낸다. 덴고는 그 따뜻한 입김을 가슴에 느낀다.

"이렇게 너에게 안기는 걸 줄곧 상상했어." 아오마메는 몸의 움직임을 멈추고 덴고의 귓가에 입을 대고 속삭인다.

"나하고 섹스하는 걸?"

"응."

"열 살 때부터 줄곧 이걸 상상했어?" 덴고는 묻는다.

아오마메는 웃는다. "설마. 조금 더 큰 다음부터."

"나도 같은 걸 상상했어."

"내 안에 들어오는 것을?"

"응." 덴고는 말한다.

"어때, 상상한 대로야?"

"아직 진짜 같지 않아." 덴고는 솔직히 말한다. "아직 상상의 연속 안에 있는 것 같아."

"하지만 이건 진짜야."

"진짜라고 하기에는 너무 멋진 것 같아."

아오마메는 어둠 속에서 미소 짓는다. 그리고 덴고의 입술에 입술을 맞댄다. 두 사람은 잠시 동안 혀를 서로 휘감는다.

"내 가슴, 별로 안 크지?" 아오마메는 그렇게 말한다.

"이게 딱 좋아." 덴고는 그녀의 젖가슴에 손을 얹고 말한다.
"정말 그렇게 생각해?"
"물론." 그는 말한다. "이보다 더 크면 네가 아니야."
"고마워." 아오마메는 말한다. 그리고 덧붙인다. "하지만 그뿐만이 아니라 오른쪽과 왼쪽의 크기도 많이 달라."
"지금 이대로 좋아." 덴고는 말한다. "오른쪽은 오른쪽이고, 왼쪽은 왼쪽이야. 아무것도 바꾸지 않아도 돼."
아오마메는 덴고의 가슴에 귀를 댄다. "나는 오래도록 외톨이였어. 그리고 여러 가지 것에 깊이 상처를 입었어. 좀더 일찍 너와 재회할 수 있었으면 좋았을 텐데. 그랬다면 이렇게 먼 길을 돌아오지 않았을 거야."
덴고는 고개를 젓는다. "아니, 그렇게 생각하지 않아. 이걸로 좋은 거야. 지금이 마침 적당한 때야. 우리 둘 다에게."
아오마메는 운다. 줄곧 참고 있던 눈물이 두 눈에서 떨어진다. 그녀는 그것을 멈출 수가 없다. 굵은 눈물방울이 빗방울처럼 소리를 내며 시트 위에 떨어진다. 덴고를 깊이 안에 담은 채, 그녀는 몸을 가늘게 떨며 내내 운다. 덴고는 두 손을 그녀의 등에 두르고, 그 몸을 단단히 받쳐준다. 그건 이제부터 그가 계속해서 받쳐줄 것이다. 그리고 덴고는 그것을 무엇보다 기쁘게 생각한다.
그는 말한다. "우리가 얼마나 고독했는지 아는 데는, 서로 이

만큼의 시간이 필요했던 거야."

"움직여줘." 아오마메는 그의 귓가에 말한다. "천천히 시간을 들여서."

덴고는 이르는 대로 한다. 아주 천천히 그는 몸을 움직인다. 조용히 호흡을 하고, 자신의 고동 소리에 귀를 기울이며. 아오마메는 그동안 마치 물에 빠진 사람처럼 덴고의 큰 몸에 매달려 있다. 그녀는 울기를 멈추고, 생각하기를 멈추고, 과거에서도 미래에서도 스스로를 떼어내고, 덴고의 몸의 움직임에 마음을 동화시킨다.

새벽녘 가까이, 두 사람은 호텔 목욕가운으로 몸을 감싸고 커다란 유리창 앞에 나란히 서서 룸서비스로 주문한 레드와인 잔을 기울이고 있다. 아오마메는 거기에 살짝만 입술을 적신다. 그들은 아직 잠을 필요로 하지는 않는다. 17층 방 창에서는 달을 마음껏 바라볼 수 있다. 구름 떼도 이미 어디론가 사라지고, 그들의 시야를 가로막는 건 아무것도 없다. 새벽녘의 달은 한참 거리를 이동하기는 했으나 도시의 스카이라인 아슬아슬한 곳에 아직 떠 있다. 그것은 잿빛을 닮은 희뿌연 빛을 더해가면서, 이제 조금 뒤에 그 역할을 마치고 지평선 너머로 사라지려 하고 있다.

아오마메는 프런트에서 요금이 높아도 좋으니 달을 바라볼 수 있는 높은 층의 방을 달라고 부탁했다. "그게 무엇보다 중요한 조건이에요. 달이 깨끗이 보이는 게." 아오마메는 그렇게 말했다.

담당 여직원은 갑자기 뛰어든 젊은 커플에게 친절했다. 호텔이 그날 밤 어쩌다 한산한 탓도 있다. 또한 그녀가 두 사람에게 한눈에 자연스러운 호감을 품었다는 것도 있다. 그녀는 즉시 보이를 방에 보내 창문으로 달이 깨끗하게 보인다는 것을 확인하고, 주니어 스위트룸의 키를 아오마메에게 건넸다. 특별 할인 요금도 적용했다.

"오늘이 보름달이나 뭐 그런 건가요?" 프런트의 여직원은 흥미로운 듯 아오마메에게 물었다. 그녀는 지금까지 무수한 손님들로부터 온갖 다양한 요구며 희망이며 부탁을 들어왔다. 하지만 창문으로 달이 깨끗하게 보이는 방을 진지하게 요구하는 손님은 아직 만난 적이 없었다.

"아뇨." 아오마메는 말했다. "보름달은 이미 지나갔어요. 지금은 삼분의 이 정도 크기. 하지만 그걸로 충분해요. 달만 보인다면."

"달을 보시는 걸 좋아하세요?"

"그건 중요한 일이에요." 아오마메는 미소를 지으며 말했다. "매우."

새벽이 가까워져도 달의 수는 늘어나지 않았다. 단 하나, 눈에 익은 평소의 그 달이다. 누구도 기억할 수 없을 만큼 오랜 옛날부터, 지구 주위를 같은 속도로 충실하게 돌고 있는 하나뿐인 위성. 아오마메는 달을 바라보며 아랫배에 가만히 손을 얹고 그곳에 작은 것이 깃들여 있는 것을 다시 한번 확인한다. 아까보다 조금 더 불룩해진 것처럼 느껴진다.

이곳이 어떤 세계인지, 아직 판명되지는 않았다. 하지만 그것이 어떤 구조를 가진 세계이건 나는 이곳에 머물 것이다. 아오마메는 그렇게 생각한다. 우리는 이곳에 머물 것이다. 이 세계에는 아마도 이 세계 나름의 위협이 있고, 위험이 숨어 있을 것이다. 그리고 이 세계 나름의 수많은 수수께끼와 모순으로 가득 차 있을 것이다. 어디로 가는지 알지 못하는 수많은 어두운 길을 우리는 앞으로 수없이 더듬어가야 할지도 모른다. 하지만 그래도 좋다. 괜찮다. 기꺼이 그것을 받아들이자. 나는 이곳에서 이제 어디로도 가지 않는다. 어떤 일이 있어도, 우리는 단 하나뿐인 달을 가진 이 세계에 발을 딛고 머무는 것이다. 덴고와 나와 이 작은 것, 셋이서.

타이거를 당신 차에, 에소의 호랑이는 말한다. 그는 왼편 옆얼굴을 이쪽으로 향하고 있다. 하지만 어느 쪽이건 좋다. 그 커다란 미소는 자연스럽고 따스하고, 그리고 똑바로 아오마메를 향하고 있다. 지금은 그 미소를 믿자. 그게 중요하다. 그녀는 똑같이 미소를 짓는다. 매우 자연스럽게, 다정하게.

그녀는 공중에 가만히 손을 내민다. 덴고가 그 손을 잡는다. 두 사람은 그곳에 나란히 서서, 서로 하나로 맺어지면서, 빌딩 바로 위에 뜬 달을 말없이 바라본다. 그것이 이제 막 떠오른 태양빛을 받아, 밤의 깊은 광휘를 급속히 잃고, 하늘에 걸린 한낱 회색 오려낸 종이로 변할 때까지.

(BOOK3 끝)

지은이 **무라카미 하루키**
1949년 교토에서 태어났고, 1968년 와세다 대학교 문학부 연극과에 입학하여 전공투의 소용돌이 속에서 대학시절을 보냈다. 1979년 『바람의 노래를 들어라』로 군조신인문학상을 수상하며 문단에 데뷔했고, 1982년 첫 장편소설 『양을 둘러싼 모험』으로 노마문예신인상을, 1985년에는 『세계의 끝과 하드보일드 원더랜드』로 다니자키 준이치로상을 수상했다.
하루키 신드롬을 낳은 『상실의 시대』 외에도 『태엽 감는 새』 『해변의 카프카』 『어둠의 저편』 『빵가게 재습격』 『TV피플』 『렉싱턴의 유령』 『도쿄 기담집』 『먼 북소리』 『슬픈 외국어』 등 많은 소설과 에세이로 전세계 독자들의 사랑을 받고 있다.

옮긴이 **양윤옥**
일본문학 전문번역가. 히라노 게이치로 『일식』의 번역으로, 2005년에 일본 고단샤가 수여하는 노마문예번역상을 수상했다. 그동안 번역한 책으로는 히라노 게이치로의 『일식』 『장송』 『센티멘털』, 미시마 유키오의 『가면의 고백』, 마루야마 겐지의 『무지개여, 모독의 무지개여』 『납장미』, 아사다 지로의 『철도원』 『칼에 지다』 『슬프고 무섭고 아련한』 『장미 도둑』, 그외 『도쿄타워—엄마와 나, 때때로 아버지』 『약지의 표본』 『너덜너덜해진 사람에게』 『붉은 손가락』 『남쪽으로 튀어』 『유성의 인연』 등이 있다.

문학동네 세계문학
1Q84 BOOK3

초판 인쇄 2010년 7월 23일 | 초판 발행 2010년 7월 28일

지은이 무라카미 하루키 | 옮긴이 양윤옥 | 펴낸이 강병선
책임편집 양수현 | 편집 장선정 강 요시카 염현숙 박여영
디자인 윤종윤 유현아 이경란 송윤형 김선미 | 저작권 김미정 한문숙
마케팅 정민호 김도윤 장선아 나해진 박보람 정진아 | 온라인 마케팅 이상혁 한민아
제작 안정숙 서동관 김애진 | 제작처 영신사(인쇄) 경일제책사(제본)

펴낸곳 (주)문학동네
출판등록 1993년 10월 22일 제406-2003-000045호
주소 413-756 경기도 파주시 교하읍 문발리 파주출판도시 513-8
전자우편 editor@munhak.com | 대표전화 031) 955-8888 | 팩스 031) 955-8855
문의전화 031) 955-3576(마케팅) 031) 955-2684(편집)
문학동네카페 http://cafe.naver.com/mhdn

ISBN 978-89-546-1180-0 04830
978-89-546-0866-4(세트)

www.munhak.com